一书一世界。
愿你在这里舒展心怀，
畅快遨游古今未来！

辰东

网络文学
名作典藏丛书

神墓

精修典藏版

03

—— 地狱无门 ——

辰东 ◎作品

作家出版社

《网络文学名作典藏》丛书

总策划

何　弘　张亚丽

主编

肖惊鸿

统筹

袁艺方

主编的话

《网络文学名作典藏》丛书聚焦网络文学，遴选名家名作，工于精修校订，集于精品丛书，力图成为记载中国网络文学成长的历史见证，和致敬中国网络文学发展的一座里程碑。

网络文学名作的实体出版极为重要。这是扩大网络文学影响力、推动网络文学经典化的重要途径，也是展现网络文学成果、引领大众阅读和传播以及拉动文化产业发展的有力手段。

在中国作协的支持下，网络文学中心领导和作家出版社领导担纲总策划，落实主编责任制，确定经过时间验证和社会公认的名家名作，组织精修团队，在作家本人参与下，与责编共同负责精修工作。

回顾网络文学发展历程，这样的一套丛书是前所未有的。精修，意味着与作家的高度共识，意味着对作品的深度把握，完成去粗取精、去伪存真的过程，以实体出版的"固化"形式，朝着网络文学经典化、精品化的目标迈进。精修团队本着为作家负责、为读者负责的态度，重视作品的文学性、思想性，尊重读者的阅读体验，为新时代网络文学高质量发展贡献出集体智慧。

愿更多的读者阅读它、检验它。愿中国网络文学真正成为新时代文学的一座高峰。

肖惊鸿

2021 年 5 月 18 日

《神墓》精修成员

总负责人

肖惊鸿　袁艺方

修订

安迪斯·晨风　安　易　李　夏　王　烨

校订

程天翔　田偲堂　李伟元　李伶思　于　杨

目录

第一章　大魔出世　　　　　　　　　　　1

第二章　上古奇尸　　　　　　　　　　99

第三章　丰都大战　　　　　　　　　138

第四章　名动西方　　　　　　　　　193

第五章　地狱无门　　　　　　　　　259

第六章　如梦星辰　　　　　　　　　329

第一章
大魔出世

　　巨大的光掌浩荡而上，向着琼恩斯冲击而去，璀璨的光芒照耀八方，天际一片通明。这时，辰南已经缓上了一口气，眼中寒光闪烁，他自紫金神龙那里接过玉手掌，集全身功力注入玉手掌内，狠狠地向上印去。辰南向来是不做则罢，一做定然竭尽全力。传说中的天使固然可怕，但他既然答应紫金神龙，就已经摆开了不杀琼恩斯不罢休的气势。两道巨大的光掌一先一后，向着空中浩荡而去，巨大的能量波动如怒海狂涛一般在空中汹涌澎湃。

　　就在这时，高空之上一道血红色的神光如天界神罚一般快速降落而下，滚滚雷声不绝于耳，而红光周围的恐怖景象更是让人心胆皆寒，无头的天使、断臂的恶魔……被后羿弓所射出的光箭竟然去而复返，似乎不射杀琼恩斯决不罢休一般。传说后羿弓所发之箭，不沾染目标鲜血决不停息，现在经过神龙血浇灌的箭羽，更加具有灵性，竟然不射杀琼恩斯不肯消散。

　　琼恩斯大惊失色，身化一道白光，向着远空冲去，而血红色的神箭则紧紧尾随其后。这惊心动魄的画面震撼了所有人，一道炽烈的红芒竟然对一个天使紧追不舍，令所有人心惊胆战。"轰"，血红色的光箭最终还是追上了琼恩斯，直接没入他的后心，他身后的两对洁白羽翼在刹那间破碎。血水狂喷，空中纷舞而下鲜红的血水、洁白的神羽令夜空看起来是如此地压抑。

　　"呃啊……"琼恩斯仰天悲吼，金发乱舞，脸色狰狞，一个碗口大的血洞出现在他的胸前，前后透亮。但即便如此，他也并未身殒，看着那渐渐暗淡却依然向前冲去的光箭，他感觉既惊惧又愤怒。"愤怒的火焰，燃尽黑暗，烈焰烧天！"琼恩斯脸孔扭曲，忍着巨大的伤痛，念动咒语，施展了一道禁咒魔法。滔天的火焰席卷天地，仿佛整片夜空都燃烧了起来，如惊涛骇浪一般的烈火向着血红色的光箭汹涌而去，瞬间将那围绕在神箭周围的无头天使、断臂恶魔燃烧一空。血红色的神箭也最终在火系禁咒魔法下爆碎，在空中浩荡起一股狂澜，无匹的波动浩荡八方，令无尽的火焰在广阔的夜空中汹涌澎湃，整片天际都是通明的火焰。幸亏这一切都发生在空中，如果是在地面，恐怕整座楚国皇城都会在一瞬间被燃为灰烬。

烈焰慢慢消退，琼恩斯缓缓转过身躯，面向地面的辰南。此时他的胸部前后透亮，巨大的血洞显得格外恐怖，此刻他的两对羽翼，已经残缺不全，大片白羽沾染上了血水，在空中漫漫飘洒。他的脸色阴沉得吓人，再无一丝天使的圣洁之色，他狠狠地盯着辰南，双眼都快喷出火来了。无尽的杀气浩荡而下，令所有人都感觉到了一股彻骨的寒意。就在琼恩斯刚要有所行动之时，其周围弥漫起重重紫气。刚才自南方天际赶来的那个浑身紫气缭绕的神秘人一瞬间出现在琼恩斯的身前，冷冷地道："西方的天使私自下界，已经违反那世间法则，现在又抢我东方神物，更是再次犯戒。紫霄宫王羲今日将开杀戒！"

冷冷的话语传遍了整座皇城，无数修炼者以及军兵均露出崇敬之色，一个人类修炼者竟然将一个西方神话传说中的天使毫不放在眼里，竟然出言要亲手灭之，这是何等的豪情啊！紫气缭绕的神秘人站在虚空中，浑身上下透发出一股磅礴的气势，睥睨天下的一代强者姿态尽显无遗！紫霄宫对于东方修炼界来说，无人不知，无人不晓，和澹台古圣地以及小林寺同为东方古圣地之一。这时，老一辈的修炼者已经吃惊得张大了嘴巴，王羲这个名字对于现在的年轻人来说可能有些陌生了，但在一百四十年前，那绝对是修炼界的一个传奇名号。

在那个时代，混天大魔王、澹台古圣地的仙子以及紫霄宫的王羲等人名动天下，是当时最为绝顶的人物，罕有望其项背者，他们当时就已经是顶峰高手，更何况是一百四十年之后呢？！地面一阵骚乱，所有的修炼者都没有想到这个传奇人物时隔一百多年后竟然再次出世，想必现在他的修为离那武破虚空之境已经不足一步之遥，不然他不可能不将一个天使放在眼里。老妖怪等三人和王羲是同一时代的人物，深知此人的修为到底强横到了何等境界，他们相互看了一眼，眼中露出一丝复杂难明的神色。

艾美丝和卡缪拉震惊无比，直到此刻他们才明白王羲有多么可怕，凭着直觉他们预感王羲的修为绝对和那个昆仑妖族端木有的一拼。此刻琼恩斯已经重伤在身，万万不是王羲的对手，艾美丝与卡缪拉飞快向下冲去。他们两人一动，其他人也动了起来，三个老怪物率先发难，向着艾美丝两人袭去。端木则再次将神龙骑士瑞拉和那个尸煞笼罩在了蒙蒙青光之中，混战再次爆发。空中流光溢彩，璀璨夺目。但那万千道霞光中，却有着无尽的凶险，几名无敌强者正在进行生死大战。最终重伤的四翼天使琼恩斯和紫霄宫的奇人王羲也卷入了混战中，同高空中的数人激战在一起。

就在这时，那消失已久的叹息声再次响起，语调虽然很低，但却在整片天地间悠悠回荡，传到了每一个人的耳中。"神性？魔性？难得清醒。杀身灭灵？抑或，修成大魔？"所有人皆大惊失色，无敌强者的脸色也都难看无比，他们知道，这一次暗中的绝代强者真的要现了！辰南激灵灵打了个冷战，地下古墓中那人再次发出了声音。高空上拼斗的无敌高手皆一震，老妖怪脸色大变，其余众人虽然心惊，但并不了解具体情况。此刻辰南感受却是最深，他离古墓的出口处不远，这时他感觉到了一股如涟漪般的波动自古墓内浩荡而出，而后涟漪慢慢扩大，最终化为滔天巨浪。

一道巨大的光束自古墓内喷发而出，直冲霄汉，浩瀚无匹的能量波动如滔天巨浪一般，在整座皇城上空汹涌澎湃。在这一刻，整座帝都，无论是修炼者还是普通老百姓都感觉到了一股难言的压抑感，方圆百里内所有人都看到了楚国皇宫内那直插云霄的巨大光柱。远远望去，真个有如一道擎天玉柱贯通了天地。

辰南抱起巨大的玉手掌，快速向远处跑去，紫金神龙紧紧相随，远处的修炼者们也飞快后退。所有人都感觉到了光柱浩荡而出的恐怖波动，那是比天上几个无敌高手更加让人感觉心悸的强者气息，让人有一股忍不住顶礼膜拜的冲动。但没有人敢停留，无数的人逃出了楚国皇宫，他们知道接下来可能有不好的事情发生。辰南怀抱着玉手掌随着众多修炼者退到了楚国皇宫的边缘地带，尽管有人对着玉手掌露出了贪婪之色，但却没有一个人敢上前。因为所有人刚才都亲眼看见了玉手掌的威力，竟然能够逼退尸煞与天使，那绝不是他们所能够抵抗的力量。

直冲霄汉的光柱璀璨夺目，周围霞光万道，瑞彩千条，一座晶莹剔透的白玉台自地窟内缓缓升浮上了地表，一个如神似魔的高大身影站立在玉台之上。这是一个高大魁伟的中年男子，一头漆黑如墨的长发随意飘散在肩头，古铜色的脸膛，长眉入鬓，鼻直口方，然而此刻他的双眼却妖异无比，右眼神光湛湛，一片清明，左眼血红发亮，凶残狠戾，慑人心魄，望之令人胆寒。中年人睥睨天下的雄姿，透发着绝代的霸气，令他看起来如俯视众生的魔神一般。

这便是当初辰南和老妖怪所见到的那尊不灭体，不过此时他不似当初那般毫无生气。此刻在他的周围，天地精气氤氲涌动，光华如流水，自他的皮肤不断渗透进他的体内，晶莹宝辉在他的体表不断闪现，万千道瑞彩霞光将他衬托得更加高大魁伟。原本那插在他头顶的飞剑已经脱离了出去，巴掌大小的飞剑寒光耀眼，横插在他的发髻间。那直冲霄汉的巨大光束如贯通天地的通道一般，白玉台载着中年人沿着这道光束慢慢升腾而起。莫大的压力笼罩八方，即便强如空中的几位无敌强者都感觉到了一股难言的压抑，白玉台上的中年男子冷冷地扫视着四翼天使琼恩斯，双眼射出数丈长的实质化光芒，喝道："天使竟敢降临东方修炼界，去死！"

中年男子一拳向前轰去，一道巨大的光束宛如天界神光，瞬间冲到了琼恩斯的身前，四翼天使爆发出全身的力量，想要抵挡却毫无用处，他的身体在刹那间四分五裂，而后突然爆碎。绝代豪雄，谁与争锋？！地面上的所有修炼者都震惊了。一拳！这名神秘的中年男子只用一拳就将四翼天使琼恩斯秒杀！这是何等的力量啊，如果不是两者实力差距过大，根本不可能有这种情况发生。天使只曾在神话传说中出现，寻常人哪能轻易见到，然而就在今日，一个活生生的四翼中阶天使竟然被人秒杀了，这件事注定将震惊修炼界。

传说中西方的神界，低阶的天使为主神创造出的战斗工具，群体数量庞大，身体为光质物，为纯粹的能量体，修为并不是多么地惊人，和人类中的绝世高手不相上下，为纯粹的战争工具。如果想进阶为有血有肉的中阶天使，所要花费的时间难以想象。中阶天使实力较之低阶天使上了一个大台阶，他们的修为如果按人间界的修炼等级来划分的话，一般都已经接近六阶顶峰状态，即便没有初临仙级高手境界，也相差不远了。最为重要的是中阶天使已经有血有肉，算得上完整的生命体，从此以后的修炼速度比之低阶天使不知要快上多少倍。

今日，中年人一拳便秒杀了一个六阶顶峰境界的中阶天使，怎么不让人震惊，他的实力实在让人难以揣测！四翼天使琼恩斯爆碎之后，身体化成点点光雨，在空中慢慢消散。这时，紫金神龙突然冲天而起，快速向那片光雨冲去。在那片明亮的辉光中，一颗晶莹剔透、璀璨明亮的心形物正在坠落，被紫金神龙快速衔到了口中。高空中的神秘中年男子看到紫金神龙后，眼中神光一闪，轻声自语道："竟然是传说中的五爪神龙……"

他的左眼血红发亮，凶残狠戾，这时突然爆射出一道炽烈的血红之光，他的右掌缓缓抬了起来，想要向紫金神龙印去。但最终他又慢慢放了下去，他的右眼神光湛湛，一片清明，一道明亮的光辉激射而出，同时左眼的血红色锋芒内敛了进去。紫金神龙丝毫不知，它已经在鬼门关转悠了一遭。空中的几个无敌强者看在眼里，惊在心中，在这一刻每一个人都不敢轻举妄动。莫大的压力笼罩在众人的身上，让他们感觉到了一股巨大的威胁感。高空之上一时间静到了极点，所有无敌强者静静地悬浮于空中。一人威慑众多无敌强者，这是何等的英雄啊，绝代霸者，谁与争锋？！

每一个天使都有一颗天使之心，那是他们的力量本源，即便他们的身体碎裂破灭，如果天使之心保存了下来，其内也会保留着少半最为纯粹的力量，对于修炼者来说，那无疑是一颗大补药。不过，极少有人能够得到一颗天使之心。在感受到生命即将消逝的刹那，天使会自动毁灭天使之心，不会留下点滴力量。这一次纯属意外，四翼天使琼恩斯从未想过在人间界会有人能够这样轻而易举地杀死他，他根本未曾想过毁灭力量本源，致使世上多了一颗罕见的天使之心。

老妖怪等三个老怪物看到紫金神龙青红不问，旁若无人地衔走了天使之心，当真是嫉妒外加郁闷，他们狠狠地咽了一口口水。也许其他顶峰高手不会多么动心，但对于这三个在武道徘徊不前、生命机能严重萎缩的老古董来说，那当真是一个巨大的诱惑。如果不是有神秘的中年男子在旁威慑，他们早已冲上前去大抢一番了。

辰南看到紫金神龙从口中吐出的天使之心后惊异不已，鸽卵大小的一块心形物晶莹剔透，里面有一个四翼天使，外貌和琼恩斯一般无二，丝丝能量波动从里面透发而出。紫金神龙将它抓在手中，咬牙切齿，低沉凶狠地道："鸟人你也有这样一天，你龙爷爷等这一刻已经上千年了！我本以为龙元尽失之后，再也难以奈何你们主仆，没想到今日贼老天终于开了一回眼，让你这个狗奴才死于非命。"说罢，紫金神龙生生将天使之心捏为两半，里面那个小天使似乎有生命一般，在断为两截的刹那竟然露出了痛苦的神色。

"小子，给你一半。"紫金神龙一口将半颗天使之心吞了下去，将另一半递给了辰南，在这一刻痞子龙很仗义，没有独吞。辰南摇了摇头，道："你自己吞下去吧，我不需要。"紫金神龙吞服了半颗天使之心后似乎悲伤的情绪好转了一些，闻言嘿嘿笑道："这可是罕见的天使之心啊，如果不是在特定的情况下，哪里能够得到？这是修炼者梦寐以求的大补药。你放心，天使的本源是最为纯粹的力量，吸收之后用不了多久，就能够完全转化为你自己的力量。"辰南闻言犹豫了一下，而后接了过去。

紫金神龙闭目调息了一会儿，睁开眼睛恶狠狠地道："琼恩斯这个狗奴，虽然没有彻底碎裂这颗本源，但其中的力量却被毁去了大部分，已经所剩无几。"痞子龙咒骂连连，不过尽管如此，它所得到的好处也是显而易见的，原本萎靡不振的神色一扫而光，此刻它的龙躯明显粗壮了许多，如果直立起来以后已经和辰南平头了。

"贪得无厌的泥鳅，你现在的力量已经长了一大截，居然还不知足？"半颗天使之心居然让紫金神龙在瞬间发生了如此大的变化，辰南有些惊异，如果以人类的修炼标准来划分，此刻的紫金神龙恐怕已经接近四阶境界了。他不得不感叹，这个世上真的有奇遇啊，如果他吸收掉手中的半颗天使之心，说不定能够直达四阶大成境界。不过他一直有些犹豫，他父亲曾经不止一次告诫过他，得自外界的力量再如何纯净，也不如自己修炼所得威力大。

有时力量单一地增长，并不一定是好事，因为当修为达到一定境界后，必然会遇到一个"高原区"。那个阶段是一个力量凝练的过程，修炼者的身体如同海绵体一般过滤掉驳杂的元气，将精华部分提炼、凝实。显而易见，不纯净的元气越多，这个"高原区"持续的时间就会越长。"唔，这半颗天使之心内蕴含的力量很纯净，吸收之后想必不会有多大麻烦。"辰南将半颗天使之心放在了怀中。

就在这时，天空发生了异象，神秘中年人身旁直插云霄的巨大光柱消失后，无数道巨大的闪电从天而降，向着他劈落而去，高空之上电闪雷鸣。几个无敌强者飞快躲到了一旁，场内只剩下神秘中年男子一人。紫金神龙双眼射出两道寒光，惊道："此人的修为实在太过强大了，力量已经超出了人间界允许的极限力量，现在天降神罚啊！如果想继续驻留人间界，只能进行自我封印。"辰南心中一动，当年他父亲的修为只能用深不可测来形容，现在想来一定是进行了自我封印，强留在人间。

"呃啊……"神秘中年男子仰天大吼，漆黑如墨的长发皆倒竖了起来，发间那把原本寒光闪闪的剑体竟然变得鲜红欲滴，仿佛要渗出鲜血一般。巴掌大小的血剑散发出炽烈的血红色光芒，将中年男子周围数十丈范围的空间染成一片血海一般，凄艳吓人。远处的那个尸煞吓得立刻跪倒在虚空中，不断朝着中年男子顶礼膜拜。老妖怪脸色大变，惊道："血修之法！"

这时，血剑快如闪电一般冲天而起，迎向了自高空击落而下的数十道闪电，一片耀眼的血光弥漫在整片天际，整片天空仿佛都变成了血红色。数十道巨大的雷电竟然被血光笼罩在了里面，震耳欲聋的雷声不绝于耳，但没有一道电光能够冲破血光，近身中年男子。此刻神秘的中年男子，右眼中的清明光辉越来越暗淡，左眼中的血红色光芒越来越明亮，整个人看起来变得妖异无比，透发出一股凶残狠戾的气息。

"血焰滔天！"伴随着一声大喝，中年男子双眼中射出两大血红色的锋芒，高空中的血剑极速旋转起来，而后突然调转方向，挟持着数十道雷电一起向下方飞来。高空中的雷电如金蛇乱舞，数十道巨大的闪电交织在一起，仿佛将夜空撕碎了一般，所有巨大的电弧都尾随在血剑剑柄处向下急骤降来。

"西方天使私闯东方修炼界，杀无赦！"中年男子双目赤红，右手猛力一挥，高空中电射而来的血剑立刻调转了方向，朝着艾美丝与卡缪拉飞斩而去。两个天使现在都没有现出本体，躲在同名人的体内，在中年男子击杀琼恩斯时，他们就想逃走，但一股若有若无的气息牢牢地锁定了他们，令他们不敢轻举妄动。

这时，见神秘的中年男子向他们下杀手，两个天使大惊失色，急忙念动咒语抵抗。"愤怒的火焰，燃尽黑暗，烈焰烧天！""让光明照耀大地，黑暗从此不再，日耀人间！"无尽的大火与明亮的光芒将夜空照耀得一片通明，熊熊烈焰与炽烈的光芒向着血剑席卷而去。但是那鲜红欲滴的血剑在一接触那火焰与光芒后突然爆发出万丈血光，将整片天空都染红了。熊熊烈焰与炽烈的白光同时消散，同一时间血剑也一阵颤动，它周围的血光浩荡时宛如滔天血浪一般，快速向着两个天使冲涌而去，几十道巨大的闪电发出隆隆雷响，紧随其后。

两个天使亡命一般向着西方天际冲去，想要就此逃走。但那炽烈的血红之光，疾快如虹，眨眼间就追上了他们。"圣光盾，斩！""后土盾，杀！"艾美丝左臂前出现一面巨大的光盾，右手中则延伸出一道巨大的光剑。卡缪拉左臂前出现一面巨大的土盾，右手中也同样延伸出一道巨大的光剑。两人一边用魔法盾抵挡血光，一边劈出光剑，想击落那杀气森森的血剑。只是那血剑威力太过浩大，遇到阻隔后一阵剧烈颤动，整片天际宛如浩荡起了滔天血浪一般，无边无际的血红色光芒将两个天使淹没其中。

两声凄厉的惨叫，两个四翼天使快速摆脱了两具人体，冲腾而起，在高空中洒下大片血雨。血水洒落在下方的血剑之上后，凄艳的血剑宛如活了一般，发出阵阵轻鸣，化作一道红芒，带着数十道闪电冲向两个天使。无边无际的红光遮笼了天地，巨大的闪电隆隆作响，响彻天地间。血剑洞穿了两个天使的身体，随后而来的数十道闪电则全部击落在他们的身上。鲜红的血水滋润了飞剑，残破的躯体掉落在闪电间，可怜两个天使瞬间便灰飞烟灭，在夜空中未留下丝毫痕迹。飞剑斩杀两个天使之后，颜色渐渐暗淡下来，飞旋而回，插落在神秘中年男子的发间，所有的闪电皆消失不见。

紫金神龙低声叹道："太可怕了，居然能够借用神罚之力！且随时能够自我封印，这个人不应该驻留在这个世界啊！"

"神性？魔性？难得清醒。杀身灭灵？抑或，修成大魔？"悠悠叹息响彻天地，不过此时神秘中年男子的话语，令每一个人都感觉到彻骨的寒意，轻松斩杀三个中阶天使，这样的人竟然在犹豫是否修成大魔，这实在太可怕了！地面上的所有修炼者皆吃惊地张大了嘴巴，空中的几个无敌强者亦心惊不已。中年人在这一刻邪气毕露，整个人透发着一股阴冷的气息，早先那霸绝天下的绝代高手气势荡然无存，此刻他双目赤红，脸色狰狞，如同一个恶鬼一般。远处的尸煞战战兢兢，最后飞到中年人的脚下，跪伏于虚空之中，不断颤抖。

老妖怪若有所思，似乎想到了什么，脸色骤然大变。辰南皱眉想了想，一瞬间也脸色大变，场内也仅有他们两人知道神秘中年男子的底细。"难道绝代高手和当初的妖道共同复活了？"辰南露出不可思议的神色。早先他曾在古墓内的结界处感应到了一组组奇异的画面，当中一幅便是一个模糊的人影乘坐着巨大的西方巨龙，指挥三个白骨魔在战场上收割生命。现在想来，那个人影定然是妖道无疑，那三个白骨魔一定是后来的三个尸煞。数千年过去后，三个尸煞一定是随着妖道或者说绝代高手的觉醒而复苏了。

地下古墓与藏有玉手掌的地下世界紧紧相连，地下古墓中的绝代高手之所以能够复活，恐怕和地下世界内的玉手掌招引来的天地精气有莫大的关系。"难道那个绝代高手和妖道的魂魄一直没有散去？可是这未免太过惊人了吧，死去数千年之久的人竟然再次复活了！"辰南心中充满了迷惑。这时，神秘中年男子低低的自语解答了辰南心中的疑惑。

"没想到历经无数岁月后，我还能够从假死中清醒过来。玄异的武学功法、上古仙洞氤氲的灵气……还真是侥幸啊！但我还是纯粹的我吗？妖道的魂魄竟然融合到了我的体内，我现在到底是谁？"中年人脸色狰狞无比，满脸凶残狠戾之相。辰南当真震惊无比，绝代高手竟然一直都处于假死状态，经过数千年的"修养"，他居然慢慢复活了过来！而那妖道修习的是血修之法，竟然将魂魄依附在了他的身上，随着他的复苏而觉醒了过来，两个灵魂融合在了一起。数千年前，妖道就已经成仙，而绝代高手却能够灭掉他，现在两人合二为一，其实力可想而知！

　　"不干不净，不如就此散去。"中年人俯视着脚下的尸煞，猛地一挥掌，一片炽烈的神光瞬间将尸煞击为粉碎。他冷冷地扫视着高空中的几个无敌强者，随后又缓缓转动身体，眺望四方远空。辰南大惊，暗道：难道远空还有无敌强者未曾露面？不容他多想，这时神秘中年人赤红着双眼，狠狠地盯住了他。辰南立时感觉如被毒蛇盯住了一般，浑身上下一片冰凉，一股恐怖的压抑感浮上他的心头。就在这时，玉手掌突然光芒大作，快速向高空冲腾而去。这个变故令辰南大惊，他想挥动擒龙手夺回，但在瞬间又放弃了这个想法，当下众多无敌高手环视，他不可能保得住这件神物。

　　昆仑妖族端木、紫霄宫的王羲以及三个老怪物一同向玉手掌冲去，同时四方冲击而来数道强光，向着玉手掌包裹而去，空中立时大乱。神秘中年男子一声大吼，也向着玉手掌冲击而去。不过当他一加入，所有人都一齐动手向他发动攻击，四方更是冲来几条人影，围绕着神秘中年男子打出重重滔天的掌力。空中大乱，所有人一齐围攻神秘中年男子。

　　"呃啊……"神秘中年男子乱发飞扬，眼中凶光闪烁，他仰天大叫道："今天没有一个人能够活着离开这里！"森寒的话语透着强大的自信，没有人怀疑他的能力，所有无敌高手都联合了一起。面对一个不属于人间界的高手，且情绪极不稳定的疯狂之辈，众人只能联手。就在这时，一道强光忽然向辰南袭来，辰南身上的后羿弓快速向高空冲去，卷入了争斗的旋涡中。

辰南破口大骂，竟然有人浑水摸鱼，将后羿弓掠到了空中。玉手掌与后羿弓两件神物在大战的旋涡中不断旋转，但没有一个人敢接近，不然定然会成为众矢之的。即便强如神秘中年男子也不敢轻举妄动，因为暗中隐藏的那些无敌强者这时都已经露面，众人全方位将他包围并攻击。这时的大战，比之最开始三个天使参与的大战还要激烈，空中众人都化成了一道道流光，再难看到人影，所有人的动作都快如闪电。

　　地面上众人惊得目瞪口呆，今晚发生了太多的意外，千百年罕见的无敌大战竟然展现在他们的眼前，怎不让他们震惊？这注定是一个不眠夜，楚国帝都所有修炼者皆在仰望皇宫上空。高空中的无敌高手大战，如同流星惊空一般，一道道光芒在穿梭交叉，迅若疾电。就在所有人都仰望高空中的无敌强者大战之时，辰南体内突然冲出一金一黑两个光球。两个光华璀璨的光球始一升空，便快速缠绕在了一起，相互环绕旋转起来，两色光球渐渐形成了一个太极图。当日在十万大山中魔殿上空的景象重现，只不过这一次缺少了辰南，两色光球自行飞旋，冲腾而上。围观众人大惊，他们未曾注意这是从哪里飞来的神秘太极图。

　　"太极神魔图！"辰南低声惊呼，双眼射出两道寒光，低语道："难道它们真的有意识？这……"还未容他多想，他的胸口一阵发热，玉如意轻轻颤动了起来，而后突然自行飞起，快如闪电一般向高空冲去，在空中爆发出一团耀眼的强光。紫金神龙吓得一缩脖子，紧张地望着空中，当真是一物降一物。"这……"辰南再次大惊失色，两色光球飞上高空，他不觉得意外，毕竟以前曾经发生过类似的事情。但他万万没有想到神秘的玉如意也能够自主飞行，这让他感觉不可思议。"数千年不见天日，它也未曾自动脱离那地下湖，为何近来它频频发生异常现象呢？难道它吸收龙元之后有了足够的力量，还是它以前一直在沉睡，直到近来才渐渐觉醒？"辰南心中充满了疑问。

　　两色光球形成太极图后爆发出无比耀眼的光芒，如一轮太阳一般当空而挂，随后它快速冲进了无敌强者大战的包围圈中，向着玉手掌与后羿弓飞快冲去。这惊人的变故令空中的无敌强者们也感到有些错愕，万万没有想到突然出现这样一个古怪的太极图。所有人一齐发力，向着太极图劈去，就连自古墓中复活的神秘中年男子也不例外，霸绝天地的一拳轰击而出。令众人吃惊的还在后面，一团璀璨夺目的光华直射场中，一个晶莹剔透的玉如意散发着万丈光芒，将场内浩瀚如海般的力量吸纳而去，所有力量都在一瞬间消失无踪。

众人大惊，皆露出不可思议的神色。玉如意毫不停留，爆发出一团绚烂夺目的光芒，向着太极图席卷而去，同时也笼罩住了玉手掌与后羿弓。空中发生的变化令地面众人目瞪口呆，所有人都没有想到在这个关头会出现这样异常的情况。最后太极图和玉如意纠缠在了一起，两者皆放弃了场内的两件神物，它们不断地旋转，爆发出阵阵恐怖的波动。这时，场内的无敌高手一致认为，太极图和玉如意乃是修道者的法宝，现在正有功力通天的两人在暗中遥控它们，想要抢夺神物，现在他们两人缠斗了起来。

混战再次爆发，太极图、玉如意被包裹在战斗圈内，空中光芒闪烁，劲气汹涌浩荡。场内的神秘中年男子对抗众人的围攻时，不断打量玉如意和太极图，双眼爆发出两道奇光。

"今日舍弃仙灵气，成就大魔身，从此我名为大魔，你们都将成为我出世的祭天之物！呃啊……"大魔仰天狂吼了一声，双眼彻底失去了光彩，变得空洞无比，仿佛能够将整个世界吞噬。"你们都给我去死！"一拳轰出，整片天地都晃动了起来，狂猛的力量如怒海狂涛一般在高空汹涌澎湃。众多无敌强者，没有一个人敢凭一己之力接下这一拳。众人聚集到一起，合力向着大魔轰击而去。"轰隆隆"高空之上电闪雷鸣，数道人影倒翻了出去，大魔一拳将众多无敌强者击飞，他的双眼无比空洞，漠然地扫视着众人。

"我说过，你们都要去死！"巴掌大小的血剑自他发间缓缓飞起，而后剧烈颤动起来，在空中荡起滔天血浪，最后化作一道红芒向着众人劈斩而去。所有人都暴退，没有人敢与之争锋，但血剑既出，必定要染血而归。龙骑士瑞拉首当其冲，凄艳的血剑在一瞬间暴涨了无数倍，化成三丈巨剑，以泰山压顶之势劈落了下去。

伴随着冲天的血光，瑞拉的坐骑神龙被劈为两段，死尸坠落而下！龙骑士瑞拉之龙为世所罕见的西方神龙，长约十丈，浑身上下银光闪闪，如同充盈着璀璨宝辉般绚烂夺目。然而仅仅一瞬间，这头神异的西方奇龙便死于非命，自腰腹间处，被生生截为两段。凄厉的龙吼响彻天地，大片的血雨狂洒而下。瑞拉侥幸躲过一劫，避开了大魔催动的血剑，看到跟随他多年的神龙殒命，他目眦欲裂，悲吼道："大魔，今日我与你不死不休！"

瑞拉虽然失去了神龙，但自身也能够御空飞行，他如亡命一般爆发出全身的潜力，挥动手中银枪，浩荡起滔天气浪，向着大魔刺去。其他无敌强者见状，也趁这个机会向大魔发动起最为猛烈的攻击，众人知道单凭一己之力，根本难以对抗这个不属于人间界的极道强者。可是就在这时，高空之上开始雷声大作，无数道巨大的闪电劈落而下，袭向众多无敌高手。众人大惊，大魔的力量已经超出了人间界允许的极境，引得神罚降下，使众人跟着受到了牵连。

"轰隆隆"……高空之上狂雷大响，到处都是电光，到处都是巨大的闪电，众人纷纷运功相抗。只有大魔不受影响，他的双眼空洞无比，漠然地注视着众人。地面上的紫金神龙低声道："这个人太可怕了，借神罚之力袭杀诸多强者，他自己却封印了身体机能，融于虚空，可怕啊可怕！"

昆仑妖族端木最为冷静，他知道眼前的大魔简直就是一个不可战胜的存在，开始思索对策。这时，玉如意与太极图映入他的眼帘，二者现还在纠缠，绽放出的光芒璀璨无比，逼得那些雷电都难以近前，偶尔有巨大的雷电闯入其间，也会被玉如意无声无息地吸收掉。同时，二者再次将玉手掌和后羿弓聚拢到了它们的旁边，令两件神物不断围绕它们旋转，难以脱离而去。端木眼中青光一闪，他和其他人一样，认为玉如意与太极图乃是两个功力通天之人的法宝，现在唯有这"两人"能够与大魔相抗，他打起了驱狼吞虎的主意。

端木张嘴喷吐出一段光芒灿然的青木，向着大魔掷去，原本半尺多长的青木遇风之后快速变大。最后竟然化成长达数十丈的擎天巨木，荡起滔天青焰，向着大魔恶狠狠地砸落下去。空中电闪雷鸣，巨木横空，整片天地都剧烈颤动了起来，巨木以泰山压顶之势，荡起滔天巨浪，将大魔笼罩其下。大魔一声冷哼，周围魔焰冲天，背后现出无数道巨大的魔影，高如山岳一般，直插云霄。他未有丝毫动作，但其身后的高大的魔影纷纷出拳，将青木轰飞了出去。随后插于大魔发间的血剑冲天而起，向着端木袭杀而去。

昆仑妖族端木并不惊慌，快速向着玉如意和太极图冲去，他的身体连连震颤，一片蒙蒙青气涌动而出，依附在太极图之上，化成了和他一般无二的身影，而他自己则快速飞向一旁，退到了数十丈开外。辰南身旁的紫金神龙低呼："身外化身之傀儡替身！"血剑浩荡起重重血浪，将玉如意和太极图笼罩在里面，化成数丈长的巨大魔剑则狠狠向它们斩去。"轰"天摇地动，剧烈的撞击，爆发出一团璀璨夺目的光芒，如十日耀空一般，令人睁不开双眼。浩荡起的巨大气浪，将所有无敌强者都掀飞了出去，端木的替身已经粉碎，血剑被牢牢地吸在玉如意与太极图旁边，再难移动分毫。

大魔现出一丝痛苦之色，仰天怒吼，而后快速向着太极图与玉如意冲去，他连连挥动双拳，打出一重重排山倒海般的力量轰击在玉如意和太极图之上。这时，高空之上的所有雷电也被一起引来，神罚之力向着玉如意和太极图冲撞而去。玉如意和太极图爆发出一片璀璨的光辉，耀眼的辉芒逆天而上，将那数十道巨大的闪电皆震散于无形，而后又将大魔包裹在了里面，大魔在里面不断轰击，怒吼连连。空中的无敌高手们大惊失色，没想到两件"法宝"竟然威力绝伦至此，众人犹豫片刻，再次冲了上去，毕竟玉手掌也在里面，今晚他们就是为这件神物而来。

空中流光溢彩，劲气冲腾，璀璨的光芒照亮了整片天地。不知为何，玉如意和太极图包裹着两件神物与大魔忽然快速向西方飞去，引得无敌高手们紧紧相随，一起离开了楚国皇城上空，渐渐消失在人们的视线之中。直到无敌强者们消失很久，地面上观战的众多高手才渐渐回过神来，今日所见所闻对他们来说如同梦幻一般。

"走了，终于走了……"辰南脸上充满了笑意，今日虽然未曾得到一件神物，但他体内的两个光球却离体而去，这对于他来说意义非同小可。无名神魔曾言，两个光球早晚有一天会威胁到他的生命，现在麻烦尽去，他感觉一下子解脱了。"傻笑什么呢？"龙舞脸上带着淡淡的笑意，如谪落人间的仙子一般，整片空间都因她的到来而明亮起来。

"哈哈……"想到从此以后摆脱了威胁，辰南发自内心地大笑了起来。"小心！"龙舞惊呼，快速将辰南拉向身后，另一只纤手则向前挥去。这时，辰南也已心生警觉，察觉到身后有一股排山倒海般的大力袭来。他急忙运转玄功，扭转身躯，猛力推出一掌。

混天小魔王狰狞的面容映入他的眼帘，他背负神魔翼，快如闪电一般，自三丈开外冲击而来。他的双掌间催发出一片炽烈的血红之光，刚猛的力量仿佛破碎了空间，令这一小片天地都为之震颤不已。辰南终究慢了一步，血红之光眨眼袭到了他的眼前，不过首当其冲的并不是他，而是与他交换了位置的龙舞。龙舞毕竟还只是一个三阶高手，哪里挡得住青年中的绝顶强者混天小魔王的全力一击，血红之光快速突破了她的掌力，冲进了她的身体。辰南拍出的掌力只能将那血红光芒的余波震散，根本未来得及阻挡住那最为狂猛的一波力量。

绝美的龙舞，如一朵凋零的花儿一般，无力软倒在辰南的怀中，鲜红的血水自她的口中不断涌出。她的脸上已经毫无血色，洁白的衣衫沾满了血迹，她似折翅的天使一般圣洁而又凄美。这简直就是万年前雨馨代他受死那一幕的重现！辰南看着龙舞那渐渐失去光彩的双目，目眦欲裂。洁白的衣裙满是鲜血，凄艳的红，触目惊心，但那苍白的绝美容颜，却带着欣慰的笑容。

万年前雨馨那憔悴的容颜再次出现在辰南的眼前，他的耳旁似乎又回响起了雨馨弥留之际那断断续续的低语："当你……老去的时候，还能够想起……一个叫雨馨的女孩……"

"呃啊……"辰南仰天悲吼，满头黑发狂乱舞动，皆倒竖了起来。一股磅礴的大力自他体内汹涌澎湃而出，他身后的一座宫殿在一瞬间爆碎，脚下的地面出现一道道巨大的裂痕，向着远方延伸而去。滔天的魔气自体内爆发而出，七条实质化的魔影出现在他的周围，如七尊魔神一般环绕着他不断旋转。最后七道魔影一齐冲进了辰南的体内，他的双眼变得空洞无比，那里没有丝毫生气，宛若地狱深渊，没有任何生命的迹象，望之令人有一股沉沦毁灭的冲动。

"逆天七魔刀，七刀合一！项天你给我去死！"一道十丈刀芒直冲高空，宛如九幽魔光，凄艳夺目。辰南狂暴了，在这一刻，他忘记了逆天七魔刀乃是禁忌之法，只想毁灭。凭着本能，他施展出了目前最为惨烈的功法，手中虽无刀，但刀魂已现，璀璨的刀芒破碎虚空，向前奔袭而去。就在这时，一道快如闪电般的身影冲进了场内，拉起项天暴退，竟然是早先离开的混天大魔王。十丈刀芒没有斩在混天派师徒二人的身上，却将前方的一座宫殿击得粉碎，又将地面击出一道巨大的沟壑。

"阿弥陀佛……"一声佛号响起，小林寺的老和尚闪现在场中。混天大魔王见老对头出现，不再逗留，拉着混天小魔王快速离去。老和尚看了辰南一眼，而后也追了下去。"呃啊……"辰南仰天悲啸，状若疯狂，大吼道，"项天，即便你逃到天涯海角，我也要将你擒拿回来。我发誓，一定要将你碎尸万段！"此时此刻，辰南如着了魔一般，脸色狰狞无比。他的身体一会儿爆发出神圣金光，一会儿又爆发出滚滚魔焰，金黑两色光芒交替出现，令他看起来格外地诡异。

这一次施展逆天七魔刀之后，他并未丢掉性命，也并未陷入假死状态。因为这一次七魔魂并未出离他的身体，严格来说，刚才那威力绝伦的一击不是真正意义上的逆天七魔刀。就在刚才，他体内最为隐秘的一道封印破开了，辰战遗留在他体内的那道封印力量，化作十丈刀芒冲出了他的体内，也是这股力量将逆天七魔刀的七魔魂阻在了他的体内。

"父亲，你防我成魔，设下封魔印，但终究还是失败了。魔由心生，魔气难以化尽啊！"辰南直到现在才发现，辰战曾在他体内施加过一道封魔印。辰战已经预感到辰南将来可能会由正入邪，踏足魔道，他秘密设下封魔印，炼化辰南体内平日滋生的戾气，阻止他迈入暗黑领域，不想到头来终究失败。今日所发生之事，简直就是万年前的翻版，魔种在那时种下，在今日重生，一举突破了封魔印。辰南双目空洞，喃喃道："雨馨，龙舞，今日我再也不能眼睁睁地看着一个女子为我而死……"他将半颗天使之心放入龙舞的口中，而后划破自己的手臂，将鲜红的血水滴落在天使之心上。

紫金神龙收起了平日的无赖样，叹了一口气，道："还是用我的神龙血液吧。"精通炼丹之法的奇人，得到龙凤的一鳞半爪，便能炼成一炉仙药，可见灵兽的神异。神龙之血不需炼化，就可谓天下一等一的仙药，五爪紫金神龙的血液更是极品中的极品。当神龙血液滴落在龙舞口中时，她原本苍白的脸颊渐渐有了一丝红晕，微弱的气脉也渐渐悠长起来。

这时，东方凤凰、小公主、冷锋等人快速自远处冲到了近前，目睹龙舞此时的状态后，众人露出忧色。随后楚月和梦可儿也赶到了现场，楚月道："快把龙姑娘送进皇宫，我命人去找御医为她疗伤。"辰南并不搭言，托起龙舞随着大公主向皇宫走去。尽管众人对空中的紫金神龙频频注目，但并未露出过多惊讶之色，因为今晚发生了太多不可思议的事情，众人的神经都已经麻木了。

今日，紫金神龙大仇得报，心情异常激动。冷静下来后，它觉得要想将那个罪魁祸首铲除，非彻底恢复龙元且修为再提升一大截不可。当下它开始动起了歪脑筋，打起皇宫药库的主意，它没有跟随众人而去，快速融入了夜色中。

经过御医的检查，发现龙舞虽然五脏六腑多处出现裂痕，但却在以缓慢的速度愈合着，料想一段时期以后定然能够完全复原。众人一齐望向辰南，奇怪他刚才到底给龙舞服下了什么灵丹妙药。对此，辰南并未作答，转身离去，回到了楚月为他安排的房间。

从封魔印破开之后，他体内的真气一会儿正向运行，一会儿逆向运行，体外金黑两色光芒不断变换，显得格外诡异。"相由心生，魔由心种，不过我依然还是原来的我，父亲你过虑了……"辰南打坐调息，但无论怎样抑制，体内真气走向都无法固定在正向运行，总是正反不断变换。他内视下发觉，体内黑亮的真气和金黄色真气所占比例竟然一样多了，且颜色不同的两种真气正在以惊人的速度快速融合着，单一的金黄或暗黑正在快速消失，融合的真气慢慢转变成了紫金色。

辰南虽惊但却不慌，不再刻意运转玄功，任体内真气不断换向流转。最后他心中越来越平静，逐渐进入了物我两忘状态，沉浸到了一种奇妙的武境当中。此刻他脑中充满了各种玄功奇学的走向图，家传玄功的图文一幕幕浮现在他的心间，平日许多晦涩难懂的武学问题，现在竟然渐渐明朗了起来，在这一刻他的境界提升到了一片新天地。这一夜，辰南的房间两色光芒不断闪现，直到天光快要放亮时两色光才消失，不过这时一股难言的压抑感自辰南的房间渐渐透发而出。

同一重院落，其他房间中冷锋等人同时被惊醒，这些四大学院的学生皆感觉到了一股莫大的压力。所有人都跑出了房间，他们在院中惊异地望着辰南的房间，那里的两色光已经消失，黑漆漆一片，恐怖的波动正是自那里向外浩荡而出。不知为何，所有人都感觉那黑洞洞的窗口宛如地狱深渊一般，里面仿佛掩藏着一个绝世凶魔，心中泛起一丝凉气。就在这时，那黑漆漆的所在传出的恐怖波动越来越剧烈，给人的压力也越来越大。终于，那间房屋再也经受不住强压的冲击，在一阵巨大的轰响声中爆碎。

辰南闭着双目，双手不断动作，结出一个又一个奇怪的手印，恐怖的波动正是自他指间透发而出。传说，功力卓绝之辈通过结印可施展出某些威力绝伦的禁法。又传，一些玄功在运转之时，如果施法者完全契合玄功要义，也会不自觉地结出各种法印，这种情况下结出的法印称为玄功的"外相"。很显然，辰南目前在运转玄功，其已经陷入空灵之境，身心和功法完全契合，此刻相由法生，印由身成，这是陷入妙境后的自然反应。旁观众多青年高手皆露出惊异之色，既惊羡他陷入奇妙的武境，也吃惊于他家传玄功的玄妙霸道。

刚才辰南护体劲气破碎房屋，所发生的声响太过惊人，引得守护皇宫的高手皆向这里赶来。大公主楚月和澹台古圣地的仙子梦可儿也赶到了现场，看明情况后，才发觉是虚惊一场，楚月挥退了众多侍卫。

正在这时，辰南从玄妙的武境中醒转了过来，在印法停下来的一刹那，他的身体爆发出一团璀璨夺目的紫金之光。一股磅礴的大力自他体内爆发而出，宛如滔天巨浪席卷天地一般，附近的几所房屋皆在一瞬间被掀飞到了半空中，而后轰然爆碎，一股排山倒海的力量自辰南处浩荡而出。院中的众多青年高手皆飞退，躲避那汹涌澎湃的恐怖波动。小公主和东方凤凰恰好从远处赶来，看到这番情景，两人皆吃惊地张大了嘴巴。小公主怀中抱着小玉，气道："败类又变厉害了，可恶！"东方凤凰眼神也不断变化，最后叹了一口气，道："确实让人惊讶！"近处，四大学院的学生对辰南又惊又羡，他们明白这一次辰南的修为提升了一大截。

风华绝代的大公主楚月，眼中寒光一闪而过，她已经动了杀机。不过冷静思考后，在一瞬间她又渐渐压制住了冲动。一个修炼者即便本领通天，也不可能和一个国家对抗，除非修为达到传说中的六阶无敌之境。最主要还是老妖怪曾经知会过楚月，告诫她莫要"妄动"。楚月偷偷看了一眼旁边的梦可儿，发觉自己这位师姐眼中透发的杀气寒冷袭人，比她的杀意更加浓重。

"呃啊……"辰南睁开了双眼，两道实质化的紫金之芒，自双眼透发而出，长足有半米。他仰天大吼，漆黑如墨的长发狂乱舞动，他如一尊魔神一般。他手擎方天画戟，单手向天刺去。一道七丈长的紫金之芒，直上高空，宛如一道炽烈的闪电一般，破碎了虚空。院落内狂风大作，飞沙走石，所有断瓦、残垣皆飘浮了起来，围绕着如同魔神一般的辰南剧烈旋转。

辰南喃喃自语道："神性？魔性？皆是人性。"一声爆响过后，漫天瓦砾皆化为细沙，狂风立止，尘沙飘洒在地。辰南持神戟，立于场中，外放之强大气息俱敛于体内。

梦可儿脸色变了又变，不过最后还是露出了一脸灿烂之色，微微笑道："恭喜辰兄神功大成，东大陆十大青年高手再换一人。"冷锋惊道："四阶大成，准绝世高手！"众人皆惊，立时议论纷纷。四阶大成便是准绝世高手，离真正的五阶之境还有一步之遥。辰南越过四阶中级，直接步入四阶大成领域，这是一次飞跃性的提升。

这一次龙舞之遭遇，简直就是万年前雨馨身殒情景的重现，撕开了辰南心中最大的伤疤，在那一刻他狂暴了，身体潜能全面释放，险些走火入魔。不过，最终他却因祸得福，身体潜能大放之际，无匹的劲气贯通一条条未知领域的细小经脉。随后他陷入空灵状态，许多似是而非的武学问题，在那种奇妙的武境下渐渐融会贯通，因缘际会之下，终使得修为再次飞跃上一个崭新的高度。没有封魔印的压制，变异的黑亮真气疯狂同化金黄色的真气，直至两者等量后，又慢慢融合在了一起，变成紫金真气。融合后的真气似乎比之先前还要精纯，不过辰南也嗅到了一丝危险的气息，现在玄功有一半的时间在自发逆向运转，如此下去，在修炼的道路上，他可能真的要踏上一条不归路……

这时，辰南双目中神光闪烁，他终于感应到了梦可儿的真实修为，竟然是在四阶中级和四阶大成境界之间不断起伏波动，这实在让人惊异！先前，辰南修为不如梦可儿，加之她刻意隐藏实力，所以不能够清晰地感应到她的修为究竟达到了何等的境界。现在两人处于同一高度，自然看得分明。辰南心中暗道："居然在四阶中级和四阶大成之间不断波动，有古怪啊！加之她体内封印着一股可怕的力量，这个女子实在让人难以揣测……"这时西方十大高手之一的凯利，自不远处的一座院落飘浮到了半空，慢慢向这里飞来。辰南双眼精光一闪，他感应到了凯利周围强烈的魔法元素波动，直到现在踏足四阶大成领域，他才知道凯利、梦可儿这些位列青年前十的高手有多么地可怕。

"恭喜辰兄修为大幅度跃进，现在我总算知道东大陆的十大高手有多么强大了！"凯利爽朗的笑声自空中传来，他慢慢降落在院中。辰南收起神戟，大步向众人走去。接下来是一番客气的说辞。众人看着辰南的眼神都怪怪的，这个家伙从出道至今才不过短短多半年的时间，但和他有关的大事件一件接着一件，在年青一代中风头之劲，少有人能与之匹敌。尤其是这一次竟然用后羿弓差点将一个天使射杀，这简直如天方夜谭一般，料想用不了几日便会传遍大陆，到时定然会引起一片轩然大波。此时辰南功力大进，确实是一场及时雨。不然以他如今名号之盛，如果没有"十大"的实力，恐怕许多年轻人都会不服。所有年轻人都向辰南道喜，残破的院落异常热闹。

两日后，重伤的龙舞从昏迷中醒来。辰南道："龙舞，你终于醒了。"他收手停功。两日来，他不断将真气注入龙舞的体内，慢慢帮她疗治身体，效果是显著的，苏醒时间比御医预期的整整提前了一半。龙舞困惑地睁开了双眼，随后双目渐渐有了神采，轻皱秀眉道："臭败类，你怎么在我的房中，不是想对我意图不轨吧？"辰南无语，没想到龙舞醒来后就是这样一句话，不过还真是她曾经的风格。辰南又笑了起来，他发现了龙舞那一双灵动的眸子中一闪而过的慧黠之色。

　　"龙舞你感觉怎样了？"他伸手搭脉，想感应一下她体内紊乱的真气是否已经渐渐平息下来。"哎呀，你这个败类真是……"这一次龙舞确实是有些羞恼，略显苍白的绝美容颜上爬上两朵红云，急忙甩开了辰南的大手，气道，"不要碰我。"这时，外面传来一声嬉笑："嘻嘻，龙舞姐姐不要怕，我来了。"一阵香风扑进屋中，小公主快速闯了进来，她的一双大眼骨碌碌转个不停，在龙舞和辰南身上扫来扫去。"龙舞姐姐是不是有人欺负你，我帮你喊人抓色狼。"

　　龙舞轻笑道："小麻烦你可贵为一国公主啊，怎么能如此顽皮呢？来，让姐姐抱抱。"辰南有些诧异，感觉龙舞这次苏醒之后，心情似乎不再像前不久那样郁闷，似乎一下子开朗了许多。小公主嘻嘻笑了起来，她轻轻走过去，坐在床边，却不敢靠得太近。在神风学院时她就已经知道，龙舞喜欢调戏女生，一般情况下她和龙舞都会保持一定的安全距离。"龙舞姐姐你感觉好多了吗，这两天我可担心死了。"小公主甜甜地笑着，对龙舞嘘寒问暖。

　　"马屁恶魔精！"这是辰南对小公主的评价。

　　"臭败类，你竟敢骂我，哼，小心我叫人割掉你的头。"小公主狠劲地瞪着辰南。事实上自从她刚一回到皇宫，就曾想找人收拾辰南和凯利，但被楚月拦了下来。这时，院中又传来了脚步声，四大学院的青年强者们得到消息后一起来看望龙舞。不久长公主楚月、梦可儿、凯利也先后来到这里。众人看到龙舞自昏迷中醒来都很高兴，尤其是长公主楚月对她格外关心，拉着她的手，叮嘱一定要好好调养，同时吩咐御医将皇宫中最好的仙参拿来为龙舞补养身体。

　　辰南冷笑，他已经得知，龙舞的家族在东大陆位列十大修炼世家之一，想来大公主楚月基于此才如此热情。半个时辰之后，辰南要为龙舞输送真气，调理紊乱的内息走向，屋中众人皆退去。"龙舞谢谢你！"输送完真气后，辰南坐在床前的椅子上，对龙舞轻声道。此刻龙舞的脸色渐渐好了起来，原本惨白的脸颊渐渐有了些血色，她叹了一口气，道："不用谢。从罪恶之城到楚国帝都这一路上如果没有你时时开导我，我想我可能……这一次我之所以救你，也是想借此了结这一生。"

辰南急道:"龙舞,难道你真的想一直逃避下去吗?你不应如此消沉,也许一年,也许三年,也许十年,你会慢慢忘记曾经发生的一切。你不为自己想,也要为你的父母想一想啊,他们刚刚失去一个儿子,难道你忍心再让他们失去一个女儿吗?"说这些话,辰南有些惭愧,万年前他还不是如此。

龙舞微微笑了笑,道:"你不用费心开导我了,死过一次,我才明白,这个世上还有许多美好的东西值得我去留恋,我不会再自暴自弃。"

"哈哈……我就说嘛,曾经如阳光般灿烂的龙舞,怎么会如同寻常遇事就哭哭啼啼的小女子一般呢?"

"好啊,你在变相挖苦我前不久的样子。"龙舞捶了他一拳,瞬间她又想到了什么,道,"这一次我之所以救你,原因已经说明,你可不要胡思乱想啊。"

"嗯,我不乱想,我只知道曾经有一个美丽的女孩用自己的生命救了一个男子……"

"你这个家伙不要乱说!"龙舞脸色有些发红,快速制止了辰南,她知道如果再任他胡说下去,这个家伙肯定要说出一些让她脸红发烧的话。

随后,辰南发出强迫式的热情,他喂服了龙舞一碗药粥,叮嘱她小心休养,而后转身离去。屋中静下来后,龙舞叹了一口气,虽然她表面看起来开朗了一些,但内心还是苦闷的,短时间内她怎么可能忘得了潜龙呢?在昏迷的两天中,二十年来的往事,在她脑中一一浮现,那曾经的、那消逝的、那永恒的……欢笑、泪水、感动,一幕幕繁花似锦,仿佛就在昨日。昏迷过后,龙舞的心境慢慢发生了一些变化,她轻声对自己说:"让往事飞……"

皇宫大战三日之后,老妖怪秘密归来,他见过楚国皇帝以及五阶绝世高手司马凌空后,召辰南在密室相见。当辰南见到他时大骇,此老披头散发,浑身血迹,样子分外吓人。老妖怪比之先前又苍老了许多,头发脱落了大半,褶皱的皮肤如同干瘪的橘子皮一般,没有丝毫生命气息，当日在皇宫上空睥睨天下的强者之态尽去，此刻看起来分外虚弱。"前辈你这是……"辰南虽然心里有了一个大概的猜测，但还是有些吃惊于他目前的状态。

老妖怪刚要开口说话，突然剧烈咳嗽起来，猩红的血水自他嘴角溢出，令他褶皱惨白的脸色更加吓人。他摆了摆手，示意辰南坐下，他自语道："可怕啊，大乱来了……"

"前辈，这几天到底发生了什么？"看到老妖怪这个样子，辰南小心地问道。以老妖怪的修为而言，他应该可以在无敌强者大战中从容退去，不会落得现在这副狼狈样子。他一定自始至终都参与了夺宝。

"可怕啊，可怕！我从来没有想到过人间界会有如此实力强绝的人。你一定知道我在说谁，我没有想到他死去数千年之后，又复活了过来。"老妖怪的脸上露出一丝惧意，与他平时的姿态大相径庭，可见大魔给他留下了难以磨灭的印象。"你没有看到大魔后来的表现，你永远也无法猜测到他到底有多么地强大！"老妖怪似乎又回想起了当时的可怕情景，脸色变得苍白无比，胸口剧烈起伏，好一会儿才平静下来，他叹了口气，道："大魔的实力已经远远超过了人间界允许的极限，他根本不可能再驻留在这个世界，但他进行了自我封印，在人间界无人可战胜他！"辰南点头同意，修为到了那般天地，人间界真的已经没有对手，除非遇到死亡绝地的无名神魔这样不可思议的存在。

"这对于我来说当真是一场噩梦，近百年来我未逢对手，但这次一战，我对自己彻底失去了信心。"老妖怪有些激动地道，"被那大魔打败也就罢了，毕竟我多少知道他的一些底细，但被两个从头到尾未曾露面的修道者击溃，我实在感觉羞辱啊！你应该看到了那个太极图与玉如意，那两件法宝绝对是两个修为高绝的修道人的至宝，两人的修为竟然比大魔有过之无不及。两件法宝透发着无比恐怖的波动，竟然将所有人都围裹在内……"

原来，当日玉如意和太极图透发出一个强大的力场，将所有人禁锢在内，老妖怪死命冲击，才逃出来。至于其他人，有人和他一样逃离，有人则不甘心放弃神物，继续和大魔与两件神秘的法宝纠缠了下去。辰南惊异不已，他可知道太极图与玉如意的底细，哪里是什么修道人的法宝啊，这都是他身上的"活火山"啊！

老妖怪叹了一口气，平复了一下激动的情绪，道："当日我恍惚间看到那两件法宝是自你身旁不远处飞起来的，你可否感觉到那两人的气息？"辰南感觉好笑，老妖怪先入为主，一直以为那两件法宝为修为高绝的修道者所有，决不会想到玉如意和太极图有自主意识，寄宿于他的身上。

"出土的神物未曾得到，反倒失去后羿弓了，我还落下重伤，唉！"老妖怪长叹了一声，道，"我知道这个世上一定有某些强大到难以想象的存在，但没有想到有一天我会与之交手。不过能在那样的绝世强者手中逃离出来，也算是一种幸运吧！"老妖怪之所以将辰南找来谈话，是因为看到玉如意和太极图从他身旁飞起，想向他打探是否感应到拥有者的气息。辰南有些怀疑，他觉得老妖怪可能看出了什么，也许他已经知道两件法宝与他有些关联，只不过在装傻充愣。

想到这里，辰南多了一些戒备，而后开始打探当日的详细情况。遗憾的是老妖怪与众人纠缠了半夜，重伤垂危，拼尽全力，才冲出强大的力场，后来他在一座大山的古洞中调养了三日，并没有跟下去，根本不知道后来发生了什么。"前辈你可知道出土的那件神物到底有何来头？"听辰南提起玉手掌，老妖怪双眼眯成了一道缝，缝隙中透发出点点精光，他非常不甘地道："这件神物可能真的大有来头啊，可惜未曾落在我的手中，不然借它之力看破生死也不是没有可能。"

老妖怪的脸上满是遗憾之色，双目中透发着落寞、不甘、气恼等色彩，他长长叹了一口气，道："如果它是一件寻常的宝物，怎么可能将那些久不出世的老怪物都惊动了呢？连西方的天使都降临了人间，可想而知，这件宝物有多么地神异！如果我没有猜错，这件玉手掌可能是传说中的神之左手！"

"神之左手？！"辰南脸上满是震惊与不解之色。

"对，极有可能是传说中的神之左手。我想这件事除我之外，在人世间可能很少有人知道。年轻时，我曾经在西大陆游历，结识了光明教会的一个年迈的老法师。在一次醉酒中，他吐出了一些鲜为人知的秘闻。当然都是一些片段，但如果传出去足以惊世了，其中一个破碎的片段便是'神之左手事件'。"辰南真的被吸引住了，直觉告诉他，神之左手可能和万年前众神消逝的惊天大秘有些联系。

老妖怪语调很低："相传，在上古年间，嗯，时间可能有错误，也可能是上古的上古，也许是众神刚刚出现之时，光明神与天魔几人联手大战天地间一个不可思议的存在……"

"等等……"辰南打断了老妖怪的话，道，"西方最为强大的主神当中似乎有一个便是光明神，难道是他？还有那个天魔，貌似这是东方传说中最为强大的魔神之一吧？"

"嗯，是的。"老妖怪点了点头，道，"当年，光明神威震西方三界，天魔慑服东方六道。尽管他们都已经不存在了，但他们的名号却被传承了下来，光明神与天魔成了一种封号。如今，在西方，被称为光明神的神灵定然是最为强大的主神之一，在东方亦是如此，被称作天魔的人定然是功力通天之魔，几乎是六道中无敌的象征。"辰南点了点头，道："你所说的到底是指哪一时代的光明神和天魔呢？"

"我说过，我得到的消息只是一些零碎的片段，具体是指哪一个时代，我也不清楚。"辰南并不失望，他知道越是重大、久远的事件越是难以流传下来，想必老妖怪所知的秘闻应该发生在数千甚至上万年前。辰南道："前辈您接着讲。"

"那个西方的老法师告诉我……传说东方的天魔和西方的光明神几人联手大战一个无法想象的存在，直打得天崩地裂，海浪滔天，最终光明神粉身碎骨，天魔去向未明。主神参与的大战，其惨烈残酷是凡人无法想象的，虽然那名老法师所述说的有限，但不难想象当初的大战是何等地惊天动地。老法师说，大战过后，天使收集到了光明神涅槃后的玉质型残骸，但并没有集全。那些天使曾有言，如果能够将散落于各界的残骸集全，他们能够令光明神再生！"听到此处，辰南露出震惊之色。

老妖怪接着道："西方人间界的教会一直以来都在暗中收集光明神的骸骨，也不知是在哪一个年代，竟然被他们发现了光明神的左手掌，可是刚刚送进教会，就遭盗窃。传说被一个大盗带到了东方，最终几经转手，落入一个降临人间的古仙人手中，被他祭炼成了一件威力绝伦的神物，不过这件神物昙花一现，永远地消失了……"

"你是说……玉手掌便是当年光明神的左手掌？是被古仙人封印在了地下古洞中？"

"应该是这样。"

"竟然有这种事情，到底是哪一代的光明神呢？竟然收集全尸骸后，便能够复活，本领未免太过逆天了吧！"辰南自语道。老妖怪笑了笑，道："如果我没有猜错的话，定然是那真正的光明神，而不是后来被授予光明神封号的主神。"

"我想……也只有那曾经威震三界的无上存在，才会有如此逆天的神通，不过也间接说明他和当年的天魔联手对抗的人有多么地可怕！"辰南叹道："在那遥远的年代到底发生了什么，竟然令东方的天魔与西方的光明神联合在一起对敌，那究竟是怎样的一个存在？"他双眼射出两道精光，如果真是那真正的光明神，那么可以肯定他身殒的时间最起码在万年前。辰南心中电转，天使似乎受某种规则约束，一般情况下难以现临人间，这样说来西方的教会岂不是在那个时间段就开始在收集他的骸骨了？那么他们定然掌握着某些详细的信息，或许在他们保存的古籍中有万年前众神消逝的秘密的线索！

想到这里，辰南真的无比兴奋，无意间他似乎抓到了一条重要的线索，他有必要前往西大陆一趟，他在心中自责道：早该想到，东方古籍难以查询、搜索到线索，为何不去西方试试呢？西方的教会从远古传承到现在，是一个从未变更过的正统宗教，相当于一个屹立万载岁月的国度，他们所保存的古代文献资料定然较为完整……辰南心中激动无比，困扰他的谜底终于要浮出水面了。不过，他又想起了另一件事，他体内的金黑两色光球已经逸出体外，且玉如意也尾随而去，现在威胁尽去，还有必要继续探索万年前的秘密吗？

他迫切想知道万年前到底发生了什么，但没有了潜在的威胁，他还有必要去冒险吗？万年前的惊天大秘对修炼者来说绝对是一个禁区，如果去深入挖掘，难保不会引出功力惊天的神秘布局者，难保不会出现巨大的危险。辰南摇了摇头，心中暗嘲：这件事我不能退缩，我一定要弄明白万年前的真相。唉，我还真是一个不安分的人。

老妖怪看着脸色忽明忽暗的辰南，道："你在想什么？"

"哦，没什么。"看着老妖怪脸上那淡淡的笑意，辰南心中一惊，觉得这个高深莫测的老家伙似乎发觉了什么，他急忙转移话题，道，"前辈，那一晚都来了些什么人？那些人强绝的修为着实让晚辈感到震惊，实在无法想象有这么多无敌强者。跟他们比起来，那些五阶绝世高手就像小孩子一般，至于晚辈这等修为就更是无法比较了，当真让人汗颜。"

老妖怪点了点头，道："五阶高手只是寻常人眼中的绝世高手，说句不客气的话，只有修为达到五阶境界，才算真正走入了修炼的领域。修炼就是改变体质，实现自我升华的进化过程。五阶以下不算入门，他们所掌握的不过是格斗的技巧，远远没有理解修炼的本质意义。至于那一晚出现的人，你现在还没有必要知道，如果有缘，你早晚也会步入那一领域，到时候自然晓得。"

辰南知道，老妖怪说得没错，那等境界的高人和他属于两个世界，他笑了起来，道："绝世、绝世，呵呵，寻常人眼中的绝世……"

老妖怪叹了一口气，道："我有一种预感，平静多年的修炼界将刮起一场大风暴，老怪物纷纷现身算不得什么。但你们这一代的年轻人实在让人惊讶，比之百余年前的同龄人不知要高上了多少。现在东大陆的十大青年高手任何一人，如果放在百年前皆在全大陆前三之列。所谓盛极必衰，衰极必盛，不久的将来，修炼界恐怕会有一场大动乱。我有一种感觉，千余年前的类似情况似乎重现了。"辰南一听来了兴趣，问道："千年前到底是怎样的一种情况？"

老妖怪喝了一口茶，道："千年前修炼界达到一个令人难以想象的鼎盛状态，不仅各种失传的神功绝学、奇异魔法重现于世，且有众多奇才创出许多名震于世的奇功宝典，现在修炼界天功宝典中的某些绝学就是在那个时期创下的。"辰南悠然神往，不难想象，在那个百家争鸣的年代，定然有无数杰出之辈。

老妖怪接着道："在当时真可谓高手如云啊，但就是在这种状况下修炼界发生了大动荡，至于原因，早已不明。据说西方的天使与东方的仙人都纷纷降临人间，参与了几场人间界的巅峰对决，令人不可思议的是许多仙人和天使都折损在那几场对决中。后来传说，有些天使和仙人之所以殒落，因为他们碰到了狠角色，人间界有些所谓的奇才都是转世仙神、转世高阶天使……我可没怀疑你们这一代有转世仙神、转世天使，只是觉得有暗流涌动，似乎将有大动荡而已。"辰南点了点头，不过他心中想的却是澹台璇，千年前澹台仙子曾经现临人间，现在澹台城还有她的雕像，想来她降临的原因也跟那次大动荡有关，可具体是什么值得她下凡呢？

离开密室之后，辰南还一直在想这个问题，从神墓中复活至今，他心中有牵挂，有遗憾，也有一口恶气，那便是当年澹台璇对他的所作所为。明白真相后，他一直无法释怀，不过想要讨个说法，何其难啊！漫说要刀锋指向澹台璇，就是和她的后辈传人梦可儿大战，谁胜谁负，还很难说。被老妖怪勾想起澹台璇的事情，辰南在心中思忖了良久，想找澹台璇的麻烦真是太难了！澹台璇已经破碎虚空，进入仙神界将近万载岁月，如今的修为究竟达到何等境界，天才会知道！

万年前绝大多数的神魔仙灵都已经消逝了，那场大劫过后立刻飞升至仙神界的人，想来现在恐怕都已经成了一方仙主。当年澹台璇天纵之资，以她的潜质来说，经过万载岁月后，在仙神界不能够成为一方至尊，那绝对是不可能的！遥想万年前风华绝代的澹台璇，辰南心中发出一声叹息，他不明白澹台璇为何会对他出手？

"澹台啊澹台，你到底为了什么呢？"想到澹台璇已经成为仙神界一方至尊，辰南不免有些灰心，现在他还在和她的后辈传人梦可儿争斗，如何斗得过她啊？期待蛹化彩蝶？鲤鱼一跃成龙？这些都不现实，功力不是一朝一夕就能够修炼成功的。与澹台璇相比，他就像一只小小的蜗牛，在一点一点地向着仙神界爬升。"如何才能够拉短和她的距离呢？想要对付澹台璇必须要以非常之法啊！"就在辰南胡思乱想之际，他的屋中忽然光华一闪，一金一黑两个拳头大小的光球出现在他的身前。辰南见之大惊，本已离他而去的两色光球居然又回来了，不过此刻两个光球似乎暗淡了许多。

"不是消失了吗，怎么又回来了？"辰南一边暗自咒骂，一边催发出一道道剑气，向着两色光球激射而去。尽管知道没多大用处，但他还是想阻止一下。出乎他意料的是两色光球居然悬停在他一米之外，没有再继续前进，当然剑气对它们来说并不能起到丝毫作用。辰南大奇，随后斥道："你们到底是怎样的一种存在？不准过来！"

两色光球像是明白了他话语，居然颤抖了起来，发出了呜呜的声响，如同受了委屈的婴儿在哭泣一般。两个小家伙似乎开了心智，好像很怕他，而且似乎很委屈，辰南甚是不解，不知道这到底是怎么回事。"呜呜……""咿咿呀呀……"两个光球慢慢飘浮到了辰南脸庞，居然如同调皮的孩童一般不断摩擦他的脸颊。说来也怪，辰南并没有感觉到丝毫恐惧，他从两个光球淡淡的光辉中感觉到了一种复杂的情绪，似乎是那种血浓于水的亲情，两个小家伙仿佛真的是他的亲人。

一想到这里他感觉毛骨悚然，这未免太过奇异了，两个小家伙乃是聚集众多神魔之力凝聚而成，怎么可能是他的亲人呢？说不一定某一天就会反噬他。可是，辰南的确感觉到了一股久违的亲情，忍不住伸出双手将它们托在了掌心。两个小家伙在他掌心轻轻颤动了起来，似乎在欢呼雀跃，仿佛很高兴他这样做。突然，屋中光华一闪，玉如意凭空出现，淡淡柔和的光辉令屋中充满了祥和的气息。可是辰南手中的两个小家伙却被吓得剧烈颤抖了起来，而后如孩童一般冲着辰南"咿咿呀呀"叫了几声，似乎是在告别，又似乎是在告诉他某种信息，而后它们便快速冲进了他的身体。

玉如意并没有追击，这一次它散发着莹莹宝辉，围绕着辰南转了几圈，而后光芒一闪，便再次出现在他的颈项之上。就在这时，辰南忽然感觉胸前越来越热，似乎有什么东西要钻进他的体内。他低头观看之下大骇，玉如意似乎融化了，渗进了他皮肤内，连带着玉如意的丝线似乎也跟着在慢慢消融……辰南急忙伸手纠扯，开玩笑，这样的一个来历不明且具有无上恐怖神通的怪玉，要是钻进他的身体，天晓得以后会发生什么事情。不过辰南的阻碍对于玉如意来说，可以忽略为零，根本难以对它造成任何影响。

"喂喂喂……我说姐姐，我已经听到过你的声音，对于我这个凡夫俗子来说，你的声音当真堪比天籁之音，我想具有这样绝佳妙音的女子，定然是那天地间最为美丽的女子。你怎么能够往我这个俗人的身体里钻呢，这样对你来说是亵渎啊，拜托，快出来吧……"辰南也不管玉如意能否听懂，自己在那里胡言乱语来阻止。他是真的不希望玉如意跑进他的身体，他的丹田中已经出现了两个神秘难测的光球，如果胸部再跑进一个玉如意，他的身体简直成客栈了，谁想住进来就住进来，这也实在太过恐怖了。

"喂喂喂，我听说过须弥纳芥子的极限传说，如果能够达到天地间最强，便能够重开天地，另创一界，我知道你便是那传说中的最强神女。我想你一定被困在了自己的世界里，可是即便这样，你也不能这样做啊。你想你这样一个天地间的女至尊，怎么能够生生挤进我这个肉体凡胎的俗人身体里呢。你乃是天地间的女至尊，决不能做出有辱自己身份的事情啊！"出乎辰南意料的是玉如意竟然真的不再向他的身体里生猛地钻了。

"我晕！"辰南惊得目瞪口呆，暗道：不会吧？！我完全在胡说八道啊，这……这……这时，他的胸口再次发热起来。"喂喂喂，我说姐姐，你乃是天地间有史以来最美的仙子，你这天地间的女至尊如果钻进我的身体，以后再出来的话，不相当于我的子女了吗，这个虽然我不介意，但是你……嗷呜……"一阵电流涌进辰南的胸膛，他被电得一下子跳了起来，险些将房顶撞破。

此时此刻，大公主楚月和澹台古圣地的仙子梦可儿正在密议。"没想到这次皇宫出土神物，竟然引来这么大的风波，不仅使隐修的无敌强者纷纷出世，六大邪道圣地也蠢蠢欲动，他们的传人有几人已经提前出世了。"梦可儿蛾眉轻蹙，邪道圣地的传人纷纷出世，对于她来说是一个不好的消息。她作为澹台古圣地当代最杰出的传人，自然免不了和邪道圣地的传人进行生死之战。楚月绝美的容颜上没有丝毫波动，不过她也确实为这位师姐担心。她虽然知道梦可儿钟天地之灵秀，一身修为在年青一代中罕逢敌手，但据闻六道当代的传人也个个都是人杰，据说每一个人都能够位列东大陆十大青年高手之一，只要他们出世，现有的十大排行榜将立刻会被改写。

"师姐你也不要太过担心，六道中混天小魔王前不久已经被辰南重创，想来他的自信心遭受到了严重的打击，师姐下次如果和他相遇，定然能够顺利将他击杀。另外，新出世的绝情道传人，想来应该比不上那混天小魔王，历来绝情道都是六道中最弱的一道，他们这一道的传人绝非师姐的对手。"梦可儿摇了摇头，如玉的容颜上现出一丝忧色，一双灵动的眸子闪烁着一丝异样的光彩，她叹了一口气，道："你不了解混天小魔王，这是一个非常可怕的人，依照他那种疯狂的个性，将会越挫越勇。至于新出现的绝情道传人，更加令我担心。绝情道的教义是斩情绝性，灭绝七情六欲，达到天魔绝情灭性之境。这一道的传人如果没有将那邪异的绝情咒练成还好，一旦功成，那将是六道中最为可怕之人。"

楚月有些不解，道："数百年来，从未见过绝情道出现过杰出的高手啊？该派连续几代派主不但做不到绝情绝性，而且到最后皆因练功而走火入魔，少有人能活过四十岁，致使门下弟子无师长教导，只能自己摸索。如此恶性循环下来，这一道日渐式微，可以说是六道当中越来越没落的一道，长此以往下去，早晚会被灭派。这样最为弱小的一道，为何使师姐现出忧色呢？"

"绝情道表面看来的确有所不如其他五道，但你莫要忘记数百年前的绝情大魔王一人横扫六道，仅凭一己之力险些击垮正道圣地的事情。若不是一位奇人横空出世，恐怕他真要在六道中称帝了。如果他真的成功了，被他整合在一起的六道高手将对正道圣地带来一场难以想象的灾难。绝情道的奇功绝情咒绝对是天下最为神奇的功法之一，如果练成，人间无敌，也不是没有可能。"

梦可儿端起茶杯，轻啜了一小口，接着道："试想，已经过去了数百年，绝情道没有一个修为绝顶之人，但绝情咒却从未自天功宝典之中删除，由此可见老一辈的修炼人士对绝情咒多么地看重！近几代，绝情道的传人在六道中总是最后出世，原因无他，他们邪功未臻大成。但当代绝情道传人一反常态，率先出世，我猜测他已经成就绝情身！"

楚月脸色一变，她当然听说过数百年前绝情大魔王六道称帝的事情，那绝对是一个充满传奇色彩的无敌强者。其实，正道圣地与邪道圣地之争本和她无甚关联，但她最近听说某些邪道圣地和一些国家的皇室往来甚密，这令她有些不安。这样一来，她当然希望自己的师门以及几个正道圣地在争斗中占据上风。

"师姐你真的认为绝情道的传人邪功大成了吗？没有师父指点，仅凭自己摸索，就能有所成就，这样说来这个人当真不简单啊！师姐你也不要太过担心，如果你觉得很难办，我可以帮你想办法。趁现在皇宫出土神物的风波，我请几位还没有离去的高人，暗中除去邪道传人，保证神不知鬼不觉！"

梦可儿摇了摇头，道："你不要乱来，哪里有你想象的那样简单，世上没有不透风的墙。再者，即便绝世高手出手，恐怕也真的难以留下一心只想逃走的青年顶峰强者，六大邪道当中哪一道没有逃命的绝学？六大邪道圣地和正道圣地早有约定，不再爆发大规模的圣战，以门下弟子较量为主，老一辈不得无故介入。如果按你所说的那样去做，万一事情泄露出去，邪道六圣地将会理直气壮地进行疯狂的报复，那将是一场可怕的灾难。这么多年来的休养，天知道六大邪道当中出了多少个老怪物，如果引出一些无敌强者对决，恐怕要波及整个修炼界。"

楚月当然明白其中的利害关系，不过由于出生在帝王家，她的每一句话都讲究权谋策略。她之所以这样说，为的是让梦可儿明白，她真心想帮助师门。"师姐也不要担心，既然小林寺的大师为了混天大魔王再履红尘，想必该派当代最杰出的传人也已走出了小林寺，恐怕已经离楚都不远了。还有，那紫霄宫的前辈奇人已经现临楚都上空，想必这一派的传人也出世了。"

梦可儿淡淡地笑了笑，道："嗯，他们也该出世了。不过，我刚刚得到一个非常不好的消息，情欲道的传人也出世了。"楚月闻听此言，脸色一阵古怪。

数百年来，情欲道的存在，对于澹台古圣地来说是一个莫大的耻辱。提起情欲道，修炼界的人士首先想到的便是淫乱。该道之名，已经将其教义阐述得淋漓尽致。情欲道以荒淫虐乱著称于世，在那遥远的过去该派曾经是修炼界的一大祸害，几乎被正邪所有门派追杀。在过去，修炼界凡是有漂亮女子的门派都要像防贼一样防备情欲道的人，一旦被他们盯上，那么女孩多半就毁了。他们向来是不得手不罢休。最终情欲道引得修炼界所有人同仇敌忾，经过一番大追杀，该派差点被彻底灭掉，不过终究还是苟延残喘了下来。但他们再也不敢为所欲为，一下子收敛了许多。日渐衰落的情欲道并没有就此一蹶不振，在被整个修炼界围剿过后数十年，该派出现了一个奇才。此人将情欲极情典练到了极深的境地，不仅有高明到让人难以防范的淫术，本身的武学修为也臻至化境，纵横天下，少有敌手。

这一代的情欲道传人并没有像先辈那样祸乱天下，引得人人喊打。当然这样一个修为绝顶的情欲道传人不可能会安分守己，他将目光瞄准了当年澹台古圣地那一代最杰出的传人。经过三年的交锋，情欲道奇才做出了一件震惊整个修炼界的大事，他将澹台派那一代最杰出的传人收到了后宫。澹台古圣地的仙子被最为淫乱的情欲道传人收进后宫的消息如飓风一般横扫整个修炼界，惊得所有人目瞪口呆，简直不敢相信这个事实。

事实上，那一代澹台古圣地的仙子武学足以位列青年中前三，其容貌更是艳冠天下，引得无数青年才俊为之疯狂，任谁也没有想到，她竟然会被情欲道的人折花得手。这对于素来以圣洁闻名的澹台古圣地来说是莫大的耻辱，澹台古圣地几乎出动了所有护法高手去围剿情欲道奇才。然而情欲道传人功力实在太过高强，本身资质就高绝无比，外加中年出道，已经修炼了几十载，当真已经少有敌手。他虽然几次和澹台古圣地的护法们相遇，但每次都从容而退，最后更是掳带澹台古圣地那名最杰出的传人同进同退，简直在猛劲地扇澹台派的耳光。不过，最后他被几个圣地最杰出的高手联手围住了，身负重伤之下他还是带走了澹台古圣地的那名仙子。

这莫大的耻辱，令澹台古圣地一派上下所有人怒火直烧九重天，但情欲道传人掳走澹台派传人之后再也没有出现。直至过了五年，澹台派传人才重现修炼界，引得八方轰动。她返回澹台古圣地，告知师门自己已经诞有一女，令当时的澹台派掌门气得顿时吐了一口鲜血，险些就此一掌结果传人的性命。经过派中弟子多番求情，她才保住性命，被软禁在后山之中。此外，澹台古圣地的掌教对外宣布，称其并不是该澹台派最杰出传人，不久便推举派内另一弟子走出圣山，代表澹台派行走修炼界。

被软禁在后山的那名最杰出弟子，内心凄苦无比，一切都非她之过，最终却落得如此下场，最终彻底寒心。而情欲道的那名奇才可谓作茧自缚，以淫乱著称于世的特性似乎在他身上很淡，他竟然真心喜欢上了澹台派最杰出传人，因为他对那名澹台派传人产生了真感情，故此放她离去。当情欲道传人得知了心爱之人回返澹台派后的遭遇，他多番探察找出澹台派的所在地，潜入其中救出心爱的女子，将之接回情欲道。事情的结局在外界看来很荒诞，在澹台派看来更是莫大的耻辱。情欲道传人和澹台派传人竟然结成了真心相爱的夫妻。不过那名女弟子也算对得起澹台派，并没有将自身的绝学教给后人。经此之后，情欲道发生了明显的转变，经过澹台派那名女弟子的约束，该派已经不再像过去那般淫乱不堪。

当然派内有许多弟子不服，不过在那名情欲道奇才的血腥镇压下，不安分的门人被肃清了。最终，该派完全是血亲传承，后来的门下弟子皆是派主后人。自此之后，那对夫妻给自己的后人立下了特殊的规矩，男人以娶得澹台派女弟子为荣，女人不得太过淫乱。此后，情欲道与澹台派可谓结下了难以化解的恩怨。在澹台派看来，情欲道的存在是澹台古圣地的耻辱。而对于情欲道的门人来说，澹台派抛弃了自己的老祖宗，作为她的后人，他们一直想为老祖宗出一口气，所以针对澹台门人时，格外"费心"。

楚月明白两派间的因果，此刻闻听梦可儿的消息后，绝美的容颜上立刻露出古怪的表情。梦可儿淡淡地笑道："那件事已经过去数百年了，你没有必要羞于出口，我又不是派中的那些长老，不会在意。不过情欲道的确是一个麻烦啊，他们不同于其他五道，似乎重点针对我们澹台古圣地。"

"师姐你要小心啊，我听派中的长老讲过，我派内似乎还有人吃过这一派的亏。"说到这里，难得心机深沉的长公主露出一丝不好意思的神色。梦可儿似乎也有些不自在，点头道："我知道，你放心，他们无法奈何于我。"

"他们？难道不是一个人？"大公主有些吃惊。

"是的，这一次情况比较特殊，情欲道当代有两位最杰出的弟子，他们为孪生兄妹，先后来到了楚都。"

楚月惊道："啊，怎么会这样？情况似乎……"楚月知道，情欲道即便是在六道当中口碑也不是很好，因为他们的传人专门"抢劫"绝世美女，曾经是邪道六圣地许多门人的头号情敌。情欲道门人偏偏喜欢找邪道圣地和正道圣地最为出色的女弟子下手，这令六道中其他门人非常痛恨。不过也有一种特殊情况，那便是情欲道那一代最杰出的传人是女子。情欲道走出的女弟子当真称得上倾城倾国、艳冠天下，皆是颠倒众生的绝世尤物，甚至比之澹台古圣地走出的仙子还要稍胜一丝颜色。只要是情欲道的最杰出传人为女子，定然能够利用其艳冠天下的美貌，以及其"特有"的手段，将邪道六圣地的传人团结在一起，这对于正道圣地来说绝对不是妙事。

梦可儿站起身来，走到窗口，看着窗外飘零的雪花，自语道："确实有些麻烦，听说这双兄妹极其出色，而且我已经得到可靠消息，情欲道的那个妹妹想整合六道，将所有邪道圣地传人聚集到她的身旁。"

当梦可儿和楚月走到辰南屋外时，正好听到他在里面唠叨："我知道天上地下唯你独尊，比那仙界一方至尊澹台璇强上十倍，我知道三界六道唯你颜冠，比那眼睛长在头顶上的小娘皮梦可儿美上十倍，比那心机深沉的小丫头片子楚月强上十分……"

"砰！"门一下被猛力推开了，梦可儿和楚月面无表情地走进屋中，看也不看辰南一眼，径自坐了下来。以辰南的修为来说，当然早已感觉到她们的到来，他这是成心要当面骂两位天之骄女。玉如意最终渗进了他的皮肤，他的胸前出现一道淡淡的印痕，隐隐约约间可以看出是一个玉如意的形状，他没有丝毫办法。

"辰南，看来你很悠闲啊，自己一个人也能够调侃得如此快乐！"楚月身为一国公主，任谁见到她都要礼敬有加，哪曾有过今天这样的遭遇，居然被一个万分痛恨的家伙"隔墙"贬斥。

"呃，还好，还好。"辰南脸不红心不跳，一副正经八百的样子。梦可儿淡淡地看了他一眼，道："想必你过得还很舒心吧，你可知在这宫外有多少人想取你性命吗？"辰南做出一副满不在乎的样子道："小猫小狗两三只，有什么可担心的？"

楚月笑了笑道："呵呵，辰南你还真是开朗啊！将破灭道传人的父亲打残，将混天小魔王的神戟抢到手中，和两位位列'十大'的人物结下难以化解的仇怨，你居然还笑得出来？邪道六圣地向来同气连枝，一损俱损，一荣俱荣，你折杀了这两道的面子，你说其他四道的人能放过你吗，六道的传人合在一起，你抗衡得了吗？六名足以位列'十大'的绝顶青年强者，共同追杀于你，你能活下来吗？"

"哼，有什么可怕的！别以为我不知道你们正道圣地与邪道圣地的底细，六道表面看起来同气连枝，但内部也争斗不断，我想我还没有强大到让六道联手来对付我的境地吧？我只得罪了其中的两人，破灭道那个小屁孩还没出师呢，现在根本用不着考虑。至于混天道那个眼睛长在头顶、狂得要飞上天的家伙，绝不会拉下脸来，和人联手对付我。毕竟他刚出道，就被我抢走了镇派之宝，如果想找回脸面，他只能单独找我决斗，一对一地抢回方天画戟，不然他这辈子休想在六道中抬起头来！"

梦可儿淡淡地笑了笑，绝美的容颜似那绝巅雪莲悄然绽放一般，屋中立时充满了一股圣洁、祥和的气息。"辰南你对邪道六圣地了解得太少了，哪里知道他们间的复杂关系。你击败了混天小魔王，抢了他的神戟，大大折辱了他的面子，你以为其他五道只会静等项天自己出手？你大错特错。一直以来，六大邪道在一致对抗正道圣地的同时，彼此间也明争暗斗，都想成为六道之主宰。六道最杰出的传人彼此间自然也存在着争斗，都想压下其他五道的风头，证明自己是六道最强的青年高手，从而摘取那六道第一青年高手的头衔。你打败并折辱了混天小魔王，你认为其他几道的传人会怎样做呢？"

辰南心中暗骂，按照梦可儿所说，他现在显然已经成了众矢之的，其他五道传人定然都想击败他，表面看来六道同气连枝，实际在证明自己比混天一道的传人强！

"哼，我知道六道最杰出的传人当中已经有几人来到了楚都，想必梦仙子倍感压力大增吧？我们之前不是结盟了吗，何必再来给我重新分析利害关系呢？想要和我联手就直说吧，不用如此拐弯抹角！"面对两个绝色美女，辰南并不觉得多么幸福，这两人一个比一个精于算计，现在想来一定是她们感觉到圣地力量薄弱，想要拉他入盟。

梦可儿微微笑了笑，道："我们之间以前发生了许多不快，你我曾经有言在先，暂且放弃成见，现在共同对付邪道圣地之人，想必辰兄也没什么意见吧？"辰南也笑了起来，道："当然，不过我觉得以前我们也没什么不快，其实我还是蛮怀念不久前的美妙时光啊！"饶是梦可儿涵养过人，此刻闻听此言也立时变色，将指关节都捏得发青。楚月甚是不解，不明白梦可儿为何如此失态。

澹台古圣地心法重在修心，修为到了梦可儿那般天地，外界早已难扰空灵之心，但楚月哪里知道自己这位师姐和辰南之间发生的事情呢？恐怕换作是她们的师父，如果经历过那一切，此刻再听到辰南这番话语，也要抓狂。梦可儿心中大恨，强忍着自己的怒意，慢慢平静下来。她觉得辰南甚是可恶，明显在有意激怒她，破坏她的心境，想干扰她的修行之心。眼看着梦可儿瞬间便恢复了过来，眼中越来越清明，辰南心中一动，暗道：不能过分逼她了，再这样下去，我就成了那磨锋石，将她推向更高的境界，不但不能破她修行，反倒成全了她。唔，没想到这个女子如此厉害！

梦可儿平静下来后，开始和辰南分讲目前楚都来了哪些圣地传人，告诉他现在莫要和他们起冲突，等到正道圣地小林寺和紫霄宫的传人露面再有所行动也不晚。辰南当然不会认为梦可儿在为他着想，恐怕真要有所行动时，他定然会成为正道圣地的炮灰。反正现在局势未明，他有的是时间思量以后的对策。

接下来几日，辰南一边照看龙舞，帮她疗伤，一边出没于帝都大街小巷各个酒楼之间，这几天他已经打探到了许多关系正道圣地与邪道正道的消息。同时他在等一个人，他知道混天小魔王一定会第一个找上他，项天决不会让别人抢在前面动手。因为如果别人将辰南击败，那就意味着混天小魔王败给了那个人，项天刚刚出道，心高气傲，绝对难以忍受那样的耻辱！事实上辰南也非常希望项天早一天找上门来，早点了结两人之间的恩怨，他想趁着龙舞还在楚国帝都，帮她报仇。

楚都皇宫地下惊现神物，引得八方风雨来袭，皇宫上空的无敌强者大战，震惊了整个修炼界。事情已经过去了近十天，楚都的修炼者非但没有减少，反倒增加了许多，许多修炼者赶到了这里，想见证一下这场盛会。楚都近日来的餐饮业可谓生意兴隆，客栈生意更是火爆，从某种意义上来讲，这一次楚都风云直接拉动了平阳城的经济增长。

楚国皇宫大战后第十日，混天小魔王并没有找上辰南，反倒是另一邪道圣地的传人约他去喝茶。辰南笑了，他背着方天画戟成天出入各个酒楼本想令混天小魔王挂不住面子自行跳将出来，不想被其他人认出来了。

黄鹤楼可谓楚都第一名楼，甚至称之为楚国第一名楼也不为过。在楚国定都于平阳之前，此楼就已建成，有将近千年的历史，其间几经修复。历代以来，无数文人骚客，在黄鹤楼留下无数名画绝句，使得该楼名传整个东大陆。此外，千余年来，在黄鹤楼还发生过三次无敌强者的大决战，当然大战的双方巧妙控制了那浩如汪海般的力量，未损毁楼中一桌一椅，使得黄鹤楼名传修炼界。

如今，能够出入此楼之流，不是一方名士，就是帝国权贵，皆是大有身份之人，一般之人很难进入。辰南如果亮出楚国护国奇士的身份，自然可以轻易进入，但如今身在楚都他实在不好意思再继续招摇撞骗。不过请他喝茶的人想得很周到，早已派人在楼下等候，将他领上了三楼。直到那人退去，他才从旁人口中得知，领他上来的人竟然是此楼的老板。辰南微微一愣，而后笑着推开了身前的房门。

黄鹤楼被称作楚都第一名楼，岂是一般的酒楼可以相比的，屋内墙壁之上挂的名家真迹，窗纱更是珍贵罕有的琉璃制品，外面的冰雪世界，在屋中清晰可见。所有这些都难以引起辰南的注意，他的双目紧紧地盯着前方藤椅之上的慵懒娇影。有些人注定是上天的宠儿，无论走到哪里都会成为人们注视的焦点，在他们的身上涌动着令人无法抗拒的气质与魅力。

如果仅用两个字来形容眼前的女子的话，那就是"美"与"媚"，如果随意描绘的话，那赞美之词可能一天一夜也难以道尽眼前女子那绝世魅惑之态，只能让人感叹，此女不应出现在凡间！具有绝世魅惑之姿的女子慵懒地躺靠在藤椅之上，半披的裘皮大衣难以掩住她魔鬼般的身材，修长的双腿完全是按照黄金比例而生成的，浑圆、丰腴的双臀惹人无限遐思，盈盈一握的小蛮腰细嫩柔软，丰润的双峰饱满挺翘，如同天鹅般的颈项雪白滑嫩，让人浮想联翩。

当辰南的目光移到这名女子的脸上时，他感觉脑中轰然一响，这副艳冠天下的容颜让他有些发呆。到如今他遇到过无数美女，楚月、小公主、东方凤凰、龙舞、梦可儿，哪一个不是人间绝色，但面对此女，他还是有了一股窒息般的惊艳感觉。这是一个媚到骨子里、艳艳寰宇的女子，绝代容颜散发着异样的魅惑之态，完美的姿容挑不出任何瑕疵。仅仅慵懒地躺在那里，未刻意做出任何媚姿，就已经使定力超强的辰南感觉晕晕乎乎了。"请坐。"短短的两个字，似天籁之音一般悦耳动听，将辰南拉回魂来。他暗道了一声，好厉害！他知道这一定是情欲道最杰出传人南宫仙儿。一进门，他就领教到了情欲道的无上绝学，情欲极情宝典上记载的绝世媚功。

南宫仙儿嫣然一笑，屋中仿佛多了些粉红的色彩，让辰南几乎以为走进了歌舞飘摇的桃花林中，仿佛有一条条曼妙的身影在他周围环绕扭动。他默运玄功，靡靡之音立刻归于虚无，他摇了摇头，而后从容坐下。辰南表面虽从容，但心中却惊骇不已，南宫仙儿的媚功让他起了警惕之心，这个千娇百媚、艳冠天下的绝色女子随意的动作，竟然都能够影响人的心神，可见其媚功之高绝。南宫仙儿仿佛看透了他在想什么，冲着辰南俏皮地眨了眨眼睛，长长的睫毛、黑亮的大眼，此刻她看起来分外俏皮可爱，妖娆魅惑之态尽去之后，她仿佛变成了一个纯情的小女生，显得异常调皮。

辰南暗呼厉害，这个南宫仙儿的媚功实在已经达到炉火纯青之境，简简单单的一个小动作，就给人一种全新的感觉，完全颠覆了一瞬间前对她的印象。看到辰南失神，她扑哧一笑，妖娆之态再次浮现而出，顷刻之间她又转变成了颠倒众生的尤物，绝世媚姿当真可祸乱天下。

"呵呵，傻瓜，我是来请你喝茶的，不是来看你发愣的。"南宫仙儿轻笑道，话语分外悦耳。辰南笑了笑，彻底定下心神，道："好啊，还不快给我倒茶。"南宫仙儿细长的秀眉挑了挑，嘟着红润的小嘴，不满地咕哝道："茶水不就在你身旁吗，自己不会倒吗？"此刻她看起来分外娇憨，异常可爱。辰南却有些吃不消，眼前这个绝世妖娆女仿佛有一百张面孔一般，而且每张面孔都是那样地诱人，实在不愧精于魅惑之道的情欲道传人。

"请我喝茶，你这个做主人的当然要亲自动手，不然哪是待客之道啊？"辰南脸上充满了笑意，此刻他心中不断默念家传玄功总诀，外在的诱惑再难扰他心神。南宫仙儿柔雅地笑了笑，而后慢慢坐了起来，裘皮大衣滑落在藤椅之上，魔鬼般的身材顿时全部展现在辰南眼前。一袭黑色的长裙，将她那完美的娇躯勾勒得性感无比，曲线曼妙，惹人无限遐思。两截藕臂在丝质的袖子中显得分外水嫩，泛着惑人的光泽，展示着无比动人的青春气息。

往下看，辰南脸上一阵发热，尽管在默念家传玄功总诀，但在这一刻他还是感觉到了一阵躁动。黑色长裙下半部分，完全呈丝网状，近乎透明，将南宫仙儿两条雪白修长的大腿映衬得分外晃眼，展现出了最为完美的"黑白诱惑"。南宫仙儿柔雅地笑着，慢慢靠近辰南，如兰似麝的馨香顿时冲进他的口鼻之中，辰南不得不向后靠了靠，几乎半躺在了藤椅之上。而南宫仙儿慢慢而又优雅地开始为辰南倒茶，低敞的胸衣露出两个半圆，泛着滑嫩柔腻的光泽，这对辰南简直是赤裸裸的诱惑。最后一双纤手托起茶杯，将茶水向辰南递去，南宫仙儿柔雅地笑道："辰公子请用茶。"

辰南稍微坐直身体，接过茶杯，轻啜了一口，而后放在茶几之上，道："谢谢！"南宫仙儿没有就此后退，向前一步，几乎挨到了辰南，兰气轻吐，问道："茶味如何？"

"好茶。"辰南稍微后移了一下，避过即将接触到的柔软娇躯。"怎样个好法？"南宫仙儿眼中充满了慧黠之色，看到辰南后退，她再次上前半步，几乎将辰南逼倒在藤椅之上。辰南有些郁闷，居然被一个倾城倾国的女子如此调侃，而后他心中失笑，真是太过"君子"了，为何要束缚自己的手脚？想到这里，辰南哈哈笑了起来，快速坐直了身体，险些和南宫仙儿撞个满怀，惊得她如同受惊的小兔一般，飞快向后退去。这一次辰南得理不饶人，双手快速向前抓去，一下子抓住了她的一只纤手，他笑道："既然南宫小姐喜欢和我靠近说话，我们不妨来促膝长谈。"

"无赖放手！"南宫仙儿不知道用什么方法，如同滑溜的泥鳅一般快速挣脱了辰南的掌控，退了出去。她一个旋身，姿态异常曼妙，坐在了自己的藤椅之上，而后将裘皮大衣盖在身上，半躺了下去，笑道："你这人不老实，不像表面看起来那样忠厚。"辰南笑道："你可真是冤枉我，面对这样一个绝世美女，我想任何人都无法抗拒，你这样百般诱惑我，如果换作他人，恐怕早已'凶性'大发了。"南宫仙儿白了他一眼，妩媚的神态真称得上风情万种，她娇声道："猜得出我找你来是何意吗？"

"应该不是找我决斗，即便是决斗，我猜想也很香艳。"此刻辰南完全放开了，不再像刚才那般拘束。"你果然很无赖，和传言一般。"南宫仙儿轻笑道，"真不明白你这样一个混混似的人物怎么能够将混天小魔王击成重伤，夺下混天道镇派之宝。"

"这个世界上有许多莫名其妙的事情，就拿你我来说，许多人都认为我与六大邪道已经水火不容，六大邪道的传人见到我之后定会生死相向，可是我们现在却在品茶聊天，唔，促膝相谈……"

"项天如果不是被他师父抓了回去，恐怕早就找你来拼命了，而且如果你遇到其他六道的传人，恐怕也早已在浴血大战了，哪里还会像现在这般悠闲。"南宫仙儿淡淡地笑道，妩媚之态尽敛。

辰南看了她一眼，道："我是否可以这样认为，你在给我透露消息，有意示好呢？"

"你认为我如果想杀你，或者想和你动手，还会请你到这种地方喝茶吗？"南宫仙儿紧紧盯着她，一双水灵灵的大眼一眨也不眨，别有一番风情。看到南宫仙儿要谈正事，辰南立刻正经了起来，道："请南宫小姐直奔主题吧，你找我来到底有什么事？"南宫仙儿一扫刚才的媚态，在这一刻她看起来分外端庄，隐隐有一股圣洁的气息散发而出，令辰南几疑梦可儿来到了眼前，他不得不感叹这是一个百变魔女，到底哪一个才是她的真性情，恐怕没人能够知道。

"我找你结盟！"轻柔的一句话令辰南立时动容。他心中瞬间闪过数个念头。"看着我的眼睛，你看我是在说笑吗？"南宫仙儿认真地道，"我是经过深思熟虑的，没有说笑，也没有耍诡计，因为那样不值得，如果想要对付你，我有很多办法。"在这一瞬间，辰南确定她没有说谎，她所说的是事实，如果想对付他，根本没有必要用这个笨方法。"为什么？"辰南问道。

"很简单，我要通过你对付梦可儿，对付澹台古圣地。我知道梦可儿想将你拉入她们一方的阵营，我要让她所有的愿望都落空。呵呵，不要那样看着我，我可不是狭隘的复仇者，我只不过在为自己拉一个强大的盟友，为自己的敌人树立一个强敌而已，这一切都很正常。我又不是不知道你的实力，近来你修为再度突破，实力足以位列东大陆十大青年高手之一，这样的人才不值得我拉拢吗？难道你一直都很看轻自己吗？"南宫仙儿笑着问道。辰南摇了摇头，道："你觉得现实吗？我想你应该明白我与混天小魔王的恩怨，其他邪道圣地的传人都想找机会击败我。你是邪道圣地的人，其他几道传人会怎么想？"

南宫仙儿笑了笑，道："我当然明白其中的利害关系，只是邪道圣地不同于正道圣地，没有那么多的条条框框束缚。我和你结盟并不代表其他几道圣地不能与你为敌，我们这是私下个人结盟，并不是圣地之间的大结盟。你和梦可儿关系不睦，我有确切的消息。现阶段你和她结盟，但你们最后还是难免一战。你若和我结盟，我们自始至终都不会有任何冲突。你和梦可儿结盟，六大邪道圣地传人都会视你为仇敌。你和我一人私下结盟，除了梦可儿之外，你同正道圣地不会撕破脸皮。我和你私下结盟，是对付澹台古圣地，又不是和整个正道圣地为敌，当然不会引得那些迂腐的伪君子对你追杀。如果反过来的话，邪道圣地就没那么多的道理可讲了。"

辰南叹道："难怪会有正邪之分！不过，你也说过，邪道圣地睚眦必报，我与混天小魔王结怨，其他圣地传人肯定已经视我为敌手，我可不愿意生存在正邪两道的夹缝之中。"

"呵呵，和我结盟，我岂能亏待你。我和你是盟友，我的哥哥也不再是你的敌人，另外我能够说服传人中的两三人不去找你决斗。你看，这样下来，到最后也只有混天小魔王等一两人与你为敌而已。而且混天小魔王为了找回脸面，无论如何也不会和人联手对付你。呵呵，你看，我对你有多好，将你一下子推到了一个微妙的位置，不再处于风浪之中，少了许多强大的敌手。你要如何谢我呢？"南宫仙儿妩媚地笑着，颠倒众生的容颜充满了魅惑之态。辰南眯缝着眼想了想，道："你还真是一个不错的说客，我现在非常动心，如果真如你所说那般，我的确少了很多强大的敌手。但是你到底看中我哪一方面呢？"

"一、你风头正劲，在修炼界有不小的威名，有一定的影响力。二、你实力够强，足以位列东大陆十大青年高手之一，且实力提升迅猛，是一匹具有超强潜力的黑马，我看好你的未来。"南宫仙儿淡淡地道，"我说得很直接，莫要见怪。"辰南点了点头，道："我就是要听实话。嗯，说到底你看中了我的实力。好，我与你结盟。"两人在屋中密议了很长时间，最后南宫仙儿叫人送来酒菜款待辰南，两人边吃边谈，很是尽兴。最后南宫仙儿笑道："你这样背叛了梦可儿，不觉得愧对她吗？"

"不要试探我，你既然已经知道我和她之间在暗中争斗，应该明白我和她不过都在敷衍对方而已。况且，我也不算不守盟约，我和她的约定主要是为了对付混天小魔王，这一约定永不会改动，谈不上背叛盟约。"南宫仙儿真可谓百变魔女，她甜甜地笑道："好，愿我们合作愉快。"辰南点了点头，随后不经意地问道："我听说过情欲道和澹台古圣地之间的恩怨，你到底想如何对付她们呢？"

"没什么，帮所有澹台古圣地的女人找一个心爱的男人。"南宫仙儿娇媚地笑着。辰南恶寒，澹台古圣地的女子都贞洁无比，一生不嫁。南宫仙儿的想法实在是太邪恶了，如果真的将她的想法付诸行动，那么澹台古圣地恐怕彻底沦落了，圣地当不复存在。辰南好半天只说了两个字："你行！"南宫仙儿满脸笑意，柔媚地笑道："她们太不懂得情趣，不知道如何享受生活。我这是在帮助她们，解救她们于水深火热之中，赋予她们被剥夺的权利，到最后她们肯定会真心感谢我的。"

辰南无言，不过他还真佩服南宫仙儿，这种手段比杀光所有澹台古圣地的女子还要强。他挑了挑大拇指，道："佩服！"随后他又调侃道："你这样对澹台古圣地的女子尽心尽力，可曾想过自己的终身大事呢？我们刚刚结盟，呃，其实我觉得我们的关系还可以更进一步，嘿嘿……"南宫仙儿妩媚地笑了起来，绝代容颜上充满了魅惑之态，道："放心吧，我要建一个大大的后宫，少不了你的位置，表现好的话，我第一个娶你，让你做正宫亲王。"

辰南惊得目瞪口呆，失声道："你要建一个大大的后宫？"南宫仙儿白了他一眼，道："少见多怪，怎么了，不行吗？许你们男人三妻四妾，就不许我们女人娶多个丈夫吗？这个世界未免太不公了吧，我要改变这一现象，让女人的思想彻底解放！我并不苛求人们认同，我只是想打破现有女子的思想枷锁，我相信几十年、几百年以后会有人认可我的。"

"我晕，我对你快无话可说了，我才懒得听你讲解伟大的思想解放运动呢。以后在人前，不要和人说我认识你，我怕被人误会是你的后宫之一。你继续做梦吧，我要告辞了。"

南宫仙儿笑得花枝乱颤，柔媚地道："我就知道男人都一个样，好了，开个玩笑而已。"

辰南揶揄道："一点也不好笑，我想现阶段正常男人没人愿意成为你的后宫，即便你是神女转世也不行，没有人愿意顶上几个、几十个、几百个绿油油的帽子。"

"哼，一点情趣也没有！其实我也不贪心，将六大邪道圣地与几个正道圣地中的佼佼者娶过门就可以了。"南宫仙儿脸上满是笑意。"我真的跟你没有共同语言了，怕了你了，告辞，再见！"辰南可不想和这样一个女子纠缠。南宫仙儿不满地娇嗔道："哼，没良心，亏我还想第一个把你娶进门，把你列为正宫亲王呢！"辰南拱了拱手，道："妹妹你饶了我吧，虽说你艳冠天下，但你的思想太过惊世骇俗了，我这等俗人实在无福消受啊！"他逃也似的离开了客栈。

"不要急着逃，今日之事不要走漏风声，我们秘密进行。"

"知道了。"透过琉璃窗，看到大街上逃之夭夭的辰南，南宫仙儿狡黠地笑了起来，道："我还不知道你心里在想什么，哼哼哼……"

楚国帝都的另一家豪华客栈，一个貌比潘安、颜胜宋玉的青年男子，正在陪着一个长相英挺、脸色却异常冰冷的青年饮酒。那名颜胜潘安的绝美男子举杯示意，而后自己先仰头喝下一杯水酒道："齐腾兄，那日你也应该赶到楚国皇宫了吧，你对那个能够拉开后羿弓的青年感觉如何？"被称作齐腾的青年，脸色如那万古不化的寒冰一般，冷冷地道："你是说辰南？不过尔耳，浪得虚名。"

绝美的青年男子笑道："齐兄你太小看他了，几日前他再做突破，修为足以位列东大陆十大青年高手之列，绝不在你我之下了。""哦！"齐腾眼中闪烁出两道寒光，森冷地道，"正要找他，为混天道的师兄出气，南宫吟你不会也想出手吧？"被称作南宫吟的绝美青年正是南宫仙儿的胞兄，样貌与南宫仙儿有几分相似之处，天下间恐怕难以找出几个像他这般俊秀的男子。

"呵呵，齐兄不要急着找辰南决斗，想那混天小魔王也不是易与之辈，你如果抢在他前面战胜辰南，岂不折了混天道师兄的颜面。你我六道之争不急于一时，没有必要开始时就闹得不愉快，徒令那正道圣地看笑话。"齐腾点了点头，道："南宫兄说得有道理，是我孟浪了。"

南宫吟笑了笑，道："听说正道圣地这一代的弟子皆是人杰，我六道传人实在不好内讧，应该紧密团结在一起。天幸，我六道这一代的传人也都非泛泛之辈。尤其绝情道出现了齐兄这等英才，融会贯通了师门绝学，绝情一道定会在齐兄手中发扬光大。"绝情一道由于要斩七情灭六欲，所以修炼此功之人，外表看起来皆冷冰冰，情绪少有波动。

听到南宫吟在恭维自己，齐腾的面色也只是稍微缓和了一下而已，当真如同玄冰一般，难以融化。他道："南宫兄过誉了，我师门中长辈去得早，后来完全靠我们几个小辈自行摸索。我如今只初成绝情身而已，对于绝情咒上的无上功法，还难以尽数领悟啊！"南宫吟动容，道："绝情身已经初成？恭喜齐兄，恐怕在年青一代中已经近乎无敌。"

齐腾摇头未语，沉吟了一会儿道："混天小魔王在年青一代中还号称几近无敌呢，结果怎样，出世第一战就失了镇派神戟，还险些丢掉性命，一切都很难料啊！"

南宫吟笑了笑道："他是个倒霉蛋，运气比较背，骄横之下，又遇到了特殊情况，最后想扭转局面，势比登天。"齐腾定定地看着南宫吟，道："要说最强，恐怕还是要数你情欲道吧，这一代竟然出现两个有资格入主'十大'的高手，当真让人惊讶啊！澹台古圣地的仙子恐怕有大难了，嘿嘿……"他虽然在笑，但面色依然冰冷无比，笑声格外森寒。

南宫吟微微笑了笑,道:"对于梦可儿我志在必得,提到舍妹,我不得不吹嘘几句,仙儿她确实是个奇才啊!呵呵,对了,小妹曾经让我邀齐兄小聚一番,不知齐兄肯否?"齐腾点了点头,道:"求之不得。"

辰南回到楚国皇宫,立刻去看望龙舞。现在龙舞身体已无大碍,下地行走已无须人扶。此刻龙舞正坐在火炉旁,随意地翻看着一本书籍,而痞子龙则懒洋洋地躺在她的秀榻之上不断打瞌睡。这个家伙吞食了半颗天使之心,得到的好处是巨大的。经过几日的炼化,紫金神龙差不多将那磅礴的天使本源转化成了龙元,龙躯粗长了一大截,如果直立起来比辰南还要高,它的修为直达四阶中级境界。不过这个家伙很贪心,几日来一边炼化天使之心,一边寻找皇宫的药库。最后还真的被它找到了,只不过那里防守实在太过严密,它一直没有下手的机会。痞子龙哈欠连连,道:"舞妹妹你的身体刚刚恢复一些,不要看书了,那样太过劳心劳力,不如和我聊聊天吧,我们可以谈谈风月,谈谈感情,谈谈龙生理想。"

"呸,你这头无赖龙,去死!"龙舞又气又笑,将书本砸向床上的痞子龙。

"唔,舞妹妹你怎么能够这样对我呢?"紫金神龙懒洋洋地趴在床上,贫嘴道,"你看我们多有缘,我是神龙,你的名字中也有一个龙字。再者,你的身体里流有我的神龙之血,还有你吃下的那半颗天使之心,也是我先得到的……哎哟,你怎么能够这么暴力?啊,是你,该死的小子你在干吗?快放开我!"辰南脸上充满了笑意,但手上却不闲着,将紫金神龙当成了一根长绳,快速打了个结,而后用擒龙手将它送出了窗外。龙舞满是笑意,静静地看着这一切,直到紫金神龙从雪地上爬起来,她才笑嘻嘻地冲它挥了挥手。

痞子龙气哼哼地道:"哼,懒得理你们,我去找凤凰那小丫头谈龙生理想去!"

龙舞走到窗前,看着外面飘舞的雪花,道:"两日后我要离开楚都了,我父亲要派人来接我回家。"

"回家?"辰南一愣,随后道,"你是该回家了,不过不要忘记曾经的朋友。龙舞，回去后你好好静一静，忘记以前的不快。你决定嫁人的时候一定要通知我，我欠你一条命，这辈子只能以身相还了。如果有一天你解开了心结，只要在修炼界透一个口风，我即便是在万里之外，也会乘龙赶到晋国龙家。哎哟，别打我，我说的都是真话……"

"你这人真是……"龙舞静静地看着窗外飘舞的雪花许久未语。

两日后，龙家的老管家乘飞龙来到了楚都，接龙舞回家。平阳城的广场，许多年轻人前来送别，龙舞和众人一一道别，互道珍重。坐在飞龙之上，龙舞看着下方楚月、小公主、凯利、梦可儿，以及东方凤凰、冷锋等四大学院的年轻高手，她眼中一热，天下之大，就此一别，有的人可能终一生也再难相见了。辰南脚踏紫金神龙，背负方天画戟，不顾楚都世人的惊骇，径直飞向高空，目送着渐渐远去的龙舞。

突然，紫金神龙长嚎起来，声传十几里，声音竟然和辰南有几分相似："嗷呜……你要嫁人不要嫁给别人，要嫁就嫁给我……嗷呜……"远远望去，龙舞用力挥舞着手臂，似乎在喊着什么。直至龙舞消失在天际，辰南才回过神来，他向下望去，发现下方无数人在对着他指指点点。

"啊……"辰南仰天大叫，"该死的泥鳅，下面的人都以为我在狼嚎，快给我下去！"下方楚月、凯利、冷锋、小公主等人爆发出一片轰笑声，其他普通的老百姓则议论纷纷。

楚国皇宫大战爆发半月之后，云集楚都的修炼者非但没有退去，人数反而还在增加中，许多高手都想寻觅无敌高手的踪迹，同时在等待神物最终归落谁手的消息。两日后一则震撼性的消息传遍了帝都，太古六大邪道之一的混天道的小魔王约战辰南于楚都中央广场。在此时刻，平阳城内高手如云，可谓八方风雨齐聚楚都。混天小魔王在此节骨眼上，约战辰南于一国都城的中央广场，毫无疑问是想造势。

前段时间他被辰南枪挑双肋，还丢了镇派神戟，可谓颜面尽失，现在无疑想挽回面子，想当着天下众多高手的面击败辰南！面对气势汹汹、卷土重来的混天小魔王，辰南仅仅两个字："应战！"两大青年顶峰高手定下决战日期后，消息立刻传遍了平阳城，所有人都得知两人将于三日后进行生死决战。毫无疑问，两个在年青一代中几近无敌的青年强者进行大决战，定然会万众瞩目！两日来混天小魔王约战辰南的消息传遍了楚都平阳城，无数人在观望。

辰南始一出道，在楚国皇宫力挽狂澜，枪挑龙骑士，棍砸飞龙，弯后羿弓射下巨龙，一战成名。而后在晋国大战恶少组合，一人独抗千人军队，逆天七魔刀刀劈准绝世高手。再后，勇闯死亡绝地，脱困后含冤大战罪恶之城各路高手，联合众多四大学院青年高手，击残绝世高手凌子虚。最近又射杀尸煞，重创西方中阶天使。他出道以来几乎每一战都足以惊动修炼界，单以名头来说，现在年青一代中无能出其右者，可谓时下最劲的风云人物。

混天小魔王还未出道之日，老一辈就已推测其修为必定能够位列东大陆十大高手之一。随后，果然如众人所料那般，出道第一天就和澹台古圣地的最杰出传人进行了激烈的空战，展露出了傲人的修为。虽然后来被辰南重创，但众人渐渐知道其中另有曲折。这一次两大顶峰强者大战，牵动了众多修炼者的心，毕竟这是一场青年强者间的登峰之战！

楚国皇宫，一间优雅的厅堂内，梦可儿和辰南互相举杯，对面而坐。梦可儿道："辰兄，祝你凯旋。"

辰南道："多谢！这一次，我首先和邪道圣地爆发冲突，我如果能够除掉混天小魔王，我想你们正道圣地一定会少了不少麻烦，我也算完成了你我结盟的义务。那个破灭道的传人，也是你我共同的敌人，以后就看你的了！"辰南现在隐讳地点了一下，为以后和梦可儿刀兵相向埋下了伏笔。随后他笑了笑，道，"呵呵，混天小魔王一出道，就扬言要收你为女人。情欲道的那对兄妹也放出话来了，南宫吟也要收你为女人，南宫仙儿则要为每个澹台古圣地的每一个女子都找一个男人。哈哈，真是有意思啊，我怎么觉得每一个人都想将梦小姐纳为禁脔啊，哈哈……"

面对辰南这放肆的调侃，梦可儿眼中寒光一闪，冷冷地道："狂妄无知的人早晚要获罪于口舌。"辰南大笑："按照梦仙子的说法，我也是一个狂妄无知的人，而且似乎我更甚之，嘿嘿……"梦可儿真是羞怒无比，如果不是想借助辰南之手对付混天小魔王，恐怕她早已下杀手了。辰南也明白这个道理,当他和混天小魔王决战之后,他与梦可儿之间的"蜜月"恐怕也结束了,所以此刻分外放浪。他大笑道:"真的很有意思,我发觉六大邪道的人都很有个性,未来肯定会爆发一场美女掠夺大战。梦仙子你不要对我散发杀气,我所说的美女不单单指你,还有别人,呵呵,有意思,梦仙子你可要保重啊!"梦可儿当真又羞又气,最后拂袖而去。

随后辰南又到了黄鹤楼,绝世妖娆女南宫仙儿满脸魅惑之态,亲手为辰南满了一杯酒,低语道:"你且要听好,我为你讲一下混天道的绝学虚空道的特异之处……"辰南认真倾听,对于这一战,他确实没有必胜的把握。他出道已久,有战例供对手研究,而他对项天的认知却少之又少。南宫仙儿所说的被他一一记下,虽然不能起到多大作用,但起码对项天有所了解。

"混天虚空道位列天功宝典之列,威力无比绝伦,有许多出人意料的变化之道,玄之又玄,近乎道术,端的是奇诡莫测。刚才我给你说的是我派内典籍记载的资料,究竟还有没有其他特异之处,就不得而知了。"在这一刻,南宫仙儿绝美的容颜一脸正色,一双如玉的纤手托着雪白的下颌,似在努力思索,良久后才道,"好了,该讲的我都讲完了。"

辰南有些不解,问道:"南宫小姐为什么要帮我呢?不错,我们是结盟了,但项天乃是你们六道的人啊,最多你可以不插手,为何反过来帮我呢?小魔女,说吧,你到底为何要助我杀你们六道之人?"

"哼,"南宫仙儿冷哼了一声,寒声道,"项天他该死!三年前他曾随他的师父造访我情欲道,这个无耻之徒竟然打起了我的主意,如果不是我多留了一分心思,就被他算计了。所以,他该杀!人家将女儿家最难以启齿的事情都告诉了你,你一定要杀了他,证明你很强。"南宫仙儿轻嗔起来,当真甜得腻人。

"南宫,我和项天大战过后,必然体力耗尽。到时你要为我护法,我觉得梦可儿可能会动手脚。"

"放心吧,我决不会让外人趁机捣乱,我可舍不得啊,嘻嘻……"

时间过得很快，混天小魔王和辰南约战的时间到来。这一日，楚都中央广场称得上人山人海，方圆千丈的广场被围了个水泄不通。最好的位置早已被修炼界人士占下，外围则是帝都的老百姓。最外圈则是叫卖的商贩，看到商机，纷纷来至此处。广场外围修炼者和普通老百姓加在一起不下数万人，足以说明这次决战是何等地引人注目！毕竟此战是太古六道邪道之一的混天道传人大战现今修炼界的风云人物辰南，两人都非寻常之辈，皆足以位列东大陆十大青年高手，更是未来修炼界的绝代强者！

混天小魔王项天一身黑衣早已立在广场中央，他那头血红色的长发在黑衣的衬托下格外抢眼，微风轻轻拂过，宛如熊熊燃烧的烈焰一般在跳动。无尽的杀气自他那里向外爆发而出，广场外围本来人声鼎沸，忽然所有人都感觉到一股刺骨的寒意，喧闹的声音渐渐静了下来，所有人都注视着场内的混天小魔王。就在这时，东北角浩荡起一股恐怖的波动，一声狼嚎传遍全场，声音之大，震耳欲聋，恐怕全帝都都听到了这巨大的啸音。

"嗷呜……混天倒霉蛋，你龙大爷和南大爷来了，嗷呜……"巨大的吼啸，简直如万年老妖闯入人间一般，整片空间都仿佛震荡了起来。西北角的人群快速分开，辰南大步走入场内，紫金神龙盘绕在他的左臂之上，龙头高高昂起，一副睥睨天下、唯我独尊的姿态。不过众人怎么也无法对这条传说中的神龙产生膜拜的心理，怎样看都觉得它身上充满了邪气，或者说一股痞子气。皇宫大战爆发后，修炼界许多人都已得知辰南有一条传说中的东方神龙，此刻看到紫金神龙，众人尽管惊异，但并没有大惊小怪。

当辰南距离混天小魔王还有七八丈距离时，围观众人就已经感觉到了危险的火药味，两人间凭空刮起了一股旋风，地面上铺的大理石板就像茅草一般，被一股气浪掀飞到了高空中。随着两人间距离越来越近，无数的石板冲向空中，远远望去，两人周围近十丈范围内，到处都是沉重的大理石板在飘舞，到后来简直有遮天蔽日之象。直到两人距离三丈远时，所有悬浮在空中的大理石板皆在一瞬间爆碎，化成尘沙撒落在地。广场之外，一片哗然，众多修炼者大惊，普通老百姓早已看傻了，喧吵之声立刻不绝于耳。如果不是大公主楚月早知会过帝都禁卫军，恐怕此处的巨大吵闹声早已惹来了军队。

"砰！"辰南重重地将手中的方天画戟戳在了地上，地面上出现一道道巨大的裂痕，向着远方蔓延而去。混天小魔王双眼都快喷出火来了，如一头凶兽一般恶狠狠地盯着辰南，寒声道："小子你还真敢来，今天我如果不将你挫骨扬灰，实在难以咽下心中那口恶气！"

辰南冷笑道："我可以肯定地告诉你，你必败无疑，我会用上次同样的方法，挑穿你的双肋，而且这一次我会将你钉在广场之上！"项天双眼中虽然泛着凶光，但却渐渐冷静了下来，他发觉辰南明显比上次强大了许多，确实有足够的资本与他进行生死大战。"嘿嘿……"项天森冷地笑着，道，"你确实变强了，但和处于巅峰状态的我对敌，你必死无疑！今天当着天下高手的面，我定要将你撕成碎片！"

辰南摇头，缓缓地道："现在我改变主意了，我暂且留下你的性命，将来留给龙舞亲自动手。现在我要你做我的奴仆，看到所谓的正邪圣地传人，一个个手眼通天，都有一批自己的势力，我真是眼红啊。我现在决定组建自己的最强班底，你是暂定候选人之一！"项天乃是纵横天下的一代小魔王，竟然被人如此轻视，他当真是气炸连肝肺，挫碎口中牙。他用手点指着辰南，狠声道："好好好，我倒要看看你是否有命让我做你的奴仆！"

辰南冷笑道："不要不服气，如果我告诉你，我想整合你们邪道六圣地，在六道称尊，你意下如何？！"混天小魔王仰天狂笑道："你要整合六道？你要六道称尊？你以为你是谁！在我看来，你不过是一个浪得虚名之辈而已！"辰南笑着摇了摇头，道："我是怕当我收你为奴仆之后，你经受不住刺激而自杀，所以现在先将心中的想法说了出来，为你宽心。现在整合不了，不代表以后不行，早晚我要将这六道整合在手中！唔，我的确是浪得虚名，不过正是我这样一个人将你重创，夺了你镇派之宝，哈哈……"

混天小魔王怒极，伸手便将背后的一把仿制铁戟摘了下来，斜指辰南咽喉，道："我与你不死不休！""且慢！"辰南喝住了他，道，"我们这一战应该有些彩头，我若胜了你，没有别的要求，只要你为奴，直至龙舞来杀你，你意如何？"

"气死我也，随你！"混天小魔王手舞方天画戟向辰南冲去，炽烈的戟芒撕裂了虚空，照亮了整片广场。辰南嘴角泛起一丝笑意，他预感大战过后可能有变故发生，有意用言语刺激项天，以便在大战中占得先机，应付突发事件。他脚踩神虚步，在原地留下一道残影，快速躲过炽烈的戟芒。缠绕在他身上的紫金神龙则快速冲向了高空，它在空中大叫道："鸟人快把你的翅膀露出来吧，还有什么可藏的，我又不是没见过，反正一会儿要飞起来，还不如趁早！"混天小魔王真恨不得将这头痞子龙抓下来剁碎，他被气得吼叫连连，手中铁戟化成万千道芒影，向辰南劈刺而去。

"哈哈，泥鳅说的是实话，你还是赶紧飞起来吧，在地面你绝非我的对手！"辰南手持正宗方天画戟，劈砍而下，炽烈的神芒，如一条条龙蛇一般冲腾而去。两人都用方天画戟，修为皆处在四阶大成境界，全力出击下激发出的璀璨戟芒，相遇在一起后爆发出刺眼的光芒，如十日耀空，广场之上立时狂风大作，尘沙蔽天。

场外众人看到精彩之处，皆喧嚷了起来，数万人一起嘶喊，当真声震天地！酣战多时，混天小魔王突然大吼道："混天虚空道之幻魔分身！"他脸色狰狞，血红色的长发狂乱舞动，一道道虚影自他的身体处爆发而出，仅仅一瞬间四个混天小魔王出现在辰南面前，分站四方，将他围困在中央。

辰南周身上下紫光缭绕，他双眼射出两道紫芒，认出了这是混天道虚空道中的幻魔分身。他冷冷地扫视着四道人影，快速判断出了真假，径直向混天小魔王的真身攻击而去。他冷笑道："听说这幻魔分身如果炼到最高境界，便是那身外化身，可惜以你现在的功力根本难以化虚为实。用这等幻学骗骗四阶中级高手还可以，但用来对付同级别的人，你不嫌太过无用吗？"

混天小魔王冷笑不答，幻影皆消，脚下踩着奇异的步法，竟然快如鬼魅一般冲向辰南，在场内留下一道道残影。辰南脚踩神虚步，以快制快，和他纠缠在一起，两人手中方天画戟不断舞动，一片炽烈的紫光与惨烈的红芒纠缠在一起，在光华闪动间，两人几乎化成了两道光影，皆如闪电一般迅捷。

混天小魔王大惊道："你为何也懂得幻魔步法？"辰南冷笑道："你的是幻魔步，我的是神虚步，看一看到底谁弱谁强！"璀璨的光华不断闪动，两人如电光石火一般在移动着，两杆方天画戟激发出一片片炽烈的神芒，广场之上巨大的轰击之声不绝于耳。

"呃啊……"两人快如闪电般交击百余次后同时大叫，皆以自己的巅峰力量向着对方挥下了方天画戟，可以说从一开始到现在，两人都在小心地试探，这才是真正的拼命第一击！"轰隆隆"伴随着震天大响，无边的气浪向四面八方浩荡而去，广场之上的大理石板皆逆天而上，冲飞到了半空之中，而后爆为粉碎。浩瀚的力量向广场之外汹涌澎湃而去，磅礴的大力将许多站在广场边缘的人掀翻在地，众人惊得快速向后退去。

混天小魔王不再犹豫，宽大的外氅瞬间爆碎，背后的一对晶莹剔透光华闪烁的神魔翼顿时暴露在外。神魔翼"刷"的一声展开，项天冲天而起，快如闪电一般向辰南扑去，手中方天画戟泛着森冷幽寒的光芒。辰南持神戟立于场内，巍峨不动，静等项天快冲到眼前才快速退后，避过一道道袭下来的戟芒之后，他一飞冲天，高度甚至远远超过了混天小魔王。这一刻神戟在辰南手中化成了蛟龙，不断翻飞舞动，一道道炽烈的神芒向着项天激射而去。但混天小魔王背负神魔翼，动作迅如闪电，他快速向前方冲去，躲避过这轮狂猛的攻击。然而就在这时，辰南双脚下光芒闪动，他的身子竟然横向移动起来，快如电光一般向前冲去。

"八步逐月！"场外众人立时惊叫起来，这种绝学只要修为达到四阶以上的武人，差不多都能够施展，在八步之内速度迅如闪电一般。只不过常人是在地面施展，而辰南竟然在空中将这门绝学运至极限境界，这的确让人感觉不可思议。然而就在这时，一个年老的修炼者惊道："天啊，不是八步逐月，是传说中的'天魔八步'，八步之内，唯我独快，破尽天下万般法诀！"另一个老年武者也吃惊无比，道："这的确是传说中的天魔八步，无论你是修道者、魔法师，还是修习体术的武者，在天魔八步之内若论快字，无人能出其右！"

场外众人议论纷纷:"巅峰强者大战,争的就是那一线先机,一个快字足以破尽天下万法!"又有人问道:"我实在不明白,天魔八步已经失传近千年,这个辰南是如何修成的呢?再有,他还懂得失传已久的擒龙手,他到底是什么来头,为何懂得这么多失传的极限玄学?"

这套极限武学乃脱胎于神虚步,可御空飞行、可地面腾挪,练至极限境界,快过世间一切法。如今辰南功力大成,家传玄功再上一个台阶,这天魔八步自然能够施展而出。正如外界传言那般,天魔八步,八步之内,唯我独快,绝对速度,破尽万般法诀!毫无疑问,在同级别的大战中,在八步之内,修习天魔八步者稳稳占得先机!

此时辰南浑身上下紫气缭绕,身化一道紫色电光,在虚空连踏八步,快速追上了混天小魔王。刚才他冲上高空,身处项天的上方,此刻他正好居高临下,好像项天站在地上,他倒像是在飞天一般。辰南俯视着下方的混天小魔王,抡动手中神戟朝项天立劈而下,璀璨的光芒似天界神罚一般,撕裂了虚空,澎湃起伏的恐怖能量波动滚滚浩荡而下。

混天小魔王大叫了一声不好,急忙向地面坠落而去,同时双手握铁戟催动出自己的全部功力,向空中劈去。"轰隆隆",空中顿时刮起一股能量风暴,汹涌的能量流如乱石穿空,似惊涛拍岸,剧烈震荡起来。项天手中的铁戟毕竟为凡兵,仓促应战之下,在这次交锋中立时断为两截。由于混天小魔王的兵器突然断折,在这一瞬间他催发出体外、抵挡辰南的力量顿时一缓。辰南则以泰山压顶之势狠狠地砸了下来,突破了他的防御,刚猛的力量瞬间涌动到了项天的身体上,顿时将他击落下去。

混天小魔王狼狈地跌落在地面,将大地砸出一道道巨大的裂痕,激起漫天尘沙。项天背负神魔翼,能够御空飞行,而对手根本不能飞天,在这种情况下,他竟然被对方生生自空中砸落了下去,这令他感觉颜面大失,他有一股抓狂般的感觉。"天魔八步,唯我独快,万法皆破!"在这一刻,辰南真如那太古归来的天魔一般!

远处一座特殊的看台之上,梦可儿与楚月相顾,皆微微变了颜色,梦可儿叹道:"没想到天魔八步再现世间!"情欲道最杰出传人南宫吟与南宫仙儿这对兄妹也相顾变色，南宫吟轻轻叹道："实在出人意料啊，真是天魔八步！与他为敌，万不可近身，同级别大战中，八步之内恐怕少有人是他的敌手！"南宫仙儿眼中散发着异样的光彩，笑吟吟道："真是一个惊喜啊，哥哥，你说我如果修成天魔八步，这六道之中还有谁是我的对手？"不远处，绝情道传人齐腾也变了脸色，满脸惊异，轻轻叹道："有意思，是一个不错的对手！"场外众人见辰南施展出失传的天魔八步，将混天小魔王当空击落在地，人们顿时沸腾了起来。数万人一齐喊叫，当真声震天地，但这些声音听在项天的心中，分外刺耳，他感觉受到了莫大的羞辱。

混天小魔王扔掉断戟，将腰间的一把长剑拔了出来，森冷的剑光宛如秋水，一看就是神兵利器。"你们混天道神兵宝刃还真不少啊！不过这把剑还是远远比不上这杆神戟。"辰南感叹道。项天怒极，喝道："天魔八步何足道哉！今天我要让你见识一下修炼界真正的天功宝典绝学。混天虚空道天下为尊！"混天小魔王大喝之后，突然凭空消失，而后在刹那间突兀地出现在辰南的身旁，举剑猛刺，森然的剑光似来自九幽地府，寒光慑人。

辰南大惊，对方简直太快了，真如鬼魅一般。不过天魔八步，唯我独快，在感应到混天小魔王的一刹那，他身化一道紫电退到了三丈开外。然而令人惊异的还在后面，混天小魔王再次凭空消失，而后突兀地出现在他身旁，如果不是他掌握着天魔八步身法，恐怕真的早已伤在项天的剑下。场外众人大哗，所有人都感觉到不可思议，混天小魔王的身法快到了极点，当真无迹可寻，犹如鬼魅一般。也就是修成天魔八步的辰南在和他对敌，不然同级别的高手恐怕真的难以抵抗他玄秘莫测的身法！

这天下间，在短距离内唯天魔八步最快，然而此刻项天的身法颠覆了人们的认知，今日众人见到了一种能够与天魔八步一争高下的身法，这是一个震惊修炼界的大事件！人们议论纷纷，老一辈高手纷纷摇头。

"这绝非混天虚空道上的绝学，以前并未见过他们有如此奇功。""难道混天道出现了一位不世天才，创出了这门玄奇的身法？""非常有可能，混天道也许有些老古董还没过世，在近来创出了这门绝学！"……

众人议论纷纷，一时间说什么的都有，有些人甚至煞有介事地说这是失传的某某绝学，如今重现修炼界。

"刷刷刷"辰南连续移形换位，天魔八步频频施出，在场内不断变换方位。只是混天小魔王如影随形，步步紧跟，手中神剑不断偷袭他。"小小伎俩，看你奈我何？"辰南冷喝完毕，闭上了双眼，敏锐的神识代替了双眼。他手持神戟，指东打西，指南打北，令混天小魔王措手不及。

两人再次激烈大战起来，辰南脸上渐渐露出了笑意，最后双眼睁了开来，笑道："我终于知道了你这身法的秘密，初时我还以为这门身法不下于天魔八步呢，但现在看来终究差了一筹。如果在同级别的大战中，对方没有像我这般修习过天魔八步，即便知道了你的秘密，恐怕也没有几人能够与你相抗。可惜你的敌手是我，天魔八步，破尽万法，你万难奈何于我！"辰南左手猛力拍出一掌，向突兀现身于他左侧的混天小魔王拍去，浩瀚无匹的掌力似滚滚长江，如滔滔大河，仿佛要席卷天地一般，广场之上紫色神芒光华璀璨。

混天小魔王举掌相抗，炽烈的血红色气芒透掌而出，和那无匹的紫芒冲撞在一起，半空之中就像打了一个惊天霹雳一般，凶猛的能量风暴在千丈广场到处肆虐，这片天地仿佛都颤动了起来。混天小魔王一击而退，下一刻他凭空出现在辰南的后方。然而辰南仿佛早已料到他会出现在那里一般，手中方天画戟快速向后斩去，炽烈的紫芒险些将项天斩为两截，他惊出一身冷汗，快速施展身法，出现在另一个方位。直到这一刻混天小魔王才真正变色，对方似乎死死地克制住了他。辰南天魔八步频频施出，身影如梦似幻，不断变换位置，手中方天画戟每次皆直指项天要害。

两人以快对快，如两道光影一般大战在一起。观战众人中，正邪两道圣地的传人最为关注场内两人的奇特功法。梦可儿微微皱眉道："这到底是怎样的一种绝学？为何从未听说过。看来这一次项天确实被逼急了，不然决不会将这等绝学轻易在世人面前施展。他如果以这等绝学来攻我，我如何对之？这门功法实在太过玄异了。在同级别大战

56

中，恐怕真的少有人能够与之争锋！"

楚月开解道："师姐不要太过担心，你有道家至宝与莲台，在空中来去自如，项天绝难奈何于你。"梦可儿摇了摇头，道："但凡强者对决，必然有近战的时候，况且项天也能够飞天，这样的诡异身法实在让人防不胜防啊！天魔八步出世，已经让我感觉惊异不已了，没想到现在又出现了这样一种神秘难测的身法。天魔八步与项天的身法，如果能够精通其中之一，在同级别的大战中，几乎已立于不败之地！"

绝世妖娆女南宫仙儿现出惊异之色，别有一番动人的姿态，她奇道："从未听说过混天道有这样的绝学啊，这个家伙到底从何处修来的这门身法？唔，我要是再将这种身法也修成，配合天魔八步，这天下间还有谁能够阻我？"南宫吟笑了笑，道："你还真是贪心，不过想要修成，就要看你的手段了，妹妹不要让哥哥失望啊，我对那天魔八步和项天的奇异身法，也非常眼热！"

远处，绝情道的传人微微皱起了眉头，脸色虽然冰冷，但双眼却射出了两道奇光，他冷声自语道："奇怪，不错！"此时此刻，除却辰南之外，只有西大陆十大高手之一的凯利看出了一些端倪，他眼中开始流露出狐疑之色。随后，他闭上双眼，用心去感应周围魔法元素的波动，片刻后他震惊地睁开了双眼，一眨不眨地盯着混天小魔王，眼中散发着火热炽烈的光芒。

"空间魔法，竟然是失传的空间魔法！"他用微不可闻的声音低低自语道，"传闻，千年前混天道为炼制神魔翼，将西方的精通空间魔法的一代圣师请去，想来那神魔翼中必有空间法阵，混天道中人一定是从中得到了些许秘密……"凯利的眼睛再也难以从项天背后的神魔翼上移开。

此刻辰南与项天的大战已经进入白热化，广场之上剑气、戟芒纵横激荡，两人交手已经不下千余招，这当真是一场龙争虎斗！混天小魔王早已再次飞身而起，神魔翼令他来去如电，空间魔法使他身如鬼魅，虽然难以奈何辰南，但却令场外几个正邪圣地的传人心惊不已。天魔八步，破尽万法，绝非虚言。武者大战，必有近身之时，在这极速八步之下，任何功法都显得有些苍白无力，看到辰南倚仗这天魔八步，竟然将混天小魔王种种神通一一化解，观战众人无不眼热。"混天虚空道！"项天突然一声大喝，自高空直冲而下。此时他已经收起了长剑，双手交叉于胸前，空间在这一刻破开了，一个宛如地狱深渊般的黑洞出现在他身前，一股巨大的能量波动从里面浩荡而出。

凯利乃是魔法大行家，他惊呼道："虚空道？虚空道！我终于明白他们为何将原来的绝学名称混天道改为混天虚空道了。"此刻他已经看出，这所谓的虚空道和空间魔法有着莫大的联系。东方的奇学与西方的顶级魔法结合在一起，创出的全新武学，令他震惊不已。正如凯利所料的那般，混天道的绝学原本不是这样。

千年前，混天道为祭炼神魔翼，请来西方的魔法泰斗与东方的道家奇人，通过两人展现而出的术法，他们看到了魔法与道法的神异之处。后来，道家奇人离去，神魔翼未能功成。混天道的人便开始自己琢磨这件半成品，派内一位天才人物施展无上玄功，将真力探入神魔翼内，在保证不损坏这件杰作的前提下，临摹下半幅空间法阵。经过混天道几代天才不懈的努力，终于将这空间法阵的奥妙之处，窥出十之三四，再结合他们自身武学，创下虚空道这门介于魔法与道法之间的玄学。直到最近，派内某一厉害人物反复尝试，将武学身法与空间魔法结合在一起，创出"武魔身法"，移动起来迅如鬼魅，避免了空间魔法移动时需要吟唱、速度缓慢的缺点，也就是刚才混天小魔王施展的诡异身法。

辰南之所以能够克制他，是因为他后来感应到了微弱的魔法元素波动，能够预感到项天将从哪个方位现身。不过如果没有天魔八步这样的步法，即便是辰南看透混天小魔王的虚实，也难以躲过他那快如鬼魅般的攻击。这时，混天小魔王身前的黑洞渐渐有扩大之势，慢慢由碗口大小变成了脸盆般大小，恐怖的能量波动浩荡而出，向着辰南冲击而去。辰南已经从南宫仙儿那里得知这门奇功的可怕之处，情欲道的前辈已经推测出这门奇学脱胎于神魔翼中的空间法阵，施术者能够借助某一未知空间的力量。

他施出天魔八步，快速躲避那黑洞喷发出的能量风暴，而后一掌向前拍去。浩瀚无匹的掌力，荡起一片璀璨紫芒，向空中冲卷而去。

然而令人惊异的事发生了，这浩大无匹的一掌竟然无法奈何那个黑洞，所有的掌力竟然被漆黑如地狱入口般的黑洞吞噬了。一股巨大的吸力将辰南拉扯着离开了地面，向着黑洞冲撞而去。直至此刻，他才明白虚空道有多么地可怕，创出这一功法的人的确是一个奇才，操纵未知空间的力量消灭对手，这是多么可怕的一种功法啊！如果能够将这门功法继续完善下去，毫无疑问，施法者定然能够自由操控某些空间的力量，试想谁能够与之匹敌？人间无敌那是必然的！

从本质上来说，攻击就是以最快的速度，将能量作用到对手身上。修道者、魔法师、武者，他们所运用的力量不同，但他们却同在追求极限速度。修炼路途千千万万，划分各种修炼者的实力时，速度与力量是一切法门的根本！面对空中那不可抗拒的力量，辰南只能以极限速度对之，天魔八步频频施出，以这种极限速度冲击，他最终挣脱了那恐怖力量的束缚，脱离了危险的地带。混天小魔王非常不甘，不断运用武魔身法逼近辰南，想用虚空道破开的未知空间将他吞噬。然而武魔身法终究差了天魔八步一筹，虚空道破开的空间也无法将具有极限速度的辰南束缚，两人风驰电掣一般在广场上移动。

观战众人看得目瞪口呆，混天小魔王此刻所展现的种种神通实在太厉害了，如果不是遇到了精通上古绝学天魔八步的辰南，他在同级别的大战中称为无敌手也不为过。梦可儿眼中寒光闪烁，道："没想到混天小魔王竟然如此了得，我想如果不是辰南今天将他逼急了，他还不会暴露自己的实力。神秘难测的身法和虚空道结合在一起，在年青一代中他几乎真的已经无敌了，今日决不能够让他活着离开这里！不然他将来成了气候之后，没人能够收拾得了他。"楚月点了点头，道："师姐你放心吧，我已经布置好了，如果不是老祖不让我动辰南，我会帮你连他也一并除去。"梦可儿点了点头，没有言语。

南宫兄妹也吃惊不已，武魔身法与虚空道结合在一起后，所展现出来的莫大威力，深深震撼了他们，"无敌"两字在他们心中一闪而过。南宫仙儿绝世魅惑之态尽敛，秀眉微皱道："混天小魔王桀骜难驯，而且在同辈当中又接近无敌，实在不是一件妙事！恐怕只有修成天魔八步的辰南能够克制他，看来一定要将辰南争取过来，不然将来没人能够制得了项天。"南宫吟叹道："没想到项天强横到了如此境界！不过，妹妹你如果觉得辰南比混天小魔王好收买就大错特错了。老实说我宁愿你去拉拢项天，也不愿你去招惹那个混混，我怕你将来会引火自焚。"

此时此刻，项天双手交叉，虚空道奇功，接引异界空间而来的力量，在他胸前形成一个水盆大小的黑色旋涡，如无底洞一般漆黑吓人。他背负神魔翼，于空中飞行，且有玄妙莫测的武魔身法，时时转换他的位置，令他忽东忽西，捕捉着辰南的身影。奈何，上古奇功天魔八步太过玄异，极限速度破尽万法，这是一场速度与力量的对决！项天双眼赤红，怒吼连连，血红色长发疯狂舞动，样子看起来分外狰狞吓人，真如一个魔王一般。久攻不下，他急怒攻心，原本施展混天虚空道就很耗费功力，现在他已经渐渐不支。

"辰南小儿你这个懦夫，可敢与我正面一战？"

"哼，"辰南冷哼一声道，"看我如何破你虚空道！不让你见识一下本人的手段，你还真以为你天下无敌了！"从开始到现在他已经观察了很长时间，已经将虚空道看了个通透，发觉混天小魔王这一次已经尽了全力，没再留有杀手。辰南右手高高扬起，大喝道："灭天手！"这一声断喝，似炸雷一般响遍全场，震得所有观战者耳骨生疼。一道巨大的紫金光掌快速在项天的上方凝聚而成，而后以铺天盖地之势向下印来。恐怖的能量波动浩荡八方，冲击而下的能量风暴，令下方的地面都跟着颤动了起来。

混天小魔王吓得亡魂皆冒，他根本没有看清灭天手是如何出现在他头顶上空的，急忙施展武魔身法躲避那致命一击，快速出现在另一个方位。然而灭天手如影随形，他刚刚自那个位置闪现而出，灭天手就印了下来，吓得混天小魔王再次躲避。如此七八次，项天脸色如土，第九次他终于被那近丈长的紫金手掌印在背上，重重地被拍落在地，激起漫天尘沙。场外所有观战者大哗，战斗竟然在这一瞬间结束了！所有人都没看明白这灭天手是怎样出现的，这门绝学他们闻所未闻，竟然击败了近乎无敌的混天小魔王，所有人的脸上都充满了震惊之色！

恐怕场外也只有梦可儿听闻过灭天手这门奇学，她喃喃自语道：

"擒龙手极尽升华，形成灭天之手，掌出无形无影，灭天之气发散而出，极尽而凝聚成手！这……这太不可思议了！当年澹台祖师都无缘得到灭天手诀，这个家伙是如何得到的呢？！这个家伙到底是什么来头，他为何会懂得天魔八步与灭天手这等失传已久的上古奇学呢？楚月你一定要查出他的来历，这个家伙太神秘了！"大公主楚月也吃惊不已，点了点头，露出若有所思的神态。这时场外所有人都惊呼了起来，场内一只紫金色的大手将落在的地面上的项天抓了起来，而后又狠狠地将他掼在了地上，如此这般几次，直将混天小魔王摔得口鼻溢血才停下来。

辰南大步上前，一脚踏在项天的胸膛之上，摘下他腰间的那把宝剑，道："现在我宣布你归我所有了，从今以后你是我的奴隶，这把宝刃自然也是我的了。"混天小魔王差一点气炸肺，奈何浑身像散了架一般，又被辰南踏在胸前大穴之上，根本动弹不得。他破口大骂："辰南小儿，你杀了我吧，不然我和你不死不休！"

"啊呸，要杀你，刚才早就用灭天手结果你的性命了，还不是为了留下你的性命去给我当奴隶？别人都是王八之气一散发，四海小弟和美女皆归来，我还要自己亲自捉小弟，真是没面子啊！"场外，南宫仙儿冲自己身后挥了挥手，十几个高手快速向场内冲去。与此同时，楚月冲梦可儿微微一笑，冲手下示意了一下，二十几条人影快速冲进了场中。接下来，西南处七八条人影快速冲进场中；东北角十几条人影冲进场中；正东方十几条人影冲进了场中。

辰南看着四面八方涌来的高手，眼中寒光闪了又闪，而后叹道："混天倒霉蛋，今天你我太出风头了，令许多人深深忌讳不已，无敌之名果然害人不浅啊！看来我不能顺利收你为奴了……"说着，辰南眼中寒光一闪，手握方天画戟，向混天小魔王刺去。就在这时项天突然狂吼了一声，张嘴猛地喷出一大口鲜血，血水凝成了血剑，瞬间实质化，这乃是混天小魔王本命元气所化，威力巨大无比，但对身体损害极大，如果不是到了这种生死存亡的关头，他绝不会施展此法。血剑撞击在神戟之上，竟然发出了金属交击般铿锵之音，经这一阻，戟锋仅仅划破了项天的颈项而已，并没有将他的头颅斩下来。

辰南一愣神，混天小魔王抓住这个难得的机会，快速自辰南的脚下滚了出去，而后一展神魔翼冲天而起。但这时，远处奔来的高手已经赶到了，有十几条人影快速冲到了高空，这些人竟然都是魔法师！他们远远地将项天包围在中央。辰南冲着远空快速招手，紫金神龙快如闪电一般冲了下来，载着他快速冲离了地面的包围圈。空中的魔法师并没有向辰南冲去，他们似乎主要针对混天小魔王，一时间和项天僵持了起来。不过地面却冲起八名魔法师，分占八方，远远地将辰南退路堵住了。辰南低声道："泥鳅快给我一滴神龙血，助我恢复元气。"

　　"我……"紫金神龙破口大骂道，"居然打你龙大爷的主意，亏我这样帮你！"它一阵翻腾，差一点将辰南甩落到地面去。辰南低声道："灭天手耗尽了我所有的内力，现在情况危急，有人可能要对我不利，我答应你，以后还你十枚朱果。"

　　这时，一名俊美青年、一个年轻和尚随着梦可儿走入广场，三人都很年轻，但一代高手气势显露无遗。与此同时，齐腾、南宫吟、南宫仙儿也向场内走去。场外观战众人大哗，显然有许多人知晓了这几人的身份，不知谁喊了一声："正邪圣地的传人要大决战了……"被包围的混天小魔王脸色变了又变，表面看来六道同气连枝，但暗地里却尔虞我诈，他才不会天真地认为南宫吟等人是来救他的，多半是正邪圣地的几个传人想趁混战之际，除掉他与辰南两人。一切皆是无敌惹的祸！

　　这时，在高空的另一方，紫金神龙恶狠狠地嚎叫着："小子你要给我记住，一百枚朱果，一百枚啊一百枚！"辰南骂道："贪心的泥鳅！"一滴神龙血已令辰南元气尽复，此刻他已经完全镇定了下来。看着下方的几个圣地高手，他低声冷笑道："都在打如意算盘，关键时刻，盟友果真都是用来出卖的。如果没有恢复元气，恐怕真的凶多吉少！唔，辰某现在作壁上观，到时候让你们每人都吃我一记灭天手，我要你们毕生难忘，老子就是无敌！"紫金神龙乃是成了精的老怪物，它立刻知道了辰南的意图，低呼道："嗷呜……太好了，本龙就喜欢天下大乱！"

　　楚都中央广场周围，数万人喧嚣呐喊，惊天动地。正邪两道圣地的传人纷纷出现在广场之上，顶峰青年强者大混战即将上演，数万观战者沸腾了。太古六大邪道之一情欲道，这一代出现两位最杰出传人，南宫吟与南宫仙儿这对兄妹皆是一身白衣，哥哥丰神如玉，为绝世美男子，妹妹颠倒众生，绝世媚姿足以祸乱天下。白衣飘动间，两兄妹之绝世风姿，令所有人皆神驰意动。

与两人并肩而立的是绝情道传人齐腾，这一邪道圣地近百年来已逐渐没落，但没有人敢轻视这一派。位列天功宝典之列的绝情咒当年撼天动地，威震寰宇，所有人都不会忘记曾经无敌天下的绝情大魔王，只要绝情咒没有失传，便永远没有人敢小觑这一道。绝情咒的要义是斩七情灭六欲，齐腾作为百年来首次绝情身小成的后起杰出高手，其脸色如那万古不化的寒冰一般寒冷，整个人似乎泯灭了人间一切的情感，冷似玄冰。

与邪道圣地三位传人正面对立的是三位正道圣地的杰出高手。梦可儿白衣飘飘，宛如九天降下红尘的仙子，身上散发着一股淡淡的圣洁气息，与那对面的南宫仙儿气质截然相反，两女同是人间绝色，两种极端的气质折射出两种不同的至美之态。在梦可儿的左边是一个年轻的和尚，浅灰色的僧袍也难以掩尽他的超然之姿，此人乃是小林寺当代最杰出弟子玄奘，虽为一年轻和尚，但眉宇间却透发着睿智之气，好似得道高人一般。梦可儿的右边是一个俊美的青年，一身紫衣将他映衬得英姿勃发，他的体表隐隐有紫华在流动，一看便知他玄功高深无比，此人乃是正道圣地紫霄宫当代最杰出传人王辉，紫色令他看起来贵不可言，似乎散发着一股王道气息。

正邪两道的圣地传人之间间隔十丈，六大高手分两方，对面而立，表面看起来平静无比，但暗流涌动，十丈范围内，早已形成一个恐怖的无形力场，这片空间已经被彻底禁锢。如果有不明真相的人妄自闯入其间，定然会在瞬间被强大的力场绞为粉碎。在六人的外围，远远地围着数十名武者，这些人显然都是正邪两地的弟子，一个个手持刀兵对峙着。中央广场内弥漫着一股浓重的火药味，场中的气氛紧张到了极点。场外数万修炼者也渐渐静了下来，不再喧嚣呼喝，一时间偌大的中央广场静到了极点。

高空之上，混天小魔王被十几个魔法师包围在中央，他被辰南重创之后又耗费本命元气催动血剑才逃出一劫，此刻已经虚弱到极点。不过混天小魔王不愧为东大陆中的绝顶青年高手，在被众多高手虎视眈眈的情况下，没有丝毫慌乱之色。他擦了擦嘴角的血迹，露出一口白森森的牙齿，冲着十几名魔法师冷笑连连，不慌不忙地自怀中掏出一个瓷瓶，拔下瓶塞，将里面的药丸全部倒进了口中。混天小魔王慢慢闭上了双眼，似乎丝毫未将周围的强敌放在心上，嘴角绽放出一丝残忍的笑容，血红色的长发无风自动，高大的身躯如神似魔一般，透发着一股令人望而生畏的气息。

　　十几个魔法师似乎在等待地面的命令，并没有立刻动手，不过每个人都占据着有利的空间位置，随时准备着动手。此刻，场内恐怕只有辰南心中有恃无恐，经过一滴神龙血的滋补，他已经元气尽复。他手持方天画戟，站在紫金神龙的背上，冷冷地扫视着四方。围困在他周围的八名魔法师在和他的双眼对视之后，皆不由自主向后飞退数丈，他们感觉到了一股发自灵魂的战栗，感应到了那可怕的杀气。辰南将所有这一切都看在眼里，嘴角慢慢露出一丝淡淡的笑意，他挥右掌斩下一小片衣袖，而后捏住一角，用力一抖，巴掌大小的布片似夺命飞轮一般，发着可怕的异啸之音，荡起阵阵恐怖的波动，快如闪电一般向着下方飞旋而去，瞬间便冲进了南宫仙儿等六大青年高手所形成的力场之中。

　　虽然仅仅为一小片布块，但其上却蕴含了准绝世高手的强大力量，撞进那浩大的力场后爆发出一声震天大响，荡起一片可怕的能量风暴，当然布块也在刹那间化为粉碎。原本表面看来平静的气氛被打破了，六大青年高手快如闪电一般向对手冲去，六道人影化为六道光影在场内交错冲击，一声声震天大响在场内响起，一道道剑气冲天而起，刺眼的光芒笼罩在场中央，无匹的劲气浩荡八方。微妙的平衡被打破了，场内六位绝顶高手大战在一起，围在周围的武者们快速向后退去，在中央广场周围观战的数万人立时喧嚣呐喊起来，数万人同时喊叫，声震天地，整座帝都仿佛战栗了起来。

　　与此同时，围困混天小魔王的十几个魔法师同时出手，绚烂的魔法仿佛一道道礼花在空中绽放，空中流光溢彩。明明是凶猛绝伦的魔法攻击，此刻看来却无比地瑰丽，高空之上仿佛有一道道长虹在闪烁。长达十丈的炽烈火焰、撕碎虚空的狂猛闪电、光芒刺目的巨大冰枪……混天小魔王夷然不惧，露出一丝残忍的笑容，武魔身法随之而动，他"刷"的一声自众人眼前消失，躲过了那漫天的魔法攻击，而后几个闪没，快速冲到了包围圈的边缘地带，突兀地出现在一个魔法师的身旁，右手瞬间拧断了那名魔法师的脖子。所有魔法师大骇，没想到刚刚遭受重创的项天，还如此勇猛，竟然快速冲离了包围圈。远处的辰南也露出愕然之色，混天小魔王的表现实在出乎他的意料。

原本虚弱的项天，此刻如生龙活虎一般，宛如已经彻底恢复元气。显然他可以从容退走，但他并没有就此离去，反而狰狞地笑了起来，他快速施展武魔身法，在空中如同鬼魅一般不断变换方向。魔法师们的攻击未对他造成任何伤害，相反，转瞬间他已经扭断了三名魔法师的颈项。"该死的，这个家伙居然复原了，他刚才到底服下了什么圣药，竟然如此地神奇！今日这个家伙恐怕死不了了！"辰南低低咒骂着。

这时，原本围困辰南的八名魔法师见项天大发凶威，立刻舍弃辰南，快速向他冲去，其余的魔法师也立刻调整方位，再一次将项天包围在了中央，猛烈的魔法攻击瞬间将项天淹没了。混天小魔王左冲右突，不断变换方位，二十多名魔法师不敢再靠近他，仅仅实施远程攻击，虽然威力不再像先前那般猛烈，但却有效地避开了项天的偷袭。项天的武魔身法虽然神异无比，但却不可能移动过长的距离，他每变换一个方位，魔法师们都会疯狂地发放魔法向他攻击，不给他近身的机会，高空之中，绚烂夺目的魔法能量到处肆虐。

辰南眼中寒光闪了又闪，他知道混天小魔王真的恢复过来了，已经有能力逃离这里，但却不想离去。他也知道，暗中的人迫切想杀死项天，不然围困他的八名魔法师不可能就此退去，有实力背景的项天比他这个独来独往、没有任何势力的独行者更令某些人忌讳！紫金神龙乃是千年老油条，也看清了其中的微妙之处，摇头晃脑地道："看见没有？你的手下败将比你还令某些人忌讳，这是对你的变相歧视啊！嗷呜，哇哈哈……"辰南不语，暗暗思量，觉得这些所谓的圣地实力果然强大，明明是东方修炼体系，却招募了这么多的西方魔法师，不得不让他心生警惕。

地面之上，梦可儿和南宫仙儿始一见面，就把对方当成了自己最大的敌人，大战开始之后，她们毫不犹豫地冲向了对方。两人皆是白衣，皆具有倾城倾国之色，不过一个圣洁无比，如九天仙子，另一个颠倒众生，如天骄魔女，两个绝色美人，两种截然不同的的气质。白衣飘飘，绝色倾城，正邪两大圣地的女子动作虽然曼妙无比，但却蕴藏无限杀机，莲瓣飞旋，剑气纵横，两个国色天香的美女纷飞舞动，将场外众多修炼者的眼神牢牢地吸引住了。不过，谁也不知道，两个天之骄女边战边用无上音功秘密交谈，最后她们似乎达成了某种共识。

南宫仙儿一个旋身，为躲避梦可儿玉莲瓣，横空飞出去八丈距离，白色的长裙在空中飘摇舞动，远远望去，真个如同天仙一般，姿势曼妙无比，美到了极点。而梦可儿则凝身停了下来，一片璀璨夺目的光华闪现过后，她驾驭着道家至宝玉莲台，突然快速向高空冲去，直取混天小魔王。

"嘿嘿……"高空之上，项天发出一阵令人毛骨悚然的冷笑，此刻他双眼赤红无比。今日他被辰南重创在前，且当着数万人的面，这令他心中羞愤到了极点，直欲将辰南挫骨扬灰，这也是他为何服下圣药之后，没有退走的原因，他想找机会找回脸面。此刻看到梦可儿前来，混天小魔王似乎找到了发泄的对象，一句话也不说，像发了狂一般向前冲去。空中的魔法师见两大绝顶青年高手即将大战，快速向远空退去。

一片晶莹剔透、散发着炽烈神芒的玉莲瓣，化为一道神光，向着项天飞斩而去，梦可儿则停在了距离项天十五丈处，她对武魔身法忌讳不已，在没有找到破解之法前，不愿意靠得太近，不想与对方近身作战。项天凛然不惧，抬掌便击飞了玉莲瓣，而后大吼着向前冲去，声势惊人。梦可儿大惊，她刚才一直在下方拼战，未曾注意到空中的情景，不知道项天已经复原。不过她并不慌乱，又有五片莲瓣飞旋而去，斩向混天小魔王。混天小魔王武魔身法不断施展，在空中连连变换方位，高空中留下项天一道道残影，梦可儿则不断催动玉莲瓣，始终和他保持一定的距离。不过项天身负神魔翼，移动迅如闪电，并不比梦可儿慢，配合着武魔身法，两人之间的距离越来越近。

最后，梦可儿似乎已经有了对策，不想一味地躲避。她定住身形，九片莲瓣齐动，五片护身，四片攻击，在她的周围氤氲光雾不断流动，五彩霞光璀璨夺目。项天双眼血红，一边躲避四片莲瓣的攻击，一边施展武魔身法，寻找机会攻击梦可儿，他的身子如幽灵一般，忽东忽西，忽南忽北，快到了极点，高空之中仿佛到处都是他的影子。围绕梦可儿的五片莲瓣异常有灵性，上下纷飞，光芒四射，如几面光盾一般，将她护在中央。

虽然项天有几次都冲到了梦可儿的近前，但面对如天界神盾般的玉莲瓣，一时间也无法突破，难以伤到对方分毫。空中两人如电光一般纠缠在一起，空中爆发出阵阵恐怖的能量波动，刺眼的光芒令天上的太阳都黯然失色。这是一场罕见的空战，在东方修炼者当中少有发生，引得数万修炼者神驰意动，无数人在喊叫，声震整座帝都。

空中两大绝顶青年强者生死相搏的同时，地面几个正邪圣地传人的大战越来越激烈，绝情道的传人齐腾对紫霄宫的传人王辉，情欲道的传人南宫吟对小林寺的传人玄奘。绝情咒乃是位列修炼界天功宝典之列的绝学，已经传承数千年，威震寰宇。齐腾不愧为绝情道数百年来少有的天才，在没有师长指点的情况下，硬是窥得其中奥秘，初步成就绝情身，一身玄功高深莫测。绝情大法一经施展，场内幻化出无数道虚影，每一个人都和齐腾一般无二，这些并不是幻象，而是齐腾的真身。因为他的速度太快了，所以给人一种幻觉，以为四面八方有无数个齐腾。这绝情身法是武界有名的极速身法，如果不是今日天魔八步与武魔身法同时出世，恐怕世上没有几套身法能够和这绝情身法相提并论。当然绝情咒名震修炼界并非因这绝情身法，主要在于那玄妙莫测的心法，齐腾拍出的掌力如排山倒海一般，不仅威力绝伦，而且奇特无比，那浩大的掌力一会儿冷似寒冰，一会儿热如火炉。

雄浑的掌力偶尔波及地表，如有石块迸射而起，卷入其中，如遇冷冽的掌力，那些石块无论大小皆会在刹那间被一层寒霜所笼罩，而后在一瞬间被冻得四分五裂。迸射而起的石块如果闯入火热的掌力中，皆会在一瞬间被燃成灰烬，可以想象寒热交替的掌力有多么地恐怖。不过齐腾的对手——紫霄宫的传人王辉，面对这可怕的掌力，并没有露出丝毫惧色。紫霄宫所传下的玄功名为"浩然正气"，原本为玄道绝学，不过经过数百年前的一位天才武者改创之后，已经渐渐趋向于王道绝学。修习者必须有一股天下舍我其谁的气势，才能够将这改良过的浩然正气修炼到极致境界。王辉显然就是这种人，在这一刻他透发着一股睥睨天下的气势。面对初成绝情身的齐腾，他毫无惧色，一道道紫气缭绕在他的周围，每打出一道掌力，整片天地都仿佛为之震荡一下。

他与齐腾可谓势均力敌，每次交击都爆发出震天般的大响，两人每次闪转腾挪都有七八丈远，快如闪电般地移动着位置，一会儿在地面，一会儿又飞身到近十丈的高空对击，如两道光影般纠缠在一起。原本围在这些圣地高手外围的武者，由于躲避不及时，有几人惨遭虐杀。一人被齐腾的冷冽掌力当场冰封在一块寒冰中，而后四分五裂，成为一地碎尸。同时有一人被齐腾的火热掌力当场燃为灰烬，点滴未曾留下。还有一人被王辉涌动而出的紫气当场绞成了肉泥。余者吓得面如土色，尽管这些人为正邪圣地的死士，但看到眼前这种情景，也不禁心惊胆战，所有人皆飞快向后退去。

另一方，情欲道传人南宫吟与小林寺的青年圣僧玄奘战得难解难分。南宫吟一身白衣飘飘，宛如神仙中人一般，动作似行云流水，异常潇洒。细看，可以观察到，他的周围弥漫着一股淡淡的红雾，这乃是情欲道厉害至极的情雾，如若沾身，立时会欲火焚身。小林寺的玄奘深知情欲道的厉害法门，他的周围涌动着一股黄色宝光，将那红色的情雾皆阻挡在体外，同时佛门降魔神通一一施展而出，此刻他看起来宝相庄严，隐隐有一股超然之态。两人不似齐腾与王辉那般争狠斗狂，往往是稍触即分，一击远退，看起来两人更像是切磋一般。不过修为高深之人都知道，这样看似平淡的争斗蕴含着更大的危险，要么就是这样平淡下去，要么就会突然势如奔雷，狂暴起来，恐怕到时会立刻惨烈起来。

艳冠天下的南宫仙儿并没有出手，一直在旁观战，似乎不想凭借人多的优势打压正道圣地。她更多的时间在关注着空中梦可儿与混天小魔王项天的大战，眼中不时有异彩闪烁。地上两对，空中一对，六位青年强者战得难解难分，六人皆乃实力高绝之辈，不仅是正邪两道圣地的最强青年高手，也是东大陆的顶峰青年强者，这是一场巅峰对决。今日这一战意义重大无比，算是这一代正邪两道圣地的第一次大碰撞。观战的数万人狂呼不断，像这样的青年顶峰之战近年来罕见。毫无疑问，这六人皆有资格入主东大陆的"十大青年"，今日一战，恐怕现有的"十大"将会被彻底改写。可是就在这时，一声长笑破空传来，声震整个中央广场。

"哈哈哈哈……"一条黑影快速飞临中央广场上空，所有人皆忍不住抬头仰望，只见一个一身黑衣的青年男子脚踩一头飞鸟在高空不断盘旋。黑衣男子双目似冷电一般灿然有神，一看就是功力高绝之辈，不过整个人却透发着一股邪气，给人一股难言的压抑感。他脚下的飞鸟非常奇特，竟然覆有一层铁甲，只有双眼透发着死灰色的光芒，其余部分皆在铁甲之内。这只怪鸟只有两米多长，但在套有铁甲的情况下，却能稳稳地将黑衣男子托浮于空中，实在让人惊异不已。辰南心中涌起一股强烈不安的感觉，因为他感应到了一股浓重的死亡气息，而死气之源竟然是那只怪鸟，他知道一定会有奇异之事发生。

空中的黑衣青年嘿嘿笑道："今日真是热闹，正邪两道圣地青年中的最强者会聚于此，如此盛会真是让人兴奋啊！恐怕今日这一战，将成为东方绝顶青年强者的封圣战，怎么能够少得了我古熙呢，古某也要在这封圣战中争得一个圣位！"

数千年来，正邪圣地争斗不休。自古以来，东大陆的每一代"十大"，几乎都有半数之众出自这些圣地。久而久之，修炼界众人便将那"十大"进位战，称为封圣战。非横扫一方的人杰，万难入得"十大"，封圣战乃是绝顶青年高手为了进位"十大"而进行的巅峰战。地面众人吃惊地望着空中的神秘男子，不仅因为他狂妄的话语，还因为他所透发出的强者气势。

这时，古熙突然催动脚下的飞鸟，快如闪电一般向空中的那些魔法师冲去。魔法师们一阵大乱，急忙施放魔法，阻挡这个不速之客，强大的魔法攻击绚烂无比，高空之上狂风大作，电闪雷鸣，炽烈的闪电与璀璨的风刃铺天盖地，狂猛地向这一人一鸟冲击而去。然而，这狂暴的魔法攻击并未能够阻挡住这位神秘的青年强者，他脚下的飞鸟在这一刻突然爆发出一团乌黑的光芒，似一轮小太阳一般，当空悬照，将所有魔法攻击皆阻挡在外，铺天盖地般的绚烂魔法在刹那间湮灭，所有狂暴能量皆归于虚无。

古熙嘴角漾起一丝邪异的笑容，催动神异的怪鸟迅速冲进了魔法师群中，两声惨叫过后，两名魔法师口吐鲜血向地面坠去，他们的胸腹间皆呈现出一个血淋淋的大洞，眼看是活不成了。神秘青年强者并未就此打住，快速冲过魔法师群后，一人一鸟再次掉转而回，冲杀了回来。所有魔法师皆惊，他们快速散开，结成阵形，准备予以反击。不过这一次古熙并未直接冲过去，他控制着飞鸟，快速掉转方向，贴着众多魔法师所结成的阵形外围飞过，两声凄厉的惨叫响彻空中，又有两名魔法师被破开了胸膛，向地面坠落下去。

在这一刻，无论是空中，还是地面，所有人皆震惊。有些修为高深之人已经看出，死去的四名魔法师皆是在与神秘男子接触的刹那，被他伸手穿胸而过，捏爆了心脏，此人的手段实在太残忍了。

"哈哈哈哈……"古熙站在飞鸟之上，仰天狂笑道，"不露出一些手段，恐怕没有人相信我的实力，现在是否还有人怀疑我的能力？今天是我出师的第一战，定要在这场青年强者巅峰战中一展身手，我要洗刷现有的东大陆'十大'名序！"

许多人忍不住破口开骂，竟然有这样的人，为了出名，抬手间虐杀四名魔法师，自愿卷入正邪圣地青年强者的纷争中去，这实在是一个疯狂之人。

确实，有许多年轻人为了出名，到处挑战，击败强大的对手，来树立自己的威名。但这些人找的对手，皆是从弱到强，逐渐升级。哪有像古熙这样的，出师第一战，上来就对上六七名东大陆最强大的青年强者，这实在太过变态了。不过，众人自他刚才的出手，看出了他实力的一二，这的确是一个可怕而又残忍的人，他的强大实力是毋庸置疑！

"嘻嘻……"一声轻笑在广场下方响起，南宫仙儿绝美的容颜上漾起一抹异样的神采，绝世媚态当真足以祸乱天下。数万人的目光同时自古熙身上转移到了她身上，所有人皆在这轻笑声中迷失了自我，似乎一下子沉浸到了一片温柔乡中。"古兄果真豪气冲天，当真英雄了得！"南宫仙儿清脆的话语充满了魅惑，在整片广场内飘荡着，"我已经感觉到了古兄的强者气息，今日的确可称得上一次封圣战，古兄如果能够在今日大败天下各路青年强者，毫无疑问，'十大'将立刻改写，必有你一尊位。"

　　古熙听到南宫仙儿的话语，脸上立刻充满了笑容，虽然依旧充满了邪意，但仿佛戾气消散了许多。同时他有些迷醉于南宫仙儿的绝世姿容，流露出一股赤裸裸的贪欲之色，他嘿嘿笑道："这位小姐真的美若天仙啊，是古某见到的最美丽的女子，真是想不到世上竟然有如此绝色佳人！唔，听了小姐的话，古某更加心动了，定要在今天大会各路强者，不然枉负我一身修为！"说着，他那充满邪异光芒的双眼，在南宫仙儿身上扫视了片刻，便转向诸位青年强者。

　　此时，来自正邪圣地的两位绝顶青年强者激战酣烈无比，激战多时，梦可儿与项天都已打出真火，都想置对方于死地而后快，但两人修为不相上下，一时间打得难分难解。尽管混天小魔王有妙绝天下的武魔身法与奇诡莫测的虚空道神功，但一时也难以奈何梦可儿。澹台古圣地自远古传承至今，历代高人创出无尽的奇功妙法，岂是浪得虚名之派，虽然武魔身法让梦可儿几度陷入险境，但最后她以奇妙的道法抵挡住了混天小魔王的凌厉攻击。至于虚空道法，梦可儿更是早有妙招接下，澹台古圣地武道双修，面对由空间魔法演变过来的虚空道法，梦可儿竟然施展出了一种奇异的道法，虚空之上降下五道雷电，不停地轰击那如地狱入口般的黑洞。

　　炽烈的闪电似撕裂了虚空，在混天小魔王周围狂轰滥炸，巨大的电弧似天刀神斧一般，不断地轰击在虚空道法所形成的漆黑洞口处，几次险些将那洞口击碎，而令它消失。辰南片刻前曾经和混天小魔王激战过，深深知道虚空道法的可怕之处，项天胸前出现的黑洞有着莫大的吞吐之力，如果不是他通晓天魔八步上古奇功，恐怕已经败亡，此刻看到梦可儿竟然也有克制之法，他当真惊讶无比。以前他也曾和梦可儿激战过，但却从未见她施展过此法，不过想了想他又释然了，过去他远非梦可儿之敌，对方根本不必动用压箱底的绝招，看来面对生死大战，无论混天小魔王还是梦可儿都将真正的绝学展露了出来，不再藏私。

澹台古圣地与混天道这两派争斗数千年，自然已知道对方都有哪些神通，澹台古圣地种种神异道法威力浩大无比，而混天道由残缺的空间魔法所演化而出的种种神通也奇诡莫测，两派绝学原本平分秋色，但今日混天道武魔身法横空出世，前所未见，令梦可儿感觉到了莫大的威胁。尽管她有抵御虚空道的种种神妙道法，但面对奇诡莫测的武魔身法却头疼不已，混天小魔王忽东忽西，忽南忽北，不断变换方位，令她防不胜防。尽管两人在千余招内不可能分出胜负，但长久下去，她终究要吃亏，因为对方的极速身法令她非常被动。

"喀喇！"巨大的闪电狂劈而下，将项天胸前的那个黑洞击得忽明忽暗，混天小魔王本身险遭雷劈，身体一阵摇晃，他震怒无比。"刷刷刷"武魔身法一经展开，连续变换方位，不断围绕着梦可儿移动，同时黑暗的洞口喷放出一股磅礴大力，向梦可儿汹涌澎湃而去。虚空道所破之口的暗黑空间不仅能够形成可怕的吞噬之力，还能够外放出浩大无比的恐怖喷击力量。梦可儿玉容微微变色，驾驭玉莲台快速冲向一旁，躲过了那可怕的一击。

不远处的古熙不断扫视着几个圣地传人，最后将目光定格在梦可儿与混天小魔王身上，他的双眼射出两道冷电，冷笑道："唔，我感觉到了，这些人都是绝顶强者，到底哪一个人最强呢？我只想挑战最强者！"梦可儿与混天小魔王本为武者之身，但却能够飞空大战，格外引人注目。古熙最后将目光定格在梦可儿与项天的身上，双眼爆射出两道神光，他已经初步认为这两人为最强者。远处的辰南嘴角露出一丝笑容，暗叹，还好这个变态没有找上他，毕竟现在他还不想暴露已经复原的真相，他要留住"本钱"，最后"收场"。南宫仙儿咯咯笑了起来，笑声荡人心魄，让人遐思万千，她怎么看不出古熙已经将目光瞄准了梦可儿与混天小魔王呢，这两人可谓是她最想除去的人，她轻柔地道："古兄今日的对手都很强劲啊，你要多加小心！"

远处的辰南只能摇头，这个女人眼角眉梢皆带着春意，明显在诱惑挑逗古熙，想挑动他尽快出手，难道她真的想要大肆建立后宫吗？或许古熙已经成了她候选的"妃子"之一。

古熙双眼爆射出两道电芒，冲着南宫仙儿笑了笑，而后快速向梦可儿与混天小魔王冲去，他喝道："嘿，封圣战！看一看到底谁是青年强者中的至尊！"此时两位圣地传人虽然激战酣烈，但敏锐的灵识早已察觉到周围的情况，外界发生的事看得一清二楚，看到古熙驾驭怪鸟自不远处冲来，两人皆皱了皱眉头。怪鸟爆发出一团夺目的乌光，似黑色神箭一般，快速向着两大高手冲去。不远处，辰南心中涌起一股不安的感觉，在这一刻他感应到了一股浓重的死亡气息，古熙脚下那头身覆铁甲的怪鸟，令他心神不宁。

紫金神龙也低低怪叫道："有古怪，我感觉到了熟悉而又陌生的气息，真是矛盾啊！"一人一鸟快如电光，瞬间穿入两位绝顶青年强者之间，梦可儿与混天小魔王竟然不约而同一起向古熙出手。四片晶莹璀璨的玉莲瓣似天界神刀一般，化作四道神光向他袭斩而去，混天小魔王则施展武魔身法快速出现在古熙的右后侧，一股磅礴的暗黑怪力汹涌澎湃而出，向他席卷而去。

两大高手同时出手，声势浩大无比。然而古熙异常镇静，双臂一抖，两个铜环自他手臂上滑落到手中，铜环不过拇指粗细，圆环直径不超过十五厘米，作为兵器来讲，十分小巧秀气，其透发着璀璨夺目的光华，一看便知不是寻常的宝物。这时古熙将双环分别抓到了手中，四片莲瓣发着呜呜的异啸之音恰好飞斩而到，整片空间都在剧烈震荡。古熙手握双环，快如闪电一般，击向玉莲瓣，一道道虚影出现在空中，在这一刻古熙如多臂神一般，空中出现无数条臂影，伴随着"当当"之音，铜环和四片玉莲瓣碰撞了不下数十次。

四片玉莲瓣上蕴含的莫大力量不仅被消卸于虚空，而且还被他反灌注了力量，极速飞旋而回，向着梦可儿飞斩而去。同一时间，混天小魔王在他背后所催动而来的磅礴力量已经席卷而至，古熙脚下的铁甲怪鸟竟然挥翅向后猛斩，一道乌黑光亮的气芒闪现而出，和浩荡而来的恐怖力量相撞之后爆发出一声震天大响，将混天小魔王的恐怖一击消卸于无形。小小一头怪鸟竟然抵挡住了准绝世高手的恐怖袭击，这实在太过惊人了！数万观战者皆震惊无比，人们议论纷纷，猜测这这头怪鸟的来历。

"嘿嘿……"怪鸟载着古熙，自梦可儿与项天立身处穿空而过，留下一串冷笑声。梦可儿颜色变了又变，冲着混天小魔王道："看来你我今日难以一决胜负了，改日再战。有人想打败圣地传人来立威，想和你我决斗，但我们不可能联手对他，此人交给你了。"说罢，梦可儿"刷"的一声，驾驭玉莲台快速飘退出去几十丈距离。混天小魔王尽管狂妄无比，但他也没莽撞到见谁砍谁的地步，他可不想在强敌环伺的情况下和人大战。

看到梦可儿想将强敌留给他，项天冷笑连连，待那怪鸟掉头极速飞来之时，他大喝道："这位朋友你想找天下最强的青年高手决斗，我来给你推荐一人。"说着，他冷冷地扫视了辰南一眼，而后又将目光瞄向了梦可儿。他迫切想杀死辰南，但决不能借他人之手，不然他永远也洗刷不掉身上的耻辱，这个生死大敌，他要留给自己。最终他用手点指梦可儿，道："她，便是东大陆数一数二的高手！"古熙双眼中森冷的光芒不断闪烁，他冷冷地扫视了一眼混天小魔王，驾驭着怪鸟快速向梦可儿冲撞而去。这敌视的目光令项天异常不爽，他本是狂傲之人，从来都不曾真个服过一个青年高手，如果不是考虑到强敌在旁，他早就冲上去和对方大战一场了，他冷冷地哼了一声。

梦可儿见古熙向她冲来，暗呼不妙，她可不想毫无缘由地和人生死决战，轻声笑了起来，道："呵呵，这位兄台还真是一个好战狂人，不过你选错了对手，如果争那青年至尊，且向那里观看……"她轻抬玉臂，指向辰南，道，"这位辰兄曾经屠过巨龙，杀过绝世高手，方才更是将青年一辈中的绝顶人物混天小魔王踩在脚下，若论武功，堪称同辈第一！"不远处，项天的脸色瞬间变得血红，这是赤裸裸的羞辱啊！他刚才将祸水引向梦可儿，而对方立刻还以颜色，在将大敌推向旁人的同时，还当着天下群雄的面揭他的伤疤，当面羞辱他，这当真算得上给了他一个响亮的耳光。

古熙在距离梦可儿十丈处停了下来，直到这时他才真正看清对方的容颜，立时涌起惊艳的感觉。地面上南宫仙儿的绝世媚姿已经令他感觉到了窒息般的美感，现在又出现一个气质截然相反的绝代佳人，那出尘的仙姿，那圣洁的气息，令他心中立时涌起一股波澜。古熙脸上的邪气越来越盛，他哈哈大笑道："绝代佳人！没想到今日我竟然看到两个如天仙般的女子！"话毕，他猛地回头向辰南那个方向望去。

"脚踏神龙！"古熙瞳孔急骤收缩，轻声自言自语道。事实上他早已注意到了辰南，也早已感应到对方是绝顶青年强者。只不过相比梦可儿和混天小魔王，静立于紫金神龙身上的辰南并不太出众。因为梦可儿和混天小魔王所展现出的种种奇功异法太过吸引人了，一个施展出类似空间魔法的奇异法门，另一个施展出几近乎道的神通，格外吸引眼球，让他忽略了辰南。此刻闻听梦可儿之言，眼前的男子竟然隐隐有青年至尊的实力，他立刻瞄向了辰南。他当然知道混天小魔王和梦可儿都有移祸江东之意，但他还是顺着他们的意愿，准备转移目标。因为他很享受这种感觉，令人惧怕，被人忌讳，从中他可以感觉到一种虚幻般的至尊感觉。

铁甲怪鸟双翅一展，势如闪电一般向辰南冲去。紫金神龙和辰南一样，早已看出其中的微妙之处，痞子龙大声嚷叫了起来："嗷呜，兀那小辈，怎么如此没有头脑，别人挑拨两句，你就头脑发热，即便有几分本领，也不过是一个蠢材……"辰南阻止了它的话语，低声道："你在干什么，这不是成心激怒他吗，这样的话，这个狂徒非恼羞成怒跟我拼命不可，现在我可不想为自己树敌。"随后，他对着冲击而来的古熙大声笑道："辰某刚才虽然同混天小魔王激战了千余回合，但现在还有些力气，你尽管过来吧。"

闻听此言，古熙立刻令怪鸟停了下来，他当然明白辰南话语的意思，意在激他换一个对手。试想，如果他和一个疲累状态的对手大战，即便战胜，也没有什么光彩啊。如果换成不择手段的人，可能根本不会理会辰南此语，但古熙乃是狂傲之人，比混天小魔王不遑多让。今日出世，他想借助这次封圣战，扬威于修炼界，即便知道辰南在拿话语挤对他，古熙也不愿真和他动手了。

"嗷呜……"紫金神龙这根老油条又鬼叫了起来,大声喊道,"看到下方那四男一女了吗?那都是圣地传人,想要争至尊位,就到他们那里闯上一闯。"古熙狂傲无比,他不是不知道这些人的心态,知道他们不想无故和他大战,但这却令他异常兴奋。他脸上的邪气越来越盛,最后驾驭着铁甲怪鸟快速自高空向下冲去,如一道黑色闪电一般冲进了齐腾、王辉、南宫吟、玄奘这四位绝顶青年强者的战斗圈中。

他手中双环连连挥动,璀璨夺目的铜环浸染喷发出阵阵魔雾,铁甲怪鸟被黑色魔雾笼罩之后,竟然发出一声摄人心魄的长啸,凄厉的啸音如九幽地府的鬼吼一般,令人头皮发麻。怪鸟的双眼爆射出两道死灰色的光芒,自黑色魔雾中透发而出,显得格外阴森恐怖。"刷刷刷",铁甲怪鸟在空中先后留下几道残影,快速向齐腾、王辉、南宫吟、玄奘四人分别挥了一翅,四道魔气如四道死神的镰刀一般纵横交错,向着四人劈斩而去,黑色的妖异光芒仿佛破碎了虚空,这一方天地剧烈震荡了起来。

古熙可谓狂妄无比,竟然控制快鸟,同时向四大强者出手。这四人岂是易与之辈,每一个人都是横扫一方的人杰,同辈中的绝顶人物,古熙一人同时向四人出手,等同于轻视他们。四人在刹那间分开,不再舍生忘死地激战,而后几乎在同一时间出手,四道排山倒海般的掌力同时向铁甲怪鸟笼罩而去。磅礴的力量,破碎了虚空,四道浩然掌力形成了一个恐怖的无形力场,如牢笼一般困住了怪鸟,莫大的压力重若万钧。

"轰!"一声震天大响,空中铁甲纷飞,怪鸟身上的甲胄在刹那间崩溃,向着八方到处激射。一声如厉鬼般的凄厉啸音响彻天地,中央广场外围观战众人的耳骨被震得险些碎裂,恶鬼之音上震九天,下荡九幽,吓人无比。令人头皮发麻的恐怖厉啸久久才平静下来,怪鸟真身显露于世人面前,竟然是一个背生灰色双翼的堕落天使!

西方的天界除却少数神灵之外,余者背部皆生有羽翼,这些生翼的神灵多数为天使。从属于神的天使,背部的羽翼洁白无瑕;从属于魔的天使,背部的羽翼多为灰色或黑色。相传在那遥远的过去,天界本无暗黑羽翼的天使,天使皆从属于诸神,不过后来有些天使经受不住恶魔的诱惑,背叛了神,投向了恶魔的怀抱,羽翼从此化为灰黑色,这些天使被称为堕落天使。堕落天使出现在世人的眼中,所引起的震撼效果可想而知,中央广场外围的观战者沸腾了。这是继上次楚国皇宫惊现"神迹"后的又一次震惊修炼界的大事件!

四大准绝世高手同时出手,威力惊天动地,堕落天使身上的铁甲彻底粉碎,暴落于地面。古熙在这强势四击中,并未受伤,堕落天使将所有的力量都接引到了自己透发出的乌光中。不过,他也因此而暴露了身份。展现在世人面前的堕落天使非常高大,奈何被一个青年踩在脚下,实在称不上伟岸。细看之下,所有人皆惊,这个堕落天使竟然是独臂,左手臂齐肩断折,断臂处的伤口狰狞恐怖。他显露在世人面前的一对灰色羽翼有些地方竟然已经露出了森森白骨,显得格外恐怖,而羽翼根部竟然是两道惨烈的伤口,两只断翼只剩下根部还连在他的脊背之上,望之触目惊心。很显然,这本是一个四翼堕落天使,但另一对羽翼竟然被人生生撕断了,恐怖的伤口附近是暗红色的血迹,不过早已风干,但依旧恐怖无比。

四翼堕落天使一头灰色长发没有半点光泽,乱糟糟如同茅草一般,而他原本英俊的面孔,此刻看来没有一点生气,死灰色的眸子泛着幽冥之光,身体透发着无尽的死亡气息,无论怎样看,这个四翼天使都不像一个有生命迹象的魔灵!他更像一个堕落的死尸!一个堕落天使现临人间,这简直如天外彗星撞击天元大陆一般,让人感觉惶恐。历来,天使仙子等神灵只在神话传说中出现,寻常人哪里能够亲眼看到,然而今日一个堕落天使活生生地出现在世人的眼前,怎不让人震惊。

楚国皇宫大战所展现的种种神迹已经令修炼界沸腾了好多日,时隔不久,惊世骇俗之事又来了,这实在让人在无言中瞪掉眼球。此刻,只在神话传说中出现的堕落天使,瞪着一对死灰色的眸子,正冷冷地扫视着四大准绝世高手,眼中无半点生气,无尽的死亡气息笼罩在他的周围。

这时,古熙缓缓地抬起了双手,将两个铜环用力碰撞在一起,一团璀璨夺目的光华闪现过后,浓重的魔雾突然自铜环处涌动而出,一瞬间冲进了堕落天使的体内。堕落天使像是吃了大补药一般,死灰色的眸子闪过一道摄人心魄的寒光，口中发出一声凄厉的啸音，双翅一展，快如闪电一般向着玄奘和尚扑去。在这一刻，面对堕落天使的扑击，不光玄奘和尚，其他三大高手也一齐行动了起来。

此时，玄奘和尚毫不惊慌，依然给人一种超然之感，虽然他年纪不大，却有得道高僧的韵味。他诵了一声佛号："阿弥陀佛……"随后，佛家神通展现而出，大慈大悲降魔掌向前印去，真气幻化而出的佛手金光灿然，威势凌人。与此同时，其他三人也在快速地动作着，他们知道今日之事恐怕难以善了，虽然这个堕落天使有些古怪，且被人操控，但没有人敢言胜。绝情道传人齐腾拍出的掌力冷热交替，猛烈的掌风中一道炽烈的红芒与一道冷冽幽森的白芒呈螺旋形扭结在一起向前冲腾而去。王辉身前紫气浩荡，精纯的真气化作一头威猛的紫龙，向堕落天使奔袭而去。南宫吟周身上下都笼罩着粉红色的桃花雾，不过在这一刻粉红色的情欲迷雾渐渐聚拢在一起，凝聚成长剑的形状，最后竟然彻底实质化，铸成情欲道之情欲神剑，向着堕落天使快速劈斩而去。

不过四大高手狂暴的攻击对于堕落天使来说并未起到多大作用，掌力与剑芒劈在他的身上之后，竟然如击在金刚上一般，发出铿锵之音，并未能够损他分毫。不过余波却令踩在他背上的古熙脸色一阵潮红，的确，四大高手联手之力是何等的威猛，尽管是余波，但四股力量合在一起，也不是等闲人能够承受的，好在古熙也已经步入准绝世高手之境，并未受到伤害。堕落天使一声厉啸，独臂挥动，一举击散了四大高手联手轰击而来的狂暴力量，而后一展双翼载着古熙向前冲出去几十丈距离才停下来。

在这一刻，场外所有观战者皆屏住了呼吸，众人看到四大高手催动而出的排山倒海般的力量都难以奈何堕落天使分毫，皆震惊地张大了嘴巴。所有观战者都露出凝重之色，古熙之名今日定要传遍天下，他竟然能够操控一个无敌的堕落天使！无论这个堕落天使究竟有何古怪，无论他因为什么受制于人，都足以衬托出古熙的不凡，因为他毕竟是一个只在神话传说中才出现的神灵！

准绝世高手可以降巨龙、战巨人，然而眼前四位准绝世高手联合在一起，竟然无法撼动堕落天使分毫，这个场面实在太过惊人了。眼下，堕落天使无疑是一个无敌的存在！即便是五阶高手恐怕也难以伤他，这样一个超然的存在降临在这个世上，且听命于一个人类青年，实在让人感觉不可思议！

堕落天使悬浮于低空，古熙自他身上跳落到地面，而后手握双环开始有节奏地击打了起来，铜环光华璀璨，随后涌动出阵阵魔雾，一种古怪的音律在场内响起。空中的堕落天使听到古怪的击打之音后，双翼不断扇动，眼中死灰色的光芒森寒无比，他的身体透发出无尽的死亡气息，在这一刻他如妖魔一般，仿佛随时会吞噬周围人的生命。

这时，正邪几个圣地的传人皆变了颜色，这一刻他们似乎醒悟了过来，仿佛一下子明白了古熙的来历，纷纷低呼道："赶尸派！"

"神秘的控尸者！"

……

中央广场外围观战斗的众人当中，有些年老的修炼者此刻也知道了古熙的来历，顿时议论纷纷。

千余年前，赶尸派繁盛一时，门中高手无数，且有上古奇尸，在该派门主鬼神难测的控尸术下，几具奇尸当真凶名传遍天下，所有修炼者闻之都心胆俱颤。即便是太古六道邪道诸多高手遇到赶尸派的人都要退避三舍，正道几派圣地也难以与之争锋，赶尸一派风头之劲在当时一时无两。不过可惜，千年前修炼界发生了一次大动乱，也就是老妖怪对辰南所讲的那次由极盛转向极衰的年代。无数惊才绝艳之辈殒落，赶尸派这个风头最劲的门派首当其冲，满门灭绝，几个上古奇尸，自此消失不见。所有人都以为这个门派自此湮灭在历史的尘埃中了，不曾想今日该派门人重现修炼界，且掌控着一个堕落天使。

直到这一刻，众人对于堕落天使现临人间已经不再感到震惊，因为这不是一个活着的神灵，这是一个早在千年前就曾在修炼界出现过的死物。当年赶尸派有数具上古奇尸，其中三具古尸恶名传遍天下，那是自该派祖师时代就出现在赶尸派中的三具奇尸，被控尸者掌控后当真是天下无敌。传说，在那遥远的过去，西方曾有天使下界，闯入东方修炼界，后来和赶尸派门主相遇，该派门主控制三具恶尸，生生将那天使撕为粉碎。虽然只是传说，但无风不起浪，可以想见，当年那三具古尸的凶名何其昭著，威力何其凶霸。眼前这个堕落天使的尸体当然不是那三具恶尸之一，但也算得上赶尸派的奇尸，他的这副样子，和千年前没有多大区别，熟悉典故的人细想之后，立刻明白赶尸派复活了。

众人之所以认出古熙为赶尸派传人，皆因他手中的铜环，开始时他用铜环击打梦可儿的玉莲瓣，众人还未察觉，以为这不过是一对奇特的武器而已。直至堕落天使暴露出真面目，散发出死亡气息，而后古熙击打双环，利用特殊的音律控制形如死物般的堕落天使，人们才明白他的身份，这是赶尸派独有的控尸秘术之一。而且当人们联想到赶尸派时，也立刻认出了这对铜环，可以说铜环也是暴露古熙身份的一宗事物。

这对铜环大有来历，人们不会忘记，当年赶尸派鼎盛时期，那对浩荡出幽冥之音的夺命尸环，这对铜环掌握在该派杰出弟子手中，除去派中的三大古尸之外，一般的凶尸、恶尸都会被铜环控制。据传说，这对铜环是该派祖师自一处远古坟墓中得来的，那座坟墓当真有着无尽的神秘，赶尸派祖师闯入那座地下古墓后九死一生，挖掘出墓主的尸体，那具尸体后来成了赶尸派三大恶名昭著的古尸之一，而坟墓中的一对镇魂铜环则被祭炼成了赶尸派的无上法宝夺命尸环。如今，赶尸派的传人重现修炼界，不难想象，灭绝千年之久的秘派，已经东山再起。这可是一个大事件，当年的那些无敌古尸可能即将再现修炼界，怎不让人震惊。堕落天使已经出现，其余的上古奇尸现在何处？那三个恶名昭著的古尸还会出现吗？他们如果再现人间，当真堪比神灵降世啊！

当然，绝大多数人不愿意赶尸派东山再起，毕竟千年前这一派恶名远播，太过邪异，操控古尸作战，实在有些邪恶。另外，该派某些禁法，也无法让普通人接受。但该派传人已经出世，还能够阻挡这一派再现修炼界吗？答案是否定的，显然这一派已经准备多年，现在已经到了亮出底牌的时刻，让弟子门人高调出世，也算是一种宣传吧。不难想象，古熙行事如此狂傲，定然受命于门中长辈，想必他们要大肆造势，从而高调复出。

　　众人之所以不愿赶尸派东山再起，因为所有人都有些惧怕那三具传说中的无敌恶尸，不过一些通晓典故的人相信，那三具古尸如无意外的话，似乎不可能现世了，因为传说那三具奇尸早已毁于千年前的那场大动乱中。这是一个让人感觉到安心的典故，没有人希望那三具曾经撕碎天使的古尸再现修炼界。古熙与那堕落天使的神秘面纱已经揭开，人们知道了他的来历，眼下所有人的目光都再次聚焦在堕落天使和场内四位准绝世高手的身上，毫无疑问，一场恶战即将展开。堕落天使在铜环所发出的古怪音律控制下，化作一道电光，向四大高手冲击而去。玄奘、南宫吟等四人一齐动手，抗拒堕落天使的冲击。

　　在知道眼前这个死物的来历后，几人不再觉得以多欺少是可耻的，毕竟这乃是传说中的凶尸，虽然比不上三大无敌古尸，但毕竟也是当年恶名远播的奇尸之一，曾经被赶尸派祭炼无数遍，浑身上下坚逾金刚，早已刀枪不入，掌力、刀兵很难撼动他。广场中央飞沙走石，沙尘蔽天。其间，掌力狂涌，剑气冲天，狂霸无匹的攻击一重接着一重向着堕落天使冲击而去，但却难以有效地撼动他。

　　不过堕落天使所有攻击指令都来自于古熙，虽然单一冲击时速度极快，但环转时，行动间难免有些缓迟，并不像传说中的那样让人难以抗拒。即便这样，四大准绝世高手也不敢丝毫小觑，堕落天使所激发出的乌光明显是死气，如若袭上身体，当真要去掉半条命。空中，紫金神龙嗷嗷怪叫道："太有意思了，越来越乱了，我喜欢，嗷呜……"辰南若有所思，他曾经在楚国皇宫读过关于赶尸派的古籍，了解其中的许多秘辛，知道这一派的过去。故此，现在他也已知晓古熙的来历。他道："唔，确实有意思，这一派另辟蹊径，当真有着与众不同的神通。"辰南不得不佩服赶尸派的祖师，竟然能够操控死人的身体，驱动他们去大战，实在是一项难以想象的本领。

　　传说，赶尸派的祖师最开始时仅仅掌握了控制尸体简单蹦跳的术法，而且他开始时并不是修炼界的人。最初，他仅仅是利用自己通晓的神通帮助别人运送尸体，这在当时来说实在是一种特殊的遣运尸体的办法，人们称他为赶尸人。后来，在机缘巧合之下，此人无意间得到一本修炼法诀，这本法诀不仅有武修之法，还有许多奇奇怪怪的道法。此人也算了得，经过数十年的精研，终于将奇书里面的神通一一修成，从此成为修炼界中一位不世高人。其后，他修为到了登峰造极之境后，将自己的赶尸神通和武学、道法结合起来，创出了一套奇异的法门——控尸之法，随后创立赶尸门，这便是这一派的由来。

中央广场之上，四大高手和堕落天使快如闪电，在空中与地面留下一道道残影，大战激烈无比，沙尘飞扬，剑气冲天，直打得天地失色，日月无光。堕落天使双翼展动，于天上地下，来去如电，穿梭于玄奘等四人中间，灰色的羽翼荡起阵阵罡风，爆发出阵阵乌光，死气浩荡，直欲将中央广场化作修罗场。不过，这个堕落天使毕竟是死物，远远比不上真正活着的天使，其能够施展的神通和生前相比，有限得很，不然四大高手怎么能够和他对决呢，恐怕早已死于非命多时了。这是一场惊天动地的大战，令所有观战者热血沸腾，传说中的上古奇尸堕落天使和东大陆的顶峰青年强者剧战，光想想就让人激动，何况众人在现场亲眼观看呢！

古怪的铜环敲打之音不停地传来，堕落天使速度越来越快，原先略显迟缓的身躯，现在似乎越来越轻灵，令四大高手压力越来越大。南宫吟、玄奘、王辉、齐腾四人相互看了一眼，立刻明白了彼此的意思，齐腾、王辉、南宫吟突然爆发全力，死死地将堕落天使牵制在一片力场中，令他不能够冲击出去。玄奘则在这时冲出了战场，化身一缕轻烟，快速向着古熙冲去，速度当真快到了极点。"阿弥陀佛，善哉，善哉！"玄奘虽然口诵佛号，但手下可没闲着，降魔神通大慈大悲掌向前印去。真气凝聚成的佛掌足有丈许大小，以铺天盖地之势，自古熙头顶上方击压下来。猛烈的掌力令下方狂风大作，沙尘飞扬，古熙脚下的地面出现一道道巨大的裂缝，可想而知这一掌的威力多么地浩大！

古熙颜色微变，佛门与赶尸派在千年前，曾经发生过不少次大战。佛门降魔神通与赶尸派的种种秘法隐隐有相互克制之势，不过所谓道高一尺，魔高一丈，赶尸派对于佛门的某些神通也仅仅是有些忌讳而已。毕竟过去三大无敌古尸曾经灭掉不少佛家不世高手，未尝一败，骄人的战绩在前，赶尸一派弟子对上佛门弟子时历来都是信心百倍。"当当当"铜环猛烈地撞击了几下，远处的堕落天使动作立刻凌厉起来，和三大准绝世高手之间的战斗越来越激烈。与此同时，古熙双环上扬，以双环迎击击压下拉的大慈大悲掌，铜环光芒璀璨，刺人双目。

"轰！"伴随着惊天动地的大响，大地一阵战栗，巨大的裂痕出现在古熙的脚下，向着四面八方延伸而去。他用双环击溃了佛手，使之消散于空中，不过他自己的双膝也已没入地下。

玄奘和尚念了一句佛号："阿弥陀佛！"一连向后退了三大步。这一击两人平分秋色，彼此之间的修为相差无几。不过古熙的脸上充满了笑容，因为他凭借本身的修为就能够和玄奘战成平手，如果携堕落天使出击，毫无疑问，玄奘有败无胜。赶尸一派可怕之处就在于他们不仅懂得操控古尸等秘法，而且本身的修为也都高绝无比，一个极道强者再加上一个无敌古尸，想不让人害怕都不成。场外的所有观战者都大惊失色，皆叹赶尸派之人太可怕了！

南宫仙儿、梦可儿、混天小魔王也变了颜色，这实在是一个可怕的敌手，以古熙现在所展现的实力来看，他本身真的有问鼎"十大"的实力，如果再加上堕落天使，试想如果单兵对抗，同辈之中还有谁是他的对手？！此刻玄奘无喜无忧，再次行动了起来，身如光电，大慈大悲掌、罗汉拳、拈花指等各种佛门神通一齐向古熙身上奔袭而去。这一刻，他只要缠住古熙，令他不能够顺利击打夺命尸环，就算大功告成。堕落天使如果没有古熙控制，那么他的凶威必将不再。古熙的一身修为可怕无比，玄妙莫测的僵尸奇功一经施展，真个如鬼魔一般，幽幽荡荡，森然恐怖。玄奘和尚虽然神通广大，修为超凡，但一时间也难以奈何古熙，两人打得难解难分。

不过夺命尸环所发出的古怪音律确实少了许多，齐腾、南宫吟、王辉三人压力立时减去不少。这是一个奇怪的场景，本来势不两立的正邪两道圣地的传人，竟然联合在一起一致对外，真是数百年来罕有的事情。古熙哈哈大笑起来，道："正邪圣地的传人不过如此，谁能奈何于我？！"话语虽然很狂妄，但现在的确如此，有堕落天使牵制三大高手，玄奘和尚一人一时间真的难以奈何古熙。

南宫仙儿眼中闪过一道异彩，心中不知道在盘算什么，此刻看到己方失利，竟然毫无援手之意。空中的梦可儿眼中也在闪烁着异样的光彩，她站立于莲台之上也是一动不动，静静地观望着下方的战斗。混天小魔王此刻脸上充满了暴戾之气，他本是狂傲之人，今日先在辰南手中吃瘪，现在又有一个比他还狂妄的人当着他的面耀武扬威，令他心中戾气狂升，直欲冲下去厮杀一场。

这时，古熙手中双环再次碰撞在了一起，这一次所发出的声音明显不同，刺耳无比。堕落天使听到这种声音后，身体内涌动出无尽的暗黑死气，身体化作一道电光，向着古熙处飞去。王辉、南宫吟、齐腾三人立刻追了下去，如果让堕落天使和古熙会合在一起，玄奘必将重伤而退，剩下他们三人继续对抗的话，定会被动无比。邪道圣地和正道圣地一直处于敌对状态，如果说此刻南宫吟和齐腾没想借助古熙之手除掉玄奘和尚，那是假的。但如今有数万观战者在旁，如果他们放任堕落天使离去杀伤玄奘，那么以后他们休想在修炼界抬起头来，必将遭受所有人的鄙视。

邪道圣地虽然"邪"字当头，但这是祖师创派时留下的"邪号"，传承至今，早已不似数千年前那样邪行无比。试想，如果一个门派都是恶徒，管你门中有多少高手，到头来也难免遭受修炼界一致的抵制打杀。自远古传承至今的圣地，邪道圣地并不一定至邪，正道圣地也不一定至正，这也是邪道圣地和正道圣地在争斗时，修炼界其他派别一般两不相帮的原因。堕落天使飞临到玄奘头顶上空后，发出一声凄厉的长号，真个如地狱恶鬼一般，令人头皮发麻。他伸展独臂，向下猛印，浓重的死气席卷而下，浩瀚的掌力令大地都在颤栗。玄奘身化一道光影，快速向后退去，而古熙则在这时出手了，他一直在计算等待这个时刻，几乎如影随形一般，跟上了玄奘。僵尸奇功魔威立显，古熙手中的双环已经套在腕上，他双手漆黑如墨，狠狠地向着玄奘印去，一片魔雾跟着浩荡而出。

"阿弥陀佛！"玄奘低低念了一声佛号，此刻他浑身上下金光大作，真如一个佛陀一般，暗黑魔气遇到金光之后就像冰雪遇到炽烈的阳光一般，快速消融、消失。与此同时，玄奘双手齐动，仿佛有无数道臂影出现在虚空中，"乒乓"之声不绝于耳，无数佛掌和古熙的双掌相撞在一起，空中金光、黑芒猛烈冲撞，最后古熙被迫退出去三丈多远的距离。场外传来阵阵惊赞之声。

玄奘用佛门奇功千手佛陀化解了眼前的危机，此刻王辉等三大高手已经冲到了近前，四人将古熙和堕落天使包围在中央。"哈哈……凭你们四个还无法奈何于我，还有没有圣地传人，所有人都一起上吧！当然美女除外，美女是用来怜惜的，哈哈……"古熙仰天狂笑，一脸的邪气，丝毫不将眼前的几大高手放在眼里。

四人皆变了颜色，平日冷冰冰的齐腾突然开口道："闭嘴，你算个什么东西！仰仗上古奇尸对敌，算什么本领，如果你敢和我对决一场，我只用一条右臂，就能捏死你。"齐腾平日半天难得说出一个字，今日一下子说出这么多的话语，让几个熟悉他的人感到一阵惊异，不过这些话实在有些"分量"，几个圣地传人听闻之后心中一阵舒爽。

古熙则面色阴沉无比，眼中寒光不断闪烁，脸上的邪气越来越盛。他冷森森地道："我赶尸派的秘法就是控制上古奇尸对敌，无论你们多少人来攻击我，也只有我和堕落天使两人对敌而已，这有什么不公？说句实话，即便你我捉对厮杀，你们当中恐怕也没有人是我的对手！废话少说，你们一起上吧！"这还是古熙自己头一次讲出自己的师门。高空之上，混天小魔王血色长发狂乱舞动了起来，冷哼了一声道："不知天高地厚！"

古熙冷冷望向空中的项天，这时他的脸色阴沉得有些可怕，随后他又将目光扫向了空中的梦可儿，而后又转向地面上的南宫仙儿，最后又将目光定格在混天小魔王的身上，道："我说过，你们所有人都一起上吧！"不知为何，古熙似乎很反感别人质疑他的实力，在这一刻他的目光森寒无比，即便望向早先有些好感的南宫仙儿、梦可儿时，眼中也充满了杀意。中央广场外观战的众多修炼者似乎也感觉到了古熙的杀气，所有人都感觉到了一股刺骨的寒意。此时人们已经渐渐接受了眼前的事实，赶尸派东山再起了！传说中的上古奇尸堕落天使出世了！众人由最开始时的震惊状态渐渐清醒了过来。

"圣地所有的人都来吧，今日我要大会天下青年强者！"狂妄的话语响彻中央广场，古熙用双环点指混天小魔王、梦可儿、南宫仙儿，一脸的戾气。在这一刻，混天小魔王再也忍受不住，大吼一声，神魔翼一展，自高空快如闪电一般飞了下来，他直冲堕落天使而去。玄奘等四大高手也应声而动，四人一齐向古熙发动攻击，堕落天使在古熙的指挥下，贴着古熙的头顶不断盘旋，独臂催发出大片的死气，也不知道堕落天使用了何等术法，竟然将四大高手的掌力、剑气皆接引了过去，万难伤到古熙分毫。而古熙也没有完全仰仗堕落天使的护佑，双环频频动作，向外推出一波波汹涌澎湃的掌力。数位准绝世高手大战，天摇地动，杀气冲天！整座中央广场的大地都在剧烈地晃动。

这时，混天小魔王已经冲到，他并没有降落地面，上来就向堕落天使拍出一道浩然掌力，可是莫大的掌力拍在这死物身上之后，竟然发出了击打金属般的铿锵之音，根本难以伤到他分毫。此时，古熙和堕落天使完美地配合在了一起，和地面四人大战在一起。混天小魔王见没有伤到那死物，且对方没有追击上来，他暗自咬了咬牙，混天虚空道大法再次施展而出。

一个漆黑无光的洞口如连接幽冥地狱的通道一般，出现在他的胸前，一股磅礴大力汹涌澎湃而出，向着独臂堕落天使汹涌澎湃而去。堕落天使根本没有躲避，浩瀚的力量径直轰击在了他的身上。"轰"的一声震天大响，堕落天使一下子被轰击到了地面，空中落下无数灰羽，纷纷扬扬，不断飘舞。这个场面震惊了所有人，场外欢声雷动，观战众人看堕落天使发威到现在，早已希望有人能够将他击杀。

梦可儿与南宫仙儿望着混天小魔王眼色有些复杂，这虚空道法果然有独到之处。古熙也没有想到堕落天使会被人从空中轰击下来，不过这一击并没有对堕落天使造成很严重的伤害，毕竟这个家伙的小名叫"神灵"，虽然早已死去，神通也早已不再，但强横的体魄远非常人所能想象。"当当当"夺命尸环连续敲打，在几声急促的金属撞击声中，堕落天使"刷"的一声自地面上站了起来，与此同时，齐腾等四大高手抓紧战机，也已经攻至，劲气汹涌澎湃。

堕落天使的速度快到了极点，一对灰色双翼如阔刀一般向外横扫而去，浓重的死气浩荡而出，所有的掌力与剑气都被瓦解。紧接着，堕落天使飘浮了起来，而后古熙踏上他的脊背，快速冲天而起，向着空中的混天小魔王冲去。项天脸色变了又变，刚才黑洞所涌动出的磅礴大力，如果撞在一般人的身上，定会让对方粉身碎骨，尸骨不剩。但撞击在堕落天使身上，竟然仅仅击下漫天的灰羽而已，根本没有给对方造成毁灭性的伤害，这令他又惊又怒。

"混天虚空道！"项天大喝，黑洞大开，似欲吞噬世间的一切，巨大的吸力形成一个莫大旋涡，他附近的空中好像被抽干了一般，暗黑的洞口阴森无比。"呃啊……"堕落天使口中发出一声凄厉的长啸，双翼舞动，独臂在前，如凶魔一般，荡起滔天死气，袭向混天小魔王。

古熙感觉到了那莫大的吸力，他有些惊恐，此时他完全可以命令堕落天使脱离这浩大的力场，但他没有，反而命令堕落天使向前冲去，他不相信青年一辈中有人能够毁灭他脚下的这个上古奇尸。堕落天使一拳轰进了那暗黑的洞口，无尽的死亡气息浩荡而出，而且他身上竟然爆发出一片幽冥之光，他如一轮黑太阳一般当空悬挂。

堕落天使的独臂完全伸进了那暗黑的洞口，混天小魔王的脸上露出无比痛苦的神色，他竟然无法用虚空道法完全地将对方吞噬进异空间，因为他的力量不够，再也难以支撑住了。堕落天使身上涌动出一股毁天灭地般的力量，"砰"的一声将混天小魔王撞飞了出去，空中留下一串血迹，混天小魔王口吐鲜血，身受重伤。

场外哗然，项天的实力有目共睹，混天虚空道堪称修炼界一绝，然而此刻却被堕落天使轻易破去了。所有圣地传人皆变了颜色，他们相信如果换作他们，可能比项天还要狼狈，赶尸派实在太可怕了，有上古奇尸压阵，堪称无敌！这绝非危言耸听，一个后辈弟子手中便掌有堕落天使，那么他的师长辈呢？毫无疑问，肯定会有更厉害的奇尸！甚至有人猜想，三大无敌古尸并没有真个彻底毁去，可能还有一具留存在人间！四外惊呼之声不断，堕落天使即便早已死去，他遗留在世间的尸体也实在太过可怕了！

混天小魔王在空中翻飞出去几十丈远，他的脸色潮红无比，羞怒交加，混天虚空道乃是修炼界无上绝学，没想到短短半日内，竟然先后两次被人破去，这对他的打击是巨大的，他直欲发狂。古熙脸上邪气越来越盛，他嘴角带着笑意，望着混天小魔王，道："我最愤恨人质疑我的实力，到现在你还认为能够战胜我吗？现在你可以去死了！"说罢，他不断敲击铜环，堕落天使快如闪电一般向前冲去，混天小魔王脸色大变，他现在已经没有能力对抗，如果硬撑下去，非死在堕落天使之手不可。

"哼，无耻之徒，你可敢舍弃那个死鬼，与项某堂堂正正地一战？"

古熙冷笑道："去死吧，死人没有话语权！"混天小魔王惊怒无比，不得已他想向地面冲去，寻求齐腾等人的保护，但突然间他又改变了主意，快速向着梦可儿那里冲去，堕落天使载着古熙在后紧追不舍。梦可儿又惊又怒，没想到项天在这种境况下竟然还不忘记拉她下水，如果单对古熙，她无所畏惧，但对上一个堕落天使，即便是五阶绝世高手恐怕也没有言胜的把握。古熙追击到梦可儿处后，项天早已停了下来，一拳猛地向他击来。古熙冷笑，手中夺命尸环不停地敲击，堕落天使似魔神一般，涌出滔天的死气，向前拍出独掌，连梦可儿也笼罩在内。梦可儿无奈，四片玉莲瓣护体，五片玉莲瓣飞击而出，旋斩向堕落天使。

高空之上两位能够飞空的圣地传人联手大战堕落天使，他们虽然明白擒贼先擒王的道理，想先将古熙这个指挥者击杀，但堕落天使的防守太过厉害，一条独臂、一对羽翼如铜墙铁壁一般，物理攻击几乎免疫，他们根本不能突破。梦可儿越战越心惊，面对这个物理攻击无效的对手，她真是没有丝毫办法，最后施展出澹台古圣地秘法五行雷电，狂猛的闪电自高空劈落，震耳欲聋的雷声不绝于耳，一道道巨大的电弧出现在空中，绚烂夺目。这道家法门所招来的五行雷电，比之西方魔法师能够施展的电系魔法，不知要猛烈多少倍。但狂猛的雷电依然无法撼动堕落天使分毫，他竟然张嘴将所有的雷电都吸收了，这实在太过恐怖了！

死去的堕落天使虽然已经不具有生前的全部神通，但他们所能够施展出的有限神通依然威力绝伦，非五阶以上高手不能与之为敌！梦可儿倚仗掌握有不少奇妙的道法，且没有像混天小魔王那样莽撞行事，不然恐怕也早已伤在堕落天使之手。不过即使这样，再耽搁下去，受伤落败也是早晚的事。梦可儿眉头轻皱，不愿意就此逃向地面寻求援助，她可不想在数万观者面前露出狼狈的样子。空中三条身影不断变换方位，快速地移动着位置。

"刷刷刷"几声破空之响，梦可儿成功将堕落天使引到了辰南立身的附近。我……辰南心中大骂，梦可儿实在可恶透顶，趁他一不留神，就把战火引了过来。而且到达这里之后，梦可儿借助堕落天使轰击过来的掌力，快速冲出去十几丈距离，远远离开了战场，在外人看来这不是临阵脱逃，这仅仅是为躲避猛烈的攻击，临时避其锋芒而已。这时，混天小魔王已经被甩在不远处，堕落天使为追击梦可儿而来到了辰南的近前，在古熙的控制下一掌向前拍来。

紫金神龙嗷嗷怪叫，急忙闪躲，但堕落天使却紧追不舍，辰南大怒，怎么也没有想到战火会这么快烧到他的身上，灭天手应势而出。古熙与堕落天使还没明白怎么回事，就被突然出现在身前的一个紫金大手包裹住了，巨大的手掌遮天蔽日，将他们紧紧握在里面，用力地挤压着，直欲将他们攥成碎末。

地面上的观战者沸腾了，他们再一次看到辰南施展出神秘的灭天手，当然这一次依然没有发觉紫金神手是怎样形成的。不过看到将那恐怖的堕落天使成功抓在了手里，所有人都兴奋不已，这是混天小魔王将堕落天使击落地面后的又一个高潮。几个圣地传人也目瞪口呆，没想到辰南一照面就将那几乎不可能战胜的敌人擒到了手里，所有人望向他的目光都怪怪的。不过只有辰南自己知道，灭天手难以将堕落天使和古熙毁灭，堕落天使用自己的羽翼护住了古熙，正在用独臂冲击，即将突破光掌冲出来。

辰南真的有些震惊，没有人比他更清楚灭天手的威力，如果是常人被如此挤压，恐怕早已化作一团肉泥，但堕落天使就像金刚不坏之身一般，物理攻击几乎免疫！"嗷呜，我靠！这他妈的真是打不死的怪物啊！"紫金神龙非常不雅地干号了起来，它离得近，看得非常清楚，眼看灭天手光芒越来越暗淡，里面那形如厉鬼的家伙马上就要冲出来了。辰南咬了咬牙，疯狂地催动功力，但依旧不能重创堕落天使，最后他猛地挥动右手，狠狠地向着下方挥去。空中的紫金神掌与他的动作一般无二，包裹着堕落天使与古熙狠狠地向地面砸去。

"轰！"一声震天大响，大地一阵颤抖，堕落天使被重重地砸落在地面，一个巨大的深坑出现在中央广场，巨大的裂痕向四面八方蔓延而去。不过堕落天使有无尽的死气护体，相当于武者的护体真气，根本没有什么大碍，而古熙则被包裹在双翼中小心地保护着，没有受到丝毫伤害。

"当当当"夺命尸环不断敲击，堕落天使冲天而起。"嗷呜，我的龙妈啊！"紫金神龙不顾惊世骇俗，再次口吐人言，大骂起来，"比九命神猫还要命硬啊！这样的怪物怎么打啊！"虽然没能毁灭堕落天使，但能够将他砸进地里，也足以惊世骇俗了，毕竟刚才这个怪物的表现太过惊人了，几近无敌，场外一片欢呼声。

古熙的脸色铁青无比，虽然没有伤到身体，但刚才实在太过狼狈了，最重要的是直到现在他也没有明白那紫金神手是如何突然出现在他身旁的。这一次他舍弃了梦可儿与混天小魔王，死死地盯住了辰南，驾驭着堕落天使快速向前逼去。辰南暗呼坏了，被这个杀不死的怪物组合盯上了，已经没有回旋的余地，恐怕要真的来个鱼死网破才行。既然已经无法避免一场恶战，辰南本着先下手为强、后下手遭殃的原则，灭天手再次击出。方圆丈许的紫金大手再次突兀地出现在怪物组合的背后，狠狠地将他们抓了起来，而后向地面掼去。

"轰！"一声震天大响，又如刚才那般，怪物组合将地面砸出一个巨大的深坑。从开始到现在，怪物组合一直占据上风，直到和辰南交手才开始吃瘪。观战的数万修炼者沸腾了，传出阵阵欢呼之声，毕竟绝大多数人对赶尸派没有好感，都希望古熙落败。

"呃啊……"古熙怒极，仰天怒吼，驾驭堕落天使再次冲天而起。不过这一次他们刚刚离开地面不足三丈距离，一只紫金大手便突兀地出现在他们的头顶上方，这一次灭天手没有将怪物组合包裹在里面，而是直接印了下来。紫光闪现，"轰"的一声大响，方圆丈许大小的灭天手狠狠印在了怪物组合的身上，一下子将他们拍了下去，狠狠地砸在了刚才那个大坑中，激起漫天尘沙。如果不是堕落天使突然翻卷双翼，这一次古熙真可能身受重伤了。

场外大哗，这简直太不可思议了，灭天手实在太过神异了，所有人始终都没有看清是怎样形成的，最重要的是这一招连连让几乎无敌的怪物组合吃瘪。几个圣地传人皆变了颜色，对物理攻击免疫的堕落天使都如此吃瘪，如果换成他们和辰南对敌，后果不堪设想，一想到这里，所有人脊背都在冒凉气。古熙差点气疯了，居然接二连三地被人近乎羞辱地击落下来，这简直比杀了他还要难受。

"呃啊……"他站起身来，仰天怒吼。"我就不信打不死你们！"辰南有些冒火了，灭天手连续出手。"轰"、"轰"、"轰"……古熙和堕落天使被"种"进了地里。灭天手形成的紫金神掌，不断轰击堕落天使，远远望去，画面有些滑稽，一个青年挥舞着比自己巨大很多的紫金神手，将另一个组合生猛地砸进了地里，紫金神掌如巨人的手掌一般，而施动者与受动者显得那样地渺小。在接连印了五记灭天手后，辰南停了下来，已经有力竭的感觉了，他知道不能这样浪费功力了。如果不是不久前曾经饮过痞子龙的神龙血，药力还没有失效，恐怕现在他又已经虚弱不堪了。既然现在无法用灭天手将堕落天使毁灭，他不想平白无故浪费功力，需要另想他法才行。

此时，古熙被堕落天使的双翼包裹着，才使灭天手恐怖的破坏力皆被阻挡在外，不过他们却狼狈无比，被五记方圆丈许大小的紫金神手生生砸进了地里。这惊人的场面令所有观战者都目瞪口呆，好半天之后场外才爆发出阵阵欢呼之声。

南宫仙儿美目闪烁着奇光，颠倒众生的绝世姿容充满了喜悦之色，她发觉辰南身上的秘密真是太多了，她对天魔八步和灭天手志在必得。混天小魔王又惊又怒，辰南的表现出乎他的意料，被他恨之入骨的对手超乎想象地强，这令他感觉郁闷无比。梦可儿眼中也闪烁着异样的光彩，她和辰南之间恩怨纠缠，仅仅半日间看到对方竟然连续施展出天魔八步和灭天手这两种失传的上古绝学，令她心中充满了震撼，她觉得非常有必要弄清辰南的出身，不然心中难安。

玄奘、齐腾、南宫吟、王辉等四位正邪两道的圣地传人，皆震惊无比，他们方才同堕落天使大战了好长一段时间，没有人比他们更了解那个上古奇尸到底有多么可怕，但看到堕落天使竟然屡屡在辰南手中吃瘪，这对他们冲击不小，暗暗惊骇于辰南的神功绝技。众人各怀心思，心念不断。

就在这时，古熙与堕落天使冲出了大坑，他们浑身上下都是泥土，与先前睥睨天下、狂傲无敌的样子判若两人，古熙怒发冲冠，直欲仰天狂啸。"该死的！我发誓要将你撕成碎片，不，我要将你制成僵尸，成为我赶尸一派最忠诚的奴才！"古熙站在地面，用手点指着高空中的辰南，怒火直烧九重天，此刻他说话都有些颤抖。

"呼……"堕落天使载着古熙冲天而起，向辰南快速袭去。辰南没有应敌，他命令紫金神龙快速下降，他不想在空中和堕落天使战斗，毕竟对方是天生的飞空强者，他却需要借助紫金神龙之力。这样进行空战，他占不到任何便宜，况且绝学天魔八步也不好施展。站在地面之上，辰南手持混天道至宝方天画戟，冷冷地扫视着俯冲而来的堕落天使。他将全身功力灌入到了神戟之内，天外金精打造而成的神兵绽放出绚烂夺目的紫金神光，锋利的戟刃清冷森寒，光华闪烁，激射出数丈长的戟芒，吞吐不定，声势慑人。

堕落天使荡起一股猛烈的狂风，无尽的死气跟着涌动而至，眨眼间飞到了辰南头顶上空。辰南大喝了一声："杀！"方天画戟锋利的戟刃激射出的炽烈神芒，撕破了虚空，直冲而上，直插无尽死气之中。空中浩荡下来的暗黑死气被紫金色的戟芒击溃了，但一只独臂似九幽地府探出来的鬼爪一般，对着冲击上来的戟芒狠狠地抓了下去。

预料中的臂断爪碎并没有出现，堕落天使一爪便将那炽烈的戟芒震散了，辰南最强有力的一击宣告瓦解。辰南急忙换招，手舞神戟，改刺为拍，狠狠击砸在堕落天使的腰腹上。"轰"的一声震天大响，堕落天使在空中晃了晃，辰南则被震得翻飞了出去，这惊人的场面令所有观战者倒吸了一口凉气。古熙冷笑，没有人比他更清楚堕落天使的强大，人间刀兵几乎难以伤其身，称得上金刚不坏，物理攻击免疫。他残忍地看着地面的辰南，命令堕落天使向下击杀而去，准备一举杀死这个令他狼狈不堪的对手。

辰南脸色变了又变，准绝世高手竟然无法撼动堕落天使分毫，到底怎样才能够毁灭这个可怕的上古奇尸呢？如果再想不出办法，那么他只有两条路可以走了，要么自杀，要么被虐杀！"天魔八步，你能否破尽世间一切法？！"面对恶狠狠扑击而来的堕落天使，辰南施出天魔八步，身化一道光影，快速冲到了十几丈开外，躲过了那凶暴的一击。堕落天使击空之后，"刷"的一声回旋双翼，再次冲来。

空中的紫金神龙嗷嗷怪叫道："要是有后羿弓就好了，别说这个已经死翘翘数千年的死鬼，就是真正的天使也照样射下来！"的确如此，如果有后羿弓在手，就是再来一个堕落天使，辰南也有把握将他射杀！"天魔八步破尽世间一切法，可是那需要达到天地极速，能够逆转时空才可，我现在远远没有那样的修为，如何破除眼前这一劫呢？"辰南暗暗焦急，再耽搁下去，他非殒命不可。天魔八步连连施展，辰南化作一道紫光，在广场之上不断变换着自己的位置，躲避着堕落天使的追击。

这时，中央广场外围数万观者皆紧张无比，所有人都静静地观看着场内凶险的追击战。场内，几个圣地传人也不例外，皆密切地关注着场内的大战。几人中有些人虽然一直想杀辰南，但在这一刻他们却希望辰南能够获胜，毕竟一个人总比一个不死邪物好对付，堕落天使的出现，令所有圣地传人心绪大乱。就在这时，不断闪避的辰南脑中突然灵光一现，他想到了一种可能，一种可能杀死堕落天使的方法。

"神血破尸煞！"当日楚国皇宫爆发的惊世大战，为灭杀三个古墓蹿出的鬼物时，老妖怪曾经这样向他喊道。当日箭羽沾染上他的血液后威力倍增，彻底将一个尸煞毁灭，如今堕落天使同样为死物，如果用所谓的"神血"来对付他，会不会有效呢？想到这里，辰南血液沸腾了起来，他有一种感觉，神血极有可能能够灭掉堕落天使！终于找到了一种可能灭杀上古奇尸的方法，辰南眼中寒光闪烁，天魔八步不停，依旧在场内快速变换位置，躲避古熙的追杀。然而他握方天画戟的双手却在做着小动作，右手中指被撕开了一个小口子，他稍微一运力，流淌出的血液像有灵性的小蛇一般，顺着戟杆快速向着戟刃冲去，一条细小的血线连接到了锋利的戟刃上。仅仅一瞬间，在所有人都没有注意到的情况下，戟刃被染成了血红色。

古熙在空中狂妄地大笑着："辰南，我看你能坚持到几时，今日你死定了！哈哈哈……"辰南躲避过一番凶猛的攻击后突然停了下来，他冲着高空中的古熙冷冷地道："说句难听的话，你如果不是仰仗上古奇尸，我单手杀你十个！"古熙怒极，他自身的修为也已达到了准绝世高手境界，足有问鼎东大陆"十大"的本领，他最恨别人说他修为不行，只靠古尸拼斗。他脸上的邪气越来越盛，残忍地笑道："在我眼里你已经是死人，我不和将死之人计较。好了，游戏结束了，你可以去死了！"

"当当当"夺命尸环不断传出敲击之声，堕落天使突然疯狂了起来，比先前的速度不知道要快多少倍，恶狠狠地向着辰南袭杀而去。这时，出乎所有人的意料，辰南静静立于广场之上，没有运用天魔八步躲避，竟然手握方天画戟向天迎去。

"嗷呜，小子你疯了，还不快躲开！"紫金神龙急得嗷嗷乱叫。

一道炽烈的紫芒冲空而上，不过却难以阻挡堕落天使的强悍躯体，戟芒轰击在他的身上无效！堕落天使独臂朝下，快速向辰南抓去。辰南无喜无忧，手握神戟，狠狠地向着堕落天使胸膛挑去。在这一刻，在所有人眼里，辰南无疑在自杀，堕落天使物理攻击无效，神戟不管如何锋利，也难以剖开上古奇尸的胸膛，相反他的鬼爪会立刻将辰南撕碎。然而，震撼性的场景发生了，空中猛烈的罡风吹得辰南乱发飞扬，一只幽森的鬼爪在距离他一臂之遥时定住了，辰南手中的神戟竟然穿过堕落天使的胸膛，将他钉在了半空中。戟芒自堕落天使的背部穿透而出，刺穿了古熙的右脚掌，连他也被钉在天空中，震撼性的场面震惊了所有人。

古熙发出一声刺耳的尖叫，原本英俊的脸膛痛苦得变了形。堕落天使也同样发出一声凄厉的长号，仿佛他也有知觉，也知道疼痛一般。辰南如神似魔一般，高高将堕落天使挑在半空中，冰冷的眼神透发着彻骨的寒意。随后，他将堕落天使与古熙挑着走了几遭，而后高高举起，猛力向地上掼去。"砰！"尘沙飞扬，堕落天使与古熙被甩落在地，激起漫天尘沙。

场外大哗，人们几乎不敢相信自己的眼睛，物理攻击免疫、近乎无敌的堕落天使竟然被辰南用神戟挑落，这实在太让人难以置信了！

场外沸腾了。正邪两道的几个圣地传人吃惊地望着辰南，他们都曾和堕落天使交过手，深深知道他的可怕之处，此刻他们的神色复杂无比。

堕落天使倒在地上后身体一阵抽搐，再也难以爬起来，古熙神色痛苦地坐在地上，被辰南钉在高空之时，他不是不想挣脱出去，但一股奇异的力量束缚着他的右脚，除非他能够痛下决心舍弃右脚，但最终他没敢挣扎反抗。可是，最后辰南还是透过神戟，向他脚内猛烈地灌进了一股力量，他知道自己的右脚可能废了，能否复原只有天才晓得。辰南手持方天画戟，没有理会古熙，大步走到堕落天使近前，手起戟落，"噗"的一声再次刺进他的胸膛，不过就像刺穿木头一般，并没有血液飞溅而出。

"住手！"一声大喝从广场之外传来，一个须发皆白的灰衣老人快速向这里冲来，动作当真快到了极点，如浮光掠影一般。辰南向那个方向冷冷地扫视了一眼，他没有停下来，不用想也知道来人想维护古熙和堕落天使。早干什么去了？堕落天使大逞凶威时怎么不见你来阻止？辰南用神戟将堕落天使挑起，而后高高抛上半空，抡起神戟狠狠地劈了下去。

被"神血"染过的方天画戟冷艳凄森，爆发出一片璀璨夺目的光芒，将堕落天使拦腰斩为两段！数万观者沸腾了，强横无比的堕落天使竟然被这样腰斩了，这实在太过惊人了，所有这一切都发生在一刹那，人们还没从辰南击败古熙的场面中清醒过来，辰南又做出了如此举动，场外喧嚣不堪。今日这一战，辰南想不扬名天下都不行，赶尸一派的高调复出，竟然成全了他的威名。

赶尸一派消失近千年了，时隔这么久，准备东山再起，门主特意派出门派内年轻弟子中修为最强横的古熙到修炼界立威，让他将堕落天使带在身旁，以便他能够横扫年青一代所有强者，没想到强大的堕落天使却这样折损在辰南的手中。那灰衣老人眨眼间来到了场中央，他看到堕落天使被腰斩，满眼心痛之色，脸颊在不断地抽搐。辰南当他是空气一般，没有理他，大步向古熙走去，脸上充满了杀意，方天画戟绽放着冷碧幽森的光芒，在这一刻他如同杀神一般。

老人脸色有些阴沉，身形"刷"地一闪，挡在了古熙的身前，对辰南道："年轻人不要锋芒太盛，做人还是低调一些比较好，不然是活不长久的。""人不犯我，我不犯人，人欲杀我，我必诛之！"辰南迎上老人的目光，冷冷地回答道。灰衣老人眼中渐渐漾起一抹笑意，阴沉的脸色渐渐和缓了开来，道："年轻人很有冲劲，呵呵，古熙确实有些过分，我看今天的事情就这样算了吧，各自退一步。"

听闻这些话语，辰南脸上的杀气渐渐敛去，他早已感觉到老人修为难测，这绝对是一个五阶高手，他可不想"英年早逝"，不想在羽翼未丰的情况下和这样的高手拼战。只不过刚开始老人隐隐有威胁之意，如果他当着数万修炼者的面服软，恐怕从此之后会被人讥笑一生。所谓见好就收，凡事留一线余地，辰南没有再进逼，不过他知道今日彻底得罪了赶尸一派。其实在灰衣老人冲过来，大喊住手之时，他曾经有过一丝犹豫，到底要不要毁掉堕落天使，权衡利弊，最终他下了杀手。

他已经得罪赶尸一派杰出弟子古熙，等同于得罪了这一派，既然不可避免成为敌人，那么就要狠狠地削弱他们的力量。辰南不惧怕古熙，但堕落天使却令他忌讳不已，今天能够顺利将之斩杀，实属对方太过大意。他知道像这样的上古奇尸，赶尸派中一定没有几具，现在消灭一个，未来就少了一个强大的敌手。场外众人沸腾不止，在他们的眼里辰南创下了一个奇迹，竟然斩杀了赶尸派的上古奇尸堕落天使，他真的堪比杀神！

灰衣老人冷冷地望了一眼古熙，道："让你来通告全天下英雄我赶尸一派的开派圣典，你却在这里丢人现眼，真是没用！"古熙眼中凶光闪烁，但还是低下了头，道："请师叔责罚。"

"哼，你师父会惩罚你的！"灰衣老人扫了他一眼后不再看他。接着，灰衣老人运起无上音功，冲着四外大声喊道："诸位，老朽在这里给大家赔个不是，尤其是几位圣地的最杰出传人。我这位师侄不懂事，仰仗自己学过些控尸秘法，就不知道天高地厚，到这里来挑战天下青年英雄。我在这里给大家赔礼了，大家千万不要往心里去。我想绝大多数人都已知道我们出自哪一门派，不错，我们是来自赶尸派。千余年过去了，覆灭的赶尸派即将重开，不久之后将举行开派大典。近日听闻楚都风起云涌，云集修炼界半数豪雄，本想让古熙来此送信，请天下英雄参加我派开派大典，不曾想发生了这样的事情。老朽古峰代表赶尸派再次向各位致歉，同时相请各位英雄一个月后到丰都山一聚，参加我派开派大典……"

丰都山就在楚国境内，是楚国西南部的一片山脉，提起丰都山无人不知，无人不晓，因为那里是大名鼎鼎的鬼山。相传，即便白天整片山脉也阴气森森，鬼啸不绝。夜间，那里更如幽冥地狱一般，满山鬼火幽幽，亡灵飘荡。丰都山脉之所以成为鬼地，因为那里死人无数，当年仙幻大陆和魔幻大陆相连在一起时，东西方曾经爆发过无数次大战。征战千年有余，成千上万战死的军兵被埋葬在丰都山中，致使那里成为全大陆阴气最盛的一处鬼地。鬼气森森的丰都山成了赶尸派与西方亡灵魔法师的最爱，原因无他，赶尸派能够从那里挖掘到上古奇尸，亡灵魔法师能够从那里搜集到强大的冤灵。千年前赶尸派就是位于那里，千年后重新开派还选在那里，也在众人的意料之中。

赶尸派的古峰虽然道歉看起来很有诚意，但绝大多数人都知道这不过是抢救收场而已，古熙如果没有得到派中师长的指示而擅自挑战诸多青年高手才怪。很显然，赶尸派想让自己门下的弟子在年青一代中立下无敌之威，为东山再起造势，不想这一切皆因辰南而打乱，高调复出反倒成全了辰南的无敌威名。古峰利用无上音功讲了很多，随后背上古熙，抓起地上堕落天使的两段尸体，身化一道电光，离开了广场。

经古熙与堕落天使搅局，正邪两道的圣地传人不可能再继续大战了。梦可儿与南宫仙儿想算计混天小魔王也不可能了，早先她们一直以为项天被辰南重创，早已生命垂危，但没想到他后来依旧表现出超强的战斗力，在这种情况下他如果有心逃命，没人能够拦得住他。

广场之上几位圣地传人神色复杂地看着辰南，今日辰南先是大败在年青一代中有近乎无敌之称的混天小魔王，而后又大战堕落天使，斩杀了有不死之称的上古奇尸。今日一战，辰南之名注定要震动整个修炼界，再加上他以往的表现，他注定将成为整个修炼界最为瞩目的明星。混天小魔王冷冷地扫视了一眼辰南，而后冲天而起，快速消失在远空中。玄奘和尚念一声佛号，也飘然退出了场外，紧接着齐腾和王辉也相继离去。半个时辰之后，围在广场外围的众多修炼者也几乎散尽了，场内只剩下南宫吟、南宫仙儿、梦可儿、辰南四人。当然远处还有一些人，比如楚国大公主楚月，神风学院东方凤凰、冷锋等人。

南宫仙儿绝世姿容是毋庸置疑的，修长浑圆的美腿，盈盈一握的小蛮腰，丰满高耸的玉峰，倾城倾国的容颜，当真能够颠倒众生，祸乱天下。她笑靥如花，白衣飘飘，莲步款款，向辰南走来，如雪的肌肤在阳光的照射下，散发着莹莹光泽。人未至，一股如兰似麝的淡淡馨香先传了过来。来到辰南身边，她吐气如兰，轻声笑道："我的好亲王，你可真是太厉害了，我一定要封你为正宫第一亲王。"

第二章

上古奇尸

　　"扑通"，紫金神龙自辰南头顶上方直直坠落了下来，它攀在辰南的肩头目瞪口呆地看着南宫仙儿。

　　"喔，好可爱的神龙啊，来，让姐姐抱抱。"南宫仙儿如玉的容颜上荡漾着动人的笑意，她伸出纤纤玉手向紫金神龙抱去。"嗖！"紫金神龙一下子蹿了起来，直飞到距离地面十几丈处才停下来。如今它身长近丈，居然还被人称呼为小可爱。听闻这个女人对它这个活了数千岁的老油条自称姐姐，它真有撞南墙的冲动。痞子龙吓得不轻，眼前这个女人太过怪异了，居然要学帝王广纳亲王，那双玉手还没有碰到它就已经令它浑身不自在了。

　　"呵呵，还害羞啊，好吧，不逗你了。辰南我们走吧，我有事和你说。"南宫仙儿脸上充满了笑意，伸手向辰南拉去。"刷"的一声，辰南展开天魔八步，快速后退了三丈距离，道："拜托，你想找亲王，我不反对，但别找我。"如此天香国色，如果说辰南不动心那是假的，恐怕是个男人，心里都会有些想法。但奈何这个女人的思想实在太过惊世骇俗了，他可不想让人误会自己已经成为南宫仙儿的暗夜亲王。当然他如此反应，作秀的成分多一些，他低声道："南宫仙儿你这是干吗？我们不是达成共识了吗，以后暗中合作，联手对付共同的敌人，你现在这样找上我，岂不是泄露了我们的合作关系？"

　　"呵呵……"南宫仙儿笑得很妩媚，道，"我觉得我们可以光明正大地合作……"辰南明白了，她想当着梦可儿的面，挑明他们之间的关系，让他没有退路。不过她终究没有大声说出来，外人无法听到他们在谈些什么，似乎给辰南留了一些余地。"傻瓜，逗你玩呢。"南宫仙儿笑道，"真真假假才不好猜测啊，以我们情欲道的名声，我如果就这样走掉，对你没什么表示，才会让人怀疑，这叫故布疑阵，真亦乱假，假亦乱真。"南宫仙儿真真假假，让辰南有些琢磨不透。

这时，一旁丰神如玉的绝世美男子南宫吟已经和梦可儿开始搭讪了，看着他那副风流倜傥的样子，再看看眼前如绝世媚态的南宫仙儿，辰南真是好半天无语，这对兄妹还真是风流啊！南宫吟风度翩翩，妙语连珠，对梦可儿大加赞美。情欲道和澹台古圣地虽然是宿敌，但现在却非生死对战的时机，梦可儿面对异常热情、近乎追求她的情欲道传人，也不好发作。表面看来，梦可儿对眼前这个儒雅的青年男子并不反感，但内心却非常排斥，她深深知道情欲道的手段，也知道他们如何对付澹台古圣地的门人弟子。情欲道的传人对于澹台古圣地的弟子来说是淫贼的代称。

梦可儿见到南宫仙儿找上辰南始终感觉有些不安，她利用敏锐的灵识不断向那边探察，奈何一无所获。最终南宫兄妹也撤走了，不过临走时南宫仙儿不忘回头妩媚地看上辰南一眼，并且嗲声道："辰南，我听说有些圣地的传人想算计你，你现在已经是我的第一亲王，千万要小心啊，保重自己，记得天天要想我哦。"

"这个女人实在太可恶了！"辰南咬牙切齿。梦可儿看了看他，没有说话，事实上今天辰南的表现太出乎她的意料了，她已经决定在没有查出他的底细前，不再轻举妄动，可以说辰南今日无敌的表现，为他自己加了一块颇重的筹码。

转眼间，三天时间过去了。楚都中央广场大战的风波直到现在还没有平静下来，街头巷尾还在议论着当日的种种，辰南在东大陆年青一辈中的无敌之名不胫而走，名震整个修炼界。当然，究竟是否同辈无敌，辰南自己最清楚，他觉得自己现在肯定还不是"第一人"，每一个圣地传人的实力都不容小觑，他根本不了解当中某些人的修为究竟达到了何等境界。

混天小魔王虚空道还没有大成，如果他完全掌握了某种异空间的力量，到时候谁还能够是他的敌手？梦可儿体内封印着一股可怕的力量，如果有一天能够安稳地解开封印，她到底能够强大到何种程度，真是难以想象！况且，辰南直到今日才发觉她还掌握着种种神秘而又可怕的道家秘法，天知道她的"底线"在哪里！就连"久打交道"的梦可儿他都看不透，更何况是其他未曾交过手的正邪圣地传人呢！

传说中的无敌高手大战于楚国皇宫上空，堕落天使大闹楚都中央广场，两次大事件所产生的影响是巨大的，无数修炼者在楚都徘徊，不肯离去，想观看后续事情发展。然而连续数日，楚都一片平静，再也没有其他事情发生。就这样修炼者们渐渐离开了楚都，赶往下一个风云际会之地——丰都山，去参加赶尸派的开派盛典。人们相信到时候一定会有大事件发生，覆灭千余年的赶尸派如果没有惊人的实力，决不会如此高调复出，说不定已经找到了堪比传说中的三大无敌古尸的上古奇尸。这当真是一个风起云涌的特殊时期。就在辰南准备离开楚国都城之际，老妖怪派人将他请进了皇宫。

老妖怪道："年轻人，你真是给了我太多的惊喜，当日我目睹了中央广场的一切，我发觉我越来越看不透你了。当然你不要紧张，每个人都有自己的秘密，我不会逼你说出不愿意讲的事情。接下来你将何去何从？"辰南答道："准备游历天下，到西大陆去转一转，当然在此之前，我打算去丰都山看一看。"

"嗯，这当真是一个多事之秋啊！"老妖怪感叹道，"没想到当年盛极一时的赶尸派覆灭后，又东山再起了。三大无敌古尸震古烁今，堪比神灵，不知道现在是否依在。"辰南深深体会到赶尸派的可怕之处，他对这一派不太了解，但如今却已经和对方结怨，便向老妖怪讨教这一派的种种虚实。辰南问道："前辈，难道要想破赶尸派的上古奇尸，非要用所谓的'神血'才成吗？"

"嘿嘿……"老妖怪的笑容有些复杂，道，"年轻人你真是好命啊，居然是太古神族的后裔。古往今来，修炼成仙神的人不在少数，但不要说他们后代的血液，即便是他们自己的血液也难以破杀尸鬼等邪物，只有那法力通天的太古神族的血液才有如此威力啊！不过这些太古诸神都已经在上一个神话时代消失了。你真是好福气啊，生来一副神体，你一定是太古神族的后裔，祖先优秀的血脉在你身上再现。可以说，你是死灵鬼物的克星，当然好处可不止这一点点，以后你会渐渐明白的。"

怪不得这个老家伙当初铤而走险想要对我夺舍，见鬼吧！辰南在心中低低咒骂，不过他才不相信自己是太古神族的后裔，恐怕这一切皆源于神魔陵园。他又问道："难道除神血之外，无物可毁灭那些上古奇尸吗？这样一来赶尸派岂不是天下无敌了？"

"当然不是这样，你真的以为那个堕落天使对物理攻击免疫？一个死去的神灵怎么可能真的天下无敌呢！在这个世界，力量决定一切，你们几个年轻人不能够毁灭那个堕落天使是因为力量还不够强，如果换作一个五阶大成的高手，一定能用掌力将他击碎，神血只不过天生克制他而已。"

辰南点了点头，道："即便这样也太可怕了，一个这样的上古奇尸顶得上一个五阶高手，赶尸一派到底有多少这样的古尸呢？"老妖怪笑了笑，道："你以为堕落天使的尸体像战场上的尸体一般随处可寻？不要忘记他的小名叫'神灵啊'！即便该派已经有数千年的历史，恐怕也没有寻到几具这样的上古奇尸。"

"原来如此，看来赶尸派也没想象的那么可怕。"

"不，其实这一派非常可怕！"老妖怪摇了摇头，道，"如果传说中的三大无敌古尸还在的话，放眼整个修炼界也没有几人敢招惹这一派。三大无敌古尸名传修炼界数千载，曾经击杀过天界的神灵，你说他们可怕不可怕？我想他们不可能被人毁灭，应该还在这个世上，而且可能已经有了灵性！生命之秘玄妙莫测，谁能够真正懂得其中的究竟呢？我看过一本前辈手札，传说某些强大的上古奇尸真的能够产生灵性、再生意识。只不过天才晓得这是一个新生命，还是尸体前身那个生命的延续。不过这样的奇尸在生前定是仙神之流，而且必须经过赶尸派秘法的不断祭炼，才可渐渐成功。在那遥远的过去，赶尸派就曾经出现过这样的一个无敌尸王，慢慢产生了灵性，最后竟然完全有了自主意识，重新修成仙神。"

"这当真如天方夜谭一般，赶尸派真是太过邪异了。"辰南非常震惊。

"当然，这一派的确无比邪异，寻常人难以接受的法门层出不穷，据说该派中有种秘法追求的是人尸合一，端的是邪恶无比，不过极少有人去修炼。只要机缘巧合，找到一具合适的上古奇尸，赶尸一派的实力就会立刻提升不少，这是最为可怕之处。"

辰南问道："对于他们来说，究竟什么样的尸体是宝呢？"

"当然是那些生前无比强大，死后未腐朽的尸体。"

辰南像是想起了什么，惊道："如果、如果他们将神魔陵园的所有尸体都盗出来，岂不是可以横扫整个修炼界？！"

老妖怪奇怪地看着他，道："你为什么会有这样古怪的想法呢？"看到老人如此反应，辰南有些不解，道："难道不是这样吗？神魔陵园埋葬者皆为远古强大的神魔，如果他们被赶尸派控制，恐怕连天界的仙神都要发怵。"不过辰南很快想到了一个问题，既然他有如此想法，难道赶尸派就未曾想到过吗？但神魔陵园历经无数悠久的岁月，一直存在，应该没有被人盗墓，这到底是怎么回事呢？

老妖怪诧异地望着他，道："你似乎真的不了解，难道你不知道神魔陵园的特异之处吗？"辰南蓦然有所觉悟，他可能犯了一个常识性的错误，他自远古神墓复活不过一年多，对这个大陆的了解多半都是得自书本中。而当初他在楚国皇家古书库翻阅典籍，想要探察神魔陵园的秘密时，发现几乎所有的书籍都没有神魔陵园的记载，好像有人在掌控着历史，刻意想要掩藏某些真相。辰南道："呃，我的家乡地处一座封闭的大山中，直到一年前我才从大山中走出，事实上在此之前我从来不知道有神魔陵园，不知道它有着怎样的秘密。"

老妖怪点了点头，道："神魔陵园无论是白天还是夜晚都会有神灵显圣，经常可以看到由远古神魔那不灭的强大神念幻化成的各种神祇，为东西方修炼者共同祭拜的圣园。历史上从来没有人敢打神魔陵园的主意，因为任谁敢毁坏那里的一草一木，必然会引得天降神罚，导致天雷轰顶而亡！神魔陵园乃是天元大陆最为神秘之地。有人说上天的神灵时刻在关注着那里，如果有人敢亵渎神魔陵园，必将会遭受惩罚。也有人说那里有一座绝天大阵，谁如果敢在里面搞破坏，必将触动阵神，引来责罚，导致形神俱灭。"这些话语，比赶尸派的秘密还要令辰南震惊，他久久未语。

最后，老妖怪难得有些不好意思，他向辰南要了小半碗"神血"，说是在皇宫大战中他受损过重，需要神血补命。辰南心中暗叹，这个老家伙果然每次找他都没好事，而且每次都还无法避免，当真是一颗丧星。三日后，辰南离开了楚都，前往楚国西南部的丰都山。而楚国平阳城这时也渐渐平静了下来，各路人马纷纷撤离，皆奔向同一个方向——西南。正邪两道的圣地传人当然不会错过这次盛会，也纷纷动身。四大学院的学生有的回返了各自的学院，有的前往了丰都山。

楚国小公主楚钰这一次哪里也没有去成，她被老妖怪强行扣押在皇宫，老妖怪准备教她补全的"化天融地"大法。大公主楚月也被要求接受强化训练，老妖怪似乎预感到没有几年好活，已经做好了准备，要在离世前将一身修为打入后辈子孙的体内，并助她们炼化。当然这些事情他不会告诉楚月等人，他要等到最后彻底无望长生之后才会做出安排。

丰都山位于楚国西南部，虽然传说这里鬼魅出没，但附近照样有不少的居民，一些小镇稀稀拉拉地点缀在丰都山十几里外。据本地人讲，丰都山的确阴气很重，但决不像外界传言那样，山中尽是鬼魅。由于以讹传讹，越来越偏离事实，丰都山才成了世人眼中的幽冥地府。每到夜间，大山中确实会有一些不寻常的响动，而且鬼火幽幽，常有一些怪异之事发生，但绝没有外界传言那么恐怖。事实上，如果不在夜间进山，附近十数年也不会发生什么活见鬼事件。

大山之中的确埋葬着无数的魂骨，如果白天带上锹镐进山去挖土，恐怕不到三尺深就会挖出人骨。每当暴雨天，雨水都会自大山中冲出一具具白森森的枯骨，可见传说这片山脉内埋葬着千万军魂并不虚假。当地的居民无疑胆子都很大，即便遇到一些古怪事物，也早已见怪不怪。事实上，各个村镇的居民都相信，大山中即便有鬼怪，也不敢出来伤人。传说曾经有古仙人在这里摆下过一座风水大阵，阻止丰都山阴气外泄，鬼物邪魅根本不敢出来作怪。

因为时间充裕，辰南并没有驾驭紫金神龙急急忙忙赶来，一路上他慢慢行来，倒也算是一种游历了。当他赶到这里时有些傻眼，不要说有限的一两家客栈早已爆满，就是附近老百姓的家都住满了修炼界的人士。他费了好半天工夫才找到合适的住处，是一对老夫妻的农家小院。

　　来到这里后，不知道为何，辰南始终有一股心神不宁的感觉，仿佛大山中有些什么东西令他感觉心中难安。他知道事情有些不妙，大山中似乎真的有些古怪，他相信自己那种玄秘难测的直觉，一定会有些奇异的事情发生。就在辰南费心推测之际，一个熟人找到了他，正是白衣飘飘、丰神如玉的南宫吟。面对这个情欲道的传人，辰南脱口而出道："淫贼兄你找我有事吗？"他有些尴尬，不过却将心中最想说的话吐了出来，再想改口已经来不及。

　　南宫吟呆了一呆，而后哑然失笑道："哈哈，辰兄还真是风趣，我知道很多人在心中称呼我为淫贼，不过辰兄却第一个开口直言，辰兄很率直。"辰南尴尬之后，笑了笑道："南宫兄英俊潇洒，风流倜傥，乃我辈本色也，哈哈……"

　　"哈哈，我南宫吟的确是一个淫贼，不过淫亦有淫道，绝不会祸害普通人家的女儿，荼毒修炼界。"

　　辰南在心中小小地鄙视了他一把，还淫亦有淫道，明明是一个淫贼，还说得一副很高尚的样子，如果不是现在形势复杂，到处都是修炼者，辰南还真想亲自挥刀，送他去当"九千岁"。事实上，辰南觉得淫贼比淫女危害要大得多，毕竟被淫贼祸害过的女子比被淫女诱惑过的男子下场凄惨得多。看着辰南目光移动轨迹，南宫吟立时感觉下体凉飕飕，他似乎知道辰南的想法，苦笑道："辰兄不要对我如此敌视好不好，事实上我说的淫亦有淫道是真的。好了，一会儿再向你阐释我的'道'，我妹妹在前方等我们呢，她有重要的事情和你相商，走吧。"

　　"什么事情？"

　　"准备活捉梦可儿。这里不是讲话之地，我们到前面去谈吧。"

　　南宫吟这对兄妹租住的小院异常幽静，被一片竹林环绕，附近并无人家，只此一户，看得出房主似一个田园隐士。南宫仙儿花了一些钱请房主投奔亲戚去了，将房舍暂时彻底让了出来，现在院落内住的都是情欲道的人。

每一次见到南宫仙儿，辰南都有一股惊艳的感觉，这个女子实在太过漂亮了，风情万种，绝世姿容，仿佛一个堕落仙子一般。进屋落座之后，他径直问南宫仙儿道："你们难道想有大动作了？请直说吧。"

南宫仙儿罕见地没有调笑辰南，一本正经地道："这一次我们要一击奏效，一定要拿下梦可儿。"南宫吟也道："这个女人很不简单，是一个厉害人物，我们在楚都几次险遭不测，她布下了几个微妙的局，差一点让我们栽个大跟头，这一次一定要以彼之道还施彼身。"辰南动容，梦可儿居然不声不响地在楚都做了几个局，想来其中定然凶险无比，看来南宫兄妹多少吃了点亏。

南宫仙儿冷笑道："这个小丫头确实心机深沉，居然比我还狠。好，这次我要陪她玩个够。"辰南有种想笑的感觉，南宫仙儿自己和梦可儿年岁相仿，居然称呼对方为小丫头，不过两人还真是一对实力相若的对手。他问道："你们到底有什么打算，我又能够帮上什么忙呢？"

南宫吟道："实不相瞒，这个局我们已经准备好了，请辰兄来只想借助你的力量。之所以说借助你的力量，是因为想借助你独特的本领，别人无法胜任。论实力，我们兄妹二人足够摆平梦可儿，但关键是梦可儿掌握有道家至宝玉莲台，如果不敌，可以从容飞空逃走。要知道我们都是武者，根本无法御空追她，是以，想拿住她真是万难啊！我们想让你用灭天手在关键时刻，将飞空而起的梦可儿抓下来。对付梦可儿这样的超强高手，一般高手肯定不行，需要我和仙儿亲自动手，但决不能惊动旁人。所以，首先我们需要将梦可儿引到一个无人之处，在一个幽静的所在下手。你只需要埋伏在暗中就可以，等待她不敌想要飞空逃走时，用灭天手快速将她抓下来，抛入我们的战圈就足够了。"

"完了，就这些？"

这时，南宫仙儿笑了起来，道："辰兄你是不是觉得过于简单，有些儿戏了？说实话，这里面的每一个步骤，都是我们精心谋划的，表面看起来简单，但事实绝非你想象的那样。单说如何令梦可儿不起疑，将她约到无人之地，就花费了我们不少心血。我们说服小林寺的一个小和尚帮忙，让紫霄宫的一个少侠加入我们的阵营。当然这些都是小角色，最重要的是我们成功迎来了强大的援助，梦可儿的师姐会对我们鼎力相助。"

寒！辰南恶寒，怎么看都觉得南宫仙儿像一个头生双角、背生双翼的魔女。小林寺的小和尚、紫霄宫的少侠一定是着了情欲道一派的"淫道"，不然决不可能背叛师门。最为可怕之处是竟然将梦可儿的师姐拉拢了过来，那可不是普通的弟子，在澹台古圣地中的地位，恐怕比梦可儿也不遑多让。辰南下意识地瞄了瞄南宫吟，恐怕澹台古圣地的那位师姐和这个家伙有了不清不楚的关系。

南宫吟仿佛看透了他在想什么，笑道："辰兄不要误会，我和澹台古圣地的王琳是纯洁的男女关系。"看着他风度翩翩的样子，辰南真想大声说一句：衣冠禽兽，都男女关系了，还纯洁！不过他也挺佩服这个家伙的，居然不声不响攻陷了澹台古圣地的某位师姐，果真是淫贼啊！想来情欲道的人还真是厉害，这两兄妹刚刚出道不久，就搞定了对头门内的一位重要弟子，还真是让人叹服"淫道"了得啊。

"淫贼兄，佩服！佩服！"辰南感觉叫南宫吟为淫贼很顺口，既然已经这样叫过，他也不想改口了。南宫吟笑道："呵呵，辰兄看来真是误会啊，其实淫亦有淫道，改日有时间我一定同辰兄详细探讨。"辰南道："唔，我是很期待，准备向淫贼兄学习一二，以免以后孤老终生。"

南宫仙儿笑道："我们对辰兄可是毫无隐瞒啊，辰兄看看此计可行否？有什么好的建议可以说出来。"

辰南略微沉吟了一下，道："你们可能低估了梦可儿的实力，我曾不止一次和她交手，发现了一个可怕的事实。她的体内封印着一股可怕的力量，虽然她不能完全动用那股力量，但只要她稍微松开些封印，我们恐怕也难以留住她。现在外界传言我是同辈第一人，实属笑话，如果梦可儿肯拼命，我敢说你我都不是她的敌手。"

南宫仙儿妩媚地笑了起来，一双灵动的眸子荡漾出点点春意，慵懒地道："王琳早就将这个秘密告诉我们了，我早有对策。"辰南暗叹，澹台古圣地那个师姐看来真是铁了心要反出去，他不得不再次佩服地看了看南宫吟，而后问道："你们有何对策？"南宫吟尴尬地道："我妹妹想到了解决办法。"

　　南宫仙儿像个小狐狸一般，狡猾地笑了起来，道："你也不想想我们情欲道最擅长什么？学习好情欲道绝学的前提便是了解人的生理等等问题。我相信梦可儿那个小妮子体内的封印一定很霸道，她不敢随意解开，特别是在每个月的某个特殊时间段，呵呵……"

　　丰都山脉中没有太过高大的山峰，大多都一千多米，山脉的边缘多丘陵，一个个小土包不过一两百米。澹台古圣地的女弟子王琳心中有些忐忑，她不知道能否顺利捉拿住梦可儿。方才她同小林寺的小和尚，以及紫霄宫的一位年轻弟子联合欺骗梦可儿，将她向前方的丘陵引去。走在路上，王琳虽然心中有些紧张，但表面上却很平静，成败在此一举，她身为澹台古圣地的大弟子，非常不甘心屈居梦可儿之下。

　　辰南就在半山腰的一块大石之后，距离下方不过几十米，此处已经能够清晰地看到下方的景象。他不得不惊叹，澹台古圣地果然是一个出产绝色美女的地方，王琳比之梦可儿虽然稍有逊色，但绝对也算得上一流大美女，修长的身躯婀娜多姿，如玉的容颜透发着淡淡清冷的气息，气质出尘，应该和她们所修炼的功法有很大的关系。辰南无论怎么看都觉得王琳不像一个不择手段的人，但事实摆在眼前，当真人不可貌相啊！另外辰南发觉梦可儿的脸上带着淡淡忧伤之色，似乎心绪很不好，绝美的容颜显得有些憔悴，这是怎么回事？他不禁狐疑起来，难道真是因为这几天她身体不舒服，导致情绪不稳定？

　　正在这时，南宫仙儿自一块山石后站了起来，慢慢向下走去，她笑靥如花。"梦妮子，我等你多时了。"梦可儿似乎早已料到会发生这种情况了一般，脸上无丝毫波动，她静静地看着南宫仙儿，道："我也一直在等你出来。"

　　"呵呵，你很镇静，一定也不沮丧，似乎一点也不在意你的师姐出卖了你。"南宫仙儿适时地提醒，在心理上打击对手。梦可儿慢慢转过头，平静地看着自己的师姐，道："其实，在半路上我就感觉不对劲了，我已经知道师姐要对我动手了。只是，我一直不愿意相信这个事实，所以一路上跟着师姐来到了这里。"王琳没有尴尬之色，一切都已揭穿，她镇静地缓缓开口道："师妹果真精明，但你不该以身试险跟下来。"

梦可儿白衣飘飘，静静地站在那里，原本一双灵动的眸子渐渐有了一丝雾气，幽幽叹道："我知道师姐对师父把玉莲台传给我让我做掌门接班人之事很不满，但我没有办法让师父改变主意。我心中始终当师姐是我最好的姐姐。我永远也忘不了，我初到澹台古圣地时师姐拉着我蹦蹦跳跳，将所有好吃的、好玩的都给我的场景。我是一个弃儿，平日没人关心，是师姐让我第一次感觉到了家的温暖。我也不会忘记……"

王琳似乎也陷入了往事之中，神情有些恍惚，不过最终她闭上了双眼，当她再睁开凤目时，眼中已是理智的光芒，再无一丝痛苦挣扎之色，她道："师妹，你我已经不是纯真的雨季少女，人总会慢慢长大，许多事情都由不得我们自己。我已经不是当初的我，你也不再是那个需要我保护的柔弱女孩，现在同辈之中你为尊，你清楚，我明白，我们早晚要有一战。与其拖延下去，不如让这一刻早一点到来。"

梦可儿声音有些颤抖，两滴晶莹的泪水在眼中滑落，她微微缓了一下，开口道："师姐你回来吧，你要什么我都可以给你，你跟我回澹台古圣地，我一定想办法让师父立你为掌门接班人。"很难让人想象平日高高在上的梦仙子会有这样柔弱的一面，在这一刻她像一个无助的孩子一般，语音有些哽咽，"师姐你不要一错再错了，你快回头吧……"王琳眼中闪过一丝痛苦之色，道："掌门之位，我自己会夺来，不需要你施舍，我要证明我比你强！从今以后你我姐妹情意恩断义绝，从现在开始就是敌人！"梦可儿眼中充满了痛苦之色，仿佛心伤欲碎，胸部剧烈地起伏着，喃喃着："怎么会这样呢，怎么会这样呢……"

王琳道："师妹，人总是会变的，我们都已经是成年人，不要再缅怀过去了。看在你我姐妹一场，我没有在你心神恍惚的时候偷袭你，不过接下来你要小心了。"梦可儿擦干了眼泪，慢慢平静了下来，不过却仍有些楚楚可怜之态。

山石之后的辰南感觉心仿佛被挠了一下似的，他从来没有想到心机深沉的梦可儿会有如此柔弱的一面。这个一心想杀死他的女子竟然如此重情重义，孩童时期所受的恩惠至今念念不忘。她那黯然神伤、真情流露的神色，竟然是如此地感人，让辰南竟然无法生起杀念。辰南有一拳击空的感觉，没有着力感，这一次他想跟南宫兄妹一起活捉梦可儿，解决掉这个潜在的死敌，可是现在他真的有些不忍心下手了。这也许是他的一大弱点，遇到恶人，他会更恶十倍，遇到善人，他会更善十倍。他在梦可儿身上发现了人性中的一个闪光点，原本汹涌的杀意，竟然随之消失了，他暗暗恼恨自己无用。

"啪啪啪！"南宫仙儿在一旁轻轻拍手道："感人啊，感人！没想到梦小妮子还如此重感情，想想你在楚都对我布下的种种杀局，真是判若两人啊。我究竟应该说你心机深沉呢，还是应该说你幼稚呢？不要真的以为外在的敌人才是最大的威胁，其实有时候身旁的人才最为可怕。很难想象吧，曾经的好姐妹为了掌门之位竟然出卖了你。呵呵，梦小妮子，今天我给你上了一课，这就是人性！在最为关键的时刻，没有人可以相信！"

梦可儿深深吸了一口气，终于摆脱了刚才悲伤的情绪，她冲着南宫仙儿淡淡地道："你生活在尔虞我诈中，有些感情你永远不懂，你永远体会不到真情的美妙滋味。"南宫仙儿妩媚地笑了笑道："小妮子，你太天真了，快从梦中醒来吧，我在十岁的时候就懂得人不能活在梦中。生活是如此地现实，在这个现实的世界中，人只能相信自己，只有自己变得越来越强，才能够真正掌控自己的命运。"

这时丰神如玉的南宫吟从大石后走了出去，道："妹妹，哥哥不可信吗？枉我从小到大那么疼你……"南宫仙儿嫣然笑道："哥哥对我好，我当然知道，你不要乱想。唔，哥，这可是你的梦中情人啊，你现在不会是心疼了吧，她还没进我们南宫家的门呢，你不至于这样护着她吧？"南宫吟的脸上漾起一抹笑容，道："不要对你嫂子无礼，我们早晚还不是一家人吗？"梦可儿冷冷地道："淫贼闭嘴，小妖女你也给我住口。"接着她转头看向王琳，道："师姐，今日我不管你愿不愿意，一定要带你走，我决不能看着你和他们在一起堕落下去。"

"刷"的一声，梦可儿身形一晃，快如闪电一般向王琳欺去，探玉手抓向她的手腕。可是等待她的却是犀利的剑气，一道璀璨的锋芒划破虚空，向着她的玉手削去，冷冽的杀气刺人骨髓。"师姐你……"梦可儿急忙倒退，但王琳手下却毫不留情，一连劈了十八剑，炽烈的剑芒在空中纵横激荡，交织成一片剑网。

"师妹，我要证明我比你强！"王琳的话语冰冷无比。这时南宫吟和南宫仙儿也快速行动了起来，两人快若闪电一般冲到了梦可儿的近前，两道剑气破空而至，将梦可儿逼得不断后退。王琳、南宫吟、南宫仙儿，这三人皆有问鼎东大陆青年"十大"的实力，三大高手联合在一起，恐怕如今这个世上没有一个青年强者能够抵挡。梦可儿在纵横激荡的剑气逼迫下狼狈不堪，根本难以抗衡。

"师妹对不起了，今天我们一定要拿下你！"

在生死相搏大战中，若一方出手无情，而另一方却心有顾虑，这一战的结果没有悬念，手软者必将饮恨收场。现在的情形对梦可儿非常不利，虽然她已经祭起道家至宝玉莲台，减轻了不少压力，但面对王琳的犀利剑气，她总是被动地抵挡，不愿意下杀手。九片晶莹剔透的玉莲瓣在空中飞旋舞动，其中有五片用于阻挡王琳的剑气，另四片阻挡南宫兄妹凌厉的攻击，她所招来的巨大雷电皆劈向这兄妹二人，没有一道闪电奔袭向王琳。这恐怕是梦可儿出道以来最为艰苦的一战，面对三个和她实力不相上下的高手的凶猛攻击，她越来越无力。

四人的身影像四道电光一般快到了极点，如果是寻常人自这里路过，恐怕只能看到四条淡淡的影子在移动。梦可儿神色凄然，想就此逃走，但似乎又舍不下王琳。修炼界几乎所有人都知道情欲道这一派人的邪行，一个貌美如花的女子如果走进这一派，结果可想而知。汗水浸湿了梦可儿的衣衫，在这一刻她显得有些狼狈，不过远处的辰南却感觉她的身上荡漾着一股圣洁的气息，为了"救走"她的师姐，她竟然坚持了这么长的时间，居然不肯独自逃走。辰南不知道如何来评价她，这还是以往那个心机深沉的女子吗？这一刻她为何会有如此的表现？

最终，梦可儿没有避过王琳的一道掌力，嘴角溢出丝丝鲜血，她脸色苍白无比，口中叫着："师姐……"王琳心中似乎有些不忍，但咬了咬牙，继续向前攻去。南宫兄妹更是加紧猛攻。最后，梦可儿实在坚持不住了，再这样下去她非被生擒活捉不可。九片玉莲瓣突然疯狂舞动了起来，在她的周围形成一个难以攻破的屏障，她驾驭着玉莲台快速冲空而起。可是就在这时，一只紫金大手突兀地出现在空中，一把抓住了她，而后猛地将她向地上掷去。做完这一切，辰南心中涌起一股罪恶感，觉得自己仿佛干了什么伤天害理的事情一般，一点也没有打击仇敌后的快感。

时间不长，梦可儿被山谷内的三人制住了，南宫仙儿点住了穴道，托着她的下颌，妖媚地笑道："小妮子你服不服气？"梦可儿叹了一口气，道："小妖女想杀我的话，请直接动手，不要如此羞辱我。"随后，辰南来到谷内，只见王琳有些失神，南宫吟则喜气洋洋，一脸的淫贼相，南宫仙儿志得意满，绝世容姿越发动人。梦可儿被点住穴道后很平静，当辰南和她对视后，并未发觉有丝毫恨意，不知为何，他感觉梦可儿的眼神深邃无比。在这一刻，辰南心中涌起一股古怪的感觉，但说不出究竟是为什么。

稍微失神之后，他开始考虑眼前的事情，心机深沉、计谋百出、修为绝顶的梦可儿竟然遭擒了，这给他一种不真实的感觉。在一刹那，辰南心中闪过一丝灵光，刚才他和梦可儿对视时，心中涌起的那种感觉是——不妥！他心中一惊，难道有危险不成？不过随后他又释然了，梦可儿都已经被捉到了，还能如何？他心中思忖道：不妥？唔，又似乎是愧疚的感觉，我确实有些愧疚啊！没想到用如此手段擒拿了她，而且是在发现她闪烁着人性美好光辉的时刻。惭愧啊，惭愧！不行，绝不能让南宫吟这个淫贼将她祸害了！辰南心中心思百转。辰南问道："南宫小姐，南宫兄，我们现在已经将她捉住了，完美完成任务，现在该如何处置她？"

南宫仙儿脸上洋溢着笑意，道："这还用说，当然是要为可爱的小妮子找个婆家嫁出去。我以前不是和你说过嘛，要为澹台古圣地的所有女子找到人生中的另一半。"辰南想起来了，眼前这个小妖女确实发过这样的"宏愿"，每当想起，他都感觉这个小妖女实在可恶透顶啊！这种方法真比杀了那些女弟子，还要令她们难受。

"你要把她嫁给谁？"

"嗯，我觉得梦小妮子这样风华绝代的大美人决不能委屈，一定要给她选个好郎君。想来想去，这个修炼界能够配得上她的也就那么几个人，差不多都在正邪两道圣地当中。你觉得把小妮子嫁给混天小魔王怎么样，项天的潜力可是巨大的，如果有朝一日能够将虚空道修到大成境界，恐怕同辈中没有人是他的敌手。"

梦可儿气道："小妖女你住口！"

"哎呀呀，小妮子还挺怕羞。不要急，如果不喜欢这个，我们再换一个，你觉得绝情道的齐腾怎么样？不仅人长得帅，而且特酷，当然你也可以理解为惜字如金——深沉！怎么样？这个人的潜力可是巨大的，在没有师长的指点下，硬是修成了绝情身。不要忘记，数百年前的绝情大魔王天下无敌，打遍修炼界无对手。我有预感，这个齐腾绝非池中之物，这个人比混天小魔王还要厉害，说不定他就是第二个无敌的绝情大魔王。怎么样，小妮子，喜欢吗？"

"哼！"梦可儿气得将脸扭向了一边。辰南暗叹，这确实是一个妖女，气死人不偿命，忍不住道："不要闹了，赶紧说正事吧。"

南宫仙儿冷哼了一声，道："你以为我是开玩笑吗？我说的是真的，我既然发誓要将澹台古圣地的所有女子都嫁出去，当然要说到做到。目前来说只有正邪两道的圣地传人才配得上小妮子，我知道梦小妮子对邪道圣地一直有偏见，好了，这次我将她嫁给正道圣地传人。"南宫吟道："难道要将她嫁给紫霄宫的王辉，或者说是无忧宫那个还未出师的传人？"

"错，想什么呢？你认为那两个人能够坐怀不乱吗？有谁比玄奘的人品好呢！"

晕，狂晕！寒，恶寒！不光辰南傻眼，南宫吟、王琳也目瞪口呆，就是梦可儿听到最后一句话后都有些发愣，而后忍不住尖叫道："小妖女你……"这的确是一个不折不扣的妖女，如果真让梦可儿成功嫁给玄奘和尚，不仅这两人身败名裂，恐怕这两派永远也抬不起头来了。南宫仙儿实在太狠了！辰南心中瞬间对她竖起了十道防线，这个颠倒众生的尤物实在不好招惹啊，她的计谋、招数真是让人恶寒啊。

南宫吟惊愕过后，道："妹妹你不是玩真的吧？我们不是说好了吗？你忘了我们之间的约定，她可是你未过门的嫂子啊！"南宫仙儿笑了笑，道："哥，你不觉得我的这个主意很有趣吗？你出息一些好不好，一切要从大局出发啊！"南宫吟半天无语，细细想来，这个荒唐而又可怕的想法，如果能够成功，对于正道圣地来说，当真是一个晴天霹雳，永世耻辱。

"呵呵呵……我真是一个天才！我们现在立刻行动起来，想尽一切办法，捉住玄奘这个新郎官，争取在近几天为梦小妮子他们两人完婚！呵呵呵……"南宫仙儿神采飞扬，虽然姿容绝世，但妖女本质暴露无遗。

直到回到自己的住处，辰南的耳边还在回响着南宫仙儿得意的笑声，他不得不感叹这个颠倒众生的妖女实在可恶啊！回来之后，辰南心中犹豫不决，不知道是否应该就这样任南宫仙儿将梦可儿推入火坑。他以前对梦可儿极无好感，但今日他发觉原来她还有如此纯善的一面，这令他有些不忍。按理说她是我的仇敌，她落入敌人之手，我应该高兴才对，可是为何我见到她对王琳的态度后，就硬不起心肠了呢？唉，难道我真的太善良了，到底该怎样做呢？唔，不管了，反正一时间也抓不到玄奘和尚，先看看再说吧。

时间过得很快，明日即是赶尸派开派盛典的正式日子。这几日间辰南心神有些恍惚，总觉得大山中似乎有什么东西在干扰着自己的情绪，一直以来他都非常相信自己这种玄而又玄的直觉。他不知道这一次将有什么事情发生，不知道是好是坏，他决定先去大山中探究一番。因为赶尸派复出的大典即将开始，被邀请的以及闻讯而来的修炼者差不多都已经到齐了，丰都山附近的小村、小镇住满了人，随处可见修炼界的人。

辰南现在可以说是东方修炼界的焦点人物，时下风头正劲，为了避免被人认出引起不必要的麻烦，他没有直接向大山中赶尸派的庄园走去。他绕道进入丰都山中后，准备向回转，慢慢逼近赶尸派的老窝。丰都山不愧有鬼山之称，始一进山，辰南就发现数十具白森森的骸骨，随处可见到破碎的人骨。甚至用力踹一脚地，都能够踹出一堆骸骨来。

大山之中阴气很盛，除非某些特殊的修炼者，寻常人如果长期居住在这里，一定难以长寿。不过附近的小镇离这里很近，却没有丝毫阴气过盛的感觉，辰南现在想来，觉得那个传说也许是真的，或许真的有古仙曾经在这里布下过风水大阵，似乎这里的确不是一个善地！

辰南可没有心情在这里研究风水，径直向着赶尸派的庄园那个方向行去。在翻过一座山峰时，辰南突然发觉远处一座在附近来说最为高大的山峰上隐隐有些人影在晃动。他心中一阵惊异，而后改变方向，向着那座山峰行去。看着很近，但实际走起来却很远，辰南连续翻过五座山峰，才到达近前。

高大的山峰之上传出阵阵古怪之音，有金属的敲击声，还有玉器的撞击声等。辰南很是奇怪，难道赶尸派在这里训练古尸呢？想到这里他一阵兴奋，想要立刻上去看个究竟，但最终他忍住了自己的冲动。堕落天使的可怕之处历历在目，当时如果不是对方太过大意，他不可能那样顺利将染血的方天画戟插进古尸的胸膛中去。谁知道这座山峰上面是不是有一个同样或者更高级别的上古奇尸呢？如果是这样的话，弄不好就会惹上一身麻烦。即便他有所谓的"神血"，不惧怕对方，但一旦打草惊蛇，将会惹来赶尸派众人的疯狂大追杀。

看了看附近的地形，辰南笑了起来，眼前这座山峰的右后方是高度相近的一座山峰，而且两个山头之间的距离并不太远，如果站在那座山峰顶端，定然可以清楚地看到这座山峰上的古怪。辰南小心地自山林中穿过，避开山上众人的视线，快速向相邻的山峰上攀去。攀上这座山峰后，辰南隐藏在浓密的丛林中，向对面望去，立刻大吃一惊。对面的那座高山，是一个平顶山，峰顶很开阔，没有树木，没有积雪。在峰顶的正中央是一个高大的祭台，足有七八丈高，在祭台的正前方跪拜着十几个老人，其中赫然有在楚国中央广场露过面的老人古峰。

这些人对着高大的祭台不断地顶礼膜拜，口中念念有词，神情虔诚无比，不过由于距离很远，辰南听不清楚他们在祷告些什么。在那些老人的后方，远远地还跪着一些年轻人，那些人手中都持着一些古怪的东西，有玉板、有铜环，居然还有哭丧棒等，总之形形色色，古怪得很。辰南不用想也知道，这些人手中所持的东西，定然是和古熙手中的夺命尸环有着异曲同工之妙的法器。古怪的声音正是他们击打而出的。

高大的祭台不知道是用何种材料修建而成，颜色暗红，很像是干涸的血迹。辰南心中冒起一股凉气，赶尸派如此邪异，说不定那祭台真是用血染红的。最为古怪之处，高大的血色祭台之上，竟然供奉着一个晶莹剔透的水晶棺，在阳光的照射下熠熠生辉，隐隐有异彩在流动。更为奇特的是水晶棺的周围似乎堆积着不少事物，辰南运足目力观看发觉是成堆的仙参、灵芝、玄果、人形何首乌等天材地宝，这实在太惊人了！这样的仙草很难寻觅，辰南没想到这里居然堆放着这么多，当真堪比神风学院药库了。如果痞子龙跟来，一定会兴奋得嗷嗷乱叫，这可都是它的最爱啊。这些天材地宝被人堆放在水晶棺的周围，在辰南看来当真是暴殄天物。顶礼膜拜的老人、高大的血色祭台、流光溢彩的水晶棺、无尽的天材地宝，眼前的景象太过邪异了！

辰南躲在丛林中注视对面的一切，发现那些老人像是没完没了一般，祷告不停，已经过去多半个时辰了，还如刚才那种状态一般，祷告一句跪拜一次。显而易见，水晶棺内大有古怪，不然不可能有这么多的人如此虔诚祈祷。辰南胡思乱想起来，据他从老妖怪那里得来的消息，赶尸派最顶级的上古奇尸当数那传说中的三大无敌古尸。

辰南调整自己的状态，慢慢使自己陷入那种玄而又玄的空灵状态，去感应对面的状况。蓦然间，他心中一动，敏锐的灵识似乎捕捉到了什么，但在刹那间又令那丝灵光消逝了。过了好久之后，辰南才从这种微妙的状态中醒转过来，他可以肯定这几日影响自己心神的古怪就在此地，一定和神秘的水晶棺有关。

"这……里面到底隐藏着什么？即便是三大无敌古尸，也不应该和我有交集啊？难道说里面的奇尸将会对我不利？"辰南胡思乱想起来，他虽然感应到了和水晶棺有某种玄而又玄的联系，但无从得知是凶是吉。

如此又过了两个时辰，太阳都已经快要下山了，对面的祭祀仪式似乎终于告一个段落了，十几个老人自地上站了起来。辰南以为仪式彻底结束了，谁知道十几个老人自那些年轻人手中接过某些法器之后，围绕着高大的血色祭台一边跳跃，一边敲打起来，他们的样子看起来有些滑稽，似乎像某些少数民族的舞蹈。但是辰南却一点也笑不出来，这些老人身上荡漾出一波波强横的力量波动，他知道这些老人的祭祀仪式似乎现在才进入关键时刻。围在远处的那些赶尸派的年轻人，皆远远地躲到了平顶山的边缘地带，从他们紧张的神色看，一会儿之后似乎将有某些重大事件发生。

夕阳如血，太阳将要落山。所有老人手中的法器所发出的声音突然提高了数倍，合成一声高亢的音波。与此同时，高大的血色祭台之上，那个晶莹剔透、流光异彩的水晶棺突然飞了起来，诡异地悬浮到了虚空中。水晶棺光彩不断流动，颜色不断变换，先是由晶莹剔透的透明色变得通体血红，宛如滴血一般，刺目的血红色凄艳无比，给人一种难言的凄凉感，而后又转变成墨色，暗黑无光，仿佛地狱深渊一般压抑，让人望而生畏，之后，黑棺又变成了绿色，绿油油的光芒如幽冥鬼火一般，格外地阴森恐怖……悬浮于虚空中的水晶棺不断变换色彩，但无论它幻化成何等的颜色，都给人一股阴森恐怖的感觉，这口棺材实在太过邪异了。

不过这种恐惧的色彩最终消失了，水晶棺的光芒渐渐柔和了起来，绚烂夺目的五彩霞光绽放而出，这时地面上的天材地宝如受招引一般，突然冲空而上，快速聚集到水晶棺的周围，而后开始疯狂旋转起来，如此场景实在太奇特了。仅仅片刻时间，所有的天材地宝都迅速枯萎了，无尽的灵气皆被水晶棺吸纳了，枯萎的天材地宝在刹那间化为飞灰，在空中慢慢飘扬而下。辰南看得目瞪口呆，这太过玄异了，水晶棺将那么多的天材地宝的灵气都吸纳了，那将是多么庞大的一股灵气啊！

随后，水晶棺附近光雾氤氲，再也没有之前的阴森鬼气，七彩之光不断闪烁，在这一刻它看起来是如此地圣洁祥和。辰南简直不敢相信自己的眼睛，前一刻还阴森恐怖无比呢，后一刻却又绽放出圣洁的光芒，真的太邪异了！就在这时，水晶棺突然动了，它开始绕着平顶山不断地飞旋，快如闪电，七彩光芒也越来越盛，直耀天际。无尽的天地精气从四面八方快速汹涌而来，向着水晶棺处涌去，磅礴的灵气流在整座平顶山上空浩荡。太恐怖了！辰南心中惊叹，这水晶棺刚刚吸收那么多天材地宝的灵气还不够，居然又自行运转起来，疯狂吸纳天地间的精气，可谓邪之又邪！

一盏茶时间过后，水晶棺突然静止不动了，仿佛已经吸纳了足够的天地精气，灵气不再向这里涌动。在太阳即将落山的刹那，水晶棺突然爆发出一团璀璨夺目的光芒，即将落山的夕阳不及它光芒的万分之一，就在这时棺盖突然大开。"轰"的一声惊天动地的大响，天地之间仿佛打了一道天雷一般，整座丰都山都在颤动，绚烂夺目的光芒消失了，无尽的血红之光充斥在天地间，平顶山上是无尽的红，再也没有其他色彩。

辰南心中一颤，脊背在冒凉气，眼前是无尽的血红色，再也感受不到其他色彩，刺鼻的血腥味令人作呕。"这，无敌尸王出来了吗？怎么会这样？"他感觉无比地压抑。慢慢地，无尽的血红色终于消失了，但辰南还是无法看到对面的景象，因为这时附近的几座大山都在涌动着滔天的魔气，天地间一片黑暗，沉闷的感觉让人直欲发疯。

这时，丰都山外的那些小村、小镇的修炼者皆感觉到了一股无边无际的恐怖气息，所有人不约而同地向大山望去，只见那丰都山内，一股滔天的魔气在汹涌澎湃，恐怖的波动正是从那里浩荡而出。在那无尽的黑暗中，辰南发现平顶山的上空有两点血红的光亮在冷冷地扫视着八方，不知道为何，在看到那两点血红无情的光芒之后，辰南心中涌起无限悲意，泪水难以自禁地自他眼中滚落而下……

辰南感觉心中一片凄凉，他有一股想放声大哭的感觉，他感觉已经失去了一样最最宝贵的东西，他听到了心破碎的声音。可是，他又是如此地茫然，他虽然知道就在刚才他失去了什么，但是却无从把握那到底是什么！看着无尽黑暗中的两点血红，他是如此地熟悉，又是如此地陌生，这种极端矛盾的感觉，让他直欲发狂。辰南颤抖着伸出右手封住了自己的哑穴，怕自己忍受不住会大叫出来。黑暗中的那个人或尸，它到底是谁？为什么我会有这样一种感觉，熟悉的陌生人，陌生的熟悉人，为何我的心是如此地痛？辰南要疯了，他不想哭，但泪水却止不住地自行往下流淌。

是父亲吗？不可能！他修为通天，我不相信世上有人能够夺取他的性命，我相信我们父子还有相见之日。是母亲吗？不可能！有父亲在她身边，谁能够奈何于她。是……雨馨吗？很像，真的很像，虽然那无尽的死亡气息掩盖了我所曾经熟悉的一切，但我似乎真的感应到了和她相似的味道。但……不可能！雨馨早已不在了，那具行尸走肉怎么可能会是她！雨馨怎么可能会变成邪恶的尸王呢！她到底是谁？为何她从水晶棺中飞出的一刹那，我感觉失去了最最宝贵的东西，她变成尸王与我何干？我不认识她，我一定不认识她！辰南一遍又一遍地在心中自问自答，泪水难以抑制地滚落而下，他无法控制自己悲伤的情感。

黑暗中的那双血红之光冷冷地扫视着八方，大山中一切尽在她的掌握之中，她仅仅在辰南身上停留了一刹那，便移开了目光，两点血红的光亮投向了更为遥远的地方。她在今日诞生，世间的一切在她的眼中都是那样地微不足道，虽然她现在还很迷茫，但是早晚有一天，她能够彻底拥有自己完整的意识。大山中，血红色的光芒扫过之处，飞龙匍地，恶兽悲鸣，所有生物皆倒卧在地，颤抖不已。无尽的黑暗终于消散了，天地间渐渐有了光明，她再次进入了水晶棺中，流光异彩的水晶棺慢慢降下，落在了高大的血色祭台之上。

赶尸派众人一阵欢呼，随后四个老人一跃而上，小心而又恭敬地将水晶棺抬起，飞落下祭台，其他人护在四个老人的身旁，一行人慢慢向山下走去。直到他们消失在大山中，辰南才解开自己的哑穴，他一拳轰向远处那块巨大的山石，伴随着一声闷雷般的响声，大石被击得四分五裂，而后又化为粉碎。

随后辰南跑下这座高峰，闯入大山中，放开喉咙大叫了起来。"啊啊啊……为什么？为什么？刚才那个人……他到底是谁？我和他也许很快就会刀兵相向，我和他是熟人吗？我到底该怎么做？老天，你又玩我，万年过后，你让我从远古神墓中复活而出，之后在百花谷，在死亡绝地，你先是给我希望，而后又让我失望，你一次次捉弄我……"直至夜晚笼罩大地，天地间一片幽暗，辰南才停止怒吼，如此发泄他感觉心怀舒畅了许多，不再彷徨，不再郁闷。

这时，黑暗的山林中鬼火幽幽，阴风飕飕，远处传来阵阵异啸，显得格外地恐怖。辰南不再停留，迈大步向着山外走去。当他回来之后，南宫吟已经在他的屋中等候多时。南宫吟笑道："今日玄奘和尚已经来到了这里，你看我们是不是要商量一下，如何才能够活捉他。"

辰南一呆，想起了南宫仙儿说过的话，惊道："不会吧，你还真听你妹妹的话，那样一个艳冠天下的奇女子，你忍心将她嫁给一个和尚？"南宫吟一本正经地道："小丫头胡闹，她说将梦可儿嫁给那个小和尚，我就真的听她的话吗？那是不可能的，梦可儿这样一个奇女子，我怎忍心让她痛苦一辈子呢。嘿嘿，窈窕淑女，君子好逑，这是我辈本色嘛。"

"你还真是一个淫贼！"短暂的几次接触，辰南发觉以前对这个家伙还真有些误解了。看到他妹妹诡计多端，便把他也想成了一个阴险狡猾的家伙。辰南发觉这个家伙确实风流，但还不算下流，有些滑溜，但却不是阴险。当然这个家伙根本算不上好人，风流习性，说到底还是一个淫贼。不过他相信，南宫吟不会对梦可儿做出什么可耻的事。有些人相交一辈子也看不透，有些人仅仅见面几次，就能够让人看透他的"真我"，南宫吟无疑就是后者，绝非前者那种伪君子。

当然出于种种利害关系，两人目前不可能真正走得很近，毕竟他们两人分属于不同阵营，一个为邪道圣地传人，一个处于正邪之间，在两道圣地之间摇摆不定。最终辰南温婉地拒绝了南宫兄妹的"邀请"，他跟小林寺的传人根本没有任何过节，不想卷入他们之间的争斗。

南宫吟走后，辰南细细思索了一番，他总觉得生擒梦可儿那一日有些古怪，曾经那个心机深沉、智谋百出的奇女子为何显得那样柔弱呢？为了救自己的师姐离开情欲道，宁愿自己受重伤，而一直坚持到最后关头。当日，辰南心中曾经灵光一现，感觉有些不妥，现在仔细回想，他有一股不真实的感觉，梦可儿真有那样柔弱的一面吗？不会是我多想了吧，如果是那样的话，这个梦可儿太可怕了！我需不需要通知一下南宫兄妹呢？嗯，他们两个也不是省油的灯，就让他们斗一斗吧，看看再说。

第二日，各个小村、小镇的街道上人流涌动，无数修炼者向着大山中的赶尸派庄园赶去。赶尸派的这片庄园占地极广，这是一片巨大开阔的谷地，四周环山，庄园周围的山上是竹林，碧绿的竹林为这冬日增添了一分春景。山谷内人山人海，最中央为开派祭祀仪式的场地，除了请来的名宿有座位外，其他人只能站在远处观望。

辰南对于开派仪式根本没有什么兴趣，懒得向前挤，远远地站在外围，等待着这些无聊的事情尽快完结。他来这里最主要的目的也是想看看赶尸派到底有哪些上古奇尸。当然，他知道赶尸派决不会将全部家底都泄露出来，不过肯定要亮亮实力，不然请来这么多人，这样高调复出干吗啊？还不是为了向人显示、证明一下自己的实力，免得被人小觑。就这样昏昏然，辰南坐在竹林中的一把石椅上差点睡着了，也不知道过了多长时间，他忽然听到人群中传来一片惊呼声。

辰南急忙站起身来观看，他立时一惊，只见谷地上空两个四翼天使静静地立身于虚空中，一个四翼洁白如雪，另一个四翼漆黑如墨，竟然是一个向往光明的纯正天使和一个投身黑暗的堕落天使。毫无疑问，这是两个上古奇尸，这两个家伙在千年前曾帮助赶尸派掀起不少大的风浪，那个时候他们就已经是该派的超级打手，围观众人没想到千年过去之后，这两个家伙依然存在。这两个天使，比之辰南腰斩的那个明显要强横，因为他们的躯体完整无缺，不像上次那个左臂断掉、两翼残缺。

这时前方骚动了起来，所有观战者皆慢慢向外后退，原来赶尸一派让众人退后一些，腾出一块场地，接下来将要进行强者挑战赛。开始时人们还慢腾腾，许多人非常不配合，但当两个天使自天上冲下来，帮助赶尸派的人维护秩序时，人们"呼啦"一声如潮水一般快速向后退去，很快就将场地腾了出来。

赶尸派的一个长老走到场中央，先是说了一些格式的客套话，感谢众多修炼者前来捧场，而后又说借助这个机会，赶尸派将举办一场以武会友的强者挑战大赛。很显然，强者挑战大赛更确切地说是赶尸派扬威大会，两个四翼天使静静地悬浮于虚空中，除了五阶绝世高手，有哪一个人敢下场挑战呢？五阶绝世高手，平日很少露面，更不愿意参加这种比武决斗，可以说这是一场耀武扬威大会。不过谷内众多修炼者还是很兴奋，毕竟天下奇人异士无数，说不定就有某些高人会下场出手。

当两个天使降落在场中央时，场内一时间静到极点，这就是强者的威慑力！每个人都静静观望着，希望有人下场去挑战。可是如此过了片刻后，居然没有一个人敢下场挑战。这时，上次曾经在楚都中央广场露过面的古峰走了出来，道："为何没有一人肯下场呢？天使活着的时候的确很强大，一旦死去，虽然肉体能够祭炼到极其强悍的境界，但实力早已不能和从前相比。大家应该还记得一个月前，在楚都中央广场的事件吧，有位叫辰南的小友硬是腰斩了敝派一个堕落天使，可见所谓的上古奇尸也并不一定不可战胜。"

如今辰南大名传遍修炼界，腰斩堕落天使，令他的声威攀升到了一个崭新的高度，隐隐有东大陆年青一辈第一人的势头。众人知道这位"楚国护国奇士"异常散漫，到处逍遥，许多大门派都在暗中打听他的下落，想要拉拢这个后辈"第一人"加入自己的门派。甚至有许多大派都已经放出话来了，许以各种承诺，如将派主的千金小姐嫁给他、请他当名誉长老等等。这时，听到古峰再次提起辰南，人们顿时议论纷纷。

"喀，"古峰咳嗽了一声道，"请问辰小友来了吗？上次辰小友大发神威，腰斩堕落天使。老朽眼拙，竟然没有发现辰小友究竟用的是何等神功，今日想请辰小友出来一战，让我等一睹无敌风采。当然这是友好的切磋，请辰小友不要再下杀手。"人们立刻明白怎么回事了，原来赶尸派想找"场子"，虽然话语说得较为委婉，但本意就是雪耻扬威。

辰南现在已经不是毛头小子，不要说古峰讲得比较委婉，就是言辞尖锐地激他出战，他也不会理会。开玩笑，死去的天使虽然不似生前那样生猛，但毕竟是恶名传播了上千年的上古奇尸啊，与他作战可不是儿戏，稍有不慎就有生命危险。古峰讲了半天话也没有一个人愿意下场，当然更不能将辰南请出场了。

就在众人都以为接下来要冷场时，一个高大的金发青年男子大步走进场中，大声喊道："我，莱昂，想下场比试一番。"高大的金发青年男子谈不上英俊，但粗犷的外表很有男人味，步履坚定，面色沉稳。莱昂来到古峰的身边，道："你们打算派哪一个天使下场？"

看着莱昂如此地豪气，古峰一愣，眼前的青年给他一股高深莫测的感觉，他竟然感觉不到对方的真气或斗气。他叹道："后生可畏啊，由你自己选吧。呃，年轻人，可以问一下吗？你到底是第几阶的武者，为何你给我一种高深莫测的感觉？"莱昂哈哈大笑道："我，莱昂，是一个魔法师！"此话一出，无论是古峰还是场外的观战者，皆目瞪口呆，之前人们还兴致勃勃地讨论莱昂的武学修为，现在此话一出，方才凡是装"行家"的人，都一副脸红脖子粗的样子，尴尬到了极点。接下来莱昂的另一句话则让发呆的众人立刻惊醒。

"确切地说我是一个亡灵魔法师。"满场哗然，场外立刻沸腾了起来，真是一石激起千层浪。

在那遥远的过去，西方的亡灵魔法师曾经是邪恶的象征，传说他们随意剥夺人的灵魂，奴役那些魂魄为他们服务，他们是人间的魔鬼。后来西方各个国家的神殿联合了起来，开始派人大肆捕杀亡灵魔法师，致使这一系的魔法师们几乎灭绝。如此过去了数百年，亡灵魔法师在修炼界几乎销声匿迹了。不过后来的人们渐渐发现了真相，亡灵魔法师的确经常和灵体打交道，其中确实有些邪恶的魔法师残害无辜，但绝大多数人并非外界传言的那样。只不过这些魔法师的某些试验，容易引起人们的误会，让人误认为这些魔法师可以随意剥夺他人的灵魂，供他们驱使。自此之后，亡灵魔法师几乎灭绝了，大陆上偶尔闪现过他们的影迹，也会令普通人心惊胆战，虽然真相大白，但人们潜意识中还是认为这类人很可怕。

在这一刻，这个强壮的金发青年莱昂称自己是亡灵魔法师，怎么不让人惊讶，从某种意义上来说，亡灵魔法师类似于东方的赶尸人，他们同样让人敬而远之。莱昂看到古峰有些发呆，大笑道："我们亲如一家！"古峰苦笑，真是亲如一家，一个研究死者的躯体，一个研究死者的灵魂，可以说都是剥削死人的强盗。莱昂嘴角泛起一丝意味深长的笑意，道："唔，我比较喜欢堕落天使，他和我们亡灵魔法师一样，为大多数人神所不容，我先将他战败，而后用他揍另一个天使。"

古峰听闻此话，虽然感觉有些古怪，但也没有多想。他的控尸法门明显要强于古熙，借助某些法器对堕落天使下达完指令后，他就退走了。此刻堕落天使已经变成了杀人的工具，一旦认准目标便将自行主导战场上的一切。出乎所有人的意料，莱昂也退出了场地，从怀中取出一个拳头大小的黑色金属盒子，"啪"的一声翻开了盖子。广场外围的观战者不乏见多识广之辈，其中有不少人是来自西大陆的修炼者，这些人惊呼道："空间金属，那是空间魔法师的最爱，能制造出储物空间，现在空间魔法师消失了，这样的储物空间皆成了稀世宝物。"

三条淡淡的虚影从黑金盒子中冲了出来，莱昂轻轻念动了一句咒语，三条虚影快速向堕落天使冲杀而去。场外众人议论纷纷，场内的亡灵与堕落天使却已经激烈地厮杀了起来。亡灵皆是能量体，不受引力限制，能够飞空战斗。而且这三个亡灵都不一般，乃是莱昂收集到的王者死灵，不过现在对付堕落天使时却不容乐观。才几个照面，一个亡灵便被堕落天使喷吐出的炽烈死气，烧去半条手臂，两方的实力显然不在一个层次上。

莱昂倒也干脆，见三个强大的亡灵都难以奈何堕落天使，立刻将他们召唤了回来。他脸上没有半丝沮丧之色，反而充满了喜悦。他轻轻地抚摸着黑金盒子，道："盖瑞拉，你满意眼前这个堕落天使的躯体吗？我想他是到目前为止最好的了。请相信我早晚有一天会让你从迷茫中醒来，让你恢复神位。"接着，莱昂大喝道："不要以为有了神灵的尸体就真的天下无敌，说到底你们仰仗的也不过是具行尸走肉而已，今天我要让所有人看一看真正的神！"

就在这时，黑金盒子绽放出千万道金芒，璀璨的金光令天上的太阳都黯然失色，金色的光辉洒遍了广场。一条金色的身影出现在广场上空，散发着神圣祥和的气息，最后所有的金色光辉慢慢散去，现出了他的真身。金色的身影并不是一个有血有肉的人，他是一个能量体，也可以说是一个亡灵，但他背后伸展着三对金色羽翼，竟然是神魂！三对金色羽翼，代表他生前是一个高阶天使，那已经算得上西方的高阶神灵了。

"神迹啊！"这是所有人的心声，都感觉诧异不已，一个亡灵魔法师居然能够召唤出一个神魂，简直就是天方夜谭！这个年轻人的身上一定藏有许多不为人知的秘密！不过众人现在已经没有时间去多想，因为他们所有的心神都被转移到了展开的大战中。

神魂盖瑞拉在莱昂轻轻念动一句咒语后，身化一道金光向着堕落天使冲撞而去，高空之上像打了一道闪电一般。"轰"的一声震天大响，神魂盖瑞拉一拳便轰飞了堕落天使，虽然他现在神色有些木然，但强者气息在广场之上不断地汹涌浩荡，令所有观战者都感觉到了一股发自灵魂的战栗。不过盖瑞拉毕竟只是一个不记得生前种种的神魂，即便再强也受限于亡灵的体质，气势有余，力量不足，这一拳虽然把堕落天使轰击了出去，但却难以将之毁灭。

堕落天使经过赶尸派千百次的祭炼，躯体强横到了难以想象的境地，被轰飞出去十几丈距离后稳定住了身形，一展双翼向回冲来，滔天的死气汹涌澎湃而至。堕落天使与神魂盖瑞拉快速纠缠在了一起，罡风浩荡，劲气澎湃，一时间高空之上神魂与神尸激烈大战起来。地上观战众人看得神驰目眩，或许神魂盖瑞拉与堕落天使现在的力量不一定敌得过人类中的五阶大成高手，但两人的强者气势却是一般的人类高手所不具备的，神魂与神尸的大战，让地面上众人热血沸腾。

就在这时莱昂嘴角泛起了一丝笑意，轻轻念动了一句咒语，神魂盖瑞拉突然一把抱住了堕落天使，随后金色身影慢慢变淡，最后竟然消失了，而堕落天使竟然在空中剧烈颤抖了起来，似乎在挣扎反抗。赶尸派众人大惊，他们明白神魂进入了堕落天使的体内，由于同是跟死人打交道，赶尸派的人也听说过亡灵魔法师的种种秘法，眼前这种法门就叫作亡灵夺舍，端的是邪恶无比。如果是普通人，一旦被亡灵上身，恐怕会立刻丢掉半条命，而堕落天使乃是死物，没有真正独立的意识，脑中只是被灌输了一些机械性的命令，不过现在看来形势似乎非常不妙，神魂似乎渐渐控制住了堕落天使的身体。

果不其然，半刻钟后，神魂盖瑞拉成功占据了堕落天使的身体，抹灭了赶尸派在堕落天使脑中下达的种种指令。这令古峰脸色异常难看，如果想重新复原堕落天使原来的状态，恐怕要花费一番工夫了。同时，赶尸派众人也感觉很丢人，前一次辰南就腰斩了一个堕落天使，今次开派大典本来想重新立威，结果第一战就惨败。他们有些难以接受，实在难以想象为何最近出了这么多小怪胎。

这时，莱昂开口了，道："继续战！"堕落天使快速扑向远空中那个白翼天使，赶尸派众人一惊，神魂占据了堕落天使的身体，如果这样和白翼天使大战起来，他们真的承受不起。两个天使都有摧毁对方的力量，如果让他们决战，这不等于极其严重的自相残杀吗？！

许多老人都已经坐不住，纷纷站了起来，一位老人急忙敲击手中的玉板，快速命令白翼天使躲避，不可迎战。众多的观战者不满了，嘘声四起。赶尸派众人脸上实在挂不住了，本来的立威大典，没想到弄成了这副狼狈的样子。一个老人疾声道："今天是我们的开派大典，不能再这样下去了，换上那个超强的上古奇尸吧，不然我们赶尸派定然会成为修炼界的笑柄。"如果不是有众多观战者，这些老人恐怕早已对莱昂动手了，但这是公平的决战，他们没有丝毫办法。

这时，坐在看台正中央的赶尸派派主突然睁开了双眼，道："请无敌灵尸吧。"

"啊，似乎没有必要惊动灵尸啊，对付那个神魂还不至于惊动她吧？"

赶尸派派主道："如果单以实力来论，我和古峰就能够胜任。但是我们在楚都已经丢了一次人，今天在自家门口的开派大典之上同样丢了一次人，如果不拿出一些震慑性的绝对力量给修炼界的人看，我们还有什么颜面立足啊！"几个老人闻听之后，快速退了下去。

空中的白翼天使还在被动地躲闪着，堕落天使在后紧追不舍。观战者们嘘声四起，眼看赶尸派开派大典就要成了一场闹剧。然而就在这时，天地间突然一片血红，众人什么也看不到了，眼前只有无尽的血光，所有人都闻到了一股浓重的血腥味。就在众人惊恐不定，以为末日来临之际，血光在刹那间消失了，不过紧接着一股滔天的魔气自赶尸派庄园中浩荡而来，遮天蔽日，一瞬间将所有人都吞没了。

身处暗黑无光中的修炼者们惊恐无比，这强大的力量实在太可怕了，这到底是怎样的一种存在啊？！不过这种状态也没有持续多长时间，无尽的暗黑魔气如潮水一般快速退去，又现出朗朗乾坤，所有人都有一股恍若隔世般的感觉。众人刚刚长出了一口气，接着再次心神巨震，一口晶莹剔透的水晶棺散发着七彩光芒，自庄园深处破空飞来，在空中留下一串流光溢彩。

辰南木然地看着空中的水晶棺，顿觉心痛无比，泪水无声无息地顺着他的脸颊滑落，他想控制住自己的情感，但却根本难以抑制。在这一刻他心中悲意无限，仿佛失去了整个世界。

水晶棺冲到广场上空之后，径直向堕落天使冲撞而去。所有人都呆住了，这是何等的修为，居然带动一口水晶棺破空袭敌，当真让人震惊！"轰——"水晶棺在临近堕落天使之后，突然一股旋摆，狠狠地抽在了他的身上，将之击飞出去三四十丈，空中飘落下无数灰黑色的羽毛。神魂盖瑞拉一闪而现，自堕落天使体内冲了出来，眼神空洞地望着空中的水晶棺。地面上的众人沸腾了，眼前这一切实在太过震撼了，直到这时他们才明白，水晶棺中的绝非人，定然是恶名传播了数千年的三大无敌尸王之一。恐怕也只有这三者，才可造成血光冲天、魔云蔽日的恐怖景象。

莱昂神色骤变，他没有想到赶尸派竟然有这样一具恐怖的奇尸，他刚想张嘴召唤回神魂盖瑞拉，但他忽然发觉一股可怕的力量自空中浩荡而下，禁锢了他的身形，令他不能言不能动。水晶棺的棺盖在这时突然"砰"的一声弹开了，重重地击砸在神魂的胸腹间，将他抽飞出去几十丈距离。

一双欺霜赛雪的玉手扒住了棺沿，泛着晶莹的光泽，地面上所有人的呼吸都为之一窒，如此完美的一双玉手，可以想象棺中之人的绝世姿容，这真的是一个古尸吗？这怎么可能！在这一刻，所有人都不相信棺中的女子会是一个古尸。如云的秀发飘落在棺外，棺中的女子慢慢坐了起来，黛眉弯弯，琼鼻挺秀，双唇红润，贝齿如玉，一张美绝寰宇的绝世仙颜出现在众人的眼前，所有人都呆住了。这张动人的娇颜似乎不属于尘世，没有一丝尘世气息。少女自从棺中坐起，一直闭着双眼，出尘之姿显得有几分天真，有几分俏皮。少女微微扬起头，在一刹那睁开了双眼，两道血红之光直穿天际，随后她冷冷地扫视着下方众人。

众人仿佛自仙界跌落到了地狱，少女的眼神是如此地可怕，两点血红之光邪异无比，让所有人感觉到了一股刺骨的寒意。还是那样的绝世姿容,前一刻让人如沐春风,下一刻却令人如坠九幽冰窟。少女前后的气质,反差实在太大了。

"噗!"辰南张嘴吐了一大口鲜血,他听到了自己心碎的声音,眼前的世界是如此灰暗,感觉失去了整个世界!他双眼赤红,乱发狂舞,仰天大叫道:"呃啊……我欲逆天!"

空中的水晶棺七彩光华不断闪烁,流光溢彩充溢在整片空间,无数美丽的花瓣在围绕着水晶棺纷纷扬扬地飘洒,沁人心脾的馨香令所有人皆深深陶醉不已。水晶棺中的少女仙姿绝世,不沾染一丝尘世气息,宛若精灵一般,动人心魄的仙颜让人遐思万千,却令人生不出半丝亵渎之意。只是,一切都在少女睁开双眼的刹那改变了,两道血红之光直穿天际,冷冽的血芒森寒刺骨,让人不由自主战栗,两道森冷的血光扫视着众人,所过之处所有人都心生寒意。

辰南抬头仰望着空中的水晶棺,注视着棺内那张绝世仙颜,感到万念俱灰,险些昏死过去。"噗!"辰南张嘴吐了一大口鲜血,双眼赤红,乱发狂舞,仰天大叫道:"呃啊……为什么?这一切都是为什么?!雨馨……雨馨!为什么我的雨馨成了邪恶的尸王?为什么?为什么?!还我雨馨来……还我雨馨!"辰南仰天悲啸。曾经的山盟海誓犹萦于耳,逝去的音容笑貌仍在脑海中,往昔的心有灵犀至今未散。然而,再次相见,却已生死两茫茫!

如果不看那双血红幽森的双眼,那出尘的姿容还和从前一般,如娇艳的花朵一般,秀丽的容颜还如万年前一样清秀绝伦,依然美绝寰宇。黛眉弯弯,琼鼻挺秀,双唇红润,贝齿如玉,娇俏的嘴角微微上扬,透露着几分天真,透露着几分俏皮。可是,那绝非万年前的雨馨了,雨馨的灵识早已寂灭,如今的这具躯体早已不是曾经的那个"她"。

泪水模糊了辰南的双眼,他无声地哭泣着,在这一刻他仿佛像个孩子一般脆弱,他伤心欲绝,身体摇摇欲倒,泪水无声无息地在辰南脸颊流淌而下,明明知道空中那个少女已非昔日的红颜,但他依然定定地望着她,忍受着万蚁噬心般的煎熬。往事如烟,为何总是缭绕于我心间?往事成风,为何风向不定,总在我心中飘动?

善良纯真的雨馨竟然已化身成邪恶的尸王。万年前到底发生了什么？雨馨在百花谷成功破死关而出了吗？她离开了百花谷？但落在了赶尸派的手中，被制成了邪恶的尸王？雨馨消逝了，那小晨曦是谁？

辰南心中有万般迷惑与不解，但此时此刻却无半丝心绪去思考，他悲伤欲绝，看着空中最最熟悉的陌生人，他泪如雨下，肝肠寸断，心如刀绞。咫尺天涯，天涯咫尺！生死两茫茫，相逢不相识，唯有泪千行。不思量，自难忘！现实太残酷了，曾经山盟海誓的恋人，经过万载岁月后，竟然在这种状态下见面了。在这一刻，辰南的心碎裂成无数瓣，他万念俱灰，真想就此自拍天灵，绝命于此。

只是，一股怒火在辰南心底熊熊燃烧而起，身体爆发出一团乌黑惨烈的光芒，似有一团团幽冥之焰在剧烈地燃烧。辰南愤怒无比，乱发根根倒立，怒火直欲燃尽九重天！"赶尸派的混蛋，我要将你们的王八蛋祖师挫骨扬灰，他成仙，我上天，他入地，我下幽冥！我要他永世不得超生！"所有修炼者皆愕然，人们吃惊地望着辰南，看着他状若疯狂的样子，都不明白怎么回事。场内静到了极点，所有的目光都聚焦在辰南的身上。

赶尸派众人互相看了看，最后相互摇了摇头。眼前这个少年看起来和他们一副深仇大恨的样子，但他们实在不知道与他有什么仇恨，倒是这个家伙曾经腰斩过他们的一个堕落天使，算起来欠他们一笔债，还未找他麻烦，他却主动找上门来了。众多赶尸派高手冷冷地看着辰南，想看他接下来将有何动作，他们早就想找他"谈谈"了，现在正是一个绝佳的时机。

然而就在这时，空中的水晶棺光华剧烈闪动了一下，棺内那个具有绝世仙姿的少女，透发着血色光芒的双眼瞄向了辰南，轻轻发出了一声："咦……"这简简单单的一个音符，似天地妙音一般，听在众人的耳中，有一股如沐春风般的感觉，每个人的心中都一松，刚才那股森寒刺骨的阴冷气息一扫而光，所有人都舒服地长出了一口气。

亡灵魔法师莱昂在这一刻终于能够动了，从水晶棺出现后他的身体就被禁锢了，和神魂失去了联系，短短几分钟他焦躁不安。恐惧无比，始一恢复行动，他立刻将那呆呆立于虚空中的六翼神魂盖瑞拉招了回来，收放进储物空间盒中，直至此时他才长长出了一口气。

空中那晶莹剔透的水晶棺七彩光芒大盛，霞光万道，瑞彩千条，无数的花瓣在空中慢慢飘洒，空中一片祥和的景象，仿佛有天仙下凡一般。七彩光华一闪，少女驾驭着水晶棺，在空中划过一道七彩虹桥，"刷"的一声，快速来到了辰南的近前。水晶棺静静地飘浮于辰南的眼前，具有绝世姿容的少女，眼中的冷森红光渐渐敛去，露出漆黑明亮的一对眸子，水灵灵的一双大眼充满了慧光，她静静地看着辰南，渐渐露出迷惑不解的神色，口中喃喃道："好熟悉……"如天籁般的声音分外娇憨，如不谙世事的小女孩一般，有几分茫然、俏皮和天真。

辰南已经感觉不到心痛，一股酸涩难明的感觉令他快要疯了，相逢不相识，那是雨馨的躯体，但那又是谁的灵识呢？他从来没有想到过自己有这样脆弱的一天，竟然如个孩童一般只想放声大哭。

"你是谁？"少女迷茫不解地看着伤心欲绝的辰南，轻柔地问道，"我和你认识吗，你知道我是谁吗？"话语异常纯真，隐隐有一股孩子气。辰南眼前一片模糊，那个令他魂牵梦绕的身影就在眼前，他心如刀绞，哽咽着道："我是辰南……你是雨馨……我永远也不可能忘记你……但你永远也不可能想起我是谁了……"

"辰南？好熟悉的名字啊，雨馨？也很熟悉，我怎么想不起来呢？"少女那张仙颜充满了迷茫的神色，清纯的秀丽的俏脸显得可爱无比。只是，看在辰南的眼中，却无比地心痛。辰南看着那熟悉而又陌生的身影，心中一遍又一遍地问天："尸王，她竟然成了邪恶的尸王！占据雨馨躯体的灵识到底是怎样形成的啊？她是一个与雨馨毫不相干的生命吗？"

少女秀眉微皱，轻声自语道："哦，我昨天才开始尝试思考，也许以后能够想起来吧。喂，你不要那么伤心好不好？"清脆的话语略显稚气，但听在辰南耳中，却如同雷鸣一般。

"你……昨天才开始尝试思考……"辰南知道赶尸派秘法无数，眼前的这具尸王正是在昨日的那场仪式当中完成了一次蜕变，有了自主灵识，一个全新的生命在昨日诞生了，和过去彻底断绝了关系。想到这里，他感觉胸口一阵发热，张嘴"噗"的一声喷出一大口鲜血。少女眼中红光一闪，鲜红的血水并没有落在地上，而是化作一串血花向少女飞去。点点血花，化成血雾，渗进了她的皮肤中。

"唔，好舒服啊，居然是血精，别人全身的血液也提炼不出一滴血液精华，而你随便吐出的一口鲜血竟然都是血精，真是不可思议！"少女双眼中血色光芒不断闪现，在这一刻她不再像一个不谙世事的纯真女孩，谈到血精，她像一个经验老到的珠宝商人在谈论瑰宝一般，脸上竟然闪现出一丝贪婪之色。这是一种极端矛盾的转变，片刻前还是一副天真可爱的样子，现在竟然显得有些阴森可怕了起来，她眼中的血色寒光越来越盛。

早在少女飞空而下时，辰南附近的修炼者就已经远远地躲了开去，现在二人所说的话语外人无从得知，但少女瞬间转变的气质却被所有人感应到了，他们感觉身体一阵发冷，所有人皆再次向远处退去。此刻，赶尸派众人显得有些迷惑不解，他们不知道灵尸为何找上了辰南，不知道她为何有如此表现。事实上，灵尸的强大与可怕是难以想象的，即便是赶尸派众人也难以尽数了解，他们只能小心翼翼地供奉，不敢随便下命令。

少女双眼中透发出两道血红色的锋芒，红光所过之处，如利剑一般在辰南身上划过，一道道血痕出现在他的身体上，鲜血慢慢溢出。一团团血雾出现在辰南身体的周围，而后慢慢飘起，向着少女飘去，最后皆涌进了她的体内。远处的众多修炼者皆露出惊恐的神色，他们深深知道辰南绝非易与之辈，已经隐隐有东大陆年青一代第一人的势头。没想到他在尸王一出现，竟然出现了疯癫之态，此刻更是性命不保的样子，这让所有人都感觉有些恐惧。

众人认为辰南之所以精神失常，一定是尸王通过邪法所致，定是赶尸派要报复他，想取他性命。所有人皆不由自主打了个寒战，深刻感觉到了赶尸派的可怕。许多人都感觉有些可惜，觉得辰南万难逃脱赶尸派的毒手，这个自出道开始就创下一次次轰动的青年恐怕难以活命了。有些人想出头帮忙，但慑于尸王的魔威，根本不敢迈动一步。血光冲天，魔云蔽日。尸王出现的恐怖景象，光想想就让人害怕，现在谁还敢上前？

"竟然全身都是血精啊！"少女双眼红光闪烁，兴奋地发出一声凄厉而又刺耳的尖叫，真如九幽地府的鬼音一般，令远处包括赶尸派众人在内的所有修炼者都感觉到了阵阵寒意，每个人皆心胆俱颤。少女似乎不再满足血雾的慢慢吸收，轻轻一招手，辰南便飞了起来，慢慢飘浮到水晶棺近前。她的纤纤玉手轻轻搭在了辰南的肩头，如同利剑一般瞬间划开了他的衣服，纤细的手指完全抓进了辰南的肩肉当中，血水顺着她的十指快速渗进她的体内。

辰南感觉到了那剧烈的疼痛，甚至能够听到自己血液流动的声响，但他没有半丝挣扎，任那少女汲取自己的血液，根本不想反抗。他甚至害怕自己所谓的"神血"会伤到眼前的少女，显然他多虑了，尸王成为灵尸，已经有了自主意识，标志着一个新的生命诞生，再也不是那惧怕神血的尸煞类邪物，从某种意义上来说这已经是一个半神半人的全新生命。看着少女渐渐露出满足的笑容，辰南微笑着流着泪，虽然他知道眼前的女子已经不是雨馨，雨馨再也回不来了，但那一样纯真可爱的笑容，还是让他感觉到了曾经的温馨与感动。

辰南知道他再也见不到雨馨了，他想借助雨馨遗留的这具躯体来结束自己的生命，让自己的血液流淌于她的体内。看着眼前少女那可爱而又纯真的笑容，过去那一幅幅温馨的画面重现于他的眼前，他仿佛又回到了过去。在这一刻，辰南有一股如释重负的感觉，一切都在此结束吧，他仿佛看到雨馨正在远空对着他招手，她笑得是那样地灿烂……

"嗯，唔，我感觉已经吸饱了。"少女那娇憨的声音将辰南拉回了现实，从那种恍惚的状态醒转了过来。少女的眼中那冰冷的血色光芒渐渐退去，乌黑光亮的眸子再次显现，目光变得无比地柔和，对辰南再也没有半分敌意，甚至隐隐流露出丝丝依赖之情。她的十指上光洁无比，没有沾染上半丝血迹，不知道为何嘴角有一道血丝。此刻再也看不出少女凶戾的一面，此刻她看起来如此地天真可爱，就像一个纯真的小精灵一般。

辰南对她生不起半分恶意，尽管知道她不是雨馨，但看着眼前的少女，他心中还是涌起一股酸涩难言的柔意，他伸出右手，轻轻擦去少女嘴角的血丝，轻声道："你曾经叫雨馨，你如果现在还没有名字，就还叫它吧，记住它，永远不要忘记。"少女显得很兴奋，像孩童一般雀跃拍手道："我喜欢这个名字。"此时此刻，她是如此地纯真娇憨，令辰南倍感心酸，这个少女的性格和雨馨真的太像了，她们身上有着难明的相似之处，这不仅仅表现在外貌上，还体现在气质内涵上。

这时，少女忽然露出思考的神色，乌黑明亮的大眼一眨不眨地望着辰南，道："好奇怪哦，你真的给我一种熟悉的感觉，但我怎么想不起来呢？我真的想立刻想起来。"此时此刻，辰南已经止住了泪水，他露出一个难看的笑容，道："我也希望你能够想起来，不过这已经不可能了，你不是她，她不是你。你笑起来的样子和她很像，她的笑容比阳光温暖，比海水轻柔，比冰雪纯洁，比鲜花芬芳。她是天底下最美丽的女孩，也是天底下最善良的女孩，她的名字叫雨馨……"辰南有些哽咽了。

少女脸上满是迷茫之色，有些娇憨地问道："她是雨馨？可我也是雨馨啊，她去了哪里？"温热的泪水再次顺着脸颊滑落，辰南轻轻地道："她死了……为我而死了……"

"死了？我们两人的名字一样，她和我有什么关系吗？"辰南再也忍受不住，伸出右手轻轻地抚摸着少女柔顺的长发，颤抖地道："你对自己了解吗？你知道自己是怎样来到这个世上的吗？"

"我不知道，我好像昨天才开始尝试思考，不过我仿佛已经活了好多年了，对于过去的事情，我只有模模糊糊的印象，我真的好想知道自己的过去。"辰南心中一颤，他为眼前这个女孩感到心酸，为雨馨感觉伤悲。"你真的一点也想不起过去的事情了吗？"不知道为何，到了现在，辰南心中忽然涌起一丝侥幸的心理，隐隐希望发生一些几乎不可能的事情。

少女幽幽地道："我、我想不起来，不过好像有些模模糊糊的记忆。"少女有些迷惘，如同陷入梦魇中一般，喃喃道，"有些印象，惊天动地的大战，我好像杀了好多人，有仙人、天使、龙、妖怪、凡人中的顶尖高手。我用他们的鲜血淋浴，好舒服啊，那种感觉真的太美妙了……"

辰南心中一寒，在那遥远的过去，少女的身上发生了太多的事情。

毫无疑问，在过去的数千年间，她以一代无敌尸王的身份，曾经参加过无数场惊天动地的大战。只是，他无论如何也想不到，少女竟然斩杀过天使和仙人，这简直不可思议！凡间的人或尸怎么可能杀死神灵呢？除却无名神魔与大魔那样的超级变态，恐怕这世间很难找出第三个人，但少女是不会说谎的，过去到底发生了什么，她为何要与天使、仙人为敌，是赶尸派要她做的吗？她真的有那样的实力吗？天地法则对她无作用吗？

　　"你杀过天使，杀过仙人？"辰南轻声问道，将陷入深思之际的少女惊醒了过来，她皱着秀眉，咬着红唇，点了点头，又摇了摇头，道："好像是这样，又好像不是这样，我记不太清了，我想不起来了……过去的事情好心痛，我不愿意去回想……"最后这句话，听在辰南耳中无疑像炸雷一般，他霍地从悲伤中惊醒了过来，心中瞬间卷起滔天巨浪。

　　他定定地望着少女，他没想到少女对过去的事情竟然真的有些模糊的印象，但她过去不是一个僵尸吗？这怎么可能呢！她为何会有一些模糊的记忆，这预示着什么？他颤声道："不愿意回想，就不要去想了，但是以后你不可轻易去杀人了，可以吗？"他希冀地看着少女。

　　"扑哧。"少女突然笑了起来，真如和煦的春风般，让人倍感亲切与温暖，她用手拢了拢自己乌黑光亮的长发，道："我喜欢杀人，我需要鲜血，我为什么要听你的？"最后几句话，将辰南从那丝不真实的回想中拉回了现实。是啊，她是赶尸派的无敌尸王，她怎么能够听从别人的命令呢？即便是赶尸派众人都只能供奉她，她无须遵循任何法则。

　　看着辰南有些发呆的样子，少女再次笑了起来，道："不知道为什么，看到你傻傻的样子，我感觉很亲切，你是第一个我想杀死但又改变主意放过的人。"辰南呆呆地看着她，道："你需要鲜血，我可以提供给你，但你千万莫要不分善恶地杀人。"辰南不知道为何，他难以忍受眼前的少女成为一个邪恶的魔王，即便她不再是雨馨，他也不希望她犯下滔天的罪孽。远处的众多修炼者呆住了，他们怎样也没有想到无敌尸王竟然放过辰南，并和他有说有笑，即便是赶尸派众人也百思不得其解，根本不明白为什么会发生这样的事情。

少女嘴角轻扬，俏皮地笑了笑，道："好，我听你的，不随便杀人，但是我也不能总是吸收你的血精，不然你的身体吃不消的。我需要的是血精，不是寻常的鲜血。我需要用血精内的生命之能，来散尽我体内的死亡气息。这些都是在我迷迷糊糊的时候听别人说的。"

辰南知道了，少女所知道的信息都是从赶尸派众人口中得知的。如果真是这样，也就意味着少女早晚有一天能够摆脱嗜血的恶习，能够真正成为一个全新的人。想一想这些，辰南感觉太不可思议了，赶尸派的秘法实在有天地造化之妙，竟然让一个死去数千年、上万年的古尸产生灵智，由死而生，实属逆天之法！只是这由死而生的人再也不是过去那个人了，她是一个半神半人的全新生命。想到这里，辰南感觉心在滴血，他轻声问道："你还需要多久，才能够驱散那些死气呢？"

"你看！"少女像是一个调皮的孩子在炫耀一般，将辰南拉到近前，让他向水晶棺内望去。她掀开七彩水晶棺内铺散开来的白裙，将膝盖以下全部露了出来，展现在辰南的眼前。晶莹如玉的大腿在裙中若隐若现，泛着惑人的光泽，只是膝盖以下的肌体颜色和大腿显得格格不入，虽然修长洁白，但却无半丝生气，仿佛那只是两段玉石一般，让人感觉不到生命的迹象。

少女有些兴奋地道："听说过去我全身上下都如膝盖以下一样，充满了死气，可是昨天过后，我全身的死气十去八九，只剩下膝盖以下的部位了，我感觉身体内充满了活力。"她拉着辰南的手，放在自己的小腿上，道，"你来感觉一下，它们是不是很冰冷，但是我相信不久的将来它们也会重新焕发活力，到那时我就可以站起来了，可以自由地在天地遨游，再也没有任何羁绊。"辰南有些惊奇，他的确感觉到了无尽的死亡气息，和他类似，在身体内既有大量的生命之能，也有无尽的死气。

"你现在难道站不起来吗？"

少女摇了摇头，有些沮丧地道："过去我迷迷糊糊，但力量非常强大，现在我仿佛获得了新生，但神通似乎小了许多，而且竟然站不起来了，如果不把那些死气彻底化尽，似乎我只能这样躺在棺中。"说着，少女的情绪似乎又高涨了起来，道，"不过，我还是很高兴，过去迷惘的日子一去不复返了，我感觉现在的世界是如此地真实可爱，我觉得这才算活着，过去仿佛行尸走肉一般，仿佛从来没有真正的自我，现在的感觉真好。"

此时此刻，远处的赶尸派众人渐渐露出了狐疑的神色。按照传说，灵尸刚刚获得新生时，心智很不成熟，不可能表现出如此丰富的情感。归根结底，他们只能感叹，灵尸的前身一定是天赋过人的一代天骄！看到他们供奉的灵尸竟然和辰南越来越亲密，赶尸派众人渐渐皱起了眉头，他们可不希望这个无敌的存在和敌人走得过近，但他们却不敢干预。尸之大成者，最终已经摆脱了尸术的控制，再难驱使。况且这是一个无比神秘，数千年来时常显现神迹的超然存在！

少女凑近辰南的耳旁，轻声道："告诉你一个秘密，他们说我在昨天没有蜕变前，是不可能产生意识的，但是他们错了，早在很久以前我就有了一种模模糊糊的感觉，不过的确是从昨天开始才会思考的。我不知道为什么，看到你后总觉得你很熟悉，忍不住想将心中所有的秘密都和你分享。"少女像个小孩子一般轻轻摇动着辰南的手臂，这令辰南感觉到一股难言的温馨，同时心中震惊无比。在这一刻，他做了一个冲动的决定，大胆地道："跟我走吧，每天我给你提供血精，离开赶尸派。"

"啊，跟你走？"少女的眼睛睁得大大的，样子看起来十分可爱，似乎有些震惊于辰南的言语，不过紧接着她又露出高兴的神色，道："我从来没想过这个问题，嗯，我觉得这个主意很不错，我一点也不喜欢这里，想离开。"辰南虽然知道这个女孩已经不再是雨馨，但她的躯体却是雨馨的，他不能容忍赶尸派再继续利用这个女孩做超级魔王打手。

"不过，我如果离开这里，好像有些麻烦。"女孩又有些犹豫了起来，道，"我现在刚刚新生，好像没有过去那般神通广大了，需要很长一段时间才能够恢复过来。但是，大山中似乎有邪恶而又强大的存在，我如果离去，他们会阻拦的。以我现在的这种状态，似乎很难应付他们。"

一定是另外两个无敌尸王，一定是他们！辰南心中这样猜想着，同时震惊无比，外界的传言果然是真的，赶尸派竟然有三大无敌古尸，传说他们击杀过天使与仙人，这一派的实力实在太恐怖了！同时他心中默默祈祷，但愿赶尸派的实力仅仅限于传说那些。

"我先离开这里，而后你悄悄地跟来，难道还会惊动他们吗？"

少女摇了摇头，道："你不了解他们，不知道他们有多么可怕，他们现在虽然处于半沉睡状态，但始终有微弱的精神波动覆盖在赶尸派附近，我如果突然离去，一定会惊醒他们。只有全盛时期的我才可以打败他们，但现在我还在恢复中，多半不是他们的敌手。"

辰南有些吃惊，道："他们难道也有了灵智，怎么可能会有精神波动呢？"

"有的，他们是邪恶的怪物，我也说不清。"

这下辰南震惊了，赶尸派果然神秘无比，竟然有着如此多的秘密，实在让人难以相信。如果说还有和少女实力不相上下且有灵智的尸王存在，而且似乎一直处于半沉睡中，那么他有些不敢想象下去了，这一派恐怕不一定是人在御尸了……

第三章

丰都大战

"你如何才能够脱离赶尸派?"辰南真的希望少女能够立刻离开这里,彻底摆脱这一派。

"等我化尽体内的死气,恢复到巅峰状态就可以了,到那时将没有人是我的对手。"少女自傲的神色显得有些孩子气。如果赶尸派众人得知,费尽千辛万苦才令尸王蜕变进化成的灵尸,最终却离弃他们而去,定然会捶胸顿足,悔不当初。辰南有些不放心,问道:"你真能够摆脱大山中那些邪怪的纠缠吗?"

"放心吧,到时候他们一定不是我的对手。我和他们不同,我已经完全挣脱了尸的桎梏,我可以像普通人一样修炼,可以向更高的领域进军。"说到这里,少女有些不好意思,脸色有些通红,道,"这些都是我在迷迷糊糊的时候听人说的,我想应该都是真的,天底下再也没有人是我的对手了。"辰南稍稍收起伤悲失落的情怀,点了点头,道:"那就好,我会一直在丰都山附近等你,为你提供血精,直到你能够离开这里为止。"

"好的,就这样说定了。"少女显得很兴奋,要冲天而起就此离去,但最后又像想起了什么,问道,"你还没告诉我,你口中的那个雨馨和我到底是什么关系呢。"辰南苦涩地道:"你是你,她是她,你们没有任何关系。"他不想让这个新生的少女产生任何苦恼,极力稳定自己的情绪,掩藏自己的真感情。

"骗人,我已经感觉到你在说谎,快告诉我。"少女脸色有些通红,似乎很生气。就在刹那间,辰南似乎捕捉到了某丝微妙的灵感,雨馨真的彻底消逝了吗？新生的这个女孩真的和雨馨没有半丝联系吗？在这一刻，他仿佛有些控制不住自己，脱口道："曾经的那个雨馨死去了，但她的躯体却保留了下来，最后产生了灵智，这个新生的雨馨就是你。"

"啊，我的头好痛啊！我……啊……"水晶棺七彩光芒大盛，少女驾驭着它冲天而起，一边大叫着，一边快速向大山中冲去，原本飘浮在空中的水晶棺的棺盖也跟着飞离而去，在空中留下两道七彩虹桥。随着少女的离去，原本控制辰南的力量也消失了，他从空中坠落在地，此刻他的心也跟着一沉。方才和少女短暂的相处，他产生了点点温馨的感觉，但随着她的离去，那种巨大的悲痛再次回归了，一股绝望到骨髓的负面情绪爆发了开来。

熊熊怒火在辰南体内燃烧，他的双眼喷发出两道血光，无尽的暗黑魔气自他身体内爆发而出，在这一刻他有一股想灭世的感觉，他想杀遍天下！他抬头仰望着苍穹，眼中的仇恨光芒似乎穿透了虚空，直达天之尽头，仿佛看到了某种本源。他想疯狂地杀戮，他想反抗那虚无缥缈却无处不在的命运主宰者。只是，他没有那样的力量。看着那无尽的虚空，他眼中仇恨的怒火化成了不甘与屈辱，此刻他心中仿佛有什么东西啃噬一般，难受无比，但好像有一个声音在提醒他，要忍……辰南慢慢收回目光，转望向赶尸派众人。想一想，曾经善良的雨馨竟然化身邪恶尸王数千年，他有一股抓狂的感觉，他的心千疮百孔，直想将赶尸派上下斩尽杀绝，碎尸万段。

此时此刻，随着水晶棺的离去，众多观望的修炼者与赶尸派众人已经渐渐从压抑恐惧的气氛中回过神来了，众人的目光聚焦在辰南的身上。这时，所有人心中都有些迷惑不解，不知道为何尸王会放过辰南，没有取其性命。赶尸派众人也百思不得其解，几个元老相互看了看，眼下需要稳定局面，扬赶尸派之威，派中长老古峰运足内力大声喊道："诸位都看到了，刚才的女子便是我赶尸派最强大的尸王之一，我相信许多人都能够猜测出她的来历。"

听到这里，众人沸腾了。众人的目光从辰南身上转移到了上古奇尸的讨论上，赶尸派众人很满意这个效果，扬威的目的已经达到了。

"刚才的女子便是曾经威震仙凡两界的三大无敌尸王之一，不过她已经不再是古尸……"说到这里，古峰顿了一顿，道，"她脱离尸的桎梏，死气尽去，她已经再生，成了一个半神半人的无上存在。早晚有一天她会超越神，成为这天地间最为强大的存在！"众多修炼者再次沸腾了。

数千年来，赶尸派威震修炼界，关于这一派的种种秘闻传说数之不尽。曾有传说，赶尸派的最高秘法便是将尸体祭炼成活体，让古尸重新产生意识，成为介乎人与神之间的奇特存在。如果成功，这个新生命将是天地间最为可怕的存在，她最后将会超越神！这种传说是出自赶尸派过去一位杰出的天才之口，他在晚年曾经推理论证过派内的最高秘法。当时虽然不可能得到验证，但他坚信赶尸派最高秘法举世无双，能够令一个死去数千年的尸体产生灵智，再次活过来，这实属逆天之举，即便是神也有所不及。

生命的产生是天地间最大的奥秘之一，生死法则是天地间最重要的基本法则之一，如果能够尽窥其中之秘，无疑便有了通天彻地的本领。由尸王蜕变成半神的这种存在，根本没有遵循这种法则，它违背了生命产生的原则，连天地法则都难以制约的存在，她将来的成就必将比神还要可怕。

赶尸派上下皆神采飞扬，年轻弟子们一个个都面带傲气，仿佛修炼界的至尊头衔已经落到他们身上一般。古峰内力浑厚，声音传遍了每一个角落，他大声喊道："相信许多修为高深的修炼者因为路途遥远还没有赶到这里，经过我派中几位元老的商量后决定赶尸派大会将持续几天，其间欢迎各路强者上前挑战。"

开玩笑，刚才已经出现了一个御空飞行的上古尸王，而且已经进化到了不可思议的地步，成为半神半人这样可怕的存在，现在还有谁敢上前挑战？赶尸派如此做作之举无非是想炫耀他们的实力，博得一个无敌的名声，试想如果他们放开门户，任天下高手挑战数天，结果无人敢出头，那将是多大的风光！一个沉寂数千年的门派再次复出，的确需要扬威于众，不然谁个能服，但赶尸派如此高调，却让人有些反感了。

这时古峰已经退了下去，赶尸派当中走出一名长相一般，但却很邪异的中年人，他的身上涌动着一股死亡的气息，令原本并不出众的面容看起来显得有些阴森。他大声喊道："今日高手云集，引得亡灵魔法师出手，惊现神魂，实在让人惊叹啊！我想每个人都希望看到精彩绝伦的大战吧，希望接下来的挑战者再次带给大家惊喜。"显然此人是出来守擂的，不过现在却再也没有人出场。中年人嘴角露出一丝嘲弄的笑意，不过并不明显，除了离得很近的人外，远处的人并不能看到。

"我赶尸派千年之后重新开派，在这意义重大的日子里，想请天下高手赐教，以查我派修炼法门不足之处。"说到这里，中年人双眼中神光爆发，在人群中寻到了辰南，大声喊道，"不久前，东大陆十大年轻高手当中的辰南曾经腰斩我派堕落天使，但却无人能够发现他是如何斩杀的。既然辰兄弟已经来到了现场，我想请辰兄弟下场赐教，以解其中之惑。"场外众人闻听此语，纷纷赞同，他们也想知道辰南为何能够斩杀刀枪不入的堕落天使，这时所有人的目光都聚焦到了他的身上。

此刻辰南体外魔气缭绕，如同熊熊燃烧的黑色魔焰一般。虽然他内心痛苦无比，想将赶尸派上下杀个干干净净，但他一直在隐忍，他知道现在自己还没有那个实力，只能压下心中的悲痛。

"辰兄弟请下场赐教！"中年人的话语，再次清晰地传来。这句话像被点燃的火药一般，在辰南心中炸开了，他对赶尸派恨之入骨，心中悲凄到了极点，现在虽然还不能够灭掉这一派，但斩杀他们几个门人还是能够的。

"我应战！"辰南冷冷地应道，提着方天画戟迈大步向场内走去。周围的人不由自主为他让开一条道路，因为这时所有人都感觉到一股刺骨的寒意，冷冽的杀意令所有人皆不禁战栗。辰南这个始一出道就创下一个个奇迹的青年强者，现在在修炼界可谓备受瞩目，近来一次次大事件都闪现过他的身影，他已经是一个近乎传奇的人物。众人不明白他为何对赶尸派表现出一副深仇大恨的样子，看到他血红发亮的双眼，许多人都惊惧不已。

辰南在走到场中央的过程中，抹了一下嘴角的鲜血，不动声色地擦到了方天画戟上，催逼内力，令血液化作一条血线，流动到戟刃之上。他步履坚定，战意高昂，冷冽的目光令人不敢正视。现在辰南心中只有一个念头，那就是杀人斩尸！

中年人笑了起来，道："不愧为东大陆绝顶青年强者，熙儿败在你的手里也不算冤枉。"辰南的心情糟糕透顶，只冷冷地吐出四个字："报名，受死！"中年人双眼微眯，开合间射出两道精光，他身上涌动着的死亡气息，令他看起来格外地阴森诡异。

"嘿嘿，古恒一，古熙的父亲。"说到这里，他眼中透发出无尽的杀意。古熙在楚都中央广场战败，不仅折损一个堕落天使，自己右脚也险些就此残掉，这令赶尸派上下震动。古熙乃是赶尸派年青一辈当中的第一人，一身修为已达到四阶大成境界，足有问鼎东大陆十大青年高手的资格。他加上一个能够匹敌五阶高手的堕落天使，料想可以在东大陆青年一辈中横着走，应该所向无敌却偏偏发生了意外，结果出乎所有人的意料。经过抢救，古熙的右脚总算是保住了，但惨败的耻辱却令他直欲抓狂。古恒一乃是古熙的父亲，儿子丢脸，老子脸上也无光，故此在今日他特意出场，想要会战辰南。古恒一在赶尸派乃是一个怪才，虽然他本身的修为不多么高深，但控尸的本领在该派中却少有人能及。他能够同时控制多具古尸，如臂使指。

"管你是他的父亲，还是他爷爷，来一个杀一个，来两个杀一双！"辰南现在只想杀戮，出言毫不客气。古恒一大笑，道："好狂妄，我倒要看看你有何本领！"辰南已经察觉到了对方的真正修为，虽然是老一辈的高手，但修为却略逊于他，他冷声道："像你这样的人物，我一只手打你十个！赶快把你那些鬼魅邪物都召唤出来吧，不然我单手捏死你！"辰南实在够狂妄，令不少人兴奋不已，毫无疑问接下来必将是一场龙争虎斗。

古恒一冷笑了两声，从袖内取出两块玉石板，"啪"的一声相撞在了一起，而后有节奏地拍打起来。"呜……"一声低沉的鬼啸在场内响起，令人感觉头皮发麻，场中央的空地上裂开一道大缝，一个披头散发的死尸如机械木偶一般，僵硬地爬了上来，五官尽在乱糟糟的黑发掩盖之下，看不太清，不过从长发中透出的两道森森寒光，却让人立时感觉到了一股可怕的凉意。这具尸体高大无比，比常人高出足有三头，他机械而缓慢地向辰南走去。

众多观战的修炼者惊得目瞪口呆，这真可谓白日见鬼。高大的尸体并未如传说中的僵尸那般一蹦一跳的，但也笨拙。高大的身躯在地面投下一条阴暗的影子，给人一股阴森森的感觉。

　　"哼！"辰南冷哼一声，天魔八步适时而出，身体化成一道电光，快速向尸体冲去。他手中的方天画戟朝前猛击而去，划出一道森然的冷光。古恒一急促地敲打了几下玉石板，古尸像是接到了某种命令一般，身体突然变得迅捷无比，"刷"的一声，高高跳了起来，如一只大马猴一般，而后在空中探双爪，狠狠地向辰南心脏抓去，同时涌动出一股黑色的尸气，向下涌动而去。

　　辰南冷笑，神戟高高扬起，一道气芒冲天而起，刺向古尸。古尸在空中突然扭动身体，改变了方向，竟然在空中生生横移半丈，而后再次恶狠狠地向下扑去。辰南一惊，显然这个尸体生前是一个修为高深无比的武者，虽然已经死去，但其本能地表现出某种武学变化之道。但这毕竟是一个死尸，而且远比不上堕落天使，对于其他人来说或许比较难缠，但对辰南来说并不难对付。天魔八步乃是极速身法，"刷"的一声，辰南便在原地消失了。

　　不过在古尸落地的刹那，他手擎方天画戟又突兀地出现，一道冷森森的红光闪现而过，方天画戟穿进古尸的腹部，辰南高高将他挑了起来，而后甩向空中，手起戟落，将古尸的人头斩落在地。他一脚将那即将落地的残尸侧踢而去，"砰"的一声，坚逾精钢的古尸被辰南踢得四分五裂，爆碎飞溅了出去。这一切都发生在刹那，这些动作非常连贯，在外人看来，辰南好像非常轻松一般，根本没费什么力气。只有辰南自己知道，如果是一般人恐怕没有这么容易灭掉这个古尸，这具尸体虽然不像堕落天使那般身体坚如精钢，但如果不费上一番力气，恐怕也难以轻易斩断。

　　赶尸派众人一皱眉头，他们并不心疼那具古尸，事实上这具古尸是他们成心送给辰南去斩杀的，他们想从中窥视对方到底有何等秘法，究竟怎样斩灭古尸。但他们失望了，辰南灭杀古尸的方法很简单，就像切菜一般，只是简简单单生猛地劈落下去，并无特异之法。

　　"赶尸派把你们所谓的上古奇尸都放出来吧，辰某人今天准备大开杀戒，不要再拿这些所谓的野菜来充数，我可没时间在这里切菜！"辰南冷冷地扫视着赶尸派众人，手中方天画戟斜指南天，戟刃不断吞吐着锋芒。

这时，辰南已经决定放开手脚大闹一番，脚踩天魔八步快如闪电一般向着古恒一冲去，准备将他击杀。古恒一修为虽然并不多么高深，但他看起来并不惊慌。辰南刚刚冲出去两丈距离，他前面的地面突然剧烈颤动起来，一道道巨大的裂缝出现在地表，齐刷刷一排尸体从地下爬了上来。十三具尸体一字排开，拦住了他的去路。

这时，辰南皱起了眉头，他离得如此之近，深切感受到了这十三具古尸的可怕之处，每一个古尸的体内都涌动着一股奇异的力量。如今他修为大进，敏锐的灵觉早已捕捉到了不寻常的气息，每具死尸体内的死气竟然都按照某种特定的路线在循环流转，似乎这些尸体在运转着内功。这简直太可怕了，死去的尸体竟然懂得武学功法，确切地说是运转着内功！这实在怪异至极！毫无疑问，这十三人生前定然是一代武学高手，死后被控制之后，赶尸派众人发掘出了他们的某种潜能，令他们保留了生前的某些特殊本领。

辰南有些心寒，短暂的几番查探，他发现十三具尸体竟然都有四阶的水准，有四阶初级的，有四阶大成的，这太过恐怖了，十三个等级不一的四阶高手合在一起，简直可以横扫一个帮派，赶尸派未免也太过恐怖了！

这十三血尸的确如辰南猜想的那样，乃是用东方武学高手的尸体祭炼而成，虽然远远不能和生前相比，但每一具尸体的实力还是达到了四阶水准，端的可怕无比。试想十三个四阶高手合在一起，那将是多么强大的组合？

"去你的十三血尸，管你名传几千年，老子今天要开个屠尸大会！"辰南战意高昂，怒发飞扬。杀杀杀！

十三具尸体同时发出异啸，声音森然恐怖无比，让所有人脊背冒凉气，这是活生生的恶鬼啊！光天化日之下，十三恶鬼出现在众人眼前，光想想就让人感觉有些惧意。"刷刷刷……"破空之声不绝于耳，十三具尸体当真快如闪电一般，眨眼间分散了开来，将辰南包围在中央。一个个披头散发，口吐长舌，浑身上下血迹斑斑。死气随风涌动，虽然有阳光普照，但场内却森冷无比，阴森森的气息令观战者都感觉异常难受。

辰南冷笑，到了现在他没有任何惧意，雨馨已经死去，他有一股厌世的感觉，只想疯狂杀戮。"十三血尸，哼，今天我要让你们成为历史名词，今天我要将你们灭个干净！"在这一刻，辰南乱发飞扬，冷目如电，真有一股睥睨天下的盖世强者姿态。

不远处，赶尸派内几个元老级的人物发现了一个可怕的事实，涌动的死气遇到辰南后就像清水遇到干燥的海绵一般，居然被吸收了，这令他们大惊失色。到底谁是死人啊？为何一个活生生的青年竟然能够吸附尸体的死气，这令他们难以置信，不可想象！尸体的死气对于古尸来说就像武者的真气、斗气一般，用来攻防，但今天尸体的死气居然在对敌时起不到半丝作用，赶尸派众人焉有不惊之理。

事实上，辰南也才发现了这一古怪现象，他的身体竟然在疯狂地吸纳着那些死气！以前他也曾经接触过死气，但从未发生过今天这般现象，不过他并不惊异。早在死亡绝地遇到无名神魔时，他就已经知道自己的体内蕴含着无尽的死亡气息，在他的体内生气与死气并存，形成了某种微妙的平衡。"哈……哈哈……"辰南悲凄疯狂地大笑了起来，森寒的声音传到了每一个赶尸派弟子的耳中。"你们看我是不是比这些死人还像死人？哈哈，今天你们死定了，什么十三血尸，什么堕落天使，什么无敌尸王，统统都要给我去死！"

场中央一连耀出七道闪电，辰南脚踩天魔八步，真如那远古归来的天魔一般，万邪不侵，所有尸气难伤他分毫，手中方天画戟连连挥动，一道道炽烈的锋芒激射而出，接连七戟将七具血尸砸飞了出去。这对于许多人来说，简直不可想象！上古奇尸——十三血尸名传修炼界数千年，十三合一，万人莫敌！这十三血尸曾经在上万人的古战场上杀个三进三出而未折损一具，今天竟然被辰南像丢稻草人一般，斩飞七具，这令在场所有人都傻了眼。无敌！每个人的心中都情不自禁想起"无敌"二字！

"砰"、"砰"……又是接连六响，六道璀璨无比的锋芒激射而出，将另外六具古尸也撞击得翻飞了出去。眨眼间，名震修炼界数千年的古尸皆被震飞，场内一时间静到了极点，所有人都有些不相信眼前的事实。

"不可能！"古恒一低低咒骂了一句，快速敲打玉石板，刺耳的鬼啸此起彼伏，十三血尸快速爬了起来。刚才辰南只是用戟芒将他们震飞，染血的神戟并没有沾染到这些尸体上，所以他们丝毫未损伤，不过震撼性的场面足以使赶尸派抓狂了。十三具血尸慢慢围拢了上来，辰南大声喊道："赶尸派丧尽天良，今天我让你们解脱吧。"天魔八步，极速身法，练到极致境界，可以扭转时空，破尽世间万法。

辰南化作一道黑色电光，快速在场内奔袭，方天画戟连连劈出，第一击，戟刃斜斩在一具血尸的颈项之上，灰红色的血液迸溅而出，血尸立刻翻倒在地，意味着威震修炼界数千年之久的一具奇尸彻底毁灭了。第二击，神戟狠狠地斩在了一具血尸的胸腔之上，上身双臂连带着头颅快速飞向远方，灰红色的血雨如同泉涌一般，喷发而出。第三击，方天画戟自两具血尸胸膛穿透而过，将他们钉在了一起，而后两具血尸被同时抛向空中，绽放出万丈光芒的神戟立劈而下，两具血尸化成四段，空中留下大片灰红色的血雨。第四击，神戟恶狠狠地自一具血尸的天灵盖之上立劈而下，戟刃自上而下，破开头颅，剖开胸膛，划过腰腹，一直到戟刃自两腿间冲出，这具血尸已经被劈成两段，血水迸溅，两段尸体向左右翻倒了下去。第五击……第六击……

被赶尸派用血液祭炼数千年的十三血尸，在眨眼间被辰南屠杀殆尽，所有人都傻掉了，几乎没有人敢相信眼前的事实！这是真的吗？到底谁是恶魔？赶尸派众多奇尸就像温驯的小绵羊一般，被辰南一一屠杀，这几乎让所有人失去了思考的能力。

赶尸派当中的几位元老骇然失色，他们清晰地看到在辰南大肆屠杀之际，十三血尸竟然不受古恒一的控制，纷纷引颈待戮，竟然失去了行动的能力，一动不能动。赶尸派的派主脸上阴晴不定，最后脸色一片惨白，沉声道："这怎么可能，看十三血尸刚才的反应，像是在臣服我派无敌尸王一般，这到底是怎么回事？这个小子难道是上天派下来的煞星？难道是我赶尸一派天生的克星？"几个元老听到他的话语后，也低声道："刚才我们的确从那个小子身上感应到了无尽的死亡气息，比之我派的无敌尸王毫不逊色，这简直让人难以想象！难道他也如同灵尸一般，是由死尸进化而成的半神？这怎么可能，让人难以相信！难道是阴气极盛之地，天生而出的尸王，产生了灵智？"

这时，辰南如太古的魔神一般，浑身上下魔气缭绕，周身附近冥魔之焰不断跳动。他昂首立于场中，身上血迹斑斑，手中方天画戟的戟刃上灰红色的血液一滴一滴地向下滴落，落在土地上那微不可闻的声音，听在众多修炼者耳中，如天雷一般，刺耳无比。在辰南的脚下是十三具残碎不堪的血尸，曾经威震修炼界数千年之久的十三具上古奇尸在今日彻底毁灭了！

可是，辰南并未想止住干戈，他提着滴血的方天画戟，大步向着古恒一走去，眼神可怕无比，莫大的压力如海浪一般向前汹涌澎湃而去，在这一刻辰南如同死神一般。古恒一大惊失色，十三血尸是派内长老交给他管理的上古奇尸，转瞬间全军覆灭，这让他还有什么胆量继续待下去，他急忙向赶尸派众人处退去。不过他实在喊不出"认输"二字，因为在他看来，当着天下群雄和派内众多弟子的面认输是莫大的耻辱，在他的想象中一定会有人出面为他圆场，拦住辰南。

可是，刚才辰南屠戮十三血尸的场面太过震撼了，赶尸派大多数人还沉浸在刚才的场景当中，竟然无人上前。辰南冷笑，这简直是天赐良机，他打定主意要大闹一番，趁着这个机会快速冲了过去。古恒一再次后退，几个赶尸派弟子看到生猛如虎的辰南逼了过来，也不禁跟着向后退去，只余一尊堕落天使留在原地。这尊堕落天使正是被莱昂用神魂消除战斗指令的那具上古奇尸，现在这具神尸孤零零地立在场内，简直就是一个等待虐杀的活靶子。

直到这时那些长老才醒悟过来，大叫道："不可以！不要后退，快阻止他！"辰南冷笑，到了现在他没有多余的话语，手起戟落，将这尊完整的堕落天使劈斩为两段。场外呐喊声更高了，人们激动无比，而赶尸派众人心疼得险些昏过去，这是一尊完整的神尸啊！竟然就这样被辰南毫不费力地毁了。辰南并没有就此止住，再次大步上前，他瞄准了前方那羽翼洁白的纯正天使。看到辰南那疯狂的眼神，赶尸派中的长老快疯了！这真的是一个从地狱闯出来的恶魔啊！

看到赶尸派众人露出心痛惶恐的神色，辰南大笑不止，他就是想毁灭这一派，为雨馨报仇。虽然他现在还没有那个能力，但当着天下众多修炼者的面打击该派，还是能够做到的。"雨馨啊，我现在先为你讨回一点点利息，早晚有一天我会让这一派灰飞烟灭的，你放心地安息吧。"辰南双眼有些湿润，但仇恨的光芒如同实质化的利剑一般，让人心胆俱寒。

在这一刻辰南比赶尸派众人还要阴森，恍惚间众人看到他的身体四周围绕着一道道的魔影，似乎有无头的天使、断臂的恶魔、失去心脏的战神……仿佛有一具具上古的神灵魂魄环绕在他的周围，令他看起来是如此的邪异。不过这也仅仅是众人在一瞬间捕捉到的画面而已，当人们再次凝神观望时，辰南的周围依旧是无尽的魔气在缭绕，哪里还有什么神灵魂魄围绕，周围仅有冥魔之焰在跳动而已。此时此刻，辰南确实给人一股深不可测的感觉，有些修为稍弱的人感觉他如同一座高不可攀的大山一般矗立在场中，沉重得让人喘不过气来。的确，在这一刻许多人都觉得场内矗立的不是一个人影，而是一个高逾万丈的魔影，让人生畏，令人胆寒。

辰南冷冷地扫视着赶尸派众人，擎着方天画戟，展开天魔八步，快速向前冲去，离那羽翼洁白的天使已经不足三丈距离。赶尸派当中的一名长老口中急忙发出一串晦涩难听的音节，命令白翼天使快速冲天而起。辰南暗道了一声可惜，提着方天画戟依旧向前猛冲，追击古恒一，根本没有停下来的打算。这时，场面比较滑稽，赶尸派内的元老在后方吹胡子瞪眼，前方的弟子惶恐不安地躲避，堂堂赶尸大派竟然被一个后辈青年弄得鸡飞狗跳，一阵大乱，实在太过荒唐了。显然年轻的弟子们都心存惧意，而派内的元老们皆在后方，一时难以阻止辰南，令他如入无人之境一般冲了过来。

辰南恨极了赶尸派，手中方天画戟上下翻飞，一道道炽烈的神芒在场内冲腾而起，数名赶尸派弟子被当场击毙，简直如虎入羊群一般。远处赶尸派的派主脸色惨变，几个元老简直要气疯了，今天乃是赶尸派开派大典，原本想借今日仪式而立威，没想到被一个后辈搅得乌烟瘴气，令赶尸派颜面尽失。"当当当"几声金属交击的声响过后，空中的白翼天使快速冲了下来，向辰南奔袭。派内的几位长老看到场面要失控，一边快速向前冲去，一边控制空中的白翼天使阻止辰南。

辰南冷笑，他一直在等候白翼天使，他知道自己不惧怕死气而且能够斩碎坚如精钢的尸体后，根本不惧怕恶名传播了上千年的天使之尸，赶尸派的上古奇尸对他来说不过是一个笑话！他比那些古尸还像古尸！看到白翼天使俯冲而下，辰南双眼微眯，并不躲避，直到这具上古奇尸离他头顶不足三丈距离之时，他手握方天画戟突然冲天而起，狠狠地向着白翼天使劈斩而去。控制天使的那个长老吓得脸都变了颜色，他现在已经知道眼前的这个青年砍杀上古奇尸就像切菜一般容易，他急忙敲打手中铜环，命令白翼天使冲天而起。但为时已晚，他忘记了辰南会一门失传已久的绝学——灭天手。

一只巨大的紫金手掌突兀地出现在冲天而起的白翼天使头顶上方，狠狠向下印去，"砰"的一声将这具上古奇尸拍了下来。在天使被拍砸下来的刹那，空中的辰南手舞神戟，狠狠地斩在了他的腰腹之上，"噗"的一声将之斩为两段。这一切都发生在电光石火的瞬间，跃起、出灭天手、挥动神戟，三个动作便将一代邪尸斩灭于半空中。

场外众人看得都傻眼了，短短片刻间辰南创下一个个奇迹。先是威震数千年的血尸覆灭，而后扬威修炼界的堕落天使被斩，现在白色羽翼的纯正天使也在刹那被灭杀，这简直让人难以相信！短暂沉寂之后，场外是震天的喧嚣呐喊声。

赶尸派的元老们快疯了，几乎所有人都不相信眼前的事实，这让他们难以接受。十三血尸、堕落天使、白翼天使都是赶尸派古尸主力当中的主力，没想到皆在短暂的一段时间内被同一人灭杀，他们快抓狂了。辰南冷冷地笑着，身体降落在地。他提着方天画戟再次向前冲去，手下不留半点情面，"噗噗——"血花飞溅，当场便有几名奔逃的弟子，被他用方天画戟挑死。他快步冲到赶尸派祭祀祖师的高台之上，高高举起方天画戟狠狠地劈落了下去，"轰"的一声巨响，将祭台劈碎，上面的香炉等物俱毁。

这时，观战众人都已经看出，这哪里还是什么挑战赛啊，这分明是砸场啊！居然将人家祭奠祖师的牌位都给轰碎了，看辰南的架势，分明是想灭掉这一派！场外喊喝之声更大，有些年轻人竟然跃跃欲试，想学辰南一般冲上去打砸一番，不过最终被他们的长辈拦住了。

这时，远处的赶尸派老一辈人物终于冲到了近前，许多人眼睛都红了，今日赶尸派损失太大了，杀不死的上古奇尸竟然连连折损，这好比要了他们的老命啊，这些都是祖辈传下来的强大奇尸，竟然在一日间毁去这么多，他们接受不了，心痛得要死。这些老人不同于那些奇尸，都是实打实的修为，辰南如果和他们对敌，只能靠真功夫取胜，并不能像对付奇尸那样，先天克制。

这些老人都不是易与之辈，辰南可不想和他们硬撼，白白送死。他脚踩天魔八步，快速向后退去，大声喊道："你们想群殴吗？这难道便是你们所谓的强者挑战赛吗？"除去三个老人之外，其余几人皆停了下来，他们虽然恨不得立刻杀死辰南，但却不想落人口舌。面对那三个继续向前冲来的老人，辰南毫不客气，灭天手适时而发，巨大的紫金手掌爆发出璀璨夺目的光芒，将三名修为刚刚达到四阶境界的老人皆笼罩在内，狠狠地从空中拍落在地。三名老人大口狂吐鲜血，脸色惨白到了极点，每个人都遥遥欲倒，难以站立在场中。紧接着，辰南又是一记灭天手，巨大的紫金手掌生猛地抓起三个老人，用力向赶尸派众人处抛去，就如同一个巨人在丢稻草一般毫不费力。

三个老人在空中留下三串血花，砸翻无数赶尸派年轻弟子，摔落在尘埃当中，被砸倒的年轻弟子也被那巨大的冲击力撞得口吐鲜血不止，赶尸派内一阵大乱。两记灭天手干净利落至极，令场外众人发出惊雷般的呐喊声，看到这失传千年之久的绝学，所有人皆神驰意动。无数年轻人同时在狂呼"无敌"二字。

辰南横戟而立，冷目扫视八方，在这一刻，在所有人眼里，他的身影已经化成万丈无敌神魔！今日这一战，奠定了辰南的无敌威名，他毫无争议地成为现今修炼界最为璀璨的明星。赶尸派内诸多上古奇尸威名传遍修炼界数千年，凶威赫赫，今日辰南竟然以一己之力，连斩上古十三血尸，而后又屠戮两大四翼天使，这简直是在创造奇迹！他破灭了赶尸派上古奇尸难以毁灭的传说，从今日开始他的名字注定要被修炼界所有人熟知，东大陆年青一辈第一人再无争议！不过，从今日开始他也有了许多含义完全不一样的名号，"恶魔"、"无敌者"、"魔鬼"……

今日赶尸派的开派大典彻底让辰南搅乱了，上古奇尸被灭杀十几具，祖师牌位被砸，这让派内所有人抓狂。"小子我要杀了你……"几个赶尸派长老冲动地想要立刻杀向前去，但却被修为达到五阶境界的古峰拦住了，他眯缝着双眼冷冷地道："辰南你很好……很好……"他的眼中是掩饰不住的杀意，不过却没敢贸然上前，因为辰南的表现实在太惊人了，彻底将他唬住了，居然能够轻松斩杀上古神灵天使之尸，他无法揣度辰南的真实修为了。

"哈哈哈，"辰南眼角滚落两滴泪水，擎着滴血的方天画戟，疯狂而又悲凄地大笑道，"赶尸派把你们所谓的上古奇尸都请出来吧，让辰某人会一会那些名传数千年的邪尸，今日辰某人开个屠尸大会！"有些人很狂妄，但就是有狂妄的本钱，辰南无疑就是这种人，他恨极了赶尸派，加之自身天生克制上古奇尸，所以恨不得立刻灭掉这一派。

古峰自开始到现在一直在冷冷地盯着辰南，他皱眉道："也许这个家伙只是天生克制我派古尸而已，也许他的真正修为并不多么高深，说不定你我这样的五阶高手可以轻松杀死他。我去试一试！"古峰像是下了某种决心一般，大步向场内走去。

看着越来越近的古峰，辰南感觉不妙，他虽然怒火汹涌，但还没昏头，知道自己还不是这个五阶绝世高手的对手。今天他仅仅想多毁掉几个赶尸派的上古奇尸而已，并不想和这样的强敌动手，看到对方不再出动奇尸，他决定撤退了。君子报仇十年不晚，以后有的是机会，他道："嘿嘿，我说过今天想开一场屠尸大会，尽可以放那些上古奇尸出来，辰某人决不退缩。"

古峰脸色铁青，提到上古奇尸，心中就剧痛无比，简直像是有千万只蚂蚁在啃噬一般，那都是祖辈费尽千辛万苦寻来的奇尸，留传数千年了，然而在今日却毁于一旦。"嘿，辰南你不觉得今日你太过分了吗？现在古某来亲自会你。"古峰杀意无限。

"哈哈……你们赶尸派不是说这次强者挑战赛欢迎天下各路高手上

前挑战吗？我才只是侥幸赢了几场而已，这难道有什么过错吗？难道非要你们赢得比赛才不算过分？唔，我知道你是在怪我斩杀了十三血尸之后应该停下来。可是这不怪我，古恒一他并没有就此认输，只是败退而已，我不过在乘胜追敌时，误伤了些上来阻挡我的人罢了，这好像并不过分吧？"辰南一点也不为自己的说辞脸红，他甚至想直截了当地说：老子就是打你们赶尸派，就是杀尽你们这帮混账东西，怎么着，不服？尽管上来！只是，他现在还没有那个实力，虽然想为雨馨报仇，但他现在也只能暂时忍下心中的怒火。

"辰小辈难道你怕了吗？老夫现在想向你挑战。"古峰的话语阴冷无比。

"怕？辰某人这辈子还没真正怕过什么！但我就是不想和你动手，你想我和动手吗？没门！"这近乎无赖的话语，令观战者啼笑皆非，感觉这位无敌者实在让人看不懂。"辰某今天就是想杀上古奇尸，帮助他们解脱，对于你这个糟老头子，我没兴趣。如果你们再不派出古尸出战，我下场了。"

面对眼前这个不按常理出牌的家伙，古峰愤恨无比，冷冷地道："你想来就来，想走就走？没那么容易！"

"笑话！你们赶尸派举办的强者挑战赛，难道还要限制人自由吗？我现在不想继续挑战了，你管得着吗？我就是不想比斗了，你难道还想强迫我比武不成？"

"你……"面对近乎无赖的辰南，古峰还真是有些无言，眼前的家伙竟然如此不要面子，不过好像他已经争足了面子，恐怕要不了几日，全大陆的修炼者都要知道他的辉煌战绩了。辰南提着方天画戟大步走入人群之中，古峰的脸色一阵青一阵白，他没想到对方竟然不战而退，竟然就这样像没事人似的走了。他攒足力气却一拳打空，这令他有一股无力感。

观战的众多修炼者纷纷起哄，大声地喊着："赶尸派的开派大典还继续吗？""强者挑战赛什么时候继续开始？"……

赶尸派上下焦头烂额，乱糟糟一团。最后赶尸派的派主出面道："今日天色已经不早，强者挑战赛明日继续。"观战的修炼者不情愿地散去，赶尸派重地久久还没恢复平静。

　　白日，紫金神龙并未跟随辰南去赶尸派，这个家伙不愿意被人指指点点，在屋中闷头睡了一天大觉。晚上见辰南回来，也未曾发现他有任何异样之处，它懒洋洋地打了个招呼，便溜了出去，美其名曰过夜生活去了，天知道它又祸害哪家的厨房去了。

　　今夜无眠，辰南双目无神地对着烛光，心中一片凄苦，他万万没有想到在今日能够见到雨馨的尸体。在这个晚上，他已经推掉了南宫吟兄妹以及一些知道他住处的修炼者的多次邀请。他坐在屋中，呆呆地发愣，不愿回忆，但却不得不回忆，尘封的记忆一旦被打开，就像出闸的洪水一般再难阻挡。想起雨馨种种的好，再看她的尸体竟然被赶尸派祭炼成邪恶的尸王，他心伤欲碎。

　　"纵使有一天我天下无敌，杀尽赶尸派所有邪人，那又能如何？雨馨还是死去了，我能弥补些什么呢？"想到雨馨，他不得不想到那个进化成半神的少女"雨馨"，这个迷迷糊糊的少女自己都不知道自己是如何来到这个世上的，虽然她和雨馨很像，但她毕竟不是雨馨啊，辰南心中充满了苦涩的味道。他轻声自语道："雨馨你真的彻底消逝了吗？晨曦是谁？新生的雨馨又是谁，她们是如何来到这个世上的，为何我在她们身上发现了你的影迹，你真的走了吗？我不相信！"

　　"咦，你怎么又哭了？"一个天籁般的声音在窗外响起。辰南心中一惊，紧接着心中一松，他已经知道来者是何人了。一张绝世仙颜出现在窗外，七彩水晶棺在空中散发着柔和的光芒，莹莹光辉令清冷的夜色变得温暖起来。少女清丽无双的容颜带着纯真的笑意，嘴角微微上扬，两个小酒窝若隐若现，显得俏皮而又可爱。"快开门，我要进去。"少女看辰南发愣，皱了皱可爱的琼鼻，不满地叫道。辰南急忙打开房门，水晶棺光华一闪，快速消失在窗外，紧接着屋中光芒闪耀了一下，少女已经驾驭着水晶棺飞进了屋中。

　　水晶棺散发着柔和的光芒，一点也不显得阴森可怖，少女控制着它直接落在了床上。少女问："喂，你怎么又哭了，为什么我每次见到你，你都在哭鼻子？"辰南无言苦笑，过了很长一段时间才慢慢平静下来，他问道："你这样出来，不怕惊动大山中的怪物吗？"

少女道："我又没出丰都山的范围，他们不会多事的，不过他们恐怕快要觉醒了，我来找你就是想让你帮我想一想怎么对付他们。"辰南有些惊异，大山中的怪物就要觉醒了，这可是一件非同小可的事情。少女轻声自语道："我在派内的祭坛回想了半天，想起来好多的事情，以前那些人说的话都被我忆起来了。"辰南自然知道，少女所说的那些人是指赶尸派历代供奉她的人。

"我听他们说丰都山乃是全大陆阴气最盛的地方，埋葬着千万魂骨，如果不是有一座巨大的风水绝阵锁住了这里极盛的阴气，附近的村庄一定会遭到阴气侵袭。正是由于这座妙绝天下的风水大阵锁住了这里的阴气，赶尸派才在这里建派，阴气对别人也许有害，但对那些古尸来说却是绝妙的补品。赶尸派在风水大阵里摆弄了许多聚阴小阵，将里面部分尸气汇集到一起，形成了一道尸脉，而那些怪物就躲在尸脉中沉睡。等他们醒来之际，便是尸功大成之时，恐怕全盛时期的我都不一定能够对付他们了。因为我现在才想起，他们虽然没能够摆脱尸的桎梏，但却走上了另一条极端的道路，好像是人尸合一，具体能够取得什么样的成就，我也猜不透。"

"人尸合一，竟然真有这样的邪功！"辰南大惊，早在楚国帝都时，他就听老妖怪说过，光听名字就可以想象这门功法的邪恶之处。

少女轻声道："是的，很可怕的一种邪法，赶尸人与尸王合二为一，早在千年前他们就已经躲在尸脉中融合了，到现在还没有成功。如果他们尸功大成，就更肆无忌惮了。"辰南站起身来，在屋中走了两圈，道："对于这种邪恶的怪物，决不能心慈手软，最好能击之七寸，彻底毁灭。对了，你到底需要多久才能够化尽体内的死气呢？"

少女偏着头想了想，道："我也说不好，恐怕还要等上很长一段时间。如果等我化尽体内的死气，而他们还没有完成融合就好了，到那时毁掉尸脉，让他们永远也无法大成，这样就容易对付多了。到时候还要你帮忙。"无论少女提出何等的条件，辰南都愿意帮助她，更何况是要铲灭赶尸派的"命脉"呢！辰南道："你将尸脉的详情和我说一下。"

"尸脉是是由聚阴阵汇聚尸气形成的，赶尸派内有那些聚阴阵的阵图，明日晚间我给你送来，以后你找人潜入大山中，悄悄破坏掉那些聚阴阵就可以了。当然一定要用炸药，彻底毁去那些建阵的材料，那是赶尸派数千年来收集到的布阵器材，都是罕见的聚魂石、凝魄玉，如果不彻底毁去，要不了多久他们会重新布好聚阴阵的，这样尸脉就又成形了。"辰南点了点头，道："嗯，没问题。"他发觉虽然仅仅相隔半日，但少女仿佛发生了些许变化，心思似乎细腻了一些，竟然懂得思考了。或许半神真的是怪胎，她们的成熟不能够以常理度之。

当然，也许这数千年来，少女虽然一直迷迷糊糊，但却亲自看到听到无数的阴谋诡计，今日觉醒后再慢慢回忆起往昔的所见所闻时，不知不觉就心智成熟了许多。看着那熟悉的容颜，辰南心中非常酸涩，他轻声问道："你已经回想起过去许多事情，你可曾有最难忘的事情？"少女一双明亮的大眼眨了眨，娇憨地摇了摇头，道："好像没有什么特别难忘的事情。"

辰南叹了一口气，打消了心中那丝不切实际的猜想，眼前的女孩不可能有半点雨馨的记忆了，这的确是一个新生命。他情不自禁地抚摸着少女柔顺的长发，有些感伤地道："这么多年来你一定吃了不少苦头吧，一想到赶尸派的那帮混蛋竟然奴役过你，我真想立刻杀死他们所有人。"

"没有，他们从来都不敢奴役我。"少女笑得很纯真，道，"从一开始他们就搭建了一座祭台供奉我，因为他们说我是通灵之尸。"辰南不解，定定地望着她，道："什么意思。"通过和少女详细的交谈，辰南发现了一个惊人的事实，在这数千年来竟然有某种力量在保护着她，令赶尸派上下一直将她视为上古通灵神尸，认为她的灵识神通还没有彻底消散。事实上通过少女的详细述说，辰南越来越觉得真的有一个人在这数千年来一直保护着少女，而绝非她那不灭的灵识或者她生前的神通力量。辰南陷入极度震惊当中，难道真的有这样一个人吗？这个人到底是谁？

"雨馨，你知道那个人是谁吗？她长相如何？"和少女长谈之后，在少女的要求下，辰南开始叫她雨馨。雨馨娇憨地摇了摇头，又点了点头道："我只是在迷迷糊糊的状态下感受到了她的存在，只知道她是个女人。"

辰南感觉浑身的血液都沸腾了起来，这个神秘的女人到底是谁？为何要保护这个雨馨？而她在数千年间竟然出现不下数十次，令赶尸派上下皆将雨馨视为通灵之尸。数千年来她一直存活于世，那么她岂非早已看破生死，是仙神界的人！"雨馨你难道真的不能回想起有关的具体事情吗？"辰南有些焦急，今日得到的这个消息实在太过震撼了，他迫切想知道那个人是谁，这关乎着万年前雨馨的生死之谜，那个人一定了解雨馨的过去。

从种种迹象来看，万年前的雨馨似乎成功自古仙遗地百花谷破死关而出了，但之后的事情呢？辰南不知道，他迫切想知道最后雨馨是如何死去的，后来到底发生了什么？雨馨努力地回想着，蛾眉轻皱着，而后又突然放松开来，欢快地叫道："我想起来了，她是从天上飞下来的，还有、还有……我想不起来了。"说到这里，雨馨感觉有些不好意思，俏皮地吐了一下舌头。

"雨馨努力回想一下，这真的很重要。"辰南心中真的激动无比。雨馨闭上眼睛，想了很长一段时间才道："她好像说过什么'太上忘情'，很晦涩，很难懂，说得不是很清晰。真的就只有这些了，我实在想不起来了。"辰南陷入沉思，虽然现在无法得知这个女人的身份，但能够得到这样的信息，他已经很知足了。这数千年来居然有这样一个神秘的女子曾不止一次地出现在雨馨的身边，这其中定然有玄秘，毫无疑问，她还会有出现之日。甚至，说不定现在那个女人已经注意到了他，想到这里，辰南不禁散发出神识，向着八方搜索而去。当然最终是毫无收获的，辰南为自己的这种举动感到羞愧，即便那个女人真个就在暗中，以她的修为，他也绝难捕捉到她的踪迹，正所谓当局者迷。

事实上辰南最后想到了一种可能，那个神秘女子极有可能在雨馨身上施加了某种精神烙印，和她保持着某种微妙的联系，不到危险时刻决不出现。辰南没有想到雨馨的身上竟然笼罩着一层迷雾，过了很久之后，他激动的心情才慢慢平静下来。这时，辰南突然想起了什么似的，惊喜地叫道："雨馨让我看看你的小腿。我想试试能不能助你将那些死气吸出来。"辰南忽然想到在屠戮十三血尸之际，他将那浩瀚的尸气皆吸入了体内的事情。

他早已听无名神魔说过，他体内有无尽的生之气与死之气，生死的力量处于一种微妙的状态，达到了某种平衡之境。他虽然知道贸然吸纳死气，很容易破坏体内的生死平衡格局，但为了雨馨他想冒险尝试。雨馨明白了他的意思，掀起小腿上的轻纱，露出宛如玉雕般的小腿，虽然美得晃眼，但却无半丝生气，仿佛没有生命一般。

　　辰南运转起家传玄功，冥魔之焰自体内跳动而出，而后他对雨馨道：“尝试将你体内的死气逼出来。”雨馨犹豫了一下，开始逼迫小腿内的死气。一股浓重的死亡气息立刻浩荡而出，房间内的烛光都显得阴森可怕起来，院内传来阵阵老鼠的尖叫和夜鸟扑腾翅膀飞动的声响，许多寄宿式房舍附近的小动物亡命一般向远方逃去……雨馨体内死气之磅礴是难以想象的，片刻间整间房屋便已经魔云滚滚，阴气森森，整片院落犹如幽冥地府一般森然。

　　事实上，辰南的确能够吸纳雨馨体内的死气，只不过雨馨小腿内的死气如无穷无尽的汪洋一般，半个时辰过去之后，辰南所在的小镇都被无尽的死亡气息所覆盖了。然而雨馨体内的死气仅仅出去了少半而已，这些死气如果不能够被辰南完全吸纳，还会自行流转到雨馨的体内。但雨馨不敢继续下去了，她害怕连累辰南，怕辰南发生意外，她心智虽然还不算成熟，但却知道正常人决不能够触及过多的死气。

　　辰南不想就此放弃，两个时辰之后，他竟然将浩荡在天地间的死气全部吸收了，而后又让雨馨检查他的身体，看能否发现死气。令雨馨迷惑不解的是她在辰南身上真的感应不到半点死亡的气息，死气涌进辰南的身体后竟然消失得无影无踪。辰南镇静自若地笑道：“放心吧，我和寻常人不一样，我的血液是纯正的血精，天生克制一切邪物，所有的死气只要进入我的身体，便会被彻底炼化，消失于无形。”

　　雨馨半信半疑地看着辰南，但说什么也不答应继续，最后在辰南百般劝诱之下，同意明日继续，先观察一天，看看辰南的身体是否会出现不适的症状。在雨馨走后，辰南立刻开始打坐调息，他感觉身体内像有一团邪火在燃烧，家传玄功比平日运转速度快上了十倍，疯狂地逆向运行着。

　　“难道我体内的生死平衡要被打破了？”辰南有些紧张，放任那汹涌澎湃的真气在经脉内冲腾，但随着时间的推移，不仅他体内的真气越来越狂暴，他的情绪也越来越焦躁，死亡的气息冲腾出房屋，在整片夜空下浩荡。"大事不妙啊，生死格局真的要被打破了，难道真的如无名神魔所述说的那般，我将大难临头了？"就在辰南焦虑不堪之时，他的腹部突然光芒一闪，消失多日的两色光球冲到了体外。金黑两色光球相互纠缠，开始旋转，快速形成太极图，悬挂于他的头顶上方。这一次玉如意并没有像以前那般冲出来追逐两色光球。

太极图在辰南头顶上方不断旋转，引得天地灵气从四面八方向这里汹涌而来。屋内光芒闪烁，太极图忽明忽暗，图案内有无数细小的影子在晃动，似乎都是一些上古的神灵，但是辰南却无法看到这惊人的场景。他闭着双眼，只能感应到无尽的天地精气灌顶而入，在炼化着他体内的死气。生死之气渐渐再次达到了平衡之境，当辰南收功而起时，太极神魔图早已消失，再次回归他的体内，而此时东方也已泛起鱼肚白。

天光大亮，紫金神龙也在这时醉醺醺地晃荡了回来，这个家伙进屋之后一头钻进被窝中，立时醉倒了。辰南推门而出，明显感觉自己发生了某种变化，觉得灵识更加敏锐了起来。"难道我修为再做突破了？"辰南尝试激发出一道剑芒，但他失望了，修为并没有大跃进，还如往昔一般。不过，似乎真气的运转更加浑圆如意了，意动身动，剑气出体，所有这一切显得那样地自然。然而体内的真气发生了变化，紫金之气竟然变得漆黑如墨，而且玄功每时每刻都在逆向运转，他竟然没有感觉到任何不适之处，并没有像先前那般产生任何负面情绪，相反他觉得浑身上下说不出地舒泰。

玄功已经彻底逆向而行，灵觉提升了，真气运转更加浑圆如意，这令辰南有些发呆，他想尝试正向运行真气，却发现再也无法扭转而回。此外，辰南发现他比之往日能够更加顺畅地感应天地精气了，意动之间，天地灵气灌顶而入，透体而出，他仿佛能够彻底融于天地之间一般，天地精气竟然能够随时为我所用，再不需像从前那般费力汲取。辰南仰天大笑，道："我居然玄功通体了。"

东方武者修为达到一定境界后往往会伴随着某些神通出现，如天眼通、身外化身等。不过有些人即便功力再高，也不一定能够获得这些神通异能，而有些人虽然修为并不多么高深，偶然也会在机缘巧合下修成某种神通。玄功通体算是一种小神通，凡是修为达到六阶境界的武者都能够开启这种神通，令己身融于天地间，能够直接沟通天地精气，为我所用。修为在六阶以下的武者，偶尔也有人能够做到玄功通体，如果能够直接沟通天地精气，带来的好处是巨大的，和同级别的高手大战等于永远不知道疲倦，内力仿佛取之不尽、用之不竭一般，几乎在同级别当中无敌，所以东方的武者将玄功通体称为一种小神通。

能够沟通天地精气，将己身融于天地间，才算真正迈入真武之境，达到这一境界的人才能够进一步探寻生死之秘，最终看破生死。这类人往往都已经是六阶武者，辰南却在四阶大成境界时获得这种神通，实属异术。现在他信心百倍，玄功通体之后，天地精气灌顶而入，以后他再不担心和人大战之后出现力竭现象，为人所乘。

现在即便面对数个圣地传人围攻，辰南也有信心一战，灭天手的神威那是毋庸置疑的，现今他可以沟通天地精气，内力用之不竭，灭天手频频出击，试问谁能与之争锋？即便寡不敌众，在极速身法天魔八步的配合之下，他也可以一击远退，谁人能阻？辰南心潮澎湃，他现在敢与同辈当中任何人一战！忽而，辰南像是想起了什么，玄功通体，天地精气尽可为我所用，那么他一直在参修却没有大成的一门上古魔功，现在似乎可以做出突破了。想到这里，他大喝了一声："通天动地！"

通天动地功乃是他家传玄功禁忌篇的魔功，和逆天七魔刀一样，排在最前列，威力奇大无匹。功法如其名，练到极致境界能够通天动地。它最为奇诡之处便是能够将外界袭来的力量消散于无形，确切地说是将外界袭来的力量引导出体外，使身体遭受的伤害减小到最低程度。几个月前，龙宝宝涅槃之际，死亡绝地无名神魔来袭，辰南就是用这门魔功配合玉如意，消卸了无名神魔拍下的掌力，令身体伤害减小到了最低程度。他对这门功法情有独钟，常练不辍，奈何一直未臻大成之境，现在他玄功通体，天地精气灌顶而入，透体而出，和通天动地魔功的运行法诀有某些相似之处，正是将这门魔功推上大成的好时机。

辰南运转玄功，幽冥魔气快速冲腾出体外，如熊熊黑色烈焰在燃烧一般，通天动地魔功疯狂运转，全身骨节发出"咯嘣咯嘣"的响声，如炒豆一般，每一条经脉都充斥着大量的魔气，同时天地精气灌顶而入，疯狂冲击各条经脉，玄功加速运转，一路势如破竹，不断冲关而过。就在这时，辰南发出一声长啸，心中积郁之气一扫而光，通天动地魔功终于大成，他身上的皮肤爆发出一团宝光。

与此同时，辰南的院门被推开了，风流倜傥、白衣飘飘的淫贼南宫吟走了进来，在他身后是风华绝代、艳冠天下的妖娆女南宫仙儿。男的英俊潇洒，女的风情万种。辰南欣喜，眼中露出一股狂野之色，一掌向这二人拍去。猛烈的掌力雄浑无匹，黑色的气罡汹涌澎湃，宛如巨浪一般，瞬间将二人吞没了。南宫吟和南宫仙儿大惊，未曾想到刚一见面，辰南就突然向他们出手。二人急忙举掌相抗，两人足有问鼎东大陆十大高手的资格，功力岂能小觑，交叉相迎的两掌爆发出一片晶莹璀璨的粉红色光芒，快速抵消了辰南的掌力。

"辰南你疯了？"

"辰南你为何攻击我们二人？"

辰南不答，天魔八步施展而出，身化一道虚影，围绕着南宫兄妹连番出击。这兄妹二人见辰南出手毫不留情，他们也不再保留，频频施出杀招。三大绝顶青年高手大战，无边的劲气浩荡而出，院墙在刹那间被气浪冲撞为细沙，而整座房舍则被辰南的一记灭天手抛向了高空，在半空中"轰"的一声化为粉碎，激起漫天尘沙。辰南畅快之至，南宫兄妹拍出的一道道掌力，竟然被他的通天动地魔功化去大半，面对一般的攻击他几乎不用防御。接着，他把灭天手再次施展而出，狠狠地抓住了南宫吟，而后用力将他抛了出去。紧接着，再次施展灭天手，一把抓住了南宫仙儿，将她带到近前，不顾她的挣扎，用力在她的额头上敲了一下，而后将她抛向南宫吟处。

辰南大笑，收功而立。如今，天魔八步、灭天手、通天动地魔功，三法在身，在同辈当中他已几近无敌！南宫兄妹眼中流露出一些惊惧之色，两记灭天手令他们分外胆寒，刚才辰南如果实施杀手，后果难以预料。南宫仙儿揉了揉被敲得通红的美丽额头，羞恼道："该死的辰南，你发什么疯啊，为什么攻击我，我和哥哥好心好意来看你，你竟然对我们实施杀手，你……你有病啊！"南宫仙儿气恼无比，有些泼辣地道。

辰南打出两记灭天手之后，并未有力竭的感觉，他知道玄功通体当真加身了。现在，在同级别的大战中，他已经立于不败之地。玄功通体加身，通天动地魔功大成，这令辰南原本郁闷的心情好了许多，看着满面怒色的南宫仙儿与不远处有些狼狈的南宫吟，他笑了起来，道："抱歉，一时冲动，刚才想到了一个武学问题，正好你们兄妹二人闯进来，忍不住就想印证一下，多有得罪了。"

"你……还真是一个武痴！"南宫仙儿气得想上前捶他一顿，忽然一双妩媚的眼眸眨动了一下，道，"不行，刚才你用灭天手把我打伤了，你要付出一定的代价来抵偿你的过错。你要把灭天手教给我。"

"行，没问题，等我哪天心情好了，教你一招半式。"对付妖女只能满嘴跑火车。

这时，南宫吟整理了一下衣衫，走上前来，道："正要找辰兄，现在你租住的房舍已毁，不如搬到我们的住处如何？""如此甚好。"辰南也不拒绝，只能过段时间来补偿房主了。南宫兄妹对于辰南大发神威，连斩十三血尸、再斩两个四翼天使的事情震惊不已，他们迫切想知道他究竟掌握了何等秘法，竟然无视刀枪不入的上古奇尸，将那威震数千年的古尸如同切菜一般毁灭，这在他们看来不可想象。

当日在楚都广场，小林寺玄奘和尚、情欲道南宫吟、紫霄宫王辉、绝情道齐腾四大绝顶青年高手大战堕落天使，都未能占到上风，而辰南竟然以一己之力灭杀那么多的上古奇尸。这令南宫兄妹既震惊又兴奋，如果掌握了辰南的秘法，岂不是可以无视赶尸派的强大威胁？赶尸派的复出，令各大门派深感不安，然而辰南的出现，让所有人眼前一亮，这不愧是一个不断创造奇迹的青年，竟然将凶威传播数千年的赶尸一派生生压了下去。

"抱歉，让你们失望了，我也不知道自己为何能够灭杀那些上古奇尸，或许我是天王老子转世吧，世间一切邪煞难近我身。"辰南的语气近乎调侃，事实上他真的无法说出什么秘法。南宫仙儿笑吟吟地看着他，眼中柔情似水，娇弱无力地道："辰南，亏我还将你封为后宫亲王第一人呢，你竟然如此对我，哼！"白衣淫贼南宫吟道："辰兄，你现在的处境很危险，你现在已经是赶尸派的大敌，他们定然想除你而后快，但你如果将斩杀邪尸的秘法公之于众，令所有人掌握这一法诀，那赶尸派将不足惧矣，再也不会威胁到你。"

辰南叹了一口气，他倒真是希望有这样一种功法，但那是不可能的。这个世上恐怕只有他这种血脉的人才能够轻易破除邪煞，外人是无法做到的。"你觉得什么样的功法才能够斩灭上古奇尸呢？"他反问南宫吟。南宫吟道："听说西方的光系魔法是暗黑魔法和亡灵魔法的克星，这样看来，阳刚的东方武学应该能够对尸煞等邪物天生克制。"

"那你来试试我的内功。"辰南说着，轻轻拍出一道掌力，屋中顿时闪现出一道黑色闪电，隐隐间发出阵阵风雷之声。南宫吟一皱眉，辰南的心法毫无疑问刚猛无比，但绝不是那种光明属性的，倒像是暗黑的魔功。"你也看到了，我的功法趋向暗黑，称之为魔功也不为过，怎么可能是那种破灭邪法的光明法诀呢。只能说，跟功法无关，如果非要寻根究底的话，我想可能跟我这个人有关吧，有人说我是太古神族的后裔，万邪不侵，百魅俱避。我一直不相信，但今天不由得我不相信，我想归根结底原因在于此吧。"辰南感觉自己现在像个神棍。

南宫兄妹看他的眼神也仿佛在看一个跳大神的骗子，南宫仙儿抓起一个枕头狠狠地砸在了他的身上，她道："你这个胡言乱语的神棍，你如果是太古神族的后裔，我还是太古神话传说中神女独孤小月或者独孤小萱转世呢！"南宫吟没有言语，转身走了出去，片刻后拿回来一个包裹，打开之后呈现出一只死灰色的手掌。

"淫贼兄，你还真是变态啊，居然有这种嗜好！"辰南已经看出这乃是堕落天使的一只左手掌，立时明白了他的用意，不过却趁机挖苦了他一下。南宫吟笑道："辰兄，你应该明白我的意思吧，呵呵，这可是我费了很大力气才收集来的。我已经试过了，寻常刀剑难以将断手掌斩坏。我想亲眼看看你如何摧毁它。"南宫仙儿妖媚地笑了起来，倾城倾国的容颜艳丽无双，一般人看到她这种眼神一定会迷醉不已。但如今辰南修为精湛，定力不是寻常人所能比拟的，情欲道的惑魅之法，难以扰乱他的心神。

辰南叹了一口气，没想到这对兄妹想得如此周全，调侃道："我说过我是太古神族的后裔，你们不相信。好吧，我以神王的名义，赐你二人永生，封淫贼兄为座下童子，封南宫小姐为贴身侍女，同时赐予你们一身神力，破尽世间万邪……""神棍去死！"南宫仙儿气恼地捶了他两下。辰南想了想，最后决定向这对兄妹透露一些信息，因为他还需要二人的帮助，到时候需要借助他们的力量大破赶尸派的聚阴阵，毁去他们的尸脉。

他咬破自己的中指，而后抓住南宫的右手，滴下一滴血珠，道："淫贼兄，现在我赐予你一滴太古神族的神血，你用染血的手指去点那个堕落天使的手掌试试看。"南宫吟英俊潇洒，素来有洁癖，看到手上沾染了辰南的一滴鲜血，立时皱起了眉头，不过没说什么，运功于手指，向那死灰色的手掌点去。"噗"的一声，手指穿透堕落天使的手掌，南宫仙儿大惊，南宫吟自己则强忍呕意，快速跑向了水房，直至搓洗了十几遍才跑回来。

"辰兄你……"他有些说不出来话了，眼前这个神棍的血液居然真的有如此奇效。南宫仙儿也惊异地打量着辰南，妩媚的双眼快眯成月牙形了，笑吟吟道："辰兄的体质竟然真的大异于常人，实在让人难以想象……"南宫吟问道："辰兄这到底是怎么回事，难道你真是太古神族的后裔？"南宫仙儿望向辰南的目光充满了异样之色，足以颠倒众生的媚功令她看起来娇艳无双。辰南摊了摊手道："事实摆在眼前，我多说无益，不是我不教你们秘法，这实在是天生的体质而已。"

南宫吟陷入沉思，而南宫仙儿妩媚地笑了笑，突然抓住辰南的一条手臂，道："如果我喝你的鲜血，你看我能不能转化体质呢？"辰南吓了一大跳，这个女人实在太疯狂了，广纳后宫的想法就已经够惊世骇俗了，有这种想法完全正常。他刚要发作，南宫仙儿突然娇媚地笑了起来，对着他的耳朵吹了一口热气，道："呵呵，逗你玩呢，我怎么舍得呢？你是我的后宫第一亲王，如果表现好，我只纳你这一个妃子也不是没有可能。你我不分彼此，你有这种神通，也是我的财富啊，呵呵……"南宫仙儿实在太过漂亮了，风情万种，绝世姿容，仿佛一个堕落仙子一般。这绝对是一个妖女！这是辰南对她的评价。

经过一番长谈，南宫兄妹得知根本没有所谓的秘法，他们的愿望落空了。不过，就在这时，辰南提出了一个惊世骇俗的建议，六道传人联合正道传人，共同灭掉名传修炼界数千年的赶尸派！这次提议直接导致正邪圣地传人第一次联手合作，年青一代的绝顶人物开始登上历史舞台！

赶尸派在千年前覆灭，和正邪圣地有很大的关联，六大邪道与五大圣地的老古董下了不少黑手，说是使赶尸派消亡的罪魁也差不多。赶尸派挖人祖师坟墓，将尸体祭炼成邪尸，惹得天怒人怨，这是他们招来修炼界无数门派追杀的主要原因。

当年闹得沸沸扬扬之际，赶尸派一位狂徒曾经大放厥词："你祖宗的坟我来掘，你的坟我孙子来掘。"此次复出，该派虽然没有干过什么伤天害理的事情，但很难使人产生好感，哪一派没有祖师啊，天晓得这帮专门盯着死尸的家伙会不会偷偷光顾自家祖坟。正邪圣地的传人因为与赶尸派历史的仇怨，自然想削弱甚至消灭这一派。

当辰南把聚阴阵、尸脉等秘闻说出来之后，南宫兄妹立时意动，如果能够彻底毁去尸脉，等同于断去了赶尸派的命脉。经过两个小时的秘密商谈，三人意见达成一致，南宫兄妹同意联合正道传人，准备大闹丰都山。和南宫吟暧昧不清的澹台古圣地传人王琳无疑成了联系正派圣地的最佳中间人，这名女子的才智武学并不比梦可儿逊色，乃是澹台古圣地年青一辈的第二号人，由她出面再合适不过。王琳非常赞同正邪圣地联合在一起共破赶尸派这个建议，当然将她找来之后，四人又是一番密谈，毕竟其中有许多细节需要反复磋商。

最后，辰南当了甩手掌柜，王琳负责联系正道圣地传人，南宫兄妹负责联系邪道圣地传人。当然，辰南也不轻松，重中之重的环节便是他负责提供所谓的"神血"。事情的大体格局已经定了下来，不过具体行动还需要其他圣地传人皆同意聚在一起详谈方可。

这一日，辰南没有去赶尸派的重地观看强者挑战赛，不过可以预料比斗并不会多么精彩。辰南最终又花重金，租下一座院落。晚间，雨馨捕捉到了他的气息，如期而至，看到辰南并未受到伤害，她异常高兴，同意辰南继续为她吸纳死气。事实上如果没有两色光球的帮助，辰南真的难以承受那些死气，即便这样，每晚当雨馨走后，他在太极神魔图的帮助下炼化死气时都感觉异常难受。太极神魔图虽然帮助辰南炼化了绝大部分的死气，但还是有少量死气永久地注入了他的身体。他虽然知道这样做极有可能打破生死平衡，但为了雨馨，他没的选择，只能继续。在接下来的三天里，辰南白日与南宫兄妹商讨同正道圣地合作的事宜，晚上则专心为雨馨吸纳死气。

当然，每日辰南都在放血，鲜血盛放在南宫仙儿找来的魔法生命杯中保存，进行所谓的"战略储备"，几日后将分发给各个圣地传人。每日，辰南都狂吃补品，避免身体因此虚弱。这一次正邪两道圣地大联合，超乎想象地顺利，每一个传人一听说捣毁尸脉就可以让赶尸派元气大伤失去根本，几乎所有人都意动了。不过所有人都异常小心，生怕落入圈套当中，皆小心翼翼地试探。这一次，邪道六大圣地当中的情欲道、绝情道、混天道、轩辕道传人皆来到了丰都山，轩辕道最杰出传人轩辕风刚刚出师，辰南还未曾见过。而正道五圣地当中的澹台古圣地、小林寺、紫霄宫、无忧宫传人皆来到了丰都山，无忧宫的传人岳擎也是刚刚出师。

第五日，邪道四圣地传人、正道四圣地传人以及辰南聚到了一起，开始第一次商谈相关事宜。这对于正邪圣地来说是一次具有历史意义的会面，近千年来正邪圣地还是第一次准备联手对敌。毕竟各个圣地在千年前都和赶尸派有着血海深仇，生恐日后遭到该派的报复，既然有人挑头联合对敌，各个圣地无不乐意接受。得知辰南用"神血"斩断堕落天使的手掌，所有圣地传人皆沉默了好长时间，不过最终他们接受了这个现实。众人虽然看辰南的眼光有些异样，但终究都是年青一代的绝顶人物，并没有流露出过多的惊讶之色。

半个时辰之后，正邪圣地的传人都已经相信这次联合行动是真的，并不是所谓的圈套，才开始正式讨论如何行动。混天小魔王虽然不断眼露凶光，但在这个特殊时期却也不好发作。连混天小魔王项天这样桀骜不驯的人都能够忍下一口恶气和辰南合作，可想而知，赶尸派的凶威多么恐怖，即便千年过去了还令这些圣地传人忌讳不已。

正邪八大圣地之所以能够联合在一起，可以说完全是辰南的缘故，得知雨馨被祭炼成邪恶的尸王，祸乱修炼界数千年，他疯狂了。疯狂的人最为可怕，什么事都能够做得出来，这一次如果不能够联合八大圣地，他也会另想其他办法，总之一定将赶尸派赶尽杀绝。几日来辰南表面上虽然异常平静，但心中的恨意每时每刻都如怒海狂涛一般，他不是没想过等修为大成之后再来报仇，但从雨馨那里得知大山中的怪物快要尸功大成了，他已经没有时间再等下去了。

疯狂的辰南在发动八大圣地传人时，对他们所说的话是有所保留的，他并没有将尸脉中沉睡着邪恶的怪物这个消息说出来，相反给各个圣地传人吃了一颗定心丸，他将雨馨带到了会场，让众人相信，赶尸派的终极武力已经叛变，大破赶尸派易如反掌。雨馨之前曾经在赶尸派重地出现过，轻松击败亡灵魔法师控制的神魂盖瑞拉，其绝世魔威有目共睹。她所表现出来的实力绝对不下于楚都皇宫大战中争夺神宝的各个神秘绝代高手。在之前，八大圣地传人只想破坏掉赶尸派的尸脉，有雨馨这个半神的人物存在，他们不敢正面和赶尸派开战。但自从得知这个盖世高手竟然叛逃出赶尸派，八大圣地传人信心百倍，敌方的终极武力都已经倒戈，还有什么可怕的。不过私底下，所有圣地传人看着辰南的眼神都怪怪的，怎么也想不明白他为何能够令传说中的灵尸王倒戈。

在接下来的两天里，八大圣地传人聚在一起，详细磋商了每一个细节，最后意见终于达成一致。正派四圣地传人王琳、玄奘、王辉、岳擎，邪道四圣地传人南宫吟、南宫仙儿、齐腾、轩辕风、混天小魔王，再加上辰南共十大高手。他们几乎已经代表了东大陆的十大青年高手，强大的实力令这群年青一代的人杰信心百倍，在得到辰南的神血后每个人都想大干一场。八大圣地传人都已发下首席弟子令，调动本派一切能够用的力量向这里赶来，无数圣地门徒向这里聚集。其实，赶尸派在丰都山重新开派，早已惊动修炼界，凡是在外历练的圣地传人几乎都赶来凑热闹了。不过有些人距离比较远，还在路上而已，如今师兄师姐颁下首席弟子令催促，所有人皆加快速度向这里赶来。

八大圣地的传人消息灵通无比，早已探知赶尸派除了派主古月和长老古峰的修为达到五阶境界外，余者不足为惧。最可怕的是他们手中所掌握的上古奇尸，但现在最强武力雨馨倒戈，而众人又都有神血，现在赶尸派对于他们来说再无任何威胁。然而事情是这样的吗？只有辰南和天知道！如今辰南已经疯狂了，八大圣地是否会有损伤，他根本不关心，赶尸派毕竟是所有圣地的生死大敌，要灭掉对方，他们理所当然要付出代价。

他只关心现在尸王雨馨的安危，他已经向楚都皇宫中的老妖怪发出了一封求救信，将丰都山的情况大致说明了一遍，请求老妖怪前来援助，为此他愿意付出任何代价。他不想让雨馨和大山中的怪物生死相战，他不想发生任何意外。

第十日晚间，雨馨体内的死气皆被辰南吸收了，当她如活泼的精灵一般跳出七彩水晶棺时，辰南的眼睛湿润了。他想起了万年前那个不谙世事、纯真无邪的女孩，一样的容貌和眼神，往昔那个白衣飘飘、秀发飞扬、如同天使一般的女孩仿佛回来了。绝美的容颜，不沾染点滴尘世气息，宛若天界谪落人间的仙子一般。一双美目如清泉一样清澈，如星辰一样明亮，纯净的眼神让人忍不住去怜惜呵护。

"雨馨你回来了吗？"辰南的眼睛模糊了。万年前在雁荡山相逢的那一幕慢慢浮现于他的眼前，身世可怜但却无比乐观的女孩甜甜笑着："我叫雨馨，在一个雨夜，被师父在花丛中捡到的。"只是，眼前的女孩并非万年前的雨馨了，万年前那个女孩已经不在了……

"咦，你怎么又哭了？"眼前的女孩肌肤似雪，如同仙子一般圣洁美丽。她有些不解，但却非常认真地看着辰南，和万年前大山中那个女孩一样，有些天真单纯。辰南的心异常苦涩，擦净脸上的泪水，道："我是为你高兴，你终于站起来了，彻底和过去告别了，你现在有了一个全新的开始。"他亲昵地刮了一下雨馨的琼鼻，道，"你已经彻底摆脱了赶尸派，你现在是半神一样的存在，说不定哪一天就要飞升到仙神界去了。"

雨馨能够从水晶棺中站起来，似乎非常兴奋，她抱着辰南的手臂高兴地笑着："太好了，我的小腿恢复知觉了，终于彻底摆脱了过去那种冷冰冰的感觉，我真的很高兴。我才不要去仙神界，我要踏遍大陆的每一寸土地，游遍所有名山大川。"

"好，到时候我陪你一起去游历。"

"那就这样说定了，不许反悔。"雨馨快乐得如同孩童一般。

辰南微笑地看着她，直到她平静下来，才告诫道："现在你已经彻底化去了体内的死气，但在赶尸派众人面前千万不要露出马脚，更不能让大山中的怪物察觉。我已经布置好了，只等那个强援到来就可以动手了，当彻底消灭大山中的怪物后，我们一起去游历。"雨馨点了点头，娇憨道："放心吧，我现在已经感觉到力量慢慢回归了，相信很快就能够达到全盛状态，甚至更强，我有信心打败山中的怪物。"

"不，你千万不要和怪物动手。"辰南有些焦急，万年前的遗憾至今让他痛悔不已，虽然眼前的雨馨已经不再是万年前那个女孩了，但他还是不希望她发生任何意外。"如果真个要开战，你一定要跟在我的身边，一定要听我的话，这一次不需要你动手，有人会收拾大山中的怪物。我这是为你好，难道你不相信我吗？"

"我、我相信你。好吧，到时候我跟在你的身边。"

几日以来，八大圣地传人都已经准备好了，召集了无数本门弟子。八大圣地按照辰南提供的地图，派人潜入丰都山，找到了那些聚阴阵，已经埋下炸药，就等时机一到，点燃之后，毁去赶尸派的尸脉。八派弟子已经勘测好了赶尸派重地地形，众人已经推演过无数次，一旦开战，八派弟子将分八个方向向赶尸派重地冲杀。辰南暗暗焦急，万事俱备，只差老妖怪这个强援的到来。

痞子龙昼伏夜出，美其名曰现代龙需要过夜生活，如此生活才会精彩，不过与其说精彩不如说是祸害，当然危害也不是很大，就是几家酒楼的厨房而已。最终痞子龙还是和雨馨相遇了，吓得它心惊胆战，声音颤抖道："你、你是仙子雨馨，这、这怎么可能！嗷呜，我疯了吗？难道我眼花了？嗷呜……"痞子龙战战兢兢，一双龙爪使劲地揉着自己的眼睛，颤声道，"嗷呜，这个世界太疯狂了，你、你真是雨馨仙子，怎么可能？可是，我感觉到了一样的气息，我，嗷呜……"

看到痞子龙惶恐不安的样子，本来辰南还饶有兴趣地看着它，但听闻它的话语后再也坐不住，噌的一下站了起来，一把将紫金神龙揪了起来，厉声道："你说什么？你认得雨馨？你看到过眼前这个人？"辰南激动无比，紫金神龙口中那个仙子，一定是"曾经的那个雨馨"，它竟然在数千年前看到过，这……

"咦，好熟悉。"雨馨站了起来，莲步轻移，走到紫金神龙身前，好奇地摸了摸它的龙角，道，"龙，东方的神龙，我好像见到过，很熟悉的感觉。"雨馨清丽无双的容颜渐渐现出迷茫之色，只是她无论怎样回想，都没有找到半丝关于神龙的记忆，她的眼中慢慢浮现出泪光，道，"为什么我觉得自己失去了一样很重要的东西，我觉得，我好像丢掉了灵魂，为什么会这样？"雨馨的眼神越来越散乱，整个人仿佛失去了灵气。

辰南大惊，急忙将紫金神龙丢出了窗外，而后轻轻摇动雨馨的双肩，大声喊道："雨馨，你醒一醒，你什么也没有丢掉，你就是你，你是世间唯一的雨馨！"雨馨的双眼慢慢有了生气，渐渐恢复了神采，小声道："我刚才心里好难受，想要抓住什么，但总是也抓不住。"辰南心中卷起千重巨浪，这是一个新生命吗？怎么有些像雨馨生命的延续？但他不得不装出镇静的样子安慰雨馨，微笑道："傻丫头，不要多想，不要自寻烦恼，每天快快乐乐才好。"

"嗯，我不乱想了。"

直到雨馨离去，紫金神龙才嗖的一声钻进屋中。这时，辰南脸上的笑容渐渐消失了，他凝重地看着痞子龙，道："说吧，我要知道全部。"

"我，嗷呜……"紫金神龙此刻也心绪大乱，一时间急得嗷嗷叫了起来。辰南没有逼它，静静地等待，直到痞子龙慢慢恢复平静，他才开口道："不要急，慢慢说。"

紫金神龙慢慢陷入回忆，道："大约在五千年前，我从东大陆游历到了西大陆，那时正是西大陆的黄金时代，魔法师当中不仅出现了神法师，还出现了法神，而武者当中不仅出现了神龙战士，还出现了斗神。法神和斗神可是堪比神灵的人类强者啊，那时当真可谓强者如云，五千年前的我，面对那些强者总是要退避三舍。然而在那个绝代强者辈出的传奇时代，最为耀眼的人物不是西方的法神与斗神，而是一个来自东大陆的女孩，她的名字叫雨馨。那时，没有人知道雨馨仙子的过去，只知道她来自东大陆，她如彗星一般照亮了整片西大陆，斩七头魔龙、灭八翼堕落天使、杀远古魔兽……她在西大陆留下一个个传奇。那时，她身旁的追随者，光法神、斗神一级的人物就不少于五人。雨馨仙子的足迹踏遍了西大陆的每一寸土地，留下无尽的传说。"

辰南呆呆发愣，没想到那个天真纯洁、不谙世事、需要自己照料的可爱女孩竟然在西大陆有过这样一段辉煌的岁月。痞子龙继续道："雨馨仙子在西大陆到处游历，踏遍了各个神魔遗迹，她似乎在追查什么秘密，又像是在寻觅着什么，不过没有人知道她究竟为何从东大陆来到西大陆，即便是小白龙也不知道她的想法。"

"小白龙是谁？"辰南打断了痞子龙，忍不住开口问道。"嗷呜，呜呜……"痞子龙又号叫了起来，"小白龙是雨馨仙子的护法神龙，也是我喜欢的龙，我不远万里，从东大陆赶到西大陆，就是在追寻着它的足迹。"辰南用手轻轻地揉着太阳穴，道："接着说，后来呢？""没有后来，不久之后，雨馨仙子就消失了，丢下了小白龙，离开了所有的人，没有人知道她去了哪里，后来再也没有她的消息。"

辰南猛地睁开双眼，道："怎么会这样？怎么会这样！"他再也坐不住，在屋中走来走去，太多的谜，太多的秘密，他思来想去，怎么也想不明白。辰南又问道："当年雨馨在东大陆有什么样的事迹？"

"没有，在东大陆从来都没有听说过雨馨仙子的名号，我只听说过小白龙，后来知道它去了西方，我才追去的。还有一个关于雨馨仙子的传说，西大陆的人都说她是生命女神的妹妹。"

"嗯，天色已经黑了，泥鳅你去过你的夜生活吧，我需要静一静。"辰南无力地道。痞子龙心中也充满了迷惑，今日见到那熟悉的身影，它差点疯掉，现在看到辰南心事重重的样子，它也不好多说什么，转眼间消失在窗外。

一万年前到五千年前这段时间是一段空白，五千年前她出现在了西大陆，经历了一段光辉岁月，她在追寻什么？她找到了吗？她是生命女神的妹妹？之后她消失了，出现在东大陆，成为一代无敌灵尸王，数千年来有一个神秘女子始终在保护她，现在这个雨馨是一个新生命，还是曾经那个雨馨生命的延续？辰南的心乱了，他大喊道："过去到底发生了什么？"

赶尸派的强者挑战赛早已经结束，除去辰南当日大闹一场之外，其余几天的比斗，根本无精彩之处。这几日间，众多修炼者已经渐渐散去，走了将近三分之一的人，其余众人眼见也即将离开。辰南越来越焦急，八大圣地的传人已经多次催他动手，眼看不能再拖下去了，如果不是需要他请雨馨出手的缘故，恐怕八派传人早已动手了。

第十五日，辰南的院中忽然狂风大作，扬起漫天尘沙，他急忙向外观望，只见一头飞龙从天而降，从上面跃下两个衰老不堪的老者。他心中大喜，其中一人正是楚国皇帝的玄祖老妖怪，这个奸猾的老人到底还是来了。而另一人，他仔细辨认了一下，也认了出来，竟然是当初在楚都皇宫大战，抢夺神宝时出现的周老怪。

这个老人当日和老妖怪以及另外一个老人并肩作战，共抗西方的三个天使，给辰南留下了非常深刻的印象。别看他满面皱纹堆累，步履蹒跚，一副衰弱不堪的样子，但辰南清楚地记得，这个老人当日的神威，一口飞剑上下纵横，凌厉无匹的剑气照亮了整座楚国皇宫，他是一个修为高深莫测的修道者，其修为绝不在老妖怪之下。这一次老妖怪不仅亲自来了，还找来一个如此强硬的帮手，当真让辰南喜出望外。

"前辈你真的来了，晚辈感激不尽！"辰南急忙向两人施礼，将他们让进屋中。

"呵呵，看到你的求助信，我怎么能不来呢？我不是曾经对你说过吗，在我有生之年，一定会好好地关照你的，毕竟你是我大楚的奇才啊。"老妖怪脸上充满了笑意。不过辰南却打了一个寒战，老妖怪的确说过那样的话，而且曾不止一次说过，但几次下来辰南总是倒霉。先是在罪恶之城差点被夺舍，后来在楚都又被叫去当打手，在楚国皇宫大战时，差点被尸煞生吞活剥，而后又被叫进宫中贡献了不少"神血"。辰南看到那熟悉的笑容，不知道又有什么倒霉的事情。

老妖怪仿佛看透了他的心思，笑了笑道："不要紧张，来，我给你介绍一下，这是我的故友周老怪，乃是一名修道者。他们这一派和赶尸派可有着不小的仇怨啊，千年前他们的祖师坟墓曾经遭过赶尸派的破坏。"辰南急忙再次施礼。两个老人身躯佝偻，须发几乎都已经掉光了，寻常人见到，一定会吓一大跳，特别是在丰都山附近，真让人怀疑是不是大山中的哪位诈尸了。事实上两个老人皮包骨的样子，的确比赶尸派的古尸还像古尸。不过辰南却丝毫不敢小觑，两个老人可谓这个世上有数的高手之一。

周老怪虽然是一个修道者，但并不像传说中的修道者那般仙风道骨，一团和气，相反，他的脾气有些火暴，张口就道："小子，我不像楚老妖那么虚伪，有什么说什么，给我三斤你的血液，我要借助你的血液去灭掉三个无敌尸王中的一个，夺取他的舍利。"

寒，恶寒！辰南身体一阵摇晃，差点坐在地上，这个老古董还真是狮子大开口，三斤血液，这是什么概念啊！这不是白开水啊，不是那种想取多少就有多少的河水，人身上总共有几斤血液啊？！他给八大圣地传人每人也就放了一口鲜血，这个老古董居然张嘴要三斤血液，辰南如果修为够强，现在真想立刻灭掉这个老家伙，这位真是要命的祖宗啊！

老妖怪看到辰南变了颜色，笑道："这个家伙说话没谱，年轻的时候就有这个毛病，你不要害怕，给我们每人一斤就够了。"辰南现在真想对这两个老古董拔剑相向，这简直是在谋杀啊，最近已经放出不少血液了，再放出去两斤血液，虽然不致死，但肯定要虚弱到极点，他道："两位前辈你们请回吧，这赶尸派，咱不灭了。"

周老怪眼睛立刻瞪了起来，不过没有等他发作，老怪就笑了起来，道："呵呵，刚才和你开了个玩笑，这样吧，你给我们每人放半斤血液，毕竟要对付的是名震修炼界数千年的无敌尸王。"最后辰南妥协。周老怪脾气比较火暴，不像老妖怪那样狡诈，不多时辰南就从他那里探听到许多有用的消息。

周老怪和老妖怪都已经是年近二百岁的人了，如今还没有看破死境，眼看支撑不了几年。他们不得不另辟捷径，探寻长生的方法。在得知赶尸派复出的时候，周老怪就已经动了念头，将主意打到了传说中的无敌尸王身上。传说中的无敌尸王，前身皆是仙神级的人物，想将他们炼制成尸王，其难度简直不可想象。在炼制他们的过程中，最少也需要成千上万人的血之精华，简直是用人命堆积出来的，而中间稍有差错，就会毁于一旦，所以自古至今，赶尸派最强盛的时候也不过拥有三具无敌尸王而已。

尸王至阴至邪，平日躲在尸脉的血池里，长久下来，最为纯粹的血之精华便在他们体内凝结成一颗血丹，又称尸王舍利，这样的血丹当真有夺天地造化之妙。之前周老怪虽然有歪念头却不敢出手。无敌尸王足抵六阶高手，且他们的身体称得上金刚不坏，人间界几乎无敌。若非仙神界的人物出手，人间界的高手即便能够打败他们，也万难彻底毁去他们。然而辰南的出现，打破了这一常理，他的"太古神血"能够破灭世间一切邪物，当老妖怪把消息告诉给周老怪时，他快速动身赶到了楚都，而后迫不及待地随着老妖怪来到了这里。这两个老家伙想长生都想疯了，两个老疯子再加上迫切想报仇的小疯子，赶尸派想平平安安，那是不可能的！

辰南问道："唔，不知道两位前辈可听说过灵尸王的事情？呃，就是无敌尸王产生了灵智，身上的死气被彻底化去，成为一个半神一样的存在。"周老怪接口道："当然听说过，尸王产生了灵智，他体内的血丹便会慢慢化开，庞大的生命之能开始炼化体内的死气，当血丹与死气同时消失时，他便由死而生了。"辰南的心总算放下了，他真怕两个老家伙得知雨馨这个半神一样的存在后，会丧心病狂地抢夺她体内的血丹，现在顾虑终于消失了。

"嘿嘿……"老妖怪笑了起来，道，"你是怕我们伤到你的小女友吧？放心，我们是盟友。再说即便我们出手，也万难伤到那个半神一样的奇女子。普天之下，莫非王土，率土之滨，莫非王臣。在我大楚境内，如果我对赶尸派感兴趣，有什么事情能够瞒得住我呢？赶尸派出现一个半神一样的奇女子，早已传遍修炼界，在我楚境内，我当然比别人知道得更详细。"辰南见什么事都瞒不住老妖怪，便开口问道："您觉得如何攻打赶尸派呢？"

老怪眯缝着双眼，两道精光一闪而过，道："就按照你们年轻人的方案就可以了，先用炸药毁去各个聚阴阵，破掉尸脉，而后你们杀向赶尸派总坛，我、周老怪、雨馨去对付那两个尸王，三对二，应该完胜。这次借你神血之威，彻底灭掉这一派。"辰南一阵犯难，他可不希望雨馨对上无敌尸王。

老妖怪似乎看透了他的心思，笑道："你不要担心，雨馨威震修炼界数千年，且有了灵智，其打斗经验无人能及，这个世上没有人能够伤害她。况且，大山中的两个怪物，已非当年的无敌尸王。赶尸派的老不死非要修炼什么人尸合一，强行将己身融进尸王体内，虽然尸王等若有了灵智，但没有趋于大成之前，弱点很多，及不上原先的状态。"辰南点了点头，道："那就明日午时动手吧，听说午时的阳光多少对这些古尸有些伤害。"

"好，就明日午时动手。"老妖怪拍了拍辰南的肩膀，道，"赶尸派已经将你列为头号大敌，为了掩人耳目，他们准备等你离开丰都山再动手。所以这一次，我们必须成功，不然你我都没有好下场。"

时间过得很快，一天的时间转瞬即逝。一声惊天动地的大响过后，丰都山内乱石穿空，尘沙蔽天，一个土山的顶峰被炸药生生掀去了。紧接着，震天巨响接连响起，整座丰都山都在颤动，巨大的气浪一波波向外辐射，一时间天摇地动，令远在数里外的无数房舍都剧烈摇摆不已。丰都大战拉开了序幕！

这惊天动地的剧烈爆炸声将滞留在此地的众多修炼者都炸蒙了，他们不知道发生了什么事情，皆跑出来观望大山的方向。赶尸派众人则脸色惨变，在爆炸声始一响起的刹那，派主古月就明白发生了什么，可是他实在想不出，谁有这样大的胆子，竟然敢去招惹无敌尸王！

赶尸派总坛外杀声震天，八大圣地传人分八个方向向着小山谷内冲去，彻底将赶尸派重地包围。玄奘、齐腾、混天小魔王等人每人皆领着本门一百多人向里杀去，八大圣地不下千余人如狼似虎一般冲进了山谷内。直到这时，小镇上的众多修炼者才明白发生了什么，竟然有人攻打赶尸派，这实在太惊人了。

大山内的爆炸声终于停止了，然而那座最高的山峰还在剧烈晃动，一声惊天动地的大响过后，大山如火山喷发一般，冲腾而上一大片黑色焰火，紧接着冒出滚滚魔气，随后乌云蔽日，整座大山上空一片漆黑。两声让人头皮发麻的鬼啸响彻天地，让所有人升腾起一股彻骨的寒意。正在围攻赶尸派重地的八大圣地传人顿时变色，玄奘、齐腾、南宫兄妹等人立时知道坏了。辰南这个混蛋的情报有误，丰都山内竟然隐有绝世尸王，这让所有人皆变了脸色。但此时他们已经和赶尸派众人激烈交锋了起来，再想撤走已经晚了。现在几乎所有人都在大骂辰南混蛋。

丰都山最高的那座山峰鬼气森森，黑茫茫一片，光看一眼都让人心胆俱寒。老妖怪和周老怪已经腾空而起，二人静立于虚空中，冲着丰都山冷笑了几声。老妖怪利用千里传音之术冲着大山内的魔云深处喊道："哼，少要故弄玄虚，人不人鬼不鬼的家伙赶紧现身吧。"这时，辰南脚踏紫金神龙也和雨馨一起飞上了高空，站在了老妖怪二人的身后。

大山深处滚滚魔气中，两个高大恐怖的魔影若隐若现，高足有三米，四道鬼火般的幽芒充满了仇恨，愤怒地扫视着辰南几人。一个阴惨惨的声音从数里外传来："你们竟敢破坏我派尸脉，罪不可赦，都要给我去死！"周老怪嗤了一声，冷笑道："自古以来，赶尸派丧尽天良，祸乱修炼界，人人得而诛之。今日漫说炸了你们的尸脉，我们还要彻底灭杀你们这些邪怪！"

"轰——"那座大山的峰顶彻底炸裂了开来，显然两个绝世尸王动了真怒。另一个尸王森然恐怖地道："我等纵横修炼界数千年，虽有败绩，但从未有人能够灭杀我们。今日，即便我等不敌，你们也难奈我们分毫，过了今日，我等定要屠你满门！"森寒的话语如来自九幽地府一般，在整片天地间浩荡，令方圆十几里的人都听得清清楚楚，所有人的脊背都冒了凉气。

老妖怪眼中射出一丈多长的绿光，冷冷地道："赶尸派自今日起将成为历史的尘埃，再也不会出现！今日我等定要将你们这些邪煞彻底灭杀！"大山内魔云蔽日，两个高大的魔影若隐若现，显得格外阴森恐怖，其中一个尸王森然道："我就知道最有希望摆脱尸之桎梏的灵尸，早晚有一天会成为我派心腹大患，没有想到竟然成真了，悔不当初啊!"这没头没脑的话,令辰南心中剧震不已,他也运用无上音功喊道:"你说什么,雨馨她到底有着怎样的过去?"

尸王没有回答,两道如同鬼火般的幽芒冷冷地扫视着辰南,虽然远隔数里,但辰南还是感觉到了彻骨的寒意。"多说无益,你们尽管来吧,我倒要看一看你们如何灭杀我们!"

老妖怪和周老怪相互看了一眼,点了点头,他们已经做好了大战的准备。随后老妖怪回过头来,客客气气地对雨馨道:"姑娘,还要请你在旁相助。"辰南捏了一下雨馨的手,她点了点头。老妖怪和周老怪二人身体化作两道电光,快速向着大山内的滚滚魔云冲去。地面上观望的修炼者震惊无比,大山内实在太恐怖了,传说中的无敌尸王竟然真的存在,那可是威震修炼界数千年的绝世魔王啊!而老妖怪和周老怪、辰南等人的出现,也让地面上的修炼者吃惊得张大了嘴巴,竟然有人向尸王挑战,而且想要灭杀对方,口气似乎比两个森然恐怖的魔王还要大,这让人们感觉有些不可思议。不少人曾经见证过楚都皇宫大战,认出了老妖怪和周老怪,深知这二位也是那种抬掌碎天、踩脚裂地的狠角色。

绝代高手即将大战无敌尸王,地面观战的众人渐渐回过神来,许多人立时热血沸腾,一扫刚才的惧意。八大圣地的最杰出传人恨透了辰南,如果得知有无敌尸王这样的恐怖存在,他们说什么也不会如此贸然行动。不过好在得知有两位绝代高手赶到了,现在他们的情绪渐渐稳定了下来。不然,八大圣地最杰出弟子打算带领自己的人撤退远遁了。

老妖怪与周老怪分别化作一道绿光和一道白光,瞬间冲进了滔天的魔气中,魔云为之激荡不已,滚滚魔气朝着四面八方涌动而去,原本阴森恐怖的高空一下子清亮了不少。两个三米多高的尸王冷冷地扫视着二人,两人皆披头散发,赤裸着身躯,粗壮的身体死气沉沉,没有半点生气,巨大的头颅狰狞无比,阔口獠牙,简直如同兽人一般。猛一看二人,除了比普通人高大外,好像和寻常的凶恶之人没有多大区别。可是,越是细看越觉得两人邪异无比,即便是在正午的阳光下,都让人心生寒意,怎么看怎么觉得这是两个恶鬼。

"我们以赶尸派第二十一代祖师的名义发誓,日后定要灭你们满门!"两个恶鬼凶吼道,整片空间的魔气剧烈震荡了起来。老妖怪冷笑道:"白白发誓,今日你们定要死于非命!"一个尸王冷笑道:"莫要说是你们,当年连仙神界下来的神灵都曾被我们击杀过,你们自问比得过神灵吗?"

　　老妖怪冷声道:"你们当真以为我不知道过去发生的事情吗?哼,自古以来,赶尸派总共出现过四大尸王,那个斩杀神灵的尸王比你们年代都要久远,当他产生灵智飞升仙神界时,你们还未出现呢。而另一个击杀过神灵的尸王也不是你们,她在那里。"老妖怪手指远方的雨馨道,"她现在也产生了灵智,已经由死而生,你认为她现在还会和你们联手对敌吗?"周老怪也冷声道:"果然是邪怪,竟然甘愿和尸王融合,弄得人不人鬼不鬼。哼,只是你二人还没完全和尸王合二为一,还比不上现在修为大减的那个灵尸王雨馨。"

　　四团鬼火在两个尸王的眼中不断跳动,阴森森地齐声道:"人尸合一的可怕之处,你们永远不会明白,废话少说,纳命来!"两人如同鬼魅一般,身体一晃,便自原地消失了,高空之上立时狂风大作,魔云蔽日,四道血爪突兀地出现在魔云之中,猛地向老妖怪二人抓去,腥风阵阵,尸气浩荡,巨大的血爪长足有三四丈,当真森然恐怖无比。远处观战的众多修炼者心中皆泛起阵阵凉气,如此恐怖的场景实在太邪异了,只见无边无际的魔云中,四只巨大的血爪狂乱舞动,追逐着如同拇指大小的老妖怪二人。几近乎术法!

　　不过老妖怪二人快速扭转了局面,周老怪体内冲腾出一把半尺多长的短剑,剑身璀璨无比,将附近的魔云都驱散了。短剑迎风一晃,变得越来越大,最后竟然长达七八丈,迎着血爪便斩了过去,璀璨的剑芒照亮了整片愁云惨雾的空间,和血爪撞击在一起后发出阵阵铿锵之音。老妖怪向后猛拍一掌,一个巨大的光掌抵住了追击而来的两道血爪,而后他右手激发出一道五丈多长的实质化剑芒,开始反攻。

　　辰南看到老妖怪二人和尸王真个交手了,心总算放下了,两方之间的仇怨结定了。他运音功大声喊道:"两位前辈,那两个恶鬼就暂时交给你们了,我曾答应八派传人,请雨馨出场去收拾赶尸派的两个五阶高手，现在先去助他们一臂之力，而后再让雨馨来帮助你们。"两个老怪暗骂辰南狡诈无耻，却只能蒙头作战，不过他们也不担心，毕竟还未动用终极武器"太古神血"。

辰南对着雨馨笑了笑，拉着她向赶尸派重地飞去。男子脚踏神龙，透发着绝世豪情，女子白衣飘飘，貌若仙子，如同一对神仙眷侣一般。此刻赶尸派内喊杀震天，双方皆损失惨重，地上尸体无数，血水染红了地面。当辰南和雨馨赶到这里时，双方的战斗已经到了白热化。

八大圣地传承数千年，奇功绝学无数，派内弟子皆具有不凡的神通，尤其八派最杰出的弟子都在这里，这八股强大的力量，是年青一辈最强的组合。不过赶尸派毕竟凶名远播，虽然重新开派，但派内的实力让人难以想象，八派弟子为此付出了惨痛的代价。加上不少古尸参战，一度曾让八派陷入险境，好在玄奘、岳擎、南宫吟等人皆带有"神血"，连续斩杀了近十个强大的上古奇尸，致使赶尸派大乱。随着派内三个四翼天使的毁灭，赶尸派众人陷入绝望之境，他们怎么也想不到近乎无敌的神灵尸体竟然被八大圣地的最杰出弟子联手灭掉了。

曾经刀枪不入的古尸，现在竟然被人生生斩成数段，这八人竟然如几日前的辰南一般，生猛得邪乎，这颠覆了他们的认知，赶尸派众人立时感到末日来临了。在过去的数千年间，赶尸派潮起潮落，但从未让人毁去这么多的古尸，这些奇尸乃是他们立派的根本，一旦失去，他们就真的一无所有了。

"赶尸派今日必亡！"辰南在空中大喊道，"大山中的两个尸王已经离死不远了，剩下的人莫要负隅顽抗，不然没有人能够活着离开这里。"八派弟子大多数人都认识辰南，其中有不少人更是知道雨馨的来历，一看他们飞到赶尸派重地，立时精神大振，攻势更加猛烈，而赶尸派的士气降到了最低点，瞬间便损失惨重。赶尸派的派主古月眼中凶光闪烁，他恨恨地望着空中的辰南，没想到这个万恶的小子不仅能够轻而易举地斩杀上古奇尸，还能让灵尸王倒戈，这让他难以相信，气得快疯了。而八派弟子现在士气如虹，疯狂地追杀赶尸派的弟子。

玄奘和尚佛号不断，不过他每念一句"阿弥陀佛"，都会有一个古尸被斩为两段，每念一句"善哉"，都会有一个赶尸派的弟子倒在血泊中。这令所有人都觉得这个出家人不像和尚，倒像一个恶魔。辰南也有些意外，平日看玄奘和尚一副得道高人的样子，隐然间有一股超尘脱俗的气质，没想到这个家伙竟然如此嗜杀，简直就是一个刽子手。从此玄奘得了一个血和尚的名号。

另一方，混天小魔王背负神魔翼，手舞方天画戟，正在追着一个人猛砍，口中大叫着："古熙我看你往哪里逃！当日你不是大放厥词吗，如今老子找上门报仇来了，我曾经说过，你如果没有堕落天使相助，我一个打你十个……"他边追边破口大骂。项天最近郁闷无比，两次被辰南战败，而后又在楚都广场被古熙侮辱，今日杀上门来他一直在寻找古熙，看到脚伤还没好的倒霉蛋，他终于找到了发泄对象，一路狂追猛打。古熙乃是赶尸派年青一辈第一高手，本来有和项天一战的实力，奈何右脚差点让辰南给废了，伤势到现在还没好，严重影响了战斗能力，结果被项天狂虐，眼看招架不住了。

此时齐腾、王辉、岳擎、南宫吟四人正在苦战赶尸派的五阶高手古峰，四大高手联手竟然也无法奈何这个赶尸派的长老，且需要八派弟子不断从旁助攻。在这个战场的外围，倒下了不少八派的弟子，血水将地面都染红了，可见五阶高手的强悍。南宫仙儿、王琳、轩辕风则在赶尸派弟子中纵横冲杀，在这一刻，所有人都杀红了眼，两名女子毫无柔弱之态，仿佛女杀神一般。

赶尸派的派主古月周围没有强敌，无数八派弟子倒在他的脚下，他每劈出一掌，都会有一排圣地传人被璀璨的气罡斩碎身体，根本无人能挡他一击，他脚下死尸无数，腾腾血雾将他的身体都染红了。辰南让雨馨静立于虚空中，防备大山中的两个尸王突然杀到这里，他自己则跳下紫金神龙，快速向古月冲去。玄功通体之后又修成通天动地魔功，再加上绝学天魔八步与灭天手，他信心百倍，虽然修为还未攀升到五阶境界，但他有信心越级大战一场。

"古月，我来战你！"辰南大喝，几步便来到了近前。古月看到辰南后眼睛都红了，狂吼道："小辈受死！我要将你碎尸万段！"狂猛的掌力，如惊涛骇浪一般，席卷而至，璀璨的罡气，将附近无数八派弟子都掀飞了，许多离得近的人当场被绞成几段，红雨飘洒，血雾蒸腾。

辰南举掌相抗，无匹的掌力狂涌而出，黑色气罡如滔滔大河一般，向前奔腾而去，耀眼的光芒照亮了这片空间的每一寸土地，整片天地都仿佛在震荡。与此同时，他将通天动地魔功疯狂运转了起来。两股汹涌澎湃的掌力撞在了一起，爆发出一团璀璨夺目的光芒，震天大响如天雷一般刺耳，激荡的气浪再次将冲上来的八派弟子掀飞了出去。毫无悬念，辰南直接被古月轰飞，毕竟两人不是同一级别的高手。不过他虽然翻飞出去七八丈距离，但那磅礴的掌力并未将他击伤。通天动地魔功将冲进他体内的力量大部分导出了体外，余者皆被炼化掉了。辰南翻飞了出去，将空中的雨馨吓了一大跳，不过她立时感应到他没有受伤，才没冲下去。

　　古月冷笑，在他看来，辰南虽然修为不凡，但毕竟还没有跨入五阶高手之列，根本难以和他抗衡，硬接下这一掌简直是找死。然而令他惊愕无比的是辰南稳稳当当地站在了地上，并未如他预料那般大口吐血，竟然毫发无损。不仅如此，当古月愕然之际，辰南对他笑了，而后他看到一只巨大的黑色手掌，铺天盖地一般自他头顶上方拍了下来。

　　"灭天手！"辰南大喝。巨大的光掌结结实实将古月拍倒在地，将地面砸出一个深深的大坑，赶尸派派主虽然没有性命之忧，但却受了些内伤。全仗他功深力厚，修为达到了五阶境界，如果换作是一个四阶高手，挨上这一记重重的灭天手，即便不死，也非丢掉半条命不可。"小辈气死我也！"古月异常狼狈，满身灰土，气得须发皆张，如怒虎一般向辰南扑去，狂猛的掌力浩荡而出。这一次，辰南没有硬撼，虽然他掌握有通天动地魔功，但也没有必要总是冒险强撼。天魔八步展开，他快速冲向一旁，而后灭天手再次出手。

　　巨大的黑色手掌仿佛能够遮笼天地一般，一下子将古月狠狠地抓了起来，而后用力砸向了地面。"轰！"大地上再次出现一个巨大的深坑，未等他站起来，辰南灭天手再出，巨大的巴掌狠狠地印了下去。"轰"、"轰"……辰南接连打出六记灭天手，将古月直接砸进了地里，如果是一般的四阶高手，可能早已殒命了。但古月不愧为五阶高手，其真实修为远远不是四阶高手能够比拟的，他冲腾而起，脱离了那个深坑，不过嘴角却已溢出丝丝血迹，他受了不轻的内伤。如若不是辰南玄功通体，能够沟通天地精气，时刻保持元气不衰，恐怕打完三五记灭天手就已经力竭了。他暗暗惊骇，五阶高手果然强悍，远非一般四阶高手所能够对抗的。

古月郁闷得要吐血了，前不久辰南大发魔威，在赶尸派内连斩十三血尸，而后又灭了两个四翼天使，今日竟然又将他这个派主打伤，他真要抓狂了。如果对方的修为远远强于他也好，可是明显看出对方功力不如他，还没有迈入五阶领域，但最终吃瘪的却是他，他羞恼不已。此刻南宫仙儿、王琳、轩辕风、玄奘和尚皆冲杀了过来，他们看到辰南竟然几次将古月放翻，皆吃惊得张大了嘴巴。几人深深知道这个老人可怕无比，从开始到现在，他们一直极力避免与他碰撞，努力屠杀赶尸派弟子，想等其他几个圣地传人杀到这边的时候再一起对付这个老人。

"阿弥陀佛，佩服，佩服！辰施主再打出六记灭天手吧，让这位古施主再吐出几口鲜血，剩下的事情交给我们几个人就可以了。"玄奘和尚慈眉善目，且一副超然的姿态，和和气气地说出这番话语。几个圣地传人都被和尚逗乐了，辰南忍不住叹气道："大奸若忠，大恶若善，大奸大恶的和尚。"辰南没有辜负玄奘和尚，灭天手再出，"轰"、"轰"……接连六记，再次将古月砸进了地里，看得南宫仙儿等人目瞪口呆，这几人就站在辰南不远处，早已感应到了灭天手的强大力量。

按照他们的估计，开始时的六记已经是他的极限了，没想到他竟然真的还能够轰出六记灭天手，这超乎了他们的想象。不过此时不容多想，王琳、轩辕风、南宫仙儿、玄奘一起向前冲去，猛攻自地下冲上来的古月。此刻这位派主已经受了不轻的内伤，再对上四位绝顶青年高手，当真异常吃力。

辰南虽然玄功通体，能够直接沟通天地精气，令灵气灌顶而入、透体而出，然而此刻还是有些气血翻涌，在原地调息了半炷香的时间才恢复过来。按照这次的战绩来说，他完全有资格和五阶高手一战，当然仅限于五阶初级高手，毕竟不同级别的实力相差是巨大的。现在大局几乎已定，赶尸派的上古奇尸早先时已经被南宫吟、玄奘等人杀得七七八八了，后阶段的战斗主要是弟子门人的对战，八派联盟明显占了上风。眼看古月在四大高手合力打压下，开始大口吐血，辰南转身离去，奔向另一个五阶高手处。

此刻南宫吟、王辉、齐腾、岳擎四人依旧和古峰相持不下，五人杀得昏天暗地，周围遭池鱼之殃的赶尸派弟子与圣地弟子死伤无数，鲜红的血水将地面彻底染红了。辰南上来也不说话，灭天手直接盖了下去，巨大的手掌如一朵乌云一般，将毫无防备的古峰狠狠地拍在了地上，而后他看也不看转身离去。他如混天小魔王一般开始追杀赶尸派内的骨干弟子，一时间赶尸派内尸骨堆积成山，血流成河。辰南连续放倒了三个赶尸派的长老，逼问他们关于雨馨的事情，然而三人对此却毫无所知，三人声称即便是派主也不了解三大无敌尸王的过去。

一个时辰之后，战斗慢慢接近了尾声。赶尸派上下七百余人除去少数几个弟子逃走之外，所有骨干人物皆战死。而八大圣地也为此付出了惨痛的代价，参战的千余名精英高手，到最后已经不足三百人，惨胜！由此可见，赶尸派的实力有多么地强横，派内最为倚赖的上古奇尸几乎全部失去战斗力，还将八派联盟重创至此，其强大的实力令所有幸存的人皆阵阵胆寒。赶尸派重新开派还不到一个月就被再次灭杀，这件事注定将成为修炼界近百年来最为重要的大事件之一，而参与这件事的最主要的几个年轻人也必将成为世人瞩目的焦点。

正在这时，雨馨突然示警道："两个无敌尸王和两位绝代高手杀向这边来了。"刚刚取得胜利的年轻人还未来得及品味胜利的果实，便看到滚滚魔气自大山内汹涌奔腾而来，整片天地都跟着暗淡了下来。各个圣地的领军人纷纷大叫："快退，所有人都快快撤离这里，大家分散开来，离丰都山越远越好。"八派弟子如潮水一般向四面八方退去，南宫吟、玄奘、项天、王辉等人也随着快速奔向远方。

滚滚魔云遮天蔽日，仿佛世界末日来临了一般，高空之上四道巨大血红光亮的鬼爪，狠狠地向下方抓来，当场便有几十名圣地弟子被抓为碎段，血雨在空中喷洒。这根本是一场单方面的屠杀，寻常人在无敌尸王眼中简直如同蚂蚁一般弱小，不堪一击。八派弟子在这里丢下二百余具尸体之后，总算冲出了魔云的包围。而老妖怪和周老怪这时终于又控制住了局面，将两大无敌尸王的绝世魔威压了下去。两个恶鬼一般的存在鬼啸连连，但他们终究来晚了一步，赶尸派上下被杀了个干干净净，山谷内到处是死尸，到处是血雾，一片修罗地狱般的场景。

"所有人都要去死！"两个尸王咆哮连连，整片天地都随之震荡，滔天的魔气笼罩四野，盖世凶威令人胆战。八派弟子亡命一般逃出去数里，来到附近的村庄才敢停下来喘上一口气，此刻八派弟子已经不足百人，这一役当真可谓损失惨重！来参加赶尸派开派盛会的众多修炼者，看到八大圣地的传人自赶尸派重地逃了出来，立时明白是这帮人与辰南联手灭杀赶尸派，众人对这帮血气方刚的年轻人佩服得五体投地。

辰南和雨馨没有随着八派弟子一同撤退，他们立身于魔气的边缘地带，静静地观战。不是他们不想撤退，而是两个尸王竟然用强大的神念牢牢地将他们锁定了，辰南感觉浑身上下冷飕飕的，如今他真的体会到被鬼惦记的滋味，真的异常难受！他和雨馨现在可以先逃去，但辰南觉得那样做异常危险，如果远离老妖怪和周老怪，万一两个尸王不顾一切地攻击他们二人那就太危险了。他感受到了两个尸王那森寒彻骨的杀意，两个绝世魔王竟然在死拼的时候对他们二人念念不忘，这让他心中异常不安。

这时，滚滚魔气中剑气纵横激荡，和四道血爪狂猛地对撞，发出阵阵裂天般的巨大响音。远远望去，暗黑无光的魔气中，两个高达十几丈的巨大魔影，挥舞着血红色的巨爪在疯狂地攻击着两个老人。这个场面实在太震撼了，人的身躯哪能有那样高大，即便是远古巨人也有所不如，当真如地狱跑出来的凶魔一般。

年老的修炼者都明白，两个十几丈高的绝世凶魔一定是无敌尸王的身外化身，这种盖世神通也只有威震修炼界数千年的魔王才能够施展出来。周老怪与老妖怪二人也并没有落下风，周老怪身前是一把长达七八丈的巨剑，绝世大剑纵横飞舞，上下翻腾，如神龙一般威猛，斩在那血红的巨爪之上，爆发出阵阵刺耳的铿锵之音。而且，周老怪时不时发出一道掌心雷，巨大的闪电在魔云中狂轰滥炸，强劲的电弧仿佛要将整片天空撕碎一般。老妖怪也势如战神，右手激发出一道七丈长的实质化剑芒，上劈下斩，大开大合，无匹的剑气纵横激荡，令天地都变了颜色。

绝代高手大战无敌尸王，威势惊天，滚滚魔云遮笼天地，劲风呼啸，剑气冲天，这旷世大战让所有观战的修炼者皆震惊无比，武痴则如痴如醉。如此大战，千百年难遇，近乎神话传说中的诸神大战一般，盖世高手间的对决当真有毁天灭地之势。"轰"、"轰"……震天大响不断，丰都山内山峰崩塌，乱石穿空，魔气浩荡，剑气冲天，四人直打得天地失色，日月无光。

就在这时，周老怪的巨剑突然变了颜色，原来的灿灿神光俱敛，剑体突然变得血红发亮，如欲滴出血水一般。而老妖怪催发出的剑芒也同样赤红发亮，完全变成了一把实质化的血剑。两把血剑如两道经天长虹一般，照亮了整片天空，将无尽的魔气都驱散了，高空立刻复归清明。两个高大的魔影暴露在众人的眼前，只见高空之上，两个如神话传说中的凶魔悬空而立，人形躯体上覆盖满了墨绿色的鳞甲，只有挥舞着的一双鬼爪是血红色的，头上生有一对牛角，面孔似猪似马，看起来分外狰狞恐怖。在两个凶魔的头顶上分别站着早先看到的那两个无敌尸王，他们的本体也都有三米多高，不过和他们的化身相比还是小了无数倍。

周老怪和老妖怪两人的两把血剑，交叉着向前轰杀而去，迅如疾电，两道血芒狠狠地劈斩在了前方那血红色的鬼爪之上。伴随着两声声震天地的鬼啸，两个魔影的血爪冒起阵阵青烟，两个魔怪头上的尸王跟着惨叫不已，他们本就和身外化身连枝同体，化身受损，他们也跟着惨呼起来。"两个老不死的，你们居然还有太古神族的血液，刚才不是用完了吗？"一个尸王凄厉地叫着。而另一个尸王正在仇恨地看着辰南，眼中的幽幽绿芒森寒无比，恨不得立刻将他撕碎。

辰南现在终于明白两个尸王从远处冲到赶尸派重地之后，就一直用神念牢牢锁定他了，他们竟然已经知道神血是他提供的。可以推测，定是老妖怪想拖雨馨下水参与到大战中来，便将消息透露给了两个尸王。而且刚才四人之所以转移战场，恐怕也是在老妖怪二人的控制之下，为的是快速将雨馨拖下水。"可恶！"辰南愤愤地咒骂着，暗叹到底姜还是老的辣啊,竟然如此阴损,今日如果放过两个尸王,辰南必将没有好日子过,这是逼雨馨下场啊!他紧紧攥住了雨馨的玉手。万年前已经经历过一番生离死别,如今他生怕悲剧重演,无论如何他不想让雨馨对战天下最为危险的尸王。

辰南心中暗道:哼,你们这两个老狐狸太阴险了,但我偏不让雨馨出手。高空之上,雨馨白衣飘飘,肌肤似雪,清丽无双的容颜超尘脱俗,一双美目神采奕奕,四大绝代高手的大战令她有些沉醉,过去浑浑噩噩时她也曾如此大战过天下最顶尖的高手,还斩杀仙神界的神灵。

如今她灵智大开,想起那曾经的往事别有一番情怀,仿佛又回到了那种睥睨天下、唯我独尊的年代。不知不觉间,如仙子般的雨馨透发出一股浩大无匹的强者气息,其势惊天,其威动地,一股磅礴的力量自她身体内汹涌澎湃而出,向着四面八方浩荡而去,如那滔天巨浪一般在整片天地间激荡不已。地面上的众多修炼者第一时间感受到了这股如泰山般的沉重压力,众多修炼者皆出了一身冷汗,这股磅礴的强者气息震慑了所有人。

辰南感受最深,他被冲击得差一点背过气去,不过雨馨在第一时间将一股柔和的力量注入了他的体内,总算让他缓过了这口气。这股盖世强者的气息,浩浩荡荡,笼罩整片天地间。在这一刻,雨馨的美彻底神圣化了,人们仰头看着这个貌若女神般的美女,心中涌起一股朝圣般的感觉。从此之后,再也没有人把她和威慑修炼界数千年之久的灵尸王联想起来,自此之后雨馨多了一个神女的称号。

雨馨发出的强者气息,如潮水一般冲腾进了大山深处,在丰都山上空大战的两尸两人立时感觉到了这股磅礴的压力。其中一个尸王凄惨惨地叫道:"灵尸王你难道真想同室操戈吗?"一声幽幽叹息响彻天地,雨馨轻叹道:"数千年来被人支配,成为杀戮的机器,这算得上同室吗?"辰南一惊,他发现雨馨竟然有意出战,急忙道:"雨馨不要多想。"

"不,那两个老人杀不死尸王,有些事情是无法避免的,我无可避免地要与他们一战。"此刻雨馨似乎不再是一个稚气的女孩,眼中仿佛多了一些睿智之色,让人猜不透、看不清她的真实想法。雨馨松开了辰南的手，如仙子一般向大山飞去。辰南只能叹息一声。数里外观战的修炼者们紧张地观望着，尤其是八大圣地的弟子，无不希望雨馨这个盖世强者能够克敌制胜。

"轰！"天地间一阵剧烈颤动，如仙子般的雨馨，双手各激发出十丈长的剑芒，巨大的光剑仿佛天界神兵一般，瞬间荡开了高空之上的魔云。她一步百丈，快速冲进了战场，巨大的光剑劈斩而下，直将两个尸王震飞出去近百丈距离。强弱立判，曾经击杀过神灵的灵尸王令两大邪尸立刻变了脸色，他们万万没有想到雨馨竟然彻底炼化了体内的死气，虽然还没有恢复到全盛时期的状态，但足以让他们感到恐惧了。毕竟这是击杀过神灵的强者啊，他们本能地存在着一种惧意。雨馨在这一刻仿佛又化身成了威震修炼界数千年的盖世强者，虽然是一个女孩，但那种睥睨天下的英姿令所有人心折不已。她的身子化作一道虚影，在空中一阵舞动，整片天地仿佛都跟着搅动了起来，一道道闪电伴随着雷声朝两个尸王轰击而去，高空之上电闪雷鸣。

老妖怪和周老怪暗暗咋舌，他们相互看了一眼，没有上前相助，反而远远退出去几百丈距离。远处，辰南大骂这两人狡诈，竟然让雨馨一个人对敌，实在卑鄙无耻。不过雨馨毫不在意，在这一刻她如天骄至尊一般，面对绝世强敌，她依然一副淡然的样子，雷电过后，两道凌厉无匹的巨大剑芒再次向前劈斩而去。

两大尸王见老妖怪二人退出了战场，心中底气似乎又足了起来，开始反击，一时间高空之上剑芒、鬼爪、惊雷、魔气交织在一起，天空仿佛沸腾了一般。修为到了他们这般天地，每一击都有毁天灭地之势，鬼气森森的丰都山上空，无敌大战激烈无比，真好比远古诸神重现人间。大战持续了半个时辰，雨馨与两大无敌尸王僵持不下，打得难解难分，整片天地都在动荡。

辰南冲着老妖怪和周老怪二人喊道："两位前辈还不上前助阵，更待何时？如果你们没有神血了，我现在可以提供给你们。"老妖怪笑了笑道："不急，让我们稍作休息一番。"辰南心中大骂，真是一报还一报，刚才他看着两个老妖怪拼命，现在两个奸狡的老家伙作壁上观。

不过，他的话对老妖怪没有影响，却让两个尸王动了心思，他们在得知辰南是太古神族的后裔之后，已经下定决心要除掉他，因为他的血液对他们来说是致命的。方才老妖怪二人便以此给了他们几下重创。两个尸王相互看了一眼，其中一人在与雨馨擦身而过后，并没有回头，直奔辰南而去。

"泥鳅快退！"辰南第一时间发现了不妙。一人一龙快速朝远空遁去。奈何，尸王的速度太快了，眨眼间便追上了辰南，他大喝着："太古神族后裔又如何，一样得死！抽魂夺魄！"辰南大叫一声："我命休矣！"他暗恨老妖怪二人见死不救，突然听到了雨馨的一声尖叫，之后眼睛一黑一下子失去了知觉。

不过尸王却露出愕然之色，他并未能够将辰南的魂魄抽离出来，辰南竟然凭空消失了，只剩下紫金神龙快速地向大山中冲去。不过在别人眼里，辰南直接被尸王轰得点滴未剩。雨馨口中发出一声凄厉的尖叫，双眼血红，仿佛当年那个冷血无比、杀遍修炼界的无敌灵尸王又回来了……

辰南昏昏沉沉地睁开双眼，映入眼帘的天空湛蓝无比，如一块绝世蓝玉一般晶莹剔透，再向四周观望，鲜花芬芳，绿草如茵，扑鼻的香气沁人心脾。与此同时，他失聪的耳朵也渐渐恢复了听觉，婉转的鸟鸣如乐章一般动听，远处隐约间传来阵阵流水的声音，哗啦啦的水声像欢快的音符一般优美。

辰南慢慢坐了起来，仔细打量着这个花香鸟语的世界，这里真的是花的海洋，到处都是花草，即便是树木上也都结出奇异的花朵。不远处白兔慢跑，小鹿蹦跳，仙鹤飞舞，当真让人疑入仙境。辰南可以肯定这里绝非鬼气森森的丰都山地界，这里的景色太美了，奇花盛开，瑶草铺地，让人几疑在梦中。他知道自己并不是在做梦，这个陌生的世界是真实的。

辰南站起身来，仔细观察着，这里是一片丘陵地带，每座小土包只有一二百米高，每座小山都被鲜花覆盖了。眼前的世界是如此地美丽，让辰南原本焦虑的心情也缓解了不少。远处一丛郁郁葱葱的绿意吸引了他的注意力，一座山谷内竟然有一株高达二百多米的参天古树，居然超过了所有的丘陵。巨大的树冠方圆能有好几里。广阔的树冠下一座小山上反射过来一道亮光，辰南一惊，闪目观看，只见那座小山上矗立着一只巨大的玉手掌。

"神之左手！"他失声惊呼，双眼瞳孔急骤收缩。当日神之左手和后羿弓随着大魔一同消失了，再也没有出现，他没有想到今日竟然在这里见到了威力奇大无匹的玉手掌。辰南放开神识，向四外观察了一番，并未发现任何异常，迈开脚步向着那座小山走去。这真的是一个奇异的世界，这里没有猛兽，所有小动物都温驯无比，皆遇人不惊。欢快跳跃的小鹿在他身前跑来跑去，翩翩起舞的仙鹤在他头顶上方不断盘旋，一只可爱的小白兔甚至"噌"的一声蹿到了他的怀里。

小山上微风轻拂，花香阵阵，巨大的玉手掌静静地矗立在山顶之上，泛出熠熠宝辉。辰南围绕着神之左手转了一圈，并未发现任何不对劲的地方，他怎么也想不明白，是谁将它矗立在了这里。呼吸间，他感觉到了这里浓郁的灵气，仔细观察之下，发现竟然是那棵参天古树透发而出的，古树扎根于下方的小山谷，高度却超过了旁边的小山，实在让人惊讶不已，也不知道它到底生长了多少岁月。就在这时，高空之上突然响起了叮叮咚咚的琴声，美妙的音符如天籁一般，立时让辰南沉醉不已。不过他立时又惊醒了过来，急忙仰头观望，一朵朵白云飘了过来，在那云端之上一座座琼楼玉宇若隐若现。辰南立时呆住了，这是哪里？难道来到了仙神界？能够拥有矗立在云端的琼楼玉宇，想必主人定是仙界的一方尊主吧？

"历千劫万险，纵使魂飞魄散，我灵识依在，战百世轮回，纵使六道无常，我依然永生……"一个女子的吟唱伴随着琴声自琼楼玉宇间传了下来，虽然是一个女子的声音，但却又透发着一股苍凉的霸气。辰南心神剧震，这个女子到底是谁？竟然如掌控苍生的至高存在一般，让人忍不住有一股顶礼膜拜的冲动！"你到底还是进来了。"女子的声音如天地妙音一般，自云端传了下来。辰南不解，道："你认识我？你我曾经见过面？"

"不认识，今日第一次相见，只知道你的身体适合我借住。"女子的声音在这片天地间回荡，只是她一直未露面。"这里是什么地方？我怎么会出现在这里？"辰南心中充满了疑问，突然他像是想起了什么，惊道："你是玉如意里的女子！"从一开始，他就觉得这名女子的声音有点耳熟，现在终于想起来了。只是，他立时又呆住了，失声道："难道我进入了玉如意当中？"

女子道："也对，也不对，这也是一个世界。"辰南彻底呆住了，按照女子所说，玉如意就是一个世界，那么他一直佩戴着一个世界！"我的天啊！"辰南不是没听说过须弥纳于芥子的传说，可是现在他竟然真的来到了这样一个世界当中，真有一股如梦似幻般的感觉。他对于眼前这个女子毫无所知，开口问道："你究竟是怎样的一个人？"

"我？哈哈哈……"琼楼玉宇间传出女子的大笑声，透发着一股苍凉之意。过了好久她才幽幽开口道："我是一个百战不死的人，天难灭！地难葬！即便魂飞魄散，灵识也永不寂灭，如今我重聚魂魄，再塑肉身，我终于回来了……"天地间不断回响着"我终于回来了……"这句话，如滚滚天雷一般在激荡。

"你到底是谁？"不知为何，面对这个具有通天之能的女子，辰南心中没有半丝惧意，只是充满了好奇，迫切想知道她是怎样的一个人。"我是谁？哈哈哈……这天地间到底又有几人真正知道自己是谁呢？即便传说中的太古第一禁忌神魔独孤败天恐怕也难以真正知晓自己到底是谁！"一声叹息过后，女子幽幽开口道，"直到今日方知我是我！"辰南一阵沉默，过了好久才道："你一定是远古时期的仙神，你能告诉我万年前到底发生了什么吗？"

云端上的女子陷入沉默，好半天才道："有些事情不是你能够知道的。知道真相的人早晚要睡进神魔陵园。"说完这些话之后，琼楼玉宇中的女子便没有声息了。辰南定定地看着云端很久，最后放弃追问这件事了，他知道云中的女子无论如何也不会告诉他事情的真相。他开口问了另一个问题："你为何不离开这里？"

"我要继续沉睡，积攒足够的力量，你是不会懂的。好了，你可以离开这里了，在你离开这里之前，送你两样东西，算是我借助你身体的报酬吧。第一件是天魔左手，第二件是后羿弓。"

"天魔左手？那不是光明神的左手吗？"辰南有些不解，老妖怪明明告诉他玉手掌乃是光明神的左手，现在怎么又成了天魔的左手了呢？

"以光明属性的力量封印了暗黑的天魔左手，光明只是表面现象，不想却蒙蔽了不少人。"一道强光从云端激射而下，笼罩在天魔左手之上，巨大的玉手掌飞离了地面，向着辰南的左手飞来，而后开始慢慢变小，最后"刷"的一声和他的左手重合在一起，慢慢融为一体。辰南吃惊地看着自己的左手掌，他感觉不到丝毫异样，并未察觉到有什么变化。

　　云端传来女子的声音："天魔的尸体被人肢解之后封印在三界，传说谁能够发现并破除某个封印，找到天魔部分肢体，该人就会得到相应部分的力量。但为避免你过分依赖外界力量，我设下了禁制，限制你只能动用它三次。当封印天魔头颅的封印破除后，这只左手会离你而去，重组天魔真身。"辰南看着自己的左手，运转玄功试了试，果然感觉到左手内仿佛有一股如汪洋般的力量。

　　"我送你的第二件礼物为后羿弓。"一道光束自云端直射而下，将旁边那棵高达二百多米的参天古树笼罩住了，大树慢慢缩小，最后化成了后羿弓。"后羿弓本是天地间的一株灵根祭炼而成，因为它乃天地间最强大的武器之一，实在不宜出现在人间界。所以我不仅不能够帮你破开它的封印，还要合前人之力将它彻底封印，将它封在你的后背之上。有朝一日你如果能够进入仙神界，自然会找到解印之法。"辰南实在感到有些惋惜，如果后羿弓能拿在手中，他足以纵横天下。云端神光一扫，后羿弓"刷"的一声化作一道光华，冲进了辰南的后背，只是他自己看不到背上那把神弓的图案。

　　"回到你原来的世界去吧。"女子声音刚落，辰南便慢慢飘浮了起来，而后眼前一黑，紧接着又是一亮，他发现自己再次踏在了紫金神龙的背上。

　　痞子龙差点吓死，它刚刚躲进大山中藏好，就感觉后背一沉，被人踩住了。"嗷呜……吓死龙了！""死泥鳅，是我。真没想到你就这点出息啊！还五爪紫金神龙呢，呸，简直胆小如鼠！"痞子龙回头一看是辰南，立时嗷嗷乱叫："该死的小子竟敢吓你龙大爷，你刚才不是挂掉了吗？到底是怎么回事，你怎么安然无恙啊？"辰南道："你这头死龙，居然咒我。快快飞起来，赶紧去找雨馨。"紫金神龙吓得一哆嗦，道："现在不能去，打得正激烈，你我上去根本帮不上忙。"

"我让你去就去，我现在有办法了。快点，我怕雨馨发生意外。"辰南有些焦急。痞子龙不情愿地自大山中飞了起来。远空，雨馨正在大战两大无敌尸王，低空的山峰不时被三大高手打得崩碎，当真天摇地动，可怕无比。雨馨虽然占据了上风，但胸前的白衣上却沾染了不少的血迹，显而易见是口中喷出的，她已经受了不轻的内伤。

老妖怪和周老怪二人居然还在一旁"休息"，辰南看得怒火汹涌，这两个老混蛋实在太可恶了，他冷笑着，眼中闪过两道寒光。辰南驾驭着紫金神龙向前冲去，他冲着雨馨大叫道："雨馨快到我这里来。"老妖怪和周老怪看到辰南出现后异常吃惊，没想到他居然死而复生，两个尸王则感觉有些古怪，只有他们知道辰南刚才没有死去，是莫名其妙消失的。

雨馨则激动不已，方才她险些魔化，差点走火入魔，如今看到辰南出现在不远处，她快速摆脱了两个尸王，冲到了他的身边。雨馨道："辰南，你没事吧？"她眼里满是泪水。

"傻丫头，我没事。"

这时，两个尸王相互看了一眼，明白了彼此的心意，他们觉得辰南虽然有些古怪，但毕竟实力非常弱，乃是雨馨的软肋，一起向这里杀来。而老妖怪和周老怪觉得时机到了，是时候出手了，他们也向这里冲来。看到尸王即将冲到眼前，雨馨双眼红光一闪，便要冲上前去。辰南一把拉住了她，看着她的双眼，道："相信我，这次看我的！"雨馨犹豫了一下，最后点了点头，道："我相信你。"

在两个尸王探出的血红色巨爪距离辰南不足两丈距离时，他才猛地向前挥动左手。"轰！"天魔左手出，天摇地动，无尽的黑暗笼罩了大地，整座丰都山由白昼化为黑夜。滔天的魔气席卷天地，之前两个无敌尸王所激荡而出的魔气和现在天魔左手所浩荡而出的魔气相比就像是小儿科一般，根本不是一个级别的。天魔才是黑暗的主宰者，天魔气才是最纯粹的魔气。无边无际的魔气像那汪洋大海一般，笼罩十方，仿佛世界末日来临了一般。

两个尸王直接被轰成了四段，在天下第一魔的左拳下终结了性命。而老妖怪两人也遭了池鱼之殃，无匹的天魔气将他们轰飞出去百丈距离，两人狂喷鲜血不止。紫金神龙兴奋地嗷嗷乱叫："嗷呜，再来一拳！"雨馨则满是疑问地看着辰南。辰南也有些蒙了，万万没想到天魔左手一击，竟然霸天绝地，威盛至此，天魔不愧为天下第一魔！随后，他又释然了，怪不得玉如意中的女子要限制他仅仅能使用三回天魔左手。想来现在的天魔左手和当初的玉手掌大大地不同了，一定是玉如意中的女子彻底解开了天魔左手的封印。这才是天魔左手的真正威力！

　　这时，雨馨向下方虚抓了两把，两颗晶莹剔透的血丹飘浮了上来。紫金神龙两眼乱放贼光，兴奋地嗷嗷乱叫。这时，老妖怪和周老怪已经降落在一座山峰上，看到前方天魔气汹涌澎湃，无边无际，他们惊惧不已，相互看了一眼，悄悄退走了。而在远方观战的修炼者更是早已逃了个精光。当天际复归清明之际，丰都山附近静悄悄的，已经没有半条人影。

第四章

名动西方

　　丰都大战已经过去了半月有余，但这场旷世大战的风波还没有平息，震惊了整个修炼界，是数百年来最为重要的大事件之一。大战过后，楚国丰都山连绵不绝的山脉崩塌无数，断峰处处可见，一派惨烈的景象。赶尸派彻底被毁灭，落址处被一把大火烧为灰烬。

　　玄奘、南宫吟、南宫仙儿、王琳、齐腾、项天、轩辕风、岳擎、王辉这八大正邪圣地九位杰出传人的大名传遍了修炼界。九位绝顶青年高手带领己派精英会同辰南大破赶尸派，将威震修炼界数千年之久的邪派彻底毁去。九位绝顶青年高手和辰南之威名如日当空，成为修炼界最受人瞩目的风云人物。

　　在那遥远的过去，赶尸派曾几度面临灭派之危，但最后都挺了过来。最为严峻的一次便是千年前，虽然被灭，但派内上古奇尸留下过半，最终再次崛起。在所有人的心中，这一派万难彻底毁灭。然而几位青年绝顶高手做了令老一辈瞠目结舌的壮举，彻底毁灭了具有数千年历史的赶尸派。数十个具有金刚不坏之躯的上古奇尸被斩成碎段，几个类似堕落天使的神灵尸煞被灭杀。就连威慑修炼界数千年之久、具有无上魔威的无敌尸王最后都被彻底击杀，这怎不让人震惊？

　　无敌尸王恶名传播数千年，称得上修炼界最为恐怖的存在，修为堪比六阶高手，身体的抗击打能力堪比神灵，人间刀兵万难伤身，然而这一次却被彻底毁灭了，关于两大无敌尸王毁灭的原因，修炼界传得沸沸扬扬。两个凶魔当然不可能是辰南等十位绝顶青年高手击杀的。在尸王被毁灭的最后关头，血光冲天，魔云蔽日，谁也不知道发生了什么，所有观战的人都以为大难临头，四处奔逃，无人能够看清在那如魔狱般的丰都山内到底发生了怎样的事情。

许多人认为是楚国玄祖及其友周老怪击杀了两大尸王。当日一开始这两人便和两大无敌尸王大战连连，打得难解难分，且两人曾经在楚国皇宫大战中展现过莫大的神通，是当世已知的几个能够御空飞行的无敌高手。不过这一猜测被楚国玄祖自身否定了，这个老人已经数十年未在修炼界走动，更未曾发表过什么言论。然而这一次他高调地声明丰都山大战中他们根本无能力击败尸王，尸王之死与他们无关，另有盖世高手为之。

人们立刻猜到了神女雨馨，老妖怪两人否定是自己所为，显而易见，他们所说的盖世高手便是雨馨了。雨馨摆脱尸之桎梏，成为半神一样的存在，早已传遍修炼界，事实上这件事的影响一点不下于赶尸派灭亡这一大事件。虽然两件事纠缠在一起，几乎可等同为一件事，但雨馨的出现还是刮起了另一股不同的风暴。

死去数千年的人，她的尸体竟然产生了灵智，化去一身死气，再次活了过来，这简直如天方夜谭一般让人难以相信。可是，无数人曾经在丰都山看到了雨馨的绝世风姿，她最开始出现时血光冲天，魔云蔽日，如盖世妖王一般，然而此后不久她却死气尽去，一身仙气缭绕，如瑶池仙子一般。

传说，尸王如果产生灵智，重新活过来，那么有一天他也许会超越众神，这是一种能够破坏天地法则的全新生命。雨馨以一己之力独战两大无敌尸王的绝世风姿，深深烙印进观战众人的脑海，盖世的修为，绝代的容颜，缥缈的仙姿，其神女名号不胫而走。

就在众人都以为是神女雨馨灭杀了两大无敌尸王之际，又有人传言两大无敌尸王并不是死于雨馨之手，而是另有其人，因为当日那滔天的暗黑魔气的性质和雨馨的力量属性不符。楚国皇帝的玄祖对此则不再发表言论，这令尸王之死变得扑朔迷离，一时间成了众人猜测议论的焦点。

而事实上，将两大无敌尸王灭杀的家伙，此刻正身在罪恶之城神风学院。辰南这半个月来心绪复杂无比，看着那熟悉的面孔，绝世的仙姿，经常呆呆发愣。不过往事已矣，有些事情终究已经成为过去，不能再挽回。在经历了最初那肝肠寸断的悲痛后，他渐渐放开了。谁能够说现在的雨馨和过去的那个雨馨没有关系了呢？谁能够说她不是曾经那个雨馨生命的延续？种种迹象表明某种他迫切的向往可能是真的！不过辰南不能将这一切告诉眼前的雨馨，不能让这个女孩伤心失望，他每天都微笑地看着眼前的雨馨。

半月前，雨馨和辰南一起回到了罪恶之城的神风学院。当再次看到小晨曦时，辰南有些吃惊，他竟然发现晨曦由三岁左右的小女童变成了五六岁般的模样，可爱的小娃娃脸竟然有了几分绝色少女的样子。调皮可爱的小晨曦一看到辰南高兴得又叫又跳，像个活泼的小精灵一般，当她看到雨馨时一下子愣住了，而雨馨看到如小仙子般的晨曦也呆住了，一大一小两个女子就那样静静地对望着，久久未语。"好熟悉……"两女几乎同时开口道。

辰南也有些发呆，两人为何会有这样的感觉？难道真的如他猜想的那样，两人间有着莫大的联系？雨馨曾经在百花谷闭死关，由后来她在西大陆留下的无尽传说可知她成功破死关而出，离开了百花谷。而晨曦也出自百花谷，由神玉之精华化形而成，比雨馨晚出世一万年。辰南仔细地看着眼前的两女，细细看来发觉小晨曦的小脸竟然和雨馨相像无比，她长大后恐怕真的会和雨馨异常相像，也许会一模一样，他呆住了！随后，一大一小两个女子异常亲近，可爱的小晨曦立刻缠住了雨馨，将辰南都丢在了一旁，两女仿佛很久以前就认识一般，都有一股血肉相连般的感觉。神风学院竹海深处清脆的笑声不断。

雨馨异常疼惜小晨曦，来到神风学院后将得自无敌尸王处的两个血丹拿了出来，在紫金神龙异常火热的眼神下，将一颗血丹击碎而后炼化，血色光华慢慢将小晨曦包裹在里面。出乎雨馨的意料，血丹那庞大的生命之能并没有被小晨曦吸收，她的左臂突然爆发出一团耀眼的金黄色光芒。璀璨的金黄色光华将那无尽的生命之能统统笼罩，疯狂地吸纳掉了。辰南和雨馨皆有些吃惊，小晨曦则高兴地叫了起来，道："小龙龙快要醒来了。"旁边的紫金神龙目瞪口呆，感觉到了一股庞大的龙力，仿佛有一个巨无霸即将出现在眼前。

庞大的生命之能渐渐消失了，金黄色的光芒则越来越盛，最后无比耀眼的光芒冲腾而起，飞上了半空，一个奶声奶气的声音在空中响起："宝宝很高兴，宝宝终于醒来了。"一头胖嘟嘟的小龙如喝醉了酒一般，摇摇摆摆地飘浮在空中，小龙仅有一尺多长，浑身呈金黄色，闪闪发亮，虽然是东方的神龙身，却生有一对西方的神龙翼，胖乎乎的样子分外可爱，简直快成一个小皮球了。

　　"小龙龙……"小晨曦惊呼，伸出一双雪白的小手高兴地冲着空中的龙宝宝挥舞着。胖嘟嘟的龙宝宝如蹒跚学步的孩童一般，摇摇摆摆地飞了下来，在空中留下一串歪歪斜斜的金光，它奶声奶气地叫道："晨曦……"小晨曦不过五六岁的孩童，如粉雕玉琢的瓷娃娃一般，雪白的小手臂用力抱住了胖乎乎的龙宝宝，她眨着一双明亮的大眼，仔细地看着眼前的小龙，龙宝宝也漾着龙式微笑，一双大眼扑闪扑闪地望着她，一人一龙都是一副奶声奶气的样子，看起来分外和谐可爱。

　　龙宝宝虽然上千岁了，但上次涅槃失败，它忘记了过去，千年来都如同一个迷迷糊糊的孩童一般。第二次涅槃，算得上迷茫的结束曲，开始了新的"龙生"，性格如同可爱的孩童一般。"嘻嘻……"小晨曦高兴地笑着。辰南和雨馨也微笑了起来，溺爱地看着一人一龙。

　　忽然，龙宝宝晃晃悠悠地飞了起来，围绕着雨馨转了一圈，奶声奶气地道："好漂亮……"而后它又摇摇摆摆向辰南飞去，嘟囔道："败败……类……"以前辰南和小龙相处时，旁边的人经常叫他败类，没想到被这个小家伙牢牢记住了。听着发出童音的小龙口齿不清地叫他为败类，辰南险些栽倒在地，紫金神龙笑得嗷嗷乱叫，雨馨和小晨曦也忍俊不禁。

　　龙宝宝摇来晃去地飞落到辰南的肩头，小肉墩般的身子立刻蜷成了一个小皮球，亲昵地在他脸上舔了一下，顿时留下一大片口水，奶声奶气地叫道："我要吃仙果……"辰南想起了和龙宝宝第一次见面时的情景，不禁笑了起来，现在小龙和以前大不相同，居然会开口讲人语了，而且成了一条迷你小龙，不过它的样子实在太可爱了。他轻轻抚摸着小龙，笑道："都快成小皮球了，还和以前一样贪吃。"

　　痞子龙在一旁奇怪地看着龙宝宝，它早就从辰南的口中得知有这样一条神灵龙，如今相见，它感觉甚是奇怪。审视了大半天后，它撇了撇嘴道："这就是那头六阶神灵龙？简直就像个小豆丁啊，我还以为多么神武呢！"龙宝宝听到紫金神龙的话语后，晃晃悠悠地飞到痞子龙的近前，奶声奶气地道："宝宝很生气。"看着比自己小了很多的小龙，紫金神龙直立着身体，如同人站立着一般，抱着前爪俯视着龙宝宝，满脸不屑之色，嗤笑道："小豆丁，你生气又如何？"

"宝宝很生气，后果很严重。"小龙伸出一只幼小的前爪攥成一个小拳头，对着紫金神龙利索地挥出一拳。"砰！""嗷呜……"紫金神龙在空中痛叫着，化作一道紫金之光，翻飞出去三十多丈距离，最后斜斜歪歪地挂在了竹梢上。如皮球般胖嘟嘟的小龙，对着远处缠绕在竹梢上的紫金神龙晃了晃小拳头，奶声奶气却又一本正经地道："我本善良。"

"嗷呜……"紫金神龙叫了一声，而后直接晕了过去。此情此景下，三人皆忍不住大笑了起来。

事实上，辰南对于两条龙并没有厚此薄彼，剩余的一个尸王舍利留给了紫金神龙。在雨馨的帮助下，痞子龙的实力突飞猛进，一下子跃升到了五阶境界，龙躯几乎快两丈了。这令痞子龙兴奋地嗷嗷乱叫了两天，将神风学院龙场众龙吓得战战兢兢。龙宝宝得血丹之助，终于脱困而出，获得了自由。不过状态却很不稳定，在雨馨的帮助下，它虽然不必再躲进晨曦的体内休养，但还不能激烈挥动龙力，不然有可能会再次陷入沉睡。它要想完全恢复过来还需要很长一段时间，毕竟当初无名神魔给它的伤害实在太大了。

一晃眼，两个月过去了，赶尸派灭派风波还没有停息，仍然是修炼界人士议论的焦点。两个月以来，辰南渐渐平静了下来。他和雨馨、晨曦三人居住在神风学院内，看起来似乎非常和谐，像三口家庭一般。

眼前的雨馨和万年前的雨馨刚出大山时一样，因为不谙世事，虽然偶尔会闹些笑话，但学东西特别地快，很快就掌握了在世上生活的种种"法则"。紫金神龙虽然痞气十足，但面对不知究竟是狡黠还是天真的龙宝宝，一点办法也没有，每当它想当老大，表现自己霸气十足的样子时，都会被豆丁大小的龙宝宝轰飞，而且还会被那稚气童音奶声奶气地警告一番。三人两龙生活在神风学院，似乎快乐和谐无比，然而这一切都因一个特殊日子的到来改变了，平静的生活被再次打破了。

当万年前雨馨生日的那天到来之际，辰南心神有些恍惚，总感觉将有什么事情发生。他不会忘记这样一个特殊的日子，特意多做了几样小菜，当然都是万年前雨馨最爱吃的菜肴，不过他并没有将这一切告诉眼前的雨馨和小晨曦。

雨馨和小晨曦体质特殊，不食人间烟火，她们通过修炼得来的先天元气，以及一些仙芝、灵果就能够维持身体所需。多日相处下来，两女越来越有血肉相连般的感觉。今日两女似乎很高兴，雨馨拉住小晨曦的手，学着古人的样子，各自刺破中指，将血水混合在一起，要结拜为姐妹。

在这特殊的日子，午时来临之际，辰南将饭菜摆好在心中默默祭拜，而这时雨馨的血液和晨曦的也恰好滴落在一起。就在这时，三人皆感觉到了阵阵异样的波动，一圈圈如涟漪般的能量流自那高空浩荡而下，三人的心跳比平时快了数倍。雨馨和晨曦情绪波动异常剧烈，二人化作两道电光，瞬间便来到了院中。辰南心中波涛汹涌，也快速冲了出去。三人皆不由自主仰头向天，一幅震撼性的画面出现在三人的眼前。

高空之上七彩光华如烟似波，氤氲彩雾在空中不断翻涌，那仙雾弥漫的虚空突然在刹那间破裂了开来，一个方圆千百丈的女子面孔突兀地出现在虚空当中，刹那间取代了青天。雨馨仿佛瞬间失去了灵魂，呆呆地望着虚空，小晨曦也迷茫了，一眨不眨地看着那虚空中的绝世仙颜。辰南彻底傻掉了，高空之上那绝世姿容竟然是雨馨的面孔，方圆千百丈，遮笼天地，那仙颜却没有任何的喜怒哀乐，她默默地注视着下方三人。良久，那清丽无双的容颜上如秋水般的眸子渐渐有了一层水汽，红润的双唇微微张开，露出雪白的牙齿，如同天籁的声音自高空之上传了下来："人、神、魔……东方、百花谷……"

然而这柔美的声音，听在地面这三人的耳中，如同黄钟大吕一般振聋发聩，浩浩荡荡的声音宛如九天雷音贯穿进三人的心中。三人如同泥雕木塑一般站在地上，一动也不能动。高空之上那巨大的头像渐渐隐入虚空当中，破碎的虚空渐渐愈合，氤氲仙雾也渐渐消散，仿佛什么也没有发生一般。

"人、神、魔……东方、百花谷……"辰南喃喃地重复着，呆呆地注视着虚空，灵魂仿佛出离了躯体。那巨大的影像让他心中巨震，他想不通、猜不透，为何高空之上会出现雨馨的巨大头像？这究竟意味着什么？包含着怎样的秘密？这些日子，他刚刚平静下来，但平淡的心情，在此时此刻再次被打破了。他心中涌起滔天巨浪。是那曾经的雨馨吗？在指引着他吗？这怎么可能！雨馨已经死去，她的尸体都已有数千年的历史。是某个神灵显圣吗？她到底要表达什么？在暗示着怎样的信息？辰南要疯了，为什么虚空突然破开？为什么会出现雨馨的头像？谜！

"人、神、魔……东方、百花谷……"这如黄钟大吕般的声音在他耳畔不断回荡着，他头痛欲裂。而此时雨馨和小晨曦也仿佛被抽出了灵魂一般，双眼皆无半分神采，她们呆呆地注视着那片虚空，如没有生命的木偶一般一动也不动。也不知道过了多久，两女才慢慢恢复生气，她们几乎同时喊道："去东方……百花谷……百花谷……"

屋顶上晒太阳的紫金神龙诧异地看着院中三人，怪叫道："神经啊，没事对天发愣。"胖嘟嘟的龙宝宝，扑棱着一对龙翼，顽皮地落在了辰南的头上跳动了一下，而后又摇摇摆摆地飞到雨馨和晨曦的近前，眨动着一双大眼扑闪扑闪地盯着她们，露出非常好奇的神色，似乎搞不懂她们为何会失神发呆。两条龙的言行惊动了三人，他们自迷惘中醒来，回想起刚才的经过仿若隔世，几乎不相信刚才发生的事情。

辰南抱起飞到他身前的小龙，疾声道："龙宝宝你看到虚空中那个女子了吗？""女子？"宝宝龙露出迷茫的神色，似乎不明白辰南为何会这样问。"泥鳅你看到虚空裂开了吗？"辰南又急忙转头问躺在屋顶晒太阳的痞子龙。"神经，你们三个中邪了吧？"痞子龙懒洋洋地回答道，不过说完这句话，它却小心地看了看雨馨，对她似乎有着本能的畏惧。

"幻境……"辰南喃喃道，放开了小龙。"不是幻境！"小晨曦跑到辰南近前，摇着他的手臂，仰着小脸道，"哥哥那不是幻境，晨曦刚才看到了雨馨姐姐，晨曦的心好痛，晨曦想去东方，想去百花谷看看……"小晨曦可怜兮兮地望着辰南，一双明亮的大眼噙满了泪水。辰南急忙将她抱起来，擦去了她小脸上的泪滴。"不是幻境，是真的，我也看到了。"雨馨的眼中也充满了泪水，她自语道，"我要去百花谷，那里有我需要的东西。""我和姐姐一起去，我要回到百花谷。"小晨曦脸上挂着泪水，娇憨地道。

辰南明白了，刚才不是幻境，但只有他和两女真切地感受到了，而外人似乎对此一无所知。"百花谷……"辰南喃喃着，他迷茫了。龙宝宝露出好奇之色，痦子龙则满脸骇然，它们似乎感觉到事情的不寻常，不解地望着高空，却什么也没有发现。

雨馨渐渐平静了下来，轻声道："自有意识以来，我始终觉得失去了比生命还要重要的东西。就在刚才，不知道为何我有一种感觉，去东方可以找到答案，去百花谷可以有个了解，似乎刚才的声音在指引着我。"雨馨白衣飘飘，如雪的肌肤，秋水般的眸子，挺直的琼鼻，红润的双唇，组合在一起，是那样地美丽。飘逸的身影，清丽出尘，如瑶池仙子一般，仿佛随时会乘风而去。辰南静静地看着雨馨，感觉她似乎不属于这个世界，早晚要离开这里，离开人间界。

"姐姐，我要和你一起去。"小晨曦离开辰南的怀抱，小跑到雨馨身前，仰着小脸道，"姐姐，我也有那样的感觉，我的心好痛。"粉雕玉琢的小晨曦，眼中噙满了泪水，分外让人怜惜。雨馨将她抱起，道："好，我们一起去，姐姐也感觉到了，我们一起去东方。"辰南不知道为何，看着两女出尘的姿态，总感觉她们不似凡界中人，似乎马上要飞升入仙神界了。

"我和你们一起去。"辰南定定地看着两女。"不，你要去西方。"雨馨静静地看着他，眼光虽然柔和，但却充满了离别的情意。"为什么？我要和你们一起去。"辰南不解地问道。雨馨柔声地道："修为到了我这般天地，虽然还无法预测未来，但总会有些通灵的小预感。刚才虚空破裂的刹那，一丝慧光自我心间划过，我知道我需要去东方，而你需要去西方。你我将会有不同的际遇，会找到各自需要的东西。"

"不行，我一定要和你们一起去。"辰南坚持道，怕这次别离会遥无见期，怕雨馨真的会立刻飞升到仙神界。"不要坚持了，你去西方吧，会探寻到你所需要的东西。我去东方，去做一些了解。不久的将来，我们会相见的，相信我这种感觉。"辰南定定地望着雨馨，相信感觉？可是，为什么他的感觉是相见遥遥无期呢？抑或是将分开很长一段时间呢？"答应我，去西方。你也许能够在西方找到线索，和万年前的一切来个了结。"雨馨也静静地看着辰南。关于过去的那个雨馨，关于万年前的事情，辰南向雨馨透露了一些，雨馨已经知道许多事情。

　　看着雨馨清丽的容颜，坚定的目光，辰南最终点了点头。小晨曦抱住辰南大腿，仰着小脸，眼中噙满泪水，道："哥哥，晨曦真的不想离开你。可是，晨曦真的好心痛，需要和雨馨姐姐去百花谷，晨曦也不知道为何会这样，但心中就是有这样一种感觉。哥哥……"辰南将她抱了起来，道："晨曦不哭，哥哥虽然将不在身旁了，不是有雨馨姐姐吗，再说了，我们很快会相见的。关于你是怎样来到这个世上的，有着太多的未解之谜。这一次去东方昆仑，你和雨馨姐姐肯定会找到答案的。"

　　龙宝宝好奇无比，在三人间摇摇晃晃，飞来飞去。痞子龙眼睛叽里咕噜转个不停，不知道在想些什么。事情已经定下，辰南将赶往西大陆，从前他就有过这样的想法，经过今天的事情更是坚定了他心中的一些猜测，只能前去追查。雨馨和晨曦将前往东大陆，昆仑古仙遗地百花谷将是她们的一个站点，但绝不是终点站。

　　虽然雨馨修为盖世，但辰南还是有些不放心，毕竟在险恶的修炼界，修为并不能够决定一切。雨馨不谙世事，虽然她很聪明，这一个多月来，学习到了许多为人处世的经验，但毕竟还很"嫩"。小晨曦很聪慧，不过却是个小孩子，许多事情还不能处理。不过她近来的表现实在让人吃惊，她已经由三岁小童的样子，变成了五六岁的模样。小小年龄已经有了不弱于阶位高手的修为。才短短几个月的时间，便有了如此长足的进步，令神风学院内曾经教导过她的三个高手震惊无比。辰南隐隐觉得，小晨曦无论是心智成熟还是身体成长，都和年岁无关。似乎只要她的修为提升，她就会长大一些，这令他无比心惊。

辰南思来想去，最终决定让紫金神龙陪同两女前往东方。这个家伙已经活了数千年，异常地滑溜，简直比老油条还要老油条。有它跟着，正好弥补两女这方面的不足。可爱的龙宝宝则将伴随辰南前往西大陆，龙宝宝虽然还没有彻底恢复元气，不能够参加剧烈的战斗，但已经不必躲在晨曦的体内了。

在出发之前，雨馨将她自赶尸派带出来的水晶棺炼化成了龙车。据雨馨讲，这其实是一种宝玉，对于修炼者来说称得上瑰宝，能够自主吸纳天地精气，平常寻得一小块就已经是万幸了。在雨馨的盖世功力炼化下，水晶棺很快就被化成了龙车。何为龙车？就是让紫金神龙御空飞行而拉动的空中飞车。在一边观看的紫金神龙嘴巴张了又张，最后将头扭到一旁，无声地"感叹"了一番："……"

龙宝宝晃晃悠悠地飞到痞子龙的头顶，奶声奶气地对着辰南和雨馨叫道："泥鳅在骂人。"紫金神龙对着龙宝宝龇牙咧嘴，不过吃过几次亏后再也不敢造次，只是瞪眼道："胡说，我在感叹今天的天气真不错。"辰南和雨馨莞尔，小晨曦也笑呵呵。

东方神龙拉车，这的确够气魄！恐怕放眼整个修炼界，还没有人能够有此手笔。"大恶人"是辰南来做的，好处是雨馨和小晨曦得的。辰南看到紫金神龙修为已经达到了五阶境界，龙躯足有六七米长，觉得应该合理利用这宝贵的资源，便向雨馨建议了一下，不想，雨馨欣然同意，将水晶棺做成了龙车。紫金神龙对雨馨有着天生惧意，也许是慑于五千年前雨馨仙子的余威，也许是对现今这个雨馨强大实力的恐惧。

分别的日子，雨馨很伤感，秋水般的眸子充满了水汽，定定地望着辰南却没有说一句话。小晨曦更是依依不舍，原本一双明亮的大眼，此刻有些红肿，一双小手使劲攥着辰南的衣袖，久久不肯松开。辰南摸了摸小晨曦的秀发，牵着她的一只小手道："走，哥哥带你去捉蝴蝶。"在离别之际，辰南回想起了过去的快乐时光。刚带小晨曦来到神风学院时，他练功之余经常陪她捉蝴蝶，每日竹海深处都充满了清脆的童笑。这一次归来，辰南的心情始终很沉重，他回想起来发觉竟然没怎么陪小晨曦，分别之际倍感愧疚。

小晨曦似乎回想起了过去的快乐时光，心绪渐渐开朗了起来，随着辰南一起在花丛中跑来跑去。雨馨也加入了进来，和辰南一起拉着小晨曦的手，帮她捉蝴蝶。渐渐地，竹海深处再次传来了清脆的童笑。

　　龙宝宝扑棱着龙翼，飞到屋脊上，对晒太阳的紫金神龙，奶声奶气地道："泥鳅帮忙去捉蝴蝶。""白痴才去，我才不会那么幼稚！"小龙奶声奶气地教训道："你懂什么，这叫温馨。"看到紫金神龙露出不屑的神色，肥胖的小龙晃晃悠悠地催促道："快去帮忙啊。""本龙不去。"在紫金神龙看来捉蝴蝶简直太白痴了。

　　"宝宝很生气，后果很严重！"如同噩梦般的稚嫩童音，响在痞子龙的耳旁，它感觉一座大山撞上了自己的躯体。"嗷呜……"看着挂在几十丈外的竹梢上晃来晃去的紫金神龙，小龙松开了那只紧紧攥着的小拳头，无辜地向着痞子龙眨了眨大眼，道："其实……我本善良。"紫金神龙直接晕了过去。小龙晃晃悠悠地在辰南、雨馨、小晨曦周围飞来飞去，三人一龙，一幅很温馨的画面。不过快乐的时光总是短暂的，辰南将小晨曦抱上龙车，而后轻轻地拥抱了一下雨馨，目送她登上水晶车。

　　"雨馨、晨曦抱抱……"胖嘟嘟的小龙摇摇摆摆飞了起来，奶声奶气的话语似乎冲淡了一些离别的伤感。辰南挥手，目送着龙车渐渐远去，小龙舒服地攀在他的肩头，也学着他的样子挥动着一只小爪，稚嫩的话语向着远处传去，道："再见……我和南南会想念你们的，馨馨、曦曦……再见。""晕，你这个小东西还真是会搞怪。"辰南敲了小龙一下。"嗷呜……一百遍啊一百遍！"远处传来紫金神龙的吼啸，一时间神风学院龙场众龙吓得战战兢兢。

　　这一次，辰南回到神风学院，极少有人知道。他和学院内三大绝世高手以及副院长打过招呼之后，踏上了通往西大陆的大道。当然他的离去定会被一些势力得知，毕竟他现在乃是东方修炼界风头最劲的人物之一。以如今辰南的修为，即便遇到五阶高手也有一战的实力，这一次他单身上路，没有像前两次那样跟随佣兵团走。

　　道路两旁，郁郁葱葱的大山巍峨挺立，奇峰突兀，怪石嶙峋，山内猿啼虎啸不断，偶尔有珍禽异兽跑到大路上，被龙宝宝追得乱窜跑跳。辰南即将踏上西大陆的土地，在那里他将见证诸多绝顶强者，将探寻出众多惊天大秘。

在遥远的东方，正邪圣地的传人在前不久灭掉赶尸派的大战中风头强劲，个个都名震修炼界。在那场大战中，正邪圣地千年来首次联手，着实让修炼界吃惊不小。联合大战风波还未过去多久，正邪圣地的暗战如火如荼地拉开了序幕。

沉寂多时在灭杀赶尸派大战中一直未露面的梦可儿，率领门下众多精英弟子大破情欲道多处据点，令该派损失惨重，将情欲道在东大陆三大帝国之一楚国的部署几乎连根拔起。各个正邪圣地和东大陆三大帝国之间有着千丝万缕的联系，澹台古圣地明显偏向于楚国，而情欲道则和楚国的不睦邻居拜月国过从甚密。澹台古派摧毁情欲道在楚国的势力，楚国皇室也出动了不少的力量。梦可儿与楚月这一次可谓完胜。

尤其是梦可儿，她果真如辰南猜想的那样，以身犯险，深入虎穴，竟然真的是主动被俘，演下一出好戏。当初擒下梦可儿时，辰南就猜疑不已。他多次和梦可儿打交道，深知这个女子心机深沉无比，虽非邪恶之辈，但也绝非善主，是一个为达目的不择手段的可怕女子。后来发生的事证实了辰南的预料。原来梦可儿早已察觉出师姐的异常，事发几天前就已仔细调查过，她知道王琳确实已经通敌，想将她取而代之。不过她没有立即出手格杀对方，而是布下一道道厉害的后招，将计就计，随同王琳前往埋伏圈。

梦可儿这样做是有恃无恐的，没有人比她更清楚自己体内那股封印的力量有多么可怕。她有信心，无论外敌多么强大，她若想逃走，解开封印后都能够从容退去。况且，她并不是独自行动。为此，她煞费苦心，运用药物解决了女人特有的问题，致使王琳错估"那几天"的时间。梦可儿可谓机关算尽，连这种小细节都精妙地算计了进去，可见其缜密的心思。

王琳和南宫仙儿也的确够狠，怕梦可儿利用体内封印的力量逃走，真的拿"那几天"做文章，不过终究功亏于梦可儿的"早有准备"。被伏击时，梦可儿感应到了辰南的气息，差一点想退走，这个敌手的出现超出了她的意料。不过，她决定冒险试一试，因为她准备充足，提前联系过另外两个圣地传人王辉、岳擎，他们躲在暗中，一切看她的手势行动，必要时可以救援。当梦可儿故意失手被封住穴道的瞬间，她立时动用体内封印的力量解开了穴道。南宫兄妹不会困神指这样的锁身奇功，而辰南对于情欲道的战利品也不好贸然出手，免得被认为小觑对方。

梦可儿深知辰南有一门锁身奇功，见他未出手便进一步冒险。最近她的修为提升了一大截，能够更好地控制体内封印的力量了，这股力量实在可怕无比，现在寻常的封穴手法万难奈何于她，她若想离去，可以随时随地从容退走。结果一切是那样地顺利，在接下来的时间里，赶尸派大会以及灭掉赶尸派的密谋将南宫兄妹羁绊住了。

南宫兄妹封印了梦可儿一百零八处大穴，认为她已经万难逃离，却万万没有想到，情欲道的封穴手法对她起不到半点作用。在南宫兄妹忙于和辰南商议灭掉赶尸派之际，梦可儿却已经开始实施下一步的杀招。首先她找上了她的师姐。看着梦可儿从容地找到她，王琳立时被震住了。她本无反澹台古圣地之心，只想做澹台古圣地的第一传人。

梦可儿的志向很大，她的眼光并没有局限于一个澹台古圣地，她并没有立时对王琳出手，也没有责怪对方，而是开诚布公地对王琳讲，以后澹台掌门之位将传给王琳，而她自己的脚步不会仅仅止于正道几个圣地。两人是一起长大的，王琳深深知道自己师妹的手段，自从事情一败露，她就已经知道自己彻彻底底地输掉了。

重诺、威胁之下，王琳很快就妥协了，她是聪明人，知道取舍。她不担心自己的安危，梦可儿的心很大，以后需要她的地方还很多，向梦可儿妥协，她以后得到的利益也会很多。各个圣地传人和辰南在密谋灭掉赶尸派，而澹台古圣地两个心机深沉的女子已经开始商议剪除情欲道在楚国的各个据点，甚至准备在赶尸派灭亡后出手袭杀南宫兄妹。

一切都很顺利，在王琳的"提醒"下，南宫兄妹认为将梦可儿"幽禁"在丰都山附近非常容易暴露。毕竟几派圣地传人都在这里，万一事情败露，那将是天大的麻烦。他们听从王琳的建议，封闭梦可儿全身三百六十五处大穴，将她押往离这里很近的楚国第二大城市中的情欲道据点，然而封穴对梦可儿来说只能算个笑话。情欲道在楚国部署的据点是异常秘密的，澹台派费尽千辛万苦也没破获一个小小的据点。而如今，梦可儿却成功打入敌方重地。

至此，梦可儿结合自王琳处得来的信息以及第二大据点处的书信等线索，开始顺藤摸瓜，逐渐将情欲道在楚国的所有部署都查探了出来。最后，当八派灭掉赶尸派取得重大胜利时，梦可儿也取得了重大的胜利。她不动声色地通知楚月，开始多方部署，而后联系王琳，准备端掉情欲道各个据点并且袭杀南宫兄妹，彻底让这代情欲道退出历史舞台。

然而，南宫兄妹毕竟不是简单的人物，尤其是南宫仙儿，其心机绝不下于梦可儿。在灭杀赶尸派后，她第一时间觉察到了事情有些诡异，通过种种蛛丝马迹发现大事不妙，立即飞鸽传书通知楚国境内各个情欲道据点首脑，马上率领弟子退出原据点，觅地隐藏起来。同时，她和南宫吟在梦可儿赶到前先一步动手，开始袭杀王琳。

南宫仙儿虽然了得，但毕竟失招在先，这时一切动作都有些晚了。一夜间，情欲道在楚国的部署被连根拔起，虽然首脑人物大多都逃走了，但外围弟子死伤无数，在楚国多年的心血几乎毁于一旦。她和南宫吟也只是将王琳击成重伤，最后不得不在梦可儿率人赶到时含恨离去。

梦可儿的这次逆袭和灭杀赶尸派这样的大风暴比起来，只算是一阵不大不小的风。不过这则消息却在正邪圣地之间炸开了锅，正邪之战真正拉开了序幕。梦可儿的这一仗可谓漂亮至极，令所有邪道圣地传人深深警惕，也让所有关注正邪之战的修炼界人士再一次对梦可儿刮目相看，深赞这个女子手段果然了得。她虽然没有参加丰都大战，但其不凡的手段与胆谋，令其名气同样在修炼界提升了一大截，已经成为年青一代影响力最大的风云人物之一。

南宫兄妹可谓惨败，但他们并未有丝毫沮丧感。南宫吟平时风度翩翩，虽然有我就是淫贼的表象，但并未干过伤天害理的事情，事实上此人生性开朗,不过言行有些淫荡而已。惨败后,南宫仙儿战意高昂,不沮丧不气馁,反而像投入了某场极为有趣的游戏一般,觉得找到了一个难得的对手,开始计划下一局的"玩法"。

邪道六圣地中轩辕道、情欲道、绝情道、混天道四派传人已显世,正道五圣地中无忧宫、澹台派、小林寺、紫霄宫四派传人也已显世。赶尸派灭亡风暴结束之后,正邪圣地之间暗战不断,大大小小的战斗已经不下数十起,当然像梦可儿那次大规模的对抗是绝无仅有的一次。

正当各个圣地当代传人紧锣密鼓部署之际,梦可儿这个令所有人侧目的女子,再次反常理出牌。她认为正邪之间虽然较量不断,但却总是在重复老一辈的对抗方法,你派占上风后,我派紧接着报复,杀来杀去,最后也只是纠缠不断而已,难以体现出各派弟子孰强孰弱。梦可儿高调地向各个邪道圣地当代最杰出弟子下战书,她将在魔法与斗气共存的西大陆恭候各位邪道圣地传人。

如此大气的手法,立时令修炼界人士侧目。在这则挑战书发出不久之后,各个正道圣地传人立时响应,认为这个主意绝妙无比。而且王辉、岳擎等人高呼,各圣地传人都不应带己方势力前往西大陆,应凭借一己之力在西方发展。梦可儿下发挑战书的当天,也是辰南动身前往西大陆的第一天。

混天小魔王、南宫吟、南宫仙儿、齐腾、轩辕风私下会面后,密议良久,而后对外宣布应战。一时间,东大陆刮起一股旋风。各个大小门派、无数年轻高手准备前往西大陆去凑热闹,见证正邪圣地这次具有别开生面的大决战。在辰南动身不久之后,东大陆无数青年高手也开始向西大陆进军。接连一系列事件,梦可儿无疑已经成为修炼界的风云人物。

辰南一路西行,穿过茂密的原始森林,攀过巍峨的大山,十几日以来,听惯了猿啼虎啸,见惯了珍禽异兽。天元大陆中部地带这片连绵不绝的山脉,当真是一片原始之地,虽然人们早已开发出了连接东西方的道路,但普通人如果没有佣兵团保护还真难以穿越这片山脉。大路两旁参天的古树遮天蔽日,保留着最原始的风貌,十几丈的巨蟒、一两丈高的巨大怪兽时常可见，偶尔还会碰到发疯的蛮兽在林间到处乱闯。

不过在龙宝宝的强大龙威震慑下，没有怪物敢招惹这一人一龙，令辰南颇为遗憾。他早就听说这片大山中有不少珍异的魔兽，体内孕有极为珍贵的魔晶核，他想爆掉一些强大的魔兽，去西方肯定会大有用处。

东西方的修炼体系有着很大的区别，魔法师不仅能够将魔力凝聚在体内，还能够通过种种魔法道具，将魔力集放于体外。同东方的修炼体系对比，这一点具有明显的优势，武者的真气是无法积攒在体外的，而魔法师如果有足够的上等魔法器物，平时多加积累魔力，就等同于多了一个移动魔力仓库。一个优秀而又强大的魔法师必然有着强大的魔力，魔力是他们施放魔法的动力源泉，拥有的魔力越强大，所能够施展的魔法威力也就越强大。故此，强大的魔法师身上总是有许多极品魔法卷轴、储魔晶核、极品法杖等魔法器物。而制作法器都离不开魔晶核，故此魔晶核在西大陆供不应求。

即便一个魔力很弱的贵族子弟掌握有强大的魔法卷轴也可以施展出几个强大的魔法。从某一方面来说，魔晶核的作用是无比巨大的，是贵族阶级的最爱。当然真正的强者不会总是借助外物。毕竟并不是花天价多买几个魔法卷轴就能够列入强者之列。不过从中也可以看出，法器还是受人追捧的，魔晶核的需求是巨大无比的。在西方，不仅魔法师需要魔晶核，武者也有需求。在一件武器上镶嵌经过魔法师加持的魔晶核，能够令武器具有相应的魔法属性，更具威力。基于以上原因，在斗气与魔法并存的西方世界，珍贵的魔晶核常被炒为天价。

辰南看着在前方晃晃悠悠飞来飞去的小龙，叫道："龙宝宝，把神龙气息收敛起来，我们也宰上几头魔兽，积累一些魔晶核，去西大陆将有大用处。"小龙飞到辰南近前，一双大眼扑闪扑闪地眨动着，不紧不慢地道："想要找魔兽？看——我——的。"它拉着长长的尾音，东摇西晃地飞进了道旁那古木参天的原始森林中。辰南可没把它的话当真，看到肥胖的小龙向大山内飞去，想要叫住它，又估计没有兽怪奈何得了它，也就由着它去了。

此时已经是晌午时分，辰南坐在路边休息，清新的空气夹杂着花草的香气。可是不多时，他感觉有些不对劲，竟然有阵阵腥味传来。片刻后，山林开始传来阵阵颤动，腥风扑鼻，山林内兽吼禽鸣，嘶叫不断。辰南立时跳将起来，只见密密麻麻的上百头野兽冲出山林向他这个方向奔来。

小龙拍打着一双龙翼，醉酒一般在空中晃动，跟在这些野兽的身后。晕，狂晕！辰南没想到这个小东西真的驱赶出这么多的野兽，其中大部分显然是变异兽类，定然孕有晶核。"魔兽来咯……"小龙兴奋地扑棱着龙翼，在空中奶声奶气地叫着。辰南又好气又好笑，小东西还真是顽劣啊，居然搞出这么大的动静，一副唯恐天下不乱的样子。

面对这么多的魔兽，他可不能傻兮兮地冲上去。他飞身跃到一棵大树上，直到兽怪大军消失才对龙宝宝招手道："我叫你将神龙气息收敛起来，你怎么赶来这么多的野兽，叫我如何去对付？"小龙眨动着大眼，并不作声，伸出一只小爪，向下方指了指。魔兽大军已经过去，但下方竟然还停有一个庞然大物，竟然是一只巨熊，足有三丈高，正咧着血盆大口对着辰南流口水。

这个大家伙一看就是兽王，起码达到了二阶水准。实力一般的魔兽体内的晶核已经很值钱了，一旦跨入阶位水准，晶核就变得更加珍贵了。要知道，实力强大的魔兽经常吞吃实力弱小的魔兽的晶核，阶位水准的魔兽体内都是上品的魔晶核，是魔法师的最爱。小龙早已收敛了神龙气息，巨熊感应不到神兽的存在，眼中凶光大盛，立时吼叫起来："嗷吼……"它用力撞击辰南立身的大树，而且张开血盆大口，竟然对着辰南喷出一道闪电，"喀喇"一声击断一截斜伸着的树干。

以辰南如今的修为，当然不会将二阶境界的巨熊放在眼里，他如一根鸿羽一般飘飞了出去，未落地前右手劈出一道璀璨夺目的刀芒，"噗"的一声将巨熊斩为了两段。血浪喷涌，巨熊沉重的死尸翻倒在地，砸得地面发出"轰隆"一阵大响。一颗拳头大小的紫色晶核从巨熊的腹中滚落了出来，像宝石一般发亮。辰南将之捡起，立刻感受到了魔法元素的波动。

"我要吃熊掌。"小龙扑棱着龙翼，围绕着辰南飞来飞去。晕，辰南现在才明白，这个小东西原来一直在打这个主意，怪不得要赶来这头熊王。在接下来的几天里，辰南在疯狂地掠夺魔晶核，小龙每次赶来一两头阶位水准的魔兽，致使辰南获得的一袋魔晶核都是极为珍贵的上品。这是一笔巨额财富，寻常的高手哪能容易地自茂密的原始森林中捉到高阶魔兽，但辰南有神龙相助就大大地不同了。现在，如果他想安心地做一个富翁，无疑可以舒服地过几辈子。

几天过去后，通往西大陆的山路上，六头高大的魔兽在奔跑，一头近两丈长的双头魔狼，一头三丈长的独角虎，一头一丈多长、周身火红的巨狐，一头浑身上下金光闪闪、高足有两丈的巨猿，一头长三丈的双尾金钱豹，一头两丈多长的白犀牛。白犀牛比它的同类大了许多，但在这六头高大的魔兽中，其尺码却毫不显眼。不过在这六头魔兽当中，它似乎是老大，另外五头魔兽皆环绕着它。这头犀牛是罕见的异种，其表皮不像寻常的犀牛那般粗糙，白色的躯体竟然如宝玉一般光亮无比，好似一尊玉雕一般。雪亮的犀角熠熠生辉，光灿无比。这头白犀牛整体看起来充满了灵性，一看就是高阶的魔兽。

辰南坐在白犀牛之上，而另几头魔兽围绕在它的附近。近几日，辰南已经不再猎取魔晶核，开始尝试降伏魔兽。这几头魔兽当中白犀牛已经达到了三阶，有突进四阶的迹象，辰南收服它时费了很大的力气。辰南觉得将它作为脚力着实不错，运行如风，神速无比。其他几头魔兽皆在二、三阶间，它们慑于龙宝宝的龙威之下，辰南并没有尝试去彻底降伏它们，只是觉得旅途枯燥，一时兴起，将它们聚在身边而已。不过他后来渐渐改变了主意，觉得捉上一队高阶魔兽弄到西方去，说不定会比手中的魔晶核更受人欢迎。

一路上贪吃的小龙时常对着几头高阶魔兽狂流口水，除却那头白犀牛外，令几头魔兽吓得战战兢兢。行走十几日后，当辰南走出大山时，他身边聚集的魔兽大大小小已经有十几头，最差的也达到了一阶水准，组成了一个怪兽小队。此外，龙宝宝神通广大，竟然驱赶来一群异常漂亮的大鸟，环绕在辰南头顶上空，令这支队伍显得更加古怪奇异。

魔法与斗气并存的西大陆风气明显要比东大陆开放，这是一个充满激情的世界。当辰南驱赶着怪兽进入一个城镇之后，立刻引起了轰动，引来无数人观望。消息传出去后，不少修炼者还以为有恶徒在肆虐，不少人赶到了那里，最终发现那不过是一场误会。

辰南首次来到西方就因驾驭着一大群魔兽的出场方式造成轰动，他的名字立时不胫而走。西方修炼界许多人都知道，东方年青一辈的"第一人"来到西方，引发了不大不小的一场轰动。众多修炼者纷纷猜测他的来意，他是以东方修炼界年青一代第一人的身份来西方挑战，还是别有目的？不过，西方的龙骑士们已经开始摩拳擦掌了，辰南这个出道以来以灭杀龙骑士而闻名的"屠龙专业户"，居然高调地赶着一群魔兽闯到了西方，这触痛了某些人的神经……

走出天元大陆中部地带的茫茫大山之后，辰南进入的国家名为新兰，是西方四大国之一。西大陆也如同东大陆一般，主要分为几个大国，此外还有近百个在夹缝中生存的小国。四大霸主国家为：新兰、曼罗、拉脱维亚、埃克斯。四国领土面积差不多，国力相当，这也是近年来西大陆未爆发战争的原因。新兰在西大陆的最东方，曼罗位于南方，拉脱维亚占据了北方，而埃克斯则雄霸最西方。其他小国的领土面积加起来也仅仅和一个霸主国家相近，小国分别隶属于不同的阵营，年年向臣服的霸主国家进贡。

辰南第一目的地是新兰国的王都，新兰都城德里是西大陆的一座名城，西大陆对东大陆的贸易必然要经过新兰，而新兰王都是通往东大陆的一个重要中转地。不要说作为一国都城的德里，即便是普通的一座城市在东西方的商贸要道上也能够发展成为一座名城，故此德里的繁华是令人难以想象的。

辰南驱赶着一群魔兽的登场方式造成了很大的轰动，也招来不少麻烦。一般的小城还可以通融，让他进去，但规模稍微大一些的城市都将他拒之城外，怕魔兽伤人。不过辰南并未受到冷遇，仅仅几天他身边便聚集了不少商人以及贵族的使者。许多人都火热地望着那些魔兽，他们看出了其巨大的价值。尤其是当辰南从行囊中取出一个二阶熊王的紫色魔晶核时，众人的眼睛简直快喷火了，无数拍卖行的老板蜂拥而来。

辰南在一座小镇住下后，每日拜访者无数，皆在打晶核与魔兽的主意。这一切都是他有意为之，他初来西大陆需要一个能够和西方贵族交往的身份。因为他将要在西大陆追查一些重大事件，需要借助西方贵族的帮助，比如混进西方的教会，看圣殿中的典籍等等。显然辰南的出名计划还是很成功的，西方修炼界的人士早早就开始关注他了，商人、贵族更是主动找上门来，一时间他的住处出入之人络绎不绝。

十日之后，正当辰南准备向新兰都城德里进发时，一位熟人找上门来。凯利和龙舞的哥哥潜龙长相异常相像，辰南对他并不陌生，在楚国时他们曾经相处过一段时间。凯利为西大陆某一小国的王子，自小便表现出了极高的魔法天赋，后进入魔法圣地魔山拜师学艺，十六岁时就因极高的魔法造诣而传名于贵族之间。虽然受身份所限，他不可能完全踏入修炼界，但其高深的魔法修为已经受到老一辈人物关注。近两年来其超凡脱俗的魔法修为，引起了不小的轰动，被认为魔法通神，为西大陆顶峰十大青年高手之一。

"辰兄果然是名人啊，无论走到哪里都备受瞩目，实在无愧于东大陆年青一辈的第一人的名号啊！"凯利英俊无比，脸上充满了灿烂的笑意，无愧魔法王子的称号，的确称得上少女杀手。他回到西大陆已经半月有余，一直在新兰逗留，听闻辰南的消息便第一时间赶到了这里。

辰南对他还是有些好感的，觉得他是值得一交的朋友，况且在西大陆有许多地方需要仰仗这个在贵族间名气很大的魔法王子，所以两人相谈甚是愉快。辰南对凯利没有什么可隐瞒的，直接说出自己来西方是为追查神魔遗迹，探究一些历史上的神魔之秘。当他提到请凯利帮忙，想要借阅西方光明教会的典籍时，凯利摇了摇头，道："辰兄，不是我不肯帮你，而是实在帮不上，那些数千年前的典籍都被光明教会当作圣物一般封印着，不要说是外人借阅，就是教会内的骨干成员也万难窥探，根本没有几个人能够目睹那些秘典中的内容。"

有古怪，一定有大秘密！辰南立刻觉察到，光明教会的典籍中肯定有惊人的记载。西方教会完全可以称得上天下第一教，不同于东方的百派争鸣，自古以来光明教会在西方几乎一直是大一统的局面，早在万年前就有很大的影响力了。他们的古老秘典保存得比较完善，肯定记载了许多不为人知的惊天大秘。

"辰兄如果真想探寻万年来的神魔秘闻，我倒是可以给你指一条路。南部的曼罗帝国与西部的埃克斯帝国之间是无尽的大山，那里保留着最为原始的风貌，西大陆面积最大的一片原始森林就在那里，面积能有小半个新兰国大小。一个古精灵部落就在那片原始森林中，据说那里曾经发生过许多奇异的事情，传说古精灵部落能够和神灵沟通。这个部落是西大陆精灵的发源地，那里隐居着不少神秘的绝顶强者，不仅仅限于精灵一族，辰兄如果要去的话，千万不能放肆。"

传说中精灵皆俊美无比，是天生的魔法师与神射手，具有悠长的生命，一般都能活五百岁左右。显而易见，精灵中的强者是超级可怕的，只要不是太过劣拙，修炼数百年，恐怕庸才也会成为高手。是以在那遥远的过去，精灵这一强大的种族曾经有过辉煌的历史，建立过一个超级强大的帝国。只是精灵的生育能力实在极端低下，最终由于人口越来越少，一个大帝国逐渐瓦解崩溃，直至消失。如今，整片西大陆仅有几个精灵小部落而已，但他们的强大是毋庸置疑的，没有人敢去挑衅他们。他们隐然间已经成了一种超然的存在，许多王公贵族想方设法娶精灵女子为妻，因为这对他们来说是一种荣耀，只不过精灵是高傲的，很少有嫁给人类的女精灵。

听闻凯利的话语后，辰南心中一喜。显然，除了光明教会外，他又多了一条追查的线索，看来只要多方打探，必然可以发现诸多蛛丝马迹。随后凯利说了一则对辰南来说还算不错的消息，凯利之所以逗留在新兰帝国，因为离此不远的奥利列大公爵将举办一次盛大的生日宴会，邀请了不少名流。此公爵在新兰大帝国权势滔天，领地极大，这次举办六十岁大寿，许多贵族都来拜贺。而奥利列自然也要邀请一些贵客，据说包括光明教会的一位红衣大主教。

红衣大主教在教会中具有莫大的权力，除了教皇，没有几个人能够约束他们。这对辰南来说真是一个不错的消息，如果能够结交这位主教大人，说不定他能够顺利取到光明教会的古老典籍。

"辰兄，不得不说你真的很幸运，知道刚才我为什么提到那个古精灵部落吗？因为这一次奥利列大公爵邀请到了该部落两个在外游历的青年精灵。"

"凯利，真的太感谢你了，愿光明神与你同在。"来到西方后，辰南整日听人们赞美光明神，不觉间他也如同一个神棍一般，将光明神挂在嘴上。凯利虽然为小国的王子，但在西方贵族间却有着不小的名气，不少国家的贵族子弟都和他交情莫逆。他在新兰有不少的朋友，而奥利列大公爵因为和他父亲有着不浅的交情，更是赠送了他一座豪宅。

辰南的魔兽小队皆被送到了凯利的府上，至于龙宝宝驱赶来的那些飞鸟则被放飞了，这令小龙有些不满，不过它最后也只能擦了擦口水，挥舞着一只小爪，口齿不清地喊着："再见，再相见，我会想你们的……"能被小龙看上的飞鸟都有些灵性，都是一些罕见的异种，它们似乎能够听懂小龙的话语，刚刚逃出龙嘴，又险些直直坠落地面摔死。

凯利则是无比吃惊地看着小龙，他早早注意到了辰南肩上的金黄色小皮球，只因小龙用一对神龙翼裹住了自己，凯利到现在才发现它的样子。"天啊，神话传说中也难得出现的神灵龙！哦，光明神在上，我没看错吧！"一直以来凯利都是一副风度翩翩、举止优雅的贵族模样，但看到小龙后他惊得瞠目结舌，言行颇为失态。他知道辰南有一条只在东方神话传说中出现的紫金神龙，那已经是修炼界众所周知的事情，算不得什么秘密，但不想今日又看到一条只在神话传说中才出现的神灵龙。虽然眼前这个小皮球是那样地幼小，但凯利却隐隐觉得这个小家伙比那条满嘴脏话的痞子龙强大很多。

他觉得辰南身上充满让人猜不透的秘密，有两条神龙，为太古神族的后裔，师承无人得知，会不少失传的东方绝学……知道辰南身具"太古神族血液"的人并不是很多，虽然赶尸派大战当中，辰南大方地充当了一次血库，但八大圣地的最杰出的弟子并没有将这件事传播出去，除却玄奘等人外，仅有有限的几人知晓。

小龙眨动着大眼，无辜地看着凯利，奶声奶气地叫道："干吗老是看着我？"凯利觉得这个小家伙真是有意思，居然会不满和怕羞，不禁笑了起来。不过辰南却不这样认为，这个小东西会怕羞才怪！果然，小龙的行为印证了辰南的猜测，它有些大舌头，口齿不清地嘟囔道："你伤害了我幼小的心灵，你要用最好的美味与最香醇的美酒来洗刷你的罪恶。"

　　晕，这个小家伙说话一套一套的，居然还会敲竹杠，这令凯利有些惊异，同时更加感觉好笑，这个胖嘟嘟的小东西实在太招人喜欢了。如果这不是一条神龙，凯利定然会不惜一切代价，将它从辰南手中买或交换过来。只可惜，这是一条独一无二的神灵龙，他知道辰南万万不会答应的。

　　奥利列的领地包括了辰南暂居的这个小镇，他住在离此不远的新兰第二大城费沙城。第二天当辰南与凯利走进公爵府时，在遥远的东方，许多青年高手已经到了罪恶之城，正在向西大陆进发。作为这次"西进"的发起者，梦可儿有道家至宝玉莲台，一路西飞，白衣飘飘，如凌波仙子一般，就在今日，她已经踏上了西大陆的土地。

　　奥利列公爵府出入之人络绎不绝，皆是一些有势力的贵族，当然也少不了贵妇等女眷。宽广的大厅金碧辉煌，数百人赴宴毫不拥挤，水晶吊灯洒出的光芒将大厅烘衬得绚丽无比。众多贵族举着高脚酒杯，三五成群地聚在一起，频频碰杯，热络地交谈。

　　凯利如此英俊，且有魔法王子之称，自然少不了熟人，且多半为女性。丰满少妇、美貌少女，将他环绕在中间。不过这些莺莺燕燕举止优雅，不愧有贵族称号，只是眼中那份火热，则又与她们的身份有些不符。辰南受不得这种阵仗，赶紧自凯利身边逃离，自侍者手中接过一杯葡萄酒，他才长出了一口气。

　　对于饮酒之道，辰南并不怎么沉溺，不过小龙看着他手中澄亮香醇的葡萄美酒，却一个劲地咽口水，一双大眼闪亮闪亮的。小龙用自己的龙翼包裹着胖胖的龙躯，所以并没有被人认出来是神龙。西方许多贵族都养有一些魔兽做宠物，所以对于辰南肩头那个肥胖的球状物，人们并未给以多关注。看到小龙馋成这个样子，辰南当然不会委屈它，将手中的高脚酒杯举到肩头，向它示意。小龙高兴地扭了扭肥胖的龙躯，飞快地咽了一口口水，不客气地喝了起来。小酒鬼将这少半杯酒喝完，咿咿呀呀嘟嚷个不停，用最原始的龙语，表达着自己的兴奋之情，两只金黄色的小爪攥成小拳头，一对大眼扑闪扑闪地发着亮光，泛出无数颗小星星。

看着它陶醉的样子，辰南感觉特别好笑，身体变小的龙宝宝，比以前还要招人喜欢，这个小东西的身上仿佛长满了"喜人肉"。辰南从侍者手中又接来一杯葡萄酒，举到肩头，小龙似模似样地小口饮着，一副陶醉的姿态。

正在这时，一个不和谐的声音传来。"真不知道奥利列公爵为何会请这种人，一点贵族礼仪都不懂，不仅将宠物带了进来，居然还将名贵的酒浪费在它的身上。"冰冷的话语带着不屑。辰南慢慢扭过头来，眼前是一个比之凯利毫不逊色的美男子，略微单薄的身躯，柔顺光亮的金发，绝美的容颜，如果不是他长有喉结，辰南非将他当成一个女人不可。

这名美男子不是很高，一脸高傲的神色，用不屑的眼光审视着辰南，似乎是高高在上的主人在俯视着仆人一般。美男子的话语很快就引起了旁边一些人的注意，目光齐刷刷瞄向了他们。

"你是哪一头？"小龙稚嫩的话语突然响起，它喷着酒气，用神龙翼裹着身躯，舒服地攀在辰南的肩头，昂着头，探出一只金黄色的小爪指着美男子道："长耳兔，你是妖怪吗？"能够口吐人言的兽类，都是本领强大的神兽，或者实力强悍的魔兽、精怪等。当然，西方也有一些能够口吐人言的宠物兽，不过智商都不是很高，需要主人教导才能够口吐人言。

眼前的美男子一下子呆住了，当然并不是被小龙的神兽身份吓呆的，他可没往神兽那方面想。他是被气呆的，居然有人这样侮辱他，愤怒的火焰让他立时要发狂了。辰南也呆住了，听闻小龙的话语后，他注意到了美男子掩藏在长发中的那对长耳朵，"精灵"二字在他心中一闪而过，他暗叹一声坏了，本想和对方结交的，没想到在这种场合下见面。

"你是什么身份，竟然如此侮辱我，我奥迪拉要和你决斗！"精灵是一个高傲的种族，奥迪拉认为是辰南在教唆小龙侮辱他，这令他感觉到莫大的耻辱。作为一个精灵，原本不会多事，只因奥迪拉在外历练，久在贵族间走动，多少沾染上一些人类贵族的习气，加之今日多喝了一些美酒，所以才会傲慢地指责辰南，没想到却受到侮辱。精灵是高傲又好面子的，他当然咽不下这口气，立时要拔剑决斗。一个精灵如此大声地叫嚷决斗，立时成了整个宴会场中的焦点。

奥迪拉在酒精的作用下，向前跨了几大步，失态地用手指着小皮球状的小龙，气愤地叫道："你这个愚蠢的魔兽，只会鹦鹉学舌，我要连你和你的主人一起教训！"

"宝宝很生气，后果很严重！"稚嫩但有些口齿不清的童音在场内响起。完了，辰南替精灵奥迪拉默哀，他闭上了双眼，不忍心去看了。"砰！""啊……"胖嘟嘟的小龙，利索地挥出小拳头，一拳将奥迪拉轰飞了。辰南睁开眼寻找精灵的踪迹，最后看到水晶顶棚上出现一个人字形的大洞。所有的人都傻眼了，这是什么魔宠啊，居然有这么大的力气，将一个精灵高手轰飞，场内所有的目光都聚焦到了辰南的肩头。

小龙眨动着一双大眼，一副无辜的样子，奶声奶气地嘟嚷道："我本善良。"辰南快晕了，所有参加宴会的来宾也快晕了。金碧辉煌的大厅静到了极点，所有人都注视着辰南肩头上那个像小皮球一般金黄发亮的小东西。

"光明神在上，它真是太可爱了，你们看它那双大眼多么地有灵性啊！"一个美丽的少女率先发出惊呼。

"哦，好可爱的小东西，它好像受了委屈。"一个贵妇开始同情心泛滥。

"天啊，会说话且具有极高智商的魔宠，胖嘟嘟的样子太可爱了，那双漂亮的大眼和我小孙子的眼神一样清亮。"一个老妇人慈爱之情溢于言表。

……

胖嘟嘟的小龙立刻成了小明星。不过许多人还是很冷静的，这些人看着水晶顶棚上那个人形大洞直嘀咕，这个小小的魔宠到底是什么来头啊？太恐怖了！虽然是贵族的宴会，但场内不乏高手，许多人紧紧地盯着龙宝宝，不过由于龙宝宝用龙翼包裹着龙躯，许多人都没有看出它的来历。当然并不是所有人都如此，场内最起码有几人现出了狐疑之色。

身材略微有些臃肿、须发皆已花白的奥利列大公爵向这里走来，和他一起走来的还有一个老人，年岁和他差不多，看起来很慈祥，由衣服来看是个神职人员。事实上，此人正是凯利口中的红衣大主教艾玛。身为主人最不愿意发生这种事，况且是一个来自古精灵部落的贵客被轰飞。奥利列公爵脸色有些不好看，一边派人去查探精灵奥迪拉的生死，一边打量着辰南，向这里走来。

"公爵大人，对于刚才发生的事情，我在这里向您郑重道歉。刚才的不幸是一场误会，光明神在上，请饶恕这个不懂得礼法的小东西吧。"辰南自己都觉得这些话语有些别扭，不过既然来到西方，他试着用西方的礼节对话。奥利列的脸色有些阴沉，他不认识辰南，对于公爵来说，一个陌生的贵族肯定地位不高，因为如果是大贵族，平时必然见过面有过交往。况且对方是一个黑发黑眼的东方人，想来身份远远比不上来自古精灵部落的贵客。

艾玛大主教深深看了几眼小龙，适时开口道："赞美光明神，神会原谅这个小家伙的。"小龙眨了眨大眼，口齿不清地嘟囔道："赞美光明神，愿光明神与你同在。"晕倒！参加宴会的众多贵族，险些吓得坐到地上。这是什么魔宠啊？智商也太高了吧，竟然和一个红衣大主教对起话来了。众人惊得瞠目结舌，眼前这个小家伙太不可思议了。

"哦，光明神在上！我看到了一个奇迹，这个小家伙竟然能够和我对话。"看到这样一个活宝，红衣大主教也略微有些失态。小龙一副虔诚教徒的样子，稚嫩的话语显得一本正经，道："神说，众生平等。"在场众人简直快晕了，这个小东西居然和红衣大主教侃了起来。

辰南也有些晕，小龙比他想象的聪明得太多了，看着小龙一副小神棍的模样，他差点笑出来。小龙不满地瞥了他一眼，小声嘟囔道："我知道刚才那句话是一个和尚说的。"晕，狂晕！自今日起，辰南不得不把小龙当成一个鬼精灵来看了，这个小东西居然连佛与光明神这些宗教的东西都知道，并不像他想象的那样单纯。

奥利列公爵也傻眼了，和旁边的那些贵族一样，直愣愣地看着如虔诚教徒般的可爱小龙。艾玛红衣大主教暗暗擦了把汗，微笑着道："孩子，可以告诉我你是怎样的一种存在吗？"紧接着，大教主暗骂自己糊涂，小家伙的主人就在这里，直接问主人不就行了。他转头看向辰南，刚要开口说话，这时小龙却有更加惊人的言语了，它将两只金黄色的小爪合在一起，做祷告状，道："光明神在上，赞美光明神！神说，表象不过是一具臭皮囊。神说，众生平等。神说，我们都是他的子民。"晕了，在场所有人都快被小龙侃晕了。不但众人没听说过那些"神说"，就连艾玛红衣大主教也未曾听闻过那些神语，他暗暗狐疑，难道是古籍中的神语？

小神棍似乎侃上瘾了，虽然有些大舌头，但众人还是能够听清它的话语。"神教导我们，要律己向善，要学会感恩。刚才那个精灵违背了神意，他不仅自大自负，没有领会神说的'众生平等'而歧视我们，还心生恶念要取我们的性命。神说，正义永存，永远不要向邪恶低头。于是我遵从了神的意旨，用光明的力量驱散了邪恶。不过神是仁慈的，如果那个精灵改过自新，神会原谅他的。"晕倒！辰南真的开始佩服这个小神棍了。大厅内的贵族们目瞪口呆，惊异地望着小龙，这个小东西一本正经的样子似模似样，比红衣大主教艾玛还像神职人员。一个魔宠居然一口一句"神说"，虔诚无比，实在让人接受不了，众人彻底晕了。

还好，这时凯利微笑着走了出来。他一直在旁观，想看辰南的应变能力。令他惊愕的是小龙的神奇表现，没想到这个小家伙居然侃晕众多贵族，简直就是一个小神棍，小东西自己几乎就解决了这件事。"奥利列叔叔，这位是我的朋友，但未来得及向您介绍。"看到神奇的神棍小龙，奥利列公爵似乎已经忘记了开始的不快，这时听闻凯利的话语，脸色又缓和了许多，问道："这位是……"

"我曾经向您提过，他就是在东大陆风头最劲的年青一代绝顶高手辰南。"所谓人的名、树的影，辰南在东大陆可谓如日当空，声威正盛。一系列大事件令他的名字传遍了修炼界，即便远在西大陆也有不少人听闻过他的名号。奥利列公爵身为一个修炼者，对于近来发生在东大陆的事情怎么会没有耳闻呢，赶尸派被灭掉这一大事件的风波到现在还没有完全平息。

当然，辰南在西大陆的名号远远不如在东大陆响亮。不过，参与宴会的这些贵族也都听说过他的名字。相较于名气，西大陆的人更看重实力，辰南虽然在东大陆名气颇大，但参加宴会的众人更看重他位列东大陆十大青年高手的实力。这意味着，他同魔法王子凯利有一较高下的能力。

"光明神在上，原来是东大陆的十大青年高手之一！""一名实力强大的东方武者！"……

现场传出阵阵惊呼，人们没有想到眼前这个青年竟然是一个强大的东方武者。在整片大陆年青一代中能够排进前十，这种成就对于这些西方人来说是无上的荣耀，无论在哪里都是强者为尊，这也是凯利在西方贵族间受欢迎的原因。

尴尬的气氛一扫而光，现在辰南俨然成了贵宾，奥利列公爵也开始和他亲切地交谈起来，许多贵族都围了上来。如果让这些人知道，辰南现在在东大陆，已经被视作年青一辈"第一人"，现场众人恐怕比现在更加热情。事实上，辰南几日前驱赶一队魔兽来到西方的事情已经传到了这些人的耳中。他们有些人还曾经派人去找过辰南收购魔兽和魔晶核，没有想到会在这里见到他。

"亲爱的公爵大人，由于来时匆匆，没有给您准备什么好礼物，只能送一些晶核和一头魔兽了。"辰南微笑道。这次参加宴会，辰南送给奥利列公爵五颗二阶兽王级的魔晶核以及一头独角虎王。私下获知辰南的礼单后，奥利列公爵异常高兴，阶位境界的兽王魔晶核向来有市无价，阶位魔兽多在深山大泽中，平常很难寻觅到。

在宴会进行过程中，奥利列高兴地宣布辰南是他的贵客。通过奥利列和活宝小龙，辰南和红衣大主教艾玛也熟络地畅谈起来。虽然得罪了一个精灵，但结识了一个红衣大主教，辰南觉得倒也不虚此行。可爱的龙宝宝自然是人们关注的焦点，这个满嘴"神说"的小东西刚刚出了大风头，想不让人关注都不行。

不过小家伙始终用龙翼将自己包裹成球状，虽然头上有角，但东方神龙的龙角和西方龙的龙角有着很大的区别，众人根本不可能将这个小不点想象成一条龙。毕竟在人们的心中，龙是一种巨大的生物，这个小东西实在太小了，没人会向那方面联想。凯利也笑着看小龙继续装神棍，并没有点破。

"神说，要戒贪、戒妄……"辰南的周围是一群贵妇贵女，这些美貌的女子都在听小龙神侃，这个小东西天生招人喜欢，完全把这些贵族女子迷住了。"咕噜"小龙喝下半杯红酒，金黄色的小爪子高举着酒杯，还给了那名妖娆的少妇，接着张嘴吞下一个少女递来的一块鹅肝，口齿不清地嘟囔道："神说，要博爱……"

辰南面部的微笑快僵硬了，和这些贵族女子一起听"神说"，他没想到这个小东西越来越投入了，居然一点也没觉得不好意思。外围的那些男子围绕着他们直打转，这些贵族可没有忘记小龙最开始发飙时，将精灵奥迪拉轰飞的情景。这绝不是一般的高手能够做到的，这个小魔宠有古怪，一定大有来头。他们想一探究竟，奈何被那些女子阻挡在外。就在这时，辰南感觉周围的人都齐向旁边望去，他发现精灵奥迪拉被人搀扶着步入了大厅。

小龙还是有些分寸的，虽然将精灵轰飞了，但将力度控制得恰到好处，仅仅让奥迪拉吐了几大口鲜血而已，并没有伤他性命。在那边，奥利列公爵和红衣大主教艾玛，不停地和奥迪拉解说着什么，似乎在帮辰南化解这份仇怨。辰南借此机会摆脱了众女，向着精灵奥迪拉走去，小龙则攀在辰南的肩头，眨巴着大眼不知道在想着什么。

过去之后，辰南向奥迪拉说了一番道歉的话，在奥利列公爵和艾玛大主教的调解下，奥迪拉生生咽下了那口恶气，没有发作出来。小龙又做神棍状，合上一对小爪子祷告道："赞美光明神，愿光明神与奥迪拉先生同在。神说，怨愤能够蒙蔽睿智的心灵。但光明永存，愿神的慧光永照奥迪拉先生心间。"奥迪拉现在已经知道这个小东西具有极高的智商，看到这个小东西一本正经的样子，真想上去狠狠地掐到它断气为止。或许久在贵族间走动，精灵奥迪拉沾染上了许多人类的恶习，原本爱好和平的精灵已经失去了一颗自然之心。

小龙憨憨地笑着，奥迪拉心中则在腾腾地冒火。这时，一位绝美的女子向这里走来，如阳光一般灿烂的金发，秋水般的眸子，如雪的肌肤，挺秀的琼鼻，红润的双唇，婀娜秀丽的娇躯，真称得上人间绝色。少女虽然不似雨馨那般钟天地之灵秀，但也流露着淡然出尘的气质，有一股清新自然之态，其容貌绝不下于龙舞、东方凤凰等人，堪称人间绝色。附近立时鸦雀无声，美女的威力就是如此巨大，众多贵族皆直直地望着她。

待看到少女金发中那长长的耳朵，辰南瞬间了然，这是一个精灵少女。传说，精灵皆俊美无比，今日得见，辰南觉得传言非虚，无论是奥迪拉，还是眼前的精灵女，若论容貌，在人间真的少有人能够与之相匹者。"这位兄台就是东大陆位列青年十大高手之一的辰兄吗？"精灵女的话语很轻柔，有一股让人如沐春风般的感觉。

辰南微笑着应答，眼前是一个机会，虽然得罪了精灵奥迪拉，但如果给面前这个绝色精灵女留下好印象，还是能够扭转局面的。从相谈中得知，眼前的绝色精灵女名为伊恩，居然和奥迪拉是堂兄妹关系，不过伊恩并没有传说中的精灵"高傲症"，也没有因为奥迪拉的事情而对辰南表现出敌意。从旁边那些贵族的言行也可以看出，这个貌美如仙平易近人的精灵女是非常受人欢迎的。

古精灵部落位于曼罗帝国与埃克斯帝国之间的茫茫原始森林中，那里除了精灵一族外，据说还隐居着不少异族的强大存在，是西大陆最为神秘的地域。一年前古精灵部落的圣女外出历练，但却如石沉大海一般，就此杳无音讯，一年来该部落不断派出精灵寻找消失的精灵圣女。现在这已经不是什么秘密，奥迪拉和伊恩就是这样的人选，一边在人类的各个国家历练，一边寻找精灵圣女凯瑟琳。传说中，圣女凯瑟琳并没有遭遇不测，她只不过是厌倦过去的生活，现在换了一个身份生活。

现在，西方有不少国家的青年贵族以及修炼界的青年高手，都在寻找这位精灵族的第一美女，想一睹这位绝代佳丽到底美到了何种程度。寻找精灵圣女凯瑟琳的任务，已经被佣兵公会炒到了百万金币的天价，和寻找天元大陆中部地带中的神兽麒麟的任务，同列为最高"佣兵行动计划。"

小龙一双大眼扑闪扑闪的，望着对面的一对精灵，给人一种人畜无害的样子。不过它越是这样奥迪拉越是气愤，没有人比他更清楚刚才那大山般沉重的一拳有多么可怕，令他这个强大的三阶精灵战士都身受重伤，他实在想不透这个小东西到底是什么来头，只能用可怕来形容。宴会很快到了高潮，一曲西式音乐响起后，舞会开始了，奥利列公爵今日特别高兴，和几个贵妇跳得不亦乐乎。

辰南也被几个贵族女子邀请下场，笨拙地跟着她们的节拍，对于辰南这个来自东方的武者来说简直苦不堪言，比一场生死决斗还要让他难受。不过舞会确实能够拉近人们的距离，辰南和绝色精灵女伊恩共舞之后一起退到场外，开始友好地攀谈起来。辰南委婉地表达自己喜欢冒险猎奇，想去古精灵部落去看一看的愿望。伊恩欣然应允。

事实上，每年都有不少修炼者到那片原始森林去探险。那片原始之地有着太多的秘密，即便是久居的古精灵们也不敢走进原始森林的最深处。不过西方修炼界许多人都相信，在那片原始森林的最深处隐居着西大陆最强大的修炼者，因为有人曾经看到过会飞的武者在那里出没。

传言，在那遥远的过去，曾经有数个不同时代的法神与斗神，分别在晚年走进了那片原始森林中，从此一去不复返。那片原始森林的最深地带，成了西大陆修炼界的圣地。要知道，法神和斗神是堪比神灵的极道修炼者，他们能够进入天界却不想进入天界，等同于流浪在人间的神灵。在修炼史上能够达到这一境界的修炼者简直如凤毛麟角一般。种种传说令那片原始之地越来越富有神秘色彩。

不过很可惜，除了法神与斗神之外，没有修炼者能够成功进出那里，那片原始森林如迷宫一般，即便常年生活在附近的精灵们都不敢走进去太远，不然同样会迷失方向。而且在那片原始之地，有着无尽的强大魔怪，一般的修炼者根本无法抗衡。辰南自伊恩口中了解这些后，坚信那里一定隐藏着惊天大秘。许多西方人都认为那里是西大陆修炼界的圣地，但辰南却持完全相反的结论，他认为那里绝对是一个大凶大恶之地，是一片殒神的魔地！

他认为西方修炼史上的法神与斗神走进那里后恐怕已经凶多吉少

了。那里到底有着怎样的秘密，辰南现在无从得知，不过隐隐觉得这一次来西方绝对正确，可以查探到某些惊天的秘密。看着贵族们那翩然的舞姿，辰南有些恍惚，思绪从那片原始之地逐渐转移到了那些极道修炼者法神和斗神身上。西方曾经出现过法神与斗神，都有破碎虚空的能力，却不愿上天为神灵，甘愿滞留在人间界，这到底是为什么呢？

难道他们认为做一个高高在上的神灵，远远比不上在地面逍遥快活？修炼者不就是为了有朝一日能够破碎虚空踏入仙神界，从此永生于这天地间吗？是什么原因让那些法神与斗神做出了这样的选择？诚然，他们在人间界依然能够永生，但他们不感到孤独吗？人间能有几个同类，他们为何如此呢？西方如此，那东方呢？东方是否也有这样的强大存在，一直徘徊在人间？或许，这些堪比神灵或者超越了神灵的人发觉了某些可怕的事实，致使他们驻留在人间界。

辰南记得有一次，他父亲一个人站在书房内叹道："成仙成神，其实是一件可怕的事情！"他相信以他父亲的盖世修为，不可能没有察觉他在身后，或许那个时候辰战故意在向他暗示着什么吧。

宴会仍在继续，像辰南这样坐在一旁的人不多，大多数贵族都踏着优美的舞步，在场内翩然舞动，像伊恩那样的绝色女子是人们争相邀请的舞伴。小龙打着饱嗝喷着酒气，用金黄色的小爪子摸了摸圆鼓鼓的小肚子，露出一副满足的神态。最后，它攀在辰南肩头舒服地闭上了双眼，渐渐进入了梦乡，不多时传出了轻微的龙鼾。

这时，一个青年贵族上前对辰南道："辰兄名震东大陆，今日来到西大陆后，备受修炼界人士瞩目，许多修炼者都想和辰兄交流一下。我的好友奥罗也想和你比试一番。"

辰南在东大陆时，几次和西方的龙骑士冲突，简直快成"屠龙专业户"了。这次辰南来到西方，不少龙骑士都慕名而来。新兰帝国强大的四阶巨龙骑士奥罗在今日赶到了费沙城，得知辰南正在公爵府做客，便托好友来此传话，约战辰南。

费沙城在今日一下子来了十几位龙骑士，其中一位乃是新兰帝国的成名高手巨龙骑士奥罗，在新兰帝国有着不小的威名。宴会上的众多贵族，听闻这一消息后，立时沸腾了。虽然这是在西方，但巨龙骑士也是很难见到的。今日巨龙骑士奥罗极有可能会大战东方的强大武者辰南，怎么不让他们兴奋！

辰南知道立威之战就是这一场，只有强大的巨龙骑士才适合做他的对手。今日如果不能够将威名打出去，天知道以后还会有多少人找上门来。应战的消息很快就传了出去，费沙城乃是新兰帝国第二大城市，今日因为奥利列公爵的六十大寿，全城名流过半都聚集在他的府上，众多贵族无不兴奋。

费沙城演武场内碎沙铺地，三千身披铁甲的军兵，手握长矛利刃，环站在场地外围，维持着秩序，此外还有两千铁甲重骑兵，在广场外围随时待命。

今日来此观战的人实在太多了，演武场外围人满为患，全城的贵族、修炼者、普通老百姓都来此观看，整片演武场外围人山人海，喧嚣无比。不过所有来观战的人都被城内的铁甲兵丁阻挡在安全线外，没有人能够跨进场内半步。

十几头飞龙、亚龙在演武场上空不断盘旋，每头龙都有十数丈长，声势吓人无比，巨大的龙躯上鳞甲闪闪，铁爪寒光烁烁。就在这时，远方传来一声巨大的龙吼，如闷雷般的巨大的吼声，直震得高空之上的十几头飞龙、亚龙惶恐不安，战战兢兢。一头躯体乌青的巨龙快速冲进了演武场上空，带来一股猛烈的狂风，下方十几头龙如巨浪中的浮萍一般颠伏不定，众龙战战兢兢地向演武场外围退避而去。巨龙庞大的龙躯足有三十丈如墨云一般遮天蔽日在地面投下一大片黑影，巨大的龙吼沉闷如苍雷，传遍了费沙城，震得演武场周围的数万人心惊胆战，惶恐不安。

一个三十多岁的金发中年男子，手持寒光闪烁的龙枪立于巨龙背上，男子剑眉虎目，面颊如刀削一般，给人一股坚毅的力感。此人正是四阶巨龙骑士奥罗，他身材高大无比，坚定地站在龙背之上，透发着一股强者气息，一看就不是易与之辈。巨龙盘旋着向场内降落而去，时不时发出一声沉闷的龙吼，震得整片广场仿佛都在颤动，胆小之人已经快站不住了。

辰南已经步进场内，这时攀在他肩头熟睡的小龙，被巨龙那沉闷的吼声惊醒了过来。它迷惑地眨动着一双大眼，口齿不清地嘟囔道："宝宝很生气……"晕！辰南急忙用手捂住了它的嘴，将小东西下半句话堵了回去，他怕睡得迷迷糊糊的小家伙胡乱发飙伤人。龙宝宝渐渐清醒了过来，扑闪着一双大眼奇怪地打量着周围的环境，当它看到即将落到地面的巨龙时，惊呼道："哦，好大一个肉蛋！神说，它该减肥了。"

辰南在它头上"咚"地敲了一下。小龙用一对金黄色的小爪子，捂着被敲的地方，仰起头，眨动着一双大眼，委屈地嘟囔道："干吗敲我？""我要和人决战了，你老实点。""和那个肉蛋？"小龙一边看着巨龙，一边眨巴着大眼，不知道在想些什么。

这时已经降落到地面的巨龙，正在凶狠地盯着辰南，它显然知道这个人是它主人的对手，张开巨口示威性地冲着辰南吼啸了起来。一股浓烈的腥臭味立时向辰南这个方向传荡而来，辰南大叫晦气，急忙展开天魔八步躲避。

"宝宝很生气，后果很严重。"胖嘟嘟的小龙立在辰南的肩头，一双大眼使劲地瞪着巨龙。场外许多观战者都大笑了起来，看到小魔宠奶声奶气地做出一本正经的样子，实在让人忍俊不禁。不过这些人都忽视了一个事实，一个小小的魔宠怎么能够清晰地将声音传遍全场呢？"嗷吼……"小龙发出一声巨大的龙啸，响彻整片天地间，它晃晃悠悠地飞了起来。还好辰南早有准备，一听到这个小东西喊出"宝宝很生气"，他就猜想到了这种可能，急忙堵住了耳朵，不然离得这么近非被震晕过去不可。

"嗷吼……""嗷吼……"小龙悬浮在空中，吼啸声不断，如一道道天雷般劈落在演武场上空，滚滚音波浩荡于天地间，整座费沙城都仿佛战栗了起来。方才的巨龙吼叫和现在小龙的啸音比起来简直像蚊子哼哼一般。此刻，巨大的龙啸令整片演武场都在晃动，如有上万匹马在奔腾一般，所有人都耳鸣了，整片天地都仿佛在震荡。巨龙直接吓得趴在了地上，空中的十几头亚龙、飞龙，似感觉到末日来临了，亡命一般向地面扎去。

演武场外那三千铁骑皆已经匍倒在地,吓得战战兢兢。围观的众人中有少半人被震得瘫倒在了地上,有些胆小之人更是吓得直接昏过去了。接连九道天雷般的龙啸,最后几乎震晕了场外半数人。还保持站立之姿,头脑清醒的人们,目瞪口呆地看着空中的那个小东西。这时,众人终于看清了那个如皮球般圆鼓鼓的小家伙,居然是一条金黄色的奇异小龙,有着东方的神龙身和西方的神龙翼,竟然是传说中的神灵龙!

"哦,我的天啊!""神灵龙!"……

曾经在公爵府看到过小龙的那些贵族,现在惊得快要傻掉了,他们怎么也没有想到那个满口"神说"的小魔宠,居然是一条神龙!

当中一些贵族小姐惊叫着:"天啊,不久前我曾将一块鹅肝喂了一条神龙!""光明神在上!一条神龙曾经用过我的杯子喝过酒!""赞美光明神!我曾经和一条神龙一起度过一段美好的时光。"……

奥迪拉一遍又一遍地擦着冷汗,精灵虽然高傲,但还没傲到敢和神龙叫板的程度。他后怕不已,庆幸后来没有继续冲动,他口中喃喃道:"赞美生命女神!赞美自然女神!"巨龙已经感应到了小龙的神龙气息,吓得趴卧在演武场的地面上。龙宝宝摇摇晃晃飞到它的头顶上空,真让人担心它会不会坠落下去。

"宝宝很生气,后果很严重。"当小龙的这句招牌话出口之后,辰南知道那头巨龙要倒霉了。小龙用力攥紧了一对金黄色的小拳头,奶声奶气道:"我代表月亮惩罚你!""砰!""嗷吼……"小龙利索地挥出小拳头,演武场中央清晰地传来一声龙角断裂的声响,巨龙疼得发出一声巨大的吼啸,一根一丈多长的闪亮龙角被小龙的小拳头生生击断了,翻飞了出去。挥完这一拳,小龙似乎很疲倦,晃晃悠悠向辰南飞去。

辰南急忙将它抱住放在肩头,他知道小龙还没有完全恢复,不能够做剧烈运动。场外的众人彻底傻掉了,人们虽然知道小龙乃是神灵龙,但它的身体不过小皮球般大小,竟然将一个如小山般的巨龙制得服服帖帖,实在显得有些怪异。四阶巨龙骑士奥罗站在巨龙背上,清晰地目睹了这一切,他感觉震惊、心痛、气愤无比。他清醒过来后,大声地叫嚷着："辰南，我是和你决战，并非和神龙决战，你这样算什么？"

观战的众人立时被惊醒了过来，所有人都将目光聚焦到场内，虽然有数万人在围观，但演武场静悄悄，众人都紧张地关注着场内两人两龙。辰南大声回答道："有什么不妥吗？你是西方的巨龙骑士，作战时你和你的龙将一起对敌，而我是东方的神龙骑士，对敌时我和我的神龙都可以出击，这有什么不妥吗？"辰南并不是想避战，而是想借此机会造势，为以后减少一些麻烦，他要让西方修炼界想来挑战的龙骑士明白，我辰南也是一个龙骑士，而且是神龙骑士，以后谁想来挑战，先掂量掂量！

当然，辰南不会借助小龙之威就此罢手。他今日注定要亲自下场一战，要一战立威！为以后省去一些麻烦。"我除了是一名东方的神龙骑士外，还是一个能够独斗的东方武者，接下来我将单独和你这个巨龙骑士一战！"辰南的话语清晰地传到了演武场外每一个人的耳中。

人们开始时有些迷惑，东方什么时候也有龙骑士了？这实在让人不解，不过想一想辰南的话也确实在理，东方为什么不能有神龙骑士呢？当听到他要凭借一己之力继续和巨龙骑士奥罗决战时，场外沸腾了，人们一直在期盼着这场战斗。

有小龙在场，巨龙战战兢兢，既然要立威，就要赢得光明正大，需要让小龙离开。辰南在人群中发现了凯利、奥迪拉、伊恩、奥利列公爵和艾玛红衣大主教等人，他对小龙道："去那边休息，我要和他们正式地比斗一场。"小龙似乎明白他的处境，眨了眨大眼，晃晃悠悠向着凯利等人那里飞去。许多人的目光都跟着它移动，最终它落在了奥迪拉的肩头，这令所有观战者都羡慕不已。而精灵奥迪拉却笑得比哭都难看。

"亲爱的奥迪拉先生，待在你的肩头，就像身处风浪中一般，摇啊摇……"小龙不满地嘟囔道。伊恩发觉自己的堂兄在颤抖，她对小龙道："到我的肩头来吧。"小龙攀在伊恩的肩头，低着头惊呼道："哦，好大的肉蛋……"伊恩险些晕过去。龙宝宝无辜道："你怎么脸红了，我在说那只恐龙呢。就是场内那头巨龙啦，你看它不像一个肉蛋吗？"

所有观战者的目光都再次聚焦到了辰南和奥罗的身上。四阶巨龙已经爬了起来，它虽然惧怕小龙，但却不怕辰南，仇恨地望着他。奥罗手持长枪，立于巨龙背之上，颇有一代高手的风范。"辰南，现在我们已经认识了，那么就让战斗开始吧！"巨龙在奥罗的命令下，一展双翼冲天而起，荡起一股猛烈的狂风，将演武场吹得飞沙走石，沙尘蔽天。

　　辰南的衣衫被吹得猎猎作响，手擎方天画戟，大步走到场中央，风沙皆止于半丈外。演武场再次变得静悄悄，辰南长戟向天，凝视着在空中不断盘旋的巨龙。四阶巨龙如一朵乌云一般遮天蔽日，在场内投下一大片阴影。"嗷吼……"一声龙吼，如闷雷一般，传遍演武场，巨龙似一座大山般压了下来，阔口中那锋利的牙齿如巨剑一般寒光闪闪，锋利的龙爪似九幽地府中探出来的魔爪一般幽光森森。

　　如此声势吓人的扑击，辰南不敢撄其锋，展开天魔八步化作一道电光，快速退向一旁。巨龙的俯冲路线呈弧形状，达到地面时正好是切点，扑击不中，在地面留下几道半丈深的巨大爪痕后快速冲空而起。辰南刚想给予腾空而起的巨龙一击，但巨龙那长大的尾巴一摆，狠狠地甩抽了过来，荡起一股可怕的异啸声。天魔极速步法快速展开，辰南险险地避了过去，长达十丈的龙尾狠狠地甩抽在了地上。

　　"轰！"一声震天大响，演武场一阵剧烈颤动，漫天尘沙散去之后，一道一丈宽、一丈深、五丈多长的深沟出现在演武场中央，大沟的附近裂出去无数道巨大的裂缝，场面吓人不已。场外观战众人感觉阵阵惊恐，巨龙如此恐怖的破坏力，寻常人万难承受一击，简直不可战胜！

　　"嗷吼……"一声巨大的龙啸，巨龙再次俯冲而下。辰南曾经几次和龙骑士生死决战，有着无比丰富的经验来对付这样的庞然大物。这一次，他躲避过巨龙的正面扑击以及奥罗的一轮斗气进攻之后，还未等巨龙腾空而起就狠狠地将方天画戟掷了出去。神戟乃是精金炼制而成，乃是东大陆的神兵宝刃，锋利无比，它化作一道乌光，"噗"的一声插入了巨龙最为薄弱的腹部，血浪涌动，长戟只余半尺长露在龙腹外。巨龙发出一声惨烈的悲啸，狂暴地向高空冲去，血水漫天飞溅。

　　辰南灭天手适时而出，幻化成一个巨大的黑色手掌握住长戟的尾端，狠狠地搅动了一下而后快速拔了出来。天空飘洒下漫天血雨，巨龙在高空不断翻腾，声声吼叫响彻半个费沙城。不过巨龙不愧是一种强悍的生物，片刻后那恐怖的伤口竟然慢慢合上了，血水不再流出。

奥罗既恼怒又心痛。巨龙仇恨而又有些恐惧地望着辰南，在空中不断盘旋吼叫。调整片刻，奥罗驾驭着巨龙再次开始冲击，这时他手中的长枪不断挥动，激射漫天的斗气，进攻的同时也保护巨龙免受伤害。演武场内，声声龙吼，震荡天地，戟芒、斗气漫天激射，映照得天空绚烂无比。龙争虎斗，这场大战异常精彩，令场外众人紧张得大气都不敢出。

辰南已经用方天画戟在巨龙的身上留下了几处重创，自己也被巨龙的尾梢抽飞一回，不过并未受伤。其实，如果不是考虑是否将巨龙杀死，辰南现在已经结束战斗了，以他如今的修为，巨龙骑士已经不是对手。玄功通体之后，在同级别的对手中，除去几个特殊的人外，他真的已经少有对手了。辰南觉得，立威之战就是要大杀对手之威，如果不杀死巨龙，难以造成震撼性的效果。但如果这样做的话，恐怕不仅是结下一个大敌那样简单。想来想去，他觉得要将战斗艺术化，用精湛的战斗技巧，来实现强烈的视觉冲击，造成震撼性的效果。

"嗷吼……"巨龙再次恶狠狠地扑击下来，不过它眼中已经出现了一些惧意，不再像最初那般凶狠。毕竟，它身上的几处重创在时时刻刻提醒它眼前的人是多么地可怕。

辰南躲过奥罗的斗气，闪避过巨龙的利牙和巨爪，不过这一次他并没有快速退走，在巨龙那巨大的头颅面前，他故意跌跌撞撞地向后退。巨龙眼中凶光闪烁，它终于等到机会了，眼前可恶的家伙似乎有些不支。它没有如从前那般冲天而起，反而驻留在地面，快速向前扑去，它想将眼前的大恶人立时撕为碎段。奥罗也凶猛地刺出一道道枪影，璀璨的斗气一重接着一重地激射而下，铺天盖地般向辰南袭去。

辰南不慌反喜，巨龙驻留在了地面，他的目的达到了，接下来就要看他的艺术性战斗了，用战斗技巧造成轰动性效果。面对巨龙和奥罗的双重攻击，辰南不慌不乱，灭天手适时而出，不仅轰散了奥罗的重重斗气攻击，还狠狠地拍在了巨龙的眼眶后侧，令巨龙痛得发出一声凄厉的吼叫。那个部位相当于人类的太阳穴，相当地脆弱，尽管巨龙和人体构造不同，但那个关键部位还是一样的。

辰南早已准备好了，灭天手连连出击，威力无匹，方圆两丈大小的黑色大手，皆狠狠地击在了巨龙的同一个位置——太阳穴。头部太阳穴连连遭受重创，巨龙直接被轰击得蒙了，想飞都飞不起来了，眼看就要昏过去了。奥罗惊怒无比，想要阻止，但重重斗气却难以抗衡辰南一记灭天手。

接连九记灭天手，辰南的身子有些发虚了，不过此时巨龙已经被轰击得再也飞不起来了，在地面都快站不住了，身子摇摇摆摆。辰南长长出了一口气，他知道不用再击打巨龙的头部了，不然这个大家伙即便不死也要昏死过去了。他略微调息了一下，天魔八步展开，快速向龙腹处跑去。趁着巨龙摇摇晃晃之际，辰南接连对着龙腹拍下五记灭天手，五只巨大的黑色手掌先后狠狠地拍了下去，巨龙终于推金山倒玉柱一般翻倒在地。

庞大的龙躯翻倒在地，直令整片演武场都剧烈颤动了起来，惹得观战众人失声惊叫。然而这才仅仅是辰南进行艺术性战斗的开始。他快速跑到巨龙的尾端，双手齐挥，由灭天手幻化出的两个巨大的黑色手掌，合力攥住了巨龙的尾端。此刻巨龙翻倒在地上，由于头部遭受了重创，正艰难而又费力地尝试着爬起来，龙躯左右摆动。

辰南幻化出的一对灭天手，顺着巨龙摆动的方向，开始跟着猛力抡动起来，巨龙更加难以爬起来了，开始左摇右倒。有时它刚刚爬起来，又被辰南扯着尾巴，晃倒在地。巨龙的挣动越来越激烈，辰南就这样扯着它的尾巴，借助它自己的力量，顺着它摆动的方向，用威力无穷的灭天手不断推波助澜地加力。到最后，一幅震撼性的画面出现在演武场上，巨龙刚晃晃悠悠地爬起来想要飞，但紧接着就被辰南扯着尾巴生生抡动起来，翻倒在地。

"轰"、"砰"……巨龙被一个小小的人类，揪着尾巴抡到东、摔到西，这幅可怕的画面深深地将数万观战者震住了，他们简直不敢相信自己的眼睛。在这些观战者的眼中，辰南简直如天神一般神勇，竟然徒手将一头巨龙抡动了起来，就像在挥动一根稻草一般。这幅可怕而又震撼性的画面，深深烙印进每一个观战者的脑海中，令他们一生都难以忘却。

奥罗简直要疯了，辰南居然像要弄玩具一般，将他的巨龙抡动了起来，他跟着巨龙一起翻来倒去，几次险些被巨龙压在身底，化为肉饼。他的身上缠绕着许多铁索，使他平日能够稳稳地固定在巨龙身上，但现在却异常地麻烦，他费了很长时间才扭断所有缠绕在自己身上的精铁链。奥罗刚一摆脱铁链的困制，便如疯虎一般向辰南冲去。就在这时，巨龙再次挣扎着爬了起来而且伸展开龙翼，似乎要飞起来。

辰南知道，巨龙肯定不能够冲天而起，以它现在昏昏沉沉的样子，恐怕飞不了多高就会坠落下来。他把握住这难得的机会，顺着巨龙斜飞起来的力道狠狠地催动灭天手之力。在所有观战者的眼中，辰南竟然生生将巨龙抡飞了出去，巨龙那庞大的躯体，居然被一个小小的人类抡飞出去好几十丈距离，而后"轰"的一声坠落在地。整片演武场如天摇地动一般，地面被砸出一道道巨大的裂缝，激起漫天的尘沙。包括奥罗在内，所有人都呆住了，辰南如此壮举简直如盖世霸王、转世武神一般神勇，居然将一头巨龙像丢玩具一般丢了出去，这实在太震撼了！

演武场鸦雀无声，过了许久才爆发出震天的嘶喊声："天啊！""光明神在上，这个家伙是武神转世吗？""我的神啊！我看到了什么，一个人类居然将一头巨龙像丢玩具一般扔了出去。""神啊，我没眼花吧？！"……

这一战，辰南以绝对的优势，战败了四阶巨龙骑士奥罗，在数万观战者面前抡飞巨龙，表现出了盖世无双的勇力。令现场所有修炼者心胆俱寒，使所有想挑战他的人皆恐惧无比，再无一人敢上前。双臂一摇有万钧之力，这一战，辰南之名传遍了西大陆，让西方修炼界所有人都熟知了这个来自东方的强大武者。

费沙城演武场大战已经过去了三日，风波未息，越演越烈，无数人都在谈论着这场大战。事情超出了辰南的意料，他的立威战确实起到了一定的作用，一般的高手再也不敢向他挑战了。不过成名的强者却将目光瞄向了他，因为许多人联想到了修炼史上的一些事情。强大的东方武者游历大西方，会战天下各路高手。

在那遥远的过去，东大陆有些超级强大的武者，在东方已经几乎无敌，便开始西游，到西大陆寻找对手以求再做出突破。一个距离武破虚空之境只有一步之遥的武者，其破坏力是超乎想象的，几乎是各系修炼者的噩梦。但凡这种人都是一代武狂，都是天资卓越之辈，他们无敌的身手在西大陆上曾经留下无尽的传说。这类可怕而又强大的东方武者是所有西方修炼者最不愿面对的，这类怪物如果和人单挑，几乎可以横扫修炼界。

西方修炼界众人虽然不认为辰南有那样的实力，但许多人以为辰南怀着同样的目的，人们认为他为了成为极道武者而来到西方历练，认为他想挑战西大陆的众多强者。此外，西方修炼界陆续得到了一些消息。东方几个古老的修炼圣地，其门下弟子将前往西大陆，将在西方这个陌生的大环境下展开较量。这令西方修炼界感觉有些不妥，许多保守人士认为东方的修炼者要扩张了！当西大陆修炼界获知这些消息时，东方大批的青年高手已经在路上了。

梦可儿沿着辰南的轨迹，来到了距离费沙城不远的一座小镇上。混天小魔王项天也在今日登上了西大陆的土地，他背负着神魔翼，红发红眼，立身在高空中大声地喊着："西大陆，我来了！梦可儿你个贱人，竟然明修栈道暗度陈仓。不要以为我不知道其中的秘密，我混天道的谍报能力不比澹台古圣地差。我来了，我来追求至强至大的力量来了！"

辰南来西方，为的是探寻万年前的惊天大秘，为的是了解雨馨在西大陆曾经辉煌的过去以及她生生死死的秘密。现下，有两条重要线索摆在他的眼前，一是从光明教会入手，二是去古精灵部落，去探寻原始森林中的大凶大恶之地。显然，如果没有法神、斗神的实力，去那个大凶大恶之地，恐怕有死无生。辰南决定先从光明教会入手。

他将众多魔兽寄存在凯利处，离开了费沙城，而后骑着白犀牛向新兰王都德里进发。三日后，辰南来到了新兰王都。西方与东方不同，除王都等大城市大规模修建城墙外，一般的城市没有城墙，仅有一些规模较小的城堡而已。新兰由于是最靠近东方的国家，受东方影响很大，其王都很有些东方特色。德里城恢宏高大，城墙犹如一条连绵不绝的长城一般，气势磅礴，雄伟壮观。

城内街道开阔，店铺林立，行人川流不息，一派繁荣昌盛的景象。辰南骑着白犀牛进城，惹来不少人注目，魔兽在西方是被人们所熟知的。众人看到白犀牛宝光闪烁，如玉雕一般，一看就知道是万金难求的异种兽王。能将如此阶位兽王作为坐骑的人，不是大富大贵之人，就是强大的修炼者。小龙懒洋洋地攀在辰南的肩头，一双大眼好奇地打量着城内的景物，这个小东西是越来越胖了，即便不用龙翼包裹住滚圆的身体，恐怕也不好辨认出是一条神龙。

辰南找了一家客栈安顿了下来，而后带着小龙开始在德里城内转悠。他从红衣大主教艾玛那里了解到，新兰帝国最大的光明神殿在王都德里，那里保留着许多教会古籍，不过一般人根本难以借阅。虽然德里的光明神殿是西方光明教会最大的神殿之一，但辰南并不觉得能够在这里找到什么有价值的线索。他来这里不过是抱着试试看的心态，希望侥幸能够从古籍中查到一些线索。

经过不断的问路，辰南终于找到了王都内的光明神殿。这是一片恢宏高大的建筑物，占地极广，殿宇连成片。此刻已经是傍晚时分，晚霞将那片高大的殿宇染上了一层淡淡的金色光辉，远远望去光明神殿显得格外庄严神圣。

光明神殿前虽然有不少行人路过，但却没有一个人大声谈笑，来到这里之后人们的心灵不由自主便静了下来，似乎有一股祥和的力量在安抚着人们的心灵。辰南确确实实感觉到了一股神圣的气息，轻声自语道："还真有些门道，不过我怎么感觉这是一股纯粹的力量波动呢，难道里面有一个修为超凡入圣的强者？不然怎么会有这样的波动呢！"

小龙最近迷恋上了零食，一对金黄色的小爪子各抓着一串糖葫芦，一边津津有味地吃着，一边嘟囔道："我感觉到了神的气息。神说，当你感应到他的存在时，说明你已经是一个虔诚的教徒，神会保佑你的。"

"咚！"辰南毫不客气地敲了它一下，道："少跟我装神棍！"小龙不满地嘟囔道："我真的感觉到了一个超级大神棍的气息，那股最为纯粹的力量波动正是他散发而出的。"辰南有些狐疑,也许这里真的有些古怪。他带着小龙围绕着这片宏伟的神殿转了一圈,查探周围的环境,为夜探神殿做好准备。他从红衣大主教艾玛那里得知,外人根本不可能借到神殿中的古籍,他只能另想办法,做一个偷书贼也许是好的选择。不过辰南没有着急动手,此后几天他都在德里城内转悠,了解一些本城的风土人情,当然最主要的是彻底探清了神殿附近的地形。

第三日,辰南听到一个好消息,新兰帝国王室祭祖的日子到了,王庭将请神殿内的重要成员参加主持这一庄严重大的仪式。这的确是一个好得不能再好的消息,神殿的重要成员肯定都是一些强者,如果这批人离开,对于辰南来说简直是天赐良机。而此时新兰都城内另外两人在发着同样的感慨。白衣飘飘、貌若仙子的梦可儿站在窗前,自语道:"真的是一个好消息啊!"混天小魔王在另一家客栈也兴奋地自语道:"不错,的确是一个好消息。唔,需要小心梦可儿那个小贱人……"

两日后,新兰帝国王族在都城二十里外的王陵举办了盛大的祭祖仪式。德里城内光明神殿的重要成员皆赶到了现场,祭祀者们用光明属性的力量普照了整片王陵。辰南原本打算夜探神殿,但现在机会摆在眼前,当然不会放过。他若无其事地来到神殿外,选择了一个偏僻的角落,越墙翻了进去,开始小心谨慎地向里潜行。光明神殿占地极广,殿宇连成片,不过里面的神职人员并不是很多。辰南潜形匿踪,专拣僻静的院落行走,由于有龙宝宝在前面通风报信,他几次避过神职人员,并没有发生任何意外。

辰南并不是第一个潜入光明神殿的人,此刻混天小魔王已经闯入了中心大殿。他捕捉着那股属性纯正祥和的力量波动,穿过重重大殿来到这里。这座中心大殿与其他建筑物不同,由最为坚硬的金刚岩砌成,不过已经明显镌刻上了岁月的沧桑,一看就可知这座大殿乃是一处古迹。事实上的确如此,这座大殿有着上千年的历史,几经修葺,但却从未推倒重建。

混天小魔王嘴角露出一丝笑意,他已经确定大殿内另有密室,他要找的东西就在这里。然而就在这时,项天忽然感觉有些不对劲,感觉如被毒蛇盯上了一般,一股莫大的压力笼罩在他的后方。"小子修为不错吗，小小年龄竟然快要突破四阶境界了，真的不简单啊！"一个苍老的声音在项天背后响起，"不过你来错了地方，有时候人往往走错一步，就会追悔莫及。"项天立刻感觉冷汗下来了，这绝对是一个五阶高手，而且绝非五阶初级那样简单。他原以为神殿的重要成员都被新兰王族请去了，没想到竟然还有如此高手留了下来。他已经肯定混天道得到的消息是真的，这里真的藏有那件神秘事物。

"那个女娃儿也出来吧，不要再隐藏了。大殿内光华一闪，梦可儿驾驭着玉莲台飞了进来，停在大殿内，莲台霞光闪烁，将梦可儿映衬得超尘脱俗，宛如仙子一般。借助这个机会，项天快速移形换位，直到这时他才看清身后的那个老人。这是一个年过古稀的老者，脸上虽然写满了岁月的风霜，但精神却很好，一双碧眼神光湛湛，显然这是一个五阶高手。

老人轻叹道："唉，你们这两个小娃儿为什么要蹚浑水呢？这是属于神的力量，不属于任何人，外人永远也无法得到的。"项天惊道："原来是真的！"梦可儿却很冷静，她平静地道："可是神已经死了。"辰南正好赶到这里，先吃惊于在这里见到梦可儿与项天，而后震惊于他们的话语。就在这时，辰南突然感应到几股强大的神识波动，自远处快速向这里冲来。

他明白了今日自己窥探了一件大秘密，一会儿此地必将有一场恶战。果然，大殿内的老人轻叹道："唔，老朋友来了，为何不进来？我已经等候你们多时了，就知道你们要在今天动手，不过你们认为我们没有准备吗？"辰南抱着小龙急忙躲进暗中。这时大殿内破空之声连连响起，九个黑衣人闪现在大殿内，为首的是两个老人，一个着法师装，另一个是武者打扮，两人的气势绝不下于大殿内的那个五阶高手。不过这九人的身上都涌动着一股暗黑的力量，和大殿内那个老者的力量属性截然相反。

"信仰暗黑神的异教徒，你们到底还是来了。"随着话音落下，大殿内出现脚步声不断，许多光明教会的神职人员走了进来，为首的那个老年法师的袖口上绣着五道金杠，显然他是一个五阶强者。躲在暗中的辰南有些发晕，他本想到神殿来察看教会古籍的，没想到竟然会遇到这样奇异的事情。他虽然已经得到消息，各个圣地的弟子将要来西大陆，但却没有想到在这里碰到梦可儿和项天，这实在让他吃惊不小。更让他震惊的是梦可儿和那个老人的话，"属于神的力量"、"神死了"……随后信仰暗黑神的黑衣人又冲了进来，信仰不同的死敌们即将决战。

显然，这里有大秘密！不然，怎么可能会出现四位五阶绝世高手呢。辰南屏住呼吸躲在暗中，冷静地观察着这一切，他知道场内的四个五阶高手可能发现了他的存在，但他们恐怕已顾不上他了。那个暗黑五阶法师冷森森地道："神殿内千年的封印破开了，显然你们想要让这里的几根烂骨头重见天日，进行你们那复活神的伟大计划。但你们认为会成功吗？"

"当然会！就凭你们这些异教徒，根本难以阻止光明神复活的伟大计划！"什么，复活光明神？辰南震惊不已，心中暗道：难道是传说中那个粉身碎骨，和东方的天魔一起消逝的光明神？这怎么可能！传说，光明教会只负责寻找光明神失落在人间的骸骨。历经无数悠久的岁月后，光明神散落在各界的残骸都被收集到了天界。这里怎么可能还会有光明神的骨骸呢？而且似乎是人间的光明教会要复活这个神，和传说完全不同啊！这时，梦可儿和项天慢慢退出了神殿，他们并未受到阻拦，顺利离开了是非旋涡。

暗黑法师冷笑道："我们的确阻止不了。但请你们想一想，你们真的能够复活他吗？"暗黑法师无声地向天指了指，冷笑连连。光明教会的那个五阶法师脸色惨变，道："没有人能够阻止光明神复活！"暗黑法师冷声道："我们不过是在尽应有的义务，虽然知道不用我们出手，你们也不可能成功，但我们还是不得不出手。"躲在暗中的辰南心中一寒，那个五阶暗黑法师向天指了指，这可是大有深意啊！他感觉西方的局势太复杂了。不过他觉得真的来对了，这种复杂的情况下，必然要牵扯出某些存在，也许诸多秘密会一下子浮出水面。

"多说无益，让神的光辉普照世界吧，彻底消灭你们这帮异教徒。"光明教会的五阶法师一脸肃穆庄严之色。暗黑五阶法师嘿嘿冷笑道："你们真正信仰的那个神还是一堆烂骨头，你让他拿什么光辉普照世界。说我们是异教徒？我觉得你们才是！"他再次伸手向天指了指。光明教会的两个五阶强者皆变了颜色，光明五阶法师道："多说无益，先让我们来净化你们这几个异教徒吧！我们出去决斗，不要损坏这座千年神殿，不然我一定要将你们自认为隐藏很好的几座暗黑魔殿踏平。"暗黑教会的人冷笑连连，不过似乎真的有些顾忌，且他们这次来这里倒像是走一个过场，并不像非要决一死战的样子。

中心神殿的外面是一个不小的广场，是平日教会人员集会礼神之地。暗黑教会的那个法师快若电光一般冲到了高空，其施展的翔浮术根本不用念动咒语。光明法师不甘示弱，身体金光一闪，也冲腾了上去。躲在暗中的辰南一惊，五阶法师果然可怕，行动竟然如此迅捷，即便他们不用魔法，拿把刀凭借飞行如电的优势偷袭，都会让一般的高手难以招架，况且两人都会施放威力绝伦的可怕魔法呢！

"黑暗无处不在，地狱幽冥火！"暗黑法师快速念动了一串咒语，高空之上魔法元素剧烈浩荡起来，一大片黑色烈焰如狂涛一般惊现空中，向着光明法师汹涌奔腾而去。虽然远离地面，但那炙热的烈焰，令地面众人都感觉到了阵阵燥热，可怕的黑色火焰似乎将空气都烧着了。无尽的大火在高空之上熊熊燃烧，暗黑法师似地狱走出的魔神一般。光明法师身形不断移动，翔浮术被运用到了极致境界，同时快速地念动了一串咒语："光辉永照，银蛇乱舞！"他并没有用水系魔法来扑灭满天的熊熊烈焰，反而以攻制攻，施放出爆烈的闪电攻击。一道道炽烈的闪电撕碎了虚空，如千百条银色巨蛇一般在游动，发出阵阵霹雳大响，向着暗黑法师奔袭而去，整片空间似乎都在震颤。地面众人明显感觉到附近的建筑物似乎都跟着晃动了起来。

两个强大的法师都是进攻类型的，二人居然都在用翔浮术快速移动着，而后狂猛地施展魔法攻击对方。高空之上魔法元素剧烈波动，火焰、闪电到处肆虐，整片天空一片惨烈的景象，魔法的震荡都快波及地面了。"轰！""喀喇！"终于有一道熊熊黑色烈焰和一道炽烈的闪电自高空之上逸了下来。地狱幽冥火瞬间将一座偏殿燃成了灰烬，而狂猛的闪电也将一座小殿化为了瓦砾。五阶法师威力绝伦的狂暴攻击恐怖无比，地面所有人都变了颜色。隐在暗中的辰南阵阵心惊，以前他曾听人说龙骑士是修炼者中的战斗者，对此他嗤之以鼻，因为他用行动证明了同级别的龙骑士对上同级别的东方武者难以讨到好处。故此，他认为西方的修炼者不过如此。然而今日，他才发觉自己错了。西方的修炼者非常强大，并非他想象的那样。

其实，无论哪一系都有高手，就拿眼前的两个法师来说，简直太可怕了，这种迅如鬼魅般的飞行速度比之龙骑士还要灵活，再加上能够操控天地元气，将天地之力通过魔法施放出来，法师实在强横至极。辰南暗暗检讨了一番。

这时，地面上的两个五阶武者也开始动手了，两人如两道电光一般纠缠在了一起。他们的出手称得上霸绝无比，这片小广场都处在他们的劲气笼罩范围内。两人打得昏天暗地，尘沙飞扬，地面崩裂出无数道巨大的裂缝。旁边的一座偏殿被两人涌动出的罡气，冲击得瞬间爆碎。这四名绝世强者开始大战之后，那些神职人员和那些暗黑教徒也开始激战，法师飞腾到了空中，武者则在地面对决。不过这些人都远远地躲着四名五阶强者，生怕被卷入四人那可怕的战场中去。

一时间，光明神殿小广场中，斗气纵横激荡，魔法绚烂威扬。除却中心那座古老的大殿外，附近的几座偏殿都受到了波及。狂猛的魔法到处肆虐，不时冲到地面，造成恐怖的破坏。而两名强大的绝世武者，造成的破坏绝不下于那两名魔法师。"轰——"两人对撞在一起的掌力浩荡出的猛烈气罡，竟然生生将少半座偏殿掀飞到了半空，而后"轰"的一声爆碎，化为漫天的尘沙飘洒而下。

暗黑教徒攻击神殿，而且是如此大规模的破坏，实乃数十年罕见。这么大的动静不仅惊动了附近的居民，也惊动了城内的守军，一大队人马快速向这里冲来。光明教会和各国王室都有着很深的联系，神职人员在各国有着很高的地位。尤其像德里这样的特大神殿，里面的主要神职人员地位尊崇无比，城内的军队一发现情况立刻飞速前来援救。这些暗黑教徒显然听到了远处军队的人喊马嘶声，已经做好了撤退的准备。

正在辰南也准备撤走时，眼前光华一闪，梦可儿驾驭着玉莲台，如飘逸的仙子一般出现在他的近前。"辰南，没想到你也在打光明神的主意。"梦可儿很平静，脸上看不出任何喜怒之色，现在她和辰南之间恩怨很深，但让人看不出她有半丝情绪波动。梦可儿转头望向另一个方向，道："项天你也出来。"混天小魔王迈大步自神殿暗处走了出来，血红色的长发微微扬起，令他看起来邪异无比。"嘿嘿……没想到我们三个在这种情况下聚到一起。"他冷笑着。这三人之间互有怨隙，如果单独见面少不了一场恶战。互相对视，三人间的气氛也立刻变得沉闷了起来。

不过这种气氛很快被一个奶声奶气的声音破坏了，小龙懒洋洋地攀在辰南的肩头道："没有糖葫芦吃的日子好无聊啊！"梦可儿和项天惊异地盯着它，越看越心惊，尽管小龙用龙翼将自己包裹住了，但梦可儿和项天都是东方人，一看到小龙那对特异的龙角，就看出了它乃是一条东方小神龙。他们震惊无比。来到西大陆后他们听到了许多关于辰南的事迹，知道他在费沙城抢飞巨龙，一战成名。也听说了他有一条会说话的神龙，他们原以为是那条痦子龙；但没有想到竟然是一条从未见过面的奇异小神龙。

这两人真的呆住了，不仅项天变脸色，就连始终平静无波的梦可儿都变了脸色。他们实在想不明白，辰南为何又会得到一条神龙，这可是神话传说中才出现的神兽啊！千百年难得一见，眼前这个家伙居然有两条，这简直没天理啊！不过他们毕竟不是普通人，尽管心中掀起了巨浪狂涛，但并没有惊叫出声，过了好一会儿两人才镇静下来。

"辰南、项天，我们放下以前的恩怨，联手做一笔交易如何？"梦可儿平静地问道。"如何做？"项天双眼中闪动着妖异的光芒。辰南也看着梦可儿，等待她的下文。梦可儿道："我们联手去争夺光明教会的圣物，传闻不仅有神骨，还有光明神的神舍利。"小龙嘟囔道："那个大神棍又不是和尚，怎么会有舍利呢。"

"神舍利只是个象征性的说法，那是光明神死后元气结成的神丹。"梦可儿答道。"我同意，先联手抢出来再说。"混天小魔王眼中红光一闪，他已经开始在思量着如何动用混天道在西大陆的秘密力量。如果三人真的成功，最后分宝时必然要起纷争，眼前两人可不是好对付的。辰南想了想，道："嗯，听起来不错，我倒真想见识一下所谓的神舍利。"小龙也兴奋不已，奶声奶气地叫道："我也想看大神棍遗留下来的东西。"

此刻军队越来越近，已经能够感受到大地在颤动，暗黑教会的人即将撤离。梦可儿、项天、辰南三人在神殿内快速奔行着，向着那个浩荡出光明力量波动的方向冲去。三人对着那厚厚的墙壁各轰了一掌，"轰"的一声大响，墙壁立刻粉碎，化为一地细沙，一间密室出现在三人的眼前。可是与此同时，一股磅礴的大力向三人浩荡而去，将三人立刻震飞了，两个老人迈大步走了出来。

"五阶强者！"混天小魔王惊呼。三人没有想到密室中竟然还有两个五阶强者，可见光明教会多么地慎重。一个老人冷笑道："没想到消息真的走漏了，连东方的小辈都来凑热闹了，我还以为仅仅是暗黑教会的人呢。"另一个老人道："来自东方的年轻人，你们为何来蹚浑水呢，光明神复活与你们何干，你们为什么要阻止呢？难道你们真的认为有神舍利这样的存在？实话告诉你们，此地仅有光明神的一只手臂而已，再无他物。"

梦可儿冷静地道："不可能。""我们没有骗你们。自古至今，光明教会一直在寻找光明神的残骨，被找到的骨骸都被封印在了各大神殿中。根本未曾封印过什么神舍利。"辰南可不像梦可儿与项天那般消息灵通，他对此一点也不了解，问道："为什么分开封印在各大神殿？"

"所有的神骨如果集中在一起，会爆发出无与伦比的神圣气息，为避免某些邪恶的强大存在发现并来破坏，教会只能这样做。这是教会最大的秘密。现在光明神的头骨终于被找到了，教会看到光明神复活有望，才开始秘密破开各地封印，准备重组光明神之躯，来复活他。"老人轻叹道，"只有历代教皇才知道这些秘密，没想到派人执行命令时，消息终究泄露到了外界。"辰南终于知道了个大概，原来此地只不过封印着光明神的部分骸骨而已。

混天小魔王道："我不信这里没有神舍利，我已经感应到了一股强横的力量波动。"一个老人道："信与不信都无所谓了，刚才我在将那些秘密说给你们听时，就已经决定将你们留下来了。集新兰帝国数位绝世高手之力，如果还不能够守护好这座神殿的神骨，那简直是天大的笑话。"这一次光明教会下了很大的力量。分布在不同国家封印有神骨的神殿，都有绝世高手守护。显然面前的两个老人不想放走辰南他们，三人对望了一眼率先出手。

真个打起来，辰南是毫不客气，上去就是一记灭天手，黑色巨掌似来自九幽地府的魔掌一般，荡起的阵阵罡风，令整座神殿都在颤动。梦可儿也没有留后手，九片玉莲瓣皆旋斩而出，同时道法掌心雷施放而出，一道巨大的闪电向前劈落而去。混天小魔王更不是心慈手软之辈，混天虚空道立即施展了开来，一个漆黑恐怖的洞口出现在空中，浩荡出一股强绝无匹的力量，向着两个老人冲击而去。这三人都是东大陆青年强者中的绝顶人物，每个人都有奇功在身，都不是易与之辈，和两个五阶高手竟然战了个平分秋色。

要知道不同阶位之间的差距是巨大的，但三人硬是以四阶之身战平了两个五阶高手，这实在让那两个老人震惊不已。两个老人怕损坏这座具有千年历史的神殿，逐渐将战场向殿外转移而去。显然，大殿外的人已经发觉了里面的情况，原本想立即退走的暗黑教徒再次发动猛烈的攻击。广场之上，斗气与魔法的能量狂乱地交织在一起，远远望去绚烂夺目。许多殿宇都被轰击坍塌，化为瓦砾，一片惨烈的景象，这恐怕是光明神殿近年来受到破坏最大的一次攻击。

辰南三人和两个绝世高手的战斗，已经由神殿中移到了广场上，让原本紧张无比的大战更加激烈。这时，马蹄声已经清晰可闻，军队的喊杀声震耳欲聋，似乎离神殿已经不足百米。情况危急，辰南、梦可儿、项天以及暗黑教会的人纷纷准备潜逃。然而就在这时，一个奶声奶气的声音自中心神殿内传来："哦哦哦……啊累啊累啊累……"胖嘟嘟的小龙抓着一只大箱子，摇摇晃晃地飞了出来。

箱子古香古色，长有一米，宽和高能有半米，比小龙大了许多。如金黄色小皮球般的小龙拎着这样一个大箱子显得极不协调，在空中晃晃悠悠地扑棱着龙翼，仿佛随时可能会坠落下去一般，样子滑稽到了极点。"哦哦哦……啊累啊累啊累……"它含混不清地嘟囔着。

光明教会的人一下子呆住了，所有人都傻了眼，而后一个神职人员大叫道："哦，光明神在上！不，光明神在那个箱子里。不，光明神的手臂在那个箱子里，圣物快被那头……龙……偷走了！"显然神灵龙的出现，让教会的这些人呆住了，而且这头传说中的神龙居然在做贼。

"快截住它！"所有光明教会的魔法师都开始向小龙围去。小龙无辜地眨动着一双大眼，嘟囔道："我现在与大神棍同在，不，是与光明神同在！神说，贤者总是与神同在。你们要干吗？"看着胖嘟嘟的小龙在空中摇摇晃晃的滑稽样子，光明教会的人都快急疯了，光明神的臂骨被迷糊的小东西偷盗在手里，它居然还反过来责问失主。

晕！狂晕！辰南感觉这个小东西太能搞了，居然还在那装迷糊、做神棍，这个小家伙还真上瘾了。暗黑教会的人忍俊不禁，最后所有人都狂笑了起来。就连始终古井无波的梦可儿也露出了一丝笑意。混天小魔王则目瞪口呆。小龙看着光明教会的魔法师把它围困在空中，它不满地嘟囔道："神说，他的子民都是善良博爱的，你们这样以众欺寡是不对的。"

光明教会众人哭笑不得，这个小东西可是神龙啊，居然一副孩子气，而且还要和他们对着干，这让他们心中滋味难明。"好吧，我将大神棍还给你们就是了。你们让开，我以大德大威宝宝天龙的身份发誓，决不会借机逃跑。"小龙一双明亮的大眼眨了又眨，一副天真可爱的样子。这时，就连光明教会众人都感觉这个小东西像个神棍，还大德大威天龙呢，怎么看都像一个刚断奶的小家伙。空中的五阶光明法师看到小龙在空中摇摇欲坠的样子，料想它无法携带圣物逃离这里。他挥了挥手，众人分散了开来，给小龙让开一条道路。

小东西抓着大箱子，摇摇晃晃地飞出包围圈，口齿不清地嘟囔着："哦哦哦……啊累啊累啊累……""扑通！"小龙在飞过梦可儿头顶上空时，身子一颤，似乎已经力竭，大箱子直直向地面坠落下去。七彩光华一闪，梦可儿驾驭着玉莲台，如凌波仙子一般冲空而起，一把接住了古色古香的木箱，而后如划破长空的流星一般，快速向远方冲去。混天小魔王一直注视着小龙，这时看到圣物易手，背负的神魔翼一展，如一只大鸟一般腾空而起，追赶梦可儿而去。

光明教会众人惊怒交加，五阶光明法师大喝道："追，不要让他们逃掉！"他展开风翔术，如闪电一般率先追了下去。其他几个光明法师紧随其后。这时，军队已经到了神殿之外。空中的五阶暗黑法师大声喊道："撤！"所有暗黑教徒快速退去，五阶暗黑法师犹豫了一下，却向梦可儿逃离的那个方向追去。神殿的神职人员已经顾不上拦截暗黑教徒，皆向着神殿外冲去想追回光明教会的圣物。辰南擒龙手一挥，一把将小东西捉了下来，抱住它身化一缕轻烟，快速向神殿外逃去。小龙不满地嘟囔道："放开我，大神棍那里真的有舍利子，我要去把它弄回来。"

"不会吧，真的有神舍利？"辰南有些吃惊，道，"你这个小迷糊，怎么能够将那样重要的东西丢给那个女人呢，给她还不如还给光明教会呢！如果她真的得到神舍利的力量，我死定了。你这个小东西不会被美色迷昏了头吧，居然不给我反倒丢给了她，你一定是故意的！""我的确是故意的，不过那个箱子是空的。"小龙眨巴着大眼，显得纯真无比。"我晕，你这个小东西真是狡猾啊！"辰南恍然大悟，道，"快去快回，小心一些，我在客栈等你。"

辰南放开了小龙。他没想到小家伙这么狡猾，居然丢给梦可儿一个空箱子，用调虎离山之计支开所有人，不用想也知道小东西把圣物藏在了神殿。小龙贼头贼脑地溜进了神殿，辰南则快速离开了这里。新兰都城德里喧器不堪，光明神殿附近围满了军队。辰南刚刚回到客栈不久，小龙抓着一个油布包裹快速冲进了屋中，大声嚷嚷道："我们准备逃亡吧，那个女人虽然被我骗了，但她很聪明，很快发现了情况。她掉头回来冲进了神殿，将那些人全都引回去了，他们正好看到我拿这个包裹。不过他们没我快，我冲出来了。"

晕倒！辰南头痛无比，真是搬起石头砸自己的脚啊！"你这个小东西，原以为你办得很漂亮，现在……"辰南不再多说，抱起小龙，冲出屋子，骑上白犀牛，如一阵风一般冲上了大街。新兰王都大街之上一片大乱，梦可儿驾驭着玉莲台，周身上下霞光万道，瑞彩千条，沿着辰南逃去的方向紧追不舍。在她的后面是混天小魔王，神魔翼乃是道法与魔法结合祭炼成的宝物，令项天飞行若电。项天的身后是五阶光明法师和五阶暗黑法师，在他们的身后是光明教会的两个五阶武者，再后则是神殿的众多神职人员。

这路追杀大军的实力可谓强横到了顶点，抛开其他人不说，光那四个绝世高手就不是一般人所能够抗衡的，辰南如果被追上，非被轰成渣不可。不过白犀牛果真神骏异常，不愧为三阶通灵兽王，如飞一般冲出了城门。辰南耳畔是呼呼的风声，大道两旁的树木快速向后倒退。他回头向后观看，发觉梦可儿、项天竟然不紧不慢地追在后面，始终保持着一段距离，他们都有飞行宝物，明显没有尽力。

　　五阶光明法师与五阶暗黑法师，速度奇快，眼看距离越来越近，而两个五阶武者奔行如电，虽然没有前几人快，但也正在慢慢拉近距离。至于那些神职人员则被远远地甩开了，早已不见人影。辰南心惊，如果不是这头白犀牛天生异种，恐怕早就被后方的人追上了。他决定过段时间后，舍弃白犀牛，靠自己的极速身法天魔八步逃生。不过现在还不是时候，需要将白犀牛的潜力发挥到极限，将后面的追兵精力耗光。

　　辰南在犀牛背上，将那个长条形的油布包裹打开，一阵明亮的光辉冲腾而起，一股神圣的气息在空中浩荡起伏。一条洁白如玉、光华闪烁的神骨呈现在他的眼前。很显然这是光明神的右臂骨，小臂和大臂间的关节已经有些破碎，大臂骨和小臂骨叠落在一起，右手掌已经失去。辰南以前在罪恶之城时也曾经看到过古神的遗骨，但和眼前的神骨比起来，前者就像泥沙，后者就像明珠。

　　光明神的手臂骨虽然已经出现了不少裂纹，但明显可以感觉到一股神圣无比的光明属性的力量正在不断波动。光明神最少也已经消逝了万载岁月，然而他留下的残骨竟然还如此圣洁，居然还留存着一股强横无比的力量波动，这实在不得不让人震惊，如果他还活着，会有多么惊人的修为？小龙嘟囔道："大神棍好强大啊！"

　　看着这条手臂骨，辰南一阵失神，可以想象，光明神必然是一个法力通天的人物，但即便是他这样强大的存在，还是让人打得粉身碎骨，可以想象他的那个对手有多么可怕！况且，传说当年那场惊天动地的大战，光明神与东方的天魔联手对敌，结果两人还是惨败。这个超乎想象的存在，令辰南心驰神动，这到底是怎样的一个人物啊！

　　"笨牛快跑，他们追上来了！"小龙的声音将辰南惊醒过来。后面的几人大概看到了神骨的光辉，快速拉近了距离，马上就要追上来了。到了现在，辰南不惊，反倒越发镇静了，他敲了一下小龙道："你说的神舍利呢？"小龙用金黄色小爪子揉着被敲的部位，不满地嘀咕道："明明感应到了纯洁的能量波动啊，难道神骨就是舍利，舍利就是神骨？"然而就在这时，梦可儿突然加速，迅若电光一般冲了上来，一双美目凝视辰南手中的神骨，自语道："光明神的力量被封印在了自己的残骨中……"而项天也在这时冲了上来，他长大的衣衫猎猎作响，血红色的长发狂乱飞扬，眼中凶光不断闪烁，似乎随时会出手夺取神骨。

辰南不顾小龙的嘟囔，将神骨举了起来，道："你们想要？可以，谁要我就扔给谁。"他现在感觉到了巨大的压力，头上两个强敌虎视眈眈，后面还有四个绝世高手穷追不舍，以他的修为来说，和这么多的人动手，保准会被轰成渣。梦可儿不语，只是不紧不慢地跟着他。项天则非常心动，双目中红光一闪，不过最终摇了摇头，冷笑道："我还没活够呢，我可不想被后面那四个老不死的轰成渣。想移祸江东？哼！"

"其实很简单……"辰南笑了起来，道，"如果你们不要，我大可扔掉，还给他们。"说着，他已经高高将神骨举了起来。"等等，你真的舍得？里面可是有光明神的部分力量啊！"项天急忙阻止了他。"如果连命都快没了，这虚无缥缈还不一定能够得到的力量还有什么用？给你们当炮灰？"辰南淡淡地笑着，似乎随时可能会扔掉神骨。这时，梦可儿平静地道："即便你现在扔掉，他们日后也会找上你，因为你让他们失了颜面。"

"那是日后的事，最起码现在可保平安，我不想废话了，我可不愿意给你们作嫁衣。""好吧，我们三人联手对敌，干掉那四个绝世高手！"梦可儿语不惊人死不休，但她却一脸平静之色。辰南真的有些不相信这些话是她说的，看来这神骨对梦可儿来说异常重要，她志在必得，以至于要冒险行事。项天也惊异不已，他虽然想得到神骨中的力量，但也没疯狂到想要灭杀四大绝世高手的地步，对于他来说性命远远重于这神骨中的力量。辰南若有所思，梦可儿体内封印着一股强横到难以想象的力量，她连那股力量都还无法完全驾驭，不可能这样急需光明神的力量来提升她的修为。这当中一定有古怪，致使她迫切需要得到神骨中的力量。

想想今日发生的事情，辰南越发觉得可疑。梦可儿心机深沉，向来谋定而后动，不可能会莽撞行事。但今日她却强闯光明神殿，有些不计后果地争抢，太过冒失了，按照她的性格来说，让人感觉有些不可思议。难道说这条手臂骨真的很重要吗，不同于光明神的其他骨骸？如果是这样……辰南觉得，神骨自己一定要留下，决不能给梦可儿！辰南笑了起来，道："好！头一次发现梦仙子如此豪气，当真巾帼不让须眉！我同意联手，项天你敢吗？"

"我……"项天长得高大威猛，再加上一头血发，当真如同魔神一般，只不过现在却有些张口结舌。他觉得眼前的两人太狂了，比他这个一向以狂闻名的混天小魔王还甚三分，居然想以四阶之身，灭杀四个绝世高手。辰南豪气冲天，哈哈大笑道："如果你们两人引开三人，给我半个时辰，我可以干掉一人！"这当中当然也有激混天小魔王出手的意味。梦可儿也激昂地道："如果给我引开三人，我也可以在半个时辰内干掉一人！"

闻听此话，辰南心惊道：梦可儿果然强大啊，如今她竟然也能够和绝世高手一战了，想来她体内的封印又破开了许多。项天则是震惊，眼前的两人豪气冲天，居然都有灭杀绝世高手的信心，这对他来说是不小的打击。他虽然修为精深且有不世奇功，令他信心百倍于同级别高手，但他感觉如果和五阶高手对上，还是会凶多吉少。他不明白眼前两人为何会如此强横，怔怔地看着他们，不过最后他还是咬牙道："我只能缠住一人！"

"好，痛快！"辰南大声道："好！我们先谋议一下。今日定要来一番壮举，留一段传奇，三大青年高手击败四个五阶高手！"小龙探头，奶声奶气地道："还有我大德大威宝宝天龙，天上地下唯我独尊……""咚！"辰南直接将它后面的话敲了回去，这个小家伙发起狂来，或许真能横扫一片，但它现在还没有完全复原，实在不宜战斗，万一出现意外，天知道小龙会不会再次陷入沉睡。

梦可儿道："项兄能够缠住一人，我和辰兄分别能够干掉一人。唔，第四个人不好处理啊，他若插手，我们凶多吉少。"三人开始小声密议。白犀牛天生异种，跑起来跟飞一般，但后方的四个老人却越追越近。

就在这时，辰南突然放缓了白犀牛的速度，四大高手转瞬追了上来。很明显，五阶暗黑法师，始终和光明教会的人保持着一定的距离，小心地戒备着，毕竟双方是敌对的，保不准会互相偷袭。"我放弃这神骨了。"辰南甩手将臂骨向着空中的暗黑法师扔了出去，对方明显一愣，本能地接了过去。五阶光明法师顾不上找辰南算账，光明神的臂骨绝对不能失落，他快速念动一串咒语，高空之上立刻燃起了熊熊大火，向暗黑法师汹涌澎湃而去，整片天空都被烧得一片通红。

光明法师出手狠辣无比，不顾魔力急骤消耗，使出了这个威力绝伦的大型魔法，防止对方逃走。暗黑法师看到对方要拼命，有些心惊，毕竟他旁边还有几个强大的敌手，如果他也拼命，魔力耗尽时，定然会死得很难看。他虽然知道辰南想移祸江东，可是实在不愿意放弃神骨，如果能够成功夺走，对光明教会来说将是一个天大的打击。下一刻，暗黑法师心绪稍微放松了一些。这时，辰南、梦可儿、项天三人突然出手，狂猛地向地面的两个五阶武者攻去。暗黑法师大喜，心中宽慰了不少。

这是一场为争夺神骨而进行的大混战，五阶光明法师与五阶暗黑法师，在高空之上狂暴地施展着魔法，熊熊大火在高空之上汹涌澎湃，宛如汪洋涌上了高空。霹雳闪电"轰轰"作响，如天罗地网一般，在空中交织成一片巨大的光网，整片天空到处都是电光。地面之上的大战同样激烈无比，辰南、梦可儿、项天和两大五阶高手之间，剑气、斗气纵横激荡。五人由大路打到了旁边的树林，成排成排的参天大树在五人磅礴无匹的劲气下爆裂，化为碎屑。

修为到了他们这般天地，破坏力是难以想象的。光明教会的两个老者，在和空中的梦可儿与混天小魔王对抗时，其中一人随手一挥，旁边的十几棵参天大树便拔地而起，逆天向上，迎着空中的两人撞击而去，声势浩大无比；而另一个老人宽大的衣袖一甩，磨盘大小的巨石便如同那纸片一般，"刷刷刷"不断向高空冲击而去，如同一场密集的流星雨一般，当真有惊天动地之势。高空之上，梦可儿九片玉莲瓣齐出，似来自天界的九片神刀一般，泛着璀璨夺目的光芒，无坚不摧，所过之处，没有任何器物能够阻挡。那成排成排逆天而上的大树在莲瓣的切斩下，如同纸糊的一般化成无数段，而后爆为粉碎。那磨盘大小的巨石，被梦可儿用道家术法掌心雷轰击得四分五裂，到处迸射。

混天小魔王也异常生猛，混天虚空道被他发挥到极限境界，一个巨大的暗黑洞口出现在他的胸前，来自异界的空间力量，狂猛如那滚滚长江、滔滔大河一般，凶暴地冲腾着，将下方的山林瞬间毁去少半，两个五阶绝世高手被这股不属于这个世界的力量轰击不断。辰南玄功通体，天地元气灌顶而入，透体而出，周身上下环绕着无尽的黑气，如那冥魔之焰一般，威力浩大的灭天手一记接着一记，直打得山岩崩裂，乱石穿空，巨大的黑色手掌将所有林木尽数毁去，整片山地都快被拍平了。

西方四大绝世高手、东方三大青年高手，直打得昏天暗地、山摇地动，这是一场震惊西方修炼界的旷世大战。最终的结果，五阶光明法师不敌，魔力几乎耗尽，险些战死，狼狈地逃回新兰王都。当光明教会的大队人马浩浩荡荡赶到时，两个五阶武者一动不能动，直挺挺地躺在地上，已经和死人差不多了。这两人重伤垂危，他们断断续续地说出了后来的事情，五阶暗黑法师与光明法师大战之后也已力竭，被东方的三个青年高手掳走。这一天西方修炼界大震。

光明教会声称，新兰帝都光明神殿遭受暗黑教会大举进攻。大批神职人员出动，三位绝世高手出击，在新兰王都外与暗黑教会发生激烈大混战。此战中，东方三大青年高手卷入大战旋涡中，将光明教会两位绝世高手击得重伤垂危，将暗黑教会五阶法师击败并掳走……消息含混模糊，光明教会竭尽全力掩盖复活光明神的消息。

暗黑教会与光明教会，自古以来就争斗不休，人们听到消息后，并未因此而惊讶。真正让人震惊的是后面含混不清的消息，东方三大青年高手，将光明教会两位绝世高手击成重伤，将暗黑教会五阶法师击败并掳走，这让西方修炼界上下震动！这三个二十几岁的青年到底是什么怪物？竟然将三个老一辈的五阶高手战败，并击得重伤垂危，这实在太惊人了！这让西方修炼界许多人忧心忡忡，感叹东方修炼界越来越强大，"法器败亡论"、"安逸败亡论"再次被人们提起。

在西方修炼界，始终有"法器败亡论"和"安逸败亡论"。老一辈的人物认为，随着西方对魔晶核、对各种储魔法器的依赖，法师不重视己身魔力的凝聚，武者过分倚赖强大的魔法武器，致使盖世高手数百年难得出现一位。在那遥远的过去，西方修炼界曾经有过异常辉煌的历史，在盛极一时的年代曾经出现过媲美神灵的法神与斗神。在过去那遥远的年代，人们不倚仗外物，完全凭借肉身来修炼。

在那个时代，强大的魔法师的身体并不柔弱，他们不仅修炼如何操控天地间的魔法元素，还用魔力凝练肉体，那些古魔法师当真可谓可怕无比。武者则根本不用魔法武器，他们的修炼条件更为艰苦，往往会独自闯进魔兽出没的原始森林历练，当真是在生死之间锻炼出来的本领。光明教会没有想到含混不清的消息，竟然会导致两种败亡论再次被提起，他们庆幸转移了修炼界众人的焦点。

两日后，辰南、梦可儿、项天已在新兰王都千里之外，如果不是迂回躲避神殿的追兵，他们会跑得更远。光明教会四个绝世高手，目前三个重伤，只有一人无恙。神殿的追捕，对于辰南三人来说构不成威胁。其实，那四个绝世高手当中，仅仅那名法师是神殿的人，另外三个武者乃是自新兰帝国请出的前辈高手，为看护光明神臂骨，教会着实下了一番大力量。

新兰帝国光明教会目前不能威胁到三人，但暗黑教会却给三人带来了莫大的压力，这些人秘密地追击着他们，竟然有四个五阶高手。据被抓住的那个五阶暗黑法师交代，有三人是从别国请来的，准备在光明神臂骨护送的路上动手。三人吃惊不已，真是捅了马蜂窝了，没想到追兵这样强大。

晚间，他们来到了一片丘陵地带，这里没有高大的树木，低矮的灌木丛倒是很多。三人围在火堆旁，无声地吃着烤肉。五阶暗黑法师在另一个火堆旁，小心翼翼地为小龙烧烤着一串鸟翅。堂堂五阶暗黑法师沦落到这一步，实在让他欲哭无泪，人在屋檐下不得不低头！现在正好是春暖花开的季节，夜间的暖风吹来阵阵野花的清香，不过火堆旁的三个年轻人脸色却冰冷无比。三人谈判多时，无论谁出多么高的条件，另外两人都不肯放弃光明神的臂骨，眼看就要以武力来决定归属了。

混天小魔王一拳砸在地上，一方石块立刻化为粉碎，他恶狠狠地道："混天道出三十五万金币，你们难道还不满足？"梦可儿很平静地道："澹台古圣地出四十万金币！""你……"项天双眼血红，瞪着梦可儿。辰南已经好久没说话了，他可不像这两人背景深厚，只能靠武力强抢，不过在动手之前，他必须要通过旁敲侧击弄明白一些事情。

"你们不要争了，光明教会不是有许多神殿吗，光明神的骨骸被封印在各地，既然我们已经知道了这个秘密，大不了再去抢一处。"辰南微微地笑着。梦可儿道："新兰帝国的神殿第一个开启封印，取出了神骨，别的神殿还没有这样做，经过这次的风波，短期内光明教会恐怕不会再开启任何一座神殿的封印了。我们根本无法破开那些特殊的封印。""哦。"辰南暗叹这些圣地果然了得，居然很早就知道了这些信息，他现在才通过旁敲侧击知晓。

"我要定这神骨了！"月色朦胧，项天面色狰狞，却将一旁的梦可儿映衬得更加超尘脱俗，如广寒仙子一般。梦可儿向火堆里加了几根木柴，对项天道："你即便得到这神骨，也无法将里面的力量据为己有。因为光明神在粉身碎骨前，已经为以后的重生做好了准备，他将自己的力量封印在了神骨内，你根本无法炼化，据为己有。"

"哼，少唬人。既然无用，你为何要争夺它？"项天露出不屑神色。"我需要用它封印恶魔，将它置于阵法中就可。""什么！"项天立时变了颜色，他似乎想到了什么，惊道："难道澹台古圣地封印的恶魔要破开封印了？""是的，封印的力量已经非常弱小了，必须补充神力，否则恶魔破印而出后，不但我澹台古圣地遭殃，你们混天道也不能幸免。不要忘记，当年你派祖师也参加了封印！"梦可儿异常平静地道来。辰南脑中轰的一声，澹台璇封印的恶魔，竟然是澹台璇封印的恶魔！

当初在死亡绝地无名神魔的虚天幻境中，他看到了梦可儿的一个梦，竟然真的有这样一回事！万年前澹台璇竟然封印了一个恶魔，那定然是和辰南同时代的强者！既然万载岁月过去了，那个恶魔还活着，那么被封印前他必然已经看破死境。这意味着澹台璇那个时候也有相应的能力，那个时候她已经是仙神级的人物，故此现在封印衰弱了，需要仙神级的力量才能补充。

辰南当真震惊无比！恶魔令他心中一颤，同时澹台璇的容貌也再一次清晰地浮现在他的心间……好久好久之后，辰南才慢慢平静下来，他强迫自己暂时忘却过去的事情，现在他还无力改变什么。辰南开始思考眼前的事情。梦可儿如此冒失，不计后果地争抢神骨，原来是因为有如此缘故。他竟然也如此巧合地跟着卷入了旋涡，神骨中的力量难以炼化，对于他来说没有多大用处，他真是莫名其妙地蹚了一次浑水！

"宝宝，将神骨给他们，我们走……"辰南转过身来对小龙道，但突然一下子呆住了。小龙的一双金黄色的小爪子，正在用力地掰光明神的臂骨，上面原本就有很多的裂纹，在小龙这个小怪物的蛮力下，臂骨很快断裂了。一个光芒璀璨、无比耀眼的金色珠子滚落在它的小爪子中，小龙眨动着大眼好奇地凝望着，而后塞到嘴里用力嚼了起来。听闻辰南对它说话，它含混不清地嘟囔道："干吗给他们……好硬……我咬……"

五阶暗黑法师一直在帮小龙烤鸟翅，就坐在它的旁边，一直看着它鼓捣神骨，没想到竟然被它弄出一颗珠子，他惊讶得眼睛差点突出来。梦可儿一声尖叫，快速向小龙冲去。项天也大叫了一声，快速向小龙扑去。两人的惊叫声着实吓了小龙一大跳，"咕噜"一声，金色的珠子被它咽入腹中，小东西飞到空中，气愤地叫道："我被你们吓了一跳，珠子被吞下去了，都怪你们！神说，吃东西时不能够狼吞虎咽，我很生气！"

梦可儿和混天小魔王呆若木鸡，没想到神力凝成的珠子被小龙吞了下去，他们急得大叫道："快吐出来！"听到他们的话后，小龙更加气愤，大声嚷嚷道："宝宝很生气，后果很严重，哎哟……"小龙刚要发飙，突然惊叫了起来，道："哎哟，哎哟，它在我肚肚里滚来滚去，哎哟……"

"龙宝宝你怎么了？"辰南擒龙手一挥，将小龙卷到了怀中，疾声道："你感觉怎样？快把那个珠子吐出来。""它在我肚肚里跑来跑去，它会动，哎哟，我吐……"小龙听从了辰南的话，开始使劲地向外吐东西，可是吐了一地苦水，什么也没有吐出来。"哎哟，它化了，水流在顺着我的肚肚往上流，好痒啊……"小龙嘟囔个不停，不过倒没有痛苦之色，这令辰南稍稍心安。

梦可儿和混天小魔王紧张地注视着它，盼望那古怪的珠子会自己滚动出来。"哎哟，它、它流到我头上去了……"小龙奶声奶气地嘟囔着。这时，小龙的额头突然金光大作，透发出无比璀璨明亮的光芒。金光持续了能有半刻钟才慢慢消散，金色的小珠子闪现而出，镶嵌在小龙额头的正中央，就像第三只眼睛一般，不过再也没有光明属性的力量波动了，和小龙金光闪闪的龙鳞比起来，珠子并不是多么地显眼。小龙用小爪子使劲地往下抠，痛得小东西自己直哼哼，但金珠长在了上面，再难撼动分毫，最后它沮丧地嘟囔道："我还以为要开天眼了呢，结果这颗珠子赖着不走了，可恶！"

梦可儿和项天面面相觑，他们比小龙还要沮丧，因为他们竟然感应不到神力的波动了。在接下来的两天里，梦可儿和项天满怀希望地盯着小龙的额头，希望能够有奇迹发生，但是他们失望了，那股圣洁的气息彻底消失了，再无任何能量波动传出。梦可儿再难保持平静之色，澹台古圣地急需仙神的力量去加固封印，可是现在还能到哪里去找啊？三大青年高手因为神骨而短暂地联合在一起，现在神骨依然还在，但它应有的价值已经不在，因共同利益走到一起的三人注定要分开，再次相见必然要刀兵相向。

辰南心有所感，日后三人之中定然会有人死在对方手中。分别之际，项天残忍地笑了笑，而后突然一刀杀死了五阶暗黑法师，一展神魔翼冲天而去。梦可儿嘴角也泛着冷笑，驾起玉莲台冲空而起。辰南暗道不好，这两人不会要嫁祸于他吧？三人都不想彻底和西方的任何一股势力翻脸，故此前不久击败光明教会的两个绝世高手之后没有下杀手。可是现在……辰南大叫坏了！他开始大骂。

小龙则用友善的语气叫道："梦可儿，你等一等，我有好消息告诉你。"辰南敲了它一下，道："跟这个女人有什么话好说。"远处，梦可儿停了下来，有些不解地看着小龙，平静地问道："什么消息？""你的老朋友让我给你捎一句话，让我想想它是怎么说的。小龙认真地回想了一下，而后眨动着大眼，奶声奶气地大声叫道："嗷呜……一百遍啊一百遍！"

梦可儿听到这句话后，气得娇躯一晃，差点跌落下玉莲台，平日恬淡从容的样子荡然无存。"该死的痞子龙，我早晚将它剁成一万段。"梦可儿一刻也不想停留，快速冲离而去。辰南狂笑。小龙眨着大眼，也憨憨地笑着。辰南在这一刻感觉小龙真是太可爱了。

梦可儿和项天两人快速冲出了山区，他们达成了共识，分两个方向飞行，不断散播出同一版本的消息。之前，光明教会对外公布的消息含混模糊。光明教会声称，新兰帝都光明神殿遭受暗黑教会大举进攻。大批神职人员出动，三位绝世高手出击，在新兰王都外与暗黑教会发生激烈大混战。此战中，东方三大青年高手卷入大战旋涡中，将光明教会两位绝世高手击得重伤垂危，将暗黑教会五阶法师击败并掳走……光明教会竭尽全力想掩盖复活光明神的消息。

梦可儿和混天小魔王把握住了光明教会的心理，按照他们对外公布的消息大做文章。两人离开辰南之后大肆对外宣称，辰南三人初来西方，无意间闯入光明教会和暗黑教会的战场中，误伤神殿两名高手，现在做出郑重道歉。此外，三人掳走五阶暗黑法师之后，从他身上搜出一件光明教会的圣物，具体是什么，两人称不方便说出口。暗黑法师以及被偷盗的圣物，将由辰南押解给神殿，算是对之前的冒犯表示一下诚意。

两人将所有的事情推了个干干净净，暗黑教会明白怎么回事，光明教会也明白怎么回事。但暗黑教会在西方几乎人人喊打，势力孤单，即便他们说什么也没人信。光明教会极力想隐藏秘密，自然也不会揭破。在两人发出消息不久之后，光明教会声称欣赏他们的做法，就让误会就此一笔揭过，他们会派人和辰南接洽。

十几天过去了，辰南满身血污，这些天他被暗黑教会的四大绝世高手跟着屁股在大山中追杀，暗黑五阶法师的死被记在了他的账上。"啊……"今日他终于等到了一个机会，他已经在泥土中埋了两个时辰，当两个绝世高手搜寻到这里时，他冲出地表，以迅雷不及掩耳的速度击杀了一个五阶绝世高手，而他自己则被另一人击成重伤，狼狈遁去。

四大绝世高手联手扫荡，这十几日对辰南来说如同生活在地狱一般。他原本想狠心让龙宝宝载着他飞逃试试看，但最终的结果却是他照顾小龙。这个小家伙吞下光明神的舍利子之后，这些日子竟然变得昏昏沉沉，始终处于半睡半醒的状态。杀死一个绝世高手，辰南拼尽力气才摆脱另一人，他栽倒在地上，沉重地喘着粗气，发誓道："下次如果不能将项天的神魔翼搞过来，就一定将梦可儿的玉莲台夺过来！"如果他也有一件能够飞行的宝物就不会被四个绝世高手跟着屁股追杀了，也能如同项天他们一般顺利脱困而去。

"嗷吼……"一声巨大的龙吼传来，辰南不得不开始了新一轮逃亡。情况糟糕透顶，四人当中竟然有一名圣龙骑士，如果不是有小龙存在，如若不是它散发出的神龙气息震慑着这头圣龙，辰南恐怕早就被这个圣龙骑士寻觅到了。自今日开始，小龙完全陷入了深度睡眠中，神龙气息彻底敛去，令圣龙惧怕的龙威消失了，圣龙骑士很快就寻了上来。

这头圣龙长有十丈，浑身上下覆盖满了银色的鳞甲，远远望去异常威武，如同白银铸成的一般，不过最让人感觉奇异的是它竟然有两个龙头。不知道是不是由于畸形的原因，这个圣龙虽然异常勇猛，但智力似乎不是多么高，并不像当初小龙在五阶圣龙状态时，给人一股灵性的感觉。辰南只在这头双头银龙的身上感觉到了残暴。双头银龙发现辰南的踪迹后，吼啸连连，双翼一展，如老鹰扑兔一般，向着地面的辰南冲击而去。一对银光闪闪的龙翼，似来自九幽地府的魔刀，将许多高大的树木的树冠生生切落，而它的身体则将树干撞了个粉碎，所过之处，林木尽毁，甚至有些挺立的山石，也被它横冲直撞，尽数摧毁。

辰南仰头，一记灭天手狠狠地印了上去，黑色的大手凭空突然出现在双头银龙的头部，狠狠地拍了个结实，打得它在空中一晃，令它怒吼连连。眼前的圣龙骑士看起来六十多岁的样子，他嘴角泛起一丝冷笑，道："你已经逃亡了十几日，现在我看你还能往哪里逃？"辰南现在真的有些绝望了，眼前这个圣龙骑士明显已经跨过五阶初级境界，最起码也到达了五阶中级，不然不可能驯服这头残暴的双头银龙。

十几天来，每次都是远远地看到这个圣龙骑士，直到现在近距离接触，辰南才发觉对方有多么可怕，以他现在的重伤之躯，如何能够敌得过？"死在一个圣龙骑士手里，我也不算冤枉，不过能不能等另外两个绝世高手过来时再杀掉我，我也想仔细看看他们到底是何等的人物。"

"哼，将死之人还谈什么条件！"圣龙骑士眼中寒光一闪，就要动手。辰南叹了一口气，道："难道你就不能满足我这个愿望吗？""笑话！你有什么资格和我谈条件，我从来不接受俘虏的任何条件。"圣龙骑士冷冷地道，他将手已经高高地举了起来。不过这时，另外两个人出现了，发觉到这边的情况后，快速冲了过来。这两人皆六七十岁的样子，皆是金发金须，不过一个高大威猛，另一个却有些枯干瘦小。

"终于堵住这个小子了，你可以去死了！"两人冷笑着。这三大绝世高手站在辰南的眼前，给他的强大的压力是可想而知的。不过就在这时辰南笑了，他将左手高高扬了起来，道："谁生谁死，不是由你们说了算，而是由我说了算！"圣龙骑士冷笑道："你莫不是吓昏了头？就凭你？好了，你可以去死了！"他高高地举起了右手掌。而另外两人也冷笑连连，同时举起了手掌。

辰南冷声道："我曾经给你们解释过，那个五阶暗黑法师不是我杀的，但你们却对我不依不饶。想要我死？好吧，现在我想和你们说同样的一句话，你们去死吧！"三大绝世高手同时向辰南拍出了一掌，与此同时辰南左手猛挥，在下一刻无尽的暗黑魔气笼罩了这片山林……大山之外的居民突然发觉天色阴暗了下来，仿佛黑夜来临了一般，同时一股恐怖的波动自大山内不断浩荡而出，致使附近所有的居民家家闭门。

两日过去之后，辰南严重的内伤好了一半，他抱着小龙慢慢向大山外走去。出山之时，一批人正在进山，为首的几个年轻人都是他的熟人，赫然是凯利、南宫吟、南宫仙儿、玄奘、王辉五人。辰南有些发愣，他知道东大陆正邪几个圣地的传人将要在西方决战，他没想到这几个人竟然走到了一起，同时出现在这里。这几人见到血染衣袍的辰南，更是吃惊，凯利失声道："没想到你真的还活着！"

"你可真是蟑螂命啊！"南宫吟和王辉同时感叹道。"阿弥陀佛，贫僧早就说过了，辰施主乃是大魔之相，不遇大佛的话，会遗害千年的。"玄奘和尚一副得道高僧的样子。妖媚的南宫仙儿，脸上笑意越来越浓，道："你可真是命大啊，其实我们是准备来替你收尸的！没想到你还活着。""我大难不死，没想到刚出来，就被你们几个这样损。"辰南脸上渐渐有了笑意，他已经看出几人的来意，他们竟然是来援救他的，这让他很感动。凯利走过来，拍了拍辰南的肩膀道："你居然真的活了下来，你现在可以封神了。这两日西方修炼界已经传遍，四个绝世高手在追杀你，已经将你困在大山中。你能活下来，绝对是一个奇迹！"

"其实已经十几日了。"辰南有些感慨。这时，几人都注意到了他怀里的小龙，除却凯利之外，其他人的眼睛都有些发直。还是凯利的声音将几人拉回了神来，他问道："听说里面有一个兼修东方武学与西方武学的绝世高手，你和他交过手吗？战况如何？"

"交过手，他被我干掉了。"辰南平静地答道。

"什么？"几人同时惊呼。

"我知道你厉害，可那是一个五阶中级高手啊！"凯利吃惊地接着问道，"你和他们当中的圣龙骑士交手了吗？"

"交过手，也被我干掉了。"辰南话语依旧很平静。但凯利几人却傻掉了，当一见到辰南活着走出大山时，他们就有过这方面的荒唐猜想，但此时亲耳倾听，还是感觉难以相信。"光明神在上！那个圣龙骑士最差也是五阶中级啊，甚至是五阶大成！"凯利惊疑道，"你别告诉我，你把他们四个都干掉了？"

"确实都被我干掉了，不然我怎么可能活着走出大山。"其中具体经过，辰南不可能和他们细说，有些秘密是无法解释清楚的。绝世妖娆女南宫仙儿从辰南怀中抢过沉睡的小龙，道："把咱家的小龙给我抱抱。"

这一日，西方修炼界彻底沸腾了，一个东方的青年高手，在四个绝世高手的追杀下，竟然安然无恙，最后四大高手反被杀掉！这绝对是西方修炼界近百年来的重要大事件，辰南以二十余岁之龄，连毙四大绝世高手，绝对堪称奇迹！这件事像十二级大地震一般，不仅让西方修炼界天摇地动，也震动了东方修炼界，辰南无疑成了整个修炼界的第一焦点人物，千万双眼睛都聚焦到了他的身上。

五日后，辰南将断裂的神骨还给了新兰帝国光明神殿。光明教会表示万分的感谢，高度赞扬了辰南的大德大勇，还慷慨激昂地发布了一番公告，在这场风波中光明教会推波助澜的力量不可忽视。辰南成为最为引人注目的焦点人物，关于他的各种传闻自然不断，他在东大陆的事迹很快传到了西方。各种花边秘闻在流传，其中有一则流传最广、影响力最大，映射某女和辰南关系复杂难明。当梦可儿无意间听闻到那则消息后，气得咬牙切齿，她动了真怒！

第五章

地狱无门

辰南一日间连毙四大高手事件已经过去十几日了，但这场天摇地动般的大震荡还在继续发酵着。这是一场难以想象的大风暴，一个二十几岁的青年高手竟然能够斩灭四位绝世高手，让所有修炼界人士皆震惊无比。东方正邪圣地传人大决战的擂台设在西方，许多东土高手不远万里前来西方观战，恰逢辰南击毙绝世高手之时，因此消息被这些人用各种方法在第一时间传回了东方。

现在，辰南绝对是东西方修炼界第一焦点人物，可谓无人不知、无人不晓。在外界沸沸扬扬地谈论这个焦点人物之际，这个家伙正在新兰王都内的一座豪宅内休养。在和四位绝世高手的大战中，他受创颇重，直到这时才渐渐完全康复。

此豪宅乃是魔法王子凯利的寓所，凯利在西方上层贵族中颇有些名气，几乎在几个大国的都城都有他的宅院，多半都是一些大贵族相赠。"兄弟你居然和四大高手干架，我靠！居然将那四个人都整死了，我靠，简直是个非人类！"听闻辰南出关，凯利第一时间来到辰南的房间。不过原本言谈举止优雅的魔法王子，此刻实在激动无比，口中竟然在不断地说着脏话，可见他有多么亢奋。

"你这个家伙，简直难以让人相信，没想到一切都是真的，那天你从大山中活着走出来，说那些话的时候，我一直半信半疑。天啊，竟然都是真的，你居然在一日间干掉了四个绝世高手，太不可思议了，没天理啊，我靠！"看着颇为失态的凯利，辰南笑了起来，道："我自己也有些不敢相信，觉得在做梦一般。对了，南宫兄妹、玄奘和尚还有王辉他们几个人呢？"

"他们已经走了，这几人是不可能相处在一起的。那一天，我们碰巧在你落难的大山外相遇，想来都是闻听消息后，想去助你一臂之力吧。他们相见之后，没有当场动手就不错了，见你平安无恙之后，不久便各自离去了。"凯利最后叹道，"危难时刻伸手相助……"辰南无声地点了点头。

这场大风波，引得多方势力关注，辰南不得不仔细考虑自己目前的处境。毫无疑问，光明教会与他的关系最为微妙，对方不过是利用他掩饰复活光明神的秘密而已。至于表面上的赞扬感激都是虚的，说不定德里神殿中的那几个绝世高手正在对他咬牙切齿，想办法报复呢。最乐观的估计，光明教会以后即便不对他动手，也不会有任何好感。可以预想，若是有机会，他们绝不会给他好果子吃。

至于暗黑教会，肯定早已把他列为了头号大敌。这一次他一下子干掉了四个绝世高手，外加混天小魔王杀死的那个五阶暗黑法师，肯定也会算到他的头上，五名绝世高手被杀死，暗黑教会肯定抓狂了，这可是伤筋动骨的大损伤啊！说不定对方现在已经派出高手来杀他了。想一想，光明教会肯定会推波助澜，让暗黑教会和他彻底敌对，这当真是一个天大的麻烦。暗黑教会在西方虽然始终无法战胜光明教会，但自古至今抗争到现在，都没有被灭掉，可见还是有着让人难以想象的实力的。

这一切，皆是梦可儿与项天和光明教会共同作用的结果。梦可儿和项天两人将一切推得干干净净，将麻烦都甩到辰南的头上，这一手玩得实在漂亮。"这两个王八蛋！"辰南一个人在屋中走来走去。现在想来西方修炼界对他恐怕也是好感缺缺，毕竟他以一个东方修炼者的身份斩杀了四大高手，这肯定会令西方诸多高手心中排斥不已，不过好在那四人是风评颇坏的暗黑教会的人，不然他真的可能成了西方修炼界的公敌了。

至于东方修炼界，也许有些年轻人会对他盲目地崇拜，但恐怕有不少人潜意识中对他有些敌意吧。东方人最拿手的是内斗，如今他风头之劲一时无两，此刻只怕已经令有些人感到不舒服了。在辰南思虑着眼前的形势之际，远方也有人在考虑着同样的问题。

新兰王都一家客栈内，梦可儿倚窗而立，这位圣地的仙子眉头轻皱，未能将光明神的舍利子争取到手令她有些忧色。在澹台古圣地传说中的那个被第一代祖师封印的大恶魔即将出世，如果不能够运用仙神级的力量去加固封印，恶魔在不久的将来定然会破印而出。不过这次争夺神骨的风波中，能够在最后关头摆脱一切麻烦，梦可儿稍感欣慰，她可以想象暗黑教会对辰南的报复将会有多么激烈。

不过另一桩事却令梦可儿恼火不已，如今辰南威名之盛一时无两，关于他的传闻数不胜数，居然有传言辰南和她有过暧昧交往。这样的花边新闻对于辰南来说也许不算什么，但对于澹台古圣地走出来的圣洁仙子来说，简直不可容忍。想到此事，即便平日恬淡从容，对任何事都波澜不惊的梦可儿也有一股抓狂的感觉。

新兰王都外一处山林内，混天小魔王狠狠地道："这个家伙简直不是人，居然干掉了四个绝世高手，如果和他正面交锋，真是有死无生啊，他为什么进步如此神速呢？还有梦可儿那个小贱人，似乎比辰小子还要厉害三分，我真是不甘啊！我要闭关再做突破！不迈入五阶领域绝不出关！"项天躲进了德里城外的大山深处，在走进一个古洞前他冷森森地笑道："等我武魔身法和混天虚空道大成之际，有你们好看，等着授首吧。"

一个月之后，这次的风波总算稍稍平静了一些。出乎辰南意料，光明教会的人并未找他的麻烦，西方修炼界也并未对他表现出过多的敌意，而且新兰帝都的一些贵族经常邀请他参加一些重要的宴会。不过他知道光明教会不过是表面示好而已，他们肯定将利用他和暗黑教会的人大干一场。说来也奇怪，暗黑教会的人也一直未有所动作，至今还没有人找他报复。

短短的一个月内，西方许多大势力频频派人向辰南试探，想将他拉拢到一些势力集团内，这些人都是一些大贵族阶级。稍稍接触后，辰南立刻疏远了这些人，他从凯利所获得的密报中得知，这些势力集团实在太过复杂了，有些人想颠覆所在的国家，有些人竟然想吞并周边小国，这些人无非看上了他的勇武，但他可不想搅进这样的浑水当中。事实上，和他接触的人也没有多做纠缠，毕竟那样的集团并不是多么看重个人武力，如果不是他最近风头正劲，对方是不会找上门来的。

在此期间，辰南练功不辍，现今形势下实力决定一切，他必须要加快提升自己的修为。两个月后，外界的风波渐渐平息下来，而此时沉睡的小龙也恰好苏醒了，辰南决定开始下一步的行动，向着光明教会的圣地拜旦进发。

微风轻拂，山林中传来阵阵花草的清香。穿过茂密的丛林，是大片大片的田地，许多农人在辛勤地劳作，远处的村庄飘起阵阵炊烟。朴实的乡村画面饱含着生活的气息。经过十几日的跋涉，辰南翻山越岭，穿过新兰西部边境的崇山峻岭，来到了一个百国并立的特殊地带。

西大陆有四大霸主国家，新兰在西大陆的最东方，曼罗位于南方，拉脱维亚占据了北方，而埃克斯则雄霸最西方。在四国之间有一片广袤无垠的土地，那里有草原，有沙漠，有沼泽，还有数十个小国，为四国的缓冲地带，所有小国皆为四个霸主国家的附庸国。有的小国也许有十几座城市，而有的小国则也许仅仅是一座孤城，数百年来战乱不断，建国和灭国事件几乎十天半月就会发生一回。不过近几十年来，随着光明教会影响力越来越大，这处百战之地渐渐平静了下来，多年的战乱终于在神殿的干预下终止了。辰南带着小龙已经离开了新兰帝国，进入了这片百战之地。不过眼前朴实的乡村风光，很难让人想象过去这里曾经征战不断。

"看来光明教会也不是一无是处吗，终止了刀兵战乱的确是一件大功德，看来还有些做神棍的资格。"辰南不想引人注目，将白犀牛丢在了凯利的豪宅中，已经步行了十几日。"哦，为什么会这样，我真的很生气，大神棍的舍利子为什么变成犄角长在了我的头上？"龙宝宝攀在辰南的肩头，不满地嘟哝着。苏醒过来的小龙，精神状态明显比以前好了许多，却有了不小的变化。光明神的那个舍利子，最开始像颗明珠一般长在它的额头，但在它沉睡的这两个月中，珠子竟然幻化成了一只金光灿灿的角，现在的小龙竟然有了三只角。

当然这第三只角很小很短，更未像天生的那两只龙角般分叉。"丑死了，我讨厌这只角。"一路上小龙抱怨不停，像个负气的小孩子一般。辰南笑道："不丑，其实很漂亮。""真的吗？"小龙怀疑地望着他。辰南道："真的，非常可爱。""可恶，我真的讨厌多了一只角。"小龙奶声奶气抱怨的样子，令辰南忍俊不禁，这一路上一人一龙倒也不寂寞。

　　远处的村落越来越近，辰南带着小龙穿过几个村落，来到了一个小镇。小镇很繁华，西式的建筑物皆很高大，别具一格，街道两旁有不少店铺。此时已经是晌午时分，辰南带着小龙走进一家酒楼，满足小龙的馋欲。然而就在这时，辰南感觉到了一丝微弱的精神波动，可是当他捕捉时却再也感应不到了。他神情一动，该来的终于要来了，显然有一个超级高手盯上他了，按照他的猜测，对方多半是暗黑教会的人。

　　辰南在小镇上休息了足够的时间后再次上路，暗暗地观察着后面的动静，可是乡间的小路上静悄悄，他一丝气息也感应不到。直到远离小镇，走进一片原野之时，他才渐渐感应到了一股不同寻常的气息。一股强大至极的气息突然在前方爆发向他涌动而来。"哦，有毛贼！"小龙嘟囔道。辰南现出凝重之色，前方无疑有一个强大的对手在等待着他，他一步一步向前走去，调整自己的状态，时刻准备迎战。

　　不久之后，一个颀长的身影映入他的眼帘，不远处一个黑发黑眼、英姿勃发的青年男子站在路中央，正在注视着他。辰南一惊，不知为何他竟然感觉到了一股同宗同源的气息，对方的身上竟然涌动着和他相近的真气。前方的男子负手而立，给人一股天下尽在我手中的感觉，透发着强大的自信。可是，不知为何，辰南却涌起一股厌恶的感觉。凭着直觉，他已经感应到前方那个和他年龄相近的年轻男子是一个可怕的人物。

　　辰南停身站住，冷冷地看着前方的男子。青年男子背负着双手，一步一步向前逼来，他围绕着辰南转了几圈，神态有些倨傲，道："你叫辰南？"辰南静立不动，没有回答。小龙奶声奶气地开口道："猪装象，人装蒜。"

　　青年男子神色立变，双目泛着寒光盯着小龙，不过却未露出震惊的神色，显然他早已经知道这个小家伙的存在。小龙不理他，对辰南奶声奶气地道："我给你出个谜好不好，请你说出什么装象？"辰南脸上渐渐泛出了笑意，不过却什么也没有说。"好笨哦，这都猜不出，当然是他装象啊！"小龙泛起龙式微笑，伸出一只金黄色的小爪子，指着辰南身前的男子道。闻听此言，青年男子身上爆发出一团璀璨夺目的金光，如熊熊燃烧的烈焰一般，一股可怕的杀气弥漫而出。

然而，辰南却大惊失色，对方身上竟然流转着和他同宗同源的玄功！和他的家传玄功气息一模一样！他不可思议地望着对方。青年男子定定地看着辰南，道："出招吧，让我看看修炼界年青一辈第一人到底有几斤几两。"辰南眼中神光爆射，在这一刻他已经难以保持平静了，冷声道："你是谁？挡我去路有何目的？"青年男子非常自信，仿佛一切尽在他的掌握之中，他傲然道："你出招吧，不然别怪我先下手。"辰南让小龙飞离他的肩头，面对这个高深莫测的强敌不敢有丝毫大意。

"我不想毫无原因地和人战斗，说出你的来意。"他真的有些疑惑，按理说应该是暗黑教会的人找上他才对，但却来了一个神秘的东方青年男子，对方的身上竟然流转着他的家传玄功。"嘿，不出手就别怪我心狠手辣了！"青年男子冷冷一笑，而后挥掌向辰南拍去。看似随意的一掌，却令辰南神情剧变，出掌的方向并无掌力涌动而来，但辰南后方却出现了一个巨大的光掌，竟然是他家传玄功中的绝顶奇学灭天手！

辰南脚踩天魔八步，快速冲了出去，而后头也不回地也向后拍出了一记灭天手。不过由于他早已逆转玄功，他所打出的灭天手是乌黑发亮的一个巨大光掌，和那金黄色的光掌反差很大。"轰！"一声巨响，整片空间都仿佛震荡了起来。金色的灭天手与黑色的灭天手相撞，璀璨夺目的光芒冲上了高空，现场尘沙飞扬，沙尘蔽天，地面一条条巨大的裂缝蔓延向远方。

青年男子岿然不动，辰南一连向后退出去十几步，他露出不可思议的神色，对方的身上不仅流转着他的家传玄功，而且还会当中的绝顶奇学灭天手，这让他惊得目瞪口呆。他实在无法想象，对方为何掌握了他的家传玄功。辰南清楚地记得，在万年前，只有他和他的父亲辰战会此功法。玄功唯一一次传给外人，便是澹台璇，不过对方仅仅学去一记擒龙手而已。而此刻青年男子也露出了不可思议的神色，比之辰南还要震惊，自负的神色一扫而光，他喃喃着："难道传说竟然是真的？他竟然是传说中的那个人！这怎么可能？这怎么可能！"

辰南一动不动地望着对面那个青年男子，面上虽然平静，但心中着实震撼无比。对方竟然懂得他的家传玄功，既然不是他传出去的，毫无疑问，对方的师门不是当年辰战所创，就是他们在机缘巧合之下得到了辰战留下的功法。"你到底是谁？"辰南面无表情地注视着对方。

此刻，青年男子慢慢平静了下来，道："我是谁不重要，重要的是你真的是辰战之子吗？"他眼中泛着摄人心魄的寒光，逼视着辰南，道，"你是一个死而复活的人？"辰南心中涌起滔天巨浪，着实震惊到了极点，这个天大的秘密，世上除了他自己之外，本无一人知晓才对，但对方竟然一口道破了其中的隐秘，他险些大叫出来。这其中定然有隐情！辰南冷冷地注视着对方，他发觉自己非常地被动，眼前的青年似乎知道他的过去，然而他却对对方一无所知。

青年男子冷静地观察着辰南的反应，最后他露出不可思议的神色，道："看你的反应，这竟然是真的，是真的？这怎么可能？这怎么可能呢！"天大的秘密竟然被人道破了，辰南的心脏在剧烈地跳动着，冷汗已经浸透了他的衣衫。"哼，你在胡说八道什么，鬼才明白你的意思。"辰南冷哼道，对于这个来历不明的青年男子，他不想完全暴露自己，虽然可能已经无法掩藏身份了，但他不能就这样承认。

青年男子神色有些复杂，他看着辰南久久未语。好半天之后，他眼中突然射出两道寒光，森森寒意向辰南笼罩而去，无形的杀气在场内弥漫。"很简单，我再出手相试一番便知晓了。不过，你可要多加小心了，不然可能性命不保。"此刻青年男子再次恢复了自负的神色，他傲然地道，"记住，我叫杜宇。"

"小杜，我们又没有问你，你干吗急着介绍，其实辰南他一点也不想知道，你又不是美女。"远处的小龙眨动着大眼，一副天真宝宝的样子，在那里不满地嘟囔着。"哼！"杜宇冷哼了一声，似乎知道小龙难缠，并不和它搭话。他解下长衫，抖手便甩了出去，长衫如一杆标枪一般穿空而去，直直飞出去几十丈距离，而后"砰"的一声穿进了原野上的一块巨石当中。如此功力，令辰南动容，杜宇的修为实在太强悍了。

辰南也解开长衫，随后又将背后的方天画戟和腰间的长剑摘了下来，向后方抛去。杜宇很自负，傲然笑道："居然将混天道的神戟扔了，你以为没有兵器可以胜过我吗？""哼！"辰南冷哼了一声，道，"希望你真的有自傲的本钱。""哈哈……实话和你说吧，你会的功法，我都修炼过。而且我现在的功力比你高，你凭什么，你有什么能力和我斗？"杜宇很嚣张，神色间还有一丝怨毒之色。

辰南显然注意到了对方的神情，不过他实在想不明白何时得罪了这样一个强敌，从开始到现在他一直在探究对方的实力，最开始猜测对方是五阶初级而现在却模糊不定，他无比惊疑，只能用深不可测来形容对方。这当真是一个可怕的青年，自辰南出道至今，他还从来没有碰到过一个五阶的青年高手，或许只有东大陆龙家那个奇才龙舞的哥哥潜龙有这样的修为吧。如今正邪圣地的传人已经是东大陆最顶尖的青年高手，然而这个默默无闻、不知有何来历的青年竟然比那些圣地传人还要可怕，当真让人心惊。现阶段，若论实力，恐怕只有梦可儿才能够和眼前的青年相提并论，因为她体内封印着一股强横无比的力量，同样深不可测。

"我再问最后一次，你到底是谁，为何会我的修炼功法？"

"等你临死前我或许会告诉你。"

辰南不再说话，挥手向前猛力拍出一掌，尘沙飞扬，大地轻颤，汹涌澎湃的掌力如滚滚长江，似滔滔大河，奔腾咆哮，向前冲击而去。两人之间地表上的草木、石块，如暴风中的雪花一般，刹那间被卷上了高空，而后又如爆竹般爆裂，撒下漫天沙尘。不过这刚猛的掌力万难奈何杜宇，他同样拍出一掌，金黄色的光芒瞬间便将那黑色的真气抵挡住了，而后两股狂霸的掌力冲撞抵消，在震耳欲聋的"隆隆"声中渐渐消散。辰南向后退了几步，杜宇岿然不动。

"我早就说过了，你会的功法，我全会，而且我的功力比你高深，你根本不是我对手。"杜宇冷笑着。"你确定能够杀死我？"辰南并未因不敌而显出沮丧之色。杜宇神色倨傲，道："自你出世以来，你所经历的事情，我们已经调查得清清楚楚。你现在的修为不过四阶大成阶段，而我却已经达到五阶初级境界，即将攀升至五阶中级，刚才如果不是我手下留情，你已经死于非命。"

辰南平静地道："我想你似乎忘记了一件事情，两个月前我一天之内干掉了四个五阶高手，那时我的修为也是在四阶大成境界。""这有什么。"杜宇十分自负，傲然道，"我们所修炼的玄功非同寻常，小成之后便不能够以常理度之。你虽然身处四阶境界，但玄功通体之后，完全有能力和五阶高手一战。如果在大山中和他们周旋，完全可以各个击破，没有什么自傲的地方。如果是我，决不会像你那般狼狈不堪，我会毫发无损地灭掉那四个高手后走出大山，不会像你那般重伤垂死。这门玄功给你修炼，简直是浪费！"

辰南心中真的有些愤怒，眼前这个狂傲的青年让他异常厌恶，这明明是他的家传玄功，对方不知怎样得到了，到头来不但想来杀他还对他摆出一副教训的姿态进行侮辱。"不管你是不是传说中的那个人，今天我一定要将你变成一个废人，这门玄功只有我们杜家人才配施展！"杜宇话毕，脚踩天魔八步，身体在原地留下第一道残影，快如闪电一般向辰南冲去。

"哈哈哈……我不配施展？"辰南动了真怒，却没有因此而失去理智，眼前的青年实在太可怕了，的确如对方说的那样，他会的对方也会，非常地被动。"刷"的一声，辰南腾空而起，天魔八步能够任意改变方向，飞行八步距离，他的身体如一道淡淡的光影一般，在空中划出一道道诡异的路线，躲避过杜宇的数十重掌力，而后如破空之流星般急坠而下，向杜宇头部踏去。

"嘿嘿……"杜宇冷笑，一拳向天轰去，"喀喇"一声巨响，他所轰击而出的拳风，竟然挟带着十几道刺目的闪电，逆空而上，袭向辰南双脚。辰南不避不退，再次加力，双脚处也爆发出阵阵电芒，同时一道道夺目的黑亮真气爆发而出，整片空间一阵剧烈动荡，他脚下像是有一个黑太阳一般，直欲将附近的空间扭曲、碎裂，一股可怕的狂风冲向地面。

大地开始剧烈晃动起来，可怕的罡风令地面出现一道道巨大的裂痕，向着远方蔓延而去，十米开外的几块巨石像稻草人一般被吹上了高空。"轰！"一声巨响，拳脚相撞，空际一道惊雷炸开，光芒璀璨的能量风暴疯狂向四外汹涌而去，方圆三十几丈范围内转瞬间便化为了沙漠。

杜宇噔噔向后退出去十几步，最后双膝皆没入地下，才定住身形。而辰南则在空中翻腾出去十几丈距离，才落在地上，脚步有些虚浮。"这怎么可能？"杜宇并未因占据上风而露出喜色，反而有些吃惊之色，他自语道："我修炼玄功产生的真气乃是最正宗的金黄色，其他人修炼得来的银色真气、浅黄色真气，根本不能和我的真气相提并论，以前我虽然没有见过这个家伙的黑色真气，但可以肯定决不可能和正宗的金黄色真气相抗衡。为什么这个家伙以四阶之身，运用不纯的玄功真气接下了我一拳，我已经身处五阶境界了啊，我修炼得来的真气乃是最纯粹的金黄至尊气啊！为什么会这样啊？"

辰南冷冷看着他，现在心情非常糟糕，他已经从杜宇的口中得到了一些相关的信息，对方的背后极有可能是一个隐秘的大家族，这个家族有许多人都修炼了他的家传玄功，而杜宇可能是同辈中的佼佼者。事情很复杂，情况非常严峻，辰家的不传之秘竟然被外人所掌握了，这令辰南有些难以接受。"你似乎来自一个大家族，难道说有许多人都掌握了这种玄功？"辰南强制自己平静下来，向杜宇开口问道。

"不错。说句不客气的话，在我杜家面前，东大陆的十大修炼世家不过是一个笑话。有哪一个家族有我们历史悠远？有哪一个家族能够比得上我们杜家的强大武力？自古以来，我们杜家才是修炼界真正的第一世家，我们才是东大陆的主宰者。"杜宇似乎很亢奋，不知不觉间已经透露给辰南许多惊人的消息。

"第一世家？真是一个笑话！从来没听说，东大陆修炼史当中，似乎从未记载过这样一个家族吧，似乎连姓杜的高手也没提到过。"辰南带着一丝轻蔑之态，他心中已经相信了对方的话语，但他需要更多的信息，有意激怒对方。

"嘿，我知道你在有意激我，不过有些话即便对你说了也无妨。我杜家自远古传承至今，高手无数。如果不是受制于某些近似诅咒的誓言，早就出世了，我们隐忍万年，终于到了破除诅咒的阶段。你看着吧，以后杜家之名，必然传遍天下，东大陆绝对没有人能够与我们抗衡。我们杜家是东土的主人，是东方修炼界的皇者，杜家号令一出，天下莫敢不从！"杜宇眼中闪烁着近乎疯狂的光芒，似乎杜家号令天下的时代已经来临了。辰南心中却一沉，这不是没有可能的事情，事实上如果对方的家族都懂得他的家传玄功，他不敢想象了。一个具有庞大实力的古老家族即将复出……

"哈哈哈……我们杜家是东土的皇者，具有最优秀血统的杜家居然隐忍了上万年，真是残酷啊。不过这一切终于都要结束了，我们君临天下的那一天指日可待！"

父亲，他们这一脉是你的传人吗？你好像留下了天大的后患啊！看着自负近乎疯狂的杜宇，辰南在心中暗叹：想要将他们这一脉的武功收回来不容易啊！

"什么东土的皇者，什么最优秀的血统，你所谓的天下第一家族，不过是辰家的奴才！"辰南隐隐猜到了某种可能，大喝道，"你们所倚仗的盖世功法，乃是辰家的无名玄功。除此之外，你们还有什么可值得炫耀的？辰家传你祖先功法，不是让你们狗尾翘上天，不是让你们狂妄无知地满世界乱吠，必然授予了你们相应的责任，不然辰家怎会将这不传之秘授予外人？你们这群大逆不道的狗奴才到底想干什么？"这些话语如当头棒喝一般，似乎击中了杜宇的要害，惊得他一时说不出话来。他用怨毒的目光盯着辰南，恶狠狠地道："一切都该结束了，只要你死掉，一切就都结束了，你去死吧！"

杜宇双臂齐动，两个金黄色的光掌突然出现在辰南头顶上方，铺天盖地般向下压落而去，其内蕴含的恐怖力量波动，令远方原野中的各种野兽都感觉到了莫大的危险，一时间鸟飞兽窜。"嘿！"辰南冷哼了一声，脚踏天魔八步，从容不迫地自两道光掌的夹缝中逃了出去。杜宇怨毒地看着辰南，道："当真是一个奇迹，传言竟然是真的，你真的活过来了。不过，今天你上天无路，入地无门，你死定了！即便你是传说中的那个人又如何？我照杀不误"

"你确信有那样的能力吗？"说此话之时，辰南整个人仿佛都隐在蒙蒙黑雾中，他的身体仿佛披上了一层黑纱一般，虽然是在正午的阳光下，不过整个人却显得模模糊糊。

杜宇傲然道："你或许以为自己已经是东大陆年青一辈第一人，但在我杜家年青一辈之中不过尔耳。你难以想象我们杜家有多么强大，洞天福地、灵芝仙草、旷世功法皆齐全，再加上我们超卓的修炼资质，这世间的年轻高手在我们看来不过是笑话而已。你不过四阶大成而已，而且修炼出来的是黑色的杂气，如何能够和我这个玄功通体，且修炼出金黄色至尊气的五阶高手相比？"

"你很自负，而且不是一般的自负。但我要告诉你，辰家的玄功只有辰家人才能发挥到极限境界，不要以为侥幸得到了辰家的功法就天下无敌了。你们杜家真的很无耻！今天我要让你记住，这套玄功是属于辰家的，即便你们得到了也难以明其中真意！"辰南现在真的有些愤怒，自己家的不传之秘竟然被对方获取，而且要用来杀他，他开始疯狂提升自己的功力。

"铿锵！"一声宝刀出鞘的声响，响彻天地，声音不是多么宏大，但却清晰地传遍了茫茫原野，令数十里外的飞禽走兽都惊得惶恐不安，亡命般逃离而去。蒙蒙黑雾中似有一道淡淡的黑影，出现在辰南身后，黑影的右手中握有一把若隐若现的黑色长刀，刀身具有完美的弧度，刀柄末端隐约间可以看出是一颗虚幻的龙头。黑影的左手中似乎也有一件兵器，不过和人形黑影一般，那件兵器的影像太淡了，根本无法看清楚，只有那把黑色长刀较为清晰，能够让人看出一个轮廓。一股狂暴的能量波动自辰南处向外爆发而出，"喀喇喀喇"几声雷鸣，空中竟然爆发出几道巨大的黑色闪电。

"什么？你……竟然也达到了五阶境界，这怎么可能！"杜宇惊呼，他怎么也没有想到辰南竟然和他同一级别，竟然一直在压制着自己的功力，直到此时才显露而出。"不好意思，让你吃惊了。我近来才做出突破，原本想给找我麻烦的暗黑教会一个惊喜，没想到第一个找上门来的人却是你。而你又是如此地狂妄无耻，竟然想用辰家绝学来杀我，我要让你知道辰家功法只适合辰家之人。"

"铿锵！"辰南抬起了右臂，紧贴在他身后的黑影和他动作一致，那柄黑色的长刀被高举了起来，发出金属震颤的声响。杜宇眉头微皱，不明白辰南身后为何会出现一个手握长刀的黑影。不过他并不畏惧，冷笑道："即便你突破到五阶境界又如何，我修炼出来的是金黄色的至尊气，你修炼出来的是见所未见、比之银色真气和浅黄色真气还不如的黑色杂气。你如何与我相抗？"

"你们杜家一脉看来真的彻底背叛辰家了，修得盖世功法之后竟然忘本，当真该死！"辰南喝道，"金黄色真气算得了什么，我这是破而后立的功法，你永远也不会明白。受死吧，我要清理门户！"辰南右臂轻挥，一把裹带着蒙蒙黑气的长刀，从他背后黑影的手中飞到了他的身前，向着杜宇劈斩而去，原野上充满了一股浓重的死亡气息。

在这一刻，杜宇终于发觉了黑色长刀有多么可怕，虽然无声无息，不见半点罡风，但他真真切切感受到了死亡的威胁。这似乎不是人间的刀兵，像是来自幽冥的魔兵，摄人魂魄于无形，虽然没有狂暴的能量波动，没有璀璨夺目的光芒，但杜宇却感觉恐惧无比，一股无形可怕的压力像死亡世界的一座大山一般压在了他的心间。他竟然不能动弹，冷汗浸透了衣衫，他不由自主颤栗起来。

"呃啊……"杜宇惊得大叫了起来，在黑色长刀距离他不过半丈距离时，他终于能够动了，三记灭天手接连而出，拍向黑色的死亡长刀，又展开天魔八步快速向后退去。璀璨夺目的金黄色光芒充斥在整片空间，三个巨大的金色手掌将长刀笼罩在里面，灭天手威力无穷，乃是一等一的奇功绝学，这三掌令整片天地都仿佛剧烈震荡了起来。然而，黑色的长刀无声无息地破开了三个巨大的金色光掌，刀身的轮廓虽然有些模糊了，但死亡气息仍在，继续向杜宇劈斩而去。

杜宇脸色骤变，在这一刻他真真切切感受到了恐惧的滋味，天魔八步一再施展，而灭天手一记接着一记，向前拍击而去。"这怎么可能？这是什么？"他不相信眼前的这一切，九记威力绝伦的灭天手差点掏空他的身体，才堪堪将那把死亡长刀击得溃散。"这到底是怎么回事？"杜宇倨傲的神色早已不见，此刻他显得有些慌乱。当他注意到辰南背后那个黑影时，一下子呆住了。那淡淡虚影右手中，一把黑色的长刀又已经渐渐凝形而成。杜宇身负盖世奇功，且早已位列五阶高手之境，但那可怕的一刀却让他感受到了死亡的威胁。如今辰南的背后又已凝形而出一把黑色长刀，怎不让他惊恐。如果可怕的黑色长刀可以无限制地产生，那么……杜宇不敢想象下去了，他感觉到了莫大的挫败感。

"你杜家不过是窥窃了辰家的奇功而已，你们哪一点配称为东大陆的主宰者，如果收回辰家的玄功，你们杜家什么也不是！"辰南冷冷地道，周围黑雾飘动，让人看不清他的神色，不过却能够感觉到那刺骨的杀意。"这怎么可能，我为什么没有在宝典中见过这种可怕的绝学，难道我们所掌握的功法是残谱？可恶！如果让我这个修炼成金黄色至尊气的人掌握那种功法，一定比你这个只修炼出黑色杂气的家伙强上一百倍！"杜宇咬牙切齿，不过他似乎突然想起了什么可怕的事情，惊呼道，"见所未见的黑色真气，我、我明白了。你、你逆转了玄功！你竟然活下来了？这、这怎么可能？！"

"答对了，我逆转了玄功。"辰南冷冷地回答道。这时他体外的黑雾突然爆发出刺目的乌光，如熊熊燃烧的烈焰一般在他的身上跳动。而他身后的那个黑影依旧那样模糊，不过黑影手中的死亡长刀的轮廓却清晰了一些，刀柄末端的龙头似乎有了一丝生气。

"这怎么可能？你逆转了玄功，居然活了下来，这、这不可能！"杜宇疯狂地叫道，"历史上从来没有一个人能够修炼逆转后的玄功，逆转功法后从来没有一个人能够活下来，他们不是被魔火焚烧成灰烬，就是被凝聚成形的恶魔吞噬而亡。你身后居然有一个持着兵器的魔影，他居然没有吞噬你，还为你所用，你居然还好好地活着，这、这是为什么啊？！"

杜家了解辰南家传玄功的一切，自远古至今，该家族有不少惊才绝艳之辈，不顾前人的告诫，将玄功逆转，想看一看打破禁忌之后会出现怎样的情况。然而，结果是可怕的噩梦，如杜宇所说那样，凡逆转玄功之人皆惨死，无一人能够安然地活下来。那些天才临死前的凄惨模样，令杜家之人感觉恐惧无比，所有人皆相信玄功真的不可以逆转，万万不能打破禁忌。

"铿锵！"辰南右手做出刀状，长刀出鞘之声再次在场内响起，响彻天地，传遍茫茫原野，他背后的黑影随着他的动作，擎起死亡长刀，刀锋向天，但杀气直逼杜宇而去。"我曾经说过，这是属于辰家的玄功，即便你们得到又如何，只有辰家之人才能够发挥到极限境界。"神龙相随，魔神护体，在这一刻，辰南真如一个魔王一般。

杜宇感觉恐惧无比，最具威力的九记灭天手，都难以对抗死亡一刀，他心中泛起一股无力感。他觉得辰家玄功太过邪异，辰家之人难以揣度，己方家族万年来从没有一人能够逆转玄功而不死，但对方不仅做到了，还修炼出一条魔影、一把魔刀。"说吧，把你们家族的秘密都说出来，不然我立刻毙你性命！"辰南身处黑色云雾当中，冷冷地盯着杜宇。现在两人完全对调了过来，此刻砧板之肉已经变为杜宇。杜宇慢慢向后退去，心中冰凉一片，他满怀信心走出家族，大有天下英雄皆不入我眼的豪情。可是，此时此刻，他发觉真的犯了一个大错，现在能否活命都是一个大问题。这个传说中的人物太可怕了，远远超出了家族的预料，他必须要将消息带回去，让家族中的那些前辈高手出面，彻底毁去这个祸害。

"我不会说的，杜家君临天下的日子快要到来了。辰南你一人如何和我们整个家族相抗……""去死！"辰南挥动右臂，黑影手中的长刀，散发着无尽的死亡气息，飘浮而起，快速向前劈斩而去。杜宇大惊，天魔八步、灭天手、通天动地功，种种玄功奇学齐出，来对抗那可怕的死亡长刀。不过长刀一往无前，破开一道道的掌力，穿过重重璀璨夺目的光墙，方向不变，直逼杜宇而去。

"慢，我说！"杜宇惊恐地大叫道。"铿锵！"一声金属撞击的声音响彻天地，死亡长刀在距离杜宇半丈处消失，突兀地出现在辰南背后的黑影手中。"说！"辰南仅仅吐露出一个字，但却重如泰山般压在了杜宇的心间。"一位辰姓盖世强者授予我祖先无上玄功，我们这一家族存在的意义便是等待一个传说中的人归来……"突然，杜宇抖手扔出一把短剑，他脚踏天魔八步快速踩了上去，短剑带着他冲天而起。"飞剑，该死的！"辰南没有想到对方竟然修习有道术，他怒喝道："斩！"他背后的死亡长刀，浩荡出无尽的死亡气息，逆空而上，向杜宇劈斩而去。"铿锵！"魔刀划开了杜宇的衣衫，劈断了他脚下的飞剑，但这柄飞剑竟然不是凡品，虽然被无坚不摧的长刀斩去半截，但依旧散发着璀璨的光芒，带着杜宇冲上了高空，风驰电掣一般向远方飞去。

"可恶！"辰南有些愤怒。长刀未能全功，旋转而回，"铿锵"一声回到黑影的手中。不过此时，杜宇却在远空中大叫了起来。"啊……"原来魔刀虽然没有能力劈中他，但却在臀部划开了一道小口子。初时，他还未觉得有什么不妥，不过仅仅片刻后，那细微的一道划伤，竟然开始腐烂，伤口竟然越来越大，似乎要腐蚀掉他的身体一般。杜宇疼痛难忍，拔出匕首，咬牙划掉一片血肉。肉体的伤痛、精神的羞辱、挫败感，令他直欲发狂，他怒吼道："辰南，你死定了……"

这时，远远在一旁观战的龙宝宝奶声奶气地拉着长音，叫道："小杜，小杜，快快逃——。"杜宇听到小龙的话后，气得差点昏过去，险些自空中栽落而下，现在他的确只有逃的份，说狠话确实很滑稽，他狠狠地向后瞪了一眼，驾御飞剑破空而去。

三日后，辰南穿过二十几座小城，又越过一片荒凉的大草原后，来到了一片大沙漠近前。一望无际的黄沙，承受着烈日的炙烤，惊人的热量令边缘处的大草原都闷热不堪，野草干蔫，植被黄萎。穿过这片大沙漠之后，就能够进入百战之地的中心城市拜旦圣城。拜旦城在西大陆有着悠久的历史，城市虽然几经拆建，但城址从未变更过，而这里也一直是光明教会的圣地，是西大陆绝大多数人心中的圣城。

眼前的沙漠气候变化无常，经常会有大风暴出现。不过如果想到达拜旦城，穿越眼前的沙漠仅需要七天左右的时间，但如果绕行，将需要二十天左右的时间。辰南准备好了充足的水源之后，带着小龙走进了沙漠中。火热的沙漠，热浪重重，见不到半点生命迹象，到处都是黄沙。小龙恹恹欲睡，躲在辰南的肩头，无精打采地眯着眼睛，好在辰南戴着斗笠，令小家伙没有被暴晒。

几日来，辰南一直在思索着杜宇的那些话。万年来，杜家竟然没有一个人能够逆转玄功成功，但凡尝试者皆惨死，这令他心中有些发虚。辰南始终没有忘记他父亲的话，情非得已万不能逆转玄功。他父亲也不知道逆转玄功的后果，但却有一股不祥的感觉，因此才如此告诫于他。只是，辰南逆转一次玄功后，就由不得他了，到最后玄功不受他控制，彻底倒行运转，金黄色的真气变异成了黑亮的真气。

不久前，他和四位绝世高手大战之后，经过一番调养，修为再做突破，一举迈入五阶领域，他身后的持有兵器的魔影就是在那时出现的。当时，辰南真的吓了一大跳，因为他竟然隐隐觉察到那黑影似乎有些生命迹象，直到那时他才明白他父亲的话，玄功万万不可轻易逆转啊！他不知道随着他功力的提高，那道黑影最后会发展成什么样子。不过现在辰南已经渐渐明白，玄功太过邪异了，似乎不是一套功法那么简单，他心中有一种不好的想法，似乎玄功的究极能力，便是为了召唤一个可怕的生命来到这个世间。

"哦，光明大神棍在上，这片大沙漠到底有多大啊，难道我们要走上好几天？太痛苦了！"小龙不满地抱怨着。炎炎烈日，漫漫黄沙，气温灼热得可怕，在这种环境下，它所想念的烤鹅、鸡翅、冰糖葫芦等等都已经远去了，它沮丧无比。辰南笑了起来，道："这么热的天气，难道你还在想着鹅肝、红酒吗？"小龙眨动着大眼，舔了舔嘴，嘟囔道："其实，只要有一杯冰凉的甜水我就心满意足了。"

"呵呵，如果有冰块怎么样啊？"辰南笑了起来。"光明大神棍在上，如果现在有冰块吃，我愿意每天少睡一点觉，多吃一点东西。"晕，这个小家伙！辰南有些好笑地看着它，而后变戏法似的拿出透明罐子，在它眼前晃了晃。"哦，大神棍在上，真的有冰块啊！"小龙兴奋地眨动着大眼，高兴地叫了起来，道，"这是怎么回事啊？""凯利送了我一枚珍贵的空间戒指，在里面可以存放些物品，放进去的时候什么样子，取出来还是什么样子。"果然，在辰南的手指上戴着一个黑亮的戒指。小龙一边啃着冰块，一边打量着，道："让我进去看看。"

"有生命的物体，放不进去。"说着，在小龙目瞪口呆中，辰南又取出一瓶冰镇红酒和半只烧鸡。"哦，天啊，这样的旅程真是太美妙了。我说话算话，一定少睡觉，多吃东西。"小龙一双大眼放着火热的光芒，胖嘟嘟的身子扭来扭去，高兴地不断叫嚷。这当真是一对奇怪的旅行者，别人穿越大沙漠时，汗流浃背，痛苦无比。但这一人一龙看起来分外悠闲，两个家伙举着高脚酒杯，一边品尝着美酒，一边优哉游哉地前进。如果让外人看到，定然会目瞪口呆。

此时此刻，杜宇正在数百里外的一座小城内，经过几日的休养，那难以启齿的外伤终于好得差不多了。几日来除了养伤之外，他在追逐着梦可儿的踪迹，今日终于在这座小城追上了对方。梦可儿对于眼前的这位不速之客有些心惊，她怎会看不出对方的修为，这样一个默默无闻但却已经迈入五阶领域的青年高手让她感觉有些不可思议。她始终认为，在东方修炼界，除去一些古老家族的传人外，少有年轻高手能够与正邪圣地的传人相匹敌。在梦可儿的心中，东方年青一辈，真正让她忌讳的人，只有龙舞的哥哥潜龙、辰南等少数几个人，但今日竟然凭空出现一个超级青年高手，令她感觉无比惊异，她道："你是谁？"

　　"杜宇。"看着梦可儿露出不解之色，杜宇优雅地笑了起来，道，"你应该听说过东土皇族杜家吧？澹台古圣地的人应该知道我们这个家族吧，应该是少数几个有所了解的门派之一。"

　　这一次，梦可儿真的震惊了。澹台古圣地传承万载，对于东土那些古老家族与门派知之甚详。但对于自称东土皇族的杜家了解却甚少。只知道这一家族人丁兴旺，高手无数，强大到了让人难以想象的地步，几乎没有任何一个门派能够和他们对抗。在东方修炼史上，这一家族的人仅仅现世过几次而已，但每一次无不惹出滔天骇浪，实力之强大让所有修炼者胆寒。只是不知道为何，这一家族异常低调，数千年如一日避世不出。

　　澹台古圣地之所以对这一家族有所了解，那是因为二者之间曾经有过一次小小的碰撞，数千年前澹台古圣地一位天资卓越的仙子，被该家族一位年轻人击败并掳走了。传说，澹台古圣地的那个传人最后在半胁迫下嫁进了杜家，而澹台古圣地所知的一切都是女子在被掳走前所了解到的。

　　望着梦可儿那绝色容颜，杜宇感觉心神有些恍惚，只是家族中的那个人早已经看上了眼前的女子，如此绝代佳丽竟不能为他所有，让他感觉非常遗憾。如果不是实力和地位远远差于家族那个人，他也会如数千年前的老祖宗般，强行掳走眼前的仙子。只有特殊时期，这一家族才能够出世一次，现在他第一个走出家族却完全不能够随心所欲，令杜宇对家族中那个人嫉恨无比。妒火并没有烧去他的理智，一想到传说中那个人出现了，他就激动了起来，家族的诅咒将要消除了，从此杜家之人就可以纵横天下了，以后他要什么样的女子没有？

"梦仙子你想起来了吗？"

梦可儿脸色变了又变，数千年前那位被掳走的祖师曾经说过，这个自称东土皇族的杜家，根本无法战胜，这一家族实在太强大了。看着杜宇眼中那不加掩饰的侵略目光，她感觉有些不安，难道厄运要降临到她的头上？

"嗯，这么多年来，我们杜家一直隐忍不出，不过对于外界的事情却知之甚详，我的一位同族兄弟很是仰慕梦仙子，仙子要做好嫁入杜家的准备啊。"

梦可儿看出了杜宇眼中的一丝妒意与怒火，这是由于不甘而在提醒她吗？梦可儿心中更感不安，难道她要落得和数千年前那位祖师一样的命运？她有信心与同辈高手当中的任何一人决战，但那人背后可是号称东土皇族的大家族啊！她如何与之相斗？倾澹台古圣地之力，恐怕也万万不敌啊。"杜家真的以为自己是东方修炼界的皇帝吗？"梦可儿虽然面色平静，但话语却显露出了一丝怒意。

杜宇看着梦可儿，微笑道："我在梦仙子眼中看出了愤怒，不过你应该明白我们的实力，我的家族的确有号令东土的能力。其实仙子不必担心自己的命运，这个世上没有人能够勉强你，我的那个族兄虽然说出过一些不知天高地厚的话，但根本不足为虑，我想家族中的长辈是不允许他胡作非为的。此外，我也不希望梦仙子受到半丝委屈，我会竭尽所能保护梦仙子不受外人打扰。"

"哦？"梦可儿未置可否，她对传说中的东土皇族并不了解，想通过眼前的这个自以为是的青年男子得到一些有用的消息。毕竟这个家族太可怕了，她必须要做好充足的准备。

"梦仙子，我有一策，可以打消我那个恶兄的念头，令他不敢对你不敬。"梦可儿没有说话，静静地看着杜宇。"其实，如果让家族中的长老知道你曾经相助过我们，是我们家族的友人，我想杜家就没人敢对你不敬了……"杜宇已经知道，凭他自己根本不是辰南的对手，根据暗中得到的资料，他知道梦可儿和辰南似乎非常不睦，他现在开始拉拢梦可儿，希望能够助他一臂之力。按照杜宇所说，辰南乃是杜家的一个大叛徒，化名之后一直潜逃在外，如果梦可儿能够助他抓住辰南，家族中的长老们一定会将她视为友人，家族内再无人敢对她生出亵渎之意。

梦可儿微笑着点了点头，不过她心中对杜宇的评价，一下子降下了三个台阶，这个人虽然修为超凡，但有些自负的他其实却像个土包子。不就是想找她帮忙追击辰南吗，但找的借口却那样地拙劣，根本无语言技巧，更不懂谈话艺术。一点也不像一个名家子弟，简直就像一个空有武力但却自负的土包子，一下子就让人看出了他的意图。

难道这就是所谓的东土皇族？才这点心机，即便修为强悍又如何？难道这个家族避世万年，脑筋都退化了吗？如果都是这样自以为有些头脑，但其实却心机浅短的人，有什么可怕的？真是这样的话，所谓的东土皇族不过是一个拥有强大实力的土财主而已。梦可儿狠狠地在心中贬斥了一番杜家，算是一种愤怒后的精神宣泄吧，毕竟听闻杜家有一个可怕的年轻人要打她的主意，她心中有些恼怒。

其实，即便杜宇不联合梦可儿去对抗辰南，她也会主动去追击辰南的。澹台古圣地迫切需要仙神的力量，现在各个光明神殿防备森严，不再继续破开封印，取出光明神的残骨，她根本无法得到保存有神力的神骨。最后，她只能将主意打到了小龙的头上。虽然神舍利被小龙吸收后，不再有神力波动，但梦可儿事后思索，神力肯定还在，如果将小龙捉回去，圣地中的长老们肯定有办法让神力发挥出应有的作用。现在号称东土皇族的杜家出现了，许多事情超出了梦可儿的意料，她答应了和他联手，但心中却有另一番计量。

梦可儿与杜宇皆修习过道术，能够御空飞行，根据得到的消息，二人向着前方的大沙漠飞去。金黄色的大沙漠浩瀚无边，梦可儿与杜宇在沙漠中寻了三天，还没有找到辰南的踪迹。火辣辣的太阳，炽热的沙漠，即便这二人修为高深，也感觉有些不适。在水源不足急需补养之时，他们终于在沙漠中发现了一小片绿洲。当二人在高空飞临到那片胡杨林之际，立时将自己调整到了巅峰状态，因为他们竟然在这里发现了久寻不到的辰南。

不过此刻的一人一龙，让梦可儿和杜宇有些发呆，在胡杨林中有一个小湖，岸边一个大大的遮阳伞，伞下一个木几，两把藤椅，木几上有甜点、瓜果、鹿脯、鸡腿，居然还有一瓶埋在冰块中的红酒。躺在藤椅上的一人一龙居然在悠闲地钓鱼。"哦，光明大神棍在上，鱼儿上钩了。"小龙似模似样地靠躺在藤椅上，学着辰南的样子。这时，它用一双金黄色的小爪子用力抓着钓竿，使劲一甩，一尾二斤多重的湖鱼便被甩上了岸。

梦可儿和杜宇看得目瞪口呆，这两个家伙还真是悠哉啊，这简直像是在度假啊，这太让人无语了。相比之下，两人风尘仆仆，满面尘沙，两人在找水源的时候，对方却如此惬意地钓鱼……

"哦，有新鲜的烤鱼吃了，天天吃带来的那些东西，我都吃腻了。"小龙高兴地嘟囔着。辰南已经注意到空中二人，没有透发出半点杀气，微笑着招呼道："梦仙子来了，多日不见，一向可好？小杜，屁股上的伤好了没有？我在这里等候你多时了，没想到你现在才追上来。"他就像见到了老朋友一般和二人打招呼，不过对梦可儿的问候还说得过去，但一声"小杜"却差点令杜宇栽落下去，真是让他又恨又气。看到辰南如此有恃无恐的样子，梦可儿眉头轻皱，她觉察到了辰南与往昔不同，尽管对方在有意掩饰真实修为，但敏锐的灵觉告诉她对方修为已经今非昔比。

空中二人飞落了下来，梦可儿面色平静地道："辰南，我一直不知道你的来历，不过现在听人说你乃是东土皇族的大叛徒，这是真的吗？"辰南知道梦可儿来者不善，不过看到她如此旁敲侧击，就知道杜宇还没有将他真实的来历告诉她。这个女人心机不一般，虽然不知道被杜宇用什么办法拉拢来了，但恐怕不会先出手，多半要利用一下那个自负的杜宇。

"嘿嘿，东土皇族？叛徒？"辰南笑了起来，道，"小杜的家族不过是我辰家的奴才而已，主人不出，奴才都称皇了，这倒没什么。不过反过来弑主就不对了。小杜，你这个狗奴才，我有说错吗？"辰南在说这些话的同时，依然仰躺在遮阳伞下的藤椅上，不过已经放下了钓竿，正在摇动着手中的高脚酒杯，随着酒杯不断晃动，红酒醇香的气味慢慢飘散了开来。

杜宇气得脸色通红，英俊的面容都有些扭曲，暴喝道："你闭嘴，传承万年的东土皇族，岂能容你诽谤。梦仙子我们一起上，拿下他。"这一切都落在了梦可儿的眼中，她当真震惊无比，以她的心机见识，怎会看不出杜宇心虚呢？凭着直觉，她认为辰南说的话很有可能是真的。难道这世间真的还有比杜家更强大的家族吗？号称东土皇族的杜家，居然是辰家的奴才，这让人简直不敢想象！

"小杜你又来了，伤好了吗？"小龙眨动着一双明亮的大眼，如天真宝宝般瞄着杜宇的屁股。杜宇现在真想找个地缝扎下去，他拔出腰间的长剑点指着辰南道："辰家早已成历史烟云，现在的辰家只有你一个人。我们杜家传承万载，实力之强大，你根本难以想象。识时务者为俊杰，如果你能够看清形势，立刻负手受绑，我押你回杜家，保你性命无忧。不然你能够想象，当杜家的绝顶高手出面时，你会有怎样的后果。"

"很意外啊，没有想到你竟然没有费力辩驳你杜家非我辰家之奴，这不等于变相承认杜家是我们辰家的奴才吗？看来你们所受的诅咒与此有关吧。嗯，应该还和我有些关联。"辰南一语击中要害，杜宇身形一震，他的脸色已经铁青，在他心仪的绝色美女面前被称为奴才早已让他怒火汹涌，但他却不敢挑战传说中的禁忌诅咒，不敢发誓反驳。"辰南，过去的一切都将过去，辰家将成为历史当中的烟尘，从此之后整个东土将是我杜家的天下。"杜宇的脸色有些狰狞，怨毒地看着辰南，手中的长剑已经慢慢举了起来，正是辰南家传绝学中一套威力奇大的剑法之起手势。

"有些东西永远也改变不了，属于辰家的东西依然是辰家的，比如说你所用的剑法就是辰家的，在你们手上传承万载岁月依然没有改变。不过要用我辰家的东西来杀我，你还不够分量，难道你忘了前几日的教训了吗，今日说什么你也无法逃离这里了。"辰南依然坐在藤椅之上，不过却缓慢抽出了腰间的长剑。长剑如虹，一看就不是凡品，和方天画戟一样，同样是辰南在混天小魔王手中夺来的宝物，不过一直以来都没有怎么用过。辰南将长剑对着杜宇，目光却扫向了梦可儿，杜宇已经是他的手下败将，不足为惧。但旁边的梦可儿却着实让他不敢轻视，这个女子一直以来都高深莫测，辰南从来没有看到过她的极限修为。不过，两人今天恐怕要进行一场真正的大决战了。

梦可儿心思灵巧，已经从眼前两个男子的话语中得知了一些惊人的消息，明白了一些事情。现在，她终于做出了决定，要向辰南出手。毕竟他是单身一人，杜家现在却是一个无人能惹的大家族。"刷刷刷"她脚下的玉莲台光芒闪动，九片莲瓣快速飞舞到了她的身前，仙气弥漫，彩雾缭绕，映衬得她如同天界的仙女一般。看到梦可儿将要出手，辰南终于站了起来，他对小龙道："小心地在这里观战。"而后转身对两人道："走，我们去前方的沙漠中对战。"说罢，他长身而起，向着胡杨林外走去。梦可儿和杜宇不紧不慢地跟在他的后面。

烈日当空，黄沙漫漫，炽热的空气中仿佛有一股焦灼的味道。辰南提剑看着梦可儿，道："我一直期待着这一战，今日终能一偿夙愿了。"梦可儿驾御着玉莲台飞到了半空中，她白衣飘飘，周身上下仙气缭绕，九片玉莲瓣旋绕飞舞，阵阵霞光瑞彩，让人不可直视。杜宇则与辰南对面而立，手中长剑直指他的心脏，一道璀璨夺目的剑芒吞吐不定，令人心惊。

在这一刻，辰南很冷静，平缓地对二人道："动手吧。""轰轰轰！"沙漠之中响起几声爆雷，尘沙弥漫，无匹的剑气纵横激荡，辰南与杜宇如两道电光一般，纠缠在一起，快速对攻着。梦可儿立身于虚空，九片莲瓣齐出，围绕辰南不断旋斩，光华闪闪，耀人双目。无匹的劲气搅得这方天地都震颤了起来，一股可怕的龙卷风，在三人激战之处狂暴肆虐。黄沙阵阵，烟尘滚滚。可怕的能量风暴汹涌浩荡，如惊涛拍岸，似乱石穿空，直欲席卷整片天地。

"轰——"一声爆响，一座沙丘被辰南与杜宇间的可怕劲气生生击溃了，一股沙流直直冲上百米高空，在辰南的引导下狠狠地撞向梦可儿。"轰——"又一声爆响，梦可儿运用道家术法掌心雷，狠狠劈出几道闪电，将黄沙组成的土龙击散了，而后用无上玄功牵引，上百方黄沙铺天盖地般向辰南砸去，当然连带着杜宇也被笼罩在了里面。黄沙如滔天巨浪一般，将二人吞没了，梦可儿控制九片玉莲瓣，让它们飞旋进黄沙中，以无上玄功控制，令莲瓣在里面横劈竖斩，搅动得这片地带不断颤动，沙地就像沸水一般跳动不停。

"轰——"辰南和杜宇二人同时自黄沙中冲了出来，自始至终二人没有分开，不断地出剑对攻着，一道道炽烈的剑气直欲撕裂虚空，璀璨的光芒令天上的太阳都黯然失色。九片莲瓣在二人周围翻飞舞动，不断劈斩。辰南嘴角泛起一丝冷笑，梦可儿竟然将杜宇都列在了攻击的范围内，这个女人恐怕是想借他之手杀死这个杜家传人啊，希望他和杜家的仇怨发展到无法化解的地步。只是她无论如何也想不到杜家和他的关系，早已无法挽回，杀死一个杜宇又如何？

杜宇有些焦急，也看出了梦可儿的心思，一个辰南就已经应付不来，如今请来的帮手竟然也想置他于死地，可真是自掘坟墓啊！"梦仙子你……"杜宇才开口说话，梦可儿的九片莲瓣突然逆旋而至，彻底舍弃辰南，朝他攻去。杜宇惊怒交加，再不敢恋战下去，转身掷出飞剑就想逃走。"铿锵"一声金属震颤之音，响彻天地，整片大沙漠立时出现一股浓重的死亡气息。辰南背后幽然而现一个黑影，一把死亡长刀快速飘浮了起来，向杜宇劈斩而去。

杜宇大惊失色，脚踏飞剑亡命一般向高空冲去。只是这一次辰南已经下定决心留下他，岂能容他逃走？死亡魔刀像一道黑色的闪电一般，逆空向上，瞬间追上杜宇，一道死亡的阴影扩散了开来。杜宇惊得身躯有些颤抖，灭天手连连挥击，数道无匹的掌力伴随着光掌汹涌澎湃，向魔刀笼罩而去。然而死亡魔刀无坚不摧，无声无息地破开了几道灭天手，一刀狠狠地劈中了杜宇。

"啊……"一声惨叫，杜宇的一条臂膀被斩落了下来，血花飞溅，杜宇身躯一阵摇晃，差点栽落下来。他咬紧牙关，继续催动飞剑想要逃走，然而此时此刻，魔刀已经无声无息地劈断他脚下的极品飞剑。他一下子自空中摔落了下来。梦可儿当真震惊到了极点，地面两人同样的玄功，同样的招式，到最后杜宇接连几记威力绝伦的灭天手，竟然被辰南用见所未见的魔刀彻底击溃，让她感觉有些惊惧。这实在太可怕了！灭天手已经算得上超级可怕的奇功了，但在死亡长刀的攻击下竟然不堪一击，这实在让人有些不敢相信。

在此之前梦可儿有信心击败辰南，但此刻在见识死亡魔刀之后彻底没底了，她不知道能否接下那可怕的一刀！这几日来梦可儿一直在思虑着一些事情，她想利用辰南来对付杜家的人，想设置一个巧妙的局，来杀死杜家那个放出话来想娶她为妻的人。如果那个人被杀死，那么她就没有隐忧了。而杜家高手必将全力追杀辰南，那时她也会出手对付辰南，抢走他手中的小龙。只是，现在她的心情有些复杂，辰南修为高深，为杀死杜家那个人增加了胜算，只是他变得越来越可怕了，任他这样成长下去，最后定然是一个大患，她现在有些犹豫了，不知道自己的决定是对是错。

杜宇哀号着掉落在沙漠中，右手持长剑回旋劈斩将断臂处再次切下了一段，止住了伤口腐蚀恶化。"说出你们家族的秘密饶你不死，不然我立刻毙掉你的性命。"辰南冷冷地道。"哈哈哈……"杜宇惨笑着，眼中充满了怨毒之色，道，"就是死我也不会说的，我不会去触发诅咒诱因的，辰家早已破败，等着杜家的人取你性命吧！""当真想死？"辰南没有多余的废话，冷冷地鄙视着他。"杜家乃是东土皇族，你一个没落的世家子弟凭什么和我们斗，你早晚要惨死！"杜宇面目有些狰狞，狠狠地看着辰南。"那你就先去死吧！其实你不说，我也猜了个大概。"辰南毫不犹豫，挥动长剑，"噗"的一声，斩下了杜宇的头颅。

杜宇有些不敢相信，没想到对方竟然如此决绝地挥动屠刀。被斩下的头颅，嘴巴张了张，最后双眼一瞪失去意识。辰南对着地上的尸体冷冷地道："不杀你，你们也会来对付我，那还不如我先来动手，有效地消灭你们的力量。哼，清理门户从今天开始，你不过是第一个受死的人而已。"梦可儿什么也没有说，驾御着玉莲台向远方飞去。

四日后，辰南带着小龙走出了大沙漠。眼前是一片茫茫大草原，再有两天就可以到达西大陆的圣城拜旦了。剩下的路程很顺利，没有再发生意外，辰南和小龙终于来到了光明教会的圣地拜旦城。这座圣城非常宏大，城墙高厚，箭塔高险，是一座易守难攻的超级大城市。城内非常繁华，人来人往，熙熙攘攘，抛去圣城这个光环外，单以规模和繁华来说拜旦城也排在西大陆十大名城之列。

辰南来到这里之后，打探过光明教会的最高神殿所在地之后，没有贸然行动。他知道这里是光明教会的圣地，定然高手如云，贸然行事说不定会招来可怕的麻烦。在此后的一个月中，辰南如普通游客一般，每天除去吃饭练功之外，就是到处游转。不过平静的日子没过多久，一则消息传到了他的耳中，他斩杀杜宇的消息，已经在东方修炼界引起轩然大波。

东土皇族，这一名号称得上嚣张狂霸。不过在东方却鲜有人知，然而在最近一个月当中，这一家族如惊雷一般震动了整个东方修炼界。梦可儿将澹台古圣地所掌握的情况，巧妙地传播了出去，在东方修炼界引起了一次大地震，许多门派都是第一次知道原来有这样一个古老的家族。

辰南斩杀了号称修炼界至尊家族的一个传人，这件事无疑成了多方关注的焦点，许多人都在观望，看看号称修炼界皇族的杜家到底会有何动作。毕竟，凭空出现一个这样的大家族，任谁也不怎么相信。凭什么这个家族敢声称可以号令天下？然而风波刚刚涌起半个月，事件中的神秘家族便有所动作了。杜洪、杜荒、杜天、杜玄，四位青年高手横空出世，这四人皆二十几岁的样子，但他们的修为居然都已经达到了五阶境界，他们始一出现在东方修炼界，立刻引起一场大地震。

东土五阶修炼者数得过来，一个国家也没有几个，然而一个古老的家族竟然一同走出四位，而且都是年青一代的人物，这实在太可怕了！东方修炼界，龙家的潜龙据说已经达到了五阶境界，却已身陷死亡绝地。最近辰南斩杀了几个五阶高手，也被认为达到了五阶境界。除此二人之外，几个正邪圣地的传人修为高深莫测，但没有明显迹象表明他们已经位列五阶。

一个杜家竟然走出四个五阶青年高手，而整个东方却仅有两名五阶青年高手，如此反差让人有些难以接受！可以想象杜家老一辈的高手有多么可怕，许多东土老一辈的修炼者感叹，也许玄战时代来临了！众多青年后辈不懂玄战之意，后经过老一辈高手的解说才明了。那是涉及五阶高手、六阶高手，甚至更高层的大战。五阶绝世高手永远是常人眼中的绝顶强者，但在玄战当中却不过是寻常的角色。这等盛事千百年难得一遇，一旦玄战爆发，这世间不为人知的盖世强者，皆会被席卷进去，甚至会牵扯仙神。

上一次玄战爆发在千年前，那一战至今让修炼界难忘，也不知道殒落了多少强者，天使、仙人都曾经现临过人间，更有传说澹台古圣地第一代祖师澹台璇，都曾经在那一战中闪现过影迹。修炼界老一辈人士认为，杜家自号东土皇族，以至尊家族的身份出现，极有可能会惹出一场天大的风波。隐修在世间不为人知的强者们，必然要和该家族的老一辈过招，定然要牵扯进众多超阶高手，玄战的爆发在所难免。平静多年的东方修炼界沸腾了，所有人都在注视着号称皇族的杜家，看他能否点燃玄战的导火索。

消息传播得非常快，西方修炼界很快便得到了这些消息。不过西方人从未听说过杜家，却闻过玄战之说，因为千年前的惨烈大战，西方许多高手都被席卷了进去。杜家第一次浮出水面便引起了这么大的风波，究其原因是他们的实力太过强大了。杜洪、杜荒、杜天、杜玄四位青年高手一齐出动，杀向西大陆捉拿辰南，立时引得八方风雨齐会西土，东西方修炼界许多高手追逐着他们和辰南的足迹，想亲眼看一看这次的风暴将爆发到何种程度。风暴由东方刮到了西方，辰南已经听闻了这一切，他知道这一次自己又将处在浪尖之上了。

自杜宇出现之日，他就一直在思索，已然猜测出了个大概。杜家这个所谓的"皇者一脉"，必然是他父亲造成的。从杜宇所说的那些话中不难推测出一些惊人的信息。万年前他死去之后，辰战定然做了许多事情，也许他父亲已经料定他会复活过来，杜家极可能是他辰战布下的后手，不过杜家的忠诚早已不再，如果不是他们顾忌某些诅咒，恐怕早已搅得天下大乱了。在猜测推理的过程中，辰南感觉有些心惊，他之所以复活难道是由他父亲一手操纵的？可是他的父亲真的能够将主意打到神魔的头上吗？这不可能！辰战也许够强，但绝对不可能和远古神魔对抗！老妖怪曾经说过，神魔陵园是一个神秘的所在，没有一个人能够打它的主意。也许当中牵扯进了不为人知的通天人物吧。

辰南觉得，自远古至今，暗中几双无形的大手，正在酝酿着一个巨大无比的风暴，而他不幸地自风暴开始时就卷入了其中，最后可能是风暴爆发的引子。现在他能做的便是努力提升自己的修为面对眼前的危机。杜家的年青一辈应该快到了，辰南已经做了一个冷血决定，杜家四大青年高手将没有一人能够活着离开西方。现在，东方修炼界正邪圣地年青一代传人之战，已经完全被杜家出世的风波盖了下去。玄奘、齐腾等人在西方发生过几次激战，不过影响并不大。

现在这些人闻听杜家四大高手即将赶到西方拜旦圣城会战辰南之后，也踏上了路途，准备前去观看。梦可儿在这场大风暴中功不可没，几个重要的消息都是她在第一时间传播出去的。修炼界风起云涌，东方的飓风刮到了西方。辰南积极备战，同时开始转动脑筋，他不怕杜家的年轻高手，只担心杜家的老一辈人物。可以想象，杜家肯定有六阶的高手，如果这些老怪物出手，他必死无疑。如今他能够靠谁？雨馨修为盖世但却不在眼前，她此次去了昆仑，和外界消息隔离，恐怕不能够在第一时间赶来帮忙。如今只能走一步算一步了，他决定干掉那个四个青年高手之后，立刻隐匿踪迹，一边在暗中苦修，一边寻找万年前的大秘。

事情已经过去一个多月了，据说杜家的四位青年高手早已进入了西方，距离拜旦圣城只有几日的时间了。西土圣城拜旦各家客栈早已人满为患，东西方众多高手赶到了这里，准备见证一场绝世高手之间的超级大战！在一场罕见的大决战即将来临之际，一个人找上了辰南。莱昂，一个亡灵魔法师，曾经在赶尸派的开派大典上驱动神魂击败堕落天使，被灵尸王雨馨打败。辰南很诧异，不知道莱昂为何找上他。对方的本领他是见识过的，的确有独到之处，是一个可怕的对手。

"辰兄，我想送给你一个天大的礼物。"莱昂身材高大，一头金黄色的头发再配上脸上的笑容，显得阳光灿烂。天下没有免费的午餐，辰南才不相信贸然找上门来的莱昂会送他大礼，他问道："莱昂兄，找我到底有什么事情，我们不如开门见山，有什么说什么。"莱昂道："在东方的神话传说中有一至宝，名为大龙刀，我知道它的下落，想将它送给辰兄。"

辰南心中一跳，传说中的大龙刀乃是东方神话传说中的第一神兵，莱昂怎么会知道呢？怎么可能白白将这样的宝物送给他呢？辰南看着他，并未说话。莱昂被盯着看，感觉有些不好意思，看辰南非常沉着，并未追问，便直接开口道："嗯，你也知道，此宝乃天下第一神兵，传说能够斩神灭魔。这样的至宝，我没有能力取到手中，不过我却有它的线索。当然，你必须助我完成一件事，我才能够告诉你它的下落。"

"对不起，让你失望了，我对所谓的大龙刀并不感兴趣。"辰南微笑着回绝对方。在如今这个风浪口上，他并不想多事，同时也不相信对方有大龙刀的线索。莱昂有些焦急，道："我知道你可能不相信我所说的话，但我所说的一切都是真的，我可以发下最恶毒的誓言，来向你保证。你是知道的，魔法师是不能够随便发毒誓的，不然真的会应验的。"看到他这副样子，辰南真的有些奇怪了，不知道他到底有何事来求他帮忙。

莱昂道："我想让你帮我去救一个人，那个人是我亡灵法师中的一位圣贤，在他的笔记中曾经提到过大龙刀。这位伟大的亡灵魔法师，即便是光明教会中深不可测的教皇，都无法将他彻底消灭，只能将他封印。我想这样一个伟大的人物，他绝对不会在笔记上胡乱涂写的，记载一定是真实的。""什么？"辰南真的有些动容了，被封印的人一般都是一些摆脱了生死限制的人，他惊道："那个人已经超脱了生死？"莱昂要救的人乃是亡灵魔法师的一位祖师，在千年前被封印在了光明教会中，那个人的修为的确惊人无比，但还没有达到超脱生死的境界。

不过那名强大的亡灵魔法师独辟蹊径，将自己转化成了亡灵，以至于间接获得了悠长的生命。此人被封印前曾经留下一个魔法水晶球，后人根据这个魔法水晶球可以知道他是否还有气息留存于世。莱昂是那个亡灵魔法师的后辈，最近看到魔法水晶球中的那丝波动越来越弱，知道那位祖师坚持不住了，所以想找人帮忙救他出来。

"为什么找上我呢？"辰南问道。莱昂有些无奈地道："虽然历史已经证明，当初斩灭亡灵魔法师是一个错误，但光明教会依然没有破开封印放走亡灵魔法师中的贤者桑德。我不敢在西方找人帮忙，毕竟西方是光明教会的天下，没有人能够信得过。我远走东方后又回到西方，通过一重重事件了解了你的一切，觉得你最适合不过。一、你是太古神族的后裔，体内的血液能够帮我破除封印；二、据我所知，不久前你曾经闯过光明教会的神殿，想要寻找光明神的力量，你和我同去光明教会，不仅可以得到大龙刀的秘密，也许运气好还能够在那里得到你想要的神的力量。"

辰南明白，说了这么多，其实莱昂真正看中他的是太古神族后裔这个身份，需要他的血液去破除封印。"凭你我二人，你认为可能闯进光明教会的圣地吗？"辰南不置可否道。"当然没问题，为了营救大贤者桑德，我们从数百年前就开始准备了。不过亡灵系的魔法师人才凋零，到了现在除我之外已经没有几人了，营救行动一拖再拖至今未成功。"

"哦，要去光明大神棍的老巢？"小龙从睡梦中醒来，蒙蒙眬眬间顺口搭了一句。显然莱昂早已知道这个小家伙，并未露出过多的吃惊之色。辰南真的有些动心，不过当然不是为救桑德，也不是为了大龙刀，他在意的是怎样闯进光明教会的圣地，找到那些只有教皇才能够阅读的秘密典籍，探寻万年前的大秘。在辰南与莱昂皆对亡灵魔法师的祖神发过重誓之后，两人开始准备行动。

原来，数百年来，亡灵魔法师为营救桑德竟然在拜旦城外的地下挖了一个地道，直通光明教会重地。光明教会领导西方，信徒千万，所有人都知道拜旦城乃是光明教会的圣地。但鲜有人知，在拜旦城的最高神殿地下竟然是十八层地狱。自古以来，光明教会为争夺在西方的主导地位，一直以来和异教徒征战。在历史上，曾经封印了不少超级可怕的存在，而当中的绝大多数人，都被封印在了光明教会最高神殿的地下。共分十八层，越往下一层，封印的人物越是厉害。传闻，许多神话传说中的恶魔都被封印在此地。

辰南和莱昂沿着阴暗的地道，一步一步向前走去。黑暗中有无数双眼睛在冒凶光，那是隧道顶壁上悬挂的嗜血蝙蝠，不过在小龙透发的龙威之下，没有一只吸血蝙蝠敢扑击下来。嗒嗒的脚步声加上蝙蝠振翅惊飞的声响，地道内显得有些阴森恐怖。一个时辰之后，辰南、莱昂来到了光明教会的重地。一股纯净的光明属性的力量挡住了去路。

亡灵魔法师们，虽然开展了一个浩大的工程，挖了一条几十里的地道，但在深入腹地之后却一筹莫展了。光明属性的力量是他们所惧怕的，而且此处重地的结界力量无比强大，万难破开。

辰南刺破中指，挤出几滴鲜血，莱昂用魔法包裹住那些血液，施展一个破界法术，光华阵阵，涟漪点点，封印结界上的力量，如水波一般涌进了血滴之内，宛如水乳交融，一会儿之后血液便变成了金黄色，里面充满了光明属性的力量。不过结界上力量并未减弱多少。辰南皱眉道："拜托，我的血液和结界的力量似乎同属性。这样，即使我流光了所有血液，也同化不了多少封印的力量，我觉得倒是应该找体内流有太古魔族血液的人来破封印。"

辰南说的是实情，同属性的力量只能交融，他的血液根本难以破除封印。莱昂彻底傻眼，他已经来过多次，现在真是一点办法也没有了。"嗯，这个封印到底强到了何种程度呢，让我用全力攻击试看。"辰南开始运转玄功，当他的背后出现一条黑影时，着实吓了莱昂一大跳。"铿锵"一声吟响，死亡魔刀朝前方飞劈而去。长刀无声无息，破进了结界中，刀身虽然慢慢破入了半截，但刀体却也慢慢消融了，不过结界处明显暗淡了一些。

莱昂又惊又喜，没想到辰南竟然有如此修为。可是，辰南却叹了口气，道："不行，以我现在的功力还不能够破开，你看刚才变得暗淡的结界现在又已经明亮了起来，结界能够自动吸纳天地元气，补充力量，加强防御。"这时，莱昂突然惊叫了起来，道："它、它……"辰南扭头观看，也立时失声惊呼："龙宝宝……"小龙见两人在研究结界，它也开始观看琢磨起来，试着触碰了一下，没想到额头的那只角竟然散发出一团柔和的光芒，在这团光晕的笼罩下，它的半个身子竟然挤进了结界中。

辰南急忙探手，一把将它拉了出来，惊道："你、你怎么进去了？"小龙眨动着大眼，似乎也有些不解，伸出一只金黄色的小爪子，迷惑地摸了摸额头上的那只金角，嘟囔道："难道是光明大神棍的力量，我感觉似乎能够破开封印进去。"

"神舍利起到作用了？"辰南有些吃惊。莱昂惊喜得立刻欢呼了起来，原本绝望了，没想到这头古怪的小龙，竟然能够破开封印。胖嘟嘟的小龙晃晃悠悠飞了起来，奶声奶气地道："再让我试试看。"它小心地用额头的角，向结界触碰而去。一团淡淡的光芒再次扩散了开来，小龙身处光晕中，半个身子已经挤进了结界。它稍微一用力，"嗖"的一声便消失不见了。

"啊……"莱昂惊呼道，"太好了，它真的进去了，桑德贤者有救了！"辰南没想到小龙吸收神舍利后，竟然有了自由进入光明结界的神通，不过他有些为这个小东西担心，竟然如此大意地跑进去了。就在这时，结界透发出的光芒开始闪烁了起来，小龙"嗖"的一声自里面钻了出来。

"里面虽然有光，但有些阴森，有些吓人，一点也没有意思。"小龙不满地嘟囔道。"你这个小家伙，在里面看到了什么？"辰南摸了摸它的头，笑着问道。小龙道："成排成排的书架，好多好多的书。""太好了！快带我们进去。"这次轮到辰南欣喜了。他已经从莱昂口中了解了一些情况。传说，光明教会的秘典，因为记载了一些不允许为世人所知的秘密，被封印在了十八层地狱的第一层。而从第二层往下，则封印的是一些传说中的可怕人物。桑德便被封印在第二层。

这是一个非常广阔的空间，周围结界的光芒映照得这片空间还算明亮，不过不知道为何这白灿灿的光芒却给人一股阴森的感觉。成排成排的书架，摆放着整整齐齐的古书。辰南有些激动，招呼莱昂帮他寻找有用的书籍。凡是年代异常久远的书籍都被他搜集到了一起，都快堆成一座小山了，看得莱昂暗暗咂舌，不知道他到底干什么。东西大陆通用文字的形成，大约是在千年前，在此之前东西方有各自不同的文字。这些书籍上的文字，在辰南看来如鬼画符一般，一个字也不认识。不过他早有准备，凯利送给他的空间戒指，不光是用来装食品的，最大的用处便是今日之举，他要将所有觉得有价值的书统统装进去，以后找人慢慢翻译。

辰南快速地翻看着第一层地狱中的书籍，一本一本地扔进空间戒指当中，旁边的莱昂看得目瞪口呆，这当真是赤裸裸地洗劫啊。偷盗几本、几十本也就算了，但照辰南这样装下去，这层书库非要被搬运一空不可，到时候光明教会定然要被气得跳脚抓狂，可以想象未来必将有一场轩然大波。

"辰兄你在找什么类型的书籍？我来帮你，你这样端了光明教会的老窝，神殿众人会疯了的，到时候恐怕就是掘地三尺也要抓到我们的。"

"有关远古神魔的一切书籍我都要。"

"那你把戒指的书籍都拿出来吧，这里绝大多数都是宗教典籍。我对西方古体字多少有些研究，我来帮你过滤一下。"莱昂轻轻念了一串咒语，辰南身前那如同小山般的书籍都飘浮了起来，皆开始自动翻页，"哗啦啦"声不绝于耳。经过一番筛选，一千本书不过剩下十本而已，接着莱昂又走向远处的书架，辰南欣喜异常，跟在莱昂的身后，两人一龙开始在书库内疯狂扫荡。

不多时，小龙突然扯了扯辰南的衣领，伸出一只金黄色的小爪子，指着书库最中央的一排书架，叫道："快看，那里的书会发光。"一个黄金书架散发着阵阵宝光，上面的书光雾氤氲，荡漾着一层圣洁的光辉。辰南和莱昂急忙上前，显然此地的书不一般。

莱昂道："之所以这样，这里的书额外加了封印，看来是光明教会最重要的典籍。"辰南对小龙道："龙宝宝去把里面的书，都给我弄出来。"小龙晃晃悠悠地飞上了书架，不过这次在破入封印时却很费力，好不容易才弄出十几本书，它抱怨道："就像在沼泽中的泥浆里挣扎一般，太难受了，看来今天晚上需要泡在酒缸里解除疲劳了。"此处封印的力量比外面结界处的力量大是毋庸置疑的。辰南笑道："好，晚上让你泡在酒缸里，现在赶紧把所有的书籍都弄出来。"小龙兴奋地眨了眨大眼，开始卖力地行动起来。

一本本古籍在莱昂的魔法下悬浮了起来，书页"哗啦啦"响声不断，忽然一页纸张自一本书中飘落了下来。辰南接在手中，细细打量。突然他的神情一下子凝注了，震惊地盯着手中的那一页纸。他简直不敢相信自己的眼睛，竟然看到了曾经无比熟悉的字体。娟秀的东方古体小字布满了整张纸，上面断断续续写着许多词汇，不过显得有些杂乱无章，不能连贯成句子，像是随意在草纸上书写下的。"忘恩负义、杜家、叛徒、逼婚、怒杀武神、重伤、求生、或转世、西方、寻觅、生命女神、游历、大龙刀、惊天大秘……"

辰南惊得险些大叫出来！这竟然是雨馨的字体，这竟然是雨馨留下的纸张！她竟然曾经来过这里！纸张上的字，虽然娟秀，但排列得太过杂乱无章了，甚至字中套字，外人根本无法明白其中的含义，不过对于雨馨非常了解的辰南，却慢慢看清了大意。从纸张上杂乱的词汇，可以看出雨馨当时非常地愤怒，上面的词汇经过排列后的大意是：杜家忘恩负义，背叛了辰家。居然想逼雨馨下嫁，雨馨经过生死大战，斩灭了杜家的武神，不过自己却身负重伤，犹豫是否要转世。后来做了决定，远走西方，想求助生命女神续命。至于文中提到的"游历"、"大龙刀"、"惊天大秘"，辰南理解得不是很清晰，可能雨馨发现了关于大龙刀的线索，也许探知了某些惊天大秘。

显然，这张纸是雨馨无意中留下的，记载了她的凄凉与愤怒。辰南怒火汹涌，简直要疯狂了，他真想回到五千年前，一脚踹死杜家所谓的武神。五千年前雨馨一个女子孤战独斗，那些强大的敌人竟然是该死的杜家，是得到辰家好处的恶奴。他现在有些明白了，雨馨为何会在西方神秘消失后成为穷凶极恶的灵尸王。她的身体受创到极点，定然是没有找到延续生命的办法，最后身殒。她的死因竟然是杜家一手造成的。

辰南在心中狂呼呐喊：我要变强，我要最强！我要血杀万里，灭尽杜家所有人！辰南怒火直欲烧尽九重天，他体内的玄功随着他情绪的剧烈波动而疯狂运转了起来。一道黑影出现在他的背后，黑影的一双眸子竟然要张开。死亡魔刀离开了黑影的右手，围绕着辰南不断旋转。另外有几道黑色的影子，也像是某种兵器，在辰南周围上下沉浮，不过太过虚淡，看不真实。第一层地狱中的所有书架、古书都飘浮了起来，看得莱昂目瞪口呆，他惊道："辰兄你怎么了，要克制啊，千万不要发作出来，不然这里所有的古籍都会被你外放的劲气冲碎的。"

辰南双眼紧闭，双手攥成拳头状，血管突出，样子有些狰狞吓人。过了好长时间，他才渐渐松开拳头，所有的书架与古书缓缓落在地上，背后的黑影和几把兵器也慢慢消失了。莱昂看他终于恢复了过来，小心地问道："辰兄你怎么了？""没事。"辰南小心地将那张纸收入怀中。"哦哦哦……啊累啊累啊累……"小龙身处书架的封印力量当中，没有注意到外面的情况，扭着肥嘟嘟的龙躯，将书架上的书费力地向外推。

辰南打开空间戒指，不再请凯利帮忙筛选，将地上所有书籍都搬了个空，毕竟这里的书籍是雨馨接触过的，他最后将整架书都装了进去。"完工。"小龙晃悠着飞了出来，落在了他的肩膀上。莱昂道："这个，辰兄你是不是太狠点了啊，怎么也要留下一半吧？""走吧，去救你们亡灵魔法师的贤者。"辰南已经调整好情绪，向着前方通往第二层地狱的入口走去。莱昂不好再多说什么，跟在他的身后。

这个入口呈螺旋形向下延伸而去，同样被结界阻隔着，散发着圣洁的光辉，不过却隐隐透发着一股邪恶之气。走到此地，两人终于明白，为何这座书库虽然白灿灿，却有些阴森的感觉了。原来光明属性的结界力量也难以净化下层的地狱透发上来的邪恶之气。可以想象，下方的十几层地狱中封印的邪恶存在有多么可怕。

"啊，这么厚的封印啊，好强大的力量。难道你们还要继续下去？"龙宝宝露出不情愿的神色。不过它还是率先钻了进去，显得很费力，过了一会儿才完全消失。当小龙回来的时候，异常迅速，"嗖"的一声就从结界内蹿了出来。"哎呀呀，太可怕了，里面都是些什么魔怪啊，简直如同幽冥地府一般。"小东西用金黄色的小爪子故意摸着胸脯，装出一副受惊的样子。当小龙带着辰南和莱昂进入第二层地狱后，两人的确感受到了小龙所形容的场景。这里光芒暗淡，阴森恐怖，鬼哭兽啸，邪气冲天。

第二层地狱很狭窄，一条长条形的甬道，甬道两旁排列着数十个深不见底的石洞，每一个洞口都被光明属性的力量封印着。古洞中那些被封印的人、兽、怪感应到了外人的到来，皆疯狂地喝喊着：

"放我出去……""我要重见天日……""我已经被关押了一百多年了……""我已经改过自新……"哭喊与兽吼交织在一起，听得令人头皮发麻，真的和地府一般无二。

莱昂道："这里封印的还不算重犯，真正可怕的人物都封印在最下面几层。"辰南暗暗心惊，光明教会果真了得啊，竟然将这么多强大的存在镇在地下。莱昂自怀中掏出一个魔法水晶球，对着喊道："桑德大人你在哪里？""莱昂、莱昂来了吗？"一个有气无力的声音在前方一个黑洞内响起，同时莱昂手中的魔法水晶球光华一闪，一团如鬼火般的光亮出现在魔法水晶球内。那团鬼火幻灭跳动，仿佛随时可能会熄灭。

小龙好奇地凑上前，道："这就是你口中的桑德大人？怎么是一团绿光啊，难道亡灵都是这个样子？"莱昂连忙低声道："不要胡说，桑德大人被封印了千年，已经很虚弱，现在只剩下了这点生命之火。"两人一龙来到封印桑德的洞口，里面那虚弱的声音断断续续地传来，道："莱昂，我快不行了，赶快破开封印……"里面的老亡灵显然已经是强弩之末，随时可能油尽灯枯。当小龙的额头爆出一团神光，破开封印之时，别的洞穴里面封印的人物，皆疯狂地嘶吼了起来。

"不公平，放我出去！""我也要出去。"……整个第二层地狱都开始震荡了起来，阵阵邪恶的气息在狭窄的空间内汹涌澎湃。

当小龙彻底破开封印时，在黑洞中跳动的那团绿光，快速冲了出来。在通过结界时，他发出一声惨叫："啊……"出来之后，绿色光团虽然依然只有拳头大小，但终于明亮了一些。

"总算……出来了，谢谢神龙相助，多谢这位未曾谋过面的年轻人。"桑德的生命之火虽然不旺，但比起之前明灭不定的样子好上了许多，他的精神状态似乎比之前强了一些。"恭喜伟大的贤者脱困。"辰南拍了一记马屁，他虽然感觉眼前的老人生命波动微弱，但能够在封印的结界中待上一千年，还是让人有些佩服。"祖师终于脱困了……"莱昂喜极而泣，道，"我就知道，连实力强大的教皇都无法毁灭您，您早晚有一天会脱困而出。"

桑德发出一声苦笑，道："我哪有那样的实力，是他们不愿杀死我而已。整个第二层地狱关押的都是一些不死系的生物，有尸妖、有亡灵、有骨魔，这些人能够活得长久些，根本没有什么可值得炫耀的。如果不是光明教会的人为了拿我们这些人做魔法实验，恐怕这一层的人早已不存在了。真正可怕的人物都在最下面几层，而且也不可能有这么多啊！"

听到桑德如此说，辰南心渐安，这个老亡灵没有像想象中那样，咬牙切齿，扬言报复。看来真如莱昂说的那样，他当初是亡灵系的一位贤者，身上没有凶残的气息。这时，第二层地狱彻底暴动了起来，所有不死系的生物都在呼喊着："放我出去！"只是辰南没敢那样做，放出一个桑德已经是他的极限，天晓得这是怎样的一群妖怪，如果放出去危害人间，那他就是天大的罪人了。穿过螺旋形通道，这个特殊的小团体来到了第一层地狱。

然而就在这时，光明教会最高神殿中，一个高大的宝座之上的老人突然睁开了双眼，一双眸子是那样地深邃。大殿中比较空旷，仅有一个大神官在值班。此时，大神官通过一个魔法水晶球，看到了神殿之下地狱中发生的事情，他失声道："教皇大人，不好了，有人闯进第二层地狱，救出了一个亡灵魔法师……"被称为教皇的老人摆了摆手，道："我早已知道，只是直到刚才才明白那头小龙的古怪之处。"

"那我现在马上去派人阻止他们？"大神官面现恭敬之色，请示道。教皇挥了挥手，道："不必，任他们离去。""啊，这……"大神官有些不知所措，最后小心地开口道，"虽然我不知道您的用意，但想来必有深意。可是……红衣大主教码伦必然也已通过魔法水晶球得知了情况，如果您不做出些行动，他会大做文章的。他虽然表面尊敬您，但其实一直违背您的旨意，暗中和那些反对老光明神复活的主教们来往。"

"嗯，我知道。无论码伦有何行动，你都不要管。你只要记住，就当没有看到刚才的事情就可以了。"教皇说完这些话，再次闭上了眼睛。"是。"大神官恭敬地应道。

当小龙、辰南、莱昂、桑德通过结界时，谁也没有注意到辰南手上的空间戒指光芒一闪，而后消失了。与此同时，教皇手中多了一枚黝黑发亮的戒指，他对下方的大神官道："你去第一层地狱，将这枚空间戒指中的书籍放回原位。""是。"大神官应道，转身退了下去，空旷的神殿再次恢复了平静。

当辰南、莱昂等人自城外的地道出口钻出来时，桑德那团微弱的生命之火一阵闪烁，他对辰南道："年轻人，感谢你前来援救我，莱昂曾经答应过告诉你大龙刀的下落，现在我来兑现承诺。传说中的天下第一神兵，据说失落在古精灵部落所在地的那片原始森林最深处。"辰南闻言，一阵苦笑。传言，在那遥远的过去，曾经有数个不同时代的法神与斗神，分别在晚年走进了那片原始森林中，从此一去不复返，那片原始森林的最深地带，成了西大陆修炼界的圣地。但辰南却隐隐猜测到，那是一个大凶大恶之地，是一片殁神的魔地！大龙刀如果失落在那里，他现在绝对没有力量去寻找。

　　两个亡灵魔法师渐渐远去了，辰南直到这时才突然发觉，空间戒指竟然神秘消失了。"这……太可怕了！"西方有时间魔法和空间魔法，不过据传说都已经失传多年了，但此时看来传言未必是真啊。辰南一阵后怕，竟然有人无声无息地取走了他的空间戒指，不管此人是否用了空间魔法，其修为都已到了骇人听闻的地步。

　　辰南回到了拜旦城，每日都勤修苦练，来提升自己的修为。自十八层地狱回来之后，他再也不想探第二次了。那一日，竟然有修为强大的人察觉到了他和莱昂的行动，这未免有些可怕。还好那个人没有惩罚他们，任他们救出桑德离去。随着杜家四兄弟越来越接近拜旦城，这座圣城越来越热闹了，来自各地的修炼者蜂拥而至。传闻的至尊皇族将诛杀修炼界的第一风云人物，修炼界沸腾了。

　　一时间强者云集，八方风雨尽汇拜旦。在修炼界沸腾之际，一则消息传播开来，暗黑教会也将派遣高手诛杀辰南，为死去的几位五阶高手报仇。

　　暗黑教会和辰南的恩怨，在前不久闹得风风雨雨，辰南一日之内连毙四大绝世高手，成就了他年青一代第一人的无上威名，这是修炼界所有人都知道的事情。此次传闻暗黑教会也将有所行动，并不让人感到惊讶，双方之间早晚要有一场了断。杜家四大高手来袭，如果一个一个对决，辰南都不一定能够应付，如今再加上暗黑教会，辰南现在可谓雪上加霜。

　　拜旦城光明教会一座神殿中，码伦红衣大主教正在沉思，他虽然没有什么强大的修为，但却是教会中一位权力极大的神职人员。码伦已经六十多岁，须发皆已花白，他忠于现在的光明神，反对复活早已身死多年的老光明神，和教皇的许多观点相悖。他思虑良久，叫进一个神官吩咐道："让人扮成暗黑教会信徒，几日后大决战来临之时，去袭杀辰南。"

"是。"神官慢慢转身退了出去。

两日后，教皇座下的一个大神官秘密传播出去了一则消息，除去至尊杜家、暗黑教会外，还有异教徒将要袭杀辰南。消息一出，立刻引起了一场轩然大波，现在任谁都觉得辰南有死无生了，可以预想出手的人绝对都是五阶高手，这么多的高手同时诛杀他，除非他是武神转世，不然生还的可能不大。时间过得很快，转眼间就过去了十日。

在这一日，震撼性的消息终于爆发了，杜家四兄弟已经赶到辰南诛杀杜宇的大沙漠，四人派人到拜旦城送来了战帖，邀辰南决战。在辰南还未应答之际，来到圣城的半数修炼者就已经开始动身上路，一时间在通往大沙漠的大陆上人流汇聚成了一条长龙。

战！战！战！辰南书下三个大字，抖手扔下手中的水笔，将下战书之人赶了出去。他早已做出决定，杜家四兄弟没有一个人能够活着离开西方！

烈日当空，黄沙漫漫，炽热的空气中，仿佛有一股焦灼的味道。一望无际的大沙漠黑影点点，众多高手早已赶到，人们期待着年青一代的最强碰撞。辰南让小龙在远处观战，吩咐它不可靠近，而后自己走进这片大沙漠中，所有人都远远地避开为他让出一条道路。沙漠中的观战者都感觉到了一股可怕的杀气，那是自辰南身上爆发而出的，他像来自修罗界的嗜血杀神一般，让人感觉恐惧。

的确，虽然还未开战，但辰南身上却已流露出了一股血腥的味道。他的神情真实反映他的内心世界，他将要血杀一场，要用杜家人的鲜血为五千年前的雨馨讨回一点点利息。雨馨之死，归根结底竟然是缘于杜家，每当想起这件事情，辰南就有一股疯狂的感觉！血债终须血来还，杜家忘恩负义逼杀雨馨，现在又想取他性命，这个仇恨耻辱，他只能用鲜血来洗刷！

"呃啊……"辰南感觉到了一股撕心裂肺的疼痛，几日来他一直在对自己催眠不去想雨馨死去的原因，现在终于爆发了，忍不住仰天悲啸。滚滚音波，似闷雷一般，在整片大沙漠上空激荡，整片空间都震动了起来，地面金黄色的细沙扑扑跳动不停。"轰"、"轰"、"轰"……附近的几座沙丘，竟然被辰南的悲啸震得崩塌了，冲腾起滚滚烟尘。黄沙阵阵，悲啸激荡长空。无数修炼者被强横的音波冲击得翻倒在地。

辰南附近再无一人，一股猛烈的狂风出现在他的周围，将方圆二十几丈范围内的修炼者，皆卷飞了出去。长发乱舞，一个略显苍凉、孤单的人影独立场中央。"哈哈……"一阵狂笑传来，沙漠的尽头，两条身影带起两道狂风，扬起漫天尘沙，如飞而来。

"姓辰的小子，你果然来了，你死定了！"来者是两个年轻人，跟杜宇有几分相像，神态倨傲无比，比杜宇还要狂傲几分。"轰隆隆——"辰南周围的沙地开水一般沸腾了起来，而后如海浪一般翻腾着，向远方汹涌而去。一重重气浪自他身体处震荡开来，向四外浩荡而去。他右手擎方天画戟，斜指南天，左手持一把长剑，低垂地面，此刻他长发倒竖，凌厉的杀气，令远处观战的人几乎要窒息了。所有观战之人，皆面现恐惧之色，快速向远方退去。

"来人通名！"辰南冷冷问道。

"杜洪！""杜荒！"这两个杜家子弟，神色狂傲，身上有一股野性，双眼同恶兽一般闪烁着可怕的光芒，狞视着辰南。

"辰家早该消失了，你不该来到这个世上，现今这个世界，已经是东土皇族杜家的天下，你可以安心地去死了！"杜洪残忍地笑着，他一步十丈，身形才晃动了几下就来到了辰南的近前。

"哪个封你们杜家是东土皇族了？你们有什么狂傲的资本？如果没有我辰家玄功，你们狗屁不是，在我眼中你们永远是奴才！"辰南动了真怒。

"刷刷刷"，远处的杜荒晃动了几下，也来到了近前，他如野兽一般狠狠地盯着辰南，"奴才"二字似乎触痛了他的神经，他冷森森地道："时代更替，辰家的时代已经一去不复返了，如今是我们至尊家族的时代，我们隐忍万年终于可以出世了，你这个苟延残喘活下来的挡路石，只有一个下场，那就是去死！"

"忘恩负义的狗奴才，背叛辰家，逼杀雨馨，无论哪一条，你们都该死一万次!"辰南大喝道,"让那两个人赶紧出来吧,我送你们四人早点去投胎。"

杜洪和杜荒真是恼恨到极点,他们目空四海,以东土皇族自居,根本看不起同辈的年轻人。眼前之人虽然是传说的人物,但他们也并未过多看重,如今竟然听到对方要他们四个同上,现场的两个杜家子弟感觉受到了莫大的侮辱。"就凭你?"

"不错,就凭我,先杀杜宇,再杀你们四人!"

"不要拿我们和杜宇那个旁系子弟做比较!"杜洪暴躁地打断他的话,道,"其他两人还没有到,不过我相信即便我一个人也足以收拾掉你了。如果你真能够杀死我,我死而无悔!"杜洪的眼中闪烁着疯狂的光芒,道,"就怕你没那个本事,让辰家就此绝后。""好,我就先拿你们两人祭刀,直至你们杜家的血流光为止。"

"轰!"一声爆响。辰南周围的沙地突然冲腾起十几股沙龙,完全由金色沙粒组成,高达十几丈,向着杜家两兄弟击砸而去。"砰"、"砰"两人连连挥动掌力,将奔袭而至的沙龙击碎。下一刻,辰南已经冲到了他们的眼前,左手长剑,右手方天画戟,爆发出千万道光芒,将两人笼罩在里面。远处观战的众人大惊失色,暗叹辰南太过疯狂了,竟然将两个实力达到五阶境界的强敌同时缠住了,这份豪气实在惊人!不愧"年青一辈第一人"之称!

杜洪和杜荒的确有狂妄的本钱,皆已达到五阶中级境界,比之杜宇高明太多了。这二人皆是心狠手辣之辈,出手果断。

杜洪一上来就是威力绝伦的灭天手,金色的光掌似乎来自天界,浩荡起的恐怖波动直让远方观战的人阵阵战栗。击空的光掌拍落在地面时,简直像一场大地震,天摇地动,沙漠如愤怒的海水一般,重重沙浪汹涌澎湃,将远处无数观战之人掀翻在地。杜荒施展的绝学乃是困神指,一道道金色的劲气在空中纵横激荡,每一道指力都相当于一道无坚不摧的剑气,如此多的指力,在空中交织成一片可怕的剑网。传说,困神指练到最高境界可以困神封仙,端的是霸道无比,而如此可怕的指力却是漫天激射。

辰南右手神戟对抗灭天手,左手长剑抗拒困神指。杜家兄弟眼力高超，已经发觉辰南右手神戟激发出的是灭天手之力，而左手长剑则是困神指之力，以同样的绝学和他们大战。最近杜家将崛起之事闹得沸沸扬扬，人们已经听闻了一些辰杜两家恩怨的传说，不管是真是假，有一件事是事实，两家玄功同出一脉。"轰"、"轰"、"轰"……辰南和杜洪、杜荒不断碰撞，在这浩瀚的大沙漠上时时爆发出震天大响，烟尘滚滚，黄沙蔽日，天摇地动。交战三人的动作皆快如闪电，在外人看来，三人的身躯早已化作了三条虚影，远远望去，一道黑光与两道黄光碰撞交击，令这一望无际的大沙漠都在战栗。远处观望的人，皆情不自禁地跟着呐喊了起来，浩瀚黄沙之上喧嚣震天。

"呃啊……"面对忘恩负义、攫取自己家传绝学的杜家，辰南一腔怒火，想到他们将雨馨逼杀，他恨意滔天，忍不住仰天长啸。乱发狂乱舞动，一身魔气汹涌澎湃，真如地狱归来的复仇者一般可怕。杜家两兄弟眼神狠厉，一心想将辰南置于死地，对手的超强修为出乎他们的意料，两人辣手凶招不断，恨不得立刻将对方击碎。大战已经过去了半个时辰，整片沙漠都仿佛被翻过来了一遍似的，而三人却还在激烈交锋着。

杜洪和杜荒两人相视了一眼，腾空而起，天魔八步极速身法，空中八步，不但可以随意改变方向，而且能滞空小片刻，在此期间真个如同飞行一般。两道金黄色的身影如两条蛟龙一般在空中盘旋，一道道可怕的掌力与剑气铺天盖地般向地面而去，将辰南全方位笼罩在了里面。浩瀚的能量汹涌澎湃，一大片金黄色的光彩将辰南遮笼在了下方，空间在震荡，大地在战栗。那铺天盖地般的金黄色能量团越压越低，眼看着辰南即将要被彻底吞没。要结束了吗？观战众人紧张地注视着。

只是，这时一股恐怖的波动突然自金黄色的能量团中浩荡而起，一股黑色的光芒像火山爆发一般冲上了高空，将金黄色的能量风暴冲击得烟消云散。辰南左手长剑，右手神戟，冲腾而起，他大喝着："杜家，难道万年来你们没有一点创新吗？既然这样，你们就去死吧！"这时，杜洪和杜荒忽然发觉辰南突然爆发出比之前强盛两倍的劲气，他的速度快到了极点。

杜洪正好是天魔八步最后一步踏出时刻，在空中再不能停留，在落下的过程中正好迎上冲上来的辰南。他躲之不及，只得拍下一道道金黄色的掌力，尽全力相抗。不过身处力竭之时，再加上强盛两倍的劲气，他再也挡之不住。神戟竟然贯穿他的胸腹！"啊……"杜洪发出一声凄厉的悲吼，血雨狂洒，神戟自他右胸穿透而出，露出一截寒光闪闪的锋刃，他被辰南生生钉在神戟之上。没有伤及心脏，杜洪暂时丢不了性命，但那深入骨髓的疼痛，让他难以忍受。伤口处鲜血狂涌，恐怖的伤口已经露出白森森的胸骨。

　　血水顺着长戟流到辰南的身上，滴落在沙漠中。被鲜血浸染半边身子的辰南犹如自地狱冲出的魔王一般。他就这样挑着杜洪，飞上了半空，向着杜荒攻去。"啊……放下我哥哥！"杜荒厉叫道。他和杜洪是亲兄弟，此刻见到兄长如此惨烈的样子，这个充满野性的狂傲男子，也禁不住心脏剧跳，向辰南狂攻而去。

　　"血债终须血来还！"辰南冷酷地笑着，血染长襟令他看起来有些狰狞恐怖，杜荒在这一刻终于有了一丝恐惧的感觉。辰南就这样单手将一个五阶高手挑着，和另一个五阶高手在空中过招。杜洪的惨呼与劲气相撞的轰响交织在一起，如地狱亡魂曲一般。沙漠上远处密密麻麻、来自各地的修炼者不下万人，众多观战者倒吸了一口凉气，不知道是震惊于辰南的绝世修为，还是被眼前的景象吓呆住了。

　　"轰——"辰南与杜荒二人在空中生生硬对了一掌，辰南用长戟挑着杜洪平稳地飞落到地面。而杜荒则翻着跟头飞了出去，落地之后他吐出一口鲜血，狠狠地道："原来开始的时候，你隐藏了实力！""今天我的敌人很多，对付你们二人如果尽全力，那我还不如先自杀算了。废话少说，你纳命来吧，我要让你们杜家的血流光。"辰南残忍地笑着。杜荒道："我好恨！我们实在大意了！"杜荒露出了悔恨之色，如果听从长辈的命令，四人同行，共同对敌，那将是另一种局面。辰南将长剑还鞘，用长戟挑着杜洪，向杜荒逼去。

　　"去死！""去死！"两人同时吼道，现在已经是不死不休的局面，谁也无法退出。两人如两道电光一般快速移动着，汹涌澎湃的掌力不断撞击，黑色气芒与金色气芒，如惊涛骇浪一般在沙漠上汹涌浩荡，所过之处一座座沙丘皆轰然崩塌，整片大沙漠都在剧烈晃动。

辰南与杜荒自地面打到了半空，两人皆会天魔八步，都能够滞空一段时间，但在外人眼中如同御空飞行一般，武人做到这一步简直太恐怖了，令所有观战者鸦雀无声。半空中光华闪烁，电闪雷鸣，一黑一金两道光影频频碰撞。只是，杜荒明显已经不敌，掌力远不及辰南，被一股股无匹的气芒冲击得大口大口吐血。

"去死吧！"辰南那排山倒海般的掌力，突破杜荒重重阻挡结结实实地在他的肩头印了一记。杜荒被击得口吐鲜血倒飞了出去，此时两人皆在半空中，但辰南天魔八步还未尽全功，他一步三丈，快速追了上去，右手神戟依然高高挑着杜洪，而双脚则狠狠地向下方的杜荒踏去。

杜荒骇然失色，双掌连连拍动，打出一道道金黄色的掌力，试图阻挡。然而此刻辰南已经杀到狂暴状态，浑身的劲气澎湃，双脚下荡起的实质化罡气岂是他所能够抗衡的。"砰砰"两声，辰南双脚直接和杜荒的双掌撞在了一起，"咔嚓咔嚓"两声，杜荒的双掌被踏得粉碎，一双手掌血肉模糊，已经能够看到白灿灿的碎骨。

杜荒的双手没能够阻挡住辰南，那双死亡之脚继续向下踏来。他面如死灰，双臂急忙交叉在一起向上迎去。"砰砰"两道撞击之声响起的同时，"咔嚓咔嚓"骨碎的声音同时响起，杜荒的两条小臂同样被辰南踏得粉碎。

在即将降落到地面时，辰南猛力一个旋踢，一脚蹬在了杜荒的肩头，"咔嚓"一声脆响，杜荒的右臂齐肩而断，带着大片血水飞了出去。血水狂涌，杜荒的半边身子都被染红了，他重重地跌落在地面，好半天才摇摇晃晃地爬起来。沙漠中有上万人在观看，不过此时场内鸦雀无声，直到过了很长一段时间才爆发出一片冲天的喧嚣声。刚才空中的场面实在太惊人了，辰南右手神戟高高挑着一个五阶高手，而双脚则连连出击，将另一个五阶高手踢得重伤垂死，这实在太震撼了！

"留下你的遗言吧。"辰南话语冰冷，不带任何感情。杜荒脸色狰狞，森然道："这次确实是我们轻敌了，不过东土皇族的崛起，无人能挡，你等着最残酷的死法吧！""爱做梦的家伙，你去地狱圆梦吧！"

辰南一个侧踢，左脚狠狠地踹在杜荒的胸膛之上，"噗"的一声，如同锋利的宝刀插入泥巴一般，他的左脚贯穿了杜荒的胸膛，从他的后背透了出来。随后，他猛地一用力，一道道乌光自左腿爆发了开来，"砰"的一声，杜荒的尸体四分五裂，飞溅了出去。辰南如浴血修罗一般，站在场中央，他用神戟高挑着杜洪，冷森森地问道："你的遗言？"

杜洪被生生钉在方天画戟上已经很久了，直到现在还没有断气，痛得五官早已扭曲了。他恶狠狠地道："你活不了，多长时间，杜家，才是至尊家族！"

"到地狱陪你兄弟一起去做梦吧！"辰南用力将神戟上的杜洪甩上了半空，而后手起戟落，立劈而下，锋利神戟自杜荒头顶劈入，自裆部劈出，将他立劈为两半。未等尸体降落，辰南持戟横斩，拦腰将两半尸体截断，杜荒被劈成四半，残尸落地，血水喷溅，辰南被淋得如同一个血人一般。这冷血惨烈的画面震惊了所有人，在这一刻所有人都有同样一种感觉，这是地狱归来的冷血魔王啊！

"嗷吼……""嗷吼……"突然，两声巨大的龙啸响彻天地，滚滚音波震得沙漠都晃动了起来，沙地竟然如同海浪一般汹涌澎湃了起来。

"暗黑教会双子圣龙骑士塔利达为老友报仇而来！""暗黑教会双子圣龙骑士安德尼为老友报仇而来！"两人的声音如炸雷一般在空中响起，并不比两头圣龙的吼啸逊色多少。

辰南残忍地笑道："来吧，辰某人现在正杀得兴起，来多少杀多少！"森冷的话语，令所有观战众人，都不由自主打了个寒战。高空之上，两头一模一样的黑龙，长皆有八丈左右，黑亮的龙鳞泛着阵阵乌光，如同披着一层光芒闪烁的神甲一般。两头通体乌黑的圣龙看起来有些狰狞可怕，虽然不像巨龙那样身躯庞大，但其透发出的强大龙威却给人一股泰山压顶的感觉。

两头圣龙背上分别坐着两个老人，两人长相一模一样，六十多岁的样子，须发虽然已经花白，但精神矍铄，皆透发着一代高手特有的气势。暗黑教会双子圣龙骑士不愧于名号，不仅两头圣龙是孪生的，两个龙骑士同样是孪生兄弟。在西方，这两名圣龙骑士大名鼎鼎，无人不知这对特异而又强大的组合。两名圣龙骑士驾驭着圣龙在高空中不断盘旋，声声龙啸，震荡天地。沙漠中的观战者骇然地望着空中，没想到之前的传言竟然是真的，暗黑教会真会派人来袭杀辰南，这可真是一次声势浩大的生死之战啊！

不过对于辰南来说太不幸了，居然有这么多强大到极点的敌手找上门来，如果是寻常人遇到一个五阶高手恐怕早已经手软脚软了，但他毕竟不是常人啊！如果上一次还有人对辰南在一日之内斩杀四大绝世高手有所怀疑，那么所有的疑虑都在今天被打消了。辰南斩杀杜家的两位五阶高手时，现场万人有目共睹，不愧为大陆第一风云人物，不愧无敌之名！

暗黑教会的人，选在今日对辰南动手，可见他们对他的顾忌，一位二十几岁的青年高手竟然引得多位极道高手来袭，即便辰南今天败亡也足以笑傲九泉了。观战众人当中许多人都在小声地咒骂，骂暗黑教会无耻，不光明正大地出手，非要卑鄙地在这种情况下插上一脚。不过没有人敢大声怒喝，毕竟暗黑教会恶名远播，他们的报复手段世人皆知，除了老对头光明教会外，一般的人根本不敢招惹他们。

"你们两人也赶来凑热闹，你们真的有把握杀死我吗？"辰南的声音冰寒无比，他自破入五阶领域后，实力暴增到让人难以想象的境界，但却一直在隐藏自己的真实修为，不过今天算是彻底暴露了出来。

"嗷吼——"一头圣龙仰天咆哮，盘旋而下，在距离辰南头顶不足十丈处停了下来，上面的圣龙骑士塔利达冷森森地道："你能够杀死那两个五阶高手没有什么值得自傲的。那两人不过五阶中级而已，但你的实力却在五阶中级与大成境界之间，境界上相差一点点，实力上则相差巨大无比。你如果对上我们将有死无生，我们的实力都和你不相上下，两人同时出手，你没有一丝胜算！"塔利达毫不掩饰，直接言明他们两人要一起动手，可以看出暗黑教会对辰南动了必杀之心。

"嘿嘿，真是这样吗？"辰南冷酷地笑着，他浑身上下早已被血水染红了，此刻看起来森冷可怕无比，他冷冷地道："我实话告诉你们，即便我是在五阶初级境界，都一样可以杀死你们，更不要说现在了。今日我就是为大开杀戒而来，我倒要看看都有哪些人想杀死我，不过我可以提前告诉你们，想杀我的人，今天都将变成冰冷的血尸！"森寒的话语在沙漠中激荡，传到每一个人的耳中，所有人皆倒吸了一口凉气，辰南明知将有数位五阶高手来袭居然还如此狂霸，当真如一个嗜血杀神一般！

"那就看看到底谁能够杀死谁吧！"圣龙骑士安德尼驾驭着圣龙也自高空冲了下来，和塔利达处于同一高度俯视着辰南。两头圣龙跟着一同吼啸了起来，声势当真惊天动地。不过就在这时，一声更加巨大的龙啸自远空传来，直震得沙漠剧烈震颤起来，滚滚音波将地面无数观战者掀翻在地。

"嗷吼……"巨大的龙啸之音越来越响亮，声音直上九天，无上龙威自远方汹涌澎湃而来，令两头圣龙惊惧不已，它们的身躯竟然微微颤抖起来。一道金光似闪电一般，在空中留下一道长长的金色残影，破空而来。"嗷吼"如天雷般的龙啸，这一次在近距离内响起，当场震晕了上千观战者，磅礴的龙力在整片空间浩浩荡荡，令所有人心惊胆战，有一股想跪倒在地顶礼膜拜的冲动。

在众人惶恐不安之际，那道金光停了下来，一头胖嘟嘟的小龙悬浮在辰南的身前，冷冷地扫视着空中的两头圣龙。在这一刻，龙宝宝没有一丝往昔调皮的模样，虽然看起来幼小无比，但透发出的磅礴龙力却让所有人感觉恐惧无比。

"龙宝宝放松，不要冲动。"辰南低喝道，"你现在不能剧烈运动，不然又要陷入沉睡了。你可以放心，今日我是杀戮之神！将开杀戒的人是我，这里没有人能够奈何我！快快退走，在远处观战。"小龙闻听辰南的话后直冲而起，飞到两头圣龙的近前狂吼了一声，震得两头圣龙龙躯一阵晃动差点栽落下去，它才破空而去，消失在远空。龙宝宝来去如电，许多人还未明白怎么回事便不见了。

两个圣龙骑士面面相觑，他们刚才一阵心虚，虽然感觉到那头小龙的力量似乎不怎么稳定，不断起伏波动，但还是让他们感觉到了强烈的不安。他们乃是圣龙骑士，如果真动起手来，座下的圣龙必然会慑于小龙的神龙之威，半点也派不上用场。

远处观战的众人如梦方醒一般，纷纷惊呼起来："那是一头神龙啊！""天啊，非常非常小的一头神龙！""我曾经在奥利列公爵府见过那个小家伙，没想到它竟然这样厉害！""我也曾经见过它，还和几个女伴一起喂过它一块鹅肝呢！"……

"要杀我就来吧，不过下地狱后别怪我心狠手辣！"辰南将方天画戟背了起来，缓缓拔出长剑，遥指着空中的两个圣龙骑士。安德尼冷森森地道："还是为你自己祈福吧，我已经决定将你喂食给圣龙。""嗷吼——"他座下的圣龙一声咆哮，如一道黑色的闪电一般俯冲而下，仅仅一瞬间就到了辰南的头顶上空，比之巨龙、飞龙的速度不知道要快过多少倍。

安德尼手上是一把西式阔剑，狠狠地朝着辰南劈了下去，一道紫色的斗气如炽烈的焰火一般冲击而下。辰南抬左掌，逆空向上拍出一道掌力，一片乌光如魔云一般破空而上，刹那间破灭了奔袭而来的斗气。

这时，黑色圣龙突然张嘴朝辰南喷出一道巨大的闪电，"喀喇"一声大响，直震得所有观战者身躯一阵晃动。如此恐怖的龙语瞬发魔法，确实令辰南一惊，他急忙拍出一记灭天手，浩瀚无匹的掌力如惊涛拍岸一般，声势浩大，逆空向上，和闪电冲撞在了一起。"轰——"两股能量相撞在一起后，爆发出一片璀璨夺目的光芒，狂暴的能量流到处肆虐，沙地如同海洋一般，自辰南处向四外汹涌澎湃而去。

烟尘滚滚，漫天尘沙。就在此时，辰南感觉到了如泰山临顶般的沉重压力，沙尘风暴中圣龙腾空而起，然而它的巨尾却以横扫千军之势甩抽了过来。辰南右手长剑猛力向前劈去，璀璨夺目的剑芒长足有十丈，近乎实质化，狠狠地劈在了圣龙的巨尾之上。"铿锵！"一声金属交击般的声响，响彻天地，直震得沙漠中所有人的耳鼓嗡嗡作响，无坚不摧的先天剑气竟然没有砍断圣龙的尾巴，它当真比金属还要坚硬数倍。

圣龙已经冲空而起，不停地甩抽着尾巴，虽然没有出现伤口，但还是让它感觉到难以忍受的痛感。"嗷吼！"它在空中发出一声怒吼，开始施展龙语魔法，一个个碗口大小的火球，铺天盖地般发射而下。每一个火球撞击到地面后，就会爆发出一声震天大响，轰击出一个巨大的深坑，如此可怕的魔法能量令远处观战众人心惊胆战。

辰南展开天魔八步，躲避着瞬发而出的龙语魔法攻击，时不时拍出一道道可怕的掌力，将躲之不及的火球击溃。一时间，沙漠中仿佛无数炸雷在轰响一般，黄沙阵阵，烟尘蔽天。

　　"嗷吼——"另一头圣龙一声咆哮，也冲了下来加入战团。两头圣龙疯狂地进行着魔法攻击。闪电、火焰、风刃疯狂肆虐，无尽的魔法能量汹涌浩荡令沙漠中光雾阵阵，烟尘冲天。可怕的魔法攻击生生将沙层削去五丈，在原地出现一个方圆百丈大小的深坑，辰南站在坑底，浑身上下爆发着炽烈的黑气气芒，如光罩一般将所有魔法能量阻挡在外。

　　"轰轰轰——"电闪雷鸣，狂暴的龙语魔法，进行了半刻钟才停下，现场留下一个方圆一百五十丈，深足有八丈深的巨坑。远处众多观战者看到龙语瞬发魔法的破坏力竟然这么强，顿时传出阵阵惊呼。辰南虽然一直被龙语魔法压制，不过强大的防御，并没有让他受到伤害，他一跃而上，站在巨坑的边缘，冷冷地扫视着空中的两名圣龙骑士。

　　"杀！""杀！"双子圣龙骑士齐喝，驾驭着圣龙冲击而下，同向辰南攻击而来。辰南开始疯狂运转玄功，这两人的确是强大的对手，容不得半点轻视。

　　塔利达催动圣龙先行到达低空，握着阔剑狠狠地朝辰南劈来，十丈长的斗气如彗星划过长空般的尾光一般璀璨夺目。同时他座下的圣龙发出一道三丈多长的风刃，寒光闪闪，摄人心魄。辰南没有直接硬捍，快速冲向一旁躲避过两记威力绝伦的攻击后他腾空而起，冲上十丈高空，而后脚踩天魔八步，利用那短暂的滞空时间，如一道光影一般快速移动着，瞬间便冲上了圣龙的脊背。他手提长剑向塔利达劈斩而去，十丈剑芒璀璨夺目，幽寒森然。

　　塔利达非常震惊，没想到辰南竟然冲上了圣龙的脊背，不过他乃是历经过无数生死大战的五阶高手，在这种被动的情况下毫不惊慌，反手劈出一剑阻挡住辰南那凌厉的剑气。与此同时，圣龙骑士安德尼驾御飞龙在旁边杀了过来，一剑向辰南前胸刺去，十丈斗气宛若实质，发出阵阵铿锵之音。

　　塔利达和安德尼同时发动凌厉的剑气令辰南多少有些狼狈，他无法继续在塔利达的圣龙身上立足，展开天魔八步快速向安德尼的神龙飞跃而去。两个圣龙骑士出剑的速度显然慢了一步，没能够及时挡住他。不过这时，两头圣龙的龙语魔法攻击却显现出了巨大的威力，两道巨大的闪电从两个方向劈向辰南，令他感觉一阵无奈。

龙语魔法不用吟唱，能够瞬间发放而出，威力巨大无比，两头圣龙发出的两道闪电，追击着辰南令他避无可避，只得拍出灭天手阻挡。这样一冲撞，他飞行的方向立刻改变了，再也难以落到安德尼那头圣龙的背上，被迫向地面落去。

辰南身在半空中，立时感觉到了不妙，两头圣龙竟然同时甩尾向他抽来。那数丈长的巨尾能够劈山断石，如果结结实实地被抽上一记，即便辰南修为强绝恐怕也会身受重伤。避无可避，辰南左手挥动灭天手，右手长剑猛力劈斩，同时他的身体爆发出一团刺目的乌光，汹涌澎湃的真气护在他的体外。"砰砰"两声巨响。两头圣龙凶狠的甩抽和辰南挥出的灭天手、实质化剑气冲撞在了一起，辰南的身子被那巨大的力量冲击得横飞出去足有五十丈的距离才自空中翻落而下。而两头圣龙则发出两声怒吼，快速冲上了高空，它们的尾巴也受创不轻，不断地甩动着。

辰南摸了摸嘴角溢出的鲜血，自语道："不愧为圣龙，竟然这样强猛！"观战众人看得暗暗咂舌，一个血肉之躯的人类，竟然生生抗住了圣龙的两记尾抽，那足以开山碎石的两击，竟然未能给他造成太大的伤害，实在有些骇人听闻。"再来！"辰南持长剑，斜指着两名圣龙骑士。不过这一次，他的眼中隐隐血红之光闪烁，杀气弥漫而出。

塔利达催动圣龙率先冲了下来，临到地面时他感觉有些不安，森寒的杀气自下方浩荡而上，他闻到了一股死亡的气息。圣龙扑击而下，猛烈的劲风吹得地面沙尘飞扬，形成一股狂暴的旋风。一番炽烈的剑气与龙语魔法过后，塔利达驾驭圣龙冲天而起，这一次依然未能给予辰南重创，他不得不快速离开低空。然而就在圣龙冲向高空时，辰南也跟着冲天而起，天魔八步移形换位，他一下子冲到了圣龙的腹部，这极速身法令他的动作真如电光一般。

"啊……"辰南一声大吼，双手握剑，尽全力将长剑插入了龙腹，号称刀枪不入的圣龙鳞甲就这样被他刺穿了。"嗷吼——"圣龙一声怒吼，疯狂舞动起来。辰南运转玄功，手中的长剑在龙腹内一阵搅动，而后用力拔了出来，他向地面落去。一片血雨喷洒而下，龙腹处鲜血汩汩而流，圣龙在空中咆哮连连，不断翻腾，过了好长时间才平静下来。辰南暗叫可惜，那样的攻击对圣龙造成的创伤居然不算太严重，圣龙实在太强悍了。

"嗷吼——""嗷吼——"龙啸震天，两头圣龙用龙语魔法狂轰滥炸，两名圣龙骑士也拿出了自己最强大的绝学，斗气如海浪一般一重接着一重，整片沙漠都在战栗。

辰南感受到了前所未有的压力，这两人比之杜家兄弟强得太多了，他竟然挨了几下重击，吐了几大口鲜血，此刻他已经受了不轻的内伤，却始终无法有效地杀伤对方。一头圣龙用尾梢将他狠狠抽飞，激发出了辰南冷血嗜杀的狂性，他决定铤而走险。他将长剑归于鞘内，血红的双眼狠狠地盯着两头圣龙，双手齐齐挥动灭天手。

一双巨大的黑色光掌仿佛能够遮笼天地一般逆空而上，牢牢地抓住了一头圣龙的尾巴。在上万观战者的惊呼声中，辰南竟然生生将八丈多长的圣龙扯了下来，令它无法飞上高空。"呃啊——"辰南双眼血红，狂性大发，仰天大吼，长发根根倒立，他的身影和八丈长的圣龙根本不成比例，但竟然生生将圣龙抡动了起来，强悍如五阶圣龙居然无法挣脱而去。

五阶圣龙的龙力比之巨龙、亚龙不知道要强横多少倍，是大陆上最强横的生物之一。但此刻这头暗黑圣龙，竟然被狂性大发的辰南抡到东、砸到西，庞大的龙躯撞在地上，令整片沙漠都在颤动。

"呃啊——"辰南仰天狂啸，长发根根倒竖，幻化出的巨大光掌死死地握着圣龙的巨尾，高高抡起而后狠狠砸在地上。力拔山兮气盖世！在这一刻，辰南如一个盖世霸王一般！所有观战者皆吃惊得张大了嘴巴，这惊人的画面让他们彻底傻掉了，他们几乎不敢相信自己的眼睛，居然有人将大陆上最强横的生物玩弄在手中。

高空之上的安德尼目眦欲裂，暗黑教会双子圣龙骑士乃是孪生兄弟，看到兄长跟着那头圣龙被人抡到东、砸到西，他驾驭圣龙立刻冲了下去。辰南现在的状态，能用三个字来形容：杀到狂！好战的血液已经沸腾了，他现在狂性大发。看到安德尼驾驭圣龙向他冲来，他竟然将手中庞大的暗黑圣龙抡动了起来，向着冲到头顶上空的圣龙撞击而去。"砰！""嗷吼——""嗷吼——"伴随着凶狠的撞击巨响，两头圣龙发出了凄厉的悲吼，空中的五阶圣龙竟然被生生砸落在地，不断翻腾。

杀到狂！狂性大发的辰南，腾出一只手，挥动出灭天掌力，用巨大的光掌，将砸落在地的圣龙的尾巴牢牢握住了。"呃啊——"他仰天大吼，双臂一震，竟然生生将两头圣龙抡动了起来，而后抡着它们狠狠地撞击在了一起。"砰！""嗷呜——""嗷呜——"圣龙的哀吼响彻天地。辰南疯狂地抡动着两头暗黑圣龙，使它们不断对撞，缠缚在圣龙背上的塔利达早在辰南抡动圣龙砸地时就已经受了严重的内伤而昏了过去。安德尼则拼命挣扎，想摆脱身上的束缚。

随着新一轮的碰撞，塔利达被夹击在两头圣龙之间，瞬间化成了肉酱，安德尼断掉五根肋骨后，险而又险地挣脱了出去。辰南如盖世霸王一般，抡动着两头半死不活的圣龙，将它们当作巨锤使用，击砸着想要逃离这里的安德尼，圣龙每一次砸落在地面，都如同一场地震一般，整片沙漠都在震颤。这震撼性的场面令所有观战者皆看得热血沸腾，眼前发狂的青年强到非人类！一个血肉之躯的人类，怎么能够如此狂霸呢？！

辰南如盖世霸王一般，身披血衣，长发根根倒立，抡动着两头大陆上最为强横的生物五阶圣龙，追杀圣龙骑士安德尼。暗黑教会的这位圣龙骑士，现在颇为凄惨，自己的圣龙被人抡个半死，现在又当作超重武器，向他攻去。安德尼不仅断了五根肋骨，双腿也吃了一记重击，现在想跑都非常费力。"轰"、"轰"……八丈长的暗黑圣龙砸击在沙地上，真如天摇地动一般，安德尼心胆皆寒，眼前的青年简直就是一个怪物，居然能够将那样的庞然大物当作武器用。

暗黑教会双子圣龙骑士名扬大陆，是西方修炼界大名鼎鼎的宗师级人物，今日落得如此下场，真让他羞恨交加。"辰南小儿，暗黑教会不会放过你的！"安德尼狰狞地吼叫着。"我现在就不会放过你！"辰南话语冰冷地回应道，将八丈长的庞然大物再次向前抡去。然而就在这时，三道人影快速向这里逼近，地面上的那个武者奔行迅如疾风，空中的两个法师飞行快若闪电。一看就是位列五阶境界的宗师级高手，三人皆蒙着面纱，眨眼间就冲到了近前。

"来者何人？"辰南大声喝道。"取你性命的人。"空中的一个法师低沉地应道。另一个法师冷声道："很对不起，今天我们要带走你的头颅！"地面上的武者话语也很森寒，道："即便你到了黄泉地府也足以自傲了，我们三个五阶高手专门为你一人而来，你死也瞑目。"

远处，观战的上万人大哗，原来那些传言都是真的，今日竟然有多方势力想取辰南的性命，不到两个时辰，竟然已经出现七位五阶高手，辰南今日当真要大难临头了！不过，无论今日辰南能否活命，他的名字都注定要载入修炼史当中，他有资格作为一个名人被后人得知。

一日之内会战修炼界七位绝世高手，这是何等的壮举啊！纵观修炼界千年来的历史，还没有一人能够在一日之内连续同七位绝世高手生死大战，这必将会成为一项纪录长久地保留下去。如果说还有谁能够打破这项纪录，恐怕还是辰南他自己，如果他能够战胜眼前的三大高手，也许还会有人出来和他决战，几方势力似乎已经下定决心在今日置他于死地。

因为他的表现太惊人了，如此年纪便有近乎无敌的修为，这在整个修炼史中都少见。可以预想，如果再过二十年，这天下间恐怕再也没有人能够降伏得了他。

"想杀死我？你们还没有那个实力！"辰南话语冰冷，道，"今日绝世高手真不值钱啊！是不是这个世上所有五阶高手都来到了此地？所有想杀死我的绝世高手都出来吧，今日辰某杀得兴起，想杀我的人都一齐冲上来吧，让我痛痛快快地搏杀一番！"这冰冷的话语在整片大沙漠上空不断激荡，令所有人都听得清清楚楚，光这份豪情就足以让天下群雄敬佩不已了。一位迅速崛起的青年强者，独战当世数位宗师高手，在生死大战来临之际，如此豪气冲天，着实感染了现场一大批热血青年。

"杀！""杀！""杀！"现场有数千人开始呐喊起来。

"在和你们三人交手之前，就让我解决掉这个圣龙骑士吧！"辰南长发乱舞，仰天长啸："呃啊——"他生猛地抡动起两头暗黑圣龙，狠狠地对撞在了一起，伴随着两声凄厉的吼啸，两头圣龙全身骨骼碎裂，暴死当场。身受重伤的安德尼目眦欲裂，可是还未等他有所悲愤的表示，一片乌云当头罩了下去。辰南抡动暗黑圣龙的尸体，狠狠地将安德尼砸成了肉酱，至此暗黑教会双子圣龙骑士彻底灭亡。不仅是场外观战众人，就是场内的三个蒙面绝世高手，都看得心惊胆战，这当真是一个魔王啊！

"你们以为我是强弩之末了？好，我就证明给你们看，你们三人没有一个人能够活着离开这里！"辰南浑身上下都是血迹，不过那都是敌人的鲜血，此刻他冷冷地笑着，看起来分外残酷。三个绝世高手不由自主地自心底冒出一股凉气，他们感觉脊背有些发寒。"我要让你们明白，想杀我的人只能去死！"辰南一声大喝，头发根根倒立了起来，双眼血红无比。

杀到狂！辰南连续斩杀四位绝世高手后，骨子里那好战的因子彻底激活，血液早已沸腾了起来！辰南的身上爆发出一团夺目的黑芒，如一轮黑太阳一般普照在沙漠之上，在他的身后一道黑色的人影巍然矗立，六七把看不太清晰的黑色兵器围绕着他与黑影旋转沉浮，一股浓重的死亡气息汹涌澎湃而出，在整片沙漠上浩荡起伏。

"铿锵！"一声金属颤音响彻天地间，辰南背后那道黑影的右手中，飘浮起一把龙头死亡魔刀，透发出无尽的杀气。所有人愕然，人们不明白，他的身后与周围为何会出现黑影和黑色兵器。然而就在所有人出神之际，辰南右手空空却快速向高空做了一个出刀的动作，他身后的死亡魔刀化作一道黑色的闪电，突然间逆空而上。在所有人还未明白怎么回事之际，一声凄厉的惨叫自高空传来，死亡魔刀贯穿了一个魔法师的胸膛，五阶法师坠落而下，被魔刀钉在了地上，一动不能动。所有观战者大哗，这实在太可怕了！仅仅一招，一个五阶法师就被人劈落了下来！

少数几个眼力高绝之辈，已经看到刚才发生了什么。魔刀飞上高空时太快了，不过五阶法师反应还算迅捷，凭着强绝的修为，未念咒语，瞬发魔法，布下三层水晶光盾。然而破空而上的长刀如来自地狱的夺魂刀一般无坚不摧，竟然在刹那间劈碎了三层水晶光盾，瞬间贯穿进魔法师的胸膛将他斩落而下。满身血迹的辰南，背后是一道黑影，周围环绕着数把模糊而又神秘的黑色兵器，他大步向坠落在地的五阶魔法师逼去，如浴血修罗一般。

　　在所有人目瞪口呆中，死亡长刀凭空自魔法师的胸口消失了，而辰南背后那条黑影的右手中又渐渐凝形成一口魔刀。辰南擒龙手一挥，将地上的五阶魔法师拉扯到了身前，此时此刻魔法师早已气绝。他揭开面纱看了一眼，发觉并不认识，而后高高将魔法师抛到空中，一拳轰去，魔法师的整个头颅立刻爆碎，白的脑浆、红的血水到处飞溅，接着他又挥出一掌，魔法师的尸体四分五裂，尸块纷飞了出去。

　　如此冷血残酷的画面令所有人感觉到了一股可怕的寒意。辰南冲着高空中的那名魔法师与远处的那名五阶武者，大喝道："想杀人，就要做好被杀的准备！"现在即便是普通观战者，也已经知道辰南在之前的大战中隐藏了实力，现在面对三位绝世高手的死亡威胁，他才真个动用自己的巅峰力量，这当真是一个无比可怕的青年！

　　不到两个时辰，辰南竟然已经斩杀了五位绝世高手，今日修炼界数名宗师殒落，打破了某些潜在的势力平衡，未来注定会有一场轩然大波。地面的五阶武者和空中的五阶魔法师，心中微微有些恐惧，他们错估了对手的实力，眼前的年轻人实在太可怕了，那让人无法理解的黑影与死亡兵器的影像，像一座沉重的大山般堵在他们的心间。地面的武者与空中的五阶魔法师对望了一眼，同时大喝道："杀！""杀！"现在已经是一个不死不休的局面，要么杀死辰南，要么两人留下性命。

　　五阶魔法师几乎不用怎么念动咒语，就能够瞬发强大的魔法，不消片刻，高空之上便燃烧起了熊熊大火，将整片天际映照得一片通明，而后烈火铺天盖地般向辰南汹涌而去，令他避无可避。同时，一道道闪电夹杂在猛烈的火焰当中，向着辰南不断劈击。辰南全力运转玄功，用无匹的劲气阻挡着铺天盖地般的魔法能量，同时脚踩天魔八步，快速地向火焰笼罩的范围外转移。

　　正在他感觉有些忙乱之际，围绕着他旋转的一件兵器的影像忽然渐渐清晰了起来，隐约间可以看到是一个样式古朴的盾牌，它竟然将大半的火焰与闪电阻挡并吸收了。辰南心中一动，左手轻轻一挥，尝试控制盾牌抵挡可怕的魔法攻击，盾牌和死亡魔刀一样容易控制，随着他的心念动作而动了起来。古朴的盾牌飞到了辰南的左臂前，不过并没有接触，与之相隔十几厘米。辰南曲举小臂，将黑色盾牌对准高空，抵挡漫天的火焰与闪电。意想不到的惊人效果发生了，影像有些模糊的黑色盾牌竟然如鲸吞牛饮一般，将攻击下来的漫天火焰与闪电都吸收了，盾牌整体又稍稍清晰了一些。

"这……"辰南有些惊异，而后狂喜，虽然即便没有这面神秘的盾牌，他也不惧怕那个五阶魔法师，但现在明显省去了许多力量，不用耗费无尽的力量与之抗衡了。他大喝道："现在轮到我了，受死吧！"他背后的死亡魔刀无声无息地向空中激射而去，浩荡出阵阵死亡的气息。

五阶魔法师大惊失色，刚才他可是亲眼看见了另一名魔法师的惨死，他一边运用风翔术快速在空中移动，一边施展魔法布下五道水晶光盾，三道冰凌光盾，还有一道神圣光盾。可是，长刀无声无息，破开了一面又一面魔法盾，直到贯穿第九面神圣光盾时，魔刀的影像才变得异常暗淡，直至消失。五阶魔法师惊出了一身冷汗，吓得魂不附体，刚才他以为要和同伴一样有死无生了呢。惊险过后他下定决心，起码要布下十道魔法盾后才能够攻击对方。

地面的那名五阶武者，在空中的狂暴魔法能量消失的刹那，身体如一道幽灵一般向辰南冲去，快到了极点。一道浑厚的掌力如惊涛骇浪一般汹涌而至，璀璨夺目的光华如烈阳突然碎裂了一般，令这片大战的场地白茫茫一片。辰南举掌相抗，黑色的气芒狂暴涌动而出，与那白茫茫的掌力冲击到了一起，"轰"的一声巨响，如天摇地动一般，沙漠剧烈晃动了起来。可怕的能量风暴似汪洋中卷起的巨浪一般，向着四面八方奔啸而去，气浪翻涌，罡风阵阵，肆虐十方。

"原来是你们！"辰南有些惊异。凭着这记交击，他感觉到了熟悉的气息，上次在光明神殿中争抢神舍利时，他曾经和这个蒙面人交过手，此人乃是光明教会的五阶强者。上一次光明教会吃了暗亏，最后还不得不表面上感谢一番辰南，这次他们也来袭杀他，辰南倒也没有觉得意外。不过他倒是猜错了，这次的行动乃是光明教会红衣大主教码伦下的命令，并不能代表光明教会的整体意志。辰南并没有责问眼前这两个强者，他不想揭穿他们，毕竟两人的势力背景太过强大了。如果揭穿他们的话，他不好在这么多的观战者眼前下杀手，那等于直接向光明教会宣战。

他现在还没有对抗整个光明教会的实力，既然派人蒙面来杀他，他也乐得装糊涂，将错就错，将之击杀。辰南骨子里好战的因子已经彻底激活，不想放掉任何一个向他出手的五阶强者，既然对方想除掉他，那么他决不会心慈手软，不会留下任何一个强大的祸患！杀杀杀！强者连续殒落，宗师高手接连离世，今日注定将是一个落星之日！

地面上的五阶高手显然听到了辰南的低语，身形一震，知道对方已经猜出了自己的身份。不过此时此刻，他和辰南的想法一样，要继续装糊涂。辰南杀气凛然，冷笑连连，已经下定决心一定留下光明教会的两个五阶强者的性命。围绕着他旋转的几把死亡兵器，沉沉浮浮，影像明灭不定，只有那面黑色的盾牌有些真实感，和死亡长刀一样可以随他任意控制。"铿锵！"一声金属颤音，响彻天地，死亡长刀出鞘，悬浮在辰南头顶上空。而那面黑色的盾牌则无声无息地飘浮到了辰南的左臂前，他即将发动猛烈的攻击。

空中的五阶魔法师刚才和死亡魔刀硬拼了一记，知道其可怕之处，急忙大声提醒地面的武者，道："千万要小心，那把魔刀有邪行！"可惜，他猜错了，该小心的人是他。辰南右手做出刀动作，死亡长刀突然逆空而上向他劈斩而去。五阶魔法师大惊失色，这一次他的动作比较快，一口气召唤出了十二道魔法盾，四面水晶光盾，四面冰凌光盾，四面神圣光盾。同时，他快速地念动咒语，无数道巨大的闪电向着辰南与魔刀劈落而去。

地面上的那名五阶武者也快速行动了起来，在一道道闪电的缝隙中冲到了辰南的近前，排山倒海般的掌力汹涌澎湃而至，炽烈的白色光芒璀璨无比。只是，辰南并未像五阶武者想象的那样忙于应付空中劈落下来的巨大的闪电，那面影像模糊的乌黑色盾牌竟然挡住并吸收了那些闪电的能量，等待五阶武者的是一记威力绝伦的灭天手。

巨大的黑色光掌不仅将那汹涌而来的掌力全部化解，还穿过能量风暴狠狠地向他印去。五阶武者倒吸了一口凉气，身子快速倒退的同时尽全力一连拍出三掌才狼狈地躲过可怕的一击。而此时空中的死亡魔刀在破开第十面魔法盾后终于模糊起来，最终消失在空中，魔法师长出了一口气。

到了此时，即便辰南玄功通体，也感觉疲累不堪了，连场生死大战，让他心力交瘁。他决定要速战速决，决不能再这样耗下去了，毕竟杜家还有两个五阶高手，随时可能会赶到这里，那必将是一场恶战，他必须要留下部分精力。

辰南双目血红，冷冷地盯住了地面那名五阶武者。死亡长刀缓缓出鞘，徐徐飘浮到了他的头顶上方，一股浓重的死亡气息浩荡而出，在整片沙漠中汹涌澎湃，地府之门仿佛已经大开，所有人都感觉到了这股可怕的气息。"杀！"辰南一声大喝，死亡魔刀随着他右手的出刀动作，无声无息地向着前方的绝世高手劈去。

空中的五阶魔法师见状不妙，立时围魏救赵，快速念动咒语，狂暴的魔法攻击不断，成千上万道巨大的闪电当空劈下，滚滚炸雷声不绝于耳，直震得整片大沙漠都在颤动。然而辰南左臂前那面正对空中的黑色盾牌，依然如前两次那般，无声无息地将漫天的闪电阻挡并吸收了，这当真是一面魔盾！五阶魔法师几乎不敢相信自己的眼睛，立即停止了闪电攻击，又开始发动光矛、风刃等等一系列可怕的魔法。只是，那面魔盾犹如远古魔兽一般竟然能够吞噬一切能量，所有攻击都无效。

魔法师发动的一系列攻击，都发生在电光石火之间，在此过程中，另一旁的五阶武者已经受到了死亡的威胁，破空而至的魔刀无坚不摧，破开一重重掌力直达他胸前半丈处。光明教会的这名绝世高手已经有些惊恐，他已经连续劈出了六道排山倒海般的掌力，竟然只能让魔刀的影像变得稍微有些模糊而已，根本无法阻挡。空中的五阶魔法师急忙出手相助，三道神圣光盾挡在了武者的身前，阻住了魔刀的去路。可是就在这时，五阶魔法师突然发觉一股浓重的死亡气息自下方浩荡而上。

他吓得亡魂皆冒，在他相助搭档的过程中，辰南手中的魔盾竟然已经无声无息地来到了他的近前，旋转着向他斩来。"啊——"五阶魔法师发出一声凄厉的惨叫，瞬间被魔盾截为两段，腰腹以上那半个身子与腰腹以下那半个身子，同时狂喷鲜血，空中血雨纷洒。

诛杀魔法师后，魔盾变得无比虚淡，回归到辰南身旁后，和其他几把影像有些模糊的兵器一样，围绕着他旋转沉浮，不再有任何突出的表现。最终，本已虚淡的死亡魔刀，未能破开三道神圣光盾，慢慢消失在空中，五阶武者躲过一劫。辰南身体一阵摇晃，有一种贼去楼空的感觉，连场生死大战早已令他的躯体疲惫不堪，而驱动魔刀与魔盾格外耗费精神力，此刻他心力交瘁。只是，无论如何，他也不能倒下去，他现在只能战！战！战！

不远处的五阶强者已经觉察到辰南无比虚弱，冷冷地注视着辰南，道："到头来终难逃得一死！不过你也足以自傲了，六位绝世高手的性命才换来你一命！""人跟人不一样，今天就是搭上你的命，我也死不了！"辰南目光冰冷，残忍地笑了起来，道："现在轮到你了，我立刻诛杀你于刀下，让你成为第七人！"

辰南尽管脚步有些虚浮，但却一步一步向前方的五阶高手逼去。"铿锵！"死亡之音再次响起，魔刀再次出鞘，尽管影像有些虚淡，但依然浩荡出一股浓重的死亡气息。五阶高手脸色骤变，咬牙道："好，最后一击，不是你死就是我亡！"他已经看出，辰南定然要一击定胜负，魔刀太邪异了，即便他想逃也逃不掉，除非能够御空飞行。

"杀！""杀！"两人同时大吼，直震得远处观战众人耳鼓疼痛无比。猛烈的罡气在辰南与五阶高手之间不断激荡，烟尘滚滚，沙尘蔽日，黄沙遮去了两人的身影。一声凄厉的惨叫过后，场内一切归于平静，辰南摇摇欲倒，五阶高手巍然矗立不动，不过在他的胸口之上插着一把黑色魔刀，嘴角不断向外溢血。魔刀渐渐消失，五阶高手一下子跌倒在地，他手抚着胸口，艰难地开口道："快……给我一个痛快……"

"好，我就给你一个痛快！"辰南迈步向前走去，然而就在这时，五阶高手的口中，突然喷吐出一口尺余长的短剑，"噗"的一声飞射进辰南的左肋。"就是死我也要拉上你，想不到，吞剑术，最后竟然用到了你的身上……"五阶高手的眼中闪烁着狠厉的光芒。事出突然，辰南一声闷哼，险些栽倒在地。

"让你失望了，我死不了！"辰南的话语冰寒无比，冷森森地道，"看来我还是不够狠啊，你让我明白了一个道理，对待敌人一定要冷血残酷到底！"五阶高手知道，自己并未能给对方造成致命伤害，看着那冷森森的笑容，他知道自己的行为让眼前的人更加趋向一个冷血魔王了！"去死吧！"辰南残忍地笑着，以手代剑，一下子将五阶高手的半个头颅劈飞了出去，脑浆与鲜血到处迸溅。完成这一切后，辰南手抚左肋，短剑并没有拔出去，剑体随着他的动作一阵颤动，他弯着身子蹲在了地上，神情很是痛苦。

他身后的那道黑影，以及围绕着他旋转的几件死亡兵器，影像越来越淡，最后彻底消失了。现在远处观战的上万修炼者彻底沸腾了，短短两个时辰，辰南一个人竟然干掉了七位绝世高手，简直就像一个非人类！以他这般年岁，取得这样的战绩，足以傲视千载修炼史了！他的名字注定要被后人牢记，今日的几场生死大战，必将成为人们传诵的经典对决！

"哈哈哈哈……"突然，一阵狂笑在沙漠中响起，两条人影如两股狂风一般，所过之处烟尘滚滚，快速冲到了场内。这是两个高大挺拔的青年男子，皆二十多岁的样子，看起来充满了野性，两人的双眼皆寒光森森，如同野兽一般，给人一股暴虐残忍的感觉。远处的观战者渐渐静了下来，关注着场内局势的变化。

"你们是何人？"辰南艰难地抬起头，开口问道。

"杜玄！""杜天！"

"原来是杜家的另外两人！"

杜玄眼中闪烁着残冷的光芒，冷笑道："你果真了得，竟然干掉了这么多的五阶高手，实在出乎我们的意料，不过到头来你还是难逃一死！""那可不一定，说不定死的人是你们！"辰南冷冷地应道。他右膝跪在地上，左手抚在左肋的伤口处，右手将腰间的长剑拔了出来，拄在地上，支撑着自己的身体。

"可惜啊可惜！我们一直以为你修炼了玄功的下卷心法，没有想到你根本未曾修习过一招半式，反倒将玄功逆转成功。真不知道该说你是天才，还是该说你是白痴，竟然选择荆棘丛生的一条不归路，而舍弃下卷的无上绝学！"杜玄冷森森地看着辰南，道，"不过你们辰家之人的确都是修武的天才，竟然让你将玄功逆转成功了，我们杜家那些为此而死去的天才，九泉下得知定然会羞愧得一头撞死！"

"玄功还有下卷？"辰南极度震惊，他根本不知道玄功还有下卷。杜玄冷冷地凝视着他，道："少装糊涂，那个人曾经对我们的先祖说过，你已经将下卷玄功记在脑海中。看你的样子是不想承认。不过没关系，只要取到你的血液，回去之后，我们自己破开那个人封印的下卷玄功，根本不必拷问你。"辰南惊疑不定，杜玄口中的那个人多半是他的父亲辰战，可是他从来都不知道玄功还有下卷，他有些迷惑了，仔细地回想着过去的事情。

一切关于修炼上的事情，辰南脑中都记得比较清楚。辰战与他的一番重要谈话，忽然浮现在他的脑海中，那些重要的对话，他一辈子也不会忘记。有一次辰战非常郑重地告诉他："当你将家传玄功修炼到极致境界时，便开始尝试忘记所有绝学吧。"

"为什么要忘记那些绝学？"辰南很是不解。

"为了更进一步地'悟'。"

"更进一步地'悟'？难道要彻底超脱出玄功的范畴？"辰南有些理解辰战的意思了。辰战点了点头，道："若想超脱天之极境，必然是先尊法，而后再破法。""难道说修炼到一定阶段，所有修炼法诀都需破灭？那修炼到最后，到底需要留下什么呢？"辰南问道。辰战摇了摇头，又点了点头，道："我所说的'法'，是一种广义上的'法'，无论是人还是神，在前进的过程中，都是在不断地'尊法'和'破法'。"

"那'法'之极境是什么呢？"

"自然是超脱世间一切法。"说到这里，辰战似乎有所顾忌，似乎有些敷衍。不过，辰南打破砂锅问到底，追问道："怎样来超脱？"辰战好久未语，最后深深看了他一眼，才道："重开天地，另创一界！"

短暂的回思，辰南已然明白，绝没有所谓的下卷玄功，杜家之人定然进入了一个误区。不过，杜宇的话让他回想起了往昔那一番重要的对话，隐约间他已经知道下一步该如何修行了。"嘿嘿，谢谢你的提醒，我终于想起玄功下卷的内容了。"辰南冷冷地看着眼前的两人，道，"而且我有一种预感，不久的将来你们杜家要倒霉了。"眼前两人面色为之一变，杜玄冷声道："哼，你已经出世了，所谓的家族诅咒失效了一半，我们自己能够想办法彻底解决后患。你让我们等了一万年，真是该死一万遍啊！"

辰南冷森森地笑道："正是因为我的出现，你们家族的诅咒才将开始应验！"从子虚乌有的家传玄功下卷事件，辰南已然明白，杜家口中那个人早有算计，杜家恐怕早已踏上了一条歧路。

一直未开口说话的杜天，突然阴森森地道："你现在已经是半个死人了，杜家之事不劳你操心，我会小心地抽出你的血液的，你现在可以去死了！""嘿，好威风啊！现在我精疲力竭，重伤在身，你们终于敢露面了，在这之前你们龟缩在哪啊？看到自己的同宗兄弟伏尸在这里都不敢上前一步，现在也好意思在我面前装狂耍酷？"辰南毫不留情地挖苦着。杜天如野兽一般盯着辰南，眼中充满了凶残的光芒，森然道："只要能够杀死敌人，暂时的隐忍算得了什么。倒是你这个蠢蛋，之前那样地勇猛，到最后又怎样？还不是蠢得中了人家的诡计，落到现在这副半死不活的样子！"

此刻的辰南单膝跪地，一手捂着伤口，一手拄着长剑支撑着身体。见杜天向他逼来，他冷冷地道："你确信能够杀死我？""去死吧，你这个蠢蛋！"见辰南如此挑衅于他，杜天如受伤的野兽一般，快速冲了过来。"其实，我也想对你说那句话，去死吧，你这个蠢蛋！"辰南突然站了起来，再也没有一丝萎靡之色。一道黑影出现在他的身后，几把死亡兵器围绕着他旋转沉浮。

"铿锵！"金属震颤之音响彻天地，死亡魔刀快如闪电一般飞了出去。

"啊——"杜天一声惨叫，魔刀贯穿了他的胸膛。距离是如此之近，他又没有任何防备，不可能躲过死亡魔刀的凌厉一击。"你……你要诈？"杜天又惊又怒，狠狠地盯着辰南的左肋。那里哪有什么伤口，连一丝血迹都没有，短剑不过是被辰南控制肌肉夹住而已。

"只要能够杀死敌人，暂时的隐忍算得了什么，你这个蠢蛋！"辰南原话奉还。杜天被气得连续吐了三大口鲜血，再加上胸膛那恐怖的创伤，他的眼神开始渐渐涣散，他恶狠狠地瞪了辰南一眼而后轰然倒了下去，死不瞑目！不远处的杜玄看得目眦欲裂，没想到竟然会是这样一个结果。

辰南残忍地笑了起来，道："让你失望了吧？很快你们就会团聚在一起的！"杜玄眼中闪烁着仇恨的光芒，颤抖着道："杜宇、杜洪、杜荒、杜天，你竟然已经斩杀东土皇族四位杰出的青年高手，杜家之人不会放过你的。"

辰南道："不要在我面前以东土皇族自居，你们不过是辰家之奴而已。你们如今不仅想弑主，还狗尾扬上天，大言不惭地号称至尊家族，真是让人感觉可笑！告诉你一个秘密，辰家之人只要沾染到仇人鲜血，就会狂性大发越战越勇。如今杜家之人的血液早已染遍我的全身，你也跟着受死吧！"辰南虽然脚步有些虚浮，但却一步一步向前逼去。

杜玄面现坚定之色，道："好，今日我跟你不死不休，一定要杀死你为几位杜家子弟报仇雪恨！"看他一副破釜沉舟的样子，辰南也面现凝重之色，如今他真的有些支撑不住了，他立时停下来，准备发动最强一击。

然而就在这时，令人意想不到的事情发生了，杜玄竟然扭转身躯，展开天魔八步如飞一般，向着远方逃去。"这……"辰南有些无语。观战的上万修炼者则有些发呆，修为达到五阶境界的杜家强者，竟然未战而逃。面对一个连场大战疲累不堪的人，这个杜家青年强者竟然连一战的勇气都没有。

众多观战者忍不住出声讥笑："真是胆小如鼠，从未见过逃跑的五阶强者！""自己的同宗兄弟被杀，他居然不思报仇，逃之夭夭！""居然有这样的五阶强者，天啊！"

不管别人如何耻笑，杜玄一刻也不想停留，向场外快速冲去。辰南双眼射出两道寒光，看了看四周，再也没有人下场来杀他，他知道几场生死大战近乎无敌的表现起到了巨大的威慑作用。"哪里走，不要妄想逃回东土，你的性命，我要定了！"辰南提着长剑，脚踩天魔八步，跟着追了下去。然而就在这时，东西方各有两条人影冲出了人群，四个年轻人快速向辰南冲来。他真的吓了一大跳，如果这一次是四位绝世高手来袭，他真的死定了！

不过待看清四人的样子后，他长出了一口气，竟然是玄奘、王辉、南宫仙儿、南宫吟四人。"阿弥陀佛，辰施主一日内连毙八大绝世高手，足以傲视当代！不过今日沾染的血腥太多了，还是放下屠刀，暂时歇息一会儿吧。"玄奘和尚一副超脱的姿态，虽然年纪轻轻，但无论怎样看都像一个得道高人。不过多次打交道，辰南知道这个家伙动起手来比谁都要狠，简直就是一个血和尚。上次灭杀赶尸派时，他可是诵一句佛号就要有一个人头落地啊，屠刀比谁挥得都要猛！

"你们几人干吗要拦我？"辰南不解。绝世妖娆女南宫仙儿嗤道："你现在脚步虚浮，跑起来都已经摇摇晃晃了，即便追上去也是白白送死。可惜那个家伙胆小如鼠，如果够细心，回过头来杀你易如反掌。"南宫仙儿的美是惊心动魄的，魔鬼般的身材，艳冠天下的姿容，举手投足间充满了魅惑，让人难以抗拒。即便心志坚如辰南，每次见到她，都有非常惊艳的感觉。此刻辰南的身体状况的确颇为糟糕，死亡魔刀都不能够显现出影像来了，更遑论用它攻击？

"多谢你们关心！"

风度翩翩的白衣淫贼南宫吟，拍了拍他的肩膀，语重心长地道："男人吗，都爱逞英雄，知道你够坚挺了，一个人干翻八个绝世高手，修炼史当中必定留名。不过，身体要紧，悠着点吧，就不要再打肿脸充胖子了。""我靠！"辰南极没风度地骂了一句，道，"你这个家伙真不愧淫贼名号，说话竟然这么淫荡无耻！"

紫霄宫传人王辉道："辰兄刚才大战之时几次遇险，但我们实在无能为力。在赶往这里的路上，我与玄奘师兄和杜玄、杜天已经战了一场，受伤不轻，现在我们两人没有能力下场！"辰南有些吃惊，道："你们和他们两人大战了一场？伤势不要紧吧？"王辉道："不知道他们从哪里得到的资料，知道我们是圣地传人，想试试看我们的修为如何。结果是我拖累了玄奘师兄，他已经迈入五阶领域，但在顾及我的情况下，他也被那两人打伤了。"

辰南早已知道玄奘和尚很不简单，一直怀疑他在隐藏实力，如今听说他已经步入五阶领域，倒也没有过多惊讶之色。虽然是对头，但听到王辉如此说，风流倜傥的淫贼南宫吟也忍不住开口道："前两天我和我妹妹也和那两人战了一场，说来惭愧，那两个混蛋功力着实了得，我们兄妹二人也受了不轻的内伤。"

"你们也与他们大战过？"王辉忍不住有些惊讶。南宫吟应道："这两个混蛋居然想调戏我妹妹。不就是两个土包子吗，还真以为自己是英俊潇洒的皇家子弟？不过辰兄刚才狂杀杜家子弟，当真是让人感觉爽快，我心中的那口恶气总算出去了。"

"说来，你们间接帮了我一个大忙。由于你们的缘故，令杜玄、杜天未能够和杜洪、杜荒及时会合，才能够让我各个击破。好了，现在请你们借我一点功力，我一定要杀死杜玄，为你们报仇，也为我自己永久地除去这个祸患。"辰南笑了笑道，"仅仅需要一点点功力就行，我没有受重伤，只感觉有些疲累，借你们的功力让我的元气尽快恢复过来。"

"变态！"、"怪物！"、"牲口！"、"非人类！"这是四人震惊过后对他的评价，杀死八名绝世高手，居然没有伤筋动骨，这实在让人感觉不可思议！或许只有以上那四个称谓最适合于他。当四位高手向他输送了一些功力后，辰南稍稍恢复了些元气。正在这时，远空突然传来阵阵龙吼，辰南转头观看，发觉杜玄不知道从哪里抢到了一头飞龙，消失在了天际。

"坏了，这个王八蛋居然乘龙跑掉了，这下麻烦了！"辰南无可奈何，即便他现在修为超凡但离御空飞行的境界还差上一段距离。然而，未过多时远空再次传来了龙吼，只见一头浑身是血的飞龙，自大沙漠深处快速逃了回来。沙漠上所有人都无比惊讶，不明白发生了什么事情，竟然令杜玄折了回来。现如今辰南修为今非昔比，他运足目力向东方观看，只见在天际的尽端，一个蒙面女子脚踏飞剑闪现了一下，而后快速消失了。

"竟然是她！"虽然那名女子蒙着面纱，但辰南还是看出了她乃是梦可儿所扮，澹台古圣地道武双修，她能够驾驭飞剑而行，一点也不让辰南感觉惊讶。"看来她真的不希望杜家好过啊！"

飞龙浑身上下满是血迹，被梦可儿伤得发狂了，不受控制地在空中乱飞。当载着杜玄临近这里时，辰南快速奔跑向人群，抢过一修炼者背着的硬铁弓，夺过一支箭羽便开始弯弓。沙漠之中的这些修炼者有哪一个不认识辰南？不到半天的时间杀死八位绝世高手，无敌的修为、狂霸的姿态、冷血的手段，其早已是绝世杀星的代名词，见他冲了过来，附近的人惊吓得立刻远远退了开去，现场只剩下辰南一人。

他弯弓搭箭，瞄准了空中摇摇欲坠的飞龙，而后仰天一声狂吼，滚滚音波如同炸雷一般，整片沙漠都震颤了一下，他双目赤红，长发根根倒立，集全身功力于箭羽之上，向着高空射去。"杀！"被灌注了强大力量的箭羽，散发出璀璨夺目的光芒，如同惊天长虹一般划破了长空，带着长长的尾光，"噗"的一声贯穿进飞龙的头部。"轰！"一声巨响，飞龙那巨大的头颅，被蕴含着超级恐怖力量的箭羽炸得粉碎，龙尸翻滚而下，杜玄也跟着向地面坠去。这画面震撼了所有人，这是何等的修为啊！一支普通的箭羽竟然射下了一头飞龙，简直让人难以相信！所有人都如同看妖怪一般盯着辰南，但却没有人敢靠近一步。

飞龙距离下方沙漠能有三十丈，由于距离地面不是特别高而且沙漠比较松软，下坠之时杜玄施展出绝顶轻功，并没有伤到身体。杜玄心胆皆寒，落到地面后头也不回地一路向东朝着大沙漠深处逃去。而辰南的身体却一阵摇晃，险些跌倒在地。刚才那威力奇大无匹的一箭，抽空了他所有的力量，他原本就已虚弱不堪，现在就像快散架了一般。

当玄奘、王辉、南宫仙儿、南宫吟围上来时，他都快虚脱了。"不行，坚持不住了，我需要休息。不过，即便等到我完全恢复，再去追杀杜玄也不晚。他无法活着逃离西方，有一个人似乎和我一样，不想他活着回到东土去。"

足足三天时间，辰南才恢复过来。此时，外面的世界已经翻天了。沙漠一战的结果很快传遍了修炼界，东西方修炼界沸腾了。辰南一日之内斩杀八位绝世高手，这在所有人看来简直不可想象！但这一切真真实实地发生了，辰南的绝世杀星之名不胫而走，整个修炼界为之疯狂！修炼界一片喧嚣之际，辰南开始了千里大追杀。

在他休养的这几天，每天都会有人给他送来杜玄的最新消息。他知道派人送消息的人一定是梦可儿，她同样想打压杜家，但她似乎不想正面和杜家为敌。辰南带着龙宝宝穿越过大沙漠，向百战之地的东部进发，不过没多久他追杀杜玄的消息就传到了修炼界，立刻引起了轰动，他现在是修炼界第一风云人物，备受关注。这次西方之行，对于杜玄来说是一场噩梦，那个似非人类的家伙，在大沙漠中的疯狂表现让他心胆俱寒，在他心里留下了一道阴影。可是噩梦还在继续着，在他逃向东方的过程中，不断受到一些神秘人的阻击，而那个杀星却已经在后面跟着屁股追上来了。就这样，在杜玄的惶恐不安中，这场千里大追杀的游戏，从百战之地追逐到了新兰帝国，而且渐渐接近了尾声。

修炼界每日都在传播着这场千里大追杀的最新消息。

"最新消息，绝世杀星辰南追杀东土皇族青年高手杜玄，已经进入新兰帝国境内。"

"新的消息来了，杀星追杀杜玄进入了新兰帝都德里。"

"最新战报，绝世杀星追进了费沙城，杜玄狼狈逃离。"

……

一连十余日，辰南千里追杀杜玄，成了西方修炼界关注的焦点事件之一。不过这一切都在第十九日画上了句号，辰南在新兰帝国东部，终于将杜玄斩杀于魔刀之下。这场巨大的风波中，辰南终于斩下了第九位绝世高手的头颅，东土皇族派出的四位高手至此全部毙命。在这场轩然大波中，辰南的威名无疑攀升到了一个难以逾越的高度，而强势崛起的东土皇族却连连吃瘪，等同于被辰南狠狠地抽了几个大嘴巴。

在这件事接近尾声时，遥远的东方，东土皇族最强大的青年高手终于出世了。只不过这个时候，辰南突然消失在了人们的视线中。

新兰帝国东部，一片连绵不绝的山脉。悬崖叠嶂，耸峙嵯峨；茂林幽谷，曲折迂回；飞瀑流泉，碧潭清涧。现在外界沸沸扬扬，到处都在流传着辰南的传说。但他不想被人过多地关注，因此找了一个山清水秀的地方开始修炼，准备暂时避一下风头。一座高峰之上，缠绕着腾腾热气，峰顶上有处温泉，龙宝宝美滋滋地吃完一块鹿脯，舒服地泡进了温泉中。

辰南则在一旁打坐调息，近来他功力突飞猛进但却还有待巩固，因此他勤练不辍。这份宁静在今日被打破了，一身白衣飘飘的梦可儿驾驭着玉莲台如凌波仙子一般突然出现在山峰之上。

"是你！"辰南早已感觉到有人在接近，但却没有想到是她。两人之间非常不睦，单独相遇，很有可能会爆发一场大战。小龙在温泉中眨动着一双明亮的大眼看着梦可儿，奶声奶气地道："梦仙子你是来泡温泉的吗？来我这里吧，水温正好。"梦可儿淡淡地道："你们还真是会享受，居然找到了这样一处洞天福地。"

辰南不知道为何，感觉有些不安，按理说他修为大进，梦可儿应该远避才对，她怎么会如此有恃无恐地找上门来呢？梦可儿似乎猜到了他在想什么，她面色平静而目光坚定地道："今天我为杀你而来，同时将那头小龙送回澹台古圣地，当作封印恶魔的神物。"

"哈哈哈，你不是在说笑吧？现在你有那个实力吗？"辰南大笑。"你太自负了，即便真正和你生死对决一场，谁胜谁负还不一定呢！不过我现在不想冒险。"梦可儿平静地道："你还记得老毒怪吧，还记得凌子虚吧，还记得你亲口告诉给我的组毒配方吧。"听到这里，辰南心中一寒，脊背都在冒凉气。

"烈血组毒，无色无味，药引触发后，化人精血。"梦可儿道，"这些你都还记得吧，不久前在你和那头小龙的饭菜中，有二十倍于凌子虚的组毒药量，现在药引已经触发……"

"贱人，呃啊——"辰南刚一运转玄功，立刻感觉到浑身的血液似乎燃烧起来了一般，自他的身体各处一直烧进了他的脑海，令他的神志一片模糊。

"呃啊，我一定要杀了你这个贱人！"辰南竭尽全力，令身后的黑影与死亡兵器都显现了出来，只是在刹那间又消失了。驱动这些神秘的兵器，需要强大的精神力，可是他现在的脑子已经被烧得一团糨糊了。

"没有用的，当初凌子虚一份药量就已经发狂了，而你现在是二十倍的药量，你没有立刻爆体而亡，已经算是一个奇迹了。"梦可儿脚踏玉莲台，悬浮在虚空中，此刻她的脸上出现了一层蒙蒙雾气，看不出什么表情。

"啊，好难受，臭女人！"这时，小龙也开始在温泉中翻滚了起来。"呃啊——"辰南长啸不断，长发根根倒竖，双眼血红无比，只是此时他虽然还能站立着，但却根本无法控制自己的身体了，他脑中乱糟糟一片，感觉身体马上就要爆开了。"嗷吼——"小龙也开始吼啸了起来，巨大的龙啸声直震得整片山脉都在颤动，它不断地在温泉中翻滚着。

梦可儿幽幽叹道："辰南，对不起了，没能够给你一个公平决斗的机会。因为我没有把握一定能够战胜你，所以才用出可怕的烈血组毒。我迫切需要小龙吞食的那颗神舍利，去镇压即将破开封印的恶魔，否则恶魔一旦冲出来，必将会血流成河，枯骨成山。一直以来我虽然始终都有杀你之心，但从来没有想过会用这种方法，实在有些遗憾，对你我只能说抱歉了！现在，我就给你一个痛快，让你早点解脱吧。"

辰南的神志虽然被烧得错乱了，但潜意识中似乎知道梦可儿要下杀手了，他突然发狂般朝断崖处冲去，"呼"的一声跌落了下去。梦可儿看着在温泉中翻滚的小龙，皱了皱眉头，她知道这头小龙有些古怪，实力非常不稳定，有时候堪比六阶，有时候却不足五阶，她相信组毒能制服这个小家伙但绝对毁灭不了它，毕竟这是神兽！

"嗷吼——"龙宝宝不断翻滚，声声龙吼，响彻天地。半刻钟后，小龙一边咆哮着，一边怒吼道："嗷吼，臭女人你竟然，害死了辰南，嗷吼，我要杀了你！"它竟然挣扎着飞出了温泉，在一声声直上九重天的龙啸声中，龙宝宝幼小的龙躯突然在刹那间暴涨了起来。由一尺长，到一丈长，而后到了五丈长，最后到了十五丈长，它具有东方的神龙身，西方的神龙翼，现在十几丈长的龙宝宝看起来分外神武。它竟然已懂得变幻之道。

"嗷吼——"小龙变身之后，已经处于六阶状态，似乎将组毒的药性强行压制了下去，它狂怒无比，向着梦可儿扑去。"臭女人，去死！"

　　梦可儿呆住了，怎么也无法想象那样一头幼小的神龙竟然会变成这样一个庞然大物。"刷刷刷"她驾驭玉莲台，连续变换方位，躲避着狂怒的小龙。只是，此刻的小龙比之闪电还要快，六阶神龙岂是五阶境界的梦可儿所能够躲避的。"嗷吼——"一声巨大的龙吼，龙宝宝飞临到梦可儿头顶上空，张嘴喷吐出一道巨大的闪电，向着她狂涌而去。

　　梦可儿心胆俱寒，竭尽全力才躲避过那致命一击，巨大的闪电轰击在山峰上，"轰"的一声，将整座峰顶都劈碎了，无数巨大的石块到处激射。龙宝宝现在乃是六阶之身，狂怒到了极点后，无论是速度还是力量，都不是梦可儿所能够抗衡的。它猛地一摆龙尾，狠狠地抽在了她的身上，梦可儿口吐鲜血，翻落在峰顶巨大的碎石块当中。

　　"嗷吼——"龙宝宝身上的光芒渐渐变得暗淡了，被无名神魔重伤之后，它还没有彻底复原，根本不能和人激烈交手，现在由于发狂而动用了过多的力量，隐患终于出现了。不过在这最后关头，它并不是选择停下，而是疯狂挥动龙力，龙尾狠狠地抽在下面的山峰上，将梦可儿与无数巨大的石块皆劈落下断崖。而后，它又疯狂喷吐出几道巨大的闪电，向崖下轰击而去……

第六章
如梦星辰

　　梦可儿被发狂的龙宝宝用龙尾抽了数记，与无数巨大的石块直接掉落到悬崖之下，此刻她浑身筋骨仿佛碎裂了一般，疼痛得一动也不能动。如果换作是旁人，此刻漫说还有意识，恐怕早已骨碎肉烂，六阶神龙的肉体攻击，岂是寻常人所能够承受的。那强横无比的神龙甩尾如泰山压顶般沉重，惊人的破坏力令常人难以想象。在梦可儿以为自己就要死去时，体内那股封印的力量突然如滔滔大河一般冲进她的四肢百骸。这神秘难测的力量自她的体表透发出万千道霞光，令她整个人处在一片缥缈仙雾中，挡去了龙宝宝攻击出的大部分力量，同时快速治疗着她的重伤之躯。

　　"嗷吼——"龙宝宝仰天狂啸，震天的龙吼响彻天地间，吓得方圆百里的飞禽走兽战战兢兢，皆匍匐在地，冲着这个山峰的方向不断顶礼膜拜。此刻身长十五丈的龙宝宝处在狂暴状态下，不断挥动龙力，半座山峰都被它扫平了。一道道巨大的闪电向山崖下劈落而去，夹在乱石当中的梦可儿不断遭受轰击。龙宝宝愤怒无比，它发现闪电攻击竟然被梦可儿透发出的霞光阻挡住了，它不断咆哮，震得整片山脉都在颤动。"臭女人你还大有来头啊！不管怎样，我都要杀死你！"龙宝宝虽然十几丈长，但口中的话语依然如孩童一般稚嫩，不过却足以表达出愤怒。

　　"嗷吼——"龙宝宝一声吼啸，神龙尾一摆，如一把无坚不摧的天刀一般，劈下四五块能有数万公斤的巨石，先后朝梦可儿砸落而去。龙语魔法闪电攻击无效，它决定动用蛮力破除那神秘难测的力量，从而杀死对方。数万公斤的巨石接连砸下，梦可儿体外的霞光被震得迅速变淡，隐隐要破裂消失一般。"嗷吼——"震耳欲聋的龙啸，直上九霄，龙宝宝确实动了真怒，不顾自己变得越来越淡的身体，继续挥动龙力。它又连劈下五块房屋三倍大小的巨石，狠狠地向梦可儿砸去。

梦可儿身上的霞光渐渐薄弱到了极点，在最后一块巨石砸在她头顶上方的光晕后，她发出一声尖叫，彻底失去意识，混在乱石中向下坠落而去。而此时的龙宝宝已经变成了一道虚弱的神龙影像，再不能保持实体状。它快速缩小，由十五丈变为五丈，再到一丈，最后化为一尺长，又成为一头迷你小龙。小龙的身体近乎透明，它奶声奶气地叫道："糟了，难道我要羽化成仙、立地成佛了？呜呜，我不想死啊！"

就在这时，小龙额头的那只角突然光华大作，爆发出一团璀璨夺目的金光，将它笼罩在里面，向崖下飞去。这第三只角乃是光明神的舍利子化形而成，此刻纯净的光明能量涌进小龙的身体，令它枯竭的龙躯再次恢复了生机，不过也仅仅提供了让小龙能够活下去的基本力量而已，而后便不再向它体内输送光明属性的力量了。"哦，光明大神棍救了我，我大德大威宝宝天龙，欠下你一个'龙情'。"小龙迷迷糊糊说出最后一句话后便失去了意识。震天的龙啸消失了，滚滚巨石砸落而下，大山在这次变故中被扫去半个山峰，过了好久才渐渐恢复了往日的平静。

山脚下是一条湍急的大河，这条河流名为巴克拉，全长三千多公里，为新兰国内最长的河流，由北向东南贯穿了大半个国家，途经这片山脉。

辰南被体内的烈血组毒折磨得渐渐失去了意识，体内血液沸腾，真气汹涌澎湃，他的身体处在炸裂开来的临界点。"扑通"一声落进河水中后，快要燃烧起来的身体稍微缓和了一下，不过烈血组毒依然狂猛无比，渗入到了他的每一个细胞中。再这样下去，他早晚要步凌家五阶高手凌子虚后尘，同样会被迫自爆身体。

此刻辰南已经陷入疯狂之境，意识早已错乱，在水中剧烈地扭动着身体，他的身体快燃烧起来了，狂霸的真气汹涌澎湃而出，周围的河水都被烧得滚烫无比，不断有气泡冒出水面而后破裂。就在辰南即将失控、极有可能爆体而亡的瞬间，他背后那幅如纹身般的后羿弓图像如同活过来了一般，神弓的影像越来越清晰，一阵光华自他的后背透发而出，将附近的河水都推拒了出去，形成一片光雾氤氲的空间。

后羿弓光芒不断闪烁，最后竟然慢慢化形，变成了一棵古树。后羿弓图消失了，变成了一幅古树图。其实这是神弓的本体，后羿弓本来就是天地间的一株灵根，后来被人祭炼成了神兵。古树盘根错节，一条条枝干如虬龙一般旋曲盘回，绿叶青碧欲滴。那条条树根仿佛扎进了辰南的五脏六腑，一道道红色的细线顺着那古老的根茎涌进了古树内。那是烈血组毒的毒素，分布在辰南身体各处的毒素竟然被古树的根茎吸纳了过去，汇聚到了树体内。

可以看到无数道细小的红色线条向古树的根茎处涌去，而后顺着枝干送往繁茂的枝叶。不多时，碧绿的枝叶便变成了浅红色，待到后来整株树体都通红，一层淡淡的红色雾气顺着那繁茂的枝叶处透发了出去，涌出了辰南的体外，渐渐混合进了河水中。辰南的体温渐渐降了下去，血液不再沸腾，汹涌澎湃的真气也渐渐趋于平和，不过他依然昏迷不醒，随着河水沉沉浮浮，向着下游冲去。

不多时，一个晶莹剔透的舍利子散发着璀璨夺目的金光，引领着一条近乎透明的小龙在大河中追上了沉浮不定的辰南，光芒一闪，舍利子和透明的小龙缠绕在了辰南的右臂之上，如同精美的纹身一般。这一次，梦可儿受创极重，头部受重击，陷入昏迷状态，掉入河水中，同辰南一样向下游漂去。

巴拉克长河穿过这片山脉后，向着新兰帝国的东南部地区冲去。长河滋润了一片片肥沃的土地，两岸的人民对这条河流充满了感激之情。时间已经过去三天了，辰南与梦可儿落入河流后，随着河水冲到了新兰帝国东南方的一个州。两人皆修为精湛，到了他们这等境界，早已可以通过皮肤汲取水中的先天精气，溺水而亡对他们来说是个笑话。不过这三日来，两人一直没有醒转，始终处于昏迷状态。巴拉克大河流经东南地区后，河道越来越开阔，河水便也越来越平缓。宽阔的河面上不仅有许多往来的货船，还有许多打鱼的小船。

丹尼东和吉丽丝父女生活在巴拉克大河下游的一个小村庄，他们常年在河中打鱼，以此为生。然而今天父女俩却遇见奇事，打鱼时接连打捞了两个青年男女。这两人便是辰南和梦可儿，他们随河漂流到这里，被善良的父女俩所救。

老丹尼东已经六十多岁了，毕竟经得多、见得广，连续网上来两个人，他觉得事情有些不寻常，急忙将船向岸边靠去，随后和吉丽丝分别背上辰南和梦可儿，将他们带回家中。

此刻，辰南体内的烈血组毒的毒素基本都被排出体外，后羿神弓化成的古树救了他一命，不然他此刻恐怕已经爆体而亡。但如此剧毒并非没有对他造成伤害，可怕的组毒带来了非常严重的后遗症，他竟然失忆了，居然忘记了过去的事情，他甚至不知道自己是谁。"我是谁？"辰南苦苦地思索着，此刻他非常痛苦，对自己竟然一无所知，每每心中有些有些影像浮上来时，一团云雾又快速遮挡上去，他站在院中冲天大喊道："我是谁？"

老丹尼东父女对此只能同情，他们将这对年轻人救回家里才半天，男子就醒转了过来，这个年轻人满眼迷茫之色，一问三不知，竟然失忆了。老丹尼东是一个善良的老人，看到辰南如此痛苦的样子，出声安慰道："年轻人不要焦急，许多人失忆后过段时间都会重新回想起过去的事情的，我想你应该能够恢复记忆的。"吉丽丝也劝解道："是啊，你要静下心来，以前的事情早晚能够慢慢想起来的。嗯，对了，那个如天使一般美丽的女子和你一样，也是从上游冲下来的，不知道是不是你的同伴。"

老丹尼东道："嗯，我想你们可能是同伴，年轻人你去看一看，也许你看到她后能够回想起什么呢。"辰南急忙冲进屋中，看着床上那个美若天仙的女子，他感觉脑中"轰"的一声，冲口便说出了三个字："梦可儿……"

"看来你们真的是同伴。"吉丽丝笑道，"你看，你一下子就叫出了她的名字，你们的关系匪浅啊，连自己的名字都忘记了，居然还记着她的名字。唔，说不定你们是一对恋人，或许是因为她不小心落水，你为了救她才同她一起被河水冲下来的吧。"吉丽丝虽然不像梦可儿那般美若天仙，但也算得上一个百里挑一的美人，年轻的少女总是喜欢浪漫的幻想，仅仅因为辰南叫出了梦可儿的名字，她就一下子幻想出这么多事情。辰南在失忆前特别想杀死梦可儿而牢牢地记住了她的名字。如果让吉丽丝知道真相，她恐怕一定会吃惊得瞪大眼睛。

老丹尼东经历的事情比较多，打断了女儿的浪漫幻想，道："这样说来，你们以前真的认识。年轻人现在你可以稍稍安心了，她肯定知道你的过去，等到她醒转过来，一定会帮你恢复记忆的。"辰南盯着梦可儿如玉的容颜苦苦思索，但最终放弃了，他只知道眼前的女子叫梦可儿，别的就再也想不起来了。

这是巴拉克下游的一个小村庄，还不足百户，小村依山傍水，东面是连绵不绝的群山，西边是巴拉克大河，村里人大多以打鱼和狩猎为生。仅仅过去两天，小村的人都知道老丹尼东救回来两个年轻人，朴实的村民皆争相前来观看。

自被龙宝宝打伤之后，梦可儿已经昏迷五天了，还没有醒转的迹象，她的伤实在太严重了。如果不是因为体内有神秘莫测的封印力量，恐怕早已在小龙恐怖的攻击下化为肉泥了。封印的力量慢慢地治疗着她的身体，点点光华自她体内透发而出，让她看起来是如此地圣洁。吉丽丝相信梦可儿前世一定是天使，不然一个人怎么会如此地圣洁与美丽呢？

其实辰南也有些异常的表现，他虽然忘记了过去，但体内玄功依然运转不辍，白天光线充足还看不出什么，一到夜里就可以发现他的体表充盈着一层淡淡的光辉。由于失去了记忆，他不能像以往那样掩饰自己的实力，现在这种情况下，如果被一个修炼界的高手看到，一定会震惊于他的可怕修为，护体真气竟然将要实质化了。好在小村内没有修炼界的高手，常人的眼光很难发现他的异常。

又过了一日，梦可儿终于苏醒了，如秋水般的眸子纯净无比，如同新出生的婴儿般无邪。她静静地凝望着眼前的三张面孔，目光从老丹尼东身上移到了吉丽丝身上，而后定格在辰南的身上。清丽无双的容颜再难保持平静，眸子中渐渐闪烁出异样的光芒，她惊呼道："辰南……"

"你们果然认识，太好了，这下他有希望恢复记忆了。"吉丽丝不仅是一个爱幻想的女孩，还是一个活泼开朗、特别外向的女孩，见他们互相认识，立时高兴地笑道："唔唔，风雨过后彩虹终于要出来了。"

"你叫我辰南，你是说我的名字叫辰南？"辰南急促地问道。

梦可儿的眼眸一瞬不瞬地盯着他，口中喃喃道："你是辰南，可是、可是我是谁呢？"如同天籁般的声音充满了迷茫，在这一刻这位自澹台古圣地走出的仙子如同一个迷路的小女孩一般无助，纯净的眼神格外让人怜惜，和以前那个心机深沉的澹台传人判若两人。

"啊，你、你不会也忘记了自己是谁吧？"说完之后，吉丽丝用手捂着嘴巴，露出不可思议的神态。两个人竟然都患了失忆症，这实在有些离奇，世故的丹尼东若有所思，不过即便他想破脑袋也不可能知道到底怎么回事。善良的父女二人收留了两个失忆的青年男女，自此两口之家变成了四口之家。辰南和梦可儿彼此之间都感觉熟悉无比，但他们始终想不起过去的事情，在此后的一个月，两人平静地在小村中度过。渐渐熟悉了小村的生活，辰南绝大多数时间都去帮老丹尼东打鱼，自此之后吉丽丝就不用每天上船了，而每日的所获却比以前多了数倍。

在村里人的眼里，辰南绝对是一个勤奋的小伙子，除了帮助老丹尼东打鱼外，他在空余时间常常进山打猎。一个在一天之内干掉八位五阶高手的人，让他去打猎，这当真是大材小用啊！尽管他已经失忆了，但体内的玄功却运转不辍，即便忘记了过去的那些招式，但惊人的速度与恐怖的破坏力也是常人难以想象的！

第一天去打猎，他就拖回来一头超大的野猪，足足有上千斤。老丹尼东笑得合不拢嘴，以前由于家中没有强壮的男子，他只好和吉丽丝靠打鱼为生。救回来的这个小伙子实在太能干了，每次去捕鱼都能满载而归，连打猎的本领竟然也如此出色。老丹尼东真想将自己的女儿嫁给这个年轻人，如果有这样一个能干的女婿，那么他后半辈子就可以享些清福了。只是他不仅仅救回来一个小伙子，还同样救回来了一个女孩，怎么看两人关系都不一般，他们即便忘记了自己是谁都始终记挂着对方，怎么看都像一对生死相恋的人。如果让老丹尼东知道这对年轻人在失去意识的最后关头，因为念念不忘地想除掉对方才深深记住了仇人的名字，他一定会目瞪口呆。

这些天来梦可儿也融入了小山村的生活，自从跟吉丽丝学习过一些针线活后，其在武学上的天资又表现在了女红上。她也同辰南一般，体内玄功运转不辍，内力生生不息，手中的银针在一双纤纤玉手的引导下宛如活过来了一般，飞快地在布料上跳动穿引。吉丽丝看得目瞪口呆，她发现梦可儿的手根本未触碰到那根银针，居然在隔空牵引针线，这对她来说太神奇了，简直不可思议！此外，梦可儿惊人的美深深震撼了小山村，倾城倾国的容颜配上如同孩童般纯净的眼神，当真如圣洁的天使降临凡尘一般。如此绝代佳人出现在小村庄，立时引起了轰动，村内的小伙子们整天在老丹尼东家附近转悠，只为一睹芳颜。

这一天，辰南和村内几个猎人共同进山打猎。当一头猛虎突然出现时，辰南快速扑了上去，干净利索地扭断了老虎的脖子。旁边的几个猎人看得目瞪口呆，眼前的青年简直是一个怪物啊！居然徒手干掉了一头猛虎，而且是如此地轻松，就像一件稀松平常、微不足道的事情一般，这实在有些不可思议！现在他们终于明白，这个家伙为何每次去打猎都能够满载而归了，有这么好的身手，在大山中简直纵横无敌，如鱼得水啊！

在接下来的时间里，辰南彻底让他们的神经麻木了，一脚踢死一头千斤重的大山猪，一拳捶趴下一头熊瞎子，最让人无法忍受的是他居然徒手放倒了一头野象！这还是人吗？这简直是一个非人类！同来的几个猎人快傻掉了，他们几乎不敢相信自己的眼睛。这个被老丹尼东救回来的年轻人未免也太恐怖了，居然一个人将小山一般的野象放倒了！这个家伙才是真正的野兽啊！当这几人拖着死虎、熊瞎子、山猪、野象回到村里时，立刻引起了轰动，打到几只大型食肉类猛兽已经够惊人了，但丹尼东救回来的年轻人居然独自拖着一头野象走进村中。

村民们使劲地揉着眼睛，他们不敢相信眼前看到的画面，那个年轻人居然将粗重的锁链绑缚在象腿之上，像拖死狗一般将小山般的野象生生拖了回来。对于普通人来说，这个场面实在太过震撼了，如果让他们知道眼前这个青年曾经徒手搏杀过两头圣龙，就不会如此震惊了。

辰南将一半猎物送给了同去的几个猎人，他单手拖着野象，另一只手拖着一头死虎和一头熊瞎子，向老丹尼东的家里行去。路上的行人都对他露出敬畏的神情，对于村人来说，这个家伙简直是野兽中的野兽啊！在临近老丹尼东的家时，辰南忽然听到了一些吵嚷声，他急忙加快脚步，走到近前才发觉是本村的一个无赖领着两个人在和老丹尼东吵嚷。

这些日子以来，曼利奥一直在附近转悠。自从无意间见过一次梦可儿之后，这个无赖整日茶不思饭不想，今日忍不住找上两个狐朋狗友上门向梦可儿表白，不想被老丹尼东阻挡在外，眼看着恼羞成怒的无赖就要动手了。恰逢辰南归来，当曼利奥看到辰南拖着一头野象、一头死虎、一头熊瞎子向他走来时，震撼性的画面吓得他险些坐在地上，一句话也不说地拉着两个同伴掉头就逃了。

老丹尼东也同样震惊无比，不过老人冷静之后就将辰南拉进了屋中，对他道："辰南，你和小梦是被我一同救回来的，我现在和吉丽丝的看法一致了，你和小梦应该是一对恋人，我想尽快帮你们完婚。你也看到了，那个无赖一天到晚在我们家门口转悠，时间长了我怕出事。那个家伙和镇上的一帮混蛋纠缠不清，万一把他们引来就麻烦了。还是尽快帮你和小梦完婚吧，绝了那个无赖的念头。"

当老丹尼东把自己的想法说给梦可儿时，她秀丽的容颜飞上两朵红云。失忆后梦可儿的性格和之前大不相同，现在她就像白莲花一般纯洁，与往昔那个心机深沉的女子大相径庭，很难让人想象这是同一个人。

"哎呀呀，恭喜可儿姐姐啊，不要害羞嘛，这可是大喜事啊！"吉丽丝打趣道。

"吉丽丝不要乱说，我现在还不想嫁人。"梦可儿嗔道。

"可是，曼利奥那个家伙盯上你了，你如果不嫁人，他整天都会来烦你的，再说你和辰大哥本来就是生死相许的恋人啊。"吉丽丝提到曼利奥时，神情说不出地厌恶，她的容貌虽然远远不能够和梦可儿相比，但以常人的眼光来看也算得上秀丽，以前曼利奥也曾经骚扰过她。想到可恨之处，吉丽丝忍不住骂道："这个家伙最可恶了，我们去镇上卖鱼或者猎物，这个家伙不仅不看在同村的分上帮忙，还给那万恶的男爵的爪牙出主意，提高我们的税赋，还经常和镇上的混蛋一起欺负村里的人，实在可恶透顶！"

老丹尼东也絮絮叨叨说了很多，这父女两人都希望辰南和梦可儿早日成亲，在他们的眼中这两人本来就是一对恋人，成亲之后还可以免去一些麻烦。辰南与梦可儿已经失忆，整日听着吉丽丝取笑他们是生死与共的恋人，渐渐地他们自己也相信了。

小村不大，不过百户人家，没两天的工夫几乎所有人都已经知道老丹尼东救回来的这对恋人要成亲了。在村人的眼里，一个天生神力，能够徒手伏象杀虎搏熊降狮，一个清丽无双，宛若天使，真是一对相配的新人。

只有一人愤懑不已，无赖曼利奥急得上蹿下跳，自从见过梦可儿之后，他如丢了魂魄一般，发誓一定要娶梦可儿。可是自从见识过辰南打猎归来的恐怖景象之后，他就再也不敢轻举妄动了，那简直是一个非人类啊！和那个家伙对敌，简直就像蚂蚁推大象啊！可是他又实在不甘心，在辰南和丹尼东去打鱼之时，他伙同镇上的几个无赖用大船撞击小渔船，想这样除掉辰南。不过可怕的事情发生了，辰南居然如大鸟一般飞到了他们的船上，而后揪着这些无赖的衣领像丢沙包一般将他们掷了出去，每个人最少在空中翻腾七八十米远才落在河中。而他们身后的那艘大船，则在他们落水的刹那，被辰南一脚踢散了，简直就像在破坏一件玩具一般轻松。这些无赖淹了个半死，喝了满肚子的河水，被冲出去十几里才挣扎上岸。至此，曼利奥对辰南可谓又恨又怕，再也不敢有所动作了。

辰南与梦可儿的婚礼在小村众多年轻人羡慕的目光中如期进行。西方的婚礼一直以庄重浪漫著称，一般由光明神殿的神职人员主持。不过小村比较偏僻，附近根本不可能找到光明神殿，村中一位德高望重的长辈理所当然地充当起这个角色。

"梦可儿，你是否愿意与这个男子缔结婚约？无论疾病还是健康，或任何其他理由，都爱他，照顾他，尊重他，接纳他，永远对他忠贞不渝，直至生命尽头？"

"我愿意。"

"辰南，你是否愿意与这个女人缔结婚约？无论疾病还是健康，或任何其他理由，都爱她，照顾她，尊重她，接纳她，永远对她忠贞不渝，直至生命尽头？"

"我愿意。"

"现在我以光明神的名义，宣布你们正式成为夫妻……"

婚礼有条不紊地进行着，这对原本互相敌视的男女竟然在朴实的村民祝福下结成夫妻。如果正邪圣地传人知道这两人竟然在西方举办了一场浪漫的婚礼，恐怕一个个会痴呆。这简直是一件无法想象的事情，澹台古圣地出来的圣洁仙子竟然"心甘情愿"地嫁给对头，这实在太荒唐了！

婚礼将结束时，辰南右臂处金光微弱地闪了闪，一个奶声奶气、口齿不清的童音传出："偶滴神啊！光明大神棍在上，我看到了什么？这不是一场梦境吧？神说，这个世界太疯狂了，我、我要晕了！"事实上，龙宝宝仅仅清醒了一会儿，便真的晕了过去。

这场婚礼在村人的眼里也许算不得什么，但放在修炼界，这将是一件非同寻常的奇异事件。可以预想，如果这对互相敌视的青年男女恢复记忆，后果那当真是……

此刻外面的修炼界当真称得上风起云涌，当日沙漠一战造就辰南的绝世威名，一个不过二十几岁的青年竟然在一日之内干掉八位绝世高手，这当真称得上修炼界千百年来的大事件！这绝对是一项难以超越的可怕战绩，整个修炼界为之沸腾，年青一辈第一人再不做第二人想。在这场轩然大波中，辰南的威名无疑攀升到一个难以逾越的高度，而强势崛起的东土皇族却连连吃瘪，等同于被辰南狠狠地抽了几个大嘴巴。辰南千里追杀杜玄，功成之后竟然失踪，修炼界无数人都在期待他的复出。

暗黑教会在频频动作着，光明教会中的一些人在秘密地筹划着，东土皇族杜家更是誓要报复，传言这一家族年青一代的最强者已经走出山门，可以想象未来的修炼界定然要掀起无边骇浪。但是事件的中心人物辰南却迟迟不肯出场，修炼界的人士无论如何也想不到他此时的境遇，竟然和澹台古圣地的仙子结为连理。

月色柔和，皎洁的月光洒在山林中的小山村，漫漫清辉下，小山村像是蒙上了一层淡淡的轻纱一般。老丹尼东家里，灯火通明，山村很小，不过百十来口人，每家每户几乎都送来贺礼，院中屋中摆满酒席。

梦可儿一身洁白的婚纱，剪裁得宜的设计和考究的纱料使得精美的婚纱与这位绝代佳人格外相配，将她那凹凸玲珑有致的身材展露无遗。黑亮的长发盘成发髻高高卷起，由水晶发夹别着束在头顶，相映生辉。后面的长发如瀑布般自然披散在肩后，光可鉴人。雪白的颈项上挂着一串玉石项链，将晶莹如玉的肌肤衬托得更加润泽。绝代容颜不施半点脂粉，自然的美，清新秀丽，吹弹可破的脸颊如梦似幻，美得不可方物，即便天使降临凡尘都万万不能与之争辉。水晶吊灯下，清澈明亮的眼神宛如秋水，雪白的婚纱，如雪的肌肤，如墨的秀发，交相辉映，出尘灵动、光彩无限，美得令人窒息。

这一晚，即便天上的月亮，在梦可儿的绝世风姿下，都失去了光彩。小山村内的村民们何曾见过这样的绝世佳人，许多人都呆呆发愣，浑然不知手中的银叉、酒杯已经掉落在地。当然，这并不是贪婪的目光，这是发自心灵的震撼，所有人的目光都没有半分亵渎之意，这是面对最美事物的纯粹欣赏。梦可儿惊人的美态，可谓彻底征服了所有来参加婚礼的男女老少。

月色如水，直到优美的音乐响起众人才如梦方醒。绝代佳人相敬酒，所有参加婚礼的人都醉了，酒不醉人人自醉……月上中天，参加婚礼的人都已经离去了，现在这个夜晚属于这对新人。

梦可儿冰肌玉骨，宛如九天仙子谪临人间一般，在新婚之夜，绝代娇颜飘着两朵红云，在雪白的婚纱衬托下，更加地凄迷动人。两人手牵着手，走进新房中。梦可儿不胜酒力，进屋之后便软倒在了床上，玉体横陈，玲珑的曲线极具诱惑之态。只是裸露在婚纱外的一条如玉的手臂和一条雪白修长的大腿令圣洁的美女多了一丝妖娆妩媚之色，透发着一股别样的诱惑。

现在，属于二人世界。雪白的肌肤柔嫩细腻，修长洁白的玉腿圆润匀称，一身玉也似的肌肤在烛光的映射下如同透明一般，浑身上下闪现着一层淡淡的光辉，秀发散乱，玉腮渐渐嫣红。这是一个迷乱的夜晚。窗外的燕窝中，一对燕子交颈而眠，屋内的一对新人，也相拥进入了梦乡，这是一个宁静的夜晚。在小村人的眼中，这对恋人喜结连理，可谓一桩佳事，但这件事情如果传到修炼界，必然会引起轩然大波。

　　澹台古圣地的最杰出弟子，历来都是美丽与圣洁的象征，在修炼界一直被人冠以仙子的称号，现在梦可儿竟然和对头成了名副其实的夫妻，这简直不可想象……有朝一日，梦醒时分，这对青年男女将如何相处？

　　辰南与梦可儿新婚燕尔，甜甜蜜蜜，夫妻两人无比恩爱，很难让人想象这两人曾经生死相向。梦可儿娇柔若水，往昔的精明早已不知丢到哪里去了，婚后成了一个无比贤惠的妻子，脸上漾着幸福的笑容。在万年前，仙幻大陆和魔幻大陆相连在了一起，其交接处隆起了连绵不绝的山脉，正是这片广阔的山区将东大陆和西大陆隔开了。

　　老丹尼东家所在的这座小村，位于新兰帝国东南部地带，已经属于边境地带，小村东部的这片山脉绵延数百里，恰好和天元大陆中部地带的无人山区接壤。大山内珍禽出没，蛮兽横行，如果更深入些，极有可能会碰到强横的魔兽，懂得魔法的怪兽是猎人的克星，小村内的人从来不敢走进大山的最深处。

　　辰南自从表现出非人类般的强悍体魄后，成了村内猎人的头领，在他的带领下，村内的青壮男子第一次走进大山数十里深的地方。结果是可以预想的，跟在辰南身后的所有人都能够满载而归。老丹尼东已经不再去打鱼，每次都跟着猎人们共同进山，帮忙向回驮运猎物，至此小村的猎物开始远销附近十几个小镇。小村的猎人每天都能够打到猎物，皆开心不已，村民们很朴实，能够丰衣足食他们就很满足了。

　　辰南和梦可儿婚后，平静而温馨地过去了七天。然而七天过后，梦可儿身上渐渐发生了一些异常，她的身体时不时爆发出一道道强光，摄人心神的强大气息让人不敢近身，普通人都不敢正视。辰南虽然没什么，他本身就是一个强者，未受到什么影响。但老丹尼东和吉丽丝则异常不适，他们在梦可儿所透发的强势威压下，感觉身心俱疲，他们忧心忡忡，说梦可儿被魔鬼上身了。

渐渐地村民们知道了这件事情，一位最为年长的老人告诉辰南，如果想破除梦可儿身上的"邪煞"之气，需要到大山的最深处去捕获传说中的七彩魔狐，将它体内的七彩魔晶核佩戴在身上方可化解。小村中有一个传说，在这茫茫大山深处有一座破旧的古神殿，供奉着未知的神灵，七彩魔狐便是那无名神灵点化后留在凡间的生物，无比通灵，它们生活在古神殿附近，受无名神灵的庇护。

辰南现在已经失忆，融入了小村的生活。听闻村内那些老人的话语后，他以普通人的思维考虑，觉得应该去为妻子捕获一只七彩魔狐。在他前往大山深处时，同村许多小伙子都想同行但被村内的老人拦了下来。大山内猛兽出没，蛮兽横行，在老人们看来，有超级变态的强悍体魄的辰南或许能够安然无恙走上一遭，但其他人如果跟去，保准有死无生。分别之时，梦可儿泫然欲泣，此刻的她散发着惊人的美，娇颜如玉，体内时不时散发出的一道道光芒，令她美得让人不敢直视，当真如同天使临尘一般。最后，她依依依不舍送别了辰南，在外人看来这当真是一对无比恩爱的夫妻。

大山内林莽苍苍，猿啼虎啸，各种珍禽异兽数不胜数，辰南一路有惊无险地前进着。传说中的古神殿在大山的最深处，即便村内的老人们也不知道究竟在哪里，只给辰南指引了一个大概的方向。连绵不绝的山脉深广无比，辰南已经走了两天还没有发现古神殿的踪影。在这期间他放倒了不少攻击他的大型猛兽，此外还杀了一些魔兽。山内果真凶险无比，也就是他这等强人才能够安然进出，常人恐怕不出十里就会被凶兽撕得粉碎。

在大山中行了五日，辰南忽然听闻前方传来阵阵吼啸之音，巨大的啸声震得山林间落叶纷飞，所有野兽皆吓得惊慌逃窜。辰南无比惊讶，凭着这些日子以来的打猎经验知道前方肯定有大型野兽，多半是兽王在发狂。虽然忘记了过去，许多精妙的招式都自脑中消失了，但内力仍在运转，身手依然敏捷无比，他清楚地知道自己的实力。

辰南快速向前冲去，只见远处的山林在剧烈颤动，一头长达二十几丈的绿色巨龙正在翻滚，压翻无数的林木，许多野兽在奔逃。天空之上一个老人与一个青年男子站在一头十丈长的银龙背上，正在不断向下挥拳，一团团璀璨的气芒持续地砸在巨龙身上令这头绿龙不断挣扎吼啸。如果记忆还在，辰南一定会动容，老人和年轻人所乘坐的十丈银龙竟然是一头无比神武的圣龙。

　　地面的巨龙在圣龙的威压下不敢逃走，只能被动地挣扎着，显然空中的两人并不想取它性命，只想将之降伏。"嗯，居然是他！"圣龙背上的青年男子，发现了自远处飞快奔向这里的辰南，他眼中闪烁着寒光，咬牙切齿地道："他怎么会在这里？"

　　"你认识那个年轻人？"圣龙背上的老人停止了攻击，转过头来望向身旁的青年男子。"师父，他就是近来风头正劲的绝世煞星，在一日之内连毙八大绝世高手的辰南！就是他抢走了我的未婚妻！"青年男子的眼中闪烁着仇恨的光芒，面目显得有些狰狞。"哦，原来是他！"老人眼中透发出两道神光，仔细打量着越来越近的青年男子。

　　"徒弟无能，深感自己愚钝，如此刻苦修行才迈入四阶中级领域，但那个混蛋却迈入了可怕的五阶之境，徒儿真的难以凭借自己的力量去报仇啊！师父您一定要为徒儿出一口恶气！当日的羞辱至今难忘，我恨不得立刻将之击毙，只是徒儿无能……师父，您可是西方有数的高手之一啊！号称龙骑士当中的最强者，您一定要给我做主啊！"

　　"我说过多少次了，在这个世上有着许多你无法想象的强大存在，师父也只是在俗世当中还算有些名气罢了。世人眼中的绝世高手在那些人看来不过是个笑话，和他们比起来我们仿佛是两个世界的人。当有一天，你亲眼见到那种人时就明白了。"

　　"可是，他们毕竟不是世俗中人，在世人的眼中，五阶高手就是绝世高手，而师父您作为最强大的五阶圣龙骑士，当然算得上世间的有数高手之一。"青年人一脸热切地看着圣龙骑士。老人摇了摇头，道："恐怕不久之后，那些人就要出世了，千百年轮回的玄战时代即将来临。"

　　"玄战时代？"青年露出不解之色。老人道："到时你自知。"

　　这时，辰南已经来到了不远处，他看了看伏卧在地上的巨龙，抬头望向空中。他的目光掠过威势凌人的圣龙，投向龙背上的老人，一股可怕的强者气息受气机感应立时向他冲涌而来，他身边的大树在"砰砰"声中连根拔起，而后在一股无形的力量搅击下爆碎。老人的修为称得上惊世骇俗，未曾出手，间隔数丈，身上涌动出的真气流就造成了如此可怕的破坏。

辰南又将目光转向老人身旁的年轻人，感觉到年轻人对他的敌意，那双眼中熊熊燃烧的怒火恨不得将他焚烧成灰烬。这是谁？辰南心中充满了疑问，感觉这个青年男子的面容有些熟悉，但却怎么也想不起来。

"辰南，没想到在这里遇到你，嘿嘿……"青年男子冷笑着。辰南立时明白眼前的男子认识他，只是自己失忆了，想不起过去的事情了。不过他的心智一如往昔，没有露出惊讶之色，只是静观其变，也许会得到一些有用的消息。"我司马凌空永远也不会忘记，当日是你在楚国帝都大闹我的婚礼，让我当众受辱的事情，我曾经发过誓，早晚要将你碎尸万段！"

此人正是楚国司马大将军的儿子司马凌空，他技从西方，当日婚礼惊变后再次回到西方决定重新修炼，以雪前耻。极少有人知道司马凌空的师父乃是西方第一圣龙骑士罗曼德拉，回到西方重新苦修后，他的修为已经有了质的飞跃，由二阶飞龙骑士蜕变为四阶巨龙骑士。但是当他听闻辰南的种种消息后，他感觉无比沮丧，他在飞快地进步，但仇敌的进步速度更是恐怖，由三阶初级境界迈入了五阶领域，两人之间的实力相差实在太悬殊了，他感觉拍马也追不上了。今日，在他师父罗曼德拉的协助下，他来大山中捕捉晋级后的坐骑巨龙，却没想到在这里遇到了大仇人。

辰南非常冷静，镇定地道："你要怎样呢？"忘记了过去不意味着心智倒退了，他非常清楚眼前的形势。你要战便战！这便是他的心态！虽然失忆了，但与生俱来的强者心态却并没有随之磨灭！看到辰南如此沉着冷静，司马凌空怒火中烧，认为这是对他赤裸裸的蔑视，他咬牙切齿道："很好，等着瞧！"他将目光转向了罗曼德拉道："师父您……"

"我决定和他一战，能够遇到这样的对手，实在难得啊！而且是一个如此年轻的劲敌，真是让人兴奋啊！"罗曼德拉眼中闪烁着异样的光芒。司马凌空长出了一口气，他唯恐罗曼德拉不出手。不过，仅仅片刻后他又有些微微紧张了。辰南一日之内干掉八位绝世高手的消息早已传遍整个修炼界，他师父虽然号称西方修炼界第一龙骑士，已经步入五阶巅峰领域，但和那个非人类般的变态比起来，究竟孰弱孰强呢？司马凌空心中一点底也没有，辰南自从出道以来的种种事迹都不能够以常理度之，如果罗曼德拉惨败，他不敢想象了……

　　"年轻人不错，如此年纪便有这等修为，称得上数百年来少有的武学奇才。不过你未免太过猖狂了！"说到这里，罗曼德拉语音转寒道，"在我西方修炼界大开杀戒，一日之内连毙八大绝世高手，如此嚣张的姿态真是不将西方人看在眼里啊！听人说你号称绝世煞星？专杀步入五阶领域的绝世高手？嘿嘿，好狂妄啊！今日既然巧遇，就让我领教一下你这个绝世煞星的本领。丑话说在前头，和我交过手的人非死即重伤，你要小心！"

　　辰南暗暗思量着老人的话，体味出自己以前可能还真是一个人物。受老人强大的气势所激，他体内玄功疯狂运转起来，一股磅礴的力量汹涌澎湃而出，周围许多大树被冲击得连根拔起，逆天向上冲去，在临近圣龙时爆碎。在辰南的体外是厚达一尺的护体真气，黑亮的气罩已经近乎实质化，这等修为在当今尘俗世界少有。他失去了记忆不能再隐藏实力，此刻真实修为展露而出立时让罗曼德拉变色。

　　"怪不得，一日之内能够斩杀八位绝世高手，当真非侥幸也！这等修为，确实足以纵横天下！"司马凌空则一阵心寒，他知道今生今世都不可能超过辰南了，二十几岁便已经是尘世有数高手，再过五年十年，这天下间到底还有谁能够压得下他？！他道："师父……"

　　老人道："你不要多说了，我知道怎么做，今天他万难离开这里！"司马凌空心中一喜，没有人比他更了解罗曼德拉，这个老人修为堪称绝世，在尘世当中少有敌手，号称西方第一圣龙骑士！只是老人修为虽高但观念却有些守旧，对东方修炼界的人总有些敌意，是个有些狂热的"本土主义者"。这也是为何他乃西方第一圣龙骑士而司马凌空第一次艺成之时不过是个飞龙骑士的原因，罗曼德拉不想将压箱底的功夫交给这个东方的徒弟，真正高深的本领都教给了西方的几个弟子。直至司马凌空大败受辱再次回到西方，罗曼德拉才开始教他最为高深的武学，毕竟这是他的弟子，惨败他人之手，自己的脸面也不好看。由此可以看出，罗曼德拉的确称得上一个保守的"本土主义者"。

现今，辰南名震天下，修为堪称年青一代第一人，甚至已经压下了老一辈的诸多强者，西方年青一代目前没有一人是其对手。罗曼德拉这个本土主义者已经动了杀机，他不希望年青一代第一人的头衔落在一个东方青年的身上，不愿看到几十年后西方修炼界无人能够与辰南相抗衡，他决定将这个西方修炼界未来难以超越的大敌扼杀在成长的黄金阶段！司马凌空从他师父的眼中看出了杀意，知道老人已经决心下死手了。

"嗯，想和我打架吗？其实我下手时也从不留情。这个大山内死在我手中的笨象、狗熊、山猪已经不计其数，从来没有一只野兽能够从我手中逃命。"辰南虽然说的是实话，但在这种情况下则显得无比怪异，在罗曼德拉听来分外刺耳，认为眼前个青年在嘲讽他，当下抬手一挥，司马凌空便被一团青光所笼罩向着地面平稳落去。

"辰南你跟我来，我们到前方去决战！"罗曼德拉驾驭着圣龙贴着山林的顶梢向前方冲去。地上的巨龙看到圣龙远去，发出一声震天的咆哮，快速冲天而起消失在远空。司马凌空暗恨，巨龙可不是说遇到就能够遇到的，好不容易要俘获一只不想因为眼前的事情而被打断了。

罗曼德拉并没有像其他圣龙骑士般用铁索将自己固定在圣龙身上，他就这样负手站立在龙背上，冷冷地注视着下方的年轻劲敌，气机牢牢将对方锁定了。辰南仰着头，看着空中的十丈银龙，盘算着如果将一头圣龙体内的魔晶核挖出来送给老丹尼东，那个善良的老人会有多么开心。虽然还未真个交手，但一股可怕的能量流在两人之间开始汹涌澎湃。"轰！"一声巨响，辰南周围十丈范围内的大树皆在刹那间爆碎了，碎屑纷纷扬扬，漫天飘洒。

罗曼德拉眼神中厉色一闪而现，右掌立劈而下，一道十丈气芒如天刀一般散发着璀璨夺目的光芒劈斩而下。辰南虽然忘记了固定的招式，但眼力、内力等超级强者的基本素质都还在，他一声大吼，挥动右拳直直轰击了上去。这一拳当真有盖世霸王之态，刚猛的拳劲浩荡八方，拳风所过之处无数大树全数折断，这片山林伏倒一大片林木。可怕的拳劲逆空而上，黑色的气芒如魔龙一般和空中劈落而下的光刀相撞。

"轰！"一声大响，空中爆发出一团无比耀眼的光芒，如十日耀空一般刺目。整片山林如天摇地动一般剧烈颤动了起来，汹涌的能量流在一瞬间摧毁了这片不大不小的山林，这里变得光秃秃一片。辰南大腿以下全部没入了地下，大腿根处的土层，一道道巨大的裂痕蔓延向四方。空中的罗曼德拉也被震得剧烈摇晃不已，他脚下的圣龙发出声声吼啸，直震得远处的山林落叶纷飞。

"呃啊——"辰南一声大吼，双眼渐渐充满了血色，满头乌发根根倒竖起来，他冲腾而起，如蛟龙一般破空而上，同时威势霸绝的一拳再次轰击而出，这一小片天地都跟着剧烈震颤了起来。未等罗曼德拉有所动作，空中圣龙张嘴劈下一道巨大的闪电，和辰南轰击出的无匹罡气撞在了一起，抵消了大部分的力量，而后银龙一摆尾，狠狠地向着冲上来的辰南抽去。"砰——"巨大的龙尾抽在了辰南体外那近一尺厚的罡气之上，近乎实质化的罡气卸去了大部分力量，辰南的一双手臂则死死抱住了圣龙的尾巴。

罗曼德拉看得一阵皱眉，下方的青年完全不按常理出招，居然莽撞地硬捍圣龙的强横体魄，当真给人一股莫名其妙的感觉。就是在这时，圣龙突然吼啸了起来，龙尾甩来甩去，细看可以发觉，辰南的双手竟然顺着龙鳞的缝隙插了进去，如同神兵宝刃一般没进龙尾之内。罗曼德拉大怒，这是什么跟什么啊？那个家伙居然赖在龙尾上发狠，他感觉这场比斗实在有些怪异，和他想象中的大决战完全不是一回事。他一掌向龙尾处拍去，罡风浩荡，气芒汹涌澎湃而去。

这时的辰南忽然大叫了一声，双手处光芒大作，竟然生生折断了圣龙的尾梢，半米多长的血肉随着他一起掉落了下去。罗曼德拉真是又急又气，这次决战实在太怪异了，传说中的绝世煞星竟然如同一个蛮兽一般毫无章法地攻击。确实，辰南面对眼前的大敌，正以猎杀大型动物的心态对之，忘记了过去的武学招式，自然以蛮力攻之。

"既然你这样，我就不客气了，杀！"罗曼德拉稍稍安抚了一番咆哮的圣龙，而后驾驭着它开始展开了狂猛的攻击，实质化的斗气一道接着一道向地面劈来。银龙的龙语魔法也狂轰不断，龙尾时不时还要来一记强力的甩抽。此刻，忘记武学招式的辰南的确狼狈不堪，被轰击得灰头土脸，吃了几下重击之后，嘴角竟然挂上了一丝血迹。不过尽管这样，罗曼德拉一时间也难以真个重创辰南，两人在山林间打得乱石穿空，沙尘蔽天，战斗无比激烈。

司马凌空在远处看得心惊胆战，那汹涌澎湃的真气，那浩荡起伏的真罡之力，当真有天崩地裂之势，他万万不及，他相信以他的修为如果不小心闯进去定然会立时粉身碎骨。可怕的大战持续了半个时辰，辰南由之前的被动慢慢挽回局势。罗曼德拉越来越心惊，眼前这个青年实在太怪异了，具有强横无比的内力，但招式烂得掉渣，不过他却在飞快地进步着，运用力量的技巧越来越娴熟，由开始的被动挨打到现在的攻守兼备，实在让人惊异无比。这完全与传说不相符啊，罗曼德拉无论如何也想不明白。

司马凌空暗暗害怕了起来，近来关于辰南的变态传闻实在太多了，现在看着他逐渐扭转局面，万一师父落败，他的后果可想而知，恐怕绝难逃得一命。然而就在这时，罗曼德拉突然大喝道："小辈你去死吧，不想再陪你练招了。"他已经发现辰南在战斗中逐渐变强，他决定要拿出巅峰的力量，不再试探，不再有所顾虑，不管地面那个青年是不是在故意隐藏实力。

罗曼德拉站在圣龙背上，右手高高举向天空，一道实质化的剑芒自手掌透射而出，四面八方的天地元气突然如潮水一般汹涌澎湃而至，皆汇聚到光剑之上。璀璨夺目的光剑如那天界神光普照大地一般，整座山林都被照射得白灿灿，夺目的光辉比天上的太阳还要耀眼。聚集而来的天地元气令光剑越来越壮大，由一米长逐渐扩展到了五丈长。这不同于普通的剑芒，这是一把完全实质化的能量光剑，聚集了无尽的天地元气。可怕的能量波动以罗曼德拉为中心向着四面八方汹涌澎湃而去，磅礴的力量波动令远处的山林都跟着颤动起来。毫无疑问，这把实质化的光剑承载了无穷的力量，即便强如现在的辰南，被劈中的话恐怕也会立刻殒命。

在这一刻辰南真真切切感受到了死亡的威胁，体内玄功不由自主地疯狂运转起来。近乎实质化的护体罡气由一尺厚变为了一米厚。一条模模糊糊的影子出现在他的背后，身处在那一米厚的实质化罡气当中。玄功疯狂地运转竟然生生逼出了神秘的影像，黑色的影子和前几次出现时一模一样，右手中是一把死亡长刀，左手中的武器因太过模糊而看不清。至于另外几件神秘的兵器则没有出现，显然是因为辰南失忆后忘记了法诀，现在的状态有些不太对劲。

罗曼德拉觉察出事情有些不妙，不再继续聚集天地元气，右手中的可怕光剑立劈而下。璀璨的光剑如来自天界的神罚一般，浩瀚起伏的能量波动令下方的大地都跟着剧烈颤动了起来。"呃啊——"面对生死危机，辰南狂吼了一声，一拳向上轰击而去。就在这时，他背后的那条黑影突然做出与往昔不一样的动作，黑影随着他的出拳动了起来，竟然双手握魔刀逆空而上，迎向空中劈落的巨大光剑。

"轰"的一声惊天动地大响，如天雷一般在半空中滚滚激荡了开来，附近的几座山峰都跟着颤动了起来。半空中就像有十轮太阳当空悬挂一般刺目无比，让人睁不开双眼，可怕的能量风暴在空中狂乱肆虐。圣龙在那狂暴的能量风暴中，如同大海中的一叶小舟一般，随着骇浪摇摆沉浮。圣龙的躯体一般皆强横无比，号称魔兽中最强，但此刻银龙身上的鳞片却在大片大片地脱落，身上到处都是血迹。一声声凄厉的龙啸响彻天地间，巨大的悲吼在群山内回响，吓得大山内的各种怪兽皆战战兢兢，惶惶不可终日。远方的山林在成片成片地爆碎，无数巨大的山石在到处飞射。待到能量风暴归于平静之后，辰南已经被震飞出去五十几丈，所过之处山石林木尽毁。罗曼德拉全身衣衫皆被震碎了，浑身上下赤裸裸。他座下的圣龙更是凄惨，鳞片脱落大半，不断在空中挣扎吼啸。辰南自地上站了起来，擦了擦嘴角的鲜血残忍地笑了，迈大步向着摇摇欲坠的圣龙处走去。罗曼德拉大惊失色，此刻他已经受了不轻的内伤，圣龙的伤势更是无比严重，而对方却显现出了高昂的战意，正在一步步逼来，带给他一股巨大的无形压力。他现在有一种错觉，下方的青年当真是一头野兽啊！

狭路相逢勇者胜！辰南现在的伤势绝对不比罗曼德拉轻，只不过一旦进行生死大战，就能够点燃他骨子里那好战的因子。此刻他的气势明显要强上罗曼德拉很多，最后的战斗结果是可以猜想出来的。罗曼德拉纵横西方修炼界大半辈子了，战斗经验丰富无比，他当然明白眼前的形势，只不过一想到对方小小年纪就能够和他这个老一辈的高手战平就觉得沮丧无比，越是这样想越难以提升起战斗的气势。

而就在这时，他脚下的圣龙突然剧烈晃动了起来，竟然要栽落下去！直至此刻，罗曼德拉的心彻底凉了，再也没有战胜对方的信心，从精神上来说他已经溃败了。

"咔嚓"、"咔嚓"、"咔嚓"……辰南虽然忘记了过去的武学招式，但刚才的死亡威胁却令他陷入了一种奇妙的武境当中。他平缓而有力地向前走来，每一脚都踩在不同的残枝败叶上却发出丝毫不差的声响。空中的罗曼德拉大惊失色，这种脚步的韵律声竟然暗含天地玄机，在这一刻辰南仿佛融入了天地间，脚下的"咔嚓"声透发着让人难以揣度的力量，这是无法抵抗的天地力量。

"咔嚓"、"咔嚓"、"咔嚓"……七响过后，圣龙发出了一声惊天动地的吼啸，一颗碎裂的心脏被它吐了出来，庞大的龙尸"轰"地坠落在地，直砸得山地一阵剧烈晃动，而罗曼德拉也吐血不止，栽落下来。

以"势"杀人！此时的辰南仿佛已经化身成天地，七步之音将圣龙置于死地，将罗曼德拉迫得重伤垂危！在辰南、圣龙、罗曼德拉所组成的一个小世界中，辰南晋升到了一种很玄妙的境界，在这方天地中，他就是天地主宰者！那不急不缓、有节奏的脚步声暗含这方天地的玄机，催发出这小片天地的力量，将重伤的圣龙瞬间置于死地，将罗曼德拉迫得大口吐血不止。在这方小世界中，天地间的人无论如何挣扎都是徒劳的，在这方小世界中一切都要遵循天地的法则。辰南现在就是这方小世界的主宰，罗曼德拉在这方小天地中无论如何也无法挣脱出去。如果想打破这个奇妙的小世界的平衡，最简便的方法就是从外界入手。

司马凌空看到他师父落败，吓得亡魂皆冒，如果罗曼德拉身死，他失去庇护后显然也活不长了。"师父……"他大喊了一声，同时将手中的长枪掷向辰南。滚滚音波冲进了辰南、圣龙、罗曼德拉构成的这方小天地中，随后长枪又迫了进来。辰南所营造出来的"势"溃散了。不过在这短暂的片刻间，罗曼德拉虽然由死转生，但败亡的阴影已经浮上了他心头。长枪贯注了司马凌空全部的功力后，通体发出金黄色的光芒，冷光森森，向辰南的后背袭去。只是，在临近辰南体外那厚达一米的实质化气罩时，光芒璀璨的长枪迅速暗淡，自枪尖处寸碎裂，长枪每接近一分便粉碎一分，枪柄临近辰南体外的护体罩气时，长枪彻底化成了一堆铁屑。

司马凌空惊骇欲绝，长枪被贯注了他全部的功力，然而辰南根本未曾有任何动作，护体罩气便轻易粉碎了那凌厉一击。这样看来……即便是对方站着不动任他随便攻击，他都不可能伤到对方，这对他的打击实在太大了！两人的修为现在真的有天地之差！严重的挫败感让他痛苦得想立刻自绝。不管怎样，司马凌空的一声大叫再加上这凌厉的一枪，确实再难让辰南保持那种奇妙的武境了。罗曼德拉终于解脱出来，看着陪他数十年的圣龙惨死在眼前，他悲恸欲绝，满脸凄怆之色。

罗曼德拉号称西方第一圣龙骑士，这头五阶银龙功不可没，是他最忠实的伙伴和战友。此刻，他的双眼中闪烁着仇恨的光芒，怒火填塞了他的胸腔，他直欲仰天狂啸。只是，他刚刚张开嘴，一大口鲜血就喷了出来，身体也微微颤抖起来，严重的内伤让他萎靡不振。没有人比罗曼德拉更清楚辰南刚才有多么可怕，辰南控制了周围的一小方天地，在这个小世界中他就是绝对的天地主宰者！这是要晋升到真武境界的初兆。

东方武者第六阶境界便是真武之境，达到这一领域的人能够在有限的空间内容身于这一小方天地间，掌控周围的一个"小世界"。一个青年高手竟然比他离六阶之境还要更近一步，罗曼德拉感觉无比地沮丧、愤、恨、羞、怒……各种负面情绪交织在一起。他知道，最多十年辰南定然能够晋升到第六阶真武之境，三十余岁便能够取得那样的成绩，当真可以傲视当代了！

辰南自己也觉得刚才那一瞬间很玄妙，仿佛可以随意挥动天地之力一般，有一股天下苍生尽在掌中的感觉。只是，那种奇妙的状态如那划过长空的流星一般，转瞬即逝。他怅然若失，不知道何时才能够捕捉到一丝灵光再次晋升到那一崭新的领域。他忘记了过去，不知道刚才的机遇对于一个武人来说意味着什么，不然一定会燃起熊熊怒火立刻将司马凌空轰杀。如果不是因为司马凌空的打扰，说不定他可以在那种境界驻留更长一段时间，体会更多。

修炼一途艰辛无比，有的人苦修半生也无所获，白白荒废青春。然而在艰辛的修炼道路上，这些苦苦求索的人有时也会因为某些机遇偶尔抓到一丝灵光从而顿悟，令修为一夜间突破到一个崭新的境界。辰南忘记了过去，但武意始终驻留在心间，刚才那玄妙的一刹那令他差点明悟出一些东西，只是可惜了……

那片刻间他隐隐契合了他父亲说过的修武之道，辰战曾经教导他道："当你将家传玄功修炼到极致境界时，便开始尝试忘记所有绝学吧，为了更进一步的'悟'。若想超脱天之极境，必然是先尊法，而后再破法……超脱世间一切法，重开天地，另创一界！"

罗曼德拉慢慢冷静下来，闭目沉思了一会儿，冷冷地盯着辰南，道："你确实很了不起，如此年纪便有了傲视同辈的修为，不过细细想来，这可能是那绚烂的烟花最后的辉煌，盛之极便是败！你的修为提升得太快了，早晚有一天会走火入魔爆体而亡！"

"少要给我说教，莫要妄想拖延时间，还是先顾你自己吧。你说过和你动手的人非死即重伤。而我也说过招惹我的野兽没有一头可以活着逃走，人也不例外。"辰南一步步向罗曼德拉逼去。远处的司马凌空心中充满了惧意，他知道自己的师父不可能战得过辰南了。他是一个天性薄凉的人，刚才掷出长枪已经是他对罗曼德拉最大的"报答"了，现在情况已成定局，他开始悄悄向远处的山林退去……

罗曼德拉想杀死辰南，但现在已经没有能力，作为西土第一圣龙骑士，他的内心是高傲的，想就此战死。可是，当他回想到辰南刚才的那种玄妙状态时，出于修炼人对于高深境界的向往，他高傲的内心世界发生了变化，他想活着离去而后立刻去闭关，揣摩那种玄之又玄的真武之境。罗曼德拉早已修至五阶大成状态，多年前便已停滞不前，始终在边界线上徘徊，今日和辰南一战，有幸亲身感受到那种更进一步的玄境，他觉得再做突破的曙光出现了。想到做到，罗曼德拉不再迟疑，腾空而起，一跃十几丈，快速向远方奔去，他不想死在这里，他要再做突破。

"想走？没那么容易！"辰南快速追去，天魔八步虽然忘却，但绝对的力量与绝对的速度还在，他快如闪电一般尾随而去。罗曼德拉为圣龙骑士，最擅长的是空中作战，若论地面奔行速度肯定比不上同级别的东方武学高手，短短片刻间就被辰南追上。迫不得已，他咬破舌头喷出一口鲜血用疼痛来刺激身体潜能加快奔行速度。高傲的龙骑士看到了进阶的希望，在这一刻他彻底放下了面子，只想活着离开这里，远离身后那个非人类。两人的修为惊世骇俗，皆在树林顶梢上奔行，远远望去如两只大鸟在贴着山林飞行一般。二人之间的距离忽远忽近，最后稳定在三十丈左右，一前一后踩着树梢奔行着。

司马凌空原以为逃出了危险地带，可是在这时忽然发现远方两道人影，踩着树梢蹬着树叶一步十几丈地来到他的近前，吓得亡魂皆冒。罗曼德拉已经顾不上这个徒弟，看也不看他一眼，飞驰而去。辰南则如野兽盯住猎物一般，从树林的顶梢上跳了下来，恶狠狠地扑向司马凌空，狂暴的真气汹涌澎湃而出，无数高大的林木在瞬间崩断爆碎。司马凌空就如那怒海狂涛中的一叶小舟一般，被气浪高高地抛了起来，而后被快速奔来的辰南一拳当胸轰穿而过，尸体瞬间爆成无数碎块。

辰南并不多看一眼，几乎没有什么耽搁，继续向罗曼德拉追了过去。在猿啼虎啸的大山内，两大绝世高手如飞人一般，飞快地踩着林木顶梢奔行着。堂堂西方第一圣龙骑士，纵横修炼界数十载，何曾这样狼狈过？这样的耻辱真比杀了罗曼德拉还要让他难受，只是他下定决心一定要好好活下去，一定要借助这次难得的机遇做出突破。不辨东西地亡命奔行了两个时辰，罗曼德拉实在有些支撑不住了，本是重伤之躯又不断催动本命元气提速，现在可谓伤上加伤。

两大高手前逃后赶，在攀上一座大山后，一片奇异的场景突然闯入两人的眼帘。下面一片方圆百里的沙漠，突兀地出现在山林中，金黄色的细沙格外醒目。青葱碧郁的大山，到处都是林木灌草，突然出现一片不算小的沙漠之地，这实在是太怪异了。起伏的山峦中青碧的植被将金黄色的沙漠包围在中央，显得无比地邪异！明明是生机盎然的绿色山林地带，怎么可能会出现一片方圆百里的沙漠呢？

罗曼德拉虽然觉得这片神秘的沙漠可能有些古怪，但还是毫不犹豫地向那里冲去，现在他别无选择，如果再继续刚才那般亡命奔逃，不是被辰南杀死，就是被活活累死。逃进神秘莫测的沙漠中，或许他还能有一番活命的机遇。烈日当空，黄沙漫漫，热浪重重。罗曼德拉和辰南冲进沙漠不过五百多米，金黄色的沙漠忽然震颤了起来，灼热的沙地突然如海浪一般起伏，金色的沙浪慢慢而又平缓地波动着。

在大沙漠中快速奔行的两大高手同时驻足，他们凭着敏锐的直觉都已经觉察出有危险正在接近。邪异的沙漠无论怎样看都和远处的青山碧谷显得格格不入，即便有异常发生也不会让人感觉奇怪。

突然间，金色的沙地下伸出一只白森森的骨爪，凶狠地向辰南的脚踝抓去，不过在临近的瞬间就被辰南的护体罡气震开了。沙地一阵翻涌，一具骷髅自黄沙下挣扎着站了起来。白森森的骨架还算完整，让人感觉不可思议的是它居然在动，宛如有生命一般再次张开白骨爪向辰南扑去。这具骷髅明明没有半丝生命波动却会动，这实在太邪异了，当真如白日见鬼一般！不过辰南并不信邪，一拳向前轰去，"哗啦"一声，骨架松散碎裂，化为一地碎骨。

"呜呜……"一阵如鬼啸般的声音，在沙漠深处响起，听得令人头皮发麻，沙漠开始剧烈波动起来。一具骷髅、两具骷髅、三具骷髅……很快，沙地下爬出无数的白骨架。一具具骷髅出现在烈日之下，站在金黄色的沙漠之上，一排排、一片片，足有上千具，将辰南和罗曼德拉团团包围了……火辣辣的太阳当空悬挂，远处青山绿岭，近处沙漠白骨，邪异又神秘。所有骷髅都张牙舞爪地快速向两大高手扑去，白森森的骨爪和咯吱咯吱的骨响交织在一起，当真有一股森然的感觉。

辰南和罗曼德拉的护体真气透体而出，两人的身体之外是厚达半米、近乎实质化的罡气，冲上来的骷髅皆被绞得粉碎，但是一具具白骨架依然前仆后继地向前冲来。两大绝世高手不断挥动掌力，汹涌澎湃的真气所过之处，断骨飞射，碎骨迸溅，地面上铺了一层残碎的白骨，时间不长，上千具骷髅便被击碎了，留下一地白骨。

"呜呜……"令人头皮发麻的鬼啸再次响起，这一次沙漠波动得更加强烈了，成片成片的骷髅在黄沙中挣扎着爬出，远远望去，真如地狱的大门敞开了一般，无数的鬼军来到了这个世界。这一次的骷髅数不胜数，一眼望不到尽头，有黄沙的地方便有骷髅爬起，骷髅大军能有千千万万，挥舞着森森鬼爪，从四面八方向这里冲来，争先恐后地向辰南和罗曼德拉扑去，白骨的撞击声与骨关节的活动声分外刺耳。

由于失忆而神经大条的辰南也感觉到刺骨的寒意，满沙漠都是骷髅，这简直不可战胜啊！如果再耽搁下去，不是被这片白骨大军活活撕碎，就是战斗到力竭，活活累死在这里。辰南已经顾不上追杀罗曼德拉，快速沿着来路向沙漠外冲去，只是来路也早已被无尽的骷髅挡住了。无数骷髅头在攒动，千万双骨爪在挥舞着……

"轰——"辰南的身体爆发出一团黑亮的光芒，这是真罡焰火，半米厚的实质化气罡之外，是熊熊燃烧的黑色烈焰，这乃是他的玄功运转到极致境界的表现。冲上来的骷髅在黑色烈焰的焚烧下瞬间便燃烧成了灰烬，辰南猛力地挥动着双拳，生生杀开一条白骨道，无尽的骷髅在他的身前或崩碎，或烧成残骨。

"砰——"一个高大的骷髅突然冲到辰南的近前，白骨爪穿过熊熊燃烧的黑色烈焰，竟然生生和辰南硬碰一掌，罡气未能将它损伤，掌力将它轰击出去七八丈远，令它跌入白骨大军中。不过这具骷髅却完好无损，在白骨大军中一跃而起，再次冲到了辰南的近前，挥舞着鬼爪凶狠地向他扑来。这具骷髅骨架洁白如玉，如果辰南还记得以前的事情，一定会发觉这和以前看到过的散发着淡淡光芒的神骨有些相似。毫无疑问，这个人生前定然修为高深莫测，虽然没有进入仙神之境，但生前恐怕也已徘徊在仙神之境的边缘上了。

他迎向这具特殊的骷髅，快如闪电般抓住了一只鬼爪，而后用力一拉一扯，自关节处卸掉了它这条手臂，而后用了十成功力，狠狠地砸在了它的脊椎骨上，在"哗啦啦"声中碎骨散落一地。就这样，辰南快速冲出去百米距离，在这个过程中连续出现过三个特殊的骷髅，通体洁白如玉，坚硬如精钢，幸好这样的骷髅不多，如果满沙漠都是这样的骸骨，那么辰南要想冲出这千万白骨大军，当真势比登天。

在辰南距离沙漠边缘还有不足五十米距离时，沙漠深处的鬼啸声再次"呜呜"响了起来，他身前的白骨大军彻底疯狂了，前仆后继，如潮水般扑了上来，一瞬间就堆积成了一片骨山，拦住了他的去路。而身后的白骨大军则快速闪现出了一条道路，一道金色的光影快如闪电一般向这里冲来，同时还有十几道银色的影子跟在后面。辰南感觉情况有些不对，这片沙漠实在太邪异了，似乎真的藏匿着天大的凶险。

金光快速冲到了近前，这是一具高大的金色骷髅骨，匀称粗壮的骨架散发着淡淡的金光，除此之外它的脊椎骨和后胸的骨架上，还长有一对金色的骨翼。辰南暗暗惊异不已，这到底是何种生物的骸骨？人的形体长着鸟的翼骨，难道是村内老人口中所说的天使之骨？他的确猜对了，这正是一具天使骸骨，天使是西方各个主神之下的神灵，它们的身体构造不仅和人类不同，也和其他仙神不同。一般的仙神，其骸骨都洁白如玉，散发着圣洁的光辉。而天使的骨骼则通体金黄，散发着淡淡金光。

辰南曾经灭杀过赶尸派的上古奇尸堕落天使，最初不懂得用体内的鲜血破除邪煞之时，着实打得异常艰辛险些败亡。如今再次遇到这种可怕的死物，他已忘记了"神血"的功效，不过好在修为今非昔比，不然今日恐怕难逃一死了。在金色的天使骸骨后面，跟着十几具白玉骸骨，显然和之前灭掉的那几个特殊的骸骨实力相当。这片神秘的沙漠到底是怎样的一个地方？

在辰南被天使骸骨和白玉骸骨围上时，罗曼德拉的情况更加糟糕，他并未遭遇到白玉骸骨，但却被三具天使骸骨围在中央。罗曼德拉成名多年，经得多见得广，他已经明白这片沙漠定然是一个不死生物栖息的领地，这里定然有一个强大到难以想象的不死帝王。

西方的不死生物种类繁多，包括骷髅、僵尸、亡灵、黑武士、尸巫、巫妖等。骷髅是最低等的不死生物，一般都没有智慧，为亡灵法师或其他上位不死生物役使的死物。仅有少部分骷髅经过长年累月地汲取日月精华，有可能变为有灵智的骨魔，这是和上位不死生物同级别的骷髅。僵尸、亡灵、黑武士、尸巫、巫妖等不死系生物，多多少少都有些灵智，它们当中的上位不死生物明显要多于骷髅。其实，每一系的不死生物都有上位者和最低等者，只不过骷髅当中的上位者相对稀少罢了。

罗曼德拉感觉有些惊恐，这片神秘的沙漠中居住着不死之王，究竟有着怎样的实力？他根本无从揣度，但能够役使三个有些灵智的天使骷髅，足以说明那个不死之王的强大。眼前这三具天使骷髅的眼窝中皆隐隐有绿光在闪动，罗曼德拉知道那是它们的灵魂之火，说明这三具天使骷髅已经产生了灵智。即便它们的灵智不高，但配合上它们强悍的神灵骨骼，已经让它们有资格步入上位不死生物之列，甚至比一般的上位不死生物还要强横。

罗曼德拉有些绝望了，本就是重伤之躯，加之元气消耗过巨，现在早已是强弩之末，对上三个罕见的上位不死生物，处境实在不容乐观。他道："罢罢罢，今日我命休矣！不过就是死，我也决不会留下尸骨送给那个不死之王！"

"呜呜……"沙漠深处传来一阵鬼啸，三具天使骷髅化作三道金光，分三个方向冲向罗曼德拉，金色的骨爪分别掏向他的双眼、咽喉、心脏、软肋等重要部位。罗曼德拉展开身法，快速躲避两具天使骷髅的攻击，专攻向第三具天使骷髅，和它硬对了一记。天使骷髅被轰击得向后退出去七八步，金色的骨爪安然无损。罗曼德拉脸色骤变，暗道一声：完了，内力所剩无几，居然难以损坏一具天使骷髅！

其实，这也不完全是因为他功力消耗过巨的原因，天使骷髅毕竟是神灵的骸骨，虽然刚刚产生一点灵智，但比之真正的上位不死生物还要可怕。天使骷髅综合能力也许比不上赶尸派祭炼的堕落天使，但身体的强悍程度的确是一般无二！现在一望无际的骷髅大军将罗曼德拉困在中央，三个天使骷髅更是呈铁三角式夹击他，让他彻底陷入生死险境。罗曼德拉和三具天使骷髅不断对攻着，罡风浩荡，劲气汹涌，周围一排排骷髅被冲击得四分五裂。然而三具高大的金色骷髅却安然无恙，它们的动作快如闪电，不断穿越过罡风劲气，向罗曼德拉实施杀手。

此刻，辰南已经和一具天使骷髅、十二具白玉骷髅战在了一起。

他已经觉察到，这具天使骷髅和其中的七具白玉骷髅的眼中有绿光在闪烁，这是智慧生物的象征。在和罗曼德拉的大战中，辰南已经受伤，现在和这些不死生物大战，渐渐有些吃力了。不过，他终究毁去了十二具白玉骷髅，只剩下金光灿灿的天使骷髅了。为此他也付出不小的代价，天使骷髅突破他的护体罡气，在他的肩头狠狠拍了一记，他体内气血一阵剧烈翻腾，险些被伤到脏腑。

辰南的眼中渐渐冒出血光，如同受伤的野兽要发狂一般，在下一刻化身为蛮兽，竟然冲撞进天使骷髅的怀里，使用最为原始的野蛮攻击，展开贴身肉搏战。天使骷髅一身金色的骨架，比之精钢还要坚硬百倍，承受辰南一连几记狂猛的铁拳居然丝毫未损，反倒给他几记重击，坚硬的骨掌拍得他胸口剧痛无比，一口鲜血差点喷出来。

"啊……"辰南一声大吼，原本因为受伤而衰弱下去的内力突然疯狂飙升，近乎实质化的护体罡气暴涨到一米厚。他死死地扭住了天使骷髅的颈项，在"咔嚓咔嚓"几声脆响过后，竟然生生扭断了天使骷髅的脖子，将它的头骨摘了下来。金色头骨的眼窝处绿光忽明忽暗，一道意识流在辰南心中响起："野蛮……野兽……"

"靠！你这鬼东西居然骂我！"辰南忍不住骂了一句脏话，这金骷髅还真有灵智，居然懂得骂他。不过天使骷髅智慧有限，仅仅说出了真实感受而已，辰南方才的确像一个野蛮的凶兽，居然蛮横地和刀枪不入的神灵骸骨硬对。"去死吧。"辰南用尽全力，一脚狠狠地踢在了失去头骨的残骸上，在"哗啦啦"声中，他终于踢散了天使骷髅的金色骨架，支撑身体的脊椎骨更是被他生生踹碎了。这也就是辰南这等修为强绝的人，如果换作寻常的修炼者恐怕早已被天使骷髅撕碎了。毕竟那是神灵的骸骨，而且产生了些许灵智，算得上一个上位不死生物了。其综合实力也许比不上赶尸派的堕落天使，但也不会相差太远，差不多能够抵得上一个初临五阶的修炼者了。

辰南将金色的头骨高高抛起，随后跟着腾空而起，扭腰摆腿，一个旋风腿狠狠地将头骨踢进沙漠深处。"嗷吼——"一声令人头皮发麻的凄厉长啸自沙漠深处传出，显然这片死亡领地内的不死之王动了真怒，不过不知为何，它始终没有亲临。辰南不再耽搁，狂暴的拳劲连连轰击而出，片刻后轰塌了前方由骷髅大军堆积成的白骨山，生生打通一条白骨道，闯出沙漠。

此时罗曼德拉狼狈不堪，三具天使骷髅都有些智慧，它们见强横的掌力无用，便开始不断偷袭，令罗曼德拉身上出现多处抓伤，一道道血沟格外刺目，他浑身上下都是血迹。三具天使骷髅将罗曼德拉围困在中央，相当于三个初临五阶境界的高手在攻杀他。如果换在平时，这对他来说根本算不得什么，但今日重伤在身，他早已穷于应付。罗曼德拉眼中寒光闪了闪，决定拼命了。望着冲到近前的一具天使骷髅，他张嘴喷出了一大口鲜血，血水在空中凝成了一把蕴含着他的本命元气的血剑，而后狠狠地劈斩在了天使骷髅的腰椎上。

"咔嚓。"高大的金色骨架瞬间被腰斩，两段骸骨散落在沙地之上。罗曼德拉则脸色苍白无比，身体摇摇欲倒。"扑哧！"旁边一具天使骷髅的鬼爪，无声无息地穿进他的软肋，鲜血狂涌而出。"呃啊——"罗曼德拉一声怒吼，空中那还未消散的血剑回旋而至，"咔嚓"一声劈在偷袭他的天使骷髅的颈项上，金色的头骨滚落在地，高大的骨架被罗曼德拉一脚蹬开了。鲜血自他的软肋处汩汩地向外流着，罗曼德拉脸色苍白到极点，本命元气消耗过巨，加之失血过多，他现在连站着的力气都快没有了。

最后一具天使骷髅，眼窝中绿光一阵闪烁，张牙舞爪，恶狠狠地扑了上来。罗曼德拉纵横修炼界半生，号称西方第一圣龙骑士，从来没有像今天这么狼狈过。不过，尽管他已经力竭又重伤垂危，但依然迎了上去，搂住天使骷髅和它一同翻倒在地上，纠缠在一起。人类中的绝世强者和不死生物中的上位者，一同滚进了沙漠中的骷髅大军中，无数的骷髅被压断轰碎，一片片残碎的骸骨出现在沙漠中，这是一场惨烈的搏杀。沙漠中的不死之王吼啸连连，凄厉的啸声直震得远处的山峰都在颤动。

当罗曼德拉自千万白骨大军中冲出来时，浑身上下鲜血淋淋，左肋处是一个吓人的血洞，右肩头插着一只金色的鬼爪。刚刚闯出沙漠，他便"扑通"一声翻倒在地。说也奇怪，一望无际的白骨大军追至沙漠边缘地带便停止不前，似乎这里是一个生死界限，众多骷髅不敢逾越雷池一步。沙漠深处，在不死之王凄厉的鬼啸声中，白骨大军如潮水般退去。最后，所有骷髅都埋身进黄沙之中，森然恐怖的沙漠恢复平静，仿佛什么也没发生过一般。

辰南看着昏死在沙漠边缘的罗曼德拉，大步走过去，现在如果想杀死罗曼德拉简直易如反掌。不过他并没有这样做，他将身上的碎布衫撕扯下来，缠裹在罗曼德拉的左肋处，堵住了那个巨大的伤口。不过血水依然不断渗出，难以止住。经过和不死生物的战斗，辰南对罗曼德拉的敌意渐渐消失了，和那些死物比起来，眼前的这个老人在他眼中看上去也不是那么可恶了。片刻之后，罗曼德拉睁开了双眼，看到坐在不远处的辰南，他下意识地抬起右掌，护在胸前。

辰南道："老头不要紧张，如果我想杀死你，你早已死了上百次。"罗曼德拉无言地放下手掌，用手飞快地点了几个穴道，闭住软肋处的血脉止住鲜血。不过最终他摇头叹息道："没想到我罗曼德拉竟然要死在这里……"他知道自己活不长了，在和辰南大战中就已经受了严重内伤，在辰南短暂地陷入真武之境时，七步音杀已经震裂了他的脏腑。虽然没有和圣龙一般死于当场，但那时他也是强弩之末，如果赶紧觅地疗伤或许还能够复原。

不过很不幸的是，他闯入了死亡沙漠，和三个初临五阶境界的天使骷髅对上。在和不死生物的大战中，他伤上加伤，还被逼得动用本命元气催发血剑，整个脏腑彻底碎裂，现在已经回天无力。不过罗曼德拉也足以自傲了，不愧为西方第一圣龙骑士，在真武之境下的"小世界"中活着逃出，已经算得上一个奇迹。之后竟然又生生击毙三个相当于五阶境界的天使骷髅，等同于重伤垂危的情况下干掉三个绝世高手！

辰南体内玄功生生不息，运转不辍，经过刚才短暂的休息，现在元气已经恢复了少半。罗曼德拉看了看辰南，神色有些复杂，道："想我堂堂第一圣龙骑士，竟然败给你这个二十几岁的青年，想来真是让人无言啊……在临死前，想对你说几句话，你的修为提升得太快了，对于二十几岁的青年来说简直有些不可思议。除非你是转世仙神，有神格保护，不然这实在太邪异了，早晚有一天会走火入魔而亡！"

辰南道："让你失望了，我只是一个普通人。为什么在你的眼中，人一定不如仙神呢？"罗曼德拉微微有些发愣，顺着辰南的话自语道："是啊，人为什么不能够强过仙神呢？"辰南无意间的一句话，将罗曼德拉的思绪引到了别处，他想起一些关于法神和斗神的传说，沉思良久才道："人间界有些极道修炼者，早已悟通生死之境，依然不肯升入天界，事实上他们的修为足以媲美神灵……"

辰南不再理他，闭上了双眼，任玄功自行流转，澎湃的真气一边修复着损伤的脏腑，一边恢复着元气。如此过了两个时辰，天色渐渐暗淡了下来，此刻辰南已经恢复得七七八八了。罗曼德拉精神更加萎靡不振了，他看着落日的余晖，叹道："夕阳无限美好，只是无法再相见了……"

"老头，你坚持不住了吗？"恐怕也只有辰南敢于这样称呼西方第一圣龙骑士。

"大概还能够坚持三天。"

"还有好长的时间啊。"

罗曼德拉："……"

"想开一些吧，凡人都难免一死。看看附近哪里的景色不错，早点选好'新家'吧。"听着这些浑话，罗曼德拉无言苦笑，不过对他来说，确实应该找一个葬身之地了。

"等等，老头你真的要去寻找墓地啊。时间还很充足，可不可以和我说说我以前的事情，因为我失忆了。"到了现在，罗曼德拉已经难以威胁辰南，故此辰南坦言相告并询问。"你……失忆了？怪不得！"罗曼德拉先是露出吃惊之色，而后又是一副恍然之态。他终于知道辰南出招时为何毫无章法了，也明白为何他的言行有些古怪了，他道："我知道的事情并不多，只知道你是东方第一青年高手，也是大陆第一青年高手，你和我徒弟司马凌空之间有怨仇，你曾经在一天之内斩杀八位绝世高手。"

"就这么多？"

"是的，我常年闭关，对于外界的事情了解很少。"

天色彻底黑了下来，不过辰南不想离开这里，他觉得眼前这片未知的沙漠中似乎有些不寻常的东西在吸引着他，他想等到天亮之后再小心地探究一番。罗曼德拉已经找好了墓穴，不过他最后又回到沙漠边缘处，他不想这样白白死去，如果不见识一下沙漠中那个不死之王，他死不甘心。沙漠中为何会有千万白骨呢？能够役使天使骷髅这等不死生物，这位不死之王到底强大到了何种程度呢？沙漠中到底有几个天使骷髅呢？不死之王为何不亲自出来灭杀他们呢？罗曼德拉想弄明白这一切。

东方破晓，旭日慢慢升起。辰南在一处山泉处洗漱过后，打了一只野兔开始烧烤作为早餐。罗曼德拉有些黯然，默默地转过身去，现在他的脏腑都已经碎裂了，莫要说进食，就是饮水都没有必要了。"辰南，我先进去了，你要和我保持一定距离。这片沙漠实在太邪异了，我已经是一个将死之人，发生什么意外无所谓。你还有大好的青春，没有必要亲身犯险，只在远处看看就行了。"罗曼德拉说完，迈大步向沙漠中走去。昨日晚间，他已经下定决心，一定要进入这片沙漠深处，亲眼看看主宰这片不死领地的不死之王到底是怎样的一个存在。

辰南抓着烤兔，狼吞虎咽，含混不清地喊道："喂，老头，等等啊，我们一起进去。"昨日晚间，他已经从罗曼德拉那里知道，这是一片不死生物的领地，里面有一个强大到难以想象的不死之王。知道这些后，辰南更加好奇了，他始终觉得里面有东西在吸引着他。朝霞中，金色的沙漠平静无比，罗曼德拉已经快速冲进去五百米了，已经到了昨天大战的地方。昨日他重伤之下萎靡不振，在沙漠中狼狈无比。现在他重伤将死，但表面看来却显得精神奕奕。这是因为罗曼德拉知道必死无疑，开始不计后果地燃烧生命之能，令力量恢复到了巅峰状态，不过这样做的后果是原本三天的生命现在只能活一天半了。

罗曼德拉是一个强者，是西方修炼界的第一圣龙骑士，强者的尊严不容亵渎，他要用有限的生命来洗刷昨天在沙漠中的耻辱。辰南一边撕扯着兔肉，一边快速向沙漠冲来。"嗷吼——"一声凄厉的长啸自沙漠深处传出，附近的群山都跟着颤动了起来，沙漠如海浪一般翻腾着。昨日的景象再次出现了，成千上万的骷髅自黄沙下爬了出来，白骨大军站满了沙漠。

罗曼德拉处在巅峰状态，再不似昨日那般狼狈，抬掌一挥，一道十丈刀芒便劈出。阻挡他去路的白骨就像雪花遇到炎炎夏日的太阳一般，在一瞬间消融，化为白粉撒落在沙漠之上。白骨大军虽然前仆后继，但再难抵挡处在五阶巅峰状态的罗曼德拉，他生生开辟出一条白骨通道，向着沙漠深处冲去。经过一夜的休养，辰南的身体差不多完全复原了，同样可以发挥巅峰状态的力量，他和罗曼德拉相距百米远，强横无比的气罡横扫一切阻碍，成片成片的骷髅被击碎，他同样杀开一条白骨道向前冲去。

这一次，没有出现天使骷髅，仅仅出现几具白玉骷髅。不过两大高手都处于巅峰状态，全力一击之下，即便白玉骷髅坚如精钢，也难无损。"嗷吼……"沙漠深处的不死之王，发出声声愤怒的凄厉长啸。只是，它还如昨日那般，未曾亲自出马。一千米、两千米……当深入沙漠四千米时，远处一座古老的神殿出现在二人的视线中，虽然相隔很远，但一股沧桑古朴的气息却已透发而至。可怕的沙漠，神秘的古殿，这一切当真诡异无比……

随着越来越近，古老的神殿越来越清晰了，占地不是很广，仅仅一座大殿，并不是连成片的建筑群，一层淡淡的光辉笼罩着神殿，为它增添一丝神秘的气息。辰南有些疑惑，难道这就是村内老人所说的神殿？只是七彩魔狐在哪里？而且按照老人们所说，根本不应该有沙漠啊？大山中不可能有几座神殿，难道说是不死之王后来占据这里的神殿，将这里划为它的不死领地？随着越来越近，沙漠中的骷髅大军如同沸腾了一般，皆疯狂地扑向两大高手，想拼命阻止他们接近古殿。看着如潮水、雪山般的白骨大军，两大高手不断挥动罡气，出手毫不容情，碎骨到处迸射，两人已经会合到一起，一步一步坚定地向神殿逼去。不死之王似乎无比愤怒，古殿内咆哮声不断，但它依然不肯露面。至此两人已经渐渐明白，强大的不死之王似乎不能脱身，被困在神殿中。

古殿长近七十米，宽能有四十米，高有三十米，虽然仅仅为一间大殿，但气势颇为恢宏。材料为大陆上最为坚硬的金刚岩，不过上面却早已镌刻上岁月的沧桑，一看就知早已经历无尽的岁月，也不知在什么年代就存在于此。淡淡的一层光辉笼罩着古殿，令它看起来是如此地庄严神圣，仿佛真的有神灵居住在此。只不过不死之王的凄厉咆哮声以及千万白骨大军的存在，破坏了这份神圣感，强烈的对比令古殿显得有些诡异。辰南和罗曼德拉轰退一波波如潮水般的骷髅大军，他们周围到处是碎骨，金色的沙漠都快变成白色的骨粉沙漠了。两人终于来到大殿的近前，然而就在这时，千万骷髅大军突然远远地退开了，神殿前的沙地一阵剧烈晃动，两个庞然大物爬了出来。

每一具庞大的白玉骨架都足有十丈长，雪白的骸骨散发着淡淡圣洁的光辉。

"骨龙！""神龙的骸骨！"辰南和罗曼德拉同时惊呼。这片死亡沙漠当真无比神秘，竟然埋葬着这么多消逝的强者！两具骨龙慢慢飘浮到空中，白玉般的骨架散发着淡淡圣洁的光辉，狰狞的龙头，巨大的骨翼，寒光闪闪的龙爪，长硕的龙尾，两具神龙骸骨看起来是如此地恐怖吓人。这两头神龙生前的实力定然已经在七阶以上，不然它们的骸骨不可能散发着圣洁的光辉。两头骨龙的眼窝中闪烁着诡异的绿光，显然已经产生灵智，已经是不死系的上位者。

"愚蠢的人类，竟然敢藐视莫翰伦萨陛下的权威，简直不可饶恕！"一头骨龙的意识流在辰南和罗曼德拉的心中响起。"死龙，口气还真是狂妄，快把你们的死鬼头子叫出来，让我看到底是什么鬼样子。"辰南的话语彻底激怒了两头骨龙，而古神殿中也传出一声无比愤怒的凄厉长号。"愚蠢的人类，你要为你的无知言行付出代价，莫翰伦萨陛下正在接受神的传承，当他获得神格时，整个世界都将在他的脚下战栗！"骨龙的意识流显得无比愤怒。

罗曼德拉大叫道："不好，这个未名的神殿可能是一位主神的安息之地，不死之王在窃取主神神格！我们必须阻止不死之王，万万不可让他窃取到那位无名主神的神格，不然一个疯狂残虐的不死生物成为主神，那将是天大的灾难。"罗曼德拉此刻显得有些焦急，当先向神殿内冲去。只是白光一闪，一具骨龙拦住了他的去路，它道："愚蠢的人类不要徒劳了，没有人能够阻止莫翰伦萨陛下。"

辰南虽然失忆了，但也知道这些意味着什么，大声冲着罗曼德拉喊道:"难道谁能够得到神格,谁就能够成为新的主神?""也不尽然,要看是哪一位主神留下的神格传承。不过,无论是哪一位主神留下的神格,如果成功得到都有百分之十的希望会成为新的主神。"罗曼德拉匆忙解释道。其实他心中也充满疑问。

天使也算是神灵,但一般没有能力传承神格。在西方天界当中,只有数量稀少的主神才能将神格传承下去。一个未知的主神,不知道什么原因,消逝在人间界,这可是一个大事件!罗曼德拉实在想象不出,究竟是哪位主神消逝在这里,为何光明教会从来没有感知到呢?辰南这之前就曾听罗曼德拉说过,如果他不是仙神转世,没有神格的庇护,按照他这种超乎想象的修炼速度继续下去,将来他可能会走火入魔而亡。现在又听到关于神格传承的事情,尽管辰南不相信自己会走火入魔,但如果能够得到神格成为一个主神,这对他来说绝对是一个天大的诱惑!

"好,这个神格我抢定了,既然邪恶的不死之王都有机会成为主神,为什么我不可以呢?"辰南语气坚定地道。辰南快速向前冲去,却被另一头骨龙拦住去路。两头骨龙皆俯冲而下,庞大的骨架发出咯吱咯吱的响声,张牙舞爪向着辰南和罗曼德拉扑去。生前实力达到七阶的神龙,这可是比天使骷髅有过之无不及的类神灵骸骨啊,况且两头骨龙是如此地巨大,在不死生物中来说绝对是超级上位者,实力定然要强上天使骷髅一些。

辰南和罗曼德拉都不想破坏眼前的神殿,快速向后退去,两头骨龙紧随其后扑了过去,在广阔的沙漠上展开激烈的搏战。这是一个恐怖的画面,地面上万千白骨大军张牙舞爪,空中两头骨龙盘旋回冲,不断扑击而下,辰南和罗曼德拉两人在白骨丛林中,征杀突击。罗曼德拉燃烧着自己的生命之能,使自己保持在五阶巅峰状态,璀璨的气罡不断挥动而出,直欲将虚空撕裂。七阶神龙生前或许强大无比,但毕竟已经死去,骨龙现在的实力也就是五阶中级左右,在罗曼德拉那排山倒海般的力量轰击下,庞大的骨架已经龟裂多处,许多地方的细骨甚至都已经碎裂,掉落在地上。罗曼德拉以燃烧生命的办法,让自己恢复到巅峰状态,彻底出了一口恶气,洗刷了昨日的耻辱。

身体复原的辰南更为狂暴，他忘记过去的招式，现在简直像个野蛮人一般，揪住神龙的骨尾，生猛地将它抡动起来，在万千白骨大军中抢到东、砸到西，令骷髅大军粉碎无数，地面上到处都是碎骨。半刻钟后，两头骨龙被两大高手生生拆碎了，断骨扔得到处都是，而且它们巨大的头骨也被拍碎了，里面的灵魂之火被彻底轰散。普通的骷髅再难阻挡辰南和罗曼德拉二人，他们轰碎一片片白骨，一步一步向神殿走去。

当两人进入殿门之后，白骨大军立刻止步不前了，这些骷髅似乎非常惧怕神殿所笼罩的光辉。"嗒"、"嗒"、"嗒"……神殿中回响着辰南和罗曼德拉的脚步声，显得空旷无比，自骨龙被消灭后，不死之王便再也没有发出咆哮声了，神殿中静得有些可怕。

"你们到底还是闯进来了？"一个阴森恐怖的声音在大殿内响起。眼前的景象令辰南和罗曼德拉皆震惊不已。大殿正中有一座高大的祭台，祭台上金光万道，瑞彩千条，透发出无数道霞光。其中一道巨大的光柱直射而下，将祭台下一个高大的怪物笼罩在了里面，怪物似乎在奋力地抗衡着。怪物的样子非常可怕，浑身上下皆覆盖着青色的鳞甲，似人非人、似兽非兽，高足有三米，有着人形的身躯，不过却长有一条鳄鱼的尾巴，手脚皆如野兽一般，爪子长而锋利，头上生有三只寒光闪闪的犄角，如锋利的匕首一般。怪物的头上覆盖着绿得有些可怖的长发，面孔是人形的，不过比较狰狞，同样覆盖满青色的鳞甲，一双眼睛血红无比，正在恶狠狠地盯着辰南和罗曼德拉。

"不死之王！"罗曼德拉惊道，"这个家伙似乎是传说中的骷髅帝王，由骷髅产生灵智后慢慢进阶而成，现在居然已经长满了血肉和鳞甲，实力恐怕难以揣测！"

"祭台和他身上的金光是怎么回事？他得到神格了吗？"辰南问道。

"还没有，主神留下封印神格的力量虽然很衰弱了，但那毕竟是主神布下的封印啊。这个家伙似乎被封印的力量困住了，一时半会儿无法脱身。"罗曼德拉一脸凝重之色，道，"这个骷髅王实在太强大了，我们恐怕难以毁灭他。"

眼前这个不死之王的强大是毋庸置疑的，不然决不可能号令千万白骨大军，更不可能有强大的骨龙和天使骷髅追随。天使骷髅和那两具骨龙，在生前皆强大无比，小名叫神灵，虽然化成枯骨，但已经产生了灵智，成为上位不死生物。如果按照人类世界的实力等级来划分的话，这六个家伙都已经达到了五阶境界，如果不是不死之王实力远远超越它们，这些上位不死生物不可能甘心追随。

"你这个丑鬼就是这里的死鬼头子？"辰南的这句话差点令不死之王吐血，堂堂不死帝王，统领万千不死生物，谁敢对他如此不敬？"你真是找死！"不死之王一双血红的眼睛冷冷盯着辰南。"那你来杀我啊。"辰南围绕着不死之王转了半圈。罗曼德拉有些哭笑不得，感觉失去记忆的辰南还真是有些无赖，一点也没有高手风范。

"老头，你看我们到底能不能杀掉他呢？"辰南回过头来问罗曼德拉。罗曼德拉道："很难啊，主神留下的封印力量都不能够炼化他，我看就是我们联手也未必能够灭掉他。""我就不信这个邪，让我试试看，说什么也不能够让他窃取主神神格。"辰南大步转到不死之王的正面，右手高高举起，一道巨大的剑芒直冲而起，险些冲撞上古殿的顶壁。

在"嗤嗤"声中，璀璨夺目的剑芒吞吐不定，而后慢慢缩小。近十丈长的巨大剑芒，逐渐变为九丈、八丈、七丈……直至一丈长，彻底实质化，寒光闪闪，冷气森森。辰南大喝道："死鬼头子，我倒要看看你能不能接下我这一剑！"罗曼德拉看到失去记忆的辰南竟然能够凭着本能将剑芒压缩成实质化光剑，着实吃惊不小，凭他的修为怎么会感觉不到光剑所蕴含的恐怖能量。那可怕的剑罡即便是他从正面有准备地招架，恐怕也不一定能够安然无恙。现在不死之王正在被神秘主神留下的力量困袭着，如果吃上这一记，当真够受。

"去死吧，死骷髅！"璀璨夺目的实质化剑罡，如来自天界的神罚一般，顺着祭台直射下来的光芒方向狠狠地劈斩在不死之王的身上。"轰！"一声巨响过后，可怕的能量波动瞬间爆发而出，整座神殿光华耀目，让人睁不开双眼，无尽的能量流在汹涌澎湃。如此强大无匹的力量，按常理来说应该在一瞬间摧毁整座神殿，然而神殿并没有轰然倒塌，它所处的沙漠倒是剧烈地颤动起来。

"嗷吼——"不死之王发出一声凄厉的长号，响彻天地间，直震得沙漠远处的群山都在颤动。光剑自他的左肩斜斩至右肋处，一道巨大而又恐怖的伤口出现在他的胸前，青色的鳞甲崩落一地，绿色血肉翻卷着，露出里面白森森的骸骨。"愚蠢的人类，竟敢伤我本体，等我脱困后定然要将你变为最低等的骷髅奴！"不死之王咆哮连连，一双凶眼闪烁着无比仇恨的光芒。

"哼，这个神格我抢定了！"辰南冷声道。此时神殿之外，巨大的沙浪一重接着一重，以神殿为中心向着四面八方汹涌而去，无尽的白骨都被埋在下方。古老的神殿虽然也在颤动，但没有崩塌的迹象，笼罩它的淡淡圣洁光辉将这一剑震荡出的能量流皆吸纳，而后汇聚到神殿内的高大祭台之上……这等于在为无名主神的封印力量充加能量，祭台光华闪烁，射向不死之王的巨大光柱更加璀璨明亮。

满身青色鳞甲、高达三米的不死之王，痛苦地发出阵阵凄厉长号："嗷吼，我是主神，神格是属于我的，你们这两个该死的人类，竟然敢破坏我的大计，逼我损耗百年修为。我脱困后定然要将你们碎尸万段！呃啊——"不死之王仰天咆哮，直震得古神殿晃动不已，整片大沙漠都在震颤。此刻，他可怖的绿发完全倒竖起来，血红的双眼阴狠暴戾，大吼道："神格出来吧——"

不死之王的身上爆发出一道道惨绿色的光芒，包裹着他的金色光芒渐渐被冲淡了，高大的祭台开始剧烈晃动了起来，到最后竟然开始慢慢龟裂。"轰——"一声巨响，祭台彻底崩塌了，一个拳头大小的黑亮光团慢慢飘浮了起来，将祭台附近所有金色的封印力量都冲散了，一股浓重的死亡气息浩荡而出。"冥神，居然是冥神的神格！"不死之王失声惊呼道，接着又仰天狂笑道，"哈哈，一定是上一任冥神加隆的神格，居然是我不死一族的主神，哈哈，我将成为冥神了，哈哈……"

罗曼德拉大叫道："神圣的金色封印力量下，居然是暗黑属性的神格，竟然是传说中的上一任冥神加隆，是谁将他的神格封印在此？"不死之王在这一刻显得狰狞无比，他张开巨口，露出森森利齿，用力喷出一口惨绿色的本命元气，向着空中的神格包裹而去。冥神加隆的神格快速被被绿光攫住，飞快地朝着不死之王的巨口飞去。他脸上露出狰狞的笑容，两只青碧色的鬼爪对准罗曼德拉和辰南。然而就在这时，破碎的祭台中突然飞起一支光芒璀璨的金箭，透发出无尽的能量波动，如一道金色的闪电一般瞬间没进不死之王的胸膛中。

"啊……不……"不死之王发出一声凄厉的惨呼，金箭将他整片胸膛的血肉都炸飞了，胸骨几乎全部断裂了，一道道如水波般的金色光华，从他胸间的金箭上透发而出，向着他全身各处扩散而去。金光所过之处，他本命元气汇聚而成的绿色光华在迅速地暗淡着，不死之王一下子翻倒在地，死命地揪着金箭想要拔出来，但金箭仿佛生根了一般，插在他的骨间，难以撼动分毫。

"这似乎是射日神箭，乃是西方的圣物，在那遥远的过去曾经诛杀过不少大恶魔。原来一直被封在这里，镇压着冥神加隆的神格。"罗曼德拉真是无比惊讶，想不到这座神殿中，竟然有着如此多的秘密。不死之王一时无法拔出射日箭，不过却将不断蔓延向外的金光抑制住了，将这股圣洁的力量困在他的胸间。"呃啊——"他一声大吼，再次张开巨口，喷出本命元气想要尽快吸收神格。不过此刻他无比地虚弱，本命元气暗淡无光。

"不要痴心妄想了！"辰南挥手劈出一道剑罡，狠狠地劈在他的本命元气上。与此同时，罗曼德拉也展开狂暴的攻击，璀璨的气芒不断轰向倒在地上的不死之王。不死之王被射日箭重创后，为了压制胸间神箭的力量，他所能够动用的力量实在有限，任那狂霸的气芒一重接着一重地轰击在身上。青色的鳞甲被轰击得到处飞溅，浑身上下血肉模糊一片，多处地方已经露出森森白骨。他面目狰狞，眼中闪烁着阴狠的光芒，咬着牙忍受着创痛，将能够集结起来的力量催进本命元气中，继续向神格攫去。

"这个家伙实在太强大了，竟然无法轰散他。"罗曼德拉燃烧着自己的生命之能，短暂的片刻间已经轰出几十掌。不死之王身上所有血肉都被他轰烂了，露出一具三米长的白骨架。只是，这乃是一具由骷髅王进阶而成的不死帝王，破碎血肉并不能够伤他根本，除非打碎他的骸骨，震散他的灵魂之火，不然万难将他灭杀。辰南也已经催发出数十道剑罡，不断轰击不死之王的本命元气，阻止他攫取冥神加隆的神格。只是不死之王实在太强大了，尽管他能够动用的力量有限，但依然抵挡住了辰南的狂猛攻击。

"靠！我就不信这个邪！"辰南连续轰击几十下，居然皆无功，他怒道，"你能够吸收神格，难道我不能吗？这个神格我要定了！"他也如同不死之王一般，本能地张嘴喷出一口本命元气，向着冥神加隆的神格包裹而去。"嗷吼——"不死之王又惊又怒，吼啸连连。神格开始在辰南与不死之王之间来回移动，拉锯战开始！

"愚蠢的人类，你以为你能够拥有冥神加隆的神格吗？这是我们不死一族的主神，你不要白日做梦了！嗷吼……"不死之王愤怒地咆哮着。"那我就夺过来，成为冥神给你看！"接着，辰南又大声向罗曼德拉大声喊道："老头加把劲啊，快把这堆烂骨头轰成渣！"

"我错估伤势，我恐怕不行了……"这时，罗曼德拉仿佛燃烧起来了一般，体外的气芒和真实的火焰没有什么区别，在不断跳动，熊熊燃烧着。他的身体机能早已枯竭，但他却不断挥动强横的力量，最后的生命之能被彻底点燃了，想要熄灭都没有办法，一旦这股力量燃尽，他便将灰飞烟灭。"老头你要坚持住啊，等我夺来神格成为新的冥神，一定有办法复活你。"共同对抗不死生物之后，辰南原本的敌意早已消失，他是真心想帮罗曼德拉复活。

"不可能的，没时间了……即便你真的能够吸纳神格，在短时间内也不可能完全融合，成为新的冥神……"罗曼德拉的身体越来越明亮，熊熊生命之火将他笼罩在中央，他不断地挥动狂暴的力量轰击不死之王，不死之王吼啸连连，震得整片沙漠都在颤动。"所谓的神格到底是什么？"辰南一边尽全力争夺神格，一边出声问道。"神格是领域，是法则……"罗曼德拉简要地介绍起来。

在西方，神格是一种规则秩序，是主神所精通掌握的天地法则，往往是专有的神通，能够传承。主神按照其所掌握的天地法则，赋予座下效忠的天使相应的神通。当然少数强大的天使除外，有些天使甚至能够媲美主神，他们同样领悟某些天地法则要义。

"原来是这样啊。"辰南终于渐渐了解，他大喝道，"死鬼头子，你休想成为冥神，这个神格我要定了。"说着，辰南的身上开始涌动出狂暴的能量波动，黑色的气罡仿佛熊熊燃烧起来了一般，比之罗曼德拉燃烧的生命之火都毫不逊色，他动用全部的力量，开始竭尽所能地夺取神格。"想和我争，你还不够格……"不死之王无比怨毒的话语突然打住了。他有些惊愕地望着辰南的背后，一条黑色的影子慢慢化形而出，几件影像模糊的黑色兵器上下沉浮，凭着本能直觉，他感觉情况有些不妙。

辰南疯狂地运转着玄功，神秘的魔影再次被逼出来了，影子的右手中持着死亡魔刀，眼睛竟然睁开了，冷冷地盯着不死之王。"辰南，赶快配合我发动攻击吧，我快不行了……"罗曼德拉突然大叫道，而后纵身向地上的不死之王扑去，死死地搂住那具白森森的骨架。"呃啊——"不死之王惨呼，罗曼德拉燃烧的生命之火将他那堪比神灵的骨架都烧红了，尤其是被射日箭击断的胸骨处，明亮的火焰似乎要燃烧进他的骨髓，令他痛不欲生。被压制的神箭也渐渐晃动起来，金色的力量不断波动，即将击溃他的封制力量。

"去死！"辰南大喝了一声，身后的魔影擎着死亡魔刀，立刻扑将上去，狠狠地劈在不死之王的身上。"不！啊——"不死之王惨号着，不断在神殿内翻滚。罗曼德拉的生命之能、射日箭上蕴含的强大神力、神秘魔影手中的死亡长刀，三股强横至极的恐怖力量汇合在一起，冲击着不死之王，令本就元气大伤的他更加难以支撑。

"咯嘣"、"咯嘣"……骨架崩裂的声响在神殿内响起，不死之王身上多处骨骼开始断裂，尤其是许多关节处，连在一起的白骨不断脱臼。"啊——我恨！我好恨啊！"不死之王凄厉地号叫着，再也顾不上争夺冥神加隆的神格。

"辰南……一定要灭掉这个……不死之王，决不能让他……跑进人类的聚居地，不然他的报复是疯狂的……所过之处……定然白骨成山！"罗曼德拉的影像越来越虚淡，最后光芒一闪，他的生命之火彻底熄灭，原地一点残骸都没有留下。

"啊——"辰南仰天长啸，长发根根倒立，冥神的神格快速冲进他口中，无尽的魔气自他身上涌动而出，向着神殿之外浩荡而去。古神殿一直被某种神秘力量所保护着，已经屹立千年之久，现在终于崩塌，"轰"的一声，扬起漫天尘沙。无尽的暗黑魔气自辰南的身上爆发而出，向着四外汹涌澎湃而去。渐渐地，方圆百里的沙漠皆被遮天蔽日的魔气所笼罩了……

远山中，亡灵魔法师莱昂和一个全身都隐在宽大的黑袍当中的神秘人，皆感受到了一股可怕的死亡气息。"桑德大贤者，您感觉到了吗？难道是那个不死之王吞掉神格，真的成功封神了吗？"莱昂有些惊恐。"我不知道，魔法水晶球根本不能够显示沙漠中的景象，不过冥神加隆的神格似乎真的破除封印出来了……"

"大贤者，我们情况非常不妙啊，光明教会的执法人员就要追上来了，而我们本来就很难有希望从不死之王的地盘获取到神格，现在更加无望了。"在更远处的深山中，光明教会的执法人员也发出了惊呼："难道传说是真的，冥神加隆真的安息在这里？"

"天啊，那两个亡灵魔法师不会得到冥神加隆的神格了吧？"

"这怎么可能，难道真有人要在人间封神了？！"

莱昂身旁的人正是桑德，透过宽大的黑色长袍，可以看到里面是一具白森森的骷髅骨，他的肉身早已毁灭，为了能够活下去，他将自己转化成高等亡灵。不过，经过千年封印，他耗尽亡灵能量，只剩下一团灵魂之火。脱困而出后为了便于行走，他挑选了一具上等的骷髅骨，将自己的灵魂之火植入其中，准备修炼亡灵系的一些失传的术法，将自己转化成一个骷髅王。

桑德乃是亡灵系的大贤者，而且是千年前的人物，他知道许多不为人知的隐秘。其中一件最大的秘密始终埋在心间，未曾对任何人提起过。他知道上一代冥神加隆的神格似乎被封印在新兰帝国东南部的群山中，如果能够破除封印得到传承，可能会造就出一位新冥神，不过破除封印的过程危险非常大，稍有不慎便会灰飞烟灭。当桑德知道现今这个世界中，亡灵魔法师几乎快灭绝，便想尽一切办法来振兴亡灵一系，最终他决定铤而走险，带着莱昂去寻找传说中的冥神安息之地。

就在几天之前，桑德和莱昂开始深入新兰帝国东南部的群山，展开了搜寻行动，就在这时光明教会的红衣大主教码伦突然开始派人追杀二人。直至此刻，桑德才知道，光明教会的人定然在他们身上做过手脚。他对莱昂说出的秘密定然被光明教会中的强大法师通过魔法水晶球得知。光明教会中的一些重要人员，虽然已知道桑德被救出去了，但一直没有采取什么行动，直至获得这个惊人的秘密，红衣大主教码伦才下追杀令。

桑德在第一时间指点莱昂破除光明教会施加在他们身上的魔法印记。二人这几天在大山中不断回避光明教会的执法者，始终未曾正面对撞。他们几次来到沙漠的边缘地带，通过亡灵系魔法师对不死生物特有的敏锐直觉，他们知道里面有一个强大到难以想象的不死之王。二人不敢逾越雷池一步，后来决定在不死之王破开神格封印时再来此地，看看能不能够寻得机会获取冥神加隆的神格。不想，他们似乎来晚一步，整片沙漠都覆盖在暗黑魔气之下，无边无际的暗黑魔气已经开始向大山内汹涌而来，此时贸然闯进去，恐怕不但不会有任何收获，还有可能会白白丢掉性命。

莱昂问道："大贤者，我们怎么办？"身处黑袍中的桑德，凝望着沙漠的方向，略微思索了一会儿，道："看来冥神加隆的神格与我们无缘，现在恐怕已经被人得手了，我感觉不太像是那个不死之王。我们在这里等等看吧。"与此同时，远山中光明教会的七名执法者也驻足不前，他们感受到那股磅礴的暗黑气息，所有人皆惊惧不已，如果真的有一个人在人间封神，他们真的有些不敢想象了……

传说，冥神和光明神一直不睦，虽然不似暗黑大魔神一般与光明神仇恨不共戴天，但也决不是一个仁慈的神。这几人一直在追杀他的信徒亡灵魔法师，而且居然追到他的眼皮子底下来了……事情非常不妙。几名执法者暗暗祈祷，如果有人封神成功，希望他千万保持住自己的灵识，莫要被上一代冥神加隆残存的记忆同化。无尽的魔气还在继续汹涌澎湃，朝着连绵不绝的群山浩荡而去，一幅末日来临的景象。桑德二人、光明教会的几名执法者都身处在魔气中。

如果再继续下去，说不定暗黑魔气会扑向大山外的城镇，毕竟这是一个主神的神格在进行传承。然而就在这时，沙漠中的辰南大吼一声："啊——"滚滚音波浩荡长空，传遍连绵不绝的群山。他感觉体内似乎有一个残缺的灵魂在挣扎着，想要夺取他的身体。

"啊……是谁？给我滚出来！"辰南无比愤怒，感觉上当受骗了，所谓的传承远非想象中的那样，并不是单纯地获得神格。竟然有一个残缺的灵魂要获得他身体的主导权，他甚至收到了一道意识流，那个灵魂要和他融合。"决不可能！我就是我，决不可能融有其他人的意识，即便是神也不行！加隆，你给我滚出去，滚出我的身体！"古往今来敢大骂主神的人真的不多。现在辰南不仅大骂，如果能够动手的话，他还想狂踹一顿这个传说中的冥神。他相信，那个冥神决不会和他融合，极有可能会抹去他所有的意识。

事实上，那个残缺的灵魂更加愤怒，曾经的主神竟然无法征服眼前这个普通人的身体，这实在无比邪异。"好奇怪的体质！好强大的意志！这个身体我要定了！"冥神加隆那残缺的灵魂用意识流在辰南心中大叫着。

"啊啊——"辰南突然感觉头部剧痛无比，如针扎、似刀挫，像要裂开一般。"不要抵抗了，接受我，我们融合在一起，你将在瞬间获得我所有的神通。拥有我的神格，你将是这天下间最强大的人，不，就是去了天界，也没有人能够奈何你。难道你不想成为神吗？我乃是天界的主神啊，只要你同意融合，那么以后你便能够与天地同在，与日月同辉……"冥神加隆一边争抢辰南身体的控制权，一边不断诱惑着。

"你这个白痴神，滚出我的身体，我就是我，决不会和你融合。"辰南抱着头，翻倒在地上滚来滚去，剧痛让他险些昏死过去，但他知道决不能闭上眼睛。"奇怪，好奇怪，你真的是人吗？"冥神加隆愤怒无比，虽然灵魂残破，神力所剩无几，但他毕竟曾经是一个主神，但竟然始终无法掌控辰南的意识与身体。在加隆一波波的精神攻击当中，辰南突然大叫起来，"啊——"在头部无比剧痛中，他感觉心中突然一亮，一扇封闭的大门似乎突然打开了。

一幅幅画面出现在他的脑海中。悬崖峭壁之上，梦可儿提剑向他走来，他体内烈血组毒深入骨髓，无力抵挡，神志渐渐模糊……他双眼血红，披头散发，跑向断壁处，毫不犹豫地跳了下去。滔滔大河将他冲向下游，流落到朴实的小山村，和大仇人梦可儿同处在一个屋檐之下。他随着老丹尼东天天去打鱼，后来又成为了小村内最出色的猎人。他打跑了无赖曼利奥，和梦可儿结成夫妻，婚后二人相敬如宾……脑中一阵轰鸣，辰南彻底恢复记忆，回想起过去所有的事情。他简直不敢相信，他竟然和梦可儿结成夫妻！这……他呆呆发愣，这一切太荒诞了，真的如同梦境一般！

"可恶，为什么会这样，一个普通的人类，为什么会这样难以征服？"冥神加隆的话语将辰南拉回了现实，这时他忽然感觉头部的剧痛不再发作。"我一定要成功！"加隆愤恨地叫道。然而就在这时，辰南体内丹田中透发出一道道璀璨夺目的光芒，一黑一金两个光球泛出阵阵光华，在他的丹田内快速地旋转着，许久不见的太极神魔图再次成形。太极图中一股可怕的力量汹涌而出，朝着盘踞在辰南丹田内那个残缺的灵魂涌动而去。

"啊啊啊……我看到了什么？！"冥神加隆残缺的灵魂疯狂地大叫起来，"啊……这一定不是真的！这一定都是幻象！啊啊……惊天的秘密啊！阴谋！天大的阴谋！"冥神加隆在辰南的丹田内似乎看到了极为恐怖的事情，疯狂大叫着："凯撒、娜丝、战无极、傲苍天……啊啊啊啊……天大的阴谋啊，是谁在导演这一切？！是谁做的这个局？！啊啊啊啊……"

"混蛋你在说什么，快给我说清楚！"辰南隐约间已然明白，加隆在他体内获知了某些惊天的秘密，或许知道了神魔陵园万年前的谜。加隆狂啸道："啊啊啊啊……太残酷了，放我离开这里，我不想死，我要离开这里……天大的局……我又不是第一代冥神，不需要我这样的后辈小神啊，我不想灰飞烟灭……"

"加隆你快给我说清楚，到底是怎么回事？"辰南感觉真相离他是如此之近，一切秘密似乎就在眼前，他大吼道，"混蛋加隆，你他妈的快把知道的事情给我说出来！"只是，一切都晚了，太极神魔图所汹涌而出的力量，形成了一个旋涡，将那个残缺的灵魂卷了进去。"神魔陵园，众神齐聚，徒作嫁衣……"冥神加隆的话语仅仅说到此处，残缺的灵魂便被吸纳进太极神魔图中。

太极神魔图疯狂地旋转起来，金黑两色光芒如水一般在他身体内不断流动。直至一刻钟后才慢慢静下来，一金一黑两色光球浮现而出，静静地悬停在辰南的丹田内，像是什么也没有发生过一般。天地间的无尽魔气还在，但那股可怕的死亡气息却已经随着冥神一起消失了。"为什么，究竟为什么？我的身上到底隐藏了怎样的秘密？我真的是一个炉鼎吗？真的是惊天大局中的一枚棋子吗？"辰南仰天长啸，在这一刻他心中愤懑无比，不甘于被人利用，即便那个人法力通天，他也要反抗。

"呃啊——"他仰天怒吼，体内玄功不受控制地疯狂运转起来。一条黑色的魔影在他的背后快速凝形而成，六七把模糊的兵器在他的周围上下浮沉，围绕着他不断旋转。"铮！"黑影手中的死亡魔刀发出一声金属颤音，响彻天地间，它慢慢飘浮了起来，悬在辰南右臂处，开始疯狂地吸纳周围的魔气。"铿锵！"一声金属撞击的声音，响彻沙漠，传遍群山间，一面影像异常模糊的古朴盾牌，自那些上下浮沉的兵器中飞出，悬停在辰南的左臂处，无尽的魔气向它汹涌而去。那六七把影像模糊的黑色兵器，皆停止旋转，悬浮在辰南的周围，开始疯狂地吸纳天地间的魔气。而辰南背后的那个黑影，也松开左手间的那件神秘兵器，他伸展开双臂，无尽的魔气向他和那件兵器涌动而去。

不远处的大山中，莱昂和桑德皆惊异不已，他们刚才听到了辰南的吼啸声，现在又发觉大山内的魔气开始慢慢退却，逐渐向着沙漠中收敛而去。"咦，难道是辰南获得了冥神加隆的神格？"莱昂疑惑地道，"这个家伙消失很久了，怎么会跑到这里来呢？"桑德看着沙漠的方向，皱了皱眉头，道："冥神的气息刚才突然消失了，似乎神格已经不存在了，难道又被重新封印了吗？"

远山中，魔气尽退，光明教会的几个执法者长出了一口气。

"冥神传承好像失败了。"

"的确不像成功的样子，那股讨厌的死亡气息彻底消失了。"

"到底发生了什么，等一会儿我们过去看一看。"

……

半个时辰之后，天地间无尽的魔气都消失了，辰南身后黑影的身体明显清晰了一些，有了一些真实感。除去死亡魔刀和古朴的盾牌之外，几把神秘的兵器还是很模糊，看不真切。死亡魔刀变化最大，已经近乎实质化，具有完美弧度的刀体冷森迫人，黑色的刀刃散发出阵阵死亡的气息，刀柄末端那颗龙头像是有了生命一般，一双龙眼隐约间透发出两道光芒。古朴的盾牌不再像过去那般虚淡，上面的古老花纹清晰可见，已经有了一些实体化的感觉，好似上古时期的古物重见天日一般，透发出阵阵沧桑的气息。

辰南一阵惊异，没想到几件神秘的兵器居然将那遮天蔽日的魔气全部吸收，冥神遗留的魔气对它们来说好像是补品一般。毫无疑问，实质化的魔刀和古盾，威力定然要强盛往昔。随着辰南意念而动，黑影与几件神秘的兵器慢慢消失，这时他激动的情绪也渐渐平静了下来。辰南呆呆地站立在沙漠中，冥神加隆到底发现了什么秘密？他无法想象。梦可儿竟然成为了他的妻子，他将如何和她相处？他不知道。他静静地站立了几分钟，而后开始搜索不死之王的下落，古神殿已经崩塌，在沙漠中只留下一片废墟。

辰南抬掌劈飞断壁残垣，但却没有发现不死之王的丝毫影迹，甚至连他崩碎的那些残骨都没有找到一片，他竟然连同那件圣物射日箭一起消失了。辰南眉头微皱，罗曼德拉临死前曾经托付过他，一定要消灭不死之王，现在居然让这个大患跑掉了，他感觉非常遗憾。这个不死之王的实力实在恐怖无比，最起码也达到了六阶，如果不是因为封印神格的力量以及射日箭的存在，恐怕他和罗曼德拉始一进入神殿就被不死之王灭杀了。

那个家伙绝对不是现在的辰南所能够对付的，好在那个家伙运气实在够差，最后竟然落得粉身碎骨，损耗了几百年的修为。现在正是诛杀他的好机会，然而他却消失不见了，辰南连道可惜。

"这个家伙居然逃了，最可恨的是居然带走了射日箭，将来必然是一个大患啊！"辰南很在意那支神箭，他一直在想，如果用后羿弓射出那一箭，将会有怎样的威力呢？说不定一下子就能够干掉一个神灵……无边无际的魔气消失后，沙漠再次恢复了平静，那千万白骨大军也消失了，辰南心中一动，那些枯骨定然都藏身在沙漠之下，那十有八九不死之王也躲进了沙地中，多半没有逃远。

辰南决定留下来狩猎不死之王，一是为了完成罗曼德拉的心愿，二是他自己实在有些顾忌这个大患，如果能够在他最虚弱的时候把他消灭掉，便一劳永逸了。莱昂和桑德在大山中等了两个时辰，发觉沙漠那边静悄悄，他们开始小心地向前走去，来到沙漠的边缘后，二人有些惊异，他们居然感应不到不死之王强大的死亡气息。

　　"这是怎么回事？难道不死之王被人干掉了？"莱昂满脸疑惑，他是修为高深的亡灵法师，对不死系生物的气息格外敏感。现在这种现象说明，不死之王不是从这个世界上消失了，就是在小心地隐藏着自己的气息。桑德道："莱昂，我们进去看看，通过亡灵搜索法术，我从沙漠下的骷髅身上感觉到辰南似乎来过这里，而且好像还没有离去。"两人慢慢向沙漠深处走去，很快他们在沙漠的中央地带发现了古神殿的废墟和辰南。

　　莱昂隔着很远喊道："辰南，你怎么会在这里？"辰南早已发现二人，也有些奇怪这两个亡灵魔法师为何会出现在这里。双方经过短暂的交流后，皆了解对方出现在这里的原因。当然辰南不会说出自己吸收了冥神加隆的神格，毕竟那是不死系和亡灵一系的神灵，他可不想当着回族人的面大喊猪肉真好吃啊！

　　"真没想到冥神的神格会炸裂了，难道主神大人的神格回天界去了？我不相信神格会毁灭。"莱昂在谈到加隆时，一脸的虔诚与恭敬。辰南道："对了，刚才你们也知道了，不死之王被射日箭重创后，又被我和罗曼德拉联手击碎，可是他的灵魂之火还没有熄灭，携带着那些碎骨躲在这片沙漠下，你们是亡灵魔法师，有什么办法将他逼出吗？"

　　桑德道："如果受创后他的实力低于我和莱昂，我们有办法通过死灵召唤术将他强行召唤到近前。""那还等什么，一定要尽快将这个大祸害找出来，不然后果不堪设想。"辰南催促道。桑德与莱昂走进崩塌的神殿处，闭上眼睛在这片废墟中感受不死之王遗留的气息，而后开始念动咒语施展死灵召唤术。空中荡出一阵阵古怪的魔法波动，向着整片沙漠蔓延而去。

　　"砰——"一只巨大的白骨爪突然冲出废墟，快速向着莱昂与桑德袭去。辰南早有准备，灭天手立时挥了过去，狠狠地将不死之王那只巨大的骨爪砸落在地。"没事，你们尽管念动咒语，我保证你们不会被打扰。现在这个家伙已经粉身碎骨了，根本难以兴起风浪。"死灵召唤术继续着，不死之王那些残碎的骨片，一一自废墟下的沙地中飞了出来。最后当咒语完成时，一声凄厉的吼啸响彻天地间，一个头上生着三只角的巨大骷髅头，从地下冲了出来。

骷髅头中闪烁着明灭不定的鬼火，那是他受创后的虚弱灵魂之火，不死之王无比怨毒地号叫道："你们这三个卑微的人类，实在该死一百遍……""你给我闭嘴，你这死鬼头子，今天死定了！"辰南一记灭天手狠狠地劈过去，巨大骷髅头"砰"的一声，被重重地击倒在地。"可恶，嗷吼——"不死之王何曾这样狼狈过，气得吼啸连连。"你鬼叫也没有用，我打打打打打打……"辰南左右手齐出，两个巨大的实质化光掌，将骷髅头夹在中间狂拍。

莱昂和桑德面面相觑，这可是强大到极点的不死之王啊，居然被眼前这个青年当出气筒般狂虐，这实在有些让人不敢想象。不过强悍的不死之王果真非同寻常，辰南的灭天手竟然难以砸开他的骷髅头，更不要说震散里面的灵魂之火了。"嗷吼，愚蠢的人类，没有射日箭这样的圣物，你是如何也不能将我毁灭的，等到将来我恢复元气，重新祭炼好身体，定然要将你撕碎。"不死之王恶毒地号叫着。

"你已经没有将来，现在你就给我去死吧！"辰南的身后显现出魔影，死亡魔刀凶狠地劈向不死之王。"啊——"不死之王一声大叫，感觉情况有些不妙，此刻他如此地虚弱，没有把握能够抗住那神秘无比的魔刀，他狠命地撞向了沙地而后快速钻下去。

"莱昂快念动咒语，把他给我召唤出来。"就这样，辰南挥动着死亡魔刀，莱昂和桑德在一旁念动咒语，不死之王每出现一次，辰南就狠狠地朝他劈砍一次。不到半刻钟，巨大骷髅头已经被死亡魔刀劈了十数下，一道道巨大的裂痕出现在那颗头骨之上。

"嗷吼……小子快住手，一切好商量。"

"谁跟你商量，你不是说没有射日箭之类的圣物，我无法灭杀你吗？现在我就用实际行动证明给你看。"

可怜的一代不死之王被辰南再次连续劈砍十几刀后终于支撑不住，巨大的骷髅头"砰"的一声碎裂了，一团明灭不定的灵魂之火冲了出来。"去死吧！"辰南一刀劈了下去，灵魂之火瞬间被毁去大半。"等一等，不要毁掉那团灵魂之火，把它交给我吧。"桑德疾声喊道。他现在没有肉身，只能修炼灵魂之火，眼前那跳动的绿光对他来说堪比仙丹，是最好的补品。辰南看着桑德将那团灵魂之火慢慢炼化吸收后才收起死亡长刀。不死之王实在太强大了，在无比虚弱的状态下，居然还硬撑了二十几记死亡魔刀，这实在有些恐怖。

"桑德大贤者，还要请你帮忙一件事。"

"年轻人，有什么事你就说吧，不要客气。"

"是这样的，神殿中有一件圣物射日箭，被不死之王藏在了这片沙漠中，请问你有办法将它找出来吗？"桑德笑了笑，道："这个好办。"他说完之后，开始快速念动咒语，随后沙漠剧烈波动起来，成千上万的骷髅爬出，接受桑德的命令后再次钻进沙漠中。半个时辰之后，沙漠恢复平静，一支长有半米的金箭出现在辰南的手中，通体散发着璀璨夺目的光芒，上面雕琢着古老的花纹，其上蕴含着一股神秘难测的力量。

"那是什么？那好像是我们光明教会的圣物射日箭啊！"

"天啊，真是像传说中的神箭，难道光明神在指引着我们，要我们来到这里收回圣物？"

……

几个光明教会的执法者终于追进大沙漠中。

图书在版编目（CIP）数据

神墓 3：精修典藏版 / 辰东著．－－ 北京：作家出版社
2021.6（2025.3 重印）

（网络文学名作典藏丛书）

ISBN 978 - 7 - 5212 - 1433 - 8

Ⅰ. ①神… Ⅱ. ①辰… Ⅲ. ①长篇小说 - 中国 - 当代
Ⅳ. ①I247.5

中国版本图书馆 CIP 数据核字（2021）第 090197 号

神墓 3：精修典藏版

总 策 划：何 弘 张亚丽
主 编：肖惊鸿
作 者：辰 东
责任编辑：袁艺方 王 烨
装帧设计：天行云翼·宋晓亮
出版发行：作家出版社有限公司
社 址：北京农展馆南里 10 号 邮 编：100125
电话传真：86 - 10 - 65067186（发行中心及邮购部）
86 - 10 - 65004079（总编室）
E - mail: zuojia@zuojia.net.cn
http://www.zuojiachubanshe.com
印 刷：唐山嘉德印刷有限公司
成品尺寸：152 × 230
字 数：320 千
印 张：24.25
版 次：2021 年 7 月第 1 版
印 次：2025 年 3 月第 6 次印刷
ISBN 978 - 7 - 5212 - 1433 - 8
定 价：42.00 元